■ 本书系浙江省哲学社会科学规划后期资助课题成果（编号：22HQZZ29YB）

浙江省哲学社会科学规划
后期资助课题成果文库

进化论与中国现代儿童文学的发生

吴正阳　著

ZHEJIANG UNIVERSITY PRESS
浙江大学出版社
·杭州·

图书在版编目(CIP)数据

进化论与中国现代儿童文学的发生 / 吴正阳著. —
杭州:浙江大学出版社,2023.11
ISBN 978-7-308-24349-0

Ⅰ.①进… Ⅱ.①吴… Ⅲ.①中国文学—儿童文学—
现代文学—文学研究 Ⅳ.①I207.8

中国国家版本馆 CIP 数据核字(2023)第 203027 号

进化论与中国现代儿童文学的发生
吴正阳 著

责任编辑 牟琳琳
责任校对 张培洁
封面设计 周 灵
出版发行 浙江大学出版社
(杭州市天目山路 148 号 邮政编码 310007)
(网址:http://www.zjupress.com)
排 版 浙江大千时代文化传媒有限公司
印 刷 广东虎彩云印刷有限公司绍兴分公司
开 本 710mm×1000mm 1/16
印 张 20.75
字 数 340 千
版 印 次 2023 年 11 月第 1 版 2023 年 11 月第 1 次印刷
书 号 ISBN 978-7-308-24349-0
定 价 98.00 元

目　录

绪　论

自有人类起，就有儿童，但人们发现他们，意识到他们的特殊性，离今天不过几百年的时间。在漫长的历史长河里，儿童作为一个群体，总显得默默无闻。他们的童年极为短促，他们生活一旦可以自理，便混迹于成人中间。他们穿和成人一样的衣服，做和成人一样的游戏，遵守和成人一样的礼仪，他们参与成人的各项社会活动，甚至从事成人的劳动……当然，他们也和成人一样共享着人类的文学艺术，尽管在其中，他们总有着自己特殊的喜好——神话、童话、儿歌、冒险小说、寓言故事等等。多少个世纪以来，这些独特的文学样式，一直是他们百听不厌、热切搜寻的。然而，他们无法将其占为己有，在一个长时间段里，这些被视而不见的儿童，并没有属于他们自己的所谓的"儿童文学"。

合乎情理的，我们自然要问，中国的儿童什么时候起拥有了自己的"儿童文学"？而更为重要的问题则是，中国的"儿童文学"是如何发生并逐渐发展起来的？在这个过程当中，又是哪些因素起到了重要作用或深远影响？这样一个发生学的问题，显然是具有诱惑力的。但在探讨中国现代儿童文学的发生之前，我们有必要简单地回顾一下西方儿童文学发生的历史，毕竟首先是在西方出现了现代意义上的儿童文学。

第一节　西方儿童文学发生略述

日本学者上笙一郎在其著作《儿童文学引论》中考察世界儿童文学的发生，反复强调，"儿童文学是成年人适应儿童读者的不同发育阶段而创造的文学，它以通过其本身的文学价值，将儿童培育引导成为健全的社会的人为最终目的"，"为了使这样一种文学得以产生，在成年人思想上必须首先同时具备两种意识，第一必须具有希望将儿童培育成身心健康的人的教育意识；第二必须具有对儿童的同情心，在达到教育目的的过程中，使儿童得到文学的享受”，而“要能够自觉地表现出对儿童的教育意识和同情心，则承认儿童具有与成人一样的人格，愿意保障儿童作为人的相同的权利的思想又是不可缺少的”。因而，上笙一郎认为，“儿童文学这种为儿童的文学，只能产生于有着承认儿童作为一个完全的人的资格并保障他们作人的诸项权利的儿童观的社会。根据历史所表明的那样，这种儿童观，并不存在于原始社会、古代社会和封建社会等各社会，而只有在进入近代社会以后才可能出现”。①

《不列颠百科全书》在“children's literature”(儿童文学)②这一词条中则更为简洁明确地表明，“儿童文学指为使儿童得到娱乐和教益而创作的兼有文字和插图的文学作品”，“18 世纪下半叶，儿童文学才以一种明确和独立的形式出现”。同样是在这一词条中，它指出儿童文学“是某些有迹可寻的社会运动的产物，最明显的是‘发现’了儿童”。③

正如前面所述，在漫长的历史长河里，儿童虽然存在，却是被视而不见的，人们并不将儿童当作“儿童”来看待，而只是作为未来的成人或缩小了的成人，而“整个中世纪以迄文艺复兴晚期，儿童仍然像以前一样，是一个未知之域”。④法国历史学家菲力浦·阿利埃斯在其著作《儿童的世纪：旧制度下的儿童和家庭生活》中，通过艺术史、绘画以及日记、书信等翔实材料，细致考察了法国旧制度⑤下儿童的生活，包括他们的游戏、服装、玩具、礼仪、教育等，富有说服力地表明，在中世纪社会，的确并不存在“儿童”的观念。在阿利埃斯看来，“儿童观念对应于一种对儿童特殊性的意识，这种特殊性可以将儿童与成人做基本的区

---

① [日]上笙一郎著，郎樱、徐效民译：《儿童文学引论》，成都：四川少年儿童出版社，1983 年，第 50—56 页。

② 《不列颠百科全书》中，“children's literature”(儿童文学)这一词条不足三千字，但包含“儿童文学”的定义、种类、范围、发生时间、发生缘由、发展概况、发展程度评估标准、欧美儿国儿童文学特点及略史等丰富内容，因其论述富于深思、言简意赅、把握精准、高屋建瓴，而给予研究者以启迪，并时常被他们引述。

③ 美国不列颠百科全书公司编著，中国大百科全书出版社不列颠百科全书编辑部编译：《不列颠百科全书：国际中文版·第 4 卷》，北京：中国大百科全书出版社，1999 年，第 143 页。

④ 美国不列颠百科全书公司编著，中国大百科全书出版社不列颠百科全书编辑部编译：《不列颠百科全书：国际中文版·第 4 卷》，北京：中国大百科全书出版社，1999 年，第 143 页。

⑤ “旧制度”是法国人的专用名词，一般指从国王弗朗西斯一世(1515)起至法国大革命爆发(1789)的历史阶段。

分”,[①]而在中世纪社会或者说更为古老的传统社会,儿童与成人很大程度上并无二致。

在人们尚不具备“儿童”观念之时,的确很难想象会有一种适于他们的特殊文学的出现。“如果那么多个世纪以来,人们从来都没有想到过要给儿童合适的衣服穿,那么他们又怎么会想到要给予他们合适的书籍?”[②]因此,“接近工业革命前夕时,儿童文学仍处于不太明显的地位”,而“经典文学作品要么看不见儿童,要么就是误解了他们”。[③] 或者如另一位学者所概括的,儿童文学的前史可分为两支:“专为儿童或少年所写的题材,但不是故事”(主要是教科书、礼仪书和道德书,这种情况一直持续到 17 世纪末);“以及故事,但并不专为儿童所写的”。[④]

在西方,人们对儿童的发现究竟起于何时,阿利埃斯通过考察认为,自 14 世纪以来,在艺术、绘画和敬奉对象(对死者的崇敬)等领域已表露出一种新的趋向,“人们开始承认儿童的人格,赋予儿童的特殊性以诗意和亲情”,[⑤]但他也承认,“如果从比较确定和大势所趋的角度看,大概从 17 世纪末开始”,人们对儿童的观念才发生了巨大的变化。[⑥] 而《不列颠百科全书》对此的判断则靠后一些,认为 1658 年捷克摩拉维亚教育家夸美纽斯出版儿童画册《世界图解》虽然体现出了一种新的洞察力,即不把儿童看作是缩小了的成人,并赠予他们以特殊的读物,“但对这种洞察力进行有意识的、系统的和成功的利用却过了一个世纪才开始。一般认为,把儿童当作值得加以特别考虑的个人和值得思考的观念始于 18 世纪下半叶”。[⑦]

① [法] 菲力浦·阿利埃斯著,沈坚、朱晓罕译:《儿童的世纪:旧制度下的儿童和家庭生活》,北京:北京大学出版社,2013 年,第 192 页。

② [法]保罗·阿扎尔著,梅思繁译:《书,儿童与成人》,长沙:湖南少年儿童出版社,2014 年,第 8 页。

③ 美国不列颠百科全书公司编著,中国大百科全书出版社不列颠百科全书编辑部编译:《不列颠百科全书:国际中文版·第 4 卷》,北京:中国大百科全书出版社,1999 年,第 143 页。

④ [英]约翰·洛威·汤森著,谢瑶玲译:《英语儿童文学史纲. 2 版》,台北:天卫文化,2011 年,第 11 页。

⑤ [法] 菲力浦·阿利埃斯著,沈坚、朱晓罕译:《儿童的世纪:旧制度下的儿童和家庭生活》,北京:北京大学出版社,2013 年,第 193 页。

⑥ [法] 菲力浦·阿利埃斯著,沈坚、朱晓罕译:《儿童的世纪:旧制度下的儿童和家庭生活》,北京:北京大学出版社,2013 年,第 3 页。

⑦ 美国不列颠百科全书公司编著,中国大百科全书出版社不列颠百科全书编辑部编译:《不列颠百科全书:国际中文版·第 4 卷》,北京:中国大百科全书出版社,1999 年,第 143 页。

从历史的进程来看，儿童文学发生的时间与儿童发现的时间大体上是一致的。尽管学界对于儿童文学发生的具体标志性事件众说纷纭，但大致上是将其确定在17世纪末到18世纪下半叶这样一个时间段里。法国学者保罗·阿扎尔在《书，儿童与成人》中，视夏尔·佩罗为"为儿童书写的第一人"，理由是他在1697年出版了《过去的那些故事和童话，附有道德内容》（通常译为《鹅妈妈的故事》）；①加拿大学者李利安·H.史密斯在《欢欣岁月》中，则认为1744年，约翰·纽伯瑞的"圣经和太阳"书社的出现，是一个标志，"它意味着专为儿童策划书籍这一事业正式拉开了帷幕"，而书社出版的《两只鞋子的古蒂》则是"流传至今的首部专为儿童而写的英语童书"；②而日本学者在《世界儿童文学概论》中，则认为"儿童们喜爱的民间文学的历史另当别论，作为文学作品而为儿童写出的第一本书，是英国小说之祖亨利·菲尔丁的妹妹萨拉·菲尔丁（1710—1768），于1745年发表的《为少女们办的小学校》，儿童文学几乎与市民阶级的艺术——小说的诞生同时问世"。③

总之，儿童的发现与儿童文学的发生，就像是一枚硬币的两面，它们的关系如此紧密，以至于无法将它们割裂开来。可以说，人们对儿童的发现是儿童文学发生的内在根源，而儿童文学的发生，它的出现，又是人们发现儿童的一种具有显著意义乃至决定意义的表征。阿利埃斯就认为，当16世纪末，某些教育家出现"将古典书籍删节成适于儿童使用的想法"时，就表明进入了一个非常重要的阶段，只有到了这一阶段，才能真正确定社会开始尊重儿童。④ 或许还可以进一步说，只有当出现真正意义上的儿童文学时，儿童作为具有独立人格、有着与成人不一样的内外两面（精神和物质）生活的完全的个人，才算真正地被确认、被发现。

至于促成儿童发现和儿童文学发生的历史因素，《不列颠百科全书》指出："儿童的出现及适合其需要的文学的出现，与许多历史因素联系在一起，其中有

---

① ［法］保罗·阿扎尔著，梅思繁译：《书，儿童与成人》，长沙：湖南少年儿童出版社，2014年，第8页。

② ［加］李利安·H.史密斯著，梅思繁译：《欢欣岁月》，长沙：湖南少年儿童出版社，2014年，第19页。

③ 日本儿童文学学会编著，郎樱、方克译：《世界儿童文学概论》，长沙：湖南少年儿童出版社，1989年，第1页。

④ ［法］菲力浦·阿利埃斯著，沈坚、朱晓罕译：《儿童的世纪：旧制度下的儿童和家庭生活》，北京：北京大学出版社，2013年，第165页。

思想启蒙运动、中产阶级的兴起、妇女解放运动的开始和浪漫主义运动。与此同时还出现了几个无法预言的天才如 W. 布莱克、E. 利尔、L. 卡洛尔、马克·吐温、柯罗迪、安徒生等。如果没有他们，儿童还是不被发现。而儿童一旦被认为是独立的人，一种适于他们的文学便应运而生。”①

而法国学者阿利埃斯在详实考察儿童的发现史后得出，大概从 17 世纪末开始，人们对儿童的观念发生了巨大变化，而其原因在于：一方面，“学校代替学徒制成为教育的方式”。这不仅意味着儿童与成人的隔开(在学徒制时期，儿童或青少年与成人共同生活在一起)，而且随着学校教育兴起而不断展开的对诸如年级区分、学校周期、学校纪律、教授方法等的思考，使得人们对儿童的特殊性，对他们年龄、心理的认识等都有了显著改变，童年期也因在学校时间的延长而得以延长。另一方面，情感革命，即家庭在情感上的共同参与也十分重要。在传统社会，家庭是一个道德的、社会的，而不是情感的实在，父母和子女之间缺乏一种深刻的、实在的情感(在学徒制时期，儿童往往住在别人家里而不是自己家中)。而随着学校对学徒制的替代，学校教育的扩张，孩子不再远离家庭，开始成为家庭关注的中心，家庭变成家长与孩子之间情感交流的必要场所，一种全新的情感也在家庭中出现，家长开始注重于每个孩子的个性化成长，而不再停留在家族性的财产和荣誉层面。②

尽管作者未提儿童文学的事，但接下来的变化是可以想见的，“现代学校制度的建立，不仅标志着儿童有了应该属于自己的时代，而且开始培养了儿童文学的真正读者。儿童们在学校，通过识字，获得阅读儿童文学的能力……而一些儿童文学作品又通过编入教材，而获得最广泛的阅读效应”。③ 而当学校和家庭格外关注孩子的教育，对他们付出全新的情感，关注他们的个性化成长时，也的确很难想象，他们不会想着要提供给孩子适于他们、受他们喜欢的文学。

美国学者尼尔·波兹曼在其著作《童年的消逝》中，同样认为“童年”是一种社会产物，在对“童年”概念的探源过程中，他从传播学的角度出发，认为印刷术和社会识字文化的出现，在 16 世纪社会形成了一种新的传播环境，这种新的传

---

① 美国不列颠百科全书公司编著，中国大百科全书出版社不列颠百科全书编辑部编译：《不列颠百科全书：国际中文版·第 4 卷》，北京：中国大百科全书出版社，1999 年，第 143 页。

② [法] 菲力浦·阿利埃斯著，沈坚、朱晓罕译：《儿童的世纪：旧制度下的儿童和家庭生活》，北京：北京大学出版社，2013 年，第 4 页。

③ 朱自强：《中国儿童文学与现代化进程》，杭州：浙江少年儿童出版社，2000 年，第 23 页。

播环境随之确立起了一个全新的“成年”概念，“即成年人是指有阅读能力的人；相对地便有了一个新的童年定义，即儿童是指没有阅读能力的人”。① 由此，成年“变成了一个象征性的成就”，“未成年人必须通过学习识字、进入印刷排版的世界，才能变成成人。为了达到这个目的，他们必须接受教育。因此，欧洲文明重新创造了学校，从而使童年的概念也变成社会必需的了”。② 而“当一个群体，任何群体，是以某个单一特征为基础而形成时，它带有的其他特征也会不可避免地引起注意”，儿童，起先只是被看作是“必须学会阅读的一类人，结果却成为被认为在多方面都很独特的一类人”。③ 儿童的服装、语言等开始变得跟成人不一样，而“儿童文学有些落后，到 1744 年才开始出现”（这里，波兹曼以伦敦出版商约翰·纽伯瑞在该年印刷出版《巨人杀手杰克》作为儿童文学发生的标志）。④

而阿利埃斯所述的“学校革命和情感革命”和尼尔·波兹曼所述的印刷术的发明，这些促成儿童的发现的因素（当然还有其他一些因素），它们之间并不孤立：如印刷术产生后，印刷《圣经》，使《圣经》普及化，使得人们得以以自己的方式理解《圣经》，分化了教会的一家之言，由此促进了宗教改革，而宗教改革反过来又促使人们重新审视提供给儿童的书籍（当然一开始仍然是从道德教化的角度出发）；再如印刷术将口头语言变成文字，使得阅读变成纯粹个人的行为，从而营造了促成自我意识和个人主义觉醒的心理环境，而自我意识和个人主义都是“童年”概念产生的温床；再就是如波兹曼所说，印刷术造就了社会识字文化，阅读能力的有无重新定义了成人和儿童，即儿童必须经过学习，进入书籍的世界，才能成为成人；由此，又引发了社会的学校革命；而学校革命又连带着情感革命，于是对于儿童文学不可或缺的现代家庭也渐渐形成。

当然，除了以上这些对于儿童文学的发生来说可能是较为间接的社会因素外，研究者也多注意到与儿童文学的发生关系更为直接的文化因素，如文艺复兴运动、思想启蒙运动、浪漫主义运动等。汤锐就认为，在西方儿童文学的发生过程中，民主启蒙、教育目的、浪漫思潮是多元化动机中较为主要的三股力量，而“第一种和第三种的作用力似乎更强一些”，“启蒙运动‘发现’了儿童的独立

① ［美］尼尔·波兹曼著，吴燕莛译：《童年的消逝》，桂林：广西师范大学出版社，2011 年，第 26 页。

② ［美］尼尔·波兹曼著，吴燕莛译：《童年的消逝》，桂林：广西师范大学出版社，2011 年，第 48—49 页。

③ ［美］尼尔·波兹曼著，吴燕莛译：《童年的消逝》，桂林：广西师范大学出版社，2011 年，第 57 页。

④ ［美］尼尔·波兹曼著，吴燕莛译：《童年的消逝》，桂林：广西师范大学出版社，2011 年，第 58 页。

人格，确立了童年及童年文学的地位，同时将人文主义精神充分地注入西方儿童文学，使之在思想内涵方面具有近代哲理精神；浪漫主义（还有自然主义思潮和唯美主义倾向的结合）不仅在最根本的意义上发掘出儿童文学固有的天性并奠定了其浪漫的牧歌基调，而且为之造就了一大批一流的作家和作品，使西方儿童文学成为辉煌的文学殿堂中最富艺术魅力的形式之一”。①

总体上来说，西方儿童文学的发生，“经历了一系列内在的活动，情感的苏醒，灵魂的感动，对于个人拥有某种权利的觉醒”。② 西方儿童文学的发生史告诉我们：儿童文学的发生与儿童的发现紧密联系在一起，两者在历史的进程上大致也是同时行进的；儿童文学的发生并非一蹴而就，而是经历了一个异常缓慢、艰难前行的过程，这一过程长达几个世纪；儿童文学的发生可视为某些社会运动的产物，是诸多历史因素合力的结果，其中有较为间接的社会因素，也有较为直接的文化因素，而诸多因素之间往往又是相互关联的。

第二节　中国现代儿童文学发生之考察

以上略述了西方儿童文学的发生以及一些研究者对此问题的探讨，这对考察中国现代儿童文学的发生及当前的研究现状，是一个有益的参考。

尽管尼尔·波兹曼充分肯定印刷术在“童年”概念生成过程中所起到的作用，但他同时也指出，不能把“童年”认定为只是在印刷术和校长分班影响下骤然成熟起来的，这些事件虽然的确是“童年”概念在现代世界中得以形成的必不可少的因素，但是作为一个在世界范围内产生影响的观念，不同时代、国家、民族的人所理解的“童年”可能是完全不同的，“童年”所面临的是与产生地大不相同的文化、经济、宗教、知识环境。③ 显然，中国有着与西方大不相同的文化、经济、宗教、知识环境，儿童文学在中国的发生与在西方的发生肯定也是大不相同的。

在中国传统社会，由于氏族宗法血亲传统的强固和长期延续，人们对儿童

① 汤锐：《比较儿童文学初探》，济南：明天出版社，2009年，第133页。

② ［法］保罗·阿扎尔著，梅思繁译：《书，儿童与成人》，长沙：湖南少年儿童出版社，2014年，第49页。

③ ［美］尼尔·波兹曼著，吴燕莛译：《童年的消逝》，桂林：广西师范大学出版社，2011年，第68页。

的漠视，相比于西方传统社会，有过之而无不及。对于部分儿童来说，漠视来自恶劣的生存环境；但对于另一部分儿童来说，漠视却是因为人们在孝、贤、礼等方面对他们过于看重。但不管是何种情况，儿童同样被看作“小大人”“缩小的成人”。儿童也同样没有属于自己的文学，民间（口头）文学包括神话、童话、传说、寓言、儿歌等，是古代儿童最为主要的文学滋养。而专门提供给儿童的读物，同西方传统社会一样，也不外乎一些教科书、礼仪书和道德书，如《三字经》《千字文》《百家姓》《神童诗》《千家诗》《日用杂字》《高厚蒙求》《名物蒙求》《性理字训》《历代蒙求》《史学提要》等蒙学读物，级别高些的则如“四书”“五经”和《史鉴》《古文辞》《小学》《圣谕广训》等。与西方传统社会的宗教文化不同，中国传统社会所倚靠的主要是儒家文化，相应地，儿童读物向儿童宣扬和灌输的则是忠孝节义、三纲五常等抽象深奥的伦理道德观念（其中“父为子纲”尤其阻碍了人们对儿童的发现）。在专为儿童提供的读物中，也有像《日记故事》《幼学琼林》《龙文鞭影》等富于文学色彩的故事读物，但其仍是为了教化，并没有自觉的儿童文学意识。但儿童并不被动，他们总是敏锐地从成人文学那里获取自己精神和审美所需的知识，这些文学作品包括《西游记》《封神演义》《水浒传》《聊斋志异》《镜花缘》等。这一段时期可以说是中国儿童文学的史前期，或不自觉期。

中国现代儿童文学发轫于何时，是一个有争议的问题。有将 1909 年孙毓修编译的童话《无猫国》作为标志的；有将 1920 年周作人发表的演讲《儿童的文学》作为标志的；也有将 1923 年叶圣陶创作的童话集《稻草人》作为标志的。但有一点是明确的，研究者将中国现代儿童文学的发生定位在 20 世纪初至 20 世纪 20 年代，比西方儿童文学的发生迟了近两个世纪。不禁要问的是，中国现代儿童文学为什么没有更早一些（紧随西方儿童文学的发生），或者更晚一些，却偏偏是在 20 世纪初至 20 世纪 20 年代这样一个时间段里发生？在这个发生过程中，又是哪些历史因素起到了重要的作用？

1840 年，鸦片战争爆发，这是中国近代屈辱史的开端，但也无法否认，这是中国接受现代文明，踏上现代化进程的开端。在民族危亡、西学东渐的背景下，中国出现了有别于传统儿童观的现代儿童观，现代意义上的儿童文学也得以创建。可以说，中国现代儿童文学的发生，首先得益于中国近代资产阶级改良运动及民主革命运动，这两场运动尽管有着各自迥异的政治目标，但那些思想家、文学家、翻译家、艺术家、革命家，诸如严复、梁启超、孙毓修、黄遵宪、吴趼人、周桂笙、曾志忞、林纾、李叔同、沈心工等人，他们从民族、国家出发，都无一例外地格外关注儿童，关注儿童教育和供给儿童的文学。他们“都为儿童文学事业的拓展起了筚路蓝缕的草创之功”，晚清儿童文学创作和翻译繁盛的局面，“为‘五四’之后勃兴的现代儿童文学作了充分的絪缊与准备”。①

而五四新文化运动则是促成中国现代儿童文学发生的更为重要的推动力。“五四新文化运动为古老中国发展缓慢的儿童文学提供了历史转型的文化背景与现实可能。转型包括两方面：旧文化背景的解体与新文化背景的建构。正是得力于五四新文化运动的伟力，中国才能出现‘发现’儿童、注重儿童教育与儿童文学的新生面，中国的儿童文学才能一改旧观，蓬蓬勃勃地生长起来；中国文坛才能出现对儿童学与儿童文学少有的理论兴趣，出现大量为儿童而创作的作品，为儿童而翻译的译作与为儿童而采集、整理的民间文学，甚至在五四文学作品中出现‘小儿崇拜’的倾向。时代的呼唤，儿童的发现，五四新文化运动的哺育与催化，这就是中国真正现代意义上的儿童文学发生与发展的全部原因，同时为它未来的发皇伸展打破了坚冰，开辟了道路，加足了驱力。”②在这一过程中，鲁迅、周作人、茅盾、叶圣陶、郑振铎、冰心、黎锦晖等几位“无法预言的天才”人物同样起到了至关重要的作用，他们持续批判传统儿童观，积极倡导为儿童的文学，自觉构建儿童文学理论系统，身体力行创作儿童文学新作品。

除了上面所说的这几场较为宏观的运动外，还有以下这些较为细化的因素：晚清以来，报纸杂志的兴起和儿童读者群的形成；外国儿童文学的译介和改编；西方各种社会、科学、文化思潮的涌入和传播，如启蒙思潮、民主思潮等；现代（儿童）教育学的引入和本国（儿童）教育体制、观念的改革、发展；儿童学、儿童心理学的输入和本国此种学科的兴起；西方文化人类学的传播和“复演说”的移用；“儿童中心主义”的引进和“儿童本位论”的提倡；文学改良、文学革命的衍生、波及，等等。

从上述列举的诸多因素中，我们可以明显感受到，中国现代儿童文学的发生有两个显著的特点：一是在民族危亡的背景下，伴随着几场为救亡图存、民族复兴的运动而展开；二是在发生过程中，主要受到的是外来文化资源的影响。这同西方儿童文学的发生大不一样，换句话说，西方儿童文学的发生是“内源型”的（依靠自身内部的发展），而中国现代儿童文学的发生则是“外源型”的（最

① 胡从经：《晚清儿童文学钩沉·小引》，上海：少年儿童出版社，1982年，第2—3页。

② 王泉根：《中国儿童文学现象研究》，长沙：湖南少年儿童出版社，1992年，第35页。

初的诱发和刺激因素主要是外部的生存挑战和外来资源的示范）。由此，这也决定了“中国儿童文学的发生，不具备西方儿童文学的能动性和常规性”，它“最初是受动性的”，到五四时期才具备主体性和能动性，而相应地，它的发生过程则“脱逸出了先有创作，后有理论这一文学发生、发展的一般规律，而是呈现出先有西方（包括日本）儿童文学的翻译和受西方影响而产生的儿童文学理论，然后才有中国自己的儿童文学创作这样一种特异的文学史面貌”。①

张建青的博士论文《晚清儿童文学翻译与中国儿童文学之诞生——译介学视野下的晚清儿童文学研究》，②即对“外国儿童文学的译介和改编”这一促使中国现代儿童文学发生的重要因素进行了阐发。在译介学的视野下，他对晚清儿童文学译介如何影响、催生了中国儿童文学进行了较为细致的描述、分析与论证。同样是聚焦于外国儿童文学的译介，宋莉华的《近代来华传教士与儿童文学的译介》③则挖掘出近代来华传教士翻译儿童文学的翔实历史，揭示其文学和社会影响，以新的研究视角重新审视了中国现代儿童文学的发生、发展史。

王蕾的《安徒生童话与中国现代儿童文学》④同样对中国现代儿童文学的外来影响进行考量，但更为细化具体、深入系统地论述了安徒生童话对初创时期（1917—1927）的中国现代儿童文学在儿童观、儿童文学理论与创作实践三个方面所产生的深广而具体的影响，试图以此揭示出中国现代儿童文学初创期的发展轨迹与历史逻辑，呈现中国儿童文学现代化进程的复杂性。

而对于与儿童文学始终紧密联系在一起的“儿童的发现”或者说儿童观的转变，研究者也有所探讨。王浩《新文化运动中“儿童的发现”》⑤对新文化运动以来“儿童的发现”的动因、具体内容作了较为全面的梳理与分析。作者将时间限定于1915—1927年，但就“儿童的发现”来说，显然有一个更为漫长的过程。陆克俭《发现与解放：中国近代进步儿童观研究》⑥则将目光投向近代，对近代中国的儿童观作了一次扫描。

然而，对于其他影响中国现代儿童文学发生的诸因素，研究者却多半只是

---

① 朱自强：《中国儿童文学与现代化进程》，杭州：浙江少年儿童出版社，2000年，第182页。

② 张建青：《晚清儿童文学翻译与中国儿童文学之诞生——译介学视野下的晚清儿童文学研究》，复旦大学博士学位论文，2008年。

③ 宋莉华：《近代来华传教士与儿童文学的译介》，上海：上海古籍出版社，2015年。

④ 王蕾：《安徒生童话与中国现代儿童文学》，上海：华东师范大学出版社，2009年。

⑤ 王浩：《新文化运动中“儿童的发现”》，北京：中国社会科学出版社，2012年。

⑥ 陆克俭：《发现与解放：中国近代进步儿童观研究》，武汉：华中科技大学出版社，2015年。

提到、描述、整体把握，而并无深入地去探究，各个因素之间也多处于离散的状态。可以说，目前研究者对中国现代儿童文学发生问题的探讨主要是一种史的整体性描述和把握，其探讨也主要集中于几部史论性质的专著，如《中国现代儿童文学史》（蒋风主编，1987）、《中国儿童文学史（现代部分）》（张香还，1988）、《中国儿童文学现象研究》（王泉根，1992）、《中国儿童文学理论批评史》（方卫平，1993）、《中国儿童文学史》（蒋风、韩进，1998）、《现代中国儿童文学主潮》（王泉根，2000）、《中国儿童文学与现代化进程》（朱自强，2000）、《中国发生期儿童文学理论本土化进程研究》（李利芳，2007）、《中国现代儿童文学史论》（杜传坤，2009）、《20世纪中国儿童文学导论》（孙建江，2013）等。

之所以出现这样一种研究现状，一方面可能是因为研究者缺少对发生问题的研究意识或方法，但另一方面，也是更为主要的方面，是因为中国儿童文学学科的边缘、弱势地位。拥有这样一批可能起着填补空白作用、具有开创之功的著作，对于国内儿童文学研究来说已经实属不易，但这并不表示我们应该停步于此。

研究者将中国儿童文学划分为史前期（不自觉期）、过渡期（觉醒期）、发生期（自觉期），三者的大致时间点即为清末以前、清末民初、五四时期。而作为评判儿童文学自觉与否或是否现代意义上的儿童文学的一个重要准则就是：儿童是否被看作是具有独立人格的完全的个人，以及人们是否有意识地要为儿童提供满足他们精神、审美需求和为他们所乐于接受的文学。这样的脉络和逻辑显然非常有助于理解中国现代儿童文学的发生，但也并非毫无瑕疵。

比如，研究者在论述各个时期，尤其是晚清和五四两个时期的儿童文学面貌、儿童观时，常常持一种割裂的看法。在研究者眼里，不管是儿童观还是儿童文学面貌，从晚清到五四时期，经过新文化运动的洗礼，变得完全不一样了：晚清时期人们看到的儿童仍然是“未来的成人”“未来之国民”“小国民”——“国民”属于“国”，不属于“他自己”，这是“以国为本位”而不是以“个人为本位”“以儿童为本位”；到了五四时期，人们真正发现了作为“完全的个人”的儿童，而儿童文学则真正开始以“儿童为本位”。

这样一种描述，并不十分确切。首先，以被视为中国现代儿童文学的先驱周作人为例，他在民国初年就已发表了一系列跟儿童有关的重要文章，如《个性之教育》（1912）、《儿童问题之初解》（1912）、《家庭教育之一论》（1912）、《遗传与教育》（1913）、《儿童研究导言》（1913）、《童话研究》（1913）、《童话略论》（1913）、

《童话释义》(1914)、《儿歌之研究》(1914)、《小学校成绩展览会杂记》(1914)等。从这些文章中,可以充分看到此一时期周作人儿童观、儿童文学观的过渡性质:一方面,他对儿童的关注仍是从国家兴衰、文化批判的角度入手,认为儿童是未来之国民,“是所以承继先业,即所以开发新化”,“中国更始,而人民未化,欲求振革,望在来祀”,由此他也批判了中国“重老轻少”的传统儿童观和漠视、压制儿童的传统伦理。但更为重要的一面是,此一时期,他也已发出“世俗不察,对于儿童久多误解,以为小儿者大人之具体而微者也,凡大人所能知能行者,小儿当无不能之,但其量差耳”“盖儿童者,大人之胚体,而非大人之缩形”“蒙养之道,亦唯在辅导儿童,俾得尽其性,以成完人耳”“童话……凡乡曲居民及儿童辈亦犹喜闻之,宅境虽殊而精神未违,因得仿佛通其意趣。故童话者亦谓儿童之文学”“今之教者,当本儿童心理发达之序,即以所固有之文学(儿歌童话等)为之解喻,所以启发其性灵,使顺应自然,发达具足”“故今对于征集成绩品之希望,在于保存本真,以儿童为本位……”等五四先声。[①] 可以说,在被一些研究者视为中国现代儿童文学发生标志的《儿童的文学》(1920)一文发表之前,周作人已经具备了较为成熟的现代儿童观和儿童文学观,这篇文章不过是前一时期的深化、发展,也更具影响力而已。而比周作人更早,在严复、梁启超等人那里,也仍有部分体现现代儿童观、现代儿童文学观的珍贵文献存在,这都需要进一步挖掘和梳理。

其次,五四时期的儿童文学创作很多时候体现的也并非真正的“以儿童为本位”。这一点,学者朱自强深有研究心得,他认为五四时期,以叶圣陶、冰心为代表的具有中国主体性的儿童文学创作与以周作人为代表的接受西方文化资源构建起来的“儿童本位”的儿童文学理念之间存在着错位,“西方的‘儿童本位’的儿童文学精神,是西方社会儿童的时代已经出现后的产物”,而在还没有真正的儿童时代的中国,虽然周作人等人“在观念中描画了儿童的时代”,但“作为时代生活的表现和作为作家生活感觉表现的儿童文学创作”,却“难以获得‘儿童本位’的感性体验,其艺术形态中,不可避免地缺失‘儿童本位’的表现,而过多的渲染属于成人世界的思想和心境”。[②] 这样一种现象,自然与晚清以来的社会氛围、环境、精神特征紧密相关,深重的时代焦虑感影响了人们对儿童的发

① 钟叔河编订:《周作人散文全集・第一卷》,桂林:广西师范大学出版社,2009年,第246、247、264、265、287、288、369页。以下所涉《周作人散文全集》引文较多,皆出自此版本,出版社及年份不赘述。

② 朱自强:《中国儿童文学与现代化进程》,杭州:浙江少年儿童出版社,2000年,第197页。

现和儿童文学的最初面貌。

总之,“儿童文学”作为一门独立学科,基础理论、儿童文学史的研究可以说是其发展的根本,也最能彰显该学科的特色、个性,使其区别于其他学科。因此,针对中国现代儿童文学的发生这一重要理论问题,需要研究者继续深入探究。而中国现代儿童文学作为中国现代文学的一个有机组成部分,深化对它的研究也能丰满中国现代文学的研究面貌,提供别种研究思路。

第三节 进化论与中国现代儿童文学的渊源

一、本书论说出发点

基于以上考察,本书尝试提出“进化论与中国现代儿童文学的发生”这样一个课题。之所以是“进化论”,在于进化论作为一种生物学理论、社会思潮,是促成中国现代儿童文学发生的一个重要却被忽视的因素,进化论同中国现代儿童文学发生期内的诸多理念、人物、现象、事件都紧密关联。

第一,作为晚清以来的一大思潮,进化论至少深刻影响了包括严复、梁启超、鲁迅、周作人、胡适等人在内的两代知识分子,而正是他们草创和发展了中国现代儿童文学。进化论思想既是他们注意到儿童及儿童文学的文化动力之一,又在很大程度上影响和制约着他们的儿童观和儿童文学观(文学观)。这样,通过进化论,便能清楚地看到两代知识分子在思想上的联系,这种联系也帮我们勾连起了近代儿童观和现代儿童观,晚清儿童文学和五四时期儿童文学,同时也使我们看到期间的转变。

第二,“进化论”天生有着两副面孔——作为生物学理论的进化论以及作为哲学思想的进化论。对中国现代儿童文学的发生来说,进化论的这两面同时起着作用。作为生物学理论的进化论,其物种渐变论、环境适应论,以及在此基础上发展起来的儿童学、教育学,为人们更好理解各个时期儿童的生物特性,把握、创作适于各个时期儿童阅读的儿童文学提供了科学依据。另外,以进化论为基础的“复演说”,架通人类学和儿童学,极大促进了儿童与成人的分离,促成了中国现代儿童文学的主要文体——童话的自觉,同时也成为周作人等人倡导儿童文学及创建儿童文学理论体系的重要理论资源。

而作为哲学思想的进化论，其线性发展的进步观念带来的“后胜于今”的信念，引导人们创造了一种新的想象儿童的方式，冲击了中国传统“父为子纲”“以长者为本位”“重老轻少”等儿童观，树立起“重少轻老”的时代新风尚，为“以儿童为本位”的新儿童观的确立奠定了广泛的社会与思想基础，最终将中国儿童带到现代化的门槛前。而严复基于进化论思想申明的“三民”思想，经由梁启超、鲁迅等人继续阐发而成“新民说”“立人说”，它们共同的启蒙观念也间接促使了儿童文学的发生、发展。

第三，社会进化论是现代人的基本迷思之一，也是现代合法性的基本根据之一。它的核心内容是对进步的信仰，对现代化史的研究发现。进步的信仰，无论在西方还是在中国，都是现代化运动的观念前提。因此，探讨进化论及其相关的问题，是理解中国现代性问题的关键所在。而中国现代儿童文学正是中国现代化进程的产物，因此，将两者结合在一起考察，有其内在的逻辑联系。

第四，当进化论思想进入语言文学领域，梁启超、胡适等人以此为发动晚清文界革命、新文学运动的理据之一，而最终实现文学的“大众化”“通俗化”“国语化”时，儿童文学也在这一过程当中具备了坚实的语言基础和读者基础。而对于儿童文学来说，在语言方面，它的特殊之处，并不仅仅在于通俗易懂，而且还必须契合儿童的心理、审美趣味，基于进化论的适应性原则，这就要求儿童文学还需要有儿童化的语言。

第五，进化论思想不仅在观念层促成了中国现代儿童观的出现和儿童文学理念的生成，而且也渗透到了中国现代儿童文学的早期创作实践中，体现在对儿童形象的塑造、现代性的反思、“儿童本位”的践行等方面，深刻影响了中国现代儿童文学的早期创作面貌。

第六，进化论能够涵盖和部分解释中国现代儿童文学发生期内的诸多理念、事件、现象，如“儿童本位”论、“儿童崇拜”、童话的自觉、“儿童文学运动”、非“儿童本位”、偏于教育性和功利性的儿童文学创作、复杂的儿童文学预期读者等等。而在以后较长时间段里，进化论仍是许多儿童文学工作者理解儿童和儿童文学的基本思想预设之一，持续影响着中国儿童文学的发展。

第七，进化论自身的特质，允许我们能够对它进行探讨，也提醒我们应该对它加以重视和探讨。进化论的科学性、简练性、可理解性，使它在传入中国后，迅速被人们接受，而同时人们又都能对它提出各自的意见，或进行改造。因此，不管是作为原本的生物学理论，还是作为一种哲学思想，进化论显得较容易接近，使得我们能够对它进行辨析、探讨。当然，进化论之所以能在传入中国后迅速传播并深入人心，也是因为它深深契合了一个时代的精神需求，它也确实改变了一个时代的精神风貌。因此，在晚清以来涌入的众多西方思潮中，进化论是有代表性的。

方卫平在致力于探索中国儿童文学理论的发展时，曾指出外来学术对中国儿童文学理论批评建构的影响是一个复杂的理论问题，这种复杂性主要表现在："在中国儿童文学理论批评建设过程中的一些重要时刻，外来学术理论的输入及其渗透为我们的儿童文学思维提供了坚实的思想启示和理论支持，同时，这些理论学说自身在观点、方法等方面的局限以及人们在吸收它们时所产生的'接收损耗'，也使这种影响包含了相当大的负值效应。所以，对儿童文学理论批评历史和现实中的许多理论问题的清理，都与如何认识这些外来影响有关。因此，如何准确地描述和科学地阐述、评价这些影响的过程和作用，是中国儿童文学批评史研究中的关键性课题之一。"①

进化论作为一种外来思潮，它对中国现代儿童文学的影响并不局限于理论批评，但诚如方卫平所言，如何科学地认识进化论，如何较为全面地阐述它对中国现代儿童文学产生的影响，准确地描述这一影响过程，客观地评价它的历史功过，确是非常关键的课题。

二、以往研究者论说

这样一个课题，在中国现代儿童文学研究领域里，几乎是全新的。在以往研究者那里，我们所能看到的只是极少的一些零星的论述。

在蒋风、韩进的《中国儿童文学史》中，作者提到严复翻译的《天演论》的核心要点——"物竞天择，适者生存"的进化法则，在给国人敲响亡国灭种的警钟的同时，也给国人带来了变革的动力和进化的希望；而"人类的发展趋势总是进化的"这一设想，也"让人们看到了儿童在人类进化过程中的特殊地位和意义"。尽管作者指出，在进化论的视野下，近代人们"瞥见"的"儿童"还只是作为"国民"的一种存在，是"未来之国民""小国民"，人们把"兴国的良方"压在新式儿童教育上，而儿童的首要重任则是"救国救民"，总之近代儿童观和儿童文学所体现的是"以国为本位"，但"中国儿童文学的拓荒者们——鲁迅、周作人等也正是

---

① 方卫平：《中国儿童文学理论发展史》，上海：少年儿童出版社，2007年，第31页。

从这里获得信心与力量，来倡导儿童教育与儿童文学的。进化论的深入人心，其中所体现的人类应该有的'以幼者为本位'的道德观，不仅是对传统旧道德'以长者为本位'与'父为子纲'儿童观的直接反动，更为五四时期'以儿童为本位'的新儿童观的确立奠定了广泛的社会与思想基础"。[①] 在"鲁迅儿童观的新发展""周作人儿童文学论的悲剧品格"及"赵景深的童话学研究"等小节中，作者进一步展开论述了进化论对鲁迅、周作人、赵景深等人儿童观、儿童文学观、儿童文学(童话)研究造成的影响(正负两方面)。

朱自强在《中国儿童文学与现代化进程》中，特别强调周作人的儿童文学理论深受人类学、儿童学、进化论、英国浪漫派诗人、日本白桦派的人道主义思想的影响，可以说是西方现代文化进行世界性传播的产物，也为中国儿童文学(理论)的现代化实现了一次质的飞跃。朱自强认为进化论对周作人思想的影响有两个方面，"一个方面是周作人从中获得了'祖先为子孙而生存'、改'祖先崇拜'为'子孙崇拜'的思想，这一思想几乎就是'儿童本位'的儿童观的另一种表述。另一个方面的影响是促使周作人形成了对儿童文学'本义'的认识"。[②] 另外，朱自强又指出，"周作人的儿童文学理论基本上由两大基础来支撑，一个是以人类学理论为指导的童话理论，一个则是以儿童学为理论背景的儿童观"。[③] 值得注意的是，朱自强突出强调的深刻影响周作人的人类学与儿童学，有着共同的理论基底，那便是进化论的分支学说——"复演说"。

方卫平在《中国儿童文学理论发展史》中强调应当在"西学东渐、东西方文化剧烈碰撞、相互交织这样一个巨大的社会文化现实"背景下考察"五四"前后中国儿童文学理论的酝酿和自觉过程。而在"汹涌而至的西方文化思潮和理论学说"中，作者认为"直接对当时的儿童文学理论建设和批评实践产生重大影响的是 19 世纪以摩尔根、泰勒、安德鲁·朗为代表的西方人类学进化学派的理论和 19 世纪末、20 世纪初产生的美国哲学家、教育家杜威的实用主义教育学说"，"中国现代儿童文学批评的最初的理论框架，就是以这些学说为学术基座的"。[④]

在"西方人类学派的输入及其影响"一节中，[⑤]作者以周作人为切入点，对西

---

① 蒋风、韩进：《中国儿童文学史》，合肥：安徽教育出版社，1998 年，第 47—48 页。

② 朱自强：《中国儿童文学与现代化进程》，杭州：浙江少年儿童出版社，2000 年，第 258 页。

③ 朱自强：《中国儿童文学与现代化进程》，杭州：浙江少年儿童出版社，2000 年，第 272 页。

④ 方卫平：《中国儿童文学理论发展史》，上海：少年儿童出版社，2007 年，第 29—30 页。

⑤ 方卫平：《中国儿童文学理论发展史》，上海：少年儿童出版社，2007 年，第 145—171 页。

方人类学进化学派的理论的输入、传播和影响，做了较为细致的论述。作者认为西方人类学进化学派对中国现代儿童文学的渗透主要表现在：首先，为“突破囿于封建文化意识的无视儿童独立人格的传统‘儿童观’，建立尊重儿童独立人格和精神需求的新型现代儿童观方面提供了有力的理论支持”；其次，“人类学派的神话学理论为现代儿童文学尤其是童话研究提供了有价值的理论解说，例如关于童话的起源、演变等等”；再次，“人类学派为发端期的中国现代儿童文学的收集、整理、研究、评论等提供了方法上的指导”；最后，“促进了中国儿童文学研究及其理论形态初步的现代性转化”。当然，作者也分析了西方人类学进化学派自身的理论局限和当时接受者在运用这一理论时的历史局限。

吴其南是探讨进化论及以进化论为根基的“复演说”与中国现代儿童文学、童话、儿童想象之间关系着力较多的学者。在《20 世纪中国儿童文学的文化阐释》“进化论与清末民初‘儿童共同体’的想象”一节中，作者明确指出经严复翻译改造后的进化论思想“直接导致中国人价值观、时间观及与‘未来’、‘少年’、‘儿童’的想象紧密相关的一系列变化”。[①] “进化论以线性时间观为基础建立起来的少年观、儿童观……在晚清至五四这个大的时代背景下，一举扭转了中国人一说儿童就习惯向后看的思维方式，引导人们将目光投向未来，创造出青春靓丽、意气风发的少儿形象，客观上创造了一种新的想象儿童的方式，将中国儿童带到现代化的门槛前。正是这种对儿童的世纪想象，开创了中国 20 世纪儿童和儿童文学的新纪元”。[②]

而在《中国童话发展史》“‘复演说’和中国童话的自觉”一节中，作者指出周作人、赵景深等人通过借助“个体发展与系统发展同序，儿童与原始人心理同形，情感同准，故文学同一”这一“复演”理论，“将童话与原始文学联系起来”，从一个方面把握了童话的本质特点，不仅奠定了人们对童话的科学研究，普及、加深了人们对童话的科学认识，也为之后的童话创作开辟了广阔的道路，最终使得童话作为一种独立的文体脱颖而出。作者也部分提供了周作人等人在 20 世纪初选择“复演说”的必然性因素，同时也说明了“复演说”这一原本属于生物学领域的理论在移用到文化学领域后，可能存在的几方面的缺陷。[③] 在这之后，吴其南更是将中国儿童文学的自觉也归结于“复演说”的重要影响（这是可以理解

---

① 吴其南：《20 世纪中国儿童文学的文化阐释》，北京：中国社会科学出版社，2012 年，第 17 页。

② 吴其南：《20 世纪中国儿童文学的文化阐释》，北京：中国社会科学出版社，2012 年，第 23 页。

③ 吴其南：《中国童话发展史》，上海：少年儿童出版社，2007 年，第 126—139 页。

的，童话一直是早期中国儿童文学的主体），同时也更为详细地论述了"复演说"的来源及其在中国的传播，指出周作人等人对此理论存在误解、误用的情况，但客观上却建构了（发明了）儿童和儿童文学的观念。①

外国学者在探究中国现代儿童文学时，也多注意到进化论在其中起到的重要作用。安德鲁·琼斯②在《发展的童话：鲁迅、爱罗先珂和现代中国儿童文学》一文中，较为细致地分析了进化论与中国现代儿童文学尤其是童话之间的复杂关系。作者指出，"鲁迅、周作人兄弟及其同人赵景深、陈伯吹和胡愈之等所致力的现代儿童文学本身即建立在进化论前提之上：中国作为一个民族的发展，必须倚赖于中国儿童的发展。因此，儿童文学不能简单视为一个美学或理论问题。对于深陷困境、对中国之'落后'满怀忧虑的知识分子而言，儿童文学日益成为承载进化主体的最重要形式之一"。③

以上是目前搜集到的材料中，研究者对进化论与中国现代儿童文学两者之间可能存在的关系的零星论述。尽管是些零星的论述，但我们业已看到，进化论与晚清以来儿童观的变革、儿童文学的理论建设、儿童文学的自觉与发展，均存在紧密且复杂的关系。这些论述既启发了我们，也督促着我们对此展开更为详尽的分析和论述。

当我们将考察的范围扩大至中国现代文学研究领域时，我们会发现，有关进化论的话题并不新鲜。不管是文学史、理论专著，还是硕博士、期刊论文，都有涉及这方面的论述。研究者就进化论与晚清以来的中国文学，包括文学观念、文学理论、文学创作、文学史书写、文学语言、文学格局、文学思潮、文学评论乃至文学的学科体制等方面的关系，以及进化论与中国近现代作家，包括严复、梁启超、胡适、鲁迅、周作人、茅盾、郭沫若等人的关系，相对来说，都作了较为充分且深入的探讨。

然而，我们也吃惊地发现，这些研究成果中均无涉及中国现代儿童文学的

---

① 参见吴其南：《20世纪中国儿童文学的文化阐释》，北京：中国社会科学出版社，2012年，第二章"发明原始社会和发明儿童文学——'复演说'和中国儿童文学的自觉"。

② 安德鲁·琼斯（Andrew F. Jones），美国加州伯克利大学东亚语言文化系教授、中国研究中心主任。著有 *Developmental Fairy Tales: Evolutionary Thinking and Modern Chinese Culture*（Cambridge: Harvard University Press, 2011）。

③ ［美］安德鲁·琼斯著，刘晓译：《发展的童话：鲁迅、爱罗先珂和现代中国儿童文学》，徐兰君、安德鲁·琼斯主编《儿童的发现：现代中国文学及文化中的儿童问题》，北京：北京大学出版社，2011年，第109—110页。

论述。从前面的论述中我们已经得知，进化论与中国现代儿童文学不仅有着密切的关系，而且其关系颇具特色。研究者们对此有意或无意的忽视，一方面可能因为他们认为中国现代儿童文学应该归属于儿童文学领域，应该由儿童文学研究者进行研究；另一方面，也可能是因为他们并不重视、关注儿童文学，因而形成了研究上的盲点。

中国现代儿童文学作为中国现代文学的一个有机组成部分，且也是十分重要的一个部分，是和中国新文学一起成长发展起来的，若缺少现代儿童文学研究，现代文学的研究景观必然是不完整的。因此，本书着力于探讨进化论与中国现代儿童文学的发生问题，这对中国现代文学研究，对进化论与中国现代文学、进化论与中国近现代作家的关系研究，可能都是一种完善和补充。

另外，在自然科学、哲学、思想、文化、政治、历史等研究领域，有关进化论的研究成果更为丰富，这些研究成果无疑为本书的顺利展开提供了重要的参考和有益的启发。

第四节 “进化论与中国现代儿童文学的发生”的研究思路及价值

一、本书研究必要说明

对于本书，我们还需作几点说明。

第一点，作为生物学理论的进化论本身并非一个完善的理论，而且自诞生起就备受争议，时至今日，仍在不断发展、丰富着。而当此理论被引入社会科学领域后，引发了更大的争议，也形成了诸多进化论的“衍生体”“变体”。进化论在中国的传播同样如此。自严复译介《天演论》开始，进化论作为一种具有重大影响力的学说，在传播、深化的过程中，也曾在不同时代、不同学人那里引起纷争。在中国的语境中，进化论的“变形”似乎更加严重，离原本科学的进化论已有相当距离。就中国知识分子来说，绝大多数人都是从自己的知识结构和某种目的出发，来理解、吸纳、运用进化论的，而且接受的路径也不尽相同，因而，他们所谈及的进化论，并非一致。正如一位学者所言，“为了达到成为一个伟大思想的标准，进化论必须拥有自己的生命，它无疑做到了这一点。它建立了一门科学，事实上是几门科学，在科学之内和科学之外都为自己招致了混乱”。① 或者如另一位学者鲍勒所意识到的，“达尔文的名字的确常常与任何形式的进化论联系在一起，但是进化论这个词的内涵太含混”，“我们需要认识到进化论的基本观念是复杂的，进化思想可以向不同的方向延展，而每一种思想都有着丰富的内涵”，“只有在最一般的意义上，我们可以将进化观念作为统一的概念来讨论”。② 进化论的这种混乱特性和复杂特性，是我们在本书中进行探讨时，需要特别加以注意的。

第二点，在本书中，我们探讨“儿童的发现”和“儿童文学的发生”，所持的都是一种“现代性”的预设观念。“儿童在过去就存在了，但是我们所思考的对象化了的‘儿童’在某个时期以前是不存在的。”③从历史的某个时期起，由于某些因素的作用（或许也是某些无法预言的天才的出现），人们意识到儿童的特殊性，从而关注儿童，探讨儿童，而“儿童一旦被认为是独立的人”，或者说人们一旦建构起具有独立人格和内外两面生活的完全的个人的“儿童”，儿童随之也就逐步建立（被建立）起自己的独立王国，他们开始拥有自己的服装、游戏、玩具、节日等等，与此同时，人们也着手提供适于他们阅读的文学。

吴其南就曾指出阿利埃斯和尼尔·波兹曼等所谓的“儿童的发现”或“童年”概念的生成，都是“站在现代性的角度说的”，古代并非没有儿童或童年的存在，古人也并非完全没有意识到儿童与成人的不同，只不过“古人所突出的儿童与成人的不同，主要只表现在身体、外貌等生物学的层次上，最多只看到生活范围、生活内容等方面的差异”，而阿利埃斯等人所着眼的是“心理、个性、文化、需求、权利等方面的不同”。④

事实上，古代也并非完全没有适于儿童阅读的文学。周作人 1914 年在《〈古童话释义〉引言》一文中，驳斥“《无猫国》要算中国第一本童话”的说法，直言“中国虽无古童话之名，然实固有成文之童话，见晋唐小说，特多归诸志怪之中”。⑤ 20 世纪 20 年代，陈学佳在《儿童文学问题》一文中同样明确表明：“要知

① ［美］米尔斯著，李虎译：《进化论传奇：一个理论的传记》，北京：海洋出版社，2010 年，第 4—5 页。

② ［英］皮特·J.鲍勒著，田洺译：《进化思想史》，南昌：江西教育出版社，1999 年，第 4、10、277 页。

③ ［日］柄谷行人著，赵京华译：《日本现代文学的起源》，北京：生活·读书·新知三联书店，2003 年，第 114 页。

④ 吴其南：《20 世纪中国儿童文学的文化阐释》，北京：中国社会科学出版社，2012 年，第 15 页。

⑤ 周作人：《〈古童话释义〉引言》（1914），《周作人散文全集·第一卷》，2009 年，第 340 页。

我们中国古代，早有儿童文学。不过不知道儿童文学的重要罢了！但中国儿童文学，何时发生，已无从考究。总之一句话，中国儿童文学发生是很古的了。证之如遗传下来的童话、歌谣、故事等，极受儿童天性的欢迎。”①

当代学者王泉根也认定中国儿童文学“古已有之”，并且对中国古代儿童文学的“遗产与传统”进行了认真的梳理和总结，认为我国古代儿童文学主要来自两个方面：一是民间口耳相传的适合儿童的儿歌（童谣）、童话、传说、寓言、笑话等；二是古代文人著作中某些适合儿童接受机制与审美情趣的作品。②

但朱自强坚持认为儿童文学没有古代，只有现代，儿童文学只能是现代社会的产物，判断、论述儿童文学的发生，只有一个“现代”的标准。因为儿童作为“儿童”，作为一个完全的、享有各项权利的、有着特殊性的个体被发现，是西方进入现代社会以后才实现的，而“儿童”的发现又是为儿童的儿童文学出现的必要前提。③

李利芳同样认为“能将儿童作为文学的服务对象而自觉为其创作，这只能产生在现代中国的语境中”，因为“发现童年是儿童文学精神生产的必须前提”，“在童年问题被遮蔽的传统中国，不可能产生出为儿童的文学，也没有‘儿童文学’这样的名称来合法化孩子的读物。在这个意义上，我们可以说，中国古代没有儿童文学，也没有形成儿童文学的话语空间”。但她也承认，“以‘专为儿童创作’这一现代意义上的儿童文学观来衡量，中国古代可说是没有儿童文学。但另一方面，在民间意义上一直又存在为儿童欣赏的歌谣、故事等，我们不能忽视这些文字对儿童的天然贴近，以及实际审美功能的达成”，因此她折衷认为，“用自发与自觉两种形态来界定中国古代的儿童文学与现代的儿童文学也许较为合适，而且必须承认中国传统文化资源中有丰富的儿童文学资源”。④

产生这样的争议并不难理解，研究者从不同的研究视角出发，或者带着对“儿童文学”的不同观念出发，自然会得出不一样的结论，而且在其各自的话语系统内也都是成立的。我们也的确不可能带着空白的脑袋做研究，不管是历史、哲学、文学研究，还是文化研究，无一例外地都是个人观念的产物，不是此一

---

① 陈学佳：《儿童文学问题》，赵景深编《童话评论》，上海：新文化书社，1934 年，第 168 页。

② 王泉根：《中国儿童文学现象研究》，长沙：湖南少年儿童出版社，1992 年，第 13—27 页。

③ 朱自强：《中国儿童文学与现代化进程》，杭州：浙江少年儿童出版社，2000 年，第 51—58 页。

④ 李利芳：《中国发生期儿童文学理论本土化进程研究》，北京：中国社会科学出版社，2007 年，第 31—36 页。

观念，就是彼一观念。“没有特定的目光，山水就是山水，不成其为‘风景’；没有特定的目光，儿童、童年即使放在那儿，也不成其为一个对象。”①

就本书而言，我们探讨中国现代“儿童的发现”“儿童文学的发生”，选择的是同阿利埃斯、尼尔·波兹曼、上笙一郎、朱自强、李利芳等人相同的观念，相同的目光（也是世界上众多儿童文学研究者的目光），即将儿童文学视为是伴随着“儿童的发现”而发生的，是人类文明现代化的产物。在本书中，所谓现代意义上的儿童文学，简单来说即是为儿童的文学，指成人认识到儿童是一个成长中的具有独立人格和内外两面生活的完全的个人，为了满足他们特殊的精神、审美需求，使他们得到娱乐和教益，使他们的身心得到健康发展，有意识地为他们创作适于他们阅读的文学。正如阿利埃斯等人的研究所指示的，“儿童”“童年”都是一种文化建构，“儿童文学”也是一种文化建构，而我们回溯历史，探究它的发生，实际上也是继续参与这一文化建构的过程。

而如张汝伦所言，“可以说中国人是从严复翻译《天演论》开始在心灵上进入现代的”，“现代性的话语和思维方式开始进入寻常人的心里”，因此，探讨进化论及其相关的问题，“是中国现代性问题的关键所在”。② 其中，尤其值得关注的是由进化论所引申出的线性“进步”观念，以及人们对它的信仰，这成为晚清以来“中国人接受其他各种现代意识形态的支援意识”。可以说，“进步”的观念是理解所谓现代性的基础，而“进步”的信仰则是现代化运动的前提，这主导了20世纪的中国精神。③ 在对“现代儿童”的最初发现中，正是“进步”观念及人们对它的信仰起到了至关重要的作用，因此，将“进化论”与“中国现代儿童文学的发生”放在一起考察，有其内在的逻辑。

第三点，本书考察的时间段，我们大致定位在19世纪末至20世纪20年代末。前面提到对于中国现代儿童文学发生的标志性事件，研究者多有争议：有将1923年叶圣陶创作出版童话集《稻草人》（商务印书馆出版）作为标志的；有将1920年周作人发表演讲《儿童的文学》作为标志的；有将1909年孙毓修编译出版童话《无猫国》（商务印书馆出版）作为标志的。除此之外，还有其他看法。也就是说，“中国现代儿童文学”尚无固定的划界，时间段的确定取决于研究者的主体意识及阐释活动。研究者常根据自己研究的需要，以及对“现代儿童文

① 吴其南：《20世纪中国儿童文学的文化阐释》，北京：中国社会科学出版社，2012年，第14页。
② 张汝伦：《现代中国思想研究》，上海：上海人民出版社，2014年，第124页。
③ 高瑞泉：《中国现代精神传统》，上海：东方出版中心，1999年，第32页。

学”的理解，而选择标志性的事件，以此作为开端。

在这里，针对本书，我们将以严复1895年翻译《天演论》，撰述发表《论世变之亟》《原强》《救亡决论》《辟韩》等文章（构成这些论文的重要思想之一便是进化论）作为论述的起始点。进化论尽管在更早时期就已传入中国，但真正发生巨大社会反响，并对后来人产生深远影响的，还是自严复起。从严复对进化论的译述、基于进化论所作的文章中，我们可以看到，他在给国人带来崭新世界观的同时，也给国人带来了崭新的儿童观，为中国现代儿童观的出现开启了诸多新方向。而随着中国现代儿童观的出现，中国现代儿童文学也就呼之欲出了。

这样一种在开端时间上的不断上溯，在理论上也是可以理解的。正如皮亚杰所说，“从来就没有什么绝对的开端”，每一件事情的起源都是“无限地往回延伸的”，哪怕“一些最原始的阶段本身也总是以多少属于机体发生的一些阶段为其先导的”。①

但我们不可能也不应该“无限地往回延伸”，“我们不能仅从历史的连续性上观察儿童文学，还必须把此作为一种断裂、颠倒，或者一种物质形式（制度）的确立来观察”。② 因此，我们把考察的时间范围大致限定在19世纪末至20世纪20年代末，可以观察到在这样一个时间段里，中国现代儿童文学“作为一种物质形式（制度）的确立”。或者如朱自强所说，在这样一个时间段里，“中国儿童文学诞生的证据在整个社会随处可见”，“在思想领域有旧儿童观的风化，新儿童观的出现；在教育领域有教育体制、教育内容、教育方法的革新；在文学领域有为儿童所喜闻乐见的新的表现方法的确立；在出版领域有成批的儿童文学作品问世等等”。③

另外，选择这样一个时间段，也在于“从戊戌维新变法时期一直到五四时期，几乎中国所有的先进思想家、哲学家、文学家、政治家等都信奉西方进化论，都在深浅、粗细不同地介绍和宣传进化论。这一阶段可以说是进化论盛行阶段”。④ 进化论作为一种影响巨大的社会思潮，正是始自19世纪末严复译介《天演论》，而在20世纪20年代末渐渐退出历史舞台。

---

① ［瑞士］皮亚杰著，王宪钿等译：《发生认识论原理》，北京：商务印书馆，1981年，第17页。

② ［日］柄谷行人著，赵京华译：《日本现代文学的起源》，北京：生活·读书·新知三联书店，2003年，第114页。

③ 朱自强：《中国儿童文学与现代化进程》，杭州：浙江少年儿童出版社，2000年，第58页。

④ 曾乐山：《中西哲学的融合——中国近代进化论的传播》，合肥：安徽人民出版社，1991年，第203页。

第四点，本书主要将从“进化论与中国现代儿童观的出现”“进化论与中国现代儿童文学理念的生成”“进化论与中国现代儿童文学的早期创作实践”三个方面，对“进化论与中国现代儿童文学的发生”这一课题展开系统论述。“儿童观—儿童文学理念—儿童文学创作”实际上是一个相互关联的有机整体。正如前面第一节中所指出的，人们对儿童的发现，也即现代儿童观的出现，是现代儿童文学发生的内在根源，而现代儿童文学的发生、出现更是人们发现儿童的一种具有显著意义乃至决定意义的表征。但在本书中，为了论述的清晰，我们不得不暂时将它们分开进行论述。当然，为了弥补这种人为造成的割裂，本书将特意选取严复、梁启超、鲁迅、周作人等几个主要人物，论述他们一以贯之的儿童观、儿童文学理念。

另外前面也提到过，中国现代儿童文学的发生，有自己的特异性，即它不似西方儿童文学是一个内发的过程，而是在面对外部生存挑战，以及接受外来文化资源示范下发生的，而且它也不似一般文学的发生、发展，先有创作后有理论，而是先有西方儿童文学的翻译和受西方文化资源影响构建起来的儿童文学理念，然后才有自己的儿童文学创作。因此，在章节安排上，我们也是遵循中国现代儿童文学发生的这一特异情况，先论述现代儿童观的出现、现代儿童文学理念的生成，再论述现代儿童文学的创作。

受当时社会环境、时代精神的影响，中国现代儿童文学的早期作品中，尽管也有不少充分考虑儿童特殊性、成功践行“儿童本位”的作品，但更多的却是不成熟之作，或过多地渲染属于成人世界的思想和心境，或过多地承载救亡图存、启蒙教化、社会改造的内容，使得作品整体上较为沉重压抑，并不完全适于儿童阅读。本书在论述时并不回避这些不成熟之作，只为较为忠实地反映出中国现代儿童文学发生期的创作面貌和特征。正如我们不能因为儿童的幼稚就彻底否定他们作为人的权利，我们同样不能因为这些作品的不纯粹、不成熟，就完全否定它们作为儿童文学的资格，后来者正是踏着它们铺下的粗糙道路，缓步前行的。而且我们说，这些看似并不专为儿童创作的儿童文学作品，它们最终也的确是为了儿童的。不管是号召少年儿童起来保家卫国、改造社会，还是不遗余力地批判无视儿童的传统儿童观、控诉黑暗残酷的社会现实，不管是描摹可爱孩童的悲惨夭折，还是崇拜儿童的纯真美善，都旨在唤起人们对于儿童的珍视与关爱，力求为儿童创造一个合理、健康的社会生活环境。

第五点，本书既非中国现代儿童文学史，亦非中国现代儿童文学的发生史，而是集中于探讨进化论作为一种外来生物学理论、社会思潮，如何影响并促成中国现代儿童文学的发生这样一个问题。因此，本书并不能完整展现中国现代儿童文学的发生历史、中国现代儿童文学的全貌，更不奢望完全解决中国现代儿童文学的发生问题，而只是希望能从进化论的角度出发，重新理解和认识中国现代儿童文学的发生，展现中国现代儿童文学的一个独特侧面。

二、本书研究主要内容

本书将从以下几方面展开具体论述：绪论部分，介绍中西儿童文学发生概况，考察当前研究者对中国现代儿童文学发生问题的研究现状；提出本书论题，综述国内外研究者对此已有的探讨；确立本书具体研究内容，选择合适的研究方法，预估本书具有的意义与价值。

第一章是对进化论在中国输入、传播、影响的总述。第一节简要介绍进化论输入中国的时代背景及进化论本身的理论要点。第二节探讨严复为何要引进进化论，经由他的译介，进化论发生了怎样的变异。第三节追踪进化论在近现代中国的传播轨迹及产生的重大影响。第四节阐述生物进化论转变成“进步”进化论的历史动因，以及中国“进步”信仰的历史生成。

第二章论述进化论如何促成中国现代儿童观的出现。儿童观是儿童文学的原点，以此作为论述的起始点，符合中国现代儿童文学发生的历史逻辑。在本章中，分四节集中论述严复、梁启超、鲁迅、周作人在进化论思潮影响下，如何生成、发展各自的儿童观，阐明他们的儿童观实际上代表了现代儿童观的几个大方向：树立起“后胜于今”的信念，形成“重少轻老”的时代风尚；将儿童从家族层面引向国家层面；确立了以幼者为本位；科学地认识作为“完全的个人”的儿童。

第三章论述在进化论影响下，中国现代儿童文学理念的生成。中国现代儿童文学发生的一个特异情况便是，先有理论的成熟后有大批创作的出现。本章仍将以严复、梁启超、鲁迅、周作人等人为重点论述对象，第一节以进化论为线索，论述严复“三民说”、梁启超“新民说”、鲁迅“立人说”在思想上的一脉相承，探讨他们在共同的启蒙视野下，如何关注、思考和发展儿童读物。第二、三节论述周作人以进化论的分支学说——“复演说”为桥梁，架通人类学和儿童学，并以此为主要理论资源，从对童话的研究起手，逐渐构建起他的儿童文学理论体系。这一理论体系既是首创，同时又达到了较为成熟的状态，代表了中国现代儿童文学理论的高峰。第四节特别考察人们对中国现代儿童文学语言形式的认识。对中国现代儿童文学来说，语言形式既是它成立的基础，很大程度上也直接决定了它的品质，或具有本体论的意义。晚清以来，文学语言由文言文逐渐转为白话文，在这变革过程中，进化论为梁启超、胡适等人提供了重要的理据。而从语言的大众化、通俗化到儿童化，进化论的适应性原则也起到了重要作用。

第四章论述进化论在中国现代儿童文学早期作品中的渗透。第一节考察在进化论视野下，新文学作家们塑造的多元儿童形象，并探究这些儿童形象背后所蕴含的时代精神和意识形态。第二节探讨新文学作家对人类个体成长和文明发展的反思，阐明这种书写的现代性品格。第三节发掘中国现代儿童文学早期创作实践贴近"儿童本位"的一面，重新审视它们留下的宝贵遗产。

结语部分，总结在进化论影响下发生的中国现代儿童文学的总特点，评价进化论的功过得失。

简单来说，本书包含这样一条线索：将进化论视为一种外来思潮，考察它为何会在晚清传入中国并迅速传播开来，辨析它在中国的语境中产生了哪些变异，关注它是如何影响到儿童文学的，具体表现在哪些方面，追踪它在不同阶段有哪些不同的表现，评估它对中国儿童文学造成的影响。通过儿童观、儿童文学理念、儿童文学创作实践这三个主体部分的论述，能够较为全面、系统地把握进化论在中国现代儿童文学发生的历史进程上所起到的重要作用或产生的深远影响。而以四五个中国现代儿童文学的先驱、进化论的受益者为主要考察对象，则既能起到以点带面的作用，同时又能勾连起一段中国现代儿童文学的发生历史。

三、本书研究基本方法与价值

本书首先选择了一种历史学的研究方法。本书将通过细致地考察历史文献，辨析时人的思想，挖掘出进化论与中国现代儿童文学之间的复杂关系，突出强调进化论这一促使中国现代儿童文学发生的重要因素，并追踪这一因素在中国现代儿童文学发展过程中的持续作用或反作用。

影响中国现代儿童文学发生的因素有很多，而本书只是着重就"进化论"这一种因素展开论述(实际上，它也勾连起了其他一些因素)，这也就意味着本书最终呈现的必定只是历史的一个侧面。但这一历史的侧面并非不真实，也并非没有意义,它将使我们看到中国现代儿童文学一个新的独特的方面。

其次,我们也将运用发生学的方法。其实这也是历史研究所做的,即"把所有单纯的事实都归溯到它们的生成,把所有的结果都归溯到过程,把所有静态的事物或制度都归溯到它们的创造性活力"。① 历史寻找着原动力,"发生学的问题一旦解决,其他一切问题也就迎刃而解了"。② 本书正是试图通过探讨中国现代儿童文学的发生问题,来解释中国儿童文学的一些可贵品质或存在的一些问题是如何形成的,并为中国儿童文学日后该如何发展提供一种思考。一切都是有迹可寻的,中国现代儿童文学的发生历程和在发生期内做出的选择,很大程度上决定了之后中国儿童文学的发展趋向、文学品质、学科特点。发生期的诸多文学现象、文学论争也在中国儿童文学之后的发展过程中"复演"着。

但"坚持需要一个发生学的探讨,并不意味着我们给予这个或那个被认为是绝对起点的阶段以一种特权地位:这倒不如说是注意到存在着一个未经清楚界定的建构,并强调我们要了解这种建构的原因和机制就必须了解它的所有的或至少是尽可能多的阶段"。③ "中国现代儿童文学"正是这样一个"未经清楚界定的建构",本书虽以进化论为重要线索,来索解它的发生,但这并不意味着这是唯一且绝对的解释,只是说还存在这样一个可供阐释的空间,并有意使之突显出来。

在本书研究的整体架构上,如前文所言,也得到传播学、影响研究的启示。此外,鉴于研究对象——"进化论"与"中国现代儿童文学"的特殊性,在论述过程中,还不得不涉及生物学、哲学、儿童文学、心理学、教育学、人类文化学等多门学科,这也就注定了我们的研究方法还将是一种跨学科研究方法。而也正是研究对象和研究方法的特殊性,将使我们的研究有别于一般研究者对进化论与中国现代文学的研究,显示其独特的研究价值。

总的来说,本书具有如下意义、价值:

1. 考察是一种接近、一种选择,本书所探讨的既不是纯粹的理论问题,也不是纯粹的文学史问题,而是"以论带史",以进化论为线索,贯穿起中国现代儿童

① [德]恩斯特·卡西尔著,甘阳译:《人论:人类文化哲学导引》,上海:上海译文出版社,2013年,第317—318页。

② [德]恩斯特·卡西尔著,甘阳译:《人论:人类文化哲学导引》,上海:上海译文出版社,2013年,第202页。

③ [瑞士]皮亚杰著,王宪钿等译:《发生认识论原理》,北京:商务印书馆,1981年,第17—18页。

文学发生期里诸多重要人物、文学现象、历史事件，这就为研究、理解中国现代儿童文学的发生提供了一个新的视角，一种新的框架。

2.探讨进化论及相关问题是理解中国现代性问题的关键所在，而中国儿童文学又是中国现代化进程的产物，将两者结合在一起考察，可以挖掘出两者之间内在的逻辑联系。忽视进化论，我们也就不能真正理解中国现代儿童文学的创建原理和精神实质。而对儿童文学的发生、发展做内在机理的梳理，也有助于我们反思中国近代以来的儿童观、儿童文学理念、儿童文学创作实践。

3.中国现代儿童文学的发生是“外源型”的，以进化论的输入、传播和对中国现代儿童文学的影响为例，能够展示出近代以来西学东渐，东西方文化相互碰撞交织的社会文化现实，以及中国知识分子在接受、移用外来资源上的历史特点，并为研究者考察其他外来学说、理论、思潮对中国儿童文学的影响提供范例。

4.以“儿童文学”为场域，展现出近代以来中国知识分子对“儿童”“民族”的思考与想象，以及包含于其中的政治诉求和斗争。

5.以进化论为基点，对严复、梁启超、鲁迅、周作人、叶圣陶、冰心等人的儿童观、儿童文学观、儿童文学创作展开系统阐述，可以使人看到中国现代儿童观的出现、儿童文学理念的生成、儿童文学创作的逐步发展；同时，也有利于辨析它们之间的联系和区别，更有助于确立他们在中国儿童发现史、儿童文学发生史上的重要地位，看清他们曾经达到的高度。

6.考察中国现代儿童文学的发生，它的意义不仅在于历史，也在于现在和将来。描摹出中国儿童文学发生期的面貌和特点，有助于我们理解中国儿童文学日后的发展趋向、文学品质、学科特点；同时，也为发生在当下儿童文学领域的一些文学现象、文学论争提供历史的参照和依据，为当代儿童文学的发展提供借鉴与经验。另外，理解中国现代儿童文学的发生，理解儿童文学，从根本上说，也是为了更好地理解儿童，以史为鉴，以史为镜，促使我们去审视、探求在当代语境下如何建立起与儿童更为和谐、美好、本真的关系。

7.弥补以往研究者在论述进化论与中国现代文学，以及探讨进化论和中国近代以来社会、观念变革等话题时遗留的空缺，同时，以区别于以往研究者的研究路径，拓展有关进化论话题的研究思路，丰富有关进化论话题的研究内容。

第一章 进化论在中国的输入、传播及影响

大清帝国当今这种涉及全局的新生活的最初震荡正始于响彻帝国的英国枪炮的回声，回声不会停息，更不用说西方的其他声音，西方关于人生的新思想，崭新的天国和人间的景观也已展现在人们眼前，点石成金之手一直在编织着的诗篇和传奇以全新的观念启发着人们……

——传教士 麦高温①

第一节 进化论输入中国的时代背景及理论要点

一、鸦片战争：中国近代屈辱史和现代化进程的开端

1840 年，鸦片战争爆发，“日不落”帝国的枪炮惊醒了“天朝上国”的迷梦，也强行轰开了它紧闭的大门。这是中国近代屈辱史的开端，但也无法否认，这是中国接受现代文明，踏上现代化进程的开端。

一方面，面对西方侵略者的“船坚炮利”，以及内忧外患的局面，中国早期的有识之士不得不收起他们的妄自尊大，低头向西方，他们眼中曾经的野蛮民族、野蛮人——夷狄、夷人学习。当他们这么做时，在他们眼前随之展开的是一幅崭新的世界、文明图景。但他们还来不及一一“品鉴”，对他们来说，当务之急是“师夷之长技以制夷”，是“师夷之长技”以图国家之富强。而他们首先着眼的“夷之长技”主要是船炮器械、声光电化之类的科学技术，几千年的优越感，使他们更愿意相信，西方的强大，仅仅只是“器”的强大，而中国的“道”——伟大的伦

---

① ［英］麦高温著，朱涛、倪静译：《中国人生活的明与暗》，北京：中华书局，2006 年，第 23 页。

理价值观念、辉煌悠久的文化远非西方可比拟。

第二次鸦片战争之后兴起的洋务运动(1861—1895)是近代中国向西方学习的第一次大规模行动,清政府的洋务派举着"自强""求富"的旗帜,秉承"师夷制夷""中体西用"的思想,大力兴"西学",办"洋务":发展新式军工业,创建新式军队,兴办民用企业,又自办报刊,开办新式学堂,选派留学生,开设译书馆等等。

如果硬要说1895年中国在甲午战争中的惨败,标志着历时三十余年的洋务运动的失败,那么,我们更愿意承认这只是洋务运动在"器"上的暂时失败,他们发奋图强的种种实际举措和为此展开的持续激烈的辩论,无意中已形成了时代的一种新的"道"统——向西方学习,寻求中国的富强。这一新的"道"统一改国人一遇到问题便要向后看的惯性,作为宝贵遗产被继承了下来,并持续酝酿了之后的维新运动、民主革命运动,乃至新文化运动。继承者中不乏从洋务运动的新式学堂走出去,走向世界,学有所成,又回到中国,寻求社会变革并身体力行的人物,包括革命家、思想家、文学家、翻译家等等,本书所将要论及的严复、鲁迅、胡适、周作人等人即是其中代表。

而洋务派原本只为引进西方的"器"——科学技术,但事实上,西方的"器"所根植的"道"——科学思想、科学精神,也一并被带了进来。而国人思想的城墙一旦出现裂缝,就再也抵挡不住西方文化的猛烈冲撞。西学的大量翻译,也从以自然学科为主,逐渐扩展到社会、人文学科,并开始不断触及西方的政治、经济、法律、宗教、历史、文学、伦理观念等等(实际上,在最初的翻译中,就已夹杂着这些方面的内容)。为此,国人在思想上受到的强烈震动也许远甚于当初西方的枪炮声所引起的震动。战争并不罕见,但这些新思想、新观念却是国人闻所未闻的。也正是这些新思想、新观念引发并推动了包括儿童观、儿童文学在内的社会变革。

而就在中国被迫打开大门,看向世界,走向世界的同时,世界也在好奇地打量着这个古老的东方民族,并向它迈步走来。除了只为掠夺的侵略者之外,传教士、教员、外交官、记者、学者、作家、商人、探险家、律师等等各行各业、形形色色的外国人,怀抱各自不同的目的,也风尘仆仆地涌入中国。他们在带来西方文明、西方讯息的同时,也以现代性的目光细致观察、探析着中国的政治、经济、文化、教育(儿童教育)、社会生活(儿童生活)和民族特性,密切关注着此一时期中国人在各方面的变革。

达尔文及生物进化论正是在这一背景下传入了中国，现代儿童观也正是在这一背景下开始出现于中国，现代意义上的儿童文学同样是在这一背景下得以创建。如陈思和所言，“中国的现代文学其实是在呼应世界性的现代化进程中开始起飞的，晚清开始，中国在受到西方列强的枪炮侵略和心理屈辱的同时，开始思考现代化的问题，逐步确立了世界性的视野和观念。而这一新的信念的确立，正是以推崇西方伟大的思想家文学家为标志的”。[①] 达尔文便是备受中国近代知识分子推崇的人物之一。

有研究者通过考察指出，达尔文及其学说的某些观点实际上早在十九世纪七十年代，就已由一些传教士介绍传入中国。我们可以以一表格，来展示达尔文及其学说在中国的早期传播情况：[②]

书(文)名	原著者	译者	发表时间	备注
西博士新著《人本》一书(文)			1873年8月	见《申报》同治十二年闰六月二十九(新闻)
地学浅释(书)	雷侠儿(即莱伊尔)	玛高温 华衡芳	1873年	江南制造局本共32卷(1871年起翻译)
混沌说(文)	(疑为)傅兰雅		1877年秋	见《格致汇编》第二年第七卷
地学指略(书)中册	文教治		1881年	益智书会本
西学考略(书)卷下	丁韪良		1883年	光绪癸未夏同文馆聚珍本(共二卷)
西学略述(书)卷七	艾约瑟		1886年	光绪丙申总税务司本(共10卷)
地学举要(书)	(不详)	慕维廉	约八十年代	
论人(文)	韦廉臣		1890年3月	见《万国公报》第16册光绪十六年三月
生命大道(文)	慕维廉		1891年春	见《万国公报》第27册光绪十七年三月

① 陈思和：《〈世纪的回响·外来思潮卷〉出版序》，沈永宝、蔡兴水编《进化论的影响力——达尔文在中国》，南昌：江西高校出版社，2009年，第3页。

② 马自毅：《进化论在中国的早期传播与影响——19世纪70年代至1899年》，丁守和、方行主编《〈中国文化〉研究集刊·第五辑》，上海：复旦大学出版社，1987年，第264—265页。

续表

书(文)名	原著者	译者	发表时间	备注
地理初桄(文)	孟梯德	卜舫济	1891 年秋	见《格致汇编》第六年秋
地学稽古论(文)	(疑为)傅兰雅		1891 年冬	见《格致汇编》第六年冬
博物新闻(文)	艾约瑟		1891 年春	见《格致汇编》第六年春

总的来说,达尔文及其学说在中国的早期传播,有三个基本特点:第一,进化论在这个时期主要是夹杂在西方自然科学尤其是地质学和生物学的知识中一起输入的,因而没有引起人们特别的注意;第二,这一时期的进化论主要是由西方传教士介绍引进的,但传教士的特殊身份和科学素养,决定了他们对进化论这种科学理论的介绍往往是简单、粗略甚至歪曲的,因此时人也不可能真正了解进化论;第三,进化论对当时中国思想界的影响非常小。①

当然,在早期传播介绍进化思想方面,在自然科学领域之外,一些社会科学的译书,也起了很大作用。如英国传教士李提摩太所译的《泰西新史揽要》(1895,广学会),原作为英国学者罗伯特·麦肯齐(当时译为马恳西)1880 年出版的《十九世纪史》,它的重要性不仅在于分国别叙述了十九世纪欧美各国资本主义发展的历史,满足中国士子了解世界时事、应付新式考试的需求,同时它又是一部宣传斯宾塞进化思想的重要作品,其核心观念即是,"人类历史是进步的记录——知识积累和智慧增长的记录,智力和幸福从低级阶段向高级阶段持续发展的记录",②这种进化思想"让中国士子感到无比新鲜,此书的译述又早于后来宣扬社会进化论的严译《天演论》,因而,这本'最乏味的残余'成了中国'最风行的读物'"。③

不管怎么说,随着传教士对西方自然科学知识和人文社会科学知识的传播介绍,有关天体演变、地质进化、物种演变以及历史进步等进化思想,开始为人

① 鲁军:《进化论在近代中国的传播及其哲学影响》,吉林大学社会科学学报编辑部编《中国近现代哲学史研究文集》,长春:长春日报第二印刷厂,1983 年,第 184—185 页。

② [美]浦嘉珉著,钟永强译:《中国与达尔文》,南京:江苏人民出版社,2014 年,第 45 页。

③ 邹振环:《影响中国近代社会的一百种译作》,北京:中国对外翻译出版公司,1996 年,第 101—104 页。

们所接触，也引起了部分中国士子、士大夫、官员的重视。[①] 这为严复翻译《天演论》和《天演论》出版后所引起的广泛社会效应，做了充分、有力的铺垫。

二、自然选择理论："伟大理论"的核心

1859 年，英国博物学家查尔斯·罗伯特·达尔文出版《物种起源》一书，在大量实验和观察的基础上，达尔文系统阐明了生物进化的机制和驱动力等问题，科学地解释了物种的起源和进化。

达尔文的生物进化论不仅在生物学领域完成了一次伟大的革命，奠定了进化科学的基础，对自然科学产生了巨大影响，而且在人文社会科学领域也产生了巨大影响。在人文社会科学领域，人类学、社会学、优生学、心理学、民族学等学科在其影响下形成或获得发展，哲学思想方面，陆续出现马克思主义的进化论、机械进化论、伦理进化论、互助进化论、生命进化论、海克尔的一元论哲学、实用主义的进化论、突创进化论、种族进化论等观点各异的进化论或进化思想，同时，进化思想还被广泛运用于历史、文化、文学等专业部门。[②] 可以说，"十九世纪，生物科学中的任何发现和理论，乃至整个自然科学中的任何发现和理论，都未能像进化论那样对人类的思想产生了如此大的影响"。[③]

达尔文的生物进化论本身是一个"内容非常丰富的理论群"，当代著名进化论学者恩斯特·迈尔将达尔文进化论划分为五个主要的子理论：生物进化理论，共同由来理论，物种增殖理论，渐变理论，自然选择理论。[④] 而其核心或说精髓部分则是自然选择理论，这也是达尔文学说区别于之前的进化学说的显著特征。[⑤] 因此，理解达尔文生物进化论的前提就在于准确把握自然选择理论，同时，这也是理解在其之后涌现于各个领域里的基于(或自认为基于)达尔文学说的各种进化论、进化思想的前提。不可否认的是，部分人在将达尔文的进化论

① 可参见鲁军：《进化论在近代中国的传播及其哲学影响》，吉林大学社会科学学报编辑部编《中国近现代哲学史研究文集》，长春：长春日报第二印刷厂，1983 年，第 183—184 页。马自毅：《进化论在中国的早期传播与影响——19 世纪 70 年代至 1899 年》，丁守和、方行主编《〈中国文化〉研究集刊·第五辑》，上海：复旦大学出版社，1987 年，第 268—272 页。

② 吴丕：《进化论与中国激进主义(1859—1924)》，北京：北京大学出版社，2005 年，第 25—31 页。

③ 田洺：《叛逆的历程——进化思想源流》，沈阳：辽宁大学出版社，1996 年，第 133 页。

④ [美]恩斯特·迈尔著，田洺译：《很长的论点：达尔文与现代进化思想的产生》，上海：上海科学技术出版社，2003 年，第 41 页。

⑤ 庚镇城：《〈进化论的影响力——达尔文在中国〉序》，沈永宝、蔡兴水编《进化论的影响力——达尔文在中国》，南昌：江西高校出版社，2009 年，第 12 页。

作为“科学的依据”而运用到人文社会科学领域时，在不同程度上做了发挥甚至曲解。

自然选择理论的要点，简单地说，主要涉及这样几方面的内容：

首先，生物普遍具有变异性，变异既有一定变异（或称定向变异，指在相同生活条件下，几乎所有个体都发生相似的变异），又有不定变异（或称非定向变异，指在相同生活条件下，个体发生了各不相同的变异，具有随机性和不一致性，由生物的内在特性起决定作用），同时，生活条件的变化也会引发变异。生物又都具有遗传性，生物的变异大多数可以遗传下去。

其次，生物都具有高度繁殖趋势，这样，生殖过剩就与食物和生存空间的有限性构成尖锐矛盾，结果必然导致形形色色的生存斗争或生存竞争。生存斗争包括生物同无机界的斗争、种间斗争及种内斗争。在生存斗争中，具有对生存有利变异的个体得以生存并留下后代，而具有对生存不利变异的个体则遭到淘汰。

所谓自然选择，就是保存有利变异、淘汰不利变异的自然过程。达尔文强调“自然选择”是一种比喻，是相对于“人工选择”而言的，但“人工选择”所遵从的是人类的意愿，选择的生物性状一般来说也是对人类有益的，而“自然选择”中的“自然”是指生物赖以生存的各种有机和无机条件，并不是神的意愿，其选择并积累的只是对那些生物本身有利的性状。达尔文同时也再三指出，有利变异与不利变异也是相对的，视具体条件而定。

由此，可以看到自然选择的两个显著结果：其一是造就生物对环境的适应性。生物在形态构造、生理机能、行为和习性等方面，常对环境具有普遍的适应性，而自然选择通过将有利变异保存和积累起来，必然造成生物对环境条件的进一步适应。但适应不是绝对的而是相对的，其根本原因在于环境的不断变化。

其二，造就生物的广泛多样性。分布广、个体数目多的常见物种，面临各种不同的无机和有机环境条件，其可遗传的变异经由自然选择，形成各不相同的适应特征，从而引发性状分歧，经过变种阶段，旧物种和中间过渡类型（初级物种）消亡，最后形成独立物种。

达尔文认为，物种形成的过程是逐渐发生、异常缓慢的，并非突变和飞跃的，因而他的生物进化论也被称为“渐变论”。由此，他也就驳斥了人们对自然界生物长期所持的“神创论”（认为物种特创和物种不变）。达尔文继而用他的以自然选择为核心的进化理论对生物界在地史演变、地理变迁、形态分异、胚胎发育中的各种现象进行了令人信服的解释，从而使这一理论获得了进一步的支撑。①

而在后续的工作中（1871 年出版《人类的由来及性选择》），达尔文又以进化论来解释人类的起源及其进化历史。他把人类看成是生物界的一员，认为人类同其他物种一样，也是经由变异和生存斗争导致发生的自然选择，从先前存在的某类低于人类的动物进化而来的，认为人猿同祖。人类文明则是人类从低等动物进化出来后，同样通过自然选择，逐渐由半人类状态、未开化的原始状态发展而来的。②

把握这些要点，有助于我们在之后论述时，有一个准确的参照，知道那些进化论推崇者、使用者们在面对具体问题时，对达尔文的进化论做了哪些改动。

"作为一个伟大的理论"，进化论，尤其是自然选择理论，拥有"毋庸置疑的雅致与精练"，"它表述得如此清楚明白"，看起来很简单，似乎"任何人都能理解它、理解书中列举的各种佐证"。③ 但达尔文进化论的这种"简单"在使它影响广泛的同时也使它成为众矢之的，因为每个人都能理解它，所以每个人都能对它提出意见。在生物学内部，一些人仍然坚持物种不变的观点，并以此攻击达尔文的学说，而相信达尔文物种进化理论的，又形成物种突变和物种渐变的派别，还有一些人则就"自然选择"是不是物种进化唯一的驱动力而展开争论。

在社会领域，进化论似乎更具争议性，它所激起的两极化的反应，更难以预料。不少人憎恨进化论，在他们看来，达尔文的进化论设定了一个总是处在冲突和斗争中的世界，设想这样一个世界是压抑和沮丧的，也是危险的，因为这不仅宽恕了冲突，也给了战争以正当性。进化论所暗示的"弱的就应该死"、"强权就是公理"、贫富不均是合理的、殖民是正当的，更是毫无人道可言，让人难以接受。当然，这些远非达尔文的本意，很大程度上这源于一些人对达尔文进化论和自然选择的曲解、篡用，为使其襄助各种意识形态。

而进化论之所以会被广泛篡用，从根本上说，也是因为进化论本身具有一种形而上学倾向。"对于一般的思想史，对于哲学思想的发展来说，更重要的不是进化的经验事实，而是对这些事实的理论解释。可以毫不含糊地说，这种解

① ［英］达尔文著，舒德干等译：《物种起源》，北京：北京大学出版社，2005 年。

② ［英］达尔文著，叶笃庄、杨习之译：《人类的由来及性选择》，北京：北京大学出版社，2009 年。

③ ［美］米尔斯著，李虎译：《进化论传奇：一个理论的传记》，北京：海洋出版社，2010 年，第 2 页。

释并不是由经验的证据本身，而毋宁是由某些含有明确的形而上学特征的基本原则所决定的。进化论思想的这种形而上学倾向乃是一个潜在的激发力量，虽然人们很少承认这一点”。①

也正是达尔文进化论的这种形而上学倾向，使其在传入中国后，首先是在哲学、思想领域而非生物学领域引起巨大震动。如前面指出的，达尔文及其学说的某些观点实际上早在十九世纪七八十年代，就已由一些传教士介绍传入中国，“但是他们的那些介绍都是非常简单和不得要领的。更重要的是，他们回避了达尔文进化论的核心——自然选择理论。所以传教士的那些介绍，并没有在中国产生多大影响”，“直到严复翻译《天演论》，达尔文学说才真正产生重要的影响”。以自然选择为理论核心的达尔文学说在严复的引介下（严复以“物竞天择，适者生存”来概括），“首先成了不甘受帝国主义欺凌，渴求发展图强争取生存的中国人变革现实的重要思想武器”，同时，人们从进化论出发，“不仅深信生物界是进化的发展的，而且也坚信世界万事万物也都是在变化发展之中”，“这种新的哲学观点……成了当时进步的中国人观察自然、社会、国家、人生、道德以及万事万物的总观点”。②

第二节 “一新耳目，更革心思”——严复与进化论

一、严复译介《天演论》的契机和动机

严复成为进化论在中国传播的最为重要的引介者，与其所处时代背景、自身经历均有密切关系。严复生于 1854 年，如前所述，时值鸦片战争之后，中国被迫与世界建立起双向的交流，而严复少年时（1867—1871）所就读的福州船厂附设的船政学堂，正是当时为了“自强”“求富”而大力兴“西学”、办“洋务”的洋务派所创办的新式学堂之一。③ 因此，严复在读期间所学的也主要是如“英文、

① ［德］恩斯特·卡西尔著，甘阳译：《人论：人类文化哲学导引》，上海：上海译文出版社，2013 年，第 32—33 页。

② 汪子春、张秉伦：《达尔文学说在中国的传播和影响》，《进化论选集》编辑委员会编《进化论选集（纪念达尔文逝世一百周年学术讨论会论文选编）》，北京：科学出版社，1983 年，第 10、14 页。

③ 王栻：《严复传》，上海：上海人民出版社，1976 年，第 1—5 页。

算术、几何、代数……电磁学、光学、音学、热学、化学、地质学、天文学、航海学"等"西学"，[①]这无疑为他后来接受同是"西学"的进化论打下了最初的基础。尽管达尔文的名字及学说在十九世纪七八十年代就已由一些西方传教士介绍到中国，但尚无资料表明，严复在此期间接触或谈论过进化论。

1877—1879 年严复被选派去往英国留学，这是严复思想发展的重要时期，也可能是在这个时期，严复最初接触到进化论。英国是进化论的"故乡"，当时进化论已经盛极一时，国内学术界对此学说仍处于激烈辩论中，而达尔文及推崇进化论的几位重要人物如斯宾塞、赫胥黎等都还在世，王栻指出，"严复当日对于他们的学说早已倾服笃信，回国以后，更是不断钻研；这样，进化论（连同庸俗进化论），就成为严复全部政治理论的基石"。[②]

1895 年中国在甲午战争中的失败，对严复来说是一个极大刺激。"至是年，和议始成，府君大受刺激。自是专致力于翻译著述。先从事于赫胥黎 T. Huxley 之《天演论》*Evolution and Ethics*，未数月而脱稿……是年复有《论世变之亟》、《原强》、《救亡决论》、《辟韩》诸文，均刊于天津之《直报》。"[③]

一般认为，1898 年《天演论》的正式出版是严复引入进化论的首要证明，就其传播、影响来说，的确是这样。但事实上，在 1895 年严复所发表的《论世变之亟》《原强》《救亡决论》《辟韩》这几篇论文中，我们可以看到，达尔文、斯宾塞等人的名字都已出现，而更为重要的是，构成这些论文的重要思想之一便是进化

---

① 严璩：《侯官严先生年谱》，王栻主编《严复集·第五册》，北京：中华书局，1986 年，第 1546 页。

② 王栻：《严复传》，上海：上海人民出版社，1976 年，第 40 页。

③ 严璩：《侯官严先生年谱》，王栻主编《严复集·第五册》，北京：中华书局，1986 年，第 1548 页。关于《天演论》翻译的时间，说法不一。严复之子严璩，在《侯官严先生年谱》中将严复翻译《天演论》的时间定为 1895 年。而严复在《天演论》自序中交代："夏日如年，聊为迻译。"序末注明"光绪丙申重九严复序"，按情理推断，《天演论》当是译于 1896 年夏，并于重阳节（10 月 15 日）作序。王蘧常在《严几道年谱》中，即采信这种说法，并认为严璩所说"误也"。（参见王蘧常：《严几道年谱》，牛仰山、孙鸿霓编《严复研究资料》，福州：海峡文艺出版社，1990 年，第 31 页。）而王栻因看到光绪乙未三月陕西味经售书处重刊的《天演论》本，则认为"初稿至迟于 1895 年（光绪二十一年）译成，可能还在 1894 年（光绪二十年）"。（参见王栻：《严复传》，上海：上海人民出版社，1976 年，第 41 页。）孙运祥通过对《天演论》各版本的考察，认为陕西味经售书处重刊本是严复在译述修改过程中，陆续传播刻印的本子，非定本，印成发行"应在光绪二十四年夏、秋"（1898 年），而不可能在"光绪乙未三月"。他认为严璩所定《天演论》译述于 1895 年的时间是可信的。另外，1897 年 12 月至 1898 年 2 月，由严复等人在天津创办的《国闻汇编》"在第二、四、五、六诸册之首连载了《天演论悬疏》前九节及'自序'"，虽"没有全文刊登《天演论》，但是此书的进化论思想却得以提前传播"。《天演论》正式出版于 1898 年，它的第一个通行本即湖北沔阳卢氏慎始基斋本。（参见孙玉祥：《〈天演论〉版本考异》，黄瑞霖主编《中国近代启蒙思想家——严复诞辰 150 周年纪念论文集》，北京：方志出版社，2003 年，第 320—332 页。）

论。史华兹认为，这几篇论文“极其清楚地表明了严复当时对世界的整个看法”，“也清楚地表明了严复的全部基本观点，这些观点正是他在以后几年里致力于翻译的基础”，参照这些论文，阅读他后来在《天演论》等译著中所加的按语，就会发现两者差不多是一脉相承的，“这几篇论文……实际上构成了严复全部译著的绪论”。[①]

但这里，还有一个问题需要探讨的是，为什么在甲午战争之后，严复如此看重并且极欲引入进化论？这个问题，可以从这样几个方面去理解。

中国在这一次战败中所感到的愤怒、屈辱和恐惧比这之前更甚，因为这一次不再是败给强大的西方帝国，而是败给了自己的邻国——“蕞尔小国日本”，一个新近崛起的国家。战败后，各帝国又在中国掀起了划分势力范围、强占租借地的狂潮，旨在瓜分中国。而已持续三十余年的洋务运动，似乎并没有取得应有的效果，中国仍然没有强大起来，实现自卫。因此，当一些人再次以日本武备精良为由来为这次惨败做辩解时，严复却认识到“西方强大的根本原因……绝不仅仅在于武器和技术，也不仅仅在于经济、政治组织或任何制度设施，而在于对现实的完全不同的体察。因此，应该在思想和价值观的领域里去寻找”。[②]

在严复眼中，当时“西方思想中最精当最革命的成分”，正包含在达尔文的进化论中，这个理论是促使西方富强、长治不衰的“力量的源泉”。[③]“达尔文者，英之讲动植之学者也，……著一书曰《物种探原》。自其书出，欧美二洲，几于家有其书，而泰西之学术政教，一时斐变。论者谓达氏之学，其一新耳目，更革心思，甚于奈端氏之格致天算，殆非虚言”。[④] 达氏之学所“更革”西人心思之一种，便是它使西方人更加相信进步，因为人们认为它以科学的方式证明了“进化”，提供了人类不断进步、完善的依据。[⑤] 而严复注意到，“尝谓中西事理，其最不同而断乎不可合者，莫大于中之人好古而忽今，西之人力今以胜古。中之人以一治一乱、一盛一衰为天行人事之自然；西之人以日进无疆，既盛不可复衰，既治

① [美]本杰明·史华兹著，叶凤美译：《寻求富强：严复与西方》，南京：江苏人民出版社，2005年，第28页。

② [美]本杰明·史华兹著，叶凤美译：《寻求富强：严复与西方》，南京：江苏人民出版社，2005年，第29页。

③ [美]本杰明·史华兹著，叶凤美译：《寻求富强：严复与西方》，南京：江苏人民出版社，2005年，第65页。

④ 严复：《原强》(1895)，周振甫选注《严复选集》，北京：人民文学出版社，2004年，第14页。

⑤ [美]浦嘉珉著，钟永强译：《中国与达尔文》，南京：江苏人民出版社，2014年，第12页。

不可复乱，为学术政化之极则”。[①] 严复很可能就此认为，社会发展的决定性因素就看进化动力是不是受到限制，西方强大的秘密正在于人们对于进步的普遍信念，他们相信进步，所以他们获得发展；反观中国，却历来笃信循环论，阻碍了进步，因而毫无进展。两相对比之下，严复势必会觉得需要引进达氏之学，以“更革”国人之心思。

且不同于之前传教士对达尔文学说简单而不得要领的介绍，严复极为敏锐地抓住了达尔文进化论的核心精神——“物竞者，物争自存也。天择者，存其宜种也”。[②] 严复感到达尔文所述的“动植”的生存境况，却也正是“民人”的生存境况，这使他不得不担忧起在当前的国事之下，国人极可能“无以自存，无以遗种”。

严复继而指出“天演”之公理，是一种发生于世间万事万物、不为人力所抗拒的客观普遍规律，[③]由此，他就郑重向国人、向那些仍妄想“圣人”来救国的士大夫们发出了亡国灭种的警告。

但“达尔文的理论不只是描述了现实，而且还规定了价值观念和行动准则”，[④]在严复那里，它成了一个“改变世界”的纲领。“争”既为自然之道不可避免，那么，“外物之来，深闭固拒必非良法”，只能是“强立不反，出与力争”，唯此才能“有以自立”。[⑤] 严复从达尔文学说中，不仅看到了危亡，同时也看到了竞争的活力，看到人潜在能力的充分发挥。而弱者如何与强大的“外物”“力争”，严复又很自然地从达尔文学说中引出另一极有价值的观念——“变”。

《天演论》开篇即指出世间事物都处于“变动不居之中”，没有什么是能够保持不变的，不变的只有“天演”。[⑥] 就物种的“变”来说，它不仅跟“外境”密切相关，“……惟外境既迁，形处其中，受其逼拶，乃不能不去故以即新”，[⑦]而且“凡脆弱而不善变者不能自致于最宜”，就会“日为天演所耘以日少日灭”。[⑧] 当前中国

---

① 严复：《论世变之亟》(1895)，周振甫选注《严复选集》，北京：人民文学出版社，2004年，第3页。

② 严复：《原强》(1895)，周振甫选注《严复选集》，北京：人民文学出版社，2004年，第15页。

③ 严复译著，冯君豪注译：《天演论》，郑州：中州古籍出版社，1998年，第57页。

④ [美]本杰明·史华兹著，叶凤美译：《寻求富强：严复与西方》，南京：江苏人民出版社，2005年，第30页。

⑤ 严复：《有如三保》(1898)，周振甫选注《严复选集》，北京：人民文学出版社，2004年，第139—140页。

⑥ 严复译著，冯君豪注译：《天演论》，郑州：中州古籍出版社，1998年，第42页。

⑦ 严复译著，冯君豪注译：《天演论》，郑州：中州古籍出版社，1998年，第211页。

⑧ 严复译著，冯君豪注译：《天演论》，郑州：中州古籍出版社，1998年，第19页。

无疑正是受外境逼拶最为紧迫的时候，无论从哪个角度来说，中国势必要经历一场“变”——变法。在严复看来，早一日实施变法，中国就早一日转机，早一日变强，否则必亡。①

就“变”而言，不管是严复，还是之后的梁启超等人都意指有意识的、积极的变化，“他们相信自我转变、自我修养、自强、自我改善、自力更生。他们因而设想，在进化的竞争中，人类有能力去转变他们的‘共同自我’（corporate self）并使得那个自我存续下来”。②

无须进化论，面对当前“天下大势”，严复及国人无疑都能感到亡国灭种的威胁，似乎也无须达尔文的进化论，严复就能走到变法的道路上去，《易经》所指示的“否极泰来”“穷则变，变则通，通则久”，③同样能使人明白在当前绝境之下变法的必要性。

但对严复来说，这远远不够，他要为变革的必要性传召西方的证人——达尔文。鸦片战争以来，西方所展示出的强大的科学技术，以及不断输入的“西学”，使国人渐渐地开始不得不敬畏西方人，不得不崇拜科学。而这就是达尔文作为“西方的证人”具有权威性的原因（这是一种新的权威，不再是古代圣人之言），他是西方的科学家，科学家说的话无疑更具说服力。也就是说，达尔文的进化论使严复的变革诉求更加合理化、合法化。

二、《天演论》思想精要

值得一说的是，《天演论》并非译自达尔文的《物种起源》一书，而是译自赫胥黎《进化论与伦理学及其他论文》一书中的第一、二部分。严复没有选择译达尔文的《物种起源》一书，似乎可以理解，因为从一开始，他的关注点就不在生物学上的巨大发现、进展，“他全神贯注的只是含有将达尔文原理运用于人类行动领域的那些内容”，④也就是说，他对达尔文的兴趣是政治学和社会学的，而非生物学的。

如果这么说，斯宾塞的著作似乎是一个更理想的选择，斯宾塞正是与达尔

① 严复：《救亡决论》（1895），周振甫选注《严复选集》，北京：人民文学出版社，2004年，第55、68页。

② ［美］浦嘉珉著，钟永强译：《中国与达尔文》，南京：江苏人民出版社，2014年，第107页。

③ 严复：《救亡决论》（1895），周振甫选注《严复选集》，北京：人民文学出版社，2004年，第68页。

④ ［美］本杰明·史华兹著，叶凤美译：《寻求富强：严复与西方》，南京：江苏人民出版社，2005年，第65页。

文同时代，“宗天演之术，以大阐人伦治化之事”的思想大家，一个社会达尔文主义者，且在《原强》(1895)中严复就已表现出对斯宾塞“群学”的备加推崇。[①] 然而，严复最终也没有选择斯宾塞的著作，这一方面是由于斯宾塞“群学”的理论根基在“生学”，严复认定治“群学”势必先治“生学”，但更为重要的一方面是，斯宾塞“任天而治”的社会进化理路，并不为严复所认同。

在斯宾塞看来，人类社会同生物世界一样，进化不仅以同样方式不可抗拒地进行着，而且是一个不断趋向完善(或完美)的进步过程。因而，他认为“凡人生保身保种、合群进化之事，凡所当为，皆有其自然者为之阴驱而潜率”，[②]人类社会，只要任其自然发展，同生物界一样，任其自由竞争、优胜劣败，不加人为的干预和阻碍，就能进向一个完美的境地。

这对于亟须借助进化论鼓舞国人做积极的努力，实施变法，改变国家命运的严复来说，显然是不能接受的。因而，严复最终选择了赫胥黎的《进化论与伦理学》，“首先，赫胥黎的著作确实以简洁生动的、几乎诗一般的语言阐述了达尔文主义的主要原理”，[③]同时，“赫胥黎氏此书之旨，本以救斯宾塞任天为治之末流，……且于自强保种之事，反复三致意焉”。[④]

赫胥黎尽管也视达尔文的生物进化论具有普遍性，但他反对将达尔文的一般原理照搬到人类社会。在他看来，自然的进化过程不避生存斗争，“意”在使最适者生存，但人类社会的进化过程却应当尽可能抑制生存斗争，使尽可能多的人能够生存。他呼吁人类要不断培育和发展从自然进化过程中形成的伦理本性，人类文明和社会进步正是通过伦理本性不断战胜自然本性、伦理过程取代自然过程来实现的。也就是说，要想达至人类的理想之国，则必将“非由任天行之自然，而由尽力于人治”。[⑤]

给严复《天演论》作序的吴汝纶，准确地把握住了赫胥黎进化论思想的核心，“赫胥黎氏起而尽变故说，以为天不可独任，要贵以人持天。以人持天，必究极乎天赋之能，使人治日即乎新，而后其国永存，而种族赖以不坠，是之谓与天争胜。而人之争天而胜天者，又皆天事之所苞，是故天行人治，同归天演”。而

① 严复：《原强》(1895)，周振甫选注《严复选集》，北京：人民文学出版社，2004年，第15—17页。

② 严复译著，冯君豪注译：《天演论》，郑州：中州古籍出版社，1998年，第104页。

③ [美]本杰明·史华兹著，叶凤美译：《寻求富强：严复与西方》，南京：江苏人民出版社，2005年，第68页。

④ 严复译著，冯君豪注译：《天演论》，郑州：中州古籍出版社，1998年，第16页。

⑤ 严复译著，冯君豪注译：《天演论》，郑州：中州古籍出版社，1998年，第131页。

他也深切明白严复的用心:“抑严子之译是书,不惟自传其文而已,盖谓赫胥黎氏以人持天,以人治之日新卫其种族之说,其义富,其辞危,使读焉者怵焉知变,于国论殆有助乎?”①

尽管严复在书中以按语的形式对赫胥黎的一些说法表示异议,并为斯宾塞辩护,②但在“以人持天”“与天争胜”,以“人治”而至“国永存”“种族不坠”这一点上,他应该与赫胥黎有着深切的共鸣。

斯宾塞——一个社会达尔文主义者,为严复描摹出了一幅残酷的社会进化图景(自由竞争,弱肉强食,优胜劣败,适者生存),并指出了一条不应受阻的日趋完善的进化之路,无疑严复从一开始就认同他的指示,从某种程度上说,严复正是以一个斯宾塞推崇者、社会达尔文主义者的身份引入了达尔文的进化论。但赫胥黎——一个反社会达尔文主义者,却给予了严复未从斯宾塞处得到的东西——“与天争胜”的信念,或者说是人的自觉意志,引领人们在不可抗拒、确定无疑的进化之路上能有所作为。诚如浦嘉珉所言,正是“这种对人类坚毅行动之必要性的共同信念,最终解决了这个‘重大悖论’,即‘社会达尔文主义者’严复选择翻译一部‘反社会达尔文主义的’著作来作为内外交困的中国的达尔文主义生存指南”。③

《天演论》的思想是庞杂的,这里面既有达尔文、赫胥黎、斯宾塞的声音,也有严复自己的声音,④不仅如此,在“卷下”中它还涉及诸多哲学家、哲学思想、哲学命题的探讨。而严复整体的进化论思想更为复杂,它还融汇了亚当·斯密、穆勒、孟德斯鸠、甄克思等人的思想,乃至中国的传统思想(道家、儒家、释家、法家等)。这里,我们不可能就此展开系统的论述,对它们一一进行辨析。我们所

---

① 吴汝纶:《天演论·序》,严复译著,冯君豪注译《天演论》,郑州:中州古籍出版社,1998年,第1—3页。

② 在《天演论》卷下“演恶”一节中,严复按语批赫胥黎此节“为最下”,认为赫胥黎“未尝深考斯宾氏之所据”,由此他详细介绍了斯宾塞“任天而治”的学说,指出它“社会有机体”的理据,并为斯宾塞辩护“曰任自然者,非无所事事之谓也,道在无扰而持公道”,同时申明斯宾塞的保种三大例,“民既成群之后,苟能无扰而公,行其三例,则恶将无从而演,恶无从演,善自日臻”,只有在这样的背景之下才能理解斯宾塞的“任天而治”说法。就赫胥黎对斯宾塞的攻击,他希望读者对此“不可不察”。(参见严复译著,冯君豪注译:《天演论》,郑州:中州古籍出版社,1998年,第422—423页。)

③ [美]浦嘉珉著,钟永强译:《中国与达尔文》,南京:江苏人民出版社,2014年,第167页。

④ 《天演论》只能勉强说是翻译,实际上可以说是严复在“将全文神理融会于心”之后,重写了一遍,严复自己就说“题曰达旨,不云笔译,取便发挥,实非正法”。(参见严复:《天演论·译例言》,严复译著,冯君豪注译《天演论》,郑州:中州古籍出版社,1998年,第26页。)而在文中,严复更是直接以按语的形式补充、发言。

知道的是，“含混是严复所具有的影响的一个相当重要的部分。正是通过上述令人难以忘怀的含混，严复为达尔文的登场搭起了舞台”。[①]

总而言之，严复不仅是一个社会达尔文主义者，同时也是一个意志坚定的行动主义者，他渴望通过根本的变革与切实的行动，使中国富强起来，成为最适者，从而摆脱被淘汰的生存困境。“自强、自力、自立、自主……”才是严复宣传“物竞天择，适者生存”的“天演”思想的真正动机和核心。[②] 在严复这里，“适者生存”被做了微妙的改动，最终成了“使自身变得适应者获得生存”。由此，达尔文的进化论，经由严复的努力，由一种充满威胁性的学说，转而变成了一种“鼓舞人心的、大有希望的和提供拯救的”学说，[③]它不仅让人看到西方科学的伟大之处，也集中展现了西方文明的全部价值观念——“力本论、有目的的行动、能力、绝对自信和发掘所有的潜力”。[④]

第三节　进化论在近现代中国的传播和影响

一、《天演论》出版前后

《天演论》出版以前，进化论的传播情况已在上面第一节中做了简要概述。《天演论》在 1898 年正式出版以后，陆续出了木刻、铅印、石印等各种版本。仅就商务版来说，自 1905 年初版至 1927 年刊印了二十四版。[⑤] 胡适在《我的信仰》一文中以亲历者的身份，述及《天演论》出版后的效应：“严氏所译赫胥黎的论著，于 1898 年就出版，并立即得到智识阶级的接受。有钱的人拿钱出来翻印新版以广流传（当时并没有版权），因为有人以达尔文的言论，尤其是它在社会上与政治上的运用，对于一个感受惰性与濡滞日久的民族，乃是一个合宜的刺激。数年之间，许多的进化名词在当时报章杂志的文字上，就成了口头禅。无数的人，都采来做自己的和儿辈的名号，由是提醒他们国家与个人在生存竞争

① [美]浦嘉珉著，钟永强译：《中国与达尔文》，南京：江苏人民出版社，2014 年，第 55 页。

② 李泽厚：《中国近代思想史论》，北京：生活·读书·新知三联书店，2008 年，第 271—272 页。

③ [美]浦嘉珉著，钟永强译：《中国与达尔文》，南京：江苏人民出版社，2014 年，第 414 页。

④ [美]本杰明·史华兹著，叶凤美译：《寻求富强：严复与西方》，南京：江苏人民出版社，2005 年，第 162 页。

⑤ 卢继传编著：《进化论的过去与现在》，北京：科学出版社，1980 年，第 81 页。

中消灭的祸害。”①

王天根通过对《天演论》传播更为翔实的考察，指出“《天演论》是中国清末民初进化思潮的活水源头，它的传播对近代中国产生深远的影响。从地理空间来看，北洋水师学堂、莲池书院、味经书院及时务学堂等教育中心区域，部分边缘地区甚至连少数乡村私塾皆受《天演论》传播的影响。在学理上，以进化论为学科理念对中国传统的学科进行整合。从时间的纬度来看，不同区域文化的知识分子被《天演论》传播的生存斗争学说动员起来，使得他们在经世致用的过程中自觉地寻求西方学理的支撑。《天演论》倡导的‘物竞天择，适者生存’的生存斗争学说影响了几代中国人”。②

结合中国的社会现实状况和迫切要求，将生物进化论进行改造，使其充分哲学化、社会化，并将其提高到世界观的高度，这是严复所译《天演论》不同于之前传播的进化论的地方，也是它得以广泛传播的根本原因所在。但是我们也应该看到，“由西方传入中国的进化论思想，是包含诸多方面的，不是单单一部《天演论》能够说明问题的。在此前后有关西方近代自然科学知识和政治社会经济等知识的传播，都裹挟着进化论的因素，对中国思想的变化发生一定的影响”。③

《天演论》出版后至20世纪20年代，陆续又有一批进化论（包括社会进化论）著作被译成中文，较有影响力的如：企德原著，李提靡太、蔡尔康编译的《大同学》（1899）；日本加藤弘之原著，杨荫杭翻译的《物竞论》（1901）；日本岸本能武太原著，章太炎翻译的《社会学》（1902）；日本石川千代松的《动物进化论》（1903）；日本有贺长雄原著，麦鼎华翻译的《人群进化论》（1903）及萨端翻译的《社会进化论》（1904）；《克洛特天演论》（1905）；《天演学图解》（1911）；达尔文原著，李郁翻译的《达尔文自传》（1903）；达尔文原著，马君武陆续翻译的《达尔文物竞篇》（1902）、《达尔文天择篇》（1903）、《物种由来》（1905）、《达尔文物种原始》（1920）；德国海克尔原著，马君武翻译的《赫克尔之一元哲学》（1920）；俄国克鲁泡特金原著，李石曾节译的《互助（进化之大原因）》（1908），周佛海翻译的《互助论》（1921）；法国柏格森原著，张东荪翻译的《创化论》（1919）等等。此外，

① 胡适：《我的信仰》（1931），欧阳哲生编《胡适文集（1）》，北京：北京大学出版社，1998年，第12页。以下所涉《胡适文集》引文较多，皆出自此版本，出版社及年份不赘述。

② 王天根：《〈天演论〉传播与清末民初的社会动员》，合肥：合肥工业大学出版社，2006年，第280页。

③ 吴丕：《进化论与中国激进主义（1859—1924）》，北京：北京大学出版社，2005年，第48页。

如达尔文的《人类原始及类择》(马君武译)、海克尔的《自然创造史》(马君武译)和《生命之不可思议》(刘文典译)、华莱士的《生物之世界》(尚志学会译),以及国外宣传达尔文进化论的一些通俗著作,如《进化论讲话》《进化论发见史》《进化思想十二讲》等等,也得以翻译出版。

而报纸杂志上,如《国闻报》《湘学报》《警钟报》《神州日报》《中外日报》《东方杂志》《新民丛报》《民报》《新世纪》《新青年》《科学》《新潮》《民铎》《科学月刊》等等,更是出现大量翻译、介绍、运用、批判、反思进化论的文章,涉及各个领域。这些论著和刊物的宣传和介绍,对达尔文学说在广大群众,特别是青年知识分子中的传播,起了积极的作用。

《天演论》正是会同上述这些译著、文章,形成了一股巨大的社会思潮——进化论思潮。“进化论风行喧腾的戊戌前后至‘五四’前后,是近代中国思想最为活跃的时期,各种思潮前推后涌,激荡不已,层出迭现。然而,在这些思潮喷沫飞溅的奔流声中,无不鸣奏着进化论的旋律。……正是在进化论支配着这一时期各种思潮的意义上,我们称其为近代中国思想界的第一大潮。”①

总之,进化论在这一阶段的传播有三个特点:“一、迅速。……几乎是一下子就征服了中国人的心。二、普遍。……它成了态度迥然不同的人共同关注的焦点……三、彻底。它成为人们判断事物、展望未来、策划变革的基本预设和出发点。……现代中国思想的各种观念,现代中国人在政治、经济、社会、文化等诸方面的努力,无不与之有关。”②

二、作为新世界观的进化论

进化论作为影响巨大的社会思潮在 20 世纪 20 年代末逐渐消退,为马克思主义思潮所取代,但近现代中国在它照耀下走过的路程,却被永远记载在历史的册页上。“由于中国当时的社会现状及历史原因,进化论在中国所发生的影响,要比它在世界任何地方都广泛得多,深刻得多。其地位也要重要得多。”③

这里,我们谈论进化论对近现代中国的影响,首先需要了解的是:对近现代中国产生巨大影响的,并非单纯只是达尔文的进化论学说,也并非单纯只是生

---

① 高瑞泉主编:《中国近代社会思潮》,上海:上海人民出版社,2007 年,第 62 页。

② 张汝伦:《现代中国思想研究》,上海:上海人民出版社,2014 年,第 125 页。

③ 鲁军:《进化论在近代中国的传播及其哲学影响》,吉林大学社会科学学报编辑部编《中国近现代哲学史研究文集》,长春:长春日报第二印刷厂,1983 年,第 190 页。

物学领域各种派别的进化论学说，实际上还包含各种进化论哲学，如以海克尔和斯宾塞为代表的机械进化论，以叔本华和伯格森为代表的生命进化论，以劳依德、摩根和萨缪尔·亚历山大为代表的突创进化论，以杜威为代表的实用主义进化论等等。各种进化论思想对近现代中国影响的强弱，与其被传播的早晚和学理内容上的优劣关系并不大，国人主要是从自己的意识形态和生活实践的需要出发来理解和接受它们的，因而也常对它们进行一番改造。

进化论对近现代中国的影响主要集中在社会政治、文化领域。中国近代以来，空前激烈尖锐的民族矛盾和阶级矛盾，使政治问题成了社会普遍关注的时代中心环节，进化论的适时出现，就被广泛地用来指导解决这一时代中心环节。而在近现代中国，面临"向何处去"困惑的还有文化，文化问题可以说是时代的副中心环节，同样备受社会关注。辛亥革命后兴起的新文化运动，旨在推翻以儒家文化为代表的传统文化，建设以西方科学与民主为核心的新文化，并在道德和文学领域广泛展开，而进化论在这三方面都是主要的思想武器。

总之，我们可以看到，"从戊戌维新变法运动前后到五四前期，中国资产阶级的思想家、革命家以及急进民主主义者，都在程度不同地信奉、宣传进化论，都以进化论作为他们救亡图存、维新变法、民主革命、反对封建旧思想、旧制度，宣传民主和科学，开展反封建启蒙思想运动的理论武器和哲学根据。进化论对于变革中国半殖民地半封建社会，对于推动中国社会和思想文化的发展，起了积极的重要的作用"。①

但诚如李泽厚所指出的，《天演论》的作用不只是提供给人们一些新鲜知识，也不只是"作了当时正涌现的新型知识分子和革命派的重要的精神食粮"，使他们"获得对某些问题甚至是救国之类的大问题的具体解答"，"更独特的是，人们通过读《天演论》，获得了一种观察一切事物和指导自己如何生活、行动和斗争的观点、方法和态度，《天演论》给人们带来了一种对自然、生物、人类、社会以及个人等万事万物的总观点总态度，亦即新的世界观和人生态度"。② 的确，进化论之所以能为几代人延续信奉，其根源还在它具有新世界观的性质，这也是学术界普遍的共识。

有学者将进化论带给国人的新观念归纳在这样五种"范式"里："一是唯物

① 曾乐山：《中西哲学的融合——中国近代进化论的传播》，合肥：安徽人民出版社，1991 年，第 215—216 页。

② 李泽厚：《中国近代思想史论》，北京：生活·读书·新知三联书店，2008 年，第 272—273 页。

主义和辩证法……把物质看作世界的本原，把发展变化看作世界的本质。二是社会有机体论，即在某种程度上把人类社会等同于自然界，运用自然界的进化规律来解释人类社会。其典型就是把人类社会看作一个有生有死有盛有衰的过程。三是关于进步的观念，它实际上是自然进化是无限变化的这样一种观念的延伸，其极端就是时间变化即进步，所谓新比旧好、今胜于昔就是这样的进步观。四是改造社会的思想，本来作为自然科学的进化论是解释自然进化现象的，但是到了人类社会就成了改造社会的理论，这是因为人本身具有主观能动性，具有改造社会的愿望和能力。五是进化机制和动力，主要是生存竞争、适者生存，以及由此而引发的其他关于进化机制和动力的理论。"这些内容也可以归纳为五个要素：(1)科学理论与方法；(2)整体与局部；(3)进步与进化；(4)解释与改造；(5)进化动力与机制。①

可以说，进化论对近现代中国诸多领域的影响，以及引发的诸多争论，就缘于人们对上述"基本框架""范式"里这些观念的不同理解、思考和实际运用。就文学领域来说，惠萍就指出，"进化论在传播和接受过程中产生的'进步'与'革命'意蕴直接引发了清末民初文学革命的发生"，"进化论的影响使人们认识到文学是一个不断演进的过程，而'进化'与'进步'和'革命'观念之间纠结的联系又决定了在困境中寻求突围的近代士人'用自觉的努力作不断的改革'，实施'人为的进化'以促进文学向着理想的方向发展，通过文学潜移默化的影响为社会生活服务"。② 而进化论在五四时期的文学革命——实现"活的文学"和"人的文学"过程中，同样起到了至关重要的作用，人们不同程度、不同维度地调用了进化论所蕴含的发展变化、有机体、进步、革命、适者生存等观念。可以说，近代以来的两次文学革命自始至终都弥漫着进化论的气息，进化论是它们共同的内驱力和助推力，也是共同的理论指导，这也使得两者之间具有一定的内在连续性。关于进化论与中国近现代文学的探讨还有很多，这里不再赘述。

值得我们注意的是，在以往的研究中，从科学、哲学、思想、政治、文化、文学等层面对进化论展开的研究较多，也较深入，但对于更为具体的进化论与儿童观、儿童文学问题，却很少有人关注。进化论之于中国现代儿童观的形成、儿童文学的发生究竟有着怎样的意义？进化论是通过怎样的路径影响了它们？其

---

① 吴丕：《进化论与中国激进主义(1859—1924)》，北京：北京大学出版社，2005年，第32页。

② 惠萍：《严复与近代中国文学变革》，北京：社会科学文献出版社，2014年，第130、138页。

中，进化论的哪些观念发挥了作用？这些问题都是急需解决的。

第四节　从“进化”到“进步”——进化论“进步”意蕴的生成

一、“进化”与“进步”的历史纠葛

鉴于“进步”意蕴是中国进化论的核心范畴之一，同时也鉴于进步的信仰对于中国现代儿童观的出现、儿童文学的发生尤为重要，对于后来者影响尤为深远，因此这里，我们有必要就“进化”如何转变成“进步”加以论述说明。这也有助于我们在下面章节展开具体讨论。

所谓“进步”，从一般的意义上来说，是指事物从低级到高级、从简单到复杂、从不完善到完善的发展过程。而关于人类社会进步的观念则是一种理论，它认定：“一、社会发展具有其‘必然性’；二、人类社会有一个理想的目标，一个完美的理想王国；三、人类自从脱离野蛮状态以后，就不断地提高其文明，从而逼近这个理想社会”。① 简单地说，关于人类社会进步的观念包含两个子观念，即“增长”的观念（完美性、复杂性的不断增加）和“必然”的观念（不受限地向着预定目标前进）。

但不管是对以往历史的阐释，还是对未来的预言，关于人类社会进步的观念都更倾向于是价值判断而非事实判断，它无法被证实或证伪。可以说，人们对进步的信念是一种关于信仰的行为，是一种希望。

然而，人们并不是一开始就具备这种进步的观念，约翰·伯瑞认为迟至16世纪这一观念才萌芽。在《进步的观念》一书中，约翰·伯瑞即以翔实的史料阐述了“进步”这一观念的发展史，表明它是在漫长而曲折的历程之后才终告形成的，并且对人类社会产生了深刻的影响。在这一过程中，伯丁、李·罗伊、培根、笛卡尔、方特奈尔、阿贝·德·圣皮埃尔、孟德斯鸠、伏尔泰、杜尔哥、百科全书编纂者与经济学派、卢梭、切斯特卢、孔多塞、莱布尼兹、圣西门、孔德等人或团体为此观念的诞生和成形均做出了贡献，而科学普及和物质进步则被视为进步

① 高瑞泉：《中国现代精神传统》，上海：东方出版中心，1999年，第48页。

观念的支柱。当然，伯瑞也有效地阐述了科学进化论对进步的观念所产生的影响。①

而皮特·J. 鲍勒在《进化思想史》中梳理进化思想的发展脉络时，同样谈道："在从生物学进化的角度以进步来解释人类的起源观点流行之前，就有不同的思想学派在发展社会进步的观点。人类社会进步的观点启发了生物进化的理论，而不是生物进化理论的产物。只是在十九世纪后期，当达尔文革命在生物学中取得了成功之后，两种层次的进步观才综合成一种有关宇宙发展的全面观点。"②

可以说，"在达尔文写到进化之前很久，进步就已经是许多思想家和伟大思想家的信念。在达尔文之前，进化本身就是许多人信守的观念"，尽管如此，"还是达尔文使人们(或者至少是大多数人，或多或少，或对或错)坚信进化。正是达尔文'证明了'进化，而且向大多数人证明了进步"。③

这里便引申出一个重要问题，即"达尔文是怎样证明了进步"。严格来说，达尔文并没有证明进步，达尔文只不过通过观察和实验，向人们表明一切物种(包括人类)的出现和存在主要是由于自发变异以及生物对环境的偶然适应性。我们可以看到，"在达尔文的进化概念中并不带有这一假设：变化必然意味着进步或者方向。在达尔文那里，未来是敞开的，变化方向是偶然的。……达尔文的整个理论奠基于有机物种所发生的自发变异这一观念。这就意味着并不必然会导致复杂性和异质性的增加。生物突变是随机的，环境变化也是如此"。④

尽管人们从生物的进化谱系中，的确常常能够观察到生物复杂性的增加，但这也并不意味着"复杂性"就是生物进化的方向，意味着生物的"进步"。在达尔文看来，"只有在增加的复杂性成为生存竞争中的优势和更加复杂的变异偶然发生的时候，进步才可能发生"，但这样的条件并不能始终被保证，"在某些情况下，复杂性的增加可能是不利的"。⑤ 也就是说，"生命历史中的进步变化既不是可以预测的，也不是有目标的。人们所观察到的进步完全是偶然事件，形式

---

① [英]约翰·伯瑞著，范祥涛译：《进步的观念》，上海：上海三联书店，2005 年。

② [英]皮特·J. 鲍勒著，田洺译：《进化思想史》，南昌：江西教育出版社，1999 年，第 111 页。

③ [美]浦嘉珉著，钟永强译：《中国与达尔文》，南京：江苏人民出版社，2014 年，第 12 页。

④ [英]彼得·狄肯斯著，涂骏译：《社会达尔文主义——将进化思想和社会理论联系起来》，长春：吉林人民出版社，2005 年，第 32 页。

⑤ [英]乐文思著，沈力译：《达尔文》，北京：华夏出版社，2012 年，第 258—259 页。

也多种多样。无法确定新获得的适应具有长久的价值”。①

总而言之，达尔文的生物进化论并没有为进步、方向、目的论这些概念提供真实的支持。

但不可否认的是，达尔文也并不是完全反对进步概念的，鲍勒甚至认为，达尔文“在自己的解释中，在许多方面都屈从了当时流行的对进步论的热情，由于他的理论中吸收了更乐观的自然发展观，所以鼓励了进步论的趋向”。② 同样地，彼得·狄肯斯也认为，达尔文的理论并不明确地依赖于“进步、目的论、方向”这些主题中的任何一个，他的著作主要对这些假设提出了批评，“尽管如此，《物种起源》对待这些主题的态度是有些矛盾的，甚至在一些地方含糊地接受了它们。这一点导致这本书引起了很大的争议，却也赢得了大众和科学界相当程度的认可”。③

对于大众来说，关于自然界生物在过去三十五亿年间进化的整体趋势是从低到高、不断向上的这种想法是很难抵抗的，“谁能否认从统治生命界长达30亿年的原核生物到具有高度组织化的细胞核、染色体和细胞器的真核生物不是一种进步？从单细胞的原核生物到其高度特异化的器官系统内部有着明确分工的动植物不是一种进步？在动物界中，从受制于气候的冷血动物到温血的有体温动物不是一种进步？而在有体温动物中，从脑小、社会组织化程度低的类型到中枢神经系统比较大、具有相当成熟的双亲照顾、并能将信息从一代传到另一代的类型不是一种进步？”而且，当讨论进化进步时，人们似乎无法回避那些使人类具有优越性的标准，如结构复杂程度、特异化程度、社会组织程度高，中枢神经系统大，能够摆脱环境的束缚，具备文化、语言等等，因为任何人都是人类这一物种中的一员。④ 因此，人们“兴高采烈地，而且相当人本位地断言：无论多么崎岖曲折，从变形虫到人类的自然历程仍然是一个巨大的进步。情况正在改善，自然界一如既往。一切正变得更好。那是前进的道路，那是进步……

① ［美］恩斯特·迈尔著，田洺译：《很长的论点：达尔文与现代进化思想的产生》，上海：上海科学技术出版社，2003年，第70页。

② ［英］皮特·J.鲍勒著，田洺译：《进化思想史》，南昌：江西教育出版社，1999年，第295页。

③ ［英］彼得·狄肯斯著，涂骏译：《社会达尔文主义——将进化思想和社会理论联系起来》，长春：吉林人民出版社，2005年，第7页。

④ ［美］恩斯特·迈尔著，田洺译：《很长的论点：达尔文与现代进化思想的产生》，上海：上海科学技术出版社，2003年，第68—69页。

那是自然的道路”。①

自然界生物进化连续进步的构想，巩固和增强了人们对另一构想的信念，即人类的文明、人类社会也处于一种不断进步的进化历程中。其中，斯宾塞“将进化原理运用于社会学和伦理学，并在乐观的意义上对其进行最显著的解释”，完成了从进化到进步最富有天赋和最有影响的论述，“较之至少在英国的其他任何研究都更能使人们彻底地理解进化学说的重要意义，也更能将进步说提升到在大众评论看来是普通真理的高度……”②正是斯宾塞所做的大量普及性工作，使“进化”一词具有了现代的含义——“进化”被看成是本质上进步的过程。由此，“进步进化论”以一种截然不同的方式保留了下来。

二、中国“进步”信仰的历史生成

在传统中国，并没有人类社会进步的确切观念，主流意识的世界观、历史观背景是循环论，甚至是历史衰退论。“进步”观念出现并被国人逐渐接受，是在十九世纪中叶以后。可以说，中国人对进步的信仰仅仅勉强先于对进化的认识。

如第一节中所述，鸦片战争对于国人来说，无疑是一次巨大的冲击，但随着西方国家的强势入侵，一种异质文明也渐次在国人面前展开。当最初的冲击平息过后，一批有识之士意识到必须向西方学习，“师夷之长技以制夷”，而“夷之长技”首先就是西方的科学技术。当国人不断深入接触、了解到西方的科学技术，马上就能感知到它不断增长、积累、完善、加强的特点。如查尔斯·A.比尔德所言，“正是技术的这种动态的特性，使其对于进步的观念显得非常重要。后者认为人类一直是从远古文明的原始阶段缓慢地向前发展；而前者则表明通过展示其成就和揭示其运作方法所能够实现的一切。曾经是乌托邦式的幻想变成了现实。表面上看来不可能的东西也许可以被超越。人类围绕一种恶性循环周而复始的古代理论因显而易见的事实而被彻底否定。完全受制于经验常规的静态社会的中世纪观念也因各种事件的发生而被风卷残云般地抛弃”。③

科学技术不仅显示了人类征服自然的各种方法，而且提供了现代工业文明

① ［美］浦嘉珉著，钟永强译：《中国与达尔文》，南京：江苏人民出版社，2014年，第14页。

② ［英］约翰·伯瑞著，范祥涛译：《进步的观念》，上海：上海三联书店，2005年，第236—239页。

③ ［美］查尔斯·A.比尔德：《进步的观念·引言》，［英］约翰·伯瑞著，范祥涛译：《进步的观念》，上海：上海三联书店，2005年，第11页。

发展的坚实驱动力。科学技术正是通过不断地展示各种潜在的可能而使人们萌发和巩固了进步的观念，可以说，“正是工业革命以来的技术变迁使人类（至少暂时）相信：人类能够自己‘创造’一个完美的世界”，而“在中国有闲暇来深思此问题之前，西方就已经在中国的口岸展示自己的技术，从而向中国灌输一种对于进步的至少是极不情愿的信念”。①

不唯西方的科学技术，西方文明整体所展现出的持续、稳定、高速发展，也使国人不得不注意到它的根本不同于农业文明下自然和人事的往复循环；加上现代工商业，现代教育，香港、上海等新兴城市在中国的发展，中国人的生活发生了根本性的变化，人们也不得不感到现时世界绝不再是以往世界的重复了。尽管充满了羞辱、恐惧和不甘，但在强大的事实面前，一条指向西方文明的进阶之路悄然在人们心中铺平，中国就此踏上了追赶西方的现代化进程，开始追求力量、速度、效率、规模这样一些现代社会的指标，同时也开始追求“进步”和“发展”。

但在严复译介《天演论》之前，“进步”还只是被国人模糊地感受到，“进步”作为一个独立、明晰的概念出现，还是在《天演论》中。就严复来说，他“从一开始就在他的思想中将进化和进步的概念融为一体，而且使之混淆不清。就像达尔文本人在《物种起源》里所做的那样，而且像其后的许多西方人所做的那样，严复同样缺乏科学根据就假定进化是朝向好的方面，事物步步上升。……严复可能会相信，尽管其表面上的混乱无序，进化仍然是自然的秩序，它是伟大而美好的进步，它是实实在在的‘正道’”。②

前面谈到《天演论》出版后得到了广泛的传播，引起了空前的影响，而实际上大部分人所接受的是经由严复改造后的进步进化论，他们也正是通过这种被改造了的进化论而确立起进步观念的。人们对此并没有太多深思和顾虑，亦鲜少争论，因为经由改造后的进步进化论恰好适应了当时中国人理解自己的危机和救亡图存的需要。如果中国不能进化（进步），那会让人非常沮丧，因为那意味着在生存竞争中被淘汰，只有死路一条；而当时中国人需要的是一条必将富强、必将超越西方文明、必将达至理想社会的道路。进化论以科学的形态给予了他们这一信念——只要自身肯努力，肯变革，进化（进步）就有希望，尽管他们

---

① [美]浦嘉珉著，钟永强译：《中国与达尔文》，南京：江苏人民出版社，2014年，第27页。

② [美]浦嘉珉著，钟永强译：《中国与达尔文》，南京：江苏人民出版社，2014年，第74—75页。

从一开始就不曾从真正科学的角度去探讨进化论。

在中国现代进步进化论意识形态形成史上，梁启超虽不是始倡者，却有决定性的影响，“梁启超的意义在于：他对进化论的理解和解释，使得进化论逐渐凝固为一种完整的意识形态。他一方面接受进化论；另一方面又对进化论的基本信条作了进一步的概括和表述。他的这些概括和表述简单、清楚、明了，更决绝、更彻底、更一以贯之，适足以符合现代中国人对于一个新世界观（即对世界和自己历史命运的一个总解释）的需要，因此很快为多数人所接受和信仰，成为现代中国的主要意识形态”。①同严复一样，对梁启超来说，进化论的要点即在于变化—进步。

在传统世界观随着传统世界一起瓦解之后，以严复、梁启超等为代表的知识分子，他们需要的正是这样一个能替代传统世界观，与现代性价值相一致的新的世界观，来理解世界和历史的立场，观察和解释自己的命运与前途。它成了中国革命或改良的合法性依据，也成了中国现代化的合法性依据。至于这个新世界观在理论上是否站得住，他们很少考虑，毕竟他们阐述这样一种世界观，不是出于理论的兴趣，而是出于实践的需要。与其说这是一种科学的思想学说，不如说是一种信仰，一种寄托了对于自己和民族以及人类命运全部希望的强烈信仰。

如果他们能够回应，他们应该会认同另一论者的这一想法：“……适应进化的进步不仅仅是偶然的，而是根本的、彻底的、必需的。如果达尔文的自然选择要按我们的要求履行或自己独立履行解释我们世界观的职责，那么，自然选择就应该从根本上必须是进步的。”②或者也如鲍勒所言：“有些科学家对在生物进化中可以看到一种精神的目的表示怀疑；但对于思想家来说，正是由于进化中含有精神的目的性，才使得进化的思想如此激动人心。”③

不管怎么样，进步进化论是以科学的面目出现的，这就使它对彼时敬畏西方科学技术的中国人来说，更有说服力，更有吸引力，更难以抗拒。“进化”，或者说是被模糊地理解了的“进化”（“进步”），最终成为一个不言而喻的公共意识，一个习焉不察的前提，它成为现代中国主流思想的基本预设，甚至可以说，20世纪的中国人基本上生活在进步进化论的观念框架之中。中间虽然有极少

① 张汝伦：《现代中国思想研究》，上海：上海人民出版社，2014年，第89—90页。
② [英]乐文思著，沈力译：《达尔文》，北京：华夏出版社，2012年，第259页。
③ [英]皮特·J.鲍勒著，田洺译：《进化思想史》，南昌：江西教育出版社，1999年，第3页。

数的思想家如章太炎等对此有所批评，但并没有根本撼动人们对于进步进化论的信仰，如论者所言，“社会进化论及其进步信仰不仅是中国人现代（化）的合法性根据，也是他们一切努力和奋斗的希望所系。要他们放弃这个信仰，等于让他们失去生存的心理依据，所以这个信仰格外坚定和牢固”。①

作为一种思想学说，进步进化论无疑是有缺陷的，它一定还会被批判和克服。但人们由此确立起的对于“进步”的信仰，却是一种合乎逻辑的信念，一种可以实现的希望，一种行为的哲学。根据“进步”信仰，人们断定，进步已经发生了，进步应该发生，为了持续进步，应该扫除一切阻碍进步的障碍。人们对于“进步”的信仰的确也已发生了极其深刻的历史作用，如论者所言，“以力量的追求为核心的进步概念，朝向一个超越的目标（理想社会），给中国人的精神结构注入了前所未有的动力式过程。它两翼展开为，一是对人类征服自然的力量的强烈追求，二是社会改造的热情持续高涨。这是它基本的历史意义”，“可以毫不夸张地说，没有‘进步’的观念，就没有今日中国的现代化进程”。②

总之，进步进化论为人们提供了新的希望和信念，新的方向和目标，新的评判标准和价值准则，同时也为中国从传统走向现代提供了内在的驱动力。实际上，它也为人们看待儿童树立起了一种新的价值准则，为近代以来儿童观的变革提供了内在的驱动力。

---

① 张汝伦：《现代中国思想研究》，上海：上海人民出版社，2014年，第119页。

② 高瑞泉：《中国现代精神传统》，上海：东方出版中心，1999年，第52、54页。

第二章　进化论与中国现代儿童观的出现

诗意的想象将黄金时代放置在人类的摇篮内，四周则是原始时代的蒙昧和野蛮；相反，人们应该将黑铁时代放置在摇篮内。人类的黄金时代并非在我们背后而是在我们前面；它存在于社会秩序的完美之中。我们的祖先从未发现它；我们的孩子有朝一日将到达那里；我们应该开辟这条道路。

——圣西门(St. Simon)①

在前面绪论中，我们曾强调过，现代儿童文学的发生有赖于人们对儿童的发现。从历史的某个时期起，由于某些因素的作用(或许也是某些无法预言的天才的出现)，人们意识到儿童的特殊性，开始关注儿童，探讨儿童。而儿童一旦被认为是独立的人，或者说人们一旦建构起具有独立人格和内外两面生活的完全的个人的“儿童”，儿童随之也就逐步建立(被建立)起自己的独立王国。他们开始拥有自己的服装、游戏、玩具、节日等等，与此同时，人们也着手提供适于他们阅读的文学。

一个社会或一个时代中人们看待和对待儿童的观念，也即儿童观，可以说是背后操纵和导演儿童文学的一双无形的手：“成年人持有什么样的儿童观，不但直接决定着少年儿童的社会地位和对他们的人格独立性、自主性、自尊心、自信心的尊重与理解，而且也决定着儿童文学的发生、发展，决定着儿童文学的创作思想、美学追求、表现形式乃至用词造句等等。从某种意义上说，一部儿童文学发展史，就是成年人‘儿童观’的演变史。”②

既然“‘儿童观’(即童年观)的变更是导致儿童文学走向自觉的最直接而重

① [美]浦嘉珉著，钟永强译：《中国与达尔文》，南京：江苏人民出版社，2014年，第11页。

② 王泉根：《现代中国儿童文学主潮》，重庆：重庆出版社，2000年，第3页。

要的历史契机”,[1]那么,我们探讨中国现代儿童文学的发生有必要从探寻现代儿童观的出现入手。在本章中,我们将以严复、梁启超、鲁迅、周作人为代表,系统论述他们各自基于进化论构建起来的儿童观,一窥中国现代儿童观的逐步形成。

之所以选取这四位人物,首先就在于,他们都深受进化论影响,他们的儿童观正是以进化论为理论资源构建起来的。以他们为代表,更可以看到进化论影响儿童观的具体路径。

其次,他们的儿童观因为都是以进化论为理论资源构建起来的,所以他们的儿童观具有一脉相承之处;但又因为各自知识背景、信仰追求、政治诉求、个人旨趣等方面的不同,他们对进化论的吸收各异,思考各异,运用各异,所以他们构建的儿童观又是相异的,而他们相异的儿童观很能表现出中国现代儿童观形成之初的复杂状况。

再次,除严复没有特别论述儿童读物、儿童文学的文献外(他的主要贡献在于引进了进化论,开启了中国现代儿童观的诸多方向),梁启超、鲁迅、周作人均有较多大力倡导、精辟论述儿童读物、儿童文学的重要文献,他们可以说是促成中国现代儿童文学发生的引领者,也是核心人物。其中,周作人的儿童文学理论构建更是代表了中国现代儿童文学理论的高峰。而他们的儿童文学观也都是和进化论密切相关的。

最后,这四位人物作为文化大家、思想大家,都有着深远的社会影响,他们的儿童观、儿童文学观同样引领着时代的风尚,深刻地影响了同时代人;但同时,他们产生影响的年代又有所不同,严复、梁启超主要集中于十九世纪末二十世纪初,鲁迅、周作人主要集中于二十世纪一二十年代。

以这样四位人物、两代知识分子为线索,我们也就勾连起了晚清儿童观和五四时期的儿童观,晚清儿童文学和五四时期的儿童文学,同时可以看到其间的发展变化。

---

① 方卫平:《儿童文学的审美走向》,北京:中国文史出版社,2007年,第257页。

第一节　"后胜于今"——重少轻老观念的始倡

> 吾党生于今日，所可知者，世道必进，后胜于今而已。
>
> ——严复①

在以往的中国现代儿童文学研究中，研究者往往忽视严复及其思想对中国现代儿童文学发生的重要作用，鲜有人论及两者之间的关系。就事实来说，的确缺少足够的证据说明严复对中国现代儿童文学的发生有直接密切的关系；但就本书而言，严复却是至关重要的人物，这不仅仅在于他是进化论在中国传播的首要引介者，是第一个运用进化论思想，探析中国贫弱病因，提出相应改革方案，以寻求中国富强的知识分子，更在于他提出的诸多改革方案中不乏对中国现代儿童文学的创建，尤其是对现代儿童观的形成具有深远意义的举措。可以说，严复在给国人带来崭新世界观的同时，也给国人带来了崭新的儿童观，开启了中国现代儿童观的诸多新方向。而严复首倡的进化论思想及在此基础上构建起来的儿童观，产生了广泛的社会影响，为同时代知识分子及更年轻一代知识分子所接受、承继、修正、深化，而当他们中的一些人致力于中国现代儿童文学的创建、创作之时，进化论思想的底色便在他们的儿童观、儿童文学观、儿童文学作品中显现。

对于译介《天演论》的严复来说，进化论早已内化为他自身思想的一部分，他的立论，自始至终都贯穿着进化论思想。严复儿童观的理论根基正是进化论，同时也是他"三民"思想的具体展开，当然，他的"三民"思想也是基于进化论生成的。

在"物竞天择，适者生存"的"天演"面前，中国要自存，要富强，就要"变"，但从哪些方面着手"变"，如何最终实现"变"，使"变"达到预期目的，对严复来说，却是更为关键的问题。在《原强》中，严复就提出要将"鼓民力""开民智""新民德"三者视为国家变革、自强的根本。② 而其缘由就在于：

首先，从个体的自然生存竞争出发，"人欲图存，必用其才力心思，以与是妨

① 严复译著，冯君豪注译：《天演论》，郑州：中州古籍出版社，1998年，第237页。

② 严复：《原强》(1895)，周振甫选注《严复选集》，北京：人民文学出版社，2004年，第29页。

生者为斗，负者日退而胜者日昌，胜者非他，智、德、力三者皆大是耳”。①

其次，严复从斯宾塞那里接受“一群之成，其体用功能，无异生物之一体”这一社会有机体论，又注意到“群之治乱、强弱，则视民品之隆污”。② 也就是说，社会“群体”的治乱、强弱有赖于各个单位或各个细胞——“民”的质量状况。高质量的“民”即是要具备“血气体力之强”“聪明知虑之强”“德行仁义之强”，而彼时中国“民力已茶，民智已卑，民德已薄”，国家正如一“病夫”，所以，若不从“民”之根本入手，哪怕有富强之政，也难以施行，国家也难以达到自强、自立，甚至还可能会起到反效果。③

再次，进化是一个长期的异常缓慢的过程，人作为自然界生物之一员，同样受制于进化的进程。而与其他生物相比，“民之性情、气质变化难”，④但所幸的是，“民”的可塑性也比它们要强，如果能够持之以恒地努力数千年，“民”性情、气质的改变是有可能实现的。⑤ 因此，要最终实现国家的进步发展，有必要从最缓慢、最艰难、最根本的方面做起，从民之性情、气质渐渐变起。

总之，基于生物生存法则、社会有机体论及渐变论，严复将民智、民德、民力视为国家强弱、贫富、治乱的主要影响因素，相应地，他所提倡的一切变革措施，也都旨在改善民众的智、德、力，由此也奠定了他那些与儿童相关的变革措施的目标指向。那些与儿童相关的变革措施，触及儿童的阅读书籍、基础教育、家庭教养、生产养育、权利地位、意义价值等方面，它们不仅表达了严复的一种潜在儿童观，很大程度上也预示了现代儿童观的出现。

一、废八股：触及儿童的阅读书籍

严复深知中国所“最患者”为“愚”“贫”“弱”，而三者之中，又以“愈愚为最急”，因为使中国堕入贫弱之道而还不自知的正是“愚”。因此，严复对不管古今中外之法，持以坚决的态度：“凡可以愈愚者，将竭力尽气皲手茧足以求之”，而若有一道“致吾于愚”，则“虽出于父祖之亲，君师之严，犹将弃之”。⑥

---

① 严复译著，冯君豪注译：《天演论》，郑州：中州古籍出版社，1998 年，第 196 页。

② 严复译著，冯君豪注译：《天演论》，郑州：中州古籍出版社，1998 年，第 209 页。

③ 严复：《原强》(1895)，周振甫选注《严复选集》，北京：人民文学出版社，2004 年，第 18、28 页。

④ 严复译著，冯君豪注译：《天演论》，郑州：中州古籍出版社，1998 年，第 209 页。

⑤ 严复译著，冯君豪注译：《天演论》，郑州：中州古籍出版社，1998 年，第 442 页。

⑥ 严复：《与〈外交报〉主人论教育书》，周振甫选注《严复选集》，北京：人民文学出版社，2004 年，第 148 页。

严复首先将矛头对准延续了上千年的科举制度，极力主张废八股。“民智”乃“富强之原”，[①]而八股的弊害恰恰就在于“锢智慧”“坏心术”“滋游手”，“使天下消磨岁月于无用之地，堕坏志节于冥昧之中”。[②] 在严复看来，八股取士不过是“圣人牢笼天下，平争泯乱之至术”，[③]因此，他大声疾呼“欲开民智，非讲西学不可，欲讲实学，非另立选举之法，别开用人之涂，而废八股试帖策论诸制科不可”。[④]

在剖析八股弊害、主张废八股的过程中，严复自然地也就关注到儿童，关注到他们所念之书、所学之识，以及教育儿童的方法。因为在“八股取士”的传统下，每个孩子自入学起，就要接受与之相配套的教育。在《原强》中，严复指出：“且也六七龄童子入学，脑气未坚，即教以穷玄极眇之文字，事资强记，何裨灵襟？其中所恃以开浚神明者，不外区区对偶已耳，所以审核物理，辨析是非者，胥无有焉。”[⑤]在《救亡决论》中，又说：“垂髫童子，目未知菽粟之分，其入学也，必先课之以《学》《庸》《语》《孟》，开宗明义，明德新民，讲之既不能通，诵之乃徒强记。”[⑥]

一个社会对儿童进行教育的内容和方式，往往直接蕴含或者说是昭示了这个社会对儿童的理解、认识和态度。郑振铎在20世纪30年代分析中国传统的儿童教育、儿童读物时，就尖锐地指出，在科举制度没有改革以前，中国的儿童教育是根本谈不上的，如果说有“教育”，那也只是“注入式的”“顺民或忠臣孝子的”教育(前者是方法，后者是目的)。而之所以会这样，就在于旧式的教育者认为儿童与成人并没有什么两样，儿童不过就是“小大人”，因而他们根本蔑视有所谓儿童时代，有所谓适合于儿童时代的特殊教育，把他们认为的成人所应知道的东西，包括天文、历史乃至传统的伦理观念，具体而微地灌输给儿童，所不同的只是比施之于成人的程度略微浅些。那些所谓儿童读物，往往就成了“符

① 严复：《原强》(1895)，周振甫选注《严复选集》，北京：人民文学出版社，2004年，第32页。

② 严复：《救亡决论》(1895)，周振甫选注《严复选集》，北京：人民文学出版社，2004年，第55—69页。

③ 严复：《论世变之亟》(1895)，周振甫选注《严复选集》，北京：人民文学出版社，2004年，第4页。

④ 严复：《原强》(1895)，周振甫选注《严复选集》，北京：人民文学出版社，2004年，第33页。

⑤ 严复：《原强》(1895)，周振甫选注《严复选集》，北京：人民文学出版社，2004年，第32—33页。

⑥ 严复：《救亡决论》(1895)，周振甫选注《严复选集》，北京：人民文学出版社，2004年，第56页。

咒式的韵语”，使大多数儿童茫然不知所语。① 因此，严复对八股取士制度下成人供给儿童所念之书和成人施于儿童的教育的抨击，实际上已经在酝酿着一种新的儿童观。

正有鉴于此，严复后来对新设小学学堂的教科书，并不提倡学部统一颁定，建议自行编辑颁行外，“更取海内前后所处诸种而审定之”，对教科书的要求是只要不与教育宗旨相违背，对“学童道德脑力”无害，听凭用者自择。这可以说是后来儿童文学走入小学学堂，作为教育素材的先声。而且严复一再强调，“童子性真未凿”，给儿童读的书很容易会使他产生先入为主的印象，这事关“国之隐忧”。② 将儿童(包括儿童所念之书)与民族、国家联系在一起，这也是现代儿童观出现的一个表征。

二、兴小学教育:触及儿童的基础教育

严复将提升民之力、智、德视为国家政教改革、图存富强之根本，那么，又该如何改善“种之寡弱”“种之暗昧”“种之恶劣”呢？严复最终把希望全部寄托于教育上，“惟急从教育上著手，庶几逐渐更新”。③ 在《天演论》中，严复借赫胥黎之口说：“……故欲郅治之隆，必于民力、民智、民德三者之中求其本也。故又为之学校庠序焉。学校庠序之制善，而后智、仁、勇之民兴；智、仁、勇之民兴，而有以为群力群策之资，而后其国乃一富而不可贫，一强而不可弱也。”④

前面所述“废八股、兴西学”只是严复学校教育方案中的一个重要方面，此外，他还曾提出学校教育的三级制，即分小学、中学、高等学堂，为培养师资，又主张先设师范学堂于各省会，等等。在近代教育的变革中，这些都是富有创见的，这里仅就他的小学教育略谈一二。小学教育既是儿童的基础教育，也是未来儿童文学的一个重要生发地和传播地。

严复意识到当前教育首先要做的就是普及，由此他也提出相应的教育普及方案。他认为在一乡一镇中，只要有数十百户家庭，就可以设立一个小学堂，用现成的祠堂，经费不用过高，师资用其最易得者。有了学堂之后，就要要求所有

---

① 郑振铎:《中国儿童读物的分析》(1936)，《郑振铎全集·第十三卷》，石家庄:花山文艺出版社，1998 年，第 46—48 页。

② 严复:《论小学教科书亟宜审定》(1906)，王栻主编《严复集·第一册》，北京:中华书局，1986 年，第 202 页。

③ 严璩:《侯官严先生年谱》，王栻主编《严复集·第五册》，北京:中华书局，1986 年，第 1550 页。

④ 严复译著，冯君豪注译:《天演论》，郑州:中州古籍出版社，1998 年，第 130 页。

十岁以上的子弟入学，而在教学上，因为是普及，所以“程度不得不取其极低”，“以三年为期，教以浅近之书数，但求能写白话家信，能略记耳目所见闻事”，严复期望“十年以往，于涂中任取十五六龄之年少，无一不略识字”。① 如果我们通过传教士坎贝尔·布朗士之眼看到当时中国乡村儿童的生活境遇，也许更能体会严复普及教育的意义：“对大多数中国儿童来说，最大的苦难莫过于贫穷，很多孩子死于饥饿。很多人也许不相信，但他们一学会走路就要开始工作了。……农村的孩子从小就要挑起生活的重担，而在城里，孩子们会成为店铺里的童工……”②

对于儿童的教育，严复显得十分慎重，他从斯宾塞那里得到的启示是“非真哲家，不能为童稚之教育”，他认识到儿童的心灵“萌达有定期”，而且因人而异，所以教育者所要做的就是“瀹其天明，使用之以自求知”，“练其天禀，使用之以自求能”，③学堂教育所要陶炼的是儿童的“母慧”（Mother wit）。④ 另外，严复认为教育要使“学子精神筋力常存朝气”，因为他注意到少年人的脑力较之老年人，更需要休息将养，那些在日后做出大事业，性格沉毅勇往，各方面能力突出的人，“其果非结于夙兴夜寐之时，乃在少日优游，不过用心力之日”。⑤ 这实际上也是在倡导要给儿童一段宽松愉快的童年成长时光，对儿童的教育要特别契合他们的自然天性。

三、重家庭教育：触及儿童的教养

除学校教育之外，严复也非常重视家庭教育。严复看到中国不仅学校教育不兴，就是家庭教育也很少实行，对于那些“穷檐之子”“编户之氓”来说，是无教，而对于那些“民之俊秀者”来说，则是教而无当。⑥

在《〈蒙养镜〉序》中，严复再次强调一国一种的盛衰强弱，在竞争中的存亡，

---

① 严复：《论教育与国家之关系》（1906），王栻主编《严复集·第一册》，北京：中华书局，1986年，第169页。

② ［美］泰勒·何德兰、［英］坎贝尔·布朗士著，王鸿涓译：《孩提时代：两个传教士眼中的中国儿童生活》，北京：金城出版社，2011年，第171页。

③ 严复：《论小学教科书亟宜审定》（1906），王栻主编《严复集·第一册》，北京：中华书局，1986年，第199—200页。

④ 严复：《实业教育》（1906），王栻主编《严复集·第一册》，北京：中华书局，1986年，第207页。

⑤ 严复：《实业教育》（1906），王栻主编《严复集·第一册》，北京：中华书局，1986年，第205—206页。

⑥ 严复：《原强》（1895），周振甫选注《严复选集》，北京：人民文学出版社，2004年，第33—34页。

都与民有关，而“民之性质，为优胜，为劣败，少成为之也”，①而且很有可能会从家长那里遗传得来。

尽管达尔文并没有阐明人的“性情”也会遗传，但《天演论》中的某些说法似乎很容易使严复产生这样的想法。“一人之身常有物焉，乃祖、父之所有而托生于其身。盖自受生得形以来，递嬗迤转以至于今，未尝死也”，②这就是生物普遍具有的遗传性。严复译遗传学为“种姓之说”，人的“声容气体”乃至“性情”，均非“偶然而然”，“或本诸父”，“或禀诸母”，而追溯源头，则都承受自先人。当一个小孩出生后，他就带有从先人那里遗传而来的“性情”，只不过一开始还处于隐蔽的状态，当他逐渐长大，隐蔽的“性情”就会逐渐显露出来，“见之于言行”。而等到他自己结婚生孩，他又会与另一半的性情、声容气体杂糅，之后又遗传给后代。③

既然孩子有什么样的品德、什么样的性情与家长自身的品德修养密切相关，所以严复就特别重视家庭教育，尤其强调家长的“身自教之”。而有了“天演之说”的科学根据，严复大可讥刺那些“性习既成”却又不自振作乃至自身品德败坏的家长，他们寄望于子孙能够“尚公、尚实、尚武”，“光明”，“高洁”，能够“于以合群进化”，“日进而与一世抗也”，从而带给他们荣光，但这就如同“取奔蜂以化藿蠋，用越鸡以伏鹄卵”，是违背生物学原理而绝不可能实现的。严复并非对未来无望，也非反对“深望于后之人”，他只是希望现时的家长能够从自身“心德身仪”做起，唯此后代才有“大造”，才会日趋优胜。④

严格来说，严复在这里所理解的生物遗传学、进化论并非完全科学，他在这里所显示的也是作为一个社会达尔文主义者，或者更准确地说，是社会拉马克主义者（其理论核心为获得性遗传及用进废退式遗传）的信念，即相信无论用什么办法，人们一旦获得某种优良的品性，这种品性就能够遗传给下一代，而且一代又一代人的改善通过遗传可以不断累积。这样一种获得性遗传，不仅激刺着人们以更加积极的方式承担起自己的进化责任，同时，也鼓舞着人们把更多的希望寄托在教育上，因为通过教育，人们能够有效地塑造下一代的品性，从而主

① 严复：《〈蒙养镜〉序》（1908），王栻主编《严复集·第二册》，北京：中华书局，1986年，第254页。

② 严复译著，冯君豪注译：《天演论》，郑州：中州古籍出版社，1998年，第250页。

③ 严复译著，冯君豪注译：《天演论》，郑州：中州古籍出版社，1998年，第319页。

④ 严复：《〈蒙养镜〉序》（1908），王栻主编《严复集·第二册》，北京：中华书局，1986年，第255—256页。

导人种的进化。

但不管怎么样，严复确实是在近代中国较早地尝试"科学"地认识儿童，进而倡导实施有效的学校教育、家庭教育的人。二十世纪初中国儿童学、儿童教育学的逐步兴起发展，同严复最初引入的生物进化论不无关系。

四、保优胜人种：触及儿童的生养

沿着这种思路，严复继而走上了"优生学"的道路。为了使人种优胜，严复首先提出要控制人口。严复注意到中国历来饱受"过庶之患"，中国作为一个宗法社会，祖宗崇拜的传统使人们常以多子为福，而在家族主义及"不孝有三，无后为大"的观念影响下，婚姻、生育往往成为家族传宗接代、绵延种族的需要，所以人们格外重婚嫁，重生子，最终导致人口过多。[①] 但人口过多并不必然成为"患"，这同严复所受进化论的指示有关。

前面我们提过，达尔文进化论的核心——自然选择学说的理论基础之一，就是生物都具有高度繁殖趋势，生殖过剩常与生存空间的有限性形成尖锐矛盾，由此导致生存斗争。在《天演论》"汰蕃"一篇中，对此就有详细说明，而且说的正是人的状况。[②] 当人口较少，资源丰富时，人们能够"休养生聚，各长子孙"，此时"人治"也能施行；但随着稳定局面下人口的不断增加，"郅治之隆"就会消失，人们不免要陷入"乱"的局面中，产生激烈的生存竞争，甚至是战争，直至人口在优胜劣汰中大幅度减少，重新达到平衡，就这样周而复始。这也就是严复后来所信奉的"人口消长的治乱循环论"，也是人口过多，严复所以为"患"。

而中国既受着人口过多的患害，又"富教不施"，这是更大的隐患。[③] "假设娶妻一人，生子四、五人……则所生之子女，饮食粗弊，居住秽恶，教养失宜，生长于疾病愁苦之中，其身必弱，其智必昏"。严复担忧的是这些孩子长大后势必又"嗜欲而无远虑"，"莫不亟亟于婚嫁"，如此一来，"谬种流传，代复一代"，最终将导致种的退化乃至灭种。[④]

在《天演论》中赫胥黎曾指出一些社会达尔文主义者为解决人口过多、改善

---

① 严复：《〈法意〉按语·一二八》，王栻主编《严复集·第四册》，北京：中华书局，1986年，第1007页。

② 严复译著，冯君豪注译：《天演论》，郑州：中州古籍出版社，1998年，第141—142页。

③ 严复：《〈法意〉按语·一二八》，王栻主编《严复集·第四册》，北京：中华书局，1986年，第1007页。

④ 严复：《保种余义》(1898)，王栻主编《严复集·第一册》，北京：中华书局，1986年，第87页。

人种而拟采取的措施，其中一项即是同园夫治理草木一样，“去不材而育其材”，使那些“罢癃、愚痫、残疾、颠丑、盲聋、狂暴之子”不得结婚生子，使所繁衍的“必强佼、圣智、聪明、才杰之子孙”。① 也就是说，人们可以利用人工选择来控制人口、改善人种，从而实现对自然倾向的逆转。

严复虽然也是一个社会达尔文主义者，但所幸他没有走那么远，或许也是赫胥黎帮助他打消了这种念头。赫胥黎认为对动植物实施“择种留良之术”的是人，但若是“以人择人”，能胜任的实施者是不可能有的；而且“人种难分”，赫胥黎指出“聚百十儿童于此”让天演家去挑选的话，也是不可能确定谁“为贤为智”，谁又“为不肖为愚”，谁该结婚生子，谁就该断子绝孙，因为孩子性情品格虽说有遗传的成分，但哪怕一个被视为“庸儿”“劣子”的孩子，通过后天的磨砺、人事的引导，仍可能“变动光明”，干出一番大事业。②

况且在遗传学上，又有“反种”“牉合有宜不宜”等情况，若是两个人结合恰到好处，则还可能“生子胜于二亲”，所以严复只是感叹“种胤之事，其理至为奥博难穷”，但此理又所关至巨，“非遍读西国生学家书，身考其事数十年，不足以与其秘耳”。③ 夹杂在进化论中的优生学让严复备感深奥博大，但这种学问却是日后人们生养健康聪慧孩童的必备知识，是严复将其率先引入了中国。

针对人口过剩、人种愚弱的问题，严复最终还是回到了提高民智的道途上来。严复注意到一个国家民众的繁衍速度与教化程度常常成反比例。民众的教化提高了，他们结婚、生子的愿望自然就会减弱，速度自然就会下降，而且也会更为看重对所生子女的教育。

在欧洲，“有教之民”对于结婚、生子就常常计虑深远，“方其为学不娶，方其执兵不娶，学成业立矣，非岁入愈二百镑者不娶，既娶之后，使家非至饶，则所生不愿逾二子女，后且以术止之。盖恐所生或多，则其力不足办教育也”。④ 而中国呢，“不独小民积畜二三十千钱，即谋娶妇也。即阀阅之家，大抵嫁娶在十六七间。男不知所以为父，女未识所以为母，虽有儿女，犹禽犊耳”。严复自述每次在“都会街巷”中，“见数十百小儿，蹒跚蹀躞于车轮马足间，辄为芒背”，并不

---

① 严复译著，冯君豪注译：《天演论》，郑州：中州古籍出版社，1998 年，第 142 页。

② 严复译著，冯君豪注译：《天演论》，郑州：中州古籍出版社，1998 年，第 150—151 页。

③ 严复译著，冯君豪注译：《天演论》，郑州：中州古籍出版社，1998 年，第 211 页。

④ 严复：《〈法意〉按语・一三三》，王栻主编《严复集・第四册》，北京：中华书局，1986 年，第 1009—1010 页。

是担心他们会有跌倒的危险，而是“念三十年后，国民为如何众耳”！[①]

在主张提高对民众的教化来减缓生育、改善人种之时，严复又特别重视女子教育。在严复看来，女子教育事关婚配、遗传和生计三件大事，“旋乾转坤即是握动儿蓝之手”，[②]女子正是未来国民的生养者和培养者，尤其需要优良的教育。

此外，严复也强烈建议变革早婚习俗。中国严重的早婚现象，一方面是缘于宗法传统，家长以续嗣为急，早早替子女择婚完婚；另一方面也是缘于中国女子地位低下、生存条件恶劣，很小时就被交换去当童养媳。而早婚的弊端不仅在于缩短生育周期，激增人口数量，早婚父母不尽教养的责任，而且在于直接影响到下一代的体格。[③]

总之，严复少生优育的观念在当时中国具有一种超前性，时至今日仍不失其有效性，可以说是非常现代、科学的观念，它对改善儿童生存境遇，提高儿童生活质量，及至改善国家人种状况、富强国家都有着不容小觑的意义。而他变革早婚习俗的建议，客观上也对延长儿童的童年期起到了一定的促进作用。

五、抨伦理纲常，尚自由平等：触及儿童的权利、地位

面对中国内忧外患的局面，当严复等人力倡向西方学习，变革政教之时，一些守旧之士却对此极力排击，仍旧认为中国受外侮是因为“坐师不武，臣不力耳”，中国的衰弱，是因为“纲常名教”的败坏。在他们看来，“纲常名教”“亘万古而不变”，是“立国明民”的根本，只有“秩叙”不紊，纪纲不亡，治礼明礼，才能有所谓“国治”“富强”，也才能“民德归厚”。[④]

中西“言治”的“必不可同”，严复认为就缘于中西进化观念的差异：

> 中之言曰，今不古若，世日退也；西之言曰，古不及今，世日进也。惟中之以世为日退，故事必循故，而常以愆忘为忧。惟西之以世为日进，故必变

① 严复：《〈法意〉按语·九〇》，王栻主编《严复集·第四册》，北京：中华书局，1986年，第987页。鲁迅在《随感录二十五》(1918)、周作人在《〈蒙氏教育法〉序》(1927)等文中都曾直接引述过严复的这段话，足见其影响深远。而这种由小孩念及未来之国民的担忧，也被他们承继、深化，愈加发人深省，尤其是梁启超，这在下面章节中将重点论述。

② 严复：《天演进化论》(1913)，王栻主编《严复集·第二册》，北京：中华书局，1986年，第313页。

③ 严复：《〈法意〉按语·七九》，王栻主编《严复集·第四册》，北京：中华书局，1986年，第980页。

④ 严复：《主客平议》(1902)，王栻主编《严复集·第一册》，北京：中华书局，1986年，第115—117页。

其已陈，而日以改良为虑。夫以后人之智虑，日夜求有以胜于古人，是非决前古之藩篱无所拘挛，纵人人心力之所极者不能至也，则自由尚焉。自由者，各尽其天赋之能事，而自承其功过者也。虽然彼设等差而以隶相尊者，其自由必不全。故言自由，则不可以不明平等，平等而后有自主之权；合自主之权，于以治一群之事者，谓之民主。……乃吾国之旧说不然，必使林总之众，劳筋力、出赋税，俯首听命于一二人之绳轭。而后是一二人者，乃得恣其无等之欲，以刻剥天下，屈至多之数以从其至少，是则旧者所谓礼、所谓秩序与纪纲也……①

也就是说，西方信仰进步，所以尚自由、平等、民主，变得富强；而中国从不思进步，不仅不尚自由、平等、民主，还处处以"礼""秩序""纪纲"压制，所以日渐贫弱。要改变这种局面，除了树立人们进步的信念外，在政教层面，还要"以自由为体，以民主为用"，②对民众加以引导。严复探求西方富强奥秘而得到的牢固信念是，使西方社会有机体最终达到富强的力量蕴藏于个人潜在的德、智、体能力之中，而自由、平等、民主的社会环境将使这些潜能得到充分的展现。③

尽管如史华兹所说，在严复那里，自由、平等、民主主要是一种提升民智民德民力、提高社会功效以及达到国家富强目的的手段，而非个人权利和地位的集中体现，但这并不完全准确。严复从《天演论》中得到的最初启示是"天之生物，本无贵贱、轩轾之心""故以人意轩轾贵贱之者，其去道固已远矣"，④而人作为"天之生物"，"其受形虽有大小、强弱之不同，其赋性虽有愚智、巧拙之相绝，然天固未尝限之以定分，使划然为其一而不得企其余"。⑤ 也就是说，在天演面前，万物生而平等，人人生而平等。他又引西人之言"惟天生民，各具赋畀，得自由者乃为全受"，倡导"人人各得自由，国国各得自由"，指责"侵人自由者，斯为逆天理，贼人道"，⑥实际上也是发出了人享有与生俱来的自由权利的呼声。

中西自由、平等观念的迥然相异，不仅体现于政教上，而且渗透在社会、家

① 严复：《主客平议》(1902)，王栻主编《严复集·第一册》，北京：中华书局，1986 年，第 117—118 页。

② 严复：《原强》(1895)，周振甫选注《严复选集》，北京：人民文学出版社，2004 年，第 23 页。

③ [美]本杰明·史华兹著，叶凤美译：《寻求富强：严复与西方》，南京：江苏人民出版社，2005 年，第 40 页。

④ 严复译著，冯君豪注译：《天演论》，郑州：中州古籍出版社，1998 年，第 248 页。

⑤ 严复译著，冯君豪注译：《天演论》，郑州：中州古籍出版社，1998 年，第 166—167 页。

⑥ 严复：《论世变之亟》(1895)，周振甫选注《严复选集》，北京：人民文学出版社，2004 年，第 5 页。

庭生活的各个方面。“自由既异，于是群异丛然以生……如中国最重三纲，而西人首明平等；中国亲亲，而西人尚贤；中国以孝治天下，而西人以公治天下……”[①]在另一处，严复更是直接抨击中国重三纲所带来的流弊：“西之教平等，故以公治众，而贵自由。自由故贵信果。东之教立纲，故以孝治天下，而首尊亲。尊亲故薄信果。然其流弊之极，至于怀诈相欺，上下相遁，则忠孝之所存，转不若贵信果者之多也。”[②]

在中国的传统伦理纲常中，有所谓三纲，即“君为臣纲、父为子纲、夫为妻纲”，有所谓五伦，即“君臣有义、父子有亲、夫妇有别、长幼有序、朋友有信”，这些正是守旧派引以为豪的亘古不变的礼、秩序、纪纲。在“父为子纲”“长幼有序”伦理规定下的传统社会里，人们所信奉的必然是老者本位、长老至上，儿童几乎无法拥有自己的独立意志、实现自己的情感愿望。在家庭生活中，父母在子女面前拥有绝对的权力和威严，尊长不能冒犯，卑幼只有服从的份儿，即使尊长错了，卑幼也不能违拗，否则即被视为不孝。而在以孝治天下的国度里，不孝就算不是意味着一项重大的罪恶，那也意味着对一个人的完全否定，意味着随时可能被社会抛弃。方卫平就认为，中国传统社会中所形成的儿童文化，实际上是一种残酷的“杀子”文化，是对儿童自然天性和生命活力的一种窒息、摧残和扼杀，这也就造成了中国历代儿童不幸的精神境遇和历史命运。[③]

因此，严复基于进化信念，对“亘古不变”的“纲常名教”进行猛烈抨击，力倡自由、平等、民主，不仅对“父为子纲”“长幼有序”等传统儿童观造成了巨大冲击，也将儿童的自由、平等权利问题提上了议程，为下一个阶段完全解放儿童，帮助他们摆脱一直被支配、漠视的命运，赢取与成人平等的地位打下了最初的基础。

六、信“后胜于今”：触及儿童的意义、价值

严复在动摇“父为子纲”“长幼有序”等传统儿童观的同时，从进化论出发，也树立起了一种新的信念，一种新的儿童观雏形。

尽管如前面第一章第四节中所述，达尔文的生物进化论并没有为进步、方向、目的论这些概念提供真实的支持，但人们却从中意外（或者也是通过有意的

---

① 严复：《论世变之亟》(1895)，周振甫选注《严复选集》，北京：人民文学出版社，2004 年，第 5 页。

② 严复：《原强》(1895)，周振甫选注《严复选集》，北京：人民文学出版社，2004 年，第 35 页。

③ 方卫平：《中国儿童文学理论发展史》，上海：少年儿童出版社，2007 年，第 42 页。

曲解)收获了进步的信念。严复通过赫胥黎,同样看到在进化的自然法则中,不仅人具有“且演且进”“可日进于无疆之休”的进步性,而且“人类之事功”也是如此,因此,与“笃古贱今之士”不同,严复以不容置疑的口吻说道:“吾党生于今日,所可知者,世道必进,后胜于今而已。”①

严复的这种进步信念,随之带来的也必然会是一种“重少轻老”的儿童观。在《天演论》“矫性”一篇篇末,严复即注意到在不同的进化观念下,中西民众显示出不同的伦理价值取向,西民“好然诺,贵信果,重少轻老,喜壮健无所屈服之风”。② 严复虽未直说中国为劣,欧洲为优,但在其深切的担忧中,不难推测他内心是更倾向于认同西方的。

当然,我们也完全可以通过逻辑推演出严复生成“重少轻老”儿童观的必然性。首先,前面第一章第二节中谈过,严复最初以一个斯宾塞推崇者、社会达尔文主义者的身份引入达尔文的进化论,他也深为认同斯宾塞的主要进化论点,即人类社会同生物世界一样,进化不仅以同样方式不可抗拒地进行着,而且是一个不断趋向完善(或完美)的进步过程。而“很多受到斯宾塞庞大演绎推理吸引的那些人几乎都没有认识到,他的社会演化理论,即人类精神逐渐改进的理论,取决于这样一种假设的有效性,即父母将自己后天获得的能力和智慧传递给自己的孩子”,③这也就是我们上面指出的拉马克主义的核心理念之一——获得性遗传。尽管科学家对于获得性遗传的真实可靠性仍然存在分歧,但获得性遗传不仅使人们以更加积极的方式承担起自己的进化责任,而且它也成了一种憧憬未来的哲学,人们相信通过教育,能够有效地塑造下一代的品性,从而主导人种的进化。鉴于这样一种信念,人们自然就会把关注的重心转移到未来一代——儿童身上。既继承父母后天获得的各种能力,又通过教育发展自己的能力,从而不断进向一个理想的境界,因此将超越父辈。

其次,由于严复把进化看成是一种直线式上升运动,看成是进步,而进步信念的核心即在于相信人类已经前进、正在前进,并且将继续前进,走向完美。可想而知,不断推动人类前进和最终抵达理想境界的必定是后来者,现在的儿童,未来的主导者。正如同圣西门所说:“诗意的想象将黄金时代放置在人类的摇篮内,四周则是原始时代的蒙昧和野蛮;相反,人们应该将黑铁时代放置在摇篮

---

① 严复译著,冯君豪注译:《天演论》,郑州:中州古籍出版社,1998 年,第 237 页。

② 严复译著,冯君豪注译:《天演论》,郑州:中州古籍出版社,1998 年,第 413 页。

③ [英]约翰·伯瑞著,范祥涛译:《进步的观念》,上海:上海三联书店,2005 年,第 239 页。

内。人类的黄金时代并非在我们背后而是在我们前面；它存在于社会秩序的完美之中。我们的祖先从未发现它；我们的孩子有朝一日将到达那里；我们应该开辟这条道路。”①

最后，对于进步信仰者来说，时间秩序常常是衡量事物的唯一标准，越是“未来”的，越是“新”的，就越进步，越好；相应地，过去的、旧的无疑就意味着落后，意味着要被时间淘汰。就人类的时间秩序来说，“少”显然代表着“未来”、代表着“新”的，而“老”则代表着“过去的”“旧”的，那么为了人类永恒的进步，“重少轻老”就是理所当然了。

随着进化论的广泛传播和深入人心，这“后胜于今”的进步信念，“重少轻老”的儿童观念，也给予后来者以巨大的信心与启迪。后文所要论及的梁启超、鲁迅、周作人等人都是从这里出发，开始重视、思考、解放儿童，展开对传统儿童观的批驳，构建起各自新颖的现代儿童观。

第二节　“少年中国之少年”——从家族走向国家的儿童

> 少年智则国智，少年富则国富，少年强则国强，少年独立则国独立，少年自由则国自由，少年进步则国进步，少年胜于欧洲，则国胜于欧洲，少年雄于地球，则国雄于地球。
>
> ——梁启超②

前面提到过，在中国现代进步进化论意识形态形成史上，梁启超虽不是始倡者，却有决定性的影响，他对进化论的理解和解释，使得进化论逐渐凝固为一种完整的意识形态，为多数人所接受和信仰。或者如另一位研究者所言，梁启超在进化论传播过程中扮演着“意见领袖”的角色：进化论作为一种“意见”从媒介流向“意见领袖”，再从“意见领袖”流向人群中不太活跃的部分。③

梁启超接受进化论，一般来说，经历了三个阶段：一是最初从其师康有为那

① [美]浦嘉珉著，钟永强译：《中国与达尔文》，南京：江苏人民出版社，2014年，第11页。

② 梁启超：《少年中国说》(1900)，《梁启超全集·第二卷》，北京：北京出版社，1999年，第411页。以下所涉《梁启超全集》引文较多，且皆出自此版本，出版社及年份不赘述。

③ 王天根：《〈天演论〉传播与清末民初的社会动员》，合肥：合肥工业大学出版社，2006年，第129页。

里接受春秋三世说，初步获得“进步”思想；二是在接受严复的《天演论》后，融合春秋三世说，形成自己的进化论思想；三是在日本期间，又接受日本方面进化论的影响，并进行综合扩展。

简单来说，康有为的春秋三世说，即是康有为认为《春秋》表明了世界发展的三个阶段性过程，起于“据乱世”，渐进而为“升平世”，又渐进而为“太平世”，这是一个线性进步的过程。在梁启超看来，康有为的春秋三世说同达尔文的进化论颇为相似，或者可以称之为中国自创的进化学说。①

根据史料，梁启超至迟在1896年即已阅读过严复的文章和《天演论》手稿，他和严复更有书信往来，探讨时政及学术问题，对严复颇为尊敬和钦佩，也迅速吸收了他的进化论思想。② 此后，他就将进化论与康有为的春秋三世说糅合在一起，形成了自己的基本世界观，并且开始用进化论来理解和解释康有为的春秋三世说。

在日本期间，梁启超对达尔文、进化论、社会达尔文主义都有了进一步的了解和接受。那时日本社会、知识界也正处于对进化论，尤其是斯宾塞的社会达尔文学说热烈崇拜、引介的时期。梁启超也由此接触到更为丰富的斯宾塞的社会达尔文学说，并且抓住了它的要点：一是渐变论，即社会进化有一定的阶段顺序，不能越级进化，其进化的动力和进步的保障主要依自国民之智德力；一是物竞天择，优胜劣败。③

梁启超一生思想多变，但进化论信仰可以说从未真正动摇过，他对达尔文、进化论乃至生物学自始至终都十分推崇。在梁启超看来，进化论是宇宙的根本大法，“凡人类智识所能见之现象，无一不可以进化之大理贯通之”。④ 对于梁启

---

① 梁启超：《南海康先生传》(1901)，《梁启超全集·第二卷》，第489页。

② 在《论女学》中，梁启超引述严复《天演论》有关遗传学的说辞，并表示和严复就此问题有过书信来往，赞赏此说极为精当(梁启超：《变法通议·论女学》(1896)，《梁启超全集·第一卷》，第32页)；在《论幼学》中，在谈及科举教育时，梁启超写道：“善夫吾友严又陵之言曰：‘八股之害，锢智慧，坏心术，滋游手。’”(梁启超：《变法通议·论幼学》(1896)，《梁启超全集·第一卷》，第41页)；《论译书》中，梁启超提及严复的《天演论》，关注到此书的译法，肯定严复的学识(梁启超：《变法通议·论译书》(1896)，《梁启超全集·第一卷》，第48—50页)；《论变法必自平满汉之界始》中，梁启超于开篇即表明立论基础是“生存相竞之公例”，“优胜劣败之公理”(梁启超：《变法通议·论变法必自平满汉之界始》(1896)，《梁启超全集·第一卷》，第51页)；在《与严幼陵先生书》中，梁启超更是向严复诚恳表白：“今而知天下之爱我者，舍父师之外，无如严先生。天下之知我而能教我者，舍父师之外，无如严先生。”(梁启超：《与严幼陵先生书》(1896)，《梁启超全集·第一卷》，第71页)。

③ 梁启超：《自由书·记斯宾塞论日本宪法语》(1899)，《梁启超全集·第二卷》，第391—392页。

④ 梁启超：《论学术之势力左右世界》(1902)，《梁启超全集·第三卷》，第559页。

超本人来说，他也正是将进化论作为一种能够运用于任何现象、任何事物、任何学科的公理而加以运用的。不管是他的政治研究、历史研究、思想研究，还是文学研究，乃至儿童研究，都贯穿着进化论的思想。

一、从合大群到大民族主义：进化论与梁启超的国家思想

进化论对梁启超有用，为他所信仰，最初是出于国家存亡、发展的考虑，因为它“有裨于群治”。[①] 梁启超曾指出，中国人无国家思想，无国民，“知有天下而不知有国家”，“知有一己而不知有国家”，[②]所以要建立一个强大的民族国家，首先就要种植国家思想，培养新国民。

在梁启超的国家思想体系构建中，“群”是一个非常关键的概念。在《〈说群〉序》中，梁启超表明他的“群”的理念得益于康有为“以群为体，以变为用”二义，又从严复《天演论》、谭嗣同《仁学》中获得启发。[③] 在《说群一 群理一》中梁启超详细解释了“群理”。“群者，天下之公理也”，“苟属有体积有觉运之物，其所以生而不灭存而不毁者，则咸恃合群为第一义”。就自然界现存生物来看，合群的“贵”于不合群的；从自然界的生存竞争来看，“不能群者必为能群者所摧坏”，“群之力”轻者必为“群之力”大者所兼并，“野蛮之群不敌文明之群”。[④] 也就是说，能否合群、群力之大小是自然界生物在进化过程中“优胜劣败”的总根源。

对于人类来说，同样如此，“道莫善于群，莫不善于独。独故塞，塞故愚，愚故弱；群故通，通故智，智故强”。[⑤] 群能合众人之智、力，故能致智而强，趋而进于优，反之则致愚而弱，趋于劣。因此，不管是自然界生物还是人类，要想在生存竞争中获胜，都不仅要合群，而且要“合大群”。

“群理”构成了梁启超民族国家思想的基础，“国家之名，立之以应他群者也”。[⑥] 在梁启超看来，“推源国家之所以不得不建，政令之所以不得不设，而归本于人类生存竞争之一大原则”，人类的生存竞争包含人类与其他生物之争，个人与个人之争，阶级与阶级之争，地域团体与地域团体之争，其中尤以地域团体

---

① 梁启超：《自由书·加藤博士天则百话》(1899)，《梁启超全集·第二卷》，第 387 页。

② 梁启超：《新民说·论国家思想》(1902)，《梁启超全集·第三卷》，第 665 页。

③ 梁启超：《〈说群〉序》(1896)，《梁启超全集·第一卷》，第 93 页。

④ 梁启超：《说群一 群理一》(1896)，《梁启超全集·第一卷》，第 93—94 页。

⑤ 梁启超：《变法通议·论学会》(1896)，《梁启超全集·第一卷》，第 26 页。

⑥ 梁启超：《新民说·论国家思想》(1902)，《梁启超全集·第三卷》，第 663 页。

和地域团体竞争最为激烈。一方面,国家能够将此一地域全群之人强制组织起来,以抵御外来地域团体;另一方面,在个人竞争、阶级竞争中,国家能够以强制力(统治权)确定个人自由之界而为之保障。[①]

相应地,治群也有两种方式,其一是独术,其二是群术。以独术治群,其最大的弊端即在于"人人皆知有己,而不知有天下",人人营私,"以故为民四万万,则为国亦四万万,夫是之谓无国";而以群术治群,则能够"使其群合而不离,萃而不涣"。显而易见,"以群术治群,群乃成;以独术治群,群乃败",而且"以独术治群"的"己群"在面对"以群术治群"的"它群"时,甚至可能无以自存。[②]

总而言之,进化论既让梁启超认识到"群"的重要性,国家成立的必要性,也让他看到了治群的方向。

对"群理"的理解,很容易使梁启超走上民族主义的道路。所谓"民族主义",即是"各地同种族、同言语、同宗教、同习俗之人,相视如同胞,务独立自治,组织完备之政府,以谋公益而御他族是也"。[③] 在梁启超看来,"民族主义"是"制造近世国家之原动力",民族建国既是近代国家的发展总趋势,也是国家发展的必经阶段,而在生存竞争激烈的时代,中国要免于各帝国主义的殖民、瓜分,要图存,"亦先建设一民族主义之国家而已",合全民族之能力,发挥本民族之最优良特性与他族相竞争。梁启超自信,中国若"以地球上最大之民族,而能建设适于天演之国家,则天下第一帝国之徽号,谁能篡之?"[④]

但值得注意的是,在梁启超那里,中国作为一个民族既非汉族,也非满族,或是其他"小异之种",而是合并所有这些"小异之种"之后的大民族,是一个民族共同体,[⑤]如其所言,"中国言民族者,当于小民族主义之外,更提倡大民族主义。小民族主义者何?汉族对于国内他族是也。大民族主义者何?合国内本部属部之诸族以对于国外之诸族是也"。[⑥] 也就是说,梁启超所要建立的民族国家其实和西方民族国家是有差别的,他根据中国历史和实际情况,做出了必要的调整,这也是为了消除国人对于民族主义的狭隘理解,阻止排满甚至民族复

① 梁启超:《宪政浅说》(1910),《梁启超全集·第七卷》,第2059—2060页。

② 梁启超:《〈说群〉序》(1896),《梁启超全集·第一卷》,第93页。

③ 梁启超:《新民说·论新民为今日中国第一急务》(1902),《梁启超全集·第三卷》,第656页。

④ 梁启超:《论民族竞争之大势》(1902),《梁启超全集·第四卷》,第887、899页。

⑤ 梁启超:《变法通议·论变法必自平满汉之界始》(1896),《梁启超全集·第一卷》,第51页。

⑥ 梁启超:《政治学大家伯伦知理之学说·论国民与民族之差别及其关系》(1903),《梁启超全集·第四卷》,第1069页。

仇主义的兴起。

在梁启超的国家思想中，有机体论又是重要的一环。伯伦知理认为国家如同有机体，自有其精神、形体，具备肢骸各官，各自有其固有之性质及其生活职掌，且又联结为一全体，同有机体一样，能发育生长，自有行动和意志。而国民则是国家这一"完全、统一、永生"有机体的"人格"、"法团"（法律团体）；国家的意志，有赖于国民"发表其意想，制定其权利"；而国家的运行，同样有赖于"国民活动之精神以充之"。在伯伦知理看来，"有国民即有国家，无国家亦无国民，二者实同物而异名耳"。①

梁启超的国家思想深受伯伦知理影响，伯伦知理的国家有机体论也为梁启超所接受和信仰。"国也者，积民而成，国之有民，犹身之有四肢、五脏、筋脉、血轮也。未有四肢已断，五脏已瘵，筋脉已伤，血轮已涸，而身犹能存者；则亦未有其民愚陋、怯弱、涣散、混浊，而国犹能立者，故欲其身之长生久视，则摄生之术不可不明。欲其国之安富尊荣，则新民之道不可不讲。"②既然"天下未有无国民而可以成国者也"，③"国家所最渴需者，为国民资格"，④因此，培养具有国民资格的新国民也就成了梁启超国家思想中最为核心的部分，在他看来，也是建立民族国家的关键。

尽管同西方文明国家相比，中国可以说尚处于进化的初级阶段、野蛮阶段，但梁启超并不失信心，也不失希望，这种信心和希望同样来自进化论，更准确地说，是来自进步进化论。"前人以为黄金世界在于昔时，而末世日以堕落。自达尔文出，然后知地球人类，乃至一切事物，皆循进化之公理，日赴于文明。"⑤在必然的、进步不止的线性进化观面前，梁启超深信不管是中国还是西方国家都还同在进化的路途上，且都在朝着更高的文明奔去。哪怕是西方国家今日的"文明"，在他日看来也许也就成了"野蛮"。所以，中国无须为今日暂时的"野蛮"而感到不耻、自卑，要看到"泰西与支那，诚有天渊之异，其实只有先后，并无低昂"，中国进向文明也只是迟早的事，更何况，"此先后之差，自地球视之，犹旦暮也"。梁启超自信说道，"中国苟自今日昌明斯义，则数十年其强亦与西国同，在

---

① 梁启超：《政治学大家伯伦知理之学说》(1903)，《梁启超全集・第四卷》，第 1067、1068 页。

② 梁启超：《新民说・叙论》(1902)，《梁启超全集・第三卷》，第 655 页。

③ 梁启超：《新民说・论国家思想》(1902)，《梁启超全集・第三卷》，第 663 页。

④ 梁启超：《政治学大家伯伦知理之学说・论国民与民族之差别及其关系》(1903)，《梁启超全集・第四卷》，第 1069 页。

⑤ 梁启超：《论学术之势力左右世界》(1902)，《梁启超全集・第三卷》，第 559 页。

此百年内进于文明耳”。①

而梁启超最终也把国家中兴的希望、进化的重任寄托在新国民身上，尤其是新国民中的少年、青年身上。这构成了梁启超儿童观的背景和根本出发点。

二、少年中国：少年与国家的同构

在梁启超的国家构想中，还有一个显著的特色，那便是热切呼唤“少年中国”。在《说群一 群理一》(1896)中，梁启超就曾用老病之人、强壮少年来比喻治国的道理，“老病之人脏腑阂隔腠理松疏，则鬼祟凭之，寒暑侵之，强壮少年无患此者，体魄之相卫周也。夫治国者何独不然”。② 当然，让人印象深刻的还是《少年中国说》中开篇气势磅礴的比赋：

> 老年人常思既往，少年人常思将来。惟思既往也，故生留恋心，惟思将来也，故生希望心。惟留恋也，故保守；惟希望也，故进取。惟保守也，故永旧；惟进取也，故日新。惟思既往也，事事皆其所已经者，故惟知照例；惟思将来也，事事皆其所未经者，故常敢破格。老年人常多忧虑；少年人常好行乐。惟多忧也，故灰心；惟行乐也，故盛气。惟灰心也，故怯懦；惟盛气也，故豪壮。惟怯懦也，故苟且；惟豪壮也，故冒险。惟苟且也，故能灭世界；惟冒险也，故能造世界。老年人常厌事；少年人常喜事。惟厌事也，故常觉一切事无可为者；惟好事也，故常觉一切事无不可为者。老年人如夕照，少年人如朝阳；老年人如瘠牛，少年人如乳虎；老年人如僧，少年人如侠；老年人如字典，少年人如戏文；老年人如鸦片烟，少年人如泼兰地酒；老年人如别行星之陨石，少年人如大洋海之珊瑚岛；老年人如埃及沙漠之金字塔，少年人如西伯利亚之铁路；老年人如秋后之柳，少年人如春前之草；老年人如死海之潴为泽，少年人如长江之初发源。此老年与少年性格不同之大略也。梁启超曰：人固有之，国亦宜然。③

梁启超通过这样一段汪洋恣肆的文字，将老年人与少年人的精神特征展露无遗，而其中同时也显露出一种迥异于传统儿童观的“重少轻老”的儿童观。鉴于梁启超及《少年中国说》的深远影响，这段话对促成人们认识少年人的价值，

① 梁启超：《与严幼陵先生书》(1896)，《梁启超全集·第一卷》，第72页。
② 梁启超：《说群一 群理一》(1896)，《梁启超全集·第一卷》，第94页。
③ 梁启超：《少年中国说》(1900)，《梁启超全集·第二卷》，第409页。

提升少年人的地位有着不可忽视的作用。但我们应该看到，梁启超在这里言“人之老少”，其出发点是为言“国之老少”。梁启超有感于欧西人、日本人称呼中国为“老大中国”，而热切呼唤心中的“少年中国”。

我们需要解决的是，梁启超何以用“人之老少”来类比“国之老少”，何为“老大中国”“少年中国”，又如何造成“少年中国”。

首先，梁启超从国家有机体论出发，将国家的发展，视同“婴儿自胚胎以迄成童”。如果以“有土地，有人民，以居于其土地之人民，而治其所居之土地之事，自制法律而自守之；有主权，有服从，人人皆主权者，人人皆服从者”来定义“国家”的话，那么，作为“国家”的“中国”实际上应当正是“少年国”。而“中国”之所以被称为“老大中国”，一方面是人们惯于将“朝廷”等同于“国家”，将老死的朝廷等同于老死的中国；另一方面，也是“历代之民贼有窒其生机者也。譬犹童年多病，转类老态，或且疑其死期之将至焉，而不知皆由未完全、未成立也，非过去之谓，而未来之谓也”。只要对症下药，治愈疾病，中国就能重新焕发“少年”生机，更有希望进向“壮年”。而疾病的根源就出在国民身上，“国之老少”本无定形，“实随国民之心力以为消长”，如果国民都是“老朽之人”，且自认国家也是“老大中国”，那么，国家“安得不老且死”。因此，要想重振雄威，国民首先要自知其国为“少年国”，更重要的是，要置重于“国之少年”。①

中国向来“尊资格使耆老”成风，②“用人不问贤不肖，而多方遏抑少年意气之论兴，柄权则皆颓暮矣”，颓暮势必造成进化的动力不足甚或无动力，那么在激烈的生存竞争中也就必亡。③“物新则壮，旧则老，新则鲜，旧则黯，新则洁，旧则败”，如果说老年人是“旧”的话，那么少年人就是“新”，就是“动力”，“用其新，去其陈，病乃不存”。④

因此，梁启超深切认为，“造成今日之老大中国者，则中国老朽之冤业也；制出将来之少年中国者，则中国少年之责任也：

使举国之少年而果为少年也，则吾中国为未来之国，其进步未可量也，使举国之少年而亦为老大也，则吾中国为过去之国，其澌亡可翘足而待也。故今日之责任，不在他人，而全在我少年。少年智则国智，少年富则国富，

① 梁启超：《少年中国说》(1900)，《梁启超全集·第二卷》，第410—411页。
② 梁启超：《读〈日本书目志〉书后》(1897)，《梁启超全集·第一卷》，第128页。
③ 梁启超：《说动》(1898)，《梁启超全集·第一卷》，第175页。
④ 梁启超：《读〈日本书目志〉书后》(1897)，《梁启超全集·第一卷》，第128页。

少年强则国强，少年独立则国独立，少年自由则国自由，少年进步则国进步，少年胜于欧洲，则国胜于欧洲，少年雄于地球，则国雄于地球。①

古言“天下兴亡，匹夫有责”，而现在梁启超则言“天下兴亡，少年有责”。由此，梁启超也将少年从传统昏暗的家族背景中提拉至国家层面，且特别强调“我辈青年，正一国将来之主人也”。②

梁启超在让少年承担起国家盛衰兴亡之责的同时，也指明少年实与国家荣辱与共，命运相系，以此激励少年。在梁启超的呼声“美哉我少年中国，与天不老！壮哉我中国少年，与国无疆！”中，“少年”与“中国”俨然已融为一体，而梁启超甚至自改笔名，称“少年中国之少年”。③

让梁启超做出这种抉择和转变的，除了上面所说的少年与老年精神特征的迥然相异之外，“后胜于今”的进步观念预设也是非常重要的一个方面。

“……今胜于古，后胜于今，此西人打捞乌盈士啤生氏等，所倡进化之说也”（“打捞乌盈”“士啤生”即为“达尔文”“斯宾塞”），④从一开始，梁启超即将达尔文的进化论理解为是线性进步、不可逆转的过程，且是适用于世间万事万物的公理。必然进步的进化观势必形成“重少轻老”的观念，其缘由在本章第一节中已有所阐述。

这里值得一说的是，梁启超认为人类的进化，“今胜于古，后胜于今”是就一个群体而言，并非单个人：“盖人类进化云者，一群之进也，非一人之进也。如以一人也，则今人必无以远过于古人。”而今日“乳臭小儿”之所以能知古代圣贤所不能知之理，行古代圣贤所不能行之事，“无他，食群之福，享群之利，借群力之相接相较相争相师相摩相荡相维相系相传相嬗，而智慧进焉，而才力进焉，而道德进焉”。⑤

也就是说，人类的进化，在必然的进步之外，仍然需要依靠“人力”加以促成，“天下事固不能委心任运，以待当然者之自至也。必加以人力，乃足以促其机而助其进。所谓人力者何？一曰合大群，二曰开人智”。⑥

① 梁启超：《少年中国说》(1900)，《梁启超全集·第二卷》，第411页。
② 梁启超：《呵旁观者文》(1900)，《梁启超全集·第二卷》，第446页。
③ 梁启超：《少年中国说》(1900)，《梁启超全集·第二卷》，第411页。
④ 梁启超：《论支那宗教改革》(1899)，《梁启超全集·第二卷》，第264—265页。
⑤ 梁启超：《新史学》(1902)，《梁启超全集·第三卷》，第740页。
⑥ 梁启超：《论中国人种之将来》(1899)，《梁启超全集·第一卷》，第262页。

而教育正是“开人智”的一种重要手段，也是促成人群不断进步的有效手段。梁启超注意到，“自达尔文此说昌明，各国教育事业大有影响……知人之精神与体魄，皆能因所习而有非常之变化……昔惟重教授者，今则尤重训练，可以悬一至善之目的，而使一国人，使世界人共向之以进。积日渐久，而必可以致之，此亦达尔文之学说与有力焉者也”。①

这种思想可以说贯穿梁启超的一生：人们可以选择进化的方向，并通过教育孩子来决定这一进程，而获得性遗传将保证进化效果在每一代中积累——“以己之所以优所以胜之智若力，传之于其子，子又传诸其孙”②——从而使得国民状况产生长足变化，最终抵达预定的进化目标。

“人群进化，级级相嬗”，在梁启超看来，中国正处于一个既充满希望又极其恐怖的“过渡时代”——“过渡时代，又国民可生可死，可剥可复，可奴可主，可瘠可肥之界线，而所争间不容发者也”。在这样关键的“过渡时代”，国家进化走向何种境地，全看国民。但梁启超发现中国的“老朽者流”固然“死守故垒”，“为过渡之大敌”，本应是“过渡之先锋”的“青年者流”，受外界内界刺激，也“未得实把握以开过渡之路”。③

如何使少年、青年，真正担负起促成国家进化的重任，真正成为“过渡之先锋”“开过渡之路者”，还需要从头设计。

三、少年中国之少年：设计中国新少年

前面谈到，教育是以“人力”促进化的重要手段之一，在梁启超看来，一个国家的教育，其宗旨应当就是“养成一种特色之国民，使之结为团体，以自立竞存于优胜劣败之场”。④ 更具体来说，中国的国民教育应适应当前“民族主义之世界”的背景，立足于“民族主义”，保存本国国民固有特性中的优良者，除去不良者，同时寻求、借鉴、吸收他国国民的优良特性，养成备有人格、享有人权，能够自动、自主、自治、自立的现代国民。⑤

梁启超本人也一直致力于探讨国民特性，为养成国民优良特性不遗余力，

① 梁启超：《天演学初祖达尔文之学说及其略传》(1902)，《梁启超全集·第四卷》，第1037页。
② 梁启超：《天演学初祖达尔文之学说及其略传》(1902)，《梁启超全集·第四卷》，第1038页。
③ 梁启超：《过渡时代论》(1901)，《梁启超全集·第二卷》，第464、465页。
④ 梁启超：《论教育当定宗旨》(1902)，《梁启超全集·第四卷》，第911页。
⑤ 梁启超：《论教育当定宗旨》(1902)，《梁启超全集·第四卷》，第915页。

这在他的思想体系中就表现为“新民”的构想。早在《〈经世文新编〉序》(1897)中,梁启超就有了新民的构想,不管是从常理,中国传统思想,还是进化论角度,“新”都是一个值得赞赏和追求的价值观念,日新又新才能进于文明之治,他作《变法通议》就是为了告知天下“不变法日新不可”,“行新法”才能“改为新念”,他也表示日后更要作“新民”一编。①

尽管《新民说》迟至1902年才面世,但在这之前,梁启超早已开始探讨新民之义。在《论中国人种之将来》(1899)中,梁启超即意识到国民性质事关国家存亡,他认为中国人本富有自治之力,冒险独立之性质,“长于学问,思想易发达”等,相信“二十世纪,我中国人必为世界上最有势力之人种”,但进一步改良国民性质也成为梁启超更为关心的事情。②《中国积弱溯源论》(1900)中,梁启超则认为国民的几大特性,曰奴性、愚昧、为我、好伪、怯懦、无动,是造成国家积弱危亡的重要原因,而他日复兴,自然也全倚靠国民改良其特性。③《十种德性相反相成议》(1900)中,梁启超则详细论述十种“人类所当具有缺一不可”,“形质相反,精神相成”的德性,希冀国民“知有合群之独立,则独立而不轧轹;知有制裁之自由,则自由而不乱暴;知有虚心之自信,则自信而不骄盈;知有爱他之利己,则利己而不偏私;知有成立之破坏,则破坏而不危险”。④

系统阐述“新民之义”的自是影响深远的《新民说》(1902)。“叙论”中梁启超表明其新民思想的两大理论基点即是:“物竞天择,优胜劣败”的进化论和国家有机体论。国家能在“天演界”中存活下来,不独在地利、英雄,也在国民,国家积民而成,国民直接决定了国家这一有机体的体强体弱。在梁启超那里,“新”并非只是作为一个形容词与“旧”相对,“新”也有“自新之谓”,而“新民”也不意味着“吾民尽弃其旧以从人”,而是一方面“淬厉其所本有而新之”,另一方面则“采补其所本无而新之”。⑤《新民说》指出中国国民最缺乏而最需要采补以自新的是公德、国家思想、进取冒险、权利思想、自由、自治、进步、自尊、合群、生利分利、毅力、义务思想、尚武、私德、民气、政治能力。

梁启超的新民构想在社会群体尤其是青少年群体中引起巨大反响和共鸣。

---

① 梁启超:《〈经世文新编〉序》(1897),《梁启超全集·第一卷》,第122—123页。

② 梁启超:《论中国人种之将来》(1899),《梁启超全集·第一卷》,第259—262页。

③ 梁启超:《中国积弱溯源论》(1900),《梁启超全集·第二卷》,第415—420页。

④ 梁启超:《十种德性相反相成议》(1900),《梁启超全集·第二卷》,第428—432页。

⑤ 梁启超:《新民说》(1902),《梁启超全集·第三卷》,第657页。

胡适日后就回忆道:“我个人受了梁先生无穷的恩惠。现在追想起来,有两点最分明。第一是他的《新民说》,……我们在那个时代读这样的文字,没有一个人不受他的震荡感动的。……其中如《论毅力》等篇,我在二十五年后重读,还感觉到他的魔力。何况在我十几岁最容易受感动的时期呢?《新民说》诸篇给我开辟了一个新世界……”①

实际上,梁启超新民的重心也的确是放在青少年身上。在《十种德性相反相成议》中,梁启超在论述完十种德性后,即感叹“呜呼!老朽者不足道矣。今日以天下自任而为天下人所属望者,实惟中国之少年”。② 在梁启超看来,中国已亡于老朽之人,对于他们已经“无可望无可责”了,只有中国之少年、青年能使中国死而复生,所以他对于少年、青年的要求也就更高。③

而为了更有效地培养青少年,梁启超也深谙教育之道,当然,他的教育之道也颇受益于进化论。“人类心的性能,实适应于外界而渐次发达,意力和环境互相提携,便成进化”,④将进化论渐变的原则和适应的原则运用到教育上,也就成了现代教育学,也是梁启超教育之道的重要原则。

“何谓进化?其变化有一定之次序,生长焉,发达焉”,梁启超将由小儿进到成人,也视为进化之一种,“盖由动物进而为人,已为生理上进化之极点,由小儿进为成人,已为生理上进化之极点”。⑤ 而他在考察欧美、日本等国的教育制度之后,自制了一“教育期区分表”,又名“儿童身心发达表”(详见下表)。他将人的成长分为幼儿期(五岁以下)、儿童期(六岁至十三岁)、少年期(十四岁至二十一岁)、成人期(二十二岁至二十五岁)这样四个时期,并且对每个时期人在“身体”“知”“情”“意”“自观力”方面的发展特征做了相对科学的描述和区分。以此为依据,提倡实行与人各个时期发展特点相适应的教育,即将教育期划分为家庭教育期/幼稚园期、小学校期、中学校期、大学校期。他指出,“教育之次第”不可以“躐等进也”,“夫在教育已兴之国,其就学之级,自能与其年相应,若我中国今日之学童,则当其前此及年之日,未获受相当之教育,其德知情意之发达,自比文明国之学童,低下数级,而欲骤然授之,乌见其可?”所以,梁启超认为中国

① 胡适:《四十自述》(1933),《胡适文集(1)》,第71—72页。
② 梁启超:《十种德性相反相成议》(1900),《梁启超全集·第二卷》,第432页。
③ 梁启超:《新民说·论私德》(1902),《梁启超全集·第三卷》,第722页。
④ 梁启超:《欧游心影录》(1918),《梁启超全集·第十卷》,第2976页。
⑤ 梁启超:《新史学》(1902),《梁启超全集·第三卷》,第739、740页。

欲兴教育,“必自以政府干涉之力强行小学制度始”,并提出义务教育的想法,以期普及教育。① 我们在下章中还将详细论述梁启超的幼学思想,这里暂不赘述。

教育期区分表(儿童身心发达表)

时期	身体	知	情	意	自观力
(二十二岁至二十五岁)大学校期(成人期)	体格已定全为大人之型。	推理之力渐强,能寻求真理自构理想。	情操发达。	理性的意志发达。	成自治之品性且能人我协同成为一群内之我。
(十四岁至二十一岁)中学校期(少年期)	此期之始,性欲萌芽,体格渐成大人之型,音声一发其自身体所起之欲望较前期益发达。	前半期偏于想象,后半期长于推理。	前半期难动于情绪,后半期则情操渐发达。	前半期只有悟性的意志,后半期渐为理性的意志。	前半期我相之观念益强,岁知有我不知有人,后半期始认他相知人我协同之为急。
(六岁至十三岁)小学校期(儿童期)	此期之始,脑髓稍坚,能就一定之课业,身体发育之盛在于此时。	记忆想象之动机最强,其推理也每有持端以概全体之弊。	情绪始动。	前半期只有感觉的意志,后半期渐入悟性的意志。	模仿长上而好自屈,渐欲通己意,于人我相之观念始生。
(五岁以下)家庭教育期/幼稚园期(幼儿期)	一岁前后乳齿生,习步行学书语始与他动物全别,具人类之特性,有营养之求,有欲望之起,感觉之力渐臻敏捷。	感觉知识之动机极为锐敏。	其感情皆起于感觉,恐怖之情甚强。	只有感觉的意志。	未自知有我,纯然沌浑未鉴境界。

四、重视和忽视:进化论和国家视野下的儿童观的利弊

(一)未来主义:牺牲现在,以利将来

从进化的层面看,青少年是胜于老朽者的一代,从国家的层面看,青少年是“一国将来之主人”,为“一国所公有”,因此,梁启超看重他们,为他们设计新民理想之外,更提出要“牺牲现在,以利将来”。

在《进化论革命者颉德之学说》(1902)中,梁启超在感慨达尔文学说的巨大

① 梁启超:《教育政策私议·教育次序议第一》(1902),《梁启超全集·第三卷》,第755—756页。

影响之后，重点介绍了另一“进化论之传钵巨子”“进化论之革命健儿”——颉德的学说。颉德论述人群之进化，同样以达尔文的自然选择学说为前提，但不同的是，颉德以为自然淘汰的目的，并非使现在之个人或其种族中现在之最大多数获得最适之生存，而是要使种族将来之最大多数获得最适之生存，为此，颉德认为“各分体之利益及现在全体之利益，皆不可不牺牲之以为将来达此目的之用”。以此为基点，颉德人群进化学说的核心要点即：人群要进化，必牺牲个人以利社会（人群），必牺牲现在以利将来，“进化之义在造出未来，其过去及现在，不过一过渡之方便法门耳”，“现在”只有牺牲以供“未来”之用时，才具有意义和价值。①

颉德以生物进化论为根基，大倡“未来主义”，“凡一切社会思想国家思想道德思想，皆不可不归结于是”，以期纠正前人始终着眼在“现在”的谬误。② 颉德的“未来主义”，也深刻影响了梁启超的儿童观。

“凡生物之由生而至死也，其间体内细胞又屡屡变化。故当其受生也，既受祖宗传来各种复杂之特色，及其成长也，又自有所受外界熏染之特色，复加于旧特色之内，而一并贡献于其子孙，此乃种族之所以日进也。”③这也便是获得性遗传、“后胜于今”的理论依据之一。而为“子孙”计，实际上也是为未来种族、未来国家计，梁启超向父母提出了要求：一是在有生之年，需“常转旋其体内细胞而变化之”，④即父母自身需努力获得更多的能力，更好的品质，只有这样才能通过遗传使后代日益优胜。

二是要牺牲自己，竭力对孩子尽养育之义务，为孩子多做贡献。既然如颉德所说，自然淘汰以未来为目的，生物也全为未来而存在，过去和现在不过是进化的一过渡阶段，那么越能为未来做贡献、负责任者，自然越是高等动物，而且也只有“勤劳于为未来者”，才能为优为胜，反之则下等，则劣败。⑤ 而人既然作为高等动物，理应为“未来”着想，尽心尽力抚育下一代，为他们创造好的条件。

一家之人对待子孙当是如此，大而言之，一族之人、一国之人，都应当有这种为后代子孙，为未来种族、未来国家牺牲现在、牺牲自身利益的觉悟。“牺牲”

① 梁启超：《进化论革命者颉德之学说》(1902)，《梁启超全集・第四卷》，第1027—1028页。
② 梁启超：《进化论革命者颉德之学说》(1902)，《梁启超全集・第四卷》，第1029页。
③ 梁启超：《进化论革命者颉德之学说》(1902)，《梁启超全集・第四卷》，第1028页。
④ 梁启超：《进化论革命者颉德之学说》(1902)，《梁启超全集・第四卷》，第1028页。
⑤ 梁启超：《进化论革命者颉德之学说》(1902)，《梁启超全集・第四卷》，第1028页。

有时难免苦痛，但这是为未来、为进化所必须要付出的代价，“牺牲现在，以利方来，社会进化之大经也。吾尽吾对于吾子孙之义务，吾今之苦痛，能无忍焉”。[①]

约翰·伯瑞曾表示，在整个历史中，对后代的考虑一直是人们行为的动机，但是作用较小且是在非常有限的意义上偶然发挥作用，而随着进步说的出现，这一原则顺理成章地获得了占主导地位的重要性，人们关注的中心转移到未来后代的生活，他们将享受我们不能享受得到的幸福条件，但我们的劳动和苦难有助于实现这些条件。而一旦进步学说呈现出极端的宿命论形式，那么我们的义务就是甘愿为未知的后代做出牺牲。对于功利主义者来说，伦理道德的目标在于使最大多数的人获得最大程度的幸福，而颉德则告知，这最大多数的人还应包括“尚未出生或尚未想到的后代成员”。[②] 这一伦理道德观念经由梁启超阐发，也越来越多地引起近代中国人的注意和思考，少年儿童也越来越受重视。

（二）国家主义：儿童自由平等权利的被遮蔽

梁启超曾多次述及自由、权利思想，希望国民养成此两种思想。在《自由书·放弃自由之罪》(1899)中，梁启超根据天演公理，表示侵人自由者和放弃己之自由者都是罪恶，但两者相较，还是“放弃其自由者为罪首”，而侵人自由者还在其次。因为，在梁启超看来，在生存竞争中，那些放弃己之自由者，是“自安于劣”“自甘于败”，不竭力伸张自己的自由权，才让别人有机可乘，而侵人自由不过是优胜者、强者的“必至之势”。梁启超这样的逻辑似在为侵人自由者开脱，与严复所谓“侵人自由者，斯为逆天理，贼人道”恰似相反，但实际上是想以此鼓舞人人“各务求胜，各务为优者，各扩充己之自由权而不知厌足”。[③]

《十种德性相反相成议》(1900)中，梁启超提出“自由者，权利之表证也。凡人所以为人者有二大要件：一曰生命，二曰权利，二者缺一，时乃非人。故自由者亦精神界之生命也。……故今日欲救精神界之中国，舍自由美德外，其道无由”。[④] 同样地，在《卢梭学案》(1901)中，他概括卢梭之民约思想为“人人自由，人人平等”，并强调卢梭所说之“保持己之自由权，是人生一大责任也。凡号称为人，则不可不尽此责任”。[⑤]

---

① 梁启超：《政治学大家伯伦知理之学说·论民主政治之本相及其价值》(1903)，《梁启超全集·第四卷》，第1074页。

② ［英］约翰·伯瑞著，范祥涛译：《进步的观念》，上海：上海三联书店，2005年，第243页。

③ 梁启超：《自由书·放弃自由之罪》(1899)，《梁启超全集·第二卷》，第348页。

④ 梁启超：《十种德性相反相成议》(1900)，《梁启超全集·第二卷》，第429页。

⑤ 梁启超：《卢梭学案》(1901)，《梁启超全集·第二卷》，第505页。

而在《新民说》中更是专节论述自由、权利思想。“自由者，天下之公理，人生之要具”，[①]大而论之，保全包含自由权或说以自由权为核心的权利是人之为人的必要因素，也是必要责任，同保全生命一样，否则谓之奴隶、禽兽可也。因此，“为政治家者，以勿摧压权利思想为第一义，为教育家者，以养成权利思想为第一义。为一私人者，无论士焉农焉工焉商焉男焉女焉，各以自坚持权利思想为第一义”。[②]

但不得不指出的是，梁启超的“自由”“权利”的指涉重心常在团体，在群，在国，而非个人。“自由云者，团体之自由，非个人之自由也”，“人不能离团体而自生存，团体不保其自由，则将有他团焉自外而侵之、压之、夺之，则个人之自由更何有也”，“今世之言自由者，不务所以进其群、其国于自由之道，而惟于薄物细故、日用饮食，断断然主张一己之自由，是何异箪豆见色……”[③]权利也同样如此，“权利思想者，非徒我对于我应尽之义务而已。实亦一私人对于一公群应尽之义务也”。[④] 作为一个国家主义者，梁启超相信国民正是为国家而生的。

之所以要倡导人们各自争取自由、权利，最终是为了群治，为了国家团体，这缘于国家与国民的有机关系。“天生人而赋之以权利，且赋之以扩充此权利之智识，保护此权利之能力。故听民之自由焉、自治焉，则群治必蒸蒸日上；有桎梏之戕贼之者，始焉窒其生机，继焉失其本性，而人道乃几乎息矣。”[⑤]“国权者，一私人之权利所团成也……欲使吾国之国权与他国之国权平等。必先使吾国中人人固有之权皆平等，必先使吾国民在我国所享之权利与他国民在彼国所享之权利相平等。”[⑥]

这是在梁启超国家思想总背景下，自由、权利思想的必然倾向。一方面，梁启超认定国民是国家的主体，应当享有各种权利，这是国家强盛的保证；另一方面，当个人利益与国家利益相冲突时，梁启超又认为应当以国家为重。这也便是他经常所说的，“身与群校，群大身小，诎身伸群，人治之大经也。当其二者不兼之际，往往不爱己、不利己、不乐己，以达其爱群、利群、乐群之实者有焉矣”，[⑦]

---

① 梁启超：《新民说 · 论自由》（1902），《梁启超全集 · 第三卷》，第 675 页。
② 梁启超：《新民说 · 论权利》（1902），《梁启超全集 · 第三卷》，第 675 页。
③ 梁启超：《新民说 · 论自由》（1902），《梁启超全集 · 第三卷》，第 678—679 页。
④ 梁启超：《新民说 · 论权利》（1902），《梁启超全集 · 第三卷》，第 673 页。
⑤ 梁启超：《新民说 · 论进步》（1902），《梁启超全集 · 第三卷》，第 684 页。
⑥ 梁启超：《新民说 · 论权利》（1902），《梁启超全集 · 第三卷》，第 675 页。
⑦ 梁启超：《新民说 · 论自由》（1902），《梁启超全集 · 第三卷》，第 678 页。

“团体之公益，与个人之私利，时相枘凿而不可得兼也，则不可不牺牲个人之私利，以保持团体之公益”。①

在这种语境下，个人的自由、权利显然不能完全得到实现，那么，儿童的自由、权利就更加得不到实现了。梁启超曾一度认为儿童不应享有自由权，从而忽视儿童的权利。

梁启超曾明确指出，“自由之公例曰：人人自由，而以不侵人之自由为界”，所以“真自由之国民”常要服从这样三点：“服从公理”“服从本群所自定之法律”“服从多数之决议”。在梁启超看来，自由是“有制裁之自由”，而“童子未及年，不许享有自由权者，为其不能自治也，无制裁也”。②

因儿童无法自治，梁启超也将成人对儿童的“治”，甚至是“强制”视为理所当然。“天下事乱固不可久也，己不能治，则必有他力焉起而代治之者，不自治则治于人，势所不可逃也。人之能治禽兽也，成人之能治小儿也，文明人之能治野蛮也，皆其无自治力使然也。”③“彼野蛮未开之族，与夫年未及岁之人之不能享有自由者，固谓其裁制力薄，动相抵触龃龉，不能不加以强制，而使之受治于他人，盖不能服从良心，则必至服从外力，此固事理所必然者也。”④

儿童也因被视为没有完全的人格，而被认为不享有独立自主权。“独立有二义，一曰有自力而不倚赖他力，一曰有主权而不服从他权。然倚赖为因，服从为果。孩稚仰保姆之哺抱，故受其指挥；奴隶待主人之豢养，故服其命令。孩稚奴隶，二者皆未具人格者也。若夫完具人格之人，则不倚赖他人而可以自立，自不肯服从他人而可以自由。”⑤在梁启超的上述类比中，儿童几乎等同于禽兽、野蛮人、奴隶。

当然，这与梁启超对于少年的置重并不矛盾，他的出发点是为了让权利得到恰当的使用，而儿童也并非一个静止的对象，他们处在成长变化中，梁启超认为对他们权利的设定，也需要适时改变，以促使他们成长并享有充分的权利。如其在探讨政府对于人民的权限之时，指出“其权限则随民族文野之差而变。变而务适合于其时之正鹄。譬诸父兄之于子弟，以导之使成完人为正鹄。当其

① 梁启超：《论中国国民之品格》(1903)，《梁启超全集·第四卷》，第1078页。
② 梁启超：《十种德性相反相成议》(1900)，《梁启超全集·第二卷》，第429—430页。
③ 梁启超：《新民说·论自治》(1902)，《梁启超全集·第三卷》，第681页。
④ 梁启超：《服从释义》(1903)，《梁启超全集·第四卷》，第1086页。
⑤ 梁启超：《论中国国民之品格》(1903)，《梁启超全集·第四卷》，第1078页。

孩幼也，父兄之权限极大，一言一动，一饮一食，皆干涉之。盖非是则不能使之成长也。子弟之智德才力，随年而加，则父兄之干涉范围，随年而减。使在弱冠强仕之年，而父母犹待以乳哺孩抱时之资格，一一干涉之，则于其子弟成立之前途，必有大害”。① 但归根结底，梁启超最终都是为了国家，哪怕上述这些谈及儿童权利的只言片语，也都是在谈论国家问题中引以为譬方的。儿童（国民）是否该享有权利，在多大程度上享有权利均需视其是否“有裨于群治”。

儿童的自由、权利作如是观，儿童的个性发展也作如是观。梁启超主张“国民树立的根本义，在发展个性”，即充分发挥“个人的天赋良能”，在梁启超看来，这是“个人自立的第一义”，但也是“国家生存的第一义”，发展个性，最终是为能使“人人各用其所长，自动的创造进化”，合起来便成“强固的国家、进步的社会”。所以，发展个性也就相应有了一个限度，当国家主义过于发达压制了个性，或是如中国“无所谓国家目的，徒以社会上畸形的组织，学说上惰性的权威，把各人的本能，从小就桎梏斫丧起来”时，需加以批判纠正；②而当“注重个性多注重群性少”③时，同样需要加以引导扶正。

尽管严复、梁启超等人拉开了中国现代儿童观的序幕，但真正做到“以幼者为本位”，真正认识到儿童是“完全的个人”的，还要自周氏兄弟始。他们的现身，代表着中国现代儿童观的正式登场。

第三节 “本位应在幼者”——“幼者本位”儿童观的确立

> 此后觉醒的人，应该先洗净了东方古传的谬误思想，对于子女，义务思想须加多，而权利思想却大可切实核减，以准备改作幼者本位的道德。
>
> ——鲁迅④

新文化运动时期，人们对包含传统伦理道德观念在内的传统文化的批判，就其普遍性和规模来说，达到了一个高峰。在理念层面，进化论持续激发了人

① 梁启超：《论政府与人民之权限》(1902)，《梁启超全集·第四卷》，第881—882页。

② 梁启超：《欧游心影录》(1918)，《梁启超全集·第十卷》，第2980页。

③ 梁启超：《教育与政治》(1922)，《梁启超全集·第十三卷》，第4002页。

④ 鲁迅：《我们现在怎样做父亲》(1919)，《鲁迅全集·第一卷》，北京：人民文学出版社，2005年，第137页。以下所涉《鲁迅全集》引文较多，皆出自此版本，出版社及年份不赘述。

们批判的热情，为批判提供了重要的理论支撑。可以说，“现代中国一波又一波的反传统思潮，是进化论意识形态的必然产物”。①

首先，“达尔文生物进化论的中心概念是‘生存斗争’、‘自然选择’，它们被翻译成社会学的概念就是力量的追求。……对传统道德、政治的批评，其最初的标准也是它们弱化了我们民族的力量”。② 从进化论生存竞争的角度出发，自晚清以来，严复、梁启超等人思虑的不革新便要灭亡的生存危机，到新文化运动时期仍没有解除，只不过人们将批判的重心从政治层面转向了传统道德、文化等方面。

其次，按照进化论物种并非一成不变，而是随环境的变迁而变迁的观点，伦理道德也并非一成不变，而是随着社会变迁而变迁的，每个时代都有适应于这个时代的伦理道德。因此，用适合现代生活的新道德替换同现代生活不相容而难以自存的旧道德，是进化的应有之义，具有历史必然性。陈独秀就说：“盖道德之为物，应随社会为变迁，随时代为新旧，乃进化的而非一成不变的，此古代道德所以不适于今世也。”③

从这一观点出发，新文化运动打破了以三纲五常为核心的儒家伦理道德永恒不变的神话。胡适曾对新文化运动有过相当精准的概括，他认为新文化运动的根本意义就在于一种评判的新态度——“重新估定一切价值”，对于“习俗相传下来的制度风俗”“古代遗传下来的圣贤教训”“社会上糊涂公认的行为与信仰”等等，都一一重新估定它们的价值，“只认得一个是与不是，一个好与不好，一个适与不适”。④

再次，一方面，在进化论“后胜于今”的线性进步观念影响下，人们自然会认为今胜于昔，新胜于旧。传统文化，包括传统伦理道德、学术、语言文字等，被认为是阻碍进步、导致中国落后的重要因素，应该予以反对抛弃，进而创建普及新文化。另一方面，线性进步观念也容易导出西胜于中的结论。在中国屡屡遭受挫折失败的现实面前，西方社会所表现出的现代文明，被认为远远优于中国传统社会的古老文明，西方是社会发展更高级的新阶段，代表了进步的方向，因

① 张汝伦：《现代中国思想研究》，上海：上海人民出版社，2014年，第130页。

② 高瑞泉：《中国现代精神传统》，上海：东方出版中心，1999年，第53页。

③ 陈独秀：《答淮山逸民》，《陈独秀文章选编（上）》，北京：生活·读书·新知三联书店，1984年，第190页。

④ 胡适：《新思潮的意义》（1919），《胡适文集（2）》，第551—557页。

此，有必要向西方看齐，引入接受西方文明，改造更新中国固有文明。

最后，物种的进化是渐进的，缓慢进行的，文明的进化也当是渐进的，而这有赖于一个个实际问题的解决。胡适就曾指出新文化运动唯一目的是再造文明，但文明的进化不是笼统造成的，是一点一滴地进步的，因此，“再造文明的下手工夫，是这个那个问题的研究。再造文明的进行，是这个那个问题的解决”。①

此外，新文化运动还有一项要求，那便是要实现对人的解放，“把个人从传统的旧风俗、旧思想和旧行为的束缚中解放出来”，各自争取独立自由的人格，维护自己的权利和自由。②

正是在新文化运动这种“反传统”、“重新估定一切价值”、研究问题和解决问题、倡导“人的解放”、再造新文化新文明的时代氛围中，儿童问题作为其中一项重要议题被提了出来，引起了人们的广泛讨论和深入研究，传统儿童观遭受史无前例的猛烈抨击，而同时，借由西方新学理、新观念，人们也建立起种种崭新的儿童观。近代以来儿童观的变革，在新文化运动时期也可谓达到了高峰。

在本节中，我们将以新文化运动的伟大旗手鲁迅为代表，详述鲁迅如何借由新学理——进化论，建立起“幼者本位”儿童观，同时深入探讨其“幼者本位”儿童观的具体内涵和重大意义。可以肯定的是，作为新文化运动时期的文化大家、名人，鲁迅对儿童的持续关注和探讨，无疑对促进现代“幼者本位”儿童观的确立起到了重要的作用。

一、感觉锐敏：进化论与鲁迅“幼者本位”儿童观的生成

在本章第一节中我们谈到过，严复曾感慨于中国人的早婚多子又无教无养，犹似禽犊，自述每次在“都会街巷”中，“见数十百小儿，蹒跚蹀躞于车轮马足间，辄为芒背”，并不是担心他们会跌倒，而是“念三十年后，国民为如何众耳”！③

严复的这一自述给鲁迅留下极深的印象，在《随感录二十五》中，鲁迅特别提到：“我一直从前曾见严又陵在一本什么书上发过议论，书名和原文都忘记了。大意是：‘在北京道上，看见许多孩子，辗转于车轮马足之间，很怕把他们碰死了，又想起他们将来怎样得了，很是害怕。’……我也时时发起这样的忧虑；一面又佩服严又陵究竟是‘做’过赫胥黎《天演论》的，的确与众不同：是一个十九

① 胡适：《新思潮的意义》(1919)，《胡适文集(2)》，第558页。

② 胡适口述，唐德刚译注：《胡适口述自传》，《胡适文集(1)》，第340—341页。

③ 严复：《〈法意〉按语·九〇》，王栻主编《严复集·第四册》，北京：中华书局，1986年，第987页。

世纪末年中国感觉锐敏的人。”①

鲁迅对严复是熟悉和佩服的，但“感觉锐敏的人”的并非只是严复，鲁迅同样也敏锐地觉察到了严复“做”《天演论》对其儿童观形成的深远影响，并且接过严复的衣钵，从进化论出发，继续“发现”着儿童。

其实早在“江南陆师学堂附设矿务铁路学堂”学习时，青年鲁迅便已倾心于严复的《天演论》：“看新书的风气便流行起来，我也知道了中国有一部书叫《天演论》。星期日跑到城南去买了来……一口气读下去，‘物竞’‘天择’也出来了，苏格拉第，柏拉图也出来了，斯多噶也出来了。……一有闲空，就照例地吃侉饼，花生米，辣椒，看《天演论》。”②

东渡日本后，鲁迅对进化论的热情有增无减，且经由丘浅次郎（也译为“丘浅治郎”）接受了更为系统全面的进化论，对进化论也有了更加深入的理解。周作人在《鲁迅的青年时代》里就谈道：“鲁迅在这里（指矿务铁路学堂）看到了《天演论》……对于他是有着绝大的影响的。《天演论》原只是赫胥黎的一篇论文……并不是专谈进化论的，所以说的并不清楚，鲁迅看了赫胥黎的《天演论》，是在南京，但是一直到了东京，学了日本文之后，这才懂得了达尔文的进化论。因为鲁迅看到丘浅治郎的《进化论讲话》，于是明白进化学说到底是怎么一回事。”③

在早期论文《人之历史》中，鲁迅就不仅注意到“中国迩日，进化之语，几成常言，喜新者凭以丽其辞，而笃故者则病侪人类于猕猴，辄沮遏以全力”这一社会热门现象，为了廓清人们对进化论的误解，他更是精炼地介绍了进化学说的来龙去脉，尤其重点介绍了当时最新的德国黑格尔（现译为海克尔）的进化学说。在梳理进化学说的历史时，鲁迅自不忘盛赞达尔文进化论“空前古者”，并表现出对其核心要点的精到理解，这在同时代人中也是不多见的。④

而鲁迅早年在对中国复兴的体察中，就已悟到中国若想在世界各国生存竞争中胜出，“其首在立人，人立而后凡事举；若其道术，乃必尊个性而张精神”，他致力于建成的并非只是严复、梁启超等人心中的富国、强国，而是“人国”。⑤

---

① 鲁迅：《随感录二十五》(1918)，《鲁迅全集·第一卷》，第 311 页。

② 鲁迅：《琐记》(1926)，《鲁迅全集·第二卷》，第 305—306 页。

③ 周作人：《鲁迅的青年时代·鲁迅的国学与西学》(1956)，《周作人散文全集·第十二卷》，第 639 页。

④ 鲁迅：《人之历史》(1907)，《鲁迅全集·第一卷》，第 8—14 页。

⑤ 鲁迅：《文化偏至论》(1908)，《鲁迅全集·第一卷》，第 45—58 页。

对于儿童问题，鲁迅则在民国初年担任教育部职务时，就多有关注，曾翻译这方面的多篇文章，如上野阳一的《艺术玩赏之教育》(1913)、《儿童之好奇心》(1913)及高岛平三郎的《儿童观念界之研究》(1913)。值得注意的是，这几篇文章都译自日本，且都立论于进化论，其核心要点即是儿童各个时期身心发展状况不同，不管何种教育，都应适宜于儿童各个时期身心的不同状况，使其身心更为发达。

总之，鲁迅早期对进化论的接受，“立人”的觉悟，以及对儿童学的关注、翻译介绍，构成了他“幼者本位”儿童观生成的前期准备。

回到前面所说的《随感录二十五》，鲁迅同感于严复所述的中国孩子无教无养的现状，也十分认同严复的论断，认为“看十来岁的孩子，便可以逆料二十年后中国的情形；看二十多岁的青年，……便可以推测他儿子孙子，晓得五十年后七十年后中国的情形”。尽管同严复、梁启超等知识分子一样，鲁迅也将儿童与国家，尤其是与国家的未来紧密联系在一起，但不同于他们将儿童视为“未来的国民”，鲁迅将儿童看成是“将来的‘人’的萌芽”，他所担心的是“小的时候，不把他当人，大了以后，也做不了人”。[①] 没有“人”，也就没有“人国”，国家必在生存竞争中被淘汰。

因这担心和体悟，鲁迅继而把批判的矛头指向中国传统家庭和社会，以及父母身上，尤其是父亲身上(在传统家庭中，父亲常常具有绝对的权威)。在鲁迅看来，为人父有两种：一种是“孩子之父”——“只会生，不会教”；一种是“‘人’之父”——“生了孩子，还要想怎样教育，才能使这生下来的孩子，将来成一个完全的人”。[②] 中国多的是“孩子之父”，而少有“‘人’之父”，少有“‘人’之父”，也就少有“人之子”，这也是造成中国独缺少“人”的原因之一。

此外，鲁迅也将中国缺少“人”的原因归结于中国长者对“将来的‘人’的萌芽”——幼者的扼杀，“老的”“占尽了少年的道路，吸尽了少年的空气”。[③] 这也就是鲁迅在《狂人日记》中揭示的中国传统社会“吃人”的本质，或其所谓中国传统“家族制度和礼教的弊害”[④]：一方面，孩子常无端“被吃”——被成人以各种名义压迫、残害、虐杀(肉体上和精神上)；另一方面，孩子在这样的社会和历史文

---

① 鲁迅：《随感录二十五》(1918)，《鲁迅全集·第一卷》，第311—312页。
② 鲁迅：《随感录二十五》(1918)，《鲁迅全集·第一卷》，第312页。
③ 鲁迅：《随感录四十九》(1919)，《鲁迅全集·第一卷》，第354页。
④ 鲁迅：《〈中国新文学大系〉小说二集序》(1935)，《鲁迅全集·第六卷》，第247页。

化中长大，受“娘老子”的教，以后仍不免要“吃人”，甚或在无意中，也早已加入了“吃人”的行列。[①] 所以为了使将来的孩子不再做旧习惯旧思想的牺牲，也希冀还“没有吃过人的孩子”，在将来能成为“真的人”，鲁迅率先喊出了“救救孩子”“完全解放了我们的孩子”[②]的呼声。

值得注意的是，在《随感录四十九》中，鲁迅在探讨幼者问题时已表现出明确的进化论视野，“幼者本位”的儿童观也已呼之欲出。就个人而言，“凡有高等动物，……总是从幼到壮，从壮到老，从老到死”；而就整个种族来说，若要使种族的生命得以延续，或者说要“进化”，那么必须接受“新陈代谢”——“新的应该欢天喜地的向前走去，这便是壮，旧的也应该欢天喜地的向前走去，这便是死；各各如此走去，便是进化的路”。“新”与“旧”在鲁迅这儿更具体为“少的”和“老的”：“老的让开道，催促着，奖励着，让他们走去。路上有深渊，便用那个死填平了，让他们走去。少的感谢他们填了深渊，给自己走去；老的也感谢他们从我填平的深渊上走去”，只有这样，“从幼到壮到老到死，都欢欢喜喜的过去”，才能“一步一步”，出现“多是超过祖先的新人”。[③]

梁启超曾信奉的“牺牲现在，以利方来，社会进化之大经也。吾尽吾对于吾子孙之义务，吾今之苦痛，能无忍焉”，到鲁迅这里，已经明确为“牺牲老的，以利少的”，也就是说，为了人种的进化、种族的发达、文明的进步，必须置重于“将来”，置重于“少的”。

鲁迅系统论述其“幼者本位”思想的，是名文《我们现在怎样做父亲》，[④]而这篇文章的立论基点便是“生物学的真理”、进化论。

鲁迅一开首便指出“……中国亲权重，父权更重……以为父对于子，有绝对的权力和威严”，后文又说“他们的误点，便在长者本位与利己思想，权利思想很重，义务思想和责任心却很轻。以为父子关系，只须‘父兮生我’一件事，幼者的全部，便应为长者所有。尤其堕落的，是因此责望报偿，以为幼者的全部，理该做长者的牺牲”。

而依据“生物学的真理”——“一，要保存生命；二，要延续这生命；三，要发展这生命（就是进化）”，鲁迅对这样一种传统儿童观进行了彻底的批驳。

---

① 鲁迅：《狂人日记》(1918)，《鲁迅全集·第一卷》，第444—455页。

② 鲁迅：《随感录四十》(1919)，《鲁迅全集·第一卷》，第339页。

③ 鲁迅：《随感录四十九》(1919)，《鲁迅全集·第一卷》，第354—355页。

④ 鲁迅：《我们现在怎样做父亲》(1919)，《鲁迅全集·第一卷》，第134—145页。

首先，生物为保存生命有食欲之本能，而为延续生命，又有性欲之本能。在鲁迅看来，生育孩子本就是父母性欲本能的结果，对于孩子并无大恩。其次，"所生的子女……将来还要交付子女，像他们的父母一般"，如此"前前后后，都向生命的长途走去"，不过都是"一个过付的经手人"。既然父母、子女"仅有先后的不同"，也就"分不出谁受谁的恩典"。最后，也正因为"祖父子孙，本来各各都只是生命的桥梁的一级，决不是固定不易的。现在的子，便是将来的父，也便是将来的祖……所差只在一个时间"，所以祖父对于子孙也实没有什么绝对的权力和威严。

而为了更好地保存生命、延续生命，父母首先要"爱己"，不将自己体质上、精神上的缺点遗传给新生命，这不仅事关子孙将来的命运，也影响着社会的长远发展。但仅仅"爱己"是不够的，还须爱幼者，"教这新生命去发展"。

鲁迅看到，生物本着天性之爱，"总是挚爱他的幼子，不但绝无利益心情，甚或至于牺牲自己，让他的将来的生命，去上那发展的长途"，鲁迅相信，"人类更高几等，便也有愿意子孙更进一层的天性"。鲁迅甚而主张，"应将这天性的爱，更加扩张，更加醇化；用无我的爱，自己牺牲于后起新人"，也即为了整个种族、社会的进化，应当爱所有幼者，为所有幼者牺牲。

鲁迅从进化论得到的启示是："个体既然免不了死亡，进化又毫无止境，所以只能延续着，在这进化的路上走。走这路须有一种内的努力，有如单细胞动物有内的努力，积久才会繁复，无脊椎动物有内的努力，积久才会发生脊椎。所以后起的生命，总比以前的更有意义，更近完全，因此也更有价值，更可宝贵；前者的生命，应该牺牲于他"。

一反早年间对于进化论相对科学的精到理解，在这里鲁迅也不免陷入了同时代人的"误区"——个人意志能左右进化，进化即是不断进步的过程。这其实是严复自引入进化论起就已作出的改造——"世道必进"，"后胜于今"，但同时需要"吾奋吾力"。这显示了进化论意识形态的强大规范力，或许这也才是进化论真正吸引人的地方，做这种设想无疑能给人无限的希望和动力。中国儿童观的变革正需要这种"科学"的设想。

对于发展新生命，中国的旧见解如前所述，不独不讲，而且与这道理恰恰完全相反，"本位应在幼者，却反在长者；置重应在将来，却反在过去。前者做了更前者的牺牲，自己无力生存，却苛责后者又来专做他的牺牲，毁灭了一切发展本身的能力"。在鲁迅看来，以长者为本位，牺牲幼者的全部以满足长者的需求，是“逆天行事”，有违自然的进化原则，最终必将导致人种的萎缩乃至灭亡，社会的进步也必将停顿。

由此，鲁迅郑重提出：“此后觉醒的人，应该先洗净了东方古传的谬误思想，对于子女，义务思想须加多，而权利思想却大可切实核减，以准备改作幼者本位的道德。”在鲁迅看来，“幼者本位”才是“最合于这生物学的真理的办法”，而更具体来说，就是父母对于子女，“应该健全的产生，尽力的教育，完全的解放”。

但这并非易事。首先，要做到真正理解孩子，“倘不先行理解，一味蛮做，便大碍于孩子的发达”。鲁迅指出，“往昔的欧人对于孩子的误解，是以为成人的预备；中国人的误解，是以为缩小的成人”，而实际上，“孩子的世界，与成人截然不同”，因此，一方面要兴盛研究儿童的事业，另一方面，“一切设施，都应该以孩子为本位”。

其次，在指导教育孩子时，需时刻谨记“时势既有改变，生活也必须进化；所以后起的人物，一定尤异于前，决不能用同一模型，无理嵌定”，而且“长者须是指导者协商者，却不该是命令者。不但不该责幼者供奉自己；而且还须用全副精神，专为他们自己，养成他们有耐劳作的体力，纯洁高尚的道德，广博自由能容纳新潮流的精神”。

最后，充分认识子女是“即我非我的人”，“因为即我，所以更应该尽教育的义务，交给他们自立的能力；因为非我，所以也应同时解放，全部为他们自己所有，成一个独立的人”。

总而言之，解放子女的觉醒的父母，“完全应该是义务的，利他的，牺牲的”；“也应预备一种能力”，即自身“不失独立的本领和精神，有广博的趣味，高尚的娱乐”；而对于社会，更有改造的任务，使解放后的孩子能够合理的生活。

这自是一件极困苦艰难的事，但也是一件极伟大的要紧的事。对于“中国的老年”，鲁迅深知他们中旧习惯旧思想的毒太深，已无觉悟的可能，只能寄望于“觉醒的人”，希望他们能够“各自解放了自己的孩子。自己背着因袭的重担，肩住了黑暗的闸门，放他们到宽阔光明的地方去；此后幸福的度日，合理的做人”。

也就是说，觉醒的父母要始终怀抱“中间物”的觉悟，需看到“在进化的链子上，一切都是中间物”，作为中间物，从“旧垒”中来，完成自己应有的任务之后，最终仍不免逐渐消亡，但“中间物”的消亡，并不可悲哀可寂寞，唯此才会有新气象，才会有进化。[①]

而对于幼者，鲁迅则深为赞同其所译有岛武郎《“与幼者”》中，作为父亲的“我”寄予孩子的期望：“你们若不是毫不客气的拿我做一个踏脚，超越了我，向着高的远的地方进去，那便是错的”；“我爱过你们，而且永远爱着。这并不是说，要从你们受父亲的报酬，我对于‘教我学会了爱你们的你们’的要求，只是受取我的感谢罢了……像吃尽了亲的死尸，贮着力量的小狮子一样，刚强勇猛，舍了我，踏到人生上去就是了”。[②]

尽管鲁迅笃信进化论，以幼者为本位，心怀“中间物”的觉悟，甘心牺牲以为幼者、为将来，但对于幼者是否能够得到完全的解放，将来是否能够真正“幸福的度日，合理的做人”，鲁迅一开始便心存疑虑。正如他在《自言自语》“古城”一节中以寓言的形式所表现的：根据生命进化的链条，他设计了“孩子”“少年”“老头子”三个角色，三人一起生活在古城中——也就是古老的历史文化中，当古老的历史文化以吞噬生命为威胁向他们袭来时，少年作为具有牺牲精神的先觉者和“中间物”，肩住了闸门，要放孩子到古城外去。但因袭古老历史文化的老头子却一而再，再而三地拖住孩子，不让他出去。孩子是否能够逃离这“古城”，鲁迅在篇末只附以疑问。[③]

这也是鲁迅“幼者本位”儿童观的特殊之处，即他对于幼者始终交织着“希望”和“绝望”两种矛盾情感。这也可以看作是信奉进化论的鲁迅，在遭遇残酷现实之时，内心的挣扎表现。

二、保存生命才能发展生命：揭露批判压迫、残害、虐杀幼者的传统儿童观

鲁迅奠基于进化论的“幼者本位”儿童观并非仅仅表现于《我们现在怎样做父亲》这一纲领性文章中，也并非停留于此，在他日后的创作中，不管是小说、散文还是杂文，“孩子”的身影常常显现其中，甚或成为主角。而思及幼者，鲁迅奠基于进化论的“幼者本位”儿童观也呈现出更为复杂深邃的内涵。

首先就是，本着“幼者本位”，鲁迅对以任何形式压迫、残害、虐杀幼者的行为，都给予最深的诅咒和最犀利的批判。

---

① 鲁迅：《写在〈坟〉后面》(1926)，《鲁迅全集·第一卷》，第302页。
② 鲁迅：《随感录六十三·“与幼者”》(1919)，《鲁迅全集·第一卷》，第380—381页。
③ 鲁迅：《自言自语》(1919)，《鲁迅全集·第八卷》，第115—116页。

（一）“婴儿杀戮”

鲁迅在前文《我们现在怎样做父亲》中就已指出，中国父子关系最大的“误点”就在“长者本位与利己思想”，“以为父子关系，只须‘父兮生我’一件事，幼者的全部，便应为长者所有。尤其堕落的，是因此责望报偿，以为幼者的全部，理该做长者的牺牲”。[①] 而实际上，这种对于幼者的“牺牲”更由家庭扩展至全社会，幼者成为社会所摆“人肉的筵席”的“材料”，无情“被吃”，其中，他们悲惨的呼号亦为“凶人的愚妄的欢呼”所遮掩。[②]

《明天》中“小东西”宝儿的无声死亡，《祝福》中阿毛的意外被吃，《在酒楼上》中少女阿顺的早夭，虽看似生命的偶然，实际上也正折射出中国传统社会幼者的无以或难以保存生命，并不能完全排除人为的因素。在中国传统社会，人们对待幼者的生命向来非常随意，乃至对幼者的死亡也常常“淡然忘之”。

然而，即使在现代社会，幼者的生命依旧没有获得保障。《推》[③]中，鲁迅即叙述了一个卖报的小孩，只因误踹住了电车上一个客人的衣角，而被愤怒推倒，跌入车下，不幸被碾死，而推倒孩子的人逍遥法外，无人追究。

成人对于幼弱者“推”的恶行岂止这么一件，“上车，进门，买票，寄信，他推；出门，下车，避祸，逃难，他又推。推得女人孩子都踉踉跄跄，跌倒了，他就从活人上踏过，跌死了，他就从死尸上踏过，走出外面，用舌头舔舔自己的厚嘴唇，什么也不觉得。旧历端午，在一家戏场里，因为一句失火的谣言，就又是推，把十多个力量未足的少年踏死了。死尸摆在空地上，据说去看的又有万余人，人山人海，又是推”，而“推了的结果，是嘻开嘴巴”说声“好玩得很”。

这“推”与“踏”，舔嘴和嬉笑，正揭示了整个社会对于幼弱者生命的残暴行为和极端冷漠无情的态度，在这些“上等的”或“高等的”“同胞”那里，幼弱者是完全可牺牲而毫不重要，不足顾惜的。

如果说《推》中所述还只是个案、“意外”的话，那么集体、蓄意杀害幼者的恶行就更加令人发指了。《冲》[④]中鲁迅谈道，“‘推’和‘踢’只能死伤一两个，倘要多，就非‘冲’不可”，对于教育厅长竟会派兵开汽车，去冲撞爱国游行的“嫩弱”学生（其中有不少小学生），鲁迅简直难以相信，“‘身当其冲’，先前好像不过一

---

① 鲁迅：《我们现在怎样做父亲》(1919)，《鲁迅全集·第一卷》，第 137 页。

② 鲁迅：《灯下漫笔》(1925)，《鲁迅全集·第一卷》，第 222—229 页。

③ 鲁迅：《推》(1933)，《鲁迅全集·第五卷》，第 205—206 页。

④ 鲁迅：《冲》(1933)，《鲁迅全集·第五卷》，第 357—358 页。

句空话，现在却应验了，这应验不但在成人，而且到了小孩子。'婴儿杀戮'算是一种罪恶，已经是过去的事，将乳儿抛上空中去，接以枪尖，不过看作一种玩把戏的日子，恐怕也就不远了罢"。

鲁迅的愤激之情，不仅指向强权政府，同时也指向那些利用儿童和少年的爱国心，又使他们蒙受诽谤甚至惨遭杀戮的强权政府的合谋者。鲁迅发现，"中国虽说'惟女子与小人为难养也'，但一有事故……总有许多'童子爱国'，'佳人从军'的美谈"。[①] 在另一处，鲁迅则一针见血地指出这种现象的本质，"中国社会还是'爸爸'类的社会，所以做起戏来，是'妈妈'类献身，'儿子'类受谤。即使到了紧要关头，也还是什么'木兰从军'，'汪踦卫国'，要推出'女子与小人'去搪塞的"，鲁迅不得不质问，"吾国民其何以善其后欤？"[②]

对于这种利用儿童爱国心，又把他们当作牺牲的行径，也如周作人所说："小孩长大时，因了自主的判断，要去冒险舍生，别人没有什么话说，但是这样的糟蹋，可以说是惨无人道了。我因此想起中古的儿童十字军来；在我的心里，这卫道的'儿童杀戮'实在与希律王治下的'婴儿杀戮'没有什么差别。"[③]

面对幼弱者生命遭轻视、杀戮的残酷社会现实，鲁迅深感要"扫荡这些食人者，掀掉这筵席，毁坏这厨房"，而这也正是"现在的青年的使命"。[④]

(二)"精神的虐杀"

在日常生活中，对幼者实施"精神的虐杀"是更为普遍的现象。《风波》[⑤]中的小女孩"六斤"原本是一个活泼好玩，"野性"十足，敢于骂九斤老太"老不死"的女孩，但她在家里，毫无人格尊严可言，只是成为撒气的对象，被辱骂、被一巴掌打倒，甚至被迫接受更大的身体残害——裹脚。而九斤老太一直感慨的人的退化——"一代不如一代"，又何尝不是他们利用长者的威权和因袭的旧俗一手造就的，他们毁灭了幼者一切发展本身的能力，而这也必将导致人种的萎缩乃至灭亡、社会进步的停顿。

也如同《故乡》[⑥]中那个英勇机智、充满活力、无拘无束的少年闰土，由于生活的重担和陈旧思想的规训，最终变成一个说不出生活的苦，只会恭敬地喊一

① 鲁迅：《保留》(1933)，《鲁迅全集·第五卷》，第150页。
② 鲁迅：《"小童挡驾"》(1934)，《鲁迅全集·第五卷》，第470页。
③ 周作人：《关于儿童的书》(1923)，《周作人散文全集·第三卷》，第193页。
④ 鲁迅：《灯下漫笔》(1925)，《鲁迅全集·第一卷》，第229页。
⑤ 鲁迅：《风波》(1920)，《鲁迅全集·第一卷》，第491—499页。
⑥ 鲁迅：《故乡》(1921)，《鲁迅全集·第一卷》，第501—510页。

声“老爷”的“木偶人”，这不仅使人感到“非常气闷”，更使人感到“非常的悲哀”。

中国传统的家庭教育向来只是旨在造成“死相”“听话”“驯良”的孩子，处处压抑孩子的活泼天性，压制他们的生命活力，扼杀他们的精神自由。对于这一点，鲁迅自己就深有体会。在杂文《忽然想到(五)》[①]中，鲁迅即回忆了幼时长辈于“我”的教诲——“两眼下视黄泉，看天就是傲慢，满脸装出死相，说笑就是放肆”。然而，长辈的教诲单是针对孩子，这也就是传统儿童观的专制本色。他们对儿童天性的压抑，对儿童自由生命的禁锢，终于造就了一个个“死相”的孩子，而当这些孩子长大，也不过是一个个“死相”的大人。所以篇末，鲁迅不得不呐喊：“世上如果还有真要活下去的人们，就先该敢说，敢笑，敢哭，敢怒，敢骂，敢打，在这可诅咒的地方击退了可诅咒的时代！”

鲁迅由此也开启了对传统儿童观及其践行者们的持续批判。《五猖会》[②]中，当“我”满怀期待地准备去看热闹的五猖会时，父亲却给“我”“浇了一盆冷水”，让“我”背书，背不出就不准出去看会。父亲的权威使“我”不得不就范，“我”在极度的精神煎熬、胆战心惊中总算完成了任务，却再无看会的心情。对于孩童来说，童年时期遭受的精神虐杀甚至会留下终生的阴影，“我至今一想起，还诧异我的父亲何以要在那时候叫我来背书”。也许碍于情面，鲁迅没有径直批判“父亲”，但是在对幼时的“我”细腻心理的描绘和体察中，对传统威权式的、扼杀儿童天性的家庭教育，表达了无声的反抗和不满。

鲁迅幼时的经历可以说是千千万万个中国家庭里孩子的一个缩影。在《上海的儿童》[③]中，鲁迅即感慨中国的儿童，若不是“带着横暴冥顽的气味，甚而至于流氓模样的，过度的恶作剧的顽童”，就是“精神萎靡”，“钩头耸背，低眉顺眼，一副死板板的脸相的所谓‘好孩子’”。而造成中国儿童如此情状的便是中国的家庭教育：“中国中流的家庭，教孩子大抵只有两种法。其一，是任其跋扈，一点也不管……其二，是终日给以冷遇或呵斥，甚而至于打扑，使他畏葸退缩，仿佛一个奴才，一个傀儡，然而父母却美其名曰‘听话’，自以为是教育的成功……”鲁迅不得不再次提醒时人，“顽劣，钝滞，都足以使人没落，灭亡。童年的情形，便是将来的命运”。

---

① 鲁迅：《忽然想到(五)》(1925)，《鲁迅全集·第三卷》，第44—45页。

② 鲁迅：《五猖会》(1926)，《鲁迅全集·第二卷》，第269—273页。

③ 鲁迅：《上海的儿童》(1933)，《鲁迅全集·第四卷》，第580—581页。

自然，行精神虐杀的，也少不了传统的私塾教育。《从百草园到三味书屋》[①]中，“我”原本在童年的乐园——百草园中，无拘无束、自由自在地亲近自然、探索自然，而长妈妈充满传奇色彩的民间故事也都使孩童无边的好奇心、想象力得到尽情地满足。然而，当“我”被送进城中“最严厉的私塾”，一切都改变了。先生虽是“本城中极方正，质朴，博学的人”，然而，对于孩童的天性却并不在意，不让“我”问各种稀奇古怪的问题，更不支持我们的玩耍游戏，只以“礼”教导我们，让我们尽是读些枯燥乏味而又难以懂得的书。在这样的教育环境下，“我”自然也就变得“恭敬”起来，或者更确切地说，呆滞起来。

鲁迅从来不是一个只会批判别人而不懂得自省的人，他也期望于每一个人都能反省自己是否在无意间实已充当了精神虐杀者的角色。在《风筝》[②]中，“我”自认为放风筝是“没出息孩子所做的玩艺”——这其实也就是忽视甚至压抑儿童天性的传统儿童观；而更可恶的是，“我”在得知小兄弟私下偷做风筝后，便行使兄长的权力，无情地毁坏小兄弟的风筝——在传统家庭伦理秩序中，年长即意味着权威。然而，多年后，当“我”得知“游戏是儿童最正当的行为，玩具是儿童的天使”后，便深深悔恨于当年对于小兄弟的“精神的虐杀”。但已成年的小兄弟对于童年往事竟“全然忘却，毫无怨恨”，也使“我”陷于更深重的悲哀中，因为“我”，当然还有很多像“我”一样的人对小兄弟的精神虐杀，已无可挽回地造就了一个精神麻木的大人。

而在现代都市，鲁迅也敏锐地觉察到了对幼者精神虐杀的另一种新形式，那便是现代都市商业文化对幼者精神的侵蚀。现代都市文明看似比传统文化“进化”了，但是它所造成的险境——弥漫在孩子身边的日益繁荣的现代商业文化，并加以成人的以身示范和传染，正在使少女们早熟起来，“精神已是成人，肢体却还是孩子”。[③] 这何尝不是在造就一种新型的“缩小的成人”？

当然，对幼者的精神虐杀还体现在儿童读物方面。鲁迅异常尖锐地指出，不管是在传统社会还是在现时代，成人要么是表现出对儿童精神需求的极端漠视，极少提供有趣又有益的儿童读物以满足儿童的阅读渴望；在主动甚或强制提供给儿童阅读的读物中，多凡又是毒害儿童精神的。以《二十四孝图》为例，这本教人如何当孝子、宣扬“孝道”的“教科书”，除压抑孩子的天性，无视孩子的

---

① 鲁迅：《从百草园到三味书屋》(1926)，《鲁迅全集·第二卷》，第287—291页。

② 鲁迅：《风筝》(1925)，《鲁迅全集·第二卷》，第187—189页。

③ 鲁迅：《上海的少女》(1933)，《鲁迅全集·第四卷》，第578—579页。

人格和地位，只教导孩子要“听话”“从命”，不准忤逆父母之外，更有其虚伪和残酷的一面，孩子的性命在所谓“孝”面前常显得无足轻重，随时可作牺牲，这也就是鲁迅所痛恨的“吃人”文化。鲁迅以自己童年的阅读经历，更进一步指出这些读物所带给幼小孩童心灵的侮辱、伤害乃至恐惧。[①] 这一点我们将在下章第一节中详加论述。

三、进化论的“偏颇”：反思警醒在传统家庭社会、历史文化中成长的幼者

作为一个思维特异、思想深邃的哲人，鲁迅批判的目光不仅仅停留在压迫、残害、虐杀幼者的传统儿童观以及践行它们的成人上，他同时也将批判的矛头指向那些在传统历史文化中成长，受“娘老子”教的幼者，对他们保留足够的反思和警醒。可以说，对幼者的反思和警醒，构成了鲁迅“幼者本位”儿童观的另一重要维度，是鲁迅“幼者本位”儿童观远远超越同时代人的地方。

鲁迅注意到，“儿童的行为，出于天性，也因环境而改变”，他们易受家庭的影响，也常学大人的样。[②] 所以家庭的环境，更大而言之，一个社会的环境，以及在此环境中大人的样，往往决定了日后孩子的样。

《肥皂》[③]中的四铭和学程，不仅仅是父子关系，而且可以说是新旧文化转型期的中国知识分子和中国少年的一类形象代表。对于四铭这样的曾经欢迎新文化，终又回到旧文化阵营的伪道学家，鲁迅给予了辛辣的讽刺和批判。但对于学程，这个中国新少年、未来的希望，鲁迅的情感是复杂的，一方面他同情学程仍受四铭家长威权的压迫，但另一方面，他又痛惜于这位中国新少年，虽受了新式教育，接受了新文化，却并没有因此超越“老的”，仍是怯懦、“恭恭敬敬”，甚或也同“老的”一样，练练“八卦拳”，痴迷于“国粹”。学程的形象表明：若无“人”之父的教导，无整个社会的变革，“人”之子便无从谈起。

《孔乙己》[④]中，鲁迅以一个十二岁的酒店伙计的视角来看孔乙己在酒店的种种遭遇，叙述孔乙己的惨淡人生。而“我”的“成长”，其实也内含了鲁迅对于少年儿童的思考。“我”由一开始的“样子太傻”，到附和着别人，加入对孔乙己的嘲笑，同样把他看成是单调乏味生活的快活剂，甚至对他感到“不耐烦”，蔑视

---

① 鲁迅：《〈二十四孝图〉》(1926)，《鲁迅全集·第二卷》，第258—264页。
② 鲁迅：《漫骂》(1934)，《鲁迅全集·第五卷》，第451—452页。
③ 鲁迅：《肥皂》(1924)，《鲁迅全集·第二卷》，第45—56页。
④ 鲁迅：《孔乙己》(1919)，《鲁迅全集·第一卷》，第457—461页。

他，对他不理睬，实际上也意味着“我”善良纯真本性的逐渐丧失。但“我”身处咸亨酒店这个小社会，耳濡目染，可以说，这种丧失又是必然的，“我”最终沦落为了鲁迅着力批判的“看客”形象。

对于幼者“看客”这一特殊群体，在《示众》①中有着更为集中的展现。十一二岁卖包子的胖小孩、小学生、被老妈子抱着的小孩、戴硬草帽的学生，这些小“看客”穿梭在成人“看客”中间，不亦乐乎，其举止神态都颇具“看客”的专业水准，然而，这也正是让鲁迅痛心不已、难以言说之处。鲁迅不得不面对这样一个无奈的社会现实，成人“看客”形成的巨大社会磁场，无疑会吸附、裹挟身在其中的“孩子”。更让人无语的是，成人（如老妈子）给予孩子的人生第一课，便是教他如何充当看客——“老妈子先也略略一跄踉，但便即站定，旋转孩子来使他正对白背心，一手指点着，说道：‘阿，阿，看呀！多么好看哪！’”

然而，孩子并非单纯只是无辜受害的角色，他们或是受娘老子教，或是不自知，或是天性使然，但不管怎样，他们表现出来的奴颜婢膝、不思进取、无情残忍，让鲁迅心寒、绝望。

《求乞者》②中，“我”对“求乞的孩子”表现出强烈的“烦腻，疑心，憎恶”：烦腻他们追着哀呼；疑心他们只是为求乞而求乞；憎恶他们的手势、声调、态度，与他们的并不悲哀，近于儿戏。孩子的如此“求乞”实是一种人性的堕落，是尊严的放弃和奴性的表现，也是“瞒与骗”的践行。也如鲁迅在《论睁了眼看》中所说的，“现在青年的精神未可知，在体质，却大半还是弯腰曲背，低眉顺眼，表示着老牌的老成的子弟，驯良的百姓”。③

鲁迅并非真的就憎恶孩子，只是爱之越深，恨之越切。鲁迅一生致力于批判国民的奴性，力图改造国民性，而他信奉进化论，寄予幼者和年轻者很高的期望，希望他们能超越父辈，成为“真的人”。但幼者、年轻者的堕落表现无疑将使他建立“人国”的希望落空，不免让人痛心疾首。

《希望》④中，鲁迅即深感自己的青春消逝，衰老将至，而他曾期以厚望的年轻生命，却并没有因他的牺牲，超越了他，更向前去，焕发出新的青春力量，而似

---

① 鲁迅：《示众》(1925)，《鲁迅全集·第二卷》，第 70—75 页。

② 鲁迅：《求乞者》(1924)，《鲁迅全集·第二卷》，第 171—172 页。

③ 鲁迅：《论睁了眼看》(1925)，《鲁迅全集·第一卷》，第 251 页。

④ 鲁迅：《希望》(1925)，《鲁迅全集·第二卷》，第 181—182 页。作者在《〈野草〉英文译本序》中说：“因为惊异于青年之消沉，作《希望》。”

乎比他还要“衰老”了。在寂寞中，鲁迅只得孤身肉搏这空虚中的暗夜，然而，青年们对这一切的不自知和“平安”度日，让他的绝望也同时陷入“虚妄”。

鲁迅在《狂人日记》中就曾对幼者表现出深切的忧思，作为受害者的幼者迟早有一天也会变成“吃人”者，甚或在无意中，也早已加入了“吃人”者的行列。《颓败线的颤动》①中，年轻母亲对于孩子忍辱负重却充满欢欣的抚育，换来的却是长大之后的年轻夫妇对于垂老的她的怨恨和鄙夷，冷骂和毒笑，甚而还有那新一代的孩子们对她的喊杀。颓败的老女人的颤动，是精神之柱的无声崩塌，是无言的绝望。

《长明灯》②中，鲁迅不仅把批判的目光置于那些愚昧无知、守旧迷信、虚伪残忍的吉光屯的民众身上，同时也置于少有人注意的“孩子”身上。小说中的“孩子”没有同情于“他”的被迫害，也没有感恩于“他”的牺牲，更没有领受“他”的决意，向光明的世界闯去，他们不过当起了小“看客”，充当起了大人们的“小帮凶”，戏弄“他”，甚而拿苇子充当枪，决意杀害“他”。小说在孩子们的嬉戏歌声中结束，孩子们拿以开玩笑的正是“他”的要熄灭长明灯和要放火。至此，“他”——一个先觉者，一个肩着“黑暗的闸门”的牺牲者，所做的一切，所具有的意义也就被消解得一干二净。

而《孤独者》③中，“我”和魏连殳有关孩子的辩驳，魏连殳对待孩子前后的不同态度，正可以视为鲁迅对于幼者的精神内省。

当“我”和魏连殳初识之时，对别人都冷冷的魏连殳却对孩子表现出异常的喜爱与热情，常带着欣赏的眼光看待孩子们，把孩子“看得比自己的性命还宝贵”，在他心中，“孩子总是好的。他们全是天真……”，“大人的坏脾气，在孩子们是没有的。后来的坏……那是环境教坏的……我以为中国的可以希望，只在这一点”。魏连殳心中的希望，也正是鲁迅曾经怀抱的希望。然而，“我”却并不以魏连殳的话为然，“我”以为孩子犹如一粒种子，孩子的变坏并非无端，只因“胚”里就带着“坏”的东西，长大时自然就生发开来，如同枝叶花果一样，没有坏根苗，就不会有坏花果。

“我”的话一开始让魏连殳感到气愤，但后来不久，魏连殳却站到了“我”这一边，亲述起“天真”的孩子的“恶”来：还很不能走路的很小的小孩，拿了一片苇

---

① 鲁迅：《颓败线的颤动》(1925)，《鲁迅全集·第二卷》，第 210—211 页。

② 鲁迅：《长明灯》(1925)，《鲁迅全集·第二卷》，第 58—68 页。

③ 鲁迅：《孤独者》(1925)，《鲁迅全集·第二卷》，第 88—110 页。

叶追杀他。"儿子正如老子一般""都不像人"，是他此时对于孩子的看法。当"我"以"这是环境教坏的"来回应时，魏连殳却陷入了深深的犹疑。在经历了人生的穷途末路，甚至孩子们的鄙夷和厌弃之后，魏连殳最终走向了另一个极端，他也同那些"老子"们一样用种种方法戏弄孩子，凭一点小利就伺机侮辱孩子。

尽管鲁迅并没有同魏连殳一样从一个极端走向另一个极端，对幼者由炽热的爱走向无情的"虐杀"，但他曾经对于进化论的深深信仰，终是出现了危机。鲁迅曾自述："我一向是相信进化论的，总以为将来必胜于过去，青年必胜于老人，对于青年，我敬重之不暇，往往给我十刀，我只还他一箭。然而后来我明白我倒是错了。这并非唯物史观的理论或革命文艺的作品蛊惑我的，我在广东，就目睹了同是青年，而分成两大阵营，或则投书告密，或则助官捕人的事实！我的思路因此轰毁，后来便时常用了怀疑的眼光去看青年，不再无条件的敬畏了。"①

在意识到进化论的"偏颇"之后，鲁迅更不免有滑向历史循环论的倾向。在《看变戏法》②一文中，鲁迅就从走江湖变戏法的两种必要东西"一只黑熊"和"一个小孩子"入手，展开了对幼者的思索。"黑熊"和"小孩子"从小便要接受"训练"——"打"和"饿"，甚或有被虐待至死的，而"训练"的结果自然是成为变戏法敛钱的工具。对于虐待幼者，视幼者为工具的行径，鲁迅自然持以批判的态度，但是他同时也看到，经过训练后的"孩子"自然地和大人串通，装出苦痛的样子，以谋取怜悯和金钱。而让作者不忍多想的是，黑熊和孩子，"两种生财家伙，一种是要被虐待至死的，再寻幼小的来；一种是大了之后，另寻一个小孩子和一只小熊，仍旧来变照样的戏法"。

也正如他在另一处所说的，"勇者愤怒，抽刃向更强者；怯者愤怒，却抽刃向更弱者。不可救药的民族中，一定有许多英雄，专向孩子们瞪眼。这些孱头们"，然而，"孩子们在瞪眼中长大了，又向别的孩子们瞪眼，并且想：他们一生都过在愤怒中。因为愤怒只是如此，所以他们要愤怒一生，——而且还要愤怒二世，三世，四世，以至末世"。③

1927 年，鲁迅在答复时有恒的公开信中，声称自己的"沉默"缘于一种"恐怖"，他原以为"压迫、杀戮青年的，大概是老人"，等到这种老人渐渐死去，"中国

① 鲁迅：《〈三闲集〉序言》(1932)，《鲁迅全集·第四卷》，第 5 页。
② 鲁迅：《看变戏法》(1933)，《鲁迅全集·第五卷》，第 335—336 页。
③ 鲁迅：《杂感》(1925)，《鲁迅全集·第三卷》，第 52 页。

总可比较地有生气”。然而，他的这一种乐观的妄想破灭了，因为他发现“杀戮青年的，似乎倒大概是青年”，而且他们对于“别个的不能再造的生命和青春，更无顾惜”。对于青年的互相杀戮，鲁迅实在已看不到希望，他因而颇有些颓唐地否定了自己的启蒙初衷，“现在倘再发那些四平八稳的‘救救孩子’似的议论，连我自己听去，也觉得空空洞洞了”。①

四、中国将来的脊梁：赞赏和敬服未受世俗污染的幼者

尽管在残酷的社会现实面前，对于“幼者本位”，鲁迅将更多的精力用在了批判传统历史文化、儿童观，反思身处其中的幼者上，但即便如此，鲁迅内心从不曾真正放弃过对幼者、年轻者的爱与希望，也没有完全舍弃为幼者、年轻者的切实有力行动。他自己就坦承，思想上虽认识到幼者、年轻者的种种人性弱点，看到他们的种种“恶行”，也怀疑为他们“牺牲”的意义价值所在，但“至于行为，和这矛盾的却很多，所以终于是言行不一致”。②

唐弢在 20 世纪 60 年代回忆与鲁迅的交往时，曾谈到鲁迅尽心竭力帮助青年的事，当他询问鲁迅为何甘愿为青年奔波效力时，鲁迅就说，这缘于进化论思想，“进化论思想牵制过我，……但也有过帮助。那个时候，它使我相信进步，相信未来，要求变革和战斗。这一点终归是好的。人的思想很复杂，要不然……你看，现在不是还有猴子吗？嗯，还有虫豸。我懂得青年也会变猴子，变虫豸，这是后来的事情。现在不再给人去补靴子了，不过我还是要多做些事情。只要我努力，他们变猴子和虫豸的机会总可以少一些，而且是应该少一些的”。③

尽管幼者有种种“堕落”的倾向，但比起成人的虚伪、做作、道貌岸然，总是要“干净”一些。④ 也许是因为有了亲身养育孩子的经历，晚年鲁迅对于孩子的世界有了更为细致的观察，也从与孩子的切身接触中获得了更多的纯真快乐。如他所言，“孩子是可以敬服的，他常常想到星月以上的境界，想到地面下的情形，想到花卉的用处，想到昆虫的言语；他想飞上天空，他想潜入蚁穴……”孩子的“堕落”、变蠢，很大程度上还是由于成人对他们蠢化的教育，是成人“忘却了

① 鲁迅：《答有恒先生》(1927)，《鲁迅全集·第三卷》，第 473—478 页。

② 鲁迅：《261216 致许广平》(1926)，《鲁迅全集·第十一卷》，第 657 页。

③ 唐弢：《琐忆》(1961)，胡风、萧军等《如果现在他还活着：后期弟子忆鲁迅》，石家庄：河北教育出版社，2000 年，第 306 页。

④ 鲁迅：《“小童挡驾”》(1934)，《鲁迅全集·第五卷》，第 469 页。

自己曾为孩子时候的情形”，却又将孩子“看作一个蠢才，什么都不放在眼里”，“即使因为时势所趋，只得施一点所谓教育，也以为只要付给蠢才去教就足够”，于是，孩子“长大起来，就真的成了蠢才，和我们一样了”。[①]

实际上，鲁迅在早年间就建立起来的“幼者本位”儿童观，对幼者的赞赏与敬服就一直是其中的内涵之一。只不过是在残酷的社会现实面前，鲁迅将更多的精力用在了批判、反思上面。

在《自言自语》[②]“波儿”一节中，鲁迅就表现出对于孩子纯真犯“傻”行为的赞赏之意：波儿想让蔷薇种子半天就开出花来，女孩想以一滴泪使河水变咸，男孩想以一滴血染红大海。尽管现实并不可能，但这并不妨碍孩子的生命梦想。

而孩子的犯“傻”有时也表现为一种“韧性”和“锲而不舍”，在《这个与那个・最先与最后》[③]中，鲁迅看学生运动会时生发如此感想，“优胜者固然可敬，但那虽然落后而仍非跑至终点不止的竞技者，和见了这样竞技者而肃然不笑的看客，乃正是中国将来的脊梁”，而“多有‘不耻最后’的人的民族，无论什么事，怕总不会一下子就‘土崩瓦解’的”。

《社戏》[④]中“我”借回忆儿时乡土生活，尤其是野外看戏的经历，描摹了一群乡土少年的群像，他们虽然个性不一，但有着共同的特质：善良质朴、慷慨大方、聪明机智、天真活泼、率性直爽、无拘无束、自由自在、勇敢侠义、生气勃勃……他们是一群没被传统文化和现代文明所规训的儿童。这样的少年，也正是“中国将来的脊梁”。

《过客》[⑤]中，女孩“少有的好意”，对“前方”（未来）美好的幻想（“那里有许多许多野百合，野蔷薇”），对于追寻希望之声，一直孤独奔走在人生荒途上的过客来说，是鲜有的安慰。尽管他早已知道前方也许不过是接连的“坟”，尽管他也并不愿意承受这“太多的好意”，但是，在经历了太多的“名目”和“地主”，“驱逐和牢笼”，“没有皮面的笑容”，“没有眶外的眼泪”之后，女孩就如同那荒野中的“野百合，野蔷薇”，给予了他新的希望。

尽管鲁迅对青年有过种种的失望乃至绝望，但只要青年们表现出任何一点

---

① 鲁迅：《〈看图识字〉》(1934)，《鲁迅全集・第六卷》，第 37 页。
② 鲁迅：《自言自语》(1919)，《鲁迅全集・第八卷》，第 117—118 页。
③ 鲁迅：《这个与那个・最先与最后》(1925)，《鲁迅全集・第三卷》，第 152—153 页。
④ 鲁迅：《社戏》(1922)，《鲁迅全集・第一卷》，第 587—597 页。
⑤ 鲁迅：《过客》(1925)，《鲁迅全集・第二卷》，第 193—199 页。

让他重新看到未来的希望、看到长远的梦的地方，他仍旧压抑不住赞美他们的心声："……这些不肯涂脂抹粉的青年们的魂灵便依次屹立在我眼前。他们是绰约的，是纯真的，——阿，然而他们苦恼了，呻吟了，愤怒，而且终于粗暴了，我的可爱的青年们！"鲁迅爱"粗暴"的青年们，爱他们"流血和隐痛的魂灵"，是因为这才是青春应该有的生命——充满活力、不屈不挠的生命，这样的生命使鲁迅感觉到"是在人间，是在人间活着"，也只有这样的生命，能够接续生命之火，一代胜过一代。①

在鲁迅经历了一生，看清了人心的险恶愚昧、社会的黑暗不安、权力者的冷血残暴之后，对于幼者，他心底那一抹希望的底色仍没有完全褪去。《我要骗人》里，一向反对"欺与瞒"的作者，自己也走了"骗人"的路——"我"的"骗"在于使为受灾的民众拼命募款的女孩相信她的善行能真正帮到受灾者。"我"虽以为"孩子和老人不同，骗她是不应该"的，但也不愿意与那些真正利用、欺骗孩子的人合谋，"我"觉得有必要向孩子揭露人心和社会的黑暗面，但"我"的最终放弃此念头，实则正是出于对孩子深沉的爱，自己肩住黑暗的闸门，去保全尚留存于孩子身上的尚未被玷污的纯真善良。在鲁迅内心深处，孩子的"愚蠢无知""天真烂漫"难保不是未来的希望之光。②

这种充满张力的精神辩驳，彰显了鲁迅"幼者本位"儿童观的深邃。这也是鲁迅"幼者本位"儿童观，与叶圣陶、冰心、丰子恺等人的"儿童崇拜"很不一样的地方。叶圣陶、冰心、丰子恺等人的"儿童崇拜"，更多的是从哲学文化层面展开的对人类个体成长的反思，认为儿童是纯洁高尚、自由快乐、完美无瑕的，堕落的成人应该复归儿童的本性。他们笔下的"儿童"并不指向实存，而是一种浪漫的想象和理想的建构，他们更多的是想假借"儿童""童心"建构起一个有别于成人污秽世界的乌托邦世界、桃花源，在那里人们将获得灵魂的净化，寻得心灵的慰藉(在第四章第二节中我们还将详述)。我们当然不否认叶圣陶、冰心、丰子恺等人"儿童崇拜"思想的重要价值和意义，它让人们从一个哲学的高度重新认识了儿童，也大大提升了儿童的地位，但是它也在一定程度上遮蔽了真实存在的儿童，忽视了他们的性格缺陷和苦难生活。

而鲁迅以进化论为基点建立起来的"幼者本位"儿童观，始终关注于儿童赖

① 鲁迅：《一觉》(1926)，《鲁迅全集·第二卷》，第228—230页。
② 鲁迅：《我要骗人》(1936)，《鲁迅全集·第六卷》，第503—506页。

以生存的社会现实以及传统历史文化，直面有血有肉的儿童生命。保存生命才能发展生命，这是鲁迅“幼者本位”儿童观的第一要义。鲁迅少有像冰心、丰子恺等人那样，大篇幅叙写、讴歌儿童精神伟力，表达对儿童无比钦佩之情的文章，但是他对幼者的持续反思和批判，他主张的“牺牲老的，以利少的”，却是真正从幼者出发，为着将来的“人”，将来的中国的。当然，鲁迅对于幼者并不吝啬赞赏和敬服，只是少了些夸张虚饰。

新文化运动以来，能够持以“幼者本位”，而对幼者展开如此丰富、复杂、深刻思考的，鲁迅是当之无愧的第一人，他的“幼者本位”儿童观最终也跻身于现代儿童观的中心位置。

第四节 “完全的个人”——科学地认识儿童

> 以前的人对于儿童多不能正当理解，不是将他当作小形的成人，期望他少年老成，便将他看作不完全的小人，说小孩懂得什么，一笔抹杀，不去理他。现在才知道儿童在生理心理上虽然和大人有点不同，但他仍是完全的个人，有他自己内外两面的生活。这是我们从儿童学所得来的一点常识，假如要说救救孩子，大概都应以此为出发点的。
>
> ——周作人[①]

一、生物学、文化人类学、儿童学：周作人的“常识”习得

如果说严复以进化论为基点，开启了现代儿童观的诸多新方向；梁启超在民族国家层面发现儿童，将儿童从家族背景中拉到民族国家层面，赋予他们崭新的历史地位和任务；鲁迅从现实和历史文化层面发现儿童，确立以幼者为本位，保全幼者生命，重塑他们健全的精神……那么，周作人可以说是从科学研究的层面着手发现儿童，科学地认识儿童之作为“完全的个人”的生理和心理，又力求将他们培养成“完人”——身心发展完全的文明人。而以进化论为理论基底的生物学、文化人类学、儿童学则是周作人借以发现、研究、论说儿童的重要理论资源。

① 周作人：《我的杂学·儿童文学》(1944)，《周作人散文全集·第九卷》，第212页。

在《妇女运动与常识》①一文中，周作人曾提出国人应当具备一些“人生的常识”——“使人们‘知道你自己’的工具”，其中便包括：

“A 具体的科学

第一组 关于个人者

（甲）理论的

一、人身生理（特别注意性的知识）

二、心理学

（乙）实际的

一、医学大意

二、教育

第二组 关于人类及生物者

（甲）

一、生物学（进化论遗传论）

二、社会学（文化发达史）

三、历史

（乙）

一、善种学

二、社会科学

在周作人看来，上面两组知识最为基本，也最为切要，“要想解决切身的重要问题，都非有这些知识做根柢不可”。

实际上，这些关于人身及人类、社会、自然、历史的“常识”，尤其是其中人类学、生物学的知识也是周作人认定的研究、探讨、解决人的问题（包括妇女、儿童问题）的基本理论储备和重要参考。周作人认为必须具备这方面充分的“常识”，思想才能正确，才能更明确地了解、认识人（妇女、儿童），也才能真正实现人的解放（妇女解放、儿童解放）。

而就周作人自身来说，他对这方面的知识很早就已多加注意，且积累颇深。周作人最早接受生物学方面的新知，还是从接触严复的《天演论》开始。周作人回忆自己在南京水师学堂的读书经历，当时“翻译界正逐渐兴旺起来，严几道的

① 周作人：《妇女运动与常识》（1923），《周作人散文全集·第三卷》，第1—7页。

《天演论》，林琴南的《茶花女》，梁任公的《十五小豪杰》，可以说是三派的代表”。[①]《天演论》可谓也奠定了周作人新思想的基础，如其所言，“在我的陈年思想中，比较地新一点的东西只有几道严复先生起首介绍进来的所谓天演论，不过我因此而喜读芬兰威斯忒玛克教授（Westermarck）的《道德观念之起源与发达》，觉得世界上没有天经地义，道德常是因时地而变迁的”。[②]

在南京求学期间，周作人也常读梁启超的文章，并表现出对梁启超的由衷赞赏：“下午阅新会梁任公（启超，横滨《新民丛报》总撰述，自称‘中国之新民’，亦号‘饮冰室主人’，著有《自由书》《中国魂》等书，其余论说著述尚多，不及纪）著《现世界大势论》一卷，四月出版，后附《灭国新法论》，词旨危切，吾国青年当自厉焉。”[③]

进化论思想是梁启超论著的重要理论话语来源，周作人当时熟读梁启超论著，免不了受其影响。周作人日后谈道：“在我年小时候，也受了他的非常大的影响，读他的《饮冰室文集》《自由书》《中国魂》等书，都非常有兴趣。”[④]我们在周作人的早期论文中，正可以看到这种影响。如在其较早公开发表的文章《说死生》中，我们可以感受到梁启超式的思虑和语汇，周作人鼓舞国人在激烈的生存竞争中，与强敌争一旦之命。[⑤]

但不管是严复，还是梁启超，他们所提供的主要还是将生物进化原理运用于社会的社会进化论，而周作人在汲取这一部分的进化思想后，又对作为科学的生物学的进化论，以及建立在生物进化论基础上的文化人类学产生了浓厚兴趣，并且受益匪浅。

在生物进化论中，有一重要分支学说“复演说”，认为人类个体的胚胎发育过程重演着自然界生物的进化历程。而人类学正是在生物进化论尤其是“复演说”启发和指导下发展起来的一门社会科学，它从体质、文化、语言等角度研究人类的产生和进化，尤其注重对史前人类的研究。在方法上，除利用考古学上的发现，实地考察现存的原始部落外，则进一步发挥“复演说”，视人类个体从儿童到成人的成长史为人类文明发展史的重演，通过观察、研究儿童来推想原始

① 周作人：《我学国文的经验》（1926），《周作人散文全集·第四卷》，第770页。
② 周作人：《我想》（1926），《周作人散文全集·第四卷》，第546—547页。
③ 周作人：《南京学堂日记抄》（1902），《周作人散文全集·第一卷》，第8页。
④ 周作人：《中国新文学的源流》（1932），《周作人散文全集·第六卷》，第94页。
⑤ 周作人：《说死生》（1904），《周作人散文全集·第一卷》，第17页。

人。人类学不仅对原始人的生活、文化、心理提出许多极重要的看法，大大加深了人们对原始人的了解，同时也极大推动了儿童和儿童心理的研究，加深了人们对儿童及其心理的了解。

1906年周作人东渡日本，有了系统接受生物进化论及文化人类学的机会。周作人接触文化人类学是从安德鲁·朗的神话学起手的。安德鲁·朗的神话学，是典型的人类学派的神话学，简单地说就是将神话、童话等看作是原始人的思想流露，又“以类似的心理状态发生类似的行为为解说”，[①]他们搜集世界各地大量神话、童话，对它们进行分类、比较，并归纳出共通点，又以现今尚存的野蛮人的心理状态、习俗制度等，去探析原始人类的心理状态、习俗制度等，由此也就合理解释了类似的神话、童话等的思想、意义。

周作人自述，“我到东京的那年，买得该莱的《英文学中之古典神话》，随后又得到安特路朗的两本《神话仪式与宗教》，这样便使我与神话发生了关系”，“安特路朗的则是神话之人类学派的解说，我又从这里引起对于文化人类学的趣味来的”。[②]

文化人类学一方面研究野蛮时代（原始社会）的风俗和野蛮人（原始人）的思想，另一方面也研究现代文明社会的民俗。文化人类学学者认为，现代文明社会的很多民俗都是原始社会野蛮风俗的遗留和变相，而大多数现代文明人在内心深处也还仍然是个野蛮人。在周作人看来，这“虽然本身是一种专门的学问，可是这方面的一点知识于读书人很是有益”，有助于理解一些“平常最不可解的神圣或猥亵的事项”，而且也颇有趣味。泰勒所著《原始文明》、《人类学》（中国广学会译为《进化论》），拉薄克所著《文明之起源》，周作人均有涉猎，但于他影响最深的还是弗来若（现译为弗雷泽）的《金枝》，另加他的“若干种的单册及杂文集”，如《普须该的工作》（《魔鬼的辩护》），及其夫人所编的《金枝上的叶子》。此外，芬兰威斯忒玛克教授（Westermarck）的《道德观念之起源与发达》，于周作人影响也很深。[③]

诚如周作人自己所言，他“对于人类学稍有一点兴味，这原因并不是为学，大抵只是为人，而这人的事情也原是以文化之起源与发达为主”，而“人在自然中的地位，如严几道古雅的译语所云‘化中人位’”，他也是很想知道的，“那么这

① 周作人:《我的杂学·神话学与安特路朗》(1944),《周作人散文全集·第九卷》,第202页。
② 周作人:《我的杂学·希腊神话》(1944),《周作人散文全集·第九卷》,第199页。
③ 周作人:《我的杂学·文化人类学》(1944),《周作人散文全集·第九卷》,第205—206页。

条路略一拐弯便又一直引到进化论与生物学那边去了”。同样地，周作人注目于生物学的“常识”，除了兴趣爱好，以及想要了解“化中人位”的问题外，最重要的还是想将生物学的“常识”“应用在思想问题上面”，以生物学的知识做整个的人生问题研究的参考资料，以生物学定人类行为的标准，使其合于物理人情，发展所谓“由生物学通过之人生哲学”。①

当然，在日本留学期间，周作人也接触到了其时在日本也刚开始发展的儿童学，并对其产生了浓厚的兴趣，据他自己所述：“我在东京的时候得到高岛平三郎编《歌咏儿童的文学》及所著《儿童研究》，才对于这方面感到兴趣，其时儿童学在日本也刚开始发达，斯丹莱贺耳博士在西洋为斯学之祖师，所以后来参考的书多是英文的，塞来的《儿童时期之研究》虽已是古旧的书，我却很是珍重，至今还时常想起。”②

回国之后，周作人对进化论、文化人类学、生物学、儿童学的兴趣有增不减，且广泛搜罗阅读。1914 年，周作人在介绍上海广学会新书时，就对进化论、文化人类学、生物学相关著作多加注意，而据其所述，我们可看出他对这些书都有所研读，对这些领域也是较为熟悉的：“余皆其会中出版，如《进化论》（即泰勒《人类学》）《观物博异》等皆佳”；“又有《宇宙进化论》，亦译汤氏原著”；“《生命世界》英国华丽士著。华氏发见进化之理，与达尔文同时，惟其说不专重物质，仍主灵气。虽赫胥黎克洛特一派极攻击之，而华氏持之有故，别自立一帜。此书凡分二十章，通论生物进化之理，仍执守其前说，为千九百十年著，盖其晚年自表其意之作也”。③

在儿童学方面，仅 1913 年，周作人就阅读了诸如《儿童学纲要》、《儿童游戏》、《儿童之好奇心》、《儿歌比较研究》、《幼稚谐歌》、《家庭教育学》、《教育与善种》、*Aspects of Child Life and Education* 等文章、著作。④

周作人曾将自己的工作概括为，“都是关于野蛮人的事，一是古野蛮，二是小野蛮，三是‘文明’的野蛮”。⑤ 这一与三是属于文化人类学方面的，而二所谓“小野蛮”就是儿童学方面的。

---

① 周作人：《我的杂学·生物学》(1944)，《周作人散文全集·第九卷》，第 208—210 页。

② 周作人：《我的杂学·儿童文学》(1944)，《周作人散文全集·第九卷》，第 211—212 页。

③ 周作人：《书籍绍介：广学会书》(1914)，《周作人散文全集·第一卷》，第 366—367 页。

④ 鲁迅博物馆藏：《周作人日记(影印本)(上册)》，郑州：大象出版社，1996 年，第 429—479 页。

⑤ 周作人：《拈阄》(1927)，《周作人散文全集·第五卷》，第 188 页。

实际上，自达尔文的生物进化论出现并风靡以来，文化人类学、儿童学可说都在进化论的主导之下，所以周作人所想知道的都是关于“野蛮人”的事，并非偶然，有其内在的联系。

文化人类学与进化论的关系已如前述，而儿童学与它们发生联系，也主要经由“复演说”。周作人自述：“照进化论讲来，人类的个体发生原来和系统发生的程序相同，胚胎时代经过生物进化的历程，儿童时代又经过文明发达的历程，所以幼稚这一段落正是人生之蛮荒时期。我们对于儿童学的有些兴趣，这问题差不多可以说是从人类学连续下来的。”①不同于文化人类学学者取今证古，从研究儿童出发去研究原始人，当时许多儿童学学者采取以古证今的研究路径，用当时文化人类学在研究原始人时获得的某些成果来说明儿童和他们的文化。

总之，对进化论、生物学、文化人类学、儿童学的浓厚兴趣以及对这些“常识”的习得，既决定了周作人日后研究工作的主要志趣、方向，也构成了周作人日后研究、看待“人”的问题（包括妇女、儿童问题）的基点。作为一个敏锐的先觉者、有力的倡导者、勤勉的实践者，周作人在运用这些“常识”研究、论说儿童的过程中，也极大推动了中国儿童学的发展，为人们认识儿童提供了一种相对科学的观念。

二、进化论的儿童学：周作人的儿童研究

周作人初涉儿童问题时，他对儿童的关注也仍是从民族国家、历史文化层面切入。在《儿童问题之初解》②一文的篇首，我们便可以看到严复、梁启超等人的思虑：儿童是未来之国民，“是所以承继先业，即所以开发新化”，因此国人如何看待和对待儿童，事关国家的兴衰。

他进而反思中国“尚古守旧”的民族性格和“重老轻少”的民族风俗，认为这导致整个民族“民志颓丧”、人种“日即于下”，既无“进取之气”，亦无“未来之望”。中国的“尚古守旧”“重老轻少”尤其体现在“亲子关系”上，由此，周作人也较鲁迅更早地展开了对传统伦理观念、传统儿童观的批判。周作人指出，“原父子之伦，本于天性，第必有对待，有调合，而后可称”，然而，在传统伦理观念中，却常是“偏于一尊，去慈而重孝，绝情而言义，推至其极，乃近残贼”，父子并非对

① 周作人：《我的杂学・儿童文学》(1944)，《周作人散文全集・第九卷》，第211页。

② 周作人：《儿童问题之初解》(1912)，《周作人散文全集・第一卷》，第246—247页。

等的关系，而是统属的关系，孩子常被视为家长的私有财产，如同“道具生畜”，不仅没有独立人格，更是时常面临被随意杀害的威胁，在法律上亦无保障，孩子只有竭力奉献的义务，而父母在养育孩子之初，对于他们的期望也“惟在禄养”。

这其实是家长“以一己之损益，决子孙之生死”，而周作人也追随着梁启超的觉悟：儿童不只属于一个家族，更属于全社会，儿童也不只属于自己的祖先，更属于整个民族，在民族国家竞争激烈之际，家长不应再以儿童为私有，而应让儿童担负起振兴、变革民族的重任。

然而，国人，包括父母和学校教育者，在对待儿童问题上的麻木、迟钝和落后，让周作人深为忧虑。他认为，“凡人对于儿童感情可分三纪，初主实际，次为审美，终于研究”。所谓“实际”，即家长或出于本能，对儿童“谋所以保育之方”；所谓“审美”，即“文化渐进”的家长“得以余闲”，对儿童“审其言动，由恋生爱，乃有赞美”；而所谓“研究”，即家长“知个人与民族之关系”，对儿童“有科学的研究，依诸问题，寻其解释”。周作人毫无避讳地指出，在中国，人们对待儿童“仅禽育而兽爱之，其所予求，但及实际问题而止”，“儿童研究之学固绝不讲，即诗歌艺术，有表扬儿童之美者，且不可多得”。

而周作人在中国近代以来儿童观的变革史上做出的巨大贡献，即在推动对儿童的“审美”和“研究”二事。

《儿童研究导言》①中，周作人对“儿童研究”做了简要而明确的概述：“儿童研究，亦称儿童学，以研究儿童身体精神发达之程序为事，应用于教育，在使顺应自然，循序渐进，无有扞格或过不及之弊。”这篇导言实际上也构成了周作人本人的儿童研究的导论，涵盖了他研究儿童的基本方法，看待儿童的基本观点，教育儿童的基本思路。

如周作人自己所言“以进化论见地论儿童学之发达，推究所极，自以是为之源宿矣”，也就是说，周作人研究儿童的基本方法、理论资源便是生物进化论，这也是他所认为的研究儿童的最为根本、恰当的方法。所以，周作人的儿童研究，我们或可称之为“进化论的儿童学”。

进化论与儿童学发生关系，如前所述，主要通过“复演说”这一中介，即人类个体从胚胎至人形，复演了生物的进化史，从幼儿至成人，则复演了人类的进化史。从这里，我们也就能见出，人类个体从胚胎至成人，一直处于进化之中，要

① 周作人：《儿童研究导言》(1913)，《周作人散文全集·第一卷》，第287—290页。

历经多个阶段，而因为生物进化史、人类进化史上，每个阶段生物、人类的情状、特性都不一样，那么，可以想见，每个生长阶段的儿童，他们的身体、精神特性势必也都是不一样的。在周作人看来，将“个体发生”与“系统发生”“比量考索，足以互相发明”，这是研究儿童的正道。

从生物进化论的视野出发，周作人首先便驳斥了世俗的儿童观，“世俗不察，对于儿童久多误解，以为小儿者大人之具体而微者也，凡大人所能知能行者，小儿当无不能之，但其量差耳”，根据进化论，周作人指出，“盖儿童者，大人之胚体，而非大人之缩形”。

而当周作人着眼于儿童教育时，“蒙养之道，亦唯在辅导儿童，俾得尽其性，以成完人耳”，便成了他的总纲领。儿童教育要顺应儿童身心发达程度及其自然天性，循序渐进，最终将儿童培养成一个身心发展完全的文明人，或说进化完全的文明人。

但若想确知教育是否适合于儿童身心发达的程度，则必须先了解明白儿童身心发达的情形，所以，在周作人看来，儿童学“实谓为教育之根本学可也”。而周作人在简略考察西方儿童教育的发展概况后，也将这种主要依据“生理、心理、生物、人类”等学科，研究“儿童发达之状况”，后针对性地实施教育的教育学，简称为“进化论的教育学”。

在这篇导言中，结合西方学者的研究，周作人初步提出了自己的儿童分期理念，并对各个时期儿童的身心发展情况和相对应的教育注意事项作出了精要的描述。我们可以一图表观之。

儿童的分期	生理	心理	教育
婴儿期（诞生至三岁）	其间身体伸长，肤革充实，五官之用渐利。乳齿既具，能自营养。初克坐立，渐以步行。	始作言语，模拟动作，游戏之事于是发端。	此时家庭教育，保养而外，游戏为重矣。
幼儿期（四岁至八岁）	其间身体重在伸长，四肢渐益发达，齿亦代生。	感觉益敏，情绪欲望亦始发生，又以自发活动，游戏乃盛。	幼稚园者，即据此性施以教育，玩具与童话实为其主要学科。故儿歌、童话、玩具、游戏，在儿童研究中至为重要。

续表

儿童的分期	生理	心理	教育
少年期（九岁至十四岁）	其间身体发达，可分二期。八至十岁重在充实，十岁以后重在伸长。第以循环机官发达迟缓，不相适应，故善倦健忘，学问之力反逊于前，加以严教，乃多障害。	其精神一面变化益繁，个人感情渐以发见，想像作用与好奇心皆至旺盛。两性差异，此时亦已渐显，如体格情性嗜好皆是。男子率好斗，喜闻武勇之故事，女子则拟家事，弄人形。	此时正教育之好机，但在善为迎导，各循其分以成全之而已。
青年期（十五岁至二十五岁）	其间身心发达，渐臻完备，始有自觉，因生个性，乃知对于群己之责任，道德学业皆于此时分别造就，两性之爱亦以成立。		此期特甚重要，可别立为儿童学之一部。

在这篇导言中，周作人也明确提出，“儿歌、童话、玩具、游戏，在儿童研究中至为重要”。实际上，这一时期（1912—1917），除了《儿童问题之初解》（1912）、《儿童研究导言》（1913）这样纲领式的文章之外，周作人撰写、翻译了一系列儿童研究的文章。如儿童教育方面，有《个性之教育》（1912）、《家庭教育一论》（1912）、《遗传与教育》（1913）、《民种改良之教育》（1913，译文）、《游戏与教育》（1913，译文）、《外缘之影响》（1914，译文）、《学校成绩展览会意见书》（1914）等文章；儿歌、童话方面，有《童话研究》（1913）、《童话略论》（1913）、《丹麦诗人安兑尔然传》（1913）、《儿歌之研究》（1914）、《英国童歌》（1914）、《童谣佳作》（1914）、《古童话释义》（1914）、《童话释义》（1914）、《外国之童话》（1917）、《安兑尔然》（1917）等文章；玩具方面，则有《玩具研究一》（1914）、《玩具研究二》（1914，译文）等文章；另外，还有《〈小儿争斗之研究〉》（1914，译文），《愤怒动作之说明》（1915）等文章。

周作人儿歌、童话方面的研究我们将在下章中详述，这里仅就他其他方面的儿童研究做一略述。

（一）儿童教育研究

“进化论的教育学”也可用于概括此一时期周作人的儿童教育研究。在《遗传与教育》中，周作人就指出，“自进化之说起，诸种学说皆受其影响而生变化。遗传之律既渐确实，教育方针亦因之而变，教育之效用及其限止亦随以明定”。①

① 周作人：《遗传与教育》（1913），《周作人散文全集·第一卷》，第266页。

就个人的性格养成来说，主要受影响于“性别、民种、遗传、外缘”四个因素，其中又以遗传和外缘为“特重要”。所谓遗传，有“形质”遗传和“知能”遗传两方面，主要得自父母，属于儿童的天性之列。所谓外缘，也即外部环境，包括家庭状况、社会制度、礼法、宗教、习俗、职业、交游等等。

而教育，实为外缘之一种。诚如英国学者加伐威尔所言，“儿童心理发达，总出二因，一为天性，一为外缘”，“儿童天性已定于有生之初，无可为力”，而外缘则能够以人力左右、辅助儿童发展，这也便是教育之作为外缘的至关重要性。① 但“遗传之律”又使周作人意识到，外缘对于个人性格的影响大小，“仍视本性之迎距以为比差”。这也就表明，教育并非万能，教育是有限度的，更是需要方法策略的，“教育之力，但得顺其固有之性，而激励助长之”，若强行“束制之使就范围”并“不能变更其性，令至于一定之境界”。②

因此，周作人强调儿童教育须“注重个性”，③实施教育要在充分尊重了解学生的“遗传之性”“固有之性”“天性”“本性”的基础上，再行“扬抑”之功能，发扬助长他们的固有之性，而在选择教授方法时同样要注意“适应受者之能力”，如此，教育才能充分发挥其效力。这才是真正“科学”的“因才施教”，也才能养成真正的“完人”。

教育有学校教育、社会教育、家庭教育，因接受遗传之说，周作人又尤其看重与个人“遗传之性”“ 固有之性”“天性”“本性”更为密切相关的家庭教育，乃至胎教。在周作人看来，“家庭之影响，以家族关系与儿童年龄之故，先入为主，习为天性。更推而上之，则有胎教与父母之德业，尤不可忽”。④ 又因“家庭教育，以母为之主”，妇人为“儿童师资”，由此周作人也对妇女提出了新的要求，最为主要的即是要懂得儿童学，了解各个时期儿童身心发达状况，以便给予恰当的教育。⑤

此外，周作人也曾注意到善种学，“并世有善种学者，创于英国，本天演之理，择种留良，以行淘汰，欲使凡智各群，各造其极，实为教育之基本事业，凡言教育者所不可不致意焉”。⑥

---

① ［英］加伐威尔：《外缘之影响》(1914)，《周作人散文全集·第一卷》，第 349—351 页。
② 周作人：《遗传与教育》(1913)，《周作人散文全集·第一卷》，第 267—268 页。
③ 周作人：《个性之教育》(1912)，《周作人散文全集·第一卷》，第 239—240 页。
④ 周作人：《遗传与教育》(1913)，《周作人散文全集·第一卷》，第 266 页。
⑤ 周作人：《家庭教育之一论》(1912)，《周作人散文全集·第一卷》，第 253—255 页。
⑥ 周作人：《遗传与教育》(1913)，《周作人散文全集·第一卷》，第 268 页。

（二）儿童游戏、玩具研究

儿童教育既然"贵于顺性而施，求其能变"，以成"完人"，如此周作人很自然地就将目光投掷于儿童游戏和玩具。周作人曾译介日本文学士黑田朋信的《游戏与教育》[①]一文，原作者认为教育的范围极广，"随在皆受教育"，而"小儿生活中，游戏一事占其大半"，也就是说游戏可谓儿童的天性，且游戏冲动或为艺术起源之一种，艺术制作中"多少含有游戏分子"。因此，作者主张在儿童教育中，除"德育、智育、体育"外，还要施行"趣味之教育"，即美育——寓教育之事于儿童游戏之中，由此逐步培养儿童"丰富""优雅""高上"的艺术趣味。

值得一说的是，在周作人儿童研究初期，译文常常既表明他的影响来源，同时也很能表露他自身的观念倾向。

如果说"游戏者儿童之事业"，那么，"玩具者其器具"。在儿童身心发展初期，"嬉戏琐屑，若不足重，而一举一措，莫不有用，人生教育，造端于是……玩具之作，乃所以济其穷也"。正因为"玩具之于儿童教育所关至重"，志在"长养其体力，发达其精神，为处世之预备"，所以"为儿童择玩具不可不慎"。周作人主要提出了七点："一曰实用，宜简单便利。二曰教育，足助精神之发达，有益于品性之修养。三曰卫生，无害于身体，无传染疾病之虞。四曰运动，适于运动，助长身体各部之发达。五曰经济，价廉质美，坚牢持久。六曰审美，色彩形状花样皆求其美，以儿童趣味为主。七曰技巧，宜工巧而不失真。"[②]

此外，周作人还曾译介日本长滨宗佶著《小儿养育之心得》中有关玩具章节，以《玩具研究二》[③]为题名刊载。译文要点同《玩具研究一》所论大体一致，"玩具之用，不独足以娱悦小儿，且可促其智力之发达，故养育者当准小儿之年龄，多择适当之玩具予之"，只是在论述如何选用适当玩具时，更为细致和更具现实指导意义。

（三）儿童日常行为研究

周作人曾译介日本学者新井道太郎儿童学著作《小儿之恶戏与争斗》中《争斗》一篇，[④]在这篇文章中，原作者分析探讨了小儿争斗的原因，争斗的方法和结果，争斗的价值和道德等等，对儿童的行为和心理，做了细致入微的观察和精准

① ［日］黑田朋信：《游戏与教育》（1913），《周作人散文全集·第一卷》，第282—283页。
② 周作人：《玩具研究一》（1914），《周作人散文全集·第一卷》，第319—322页。
③ 周作人：《玩具研究二》（1914），《周作人散文全集·第一卷》，第323—325页。
④ ［日］新井道太郎：《小儿争斗之研究》（1914），《周作人散文全集·第一卷》，第326—336页。

的把握。这篇译文有几点是值得我们注意的：

第一，原作者在探讨分析小儿争斗这一日常行为时，他是从复演说、人类学的视野出发的，将儿童视为小野蛮，将儿童争斗同“野人之战”进行类比，从而科学、合理解释儿童争斗的原因、方法、价值和道德等等。

无独有偶，周作人译介的美国霍尔博士的《愤怒动作之说明》①亦是从复演说、人类学的视野出发，将儿童与动物及野蛮人进行类比，对儿童愤怒的诸多情状进行解说。在这篇文章开首，周作人即表示：“达尔文发明进化之说，应用于各种学术，极有进步，而以生物及人类学为最著。物始于微，渐以演进，终极于人，人复由草昧以至文明，此为自然之程序。而考之个人生活，其自胚胎而至诞生，变化之迹，同于生物进化；其自婴孩以至成人，发达次第，复同于文明进化，节节相印，殊不少爽。故人间性习缘起，若以是解之，多有可通。”②

这很能说明，自进化论出现以来，十九世纪后半叶20世纪上半叶，儿童研究常常是在进化论的视野中展开的，周作人在中国对儿童学的倡导、践行，亦受这一潮流的影响。

第二，在《小儿争斗之研究》“译者序”中，周作人表明这篇文章虽非“儿童学之大著”，但翻译过来，“取其殊足为中国父师之训耳”。其实消解大人对于小儿争斗的误解还在其次，周作人更大的愿望当是希望“中国父师”都能如作者新井道太郎一样对儿童有更为细致切实的观察和研究，挖掘、体会儿童日常行为背后的潜在心理因素，以更深地理解、同情儿童，从而对其加以有效的教育和引导。

第三，在如何处理小儿争斗的问题上，原作者特别强调“儿童之道德，与成人社会所有道德大相殊异”，教师若“对于儿童争斗，不调查其原因结果，不体会其心理道德，妄以成人之理性为标准促其反省”，痛加“训示叱责”，往往会适得其反，“非徒无功，且益激之使进于恶而已”。作者认为这是因为“教师之训戒，第以修身之纲领为本，而与儿童实际生活之习俗相隔至远，斯于儿童之心即未能悉当”。作者继而指出，当儿童首领在处理同伴之间的争斗时，往往能够做到使双方心服口服，这是因为儿童首领本身就是儿童，能够与争斗者“感情相通，又正准儿童道德以为判断故耳”。因此，作者对教师提出要求，“故为教师者，当

① 周作人：《愤怒动作之说明》(1915)，《周作人散文全集·第一卷》，第394—396页。

② 周作人：《愤怒动作之说明》(1915)，《周作人散文全集·第一卷》，第394页。

常与儿童相接,观察其特有之道德,因势利导,使渐进于完全之域,乃为善也”。

作者在这里表露的实际上是一种道德上的儿童本位,儿童的道德与成人的道德迥异,教师不能以成人的道德标准去评判儿童,而应当观察、研究儿童特有的道德,从儿童本身的道德出发,抱以同情之理解,因势利导,使其趋于道德的完善之境。

这种儿童本位的思想自然并不局限于道德方面,实际上也贯穿于儿童的方方面面,周作人对此亦是了然于心,并在中国率先提出、发展了这一论点。

三、“以儿童为本位”:儿童本位论的提出

(一)周作人儿童本位论探析

前面我们谈到周作人的玩具研究,周作人曾提出为儿童择选玩具的七个注意要点,其实这些要点都是从儿童本身出发的,是充分考虑到“儿童”这一特定对象的,其中每一个要点的提出,都是建立在对儿童在这方面特点(实用、教育、卫生、运动、经济、审美、技巧)的研究、理解之上,而其最终目的是更好地满足儿童的需求(周作人谓“适于童心之要求”),同时行积极的引导教育。

在谈及玩具的“审美”选择时,周作人指出每个人的审美都是不一样的,小儿的审美与成人更是不同,由此,周作人特别强调“选择儿童玩具,当折其中,即以儿童趣味为本位,而又求不背于美之标准”。①

这里,周作人虽然还只是说“以儿童趣味为本位”,但儿童本位论已经呼之欲出。1914 年,周作人依托其任职的绍兴县教育会发起学校成绩展览会,并在会刊上发表《学校成绩展览会意见书》。② 举办这次学校成绩展览会,可以说是周作人儿童教育思想——“儿童教育,本依其自动之性加以激厉,引之入胜,而其造诣所及,要仍以兴趣之浅深为之导制”——的一次具体实践。为了更好地实施教育,周作人认为必须要“以儿童为师”,尽力去探求知晓各期儿童的“性生习染”“知识技能”“外缘感受”等,而学生作品展览会就是借以了解学生的一个窗口。

这份意见书更大的意义还在于,周作人第一次明确提出了“以儿童为本位”的思想。对于征集的学生作品,以及如何品评这些作品,周作人提出都要“以儿

① 周作人:《玩具研究一》(1914),《周作人散文全集·第一卷》,第 321—322 页。
② 周作人:《学校成绩展览会意见书》(1914),《周作人散文全集·第一卷》,第 368—369 页。

童为本位”:“故今对于征集成绩品之希望,在于保存本真,以儿童为本位,而本会审查之标准,即依此而行之。”

之所以要确立“以儿童为本位”,可以从教育者、儿童本人两方面着手思考。对于教育者来说,因为各个时期儿童“应其年龄之限制”,“知能”不同,所以他们的作品势必也就“工拙有殊”,因此在品评儿童作品时,也当“分期而定之”,不能放在一起比较优劣。同时,不同时期的儿童,他们的作品势必也“各有其本色”,在品评时,若单以大人眼光作为标准,很可能会遗漏“各期幼儿优秀之作”,而若“以儿童为本位”,则能够予以各期儿童作品相当之赏识。

对于儿童来说,确立“以儿童为本位”,各个年龄段的儿童就能够“各致其志,各尽其力”,同时也能够“喜得自表见,或能于制作之时少增兴趣”,这样他们制作出来的作品也能够尽显其自然本色。这也为教育者更深地理解他们、研究他们提供了补助。

在《小学校成绩展览会杂记》①中,我们可以看到周作人也的确是“以儿童为本位”去品评各期儿童们的作品的,看其是否尽显童心、儿童本色,是否自然、纯朴、真纯、新奇、诚实,是否适于该期儿童。

实际上,前面我们谈周作人的儿童教育研究、儿童游戏研究、儿童玩具研究、儿童日常行为研究,周作人所有的这些研究,或者说他的儿童研究,都贯穿着儿童本位的思想,简单来说,即是要研究儿童,理解儿童,再从儿童本身特点出发,满足儿童,教育儿童,将儿童培养成一个身心发展完全的文明人(进化完全的文明人)。

可以说,周作人的儿童本位论是多层次、多方面的。教育(包括家庭教育、学校教育、社会教育)作为外缘之一种,无疑会影响到儿童的身心发展,因此是至关重要的,但教育要想取得好的效果,则又必须尊重儿童的天性,充分了解各期儿童身心发展的特点,顺性而施,少干涉,多引导,让儿童自由发展,以成为身心发展完全的文明人。游戏、玩具、书籍等种种都是儿童的天然需求,因此需要适时满足他们的这些需求,但同时可以在游戏、玩具、书籍等中进行恰当的引导教育。教育者(包括父母和教师)有意提供给儿童的游戏、玩具、书籍等等,同样都需要从各期儿童身心发展特点出发,慎重考虑他们的趣味、审美、认知、道德乃至卫生等等方面,力求适合儿童,为儿童所喜欢,对儿童有益。对于儿童的日

① 周作人:《小学校成绩展览会杂记》(1914),《周作人散文全集·第一卷》,第370—375页。

常行为，例如争斗、愤怒、撒谎、淘气等等，都需有科学的观察研究，在明白其背后潜在的心理因素后，从该时期儿童身心发展特点出发，对其抱以同情之理解，再因势利导。

周作人的儿童本位论又是十分学理性的，是一种力求科学的儿童观。周作人儿童本位论的必要前提是研究儿童，科学地认识各期儿童的身心发展特点及自然需求，而如前所述，他研究儿童的理论基底便是生物学（尤其是进化论）、文化人类学、儿童学。

周作人的儿童本位论同时又是一个目的论，这在内部逻辑上有其矛盾处。周作人儿童本位论的出发点是承认、强调儿童是一个"完全的个人"，即作为一个独立的个体，儿童有其内外两面的生活，只是与成人大为迥异而已，所以儿童既不是"缩小的成人"，也不是"不完全的小人"。

但周作人的儿童本位论还有一个目的，即最终要将儿童培养成一个"完人"。这个"完人"并非"完全的个人"之义（要不然解释不通，既已是"完全的个人"，又何必再是"完全的个人"），而是身心发展完全的文明人之义，或说是进化完全的文明人。这同周作人所运用的理论资源密切相关，如前所述，周作人借以研究儿童，发展他儿童观的理论基底主要便是生物进化论、文化人类学以及儿童学，按照复演说的说法，从儿童至成人，是复演了人类的进化史，那么，儿童在人类进化坐标上，便相当于是野蛮人，属于人类进化的初级阶段，而成人则代表着文明人，是人类进化的高级阶段。

也就是说，周作人的儿童本位论，是要告知人们，既要理解儿童作为野蛮人的"完全"，但更要引导儿童进向文明人的"完全"。毫无疑问，在周作人看来，进化完全的文明人才是人的理想状态。这看似合理，但问题也恰恰出在这里，儿童为何要进向文明人的"完全"，文明人的"完全"的限度又在哪里？

追溯问题的根源，便是我们在第一章最后一节中所说的，达尔文的进化论出现以后，经由一些人的改造，由原本中性的科学理论，转变成一种价值判断，一种目的论，进化即意味着进步，意味着不断趋向完美、理想之境。

在这种观念影响下，儿童显然是不够完美、也不够理想的。这也是周作人时常流露出来的一种想法。我们可以回顾他在上面所说的这句话，"故为教师者，当常与儿童相接，观察其特有之道德，因势利导，使渐进于完全之域，乃为善也"，只有进于"完全之域"才算是好的。在另一处，表现得更为明显，"禁书，无论禁的是那一种的什么书，总是最愚劣的办法，是小孩子，疯人，野蛮人所想的办法”。① 周作人一直将儿童与野蛮人进行类比，但这种类比实际上也隐含着一种“危险”心理，即作为文明人的成人在面对作为野蛮人的儿童时，所表现出来的高傲、蔑视、贬低。

但不管怎么说，近代以来，在倡导、实践儿童研究，科学认识、教育儿童，率先、全面构建儿童本位论方面（在下章中我们还将详细论述周作人在儿童文学领域的儿童本位观念），周作人无疑是贡献卓著的。

（二）周作人儿童本位论、鲁迅幼者本位思想、杜威儿童中心主义辨析

在中国儿童文学研究中，论者常谓周作人的儿童本位论是受了哥哥鲁迅的影响，是接过鲁迅1919年在《我们现在怎样做父亲》中提出的“幼者本位”“以孩子为本位”的说法；或谓不管是周作人的“以儿童为本位”还是鲁迅的“幼者本位”，都是受美国哲学家、心理学家、教育家杜威“儿童中心主义”的影响，其重要契机是杜威曾在1919年5月至1921年7月来中国讲学，系统阐述并传播他的学说和思想；也有论者认为中国的“儿童本位论”最先即是由杜威提出并传播出去的，“儿童本位论”便是“儿童中心主义”的中国化了的理论表述和用语。

鉴于“儿童本位论”在儿童教育和儿童文学领域有着持久、广泛且深远的影响，是儿童文学研究和创作的核心理念（不管是现代还是当代），常用以说明儿童文学特殊性、确立儿童文学合法性、评判儿童文学优劣性，因此，这里我们有必要对其最初的来源、含义、理论基底做一廓清，消解人们对此论点长期存在的一些误解，加深对它的理解。

如果说五四时期其他一些人谈论儿童本位论，是受了杜威的影响，也许未必不对，但对于周氏兄弟来说，他们所提出的“以儿童为本位”“幼者本位”则明显有另外的来源，我们在上文中也给出了详尽的分析，而且周作人提出“以儿童为本位”在时间上也远远早于杜威和鲁迅。

周氏兄弟，尤其是周作人，在1918年之前尽管提出了真知灼见，但其理论并没有引起广泛关注。自1918年鲁迅、周作人在《新青年》上相继发表《狂人日记》《人的文学》之后（这两篇文章尽管一为小说，一为文论，但在新文化运动史、新文学史上都有着特殊的地位和意义，且不无巧合的是，这两篇文章都谈到儿童问题，引起社会关注），兄弟两人的声名日益高涨，说他们成了文化领袖亦不为过。所以，当1919年鲁迅发表《我们现在怎样做父亲》（刊于《新青年》），提出

① 周作人：《古书可读否的问题》（1925），《周作人散文全集·第四卷》，第121页。

"幼者本位",1920年周作人发表演说《儿童的文学》(亦刊于《新青年》),提倡发展"儿童的文学",并再次阐明、强调儿童本位观念时,借助《新青年》这一具有广泛社会影响力的刊物,他们这两篇文论所产生的影响,相比之前已扩大了许多。因此,在他们之后,再有谈论"幼者本位""儿童本位论"(在很多人眼里,这两者是一回事)的,就不尽然都是受了杜威的影响,我们要说他们是受了周氏兄弟的影响,未必就错,而且我们也的确能够找到一些谈论"儿童本位"的文章,那些谈论者明确表示自己是受了周氏兄弟的启迪。

如果一定要说鲁迅、周作人、杜威这三人之间有什么影响关联,我们可以说,他们都受到时代的影响。人们把他们的论点混为一谈,最为主要的原因就在于他们的论点很相像,有其共同点,而事实上,他们的论点相像,其实也是世界范围内的相像,是一般教育家的公论、共识,从根本上说,是当时世界范围内"发现儿童"的一个显著结果,尽管中国的先觉者们在"发现儿童"上滞后了一些。他们借以发展他们论点的理论资源也是极其相似的,主要的即是诸如生物学、生理学、心理学、儿童学、教育学、文化人类学、遗传学、优生学等学科,而这些学科无疑都受十九世纪后半叶以来世界范围内进化论大潮的影响,在进化论的主导之下或诞生,或变革,或创新,所以我们也可以说,他们都受到进化论的影响。只不过,他们在接受进化论的时间和程度上,因年龄、地域、志趣差别而有先后、差异。周氏兄弟主要是在中国先受进化论大潮濡染,后通过日本这一中介,系统学习了解相关理论、学科;杜威年龄较周氏兄弟大,他出生的1859年正是达尔文《物种起源》出版的年份,杜威在地域上接受进化论及相关理论、学科也更具优势。

然而,尽管都受到进化论的影响(可具体到十九世纪后半叶以来的儿童学、教育学、心理学、文化人类学等)使他们的论点看起来很像,但实际上这些论点是有差异的。我们前面已经系统论述,鲁迅、周作人从进化论出发,却走向了不同的方向。鲁迅主要着眼于现实和历史文化背景下的儿童境遇,而以进化论为基点发展其"幼者本位"思想,重在对重老轻少、残害幼者身心的社会现实及传统历史文化进行批判,同时以"立人"为旨归,或反思警醒或赞赏敬服儿童,树立起保全幼者生命、尊重幼者人格、发展幼者身心的全新儿童观,以求幼者能超越父辈,过上幸福的生活。周作人则主要为有效教育儿童,将儿童培养成"完人",借助生物学、文化人类学、儿童学、教育学,科学研究、认识作为"完全的个人"的儿童,确立"以儿童为本位",在顺从儿童天性的同时发展儿童身心。

这里，我们可以对杜威的“儿童中心主义”再做一略述。论者认定的杜威的“儿童中心主义”，其主要阐释源来自杜威出版于1900年《学校与社会》一书中的这一段话：

> 为了说清楚旧教育的几个主要特点，我或许要说得夸张些：消极地对待儿童，机械地使儿童集合在一起，课程和教法的划一。概括地说，学校的重心是在儿童之外，在教师，在教科书以及在其他你所高兴的任何地方，唯独不在儿童自己即时的本能和活动之中。在那样的条件下，就说不上关于儿童的生活。也许可以谈一大套关于儿童的学习，但认为学校不是儿童生活的地方。现在，我们教育中将引起的改变是重心的转移。这是一种变革，这是一种革命，这是和哥白尼把天文学的中心从地球转到太阳一样的那种革命。这里，儿童变成了太阳，而教育的一切措施则围绕着他们转动，儿童是中心，教育的措施便围绕他们而组织起来。①

仅仅凭这样一段话是难以把握杜威的“儿童中心主义”的，正确的做法自然是要将其放置于杜威整体的哲学思想、教育思想框架中去理解。作为杜威在华的真传弟子，胡适不仅是杜威学说坚定的笃信者、卓越的实践者，也是他得力的宣传者。在杜威来华讲学的前后，胡适曾撰写或发表演说《实验主义》(1919)、《谈谈实验主义》(1919)、《杜威先生与中国》(1921)等文章大力宣传介绍他老师的学说，为其造势。而在这之后，胡适在《五十年来之世界哲学》(1923)、《杜威哲学》(1952)、《杜威在中国》(1959)等文章中也都曾较为系统地梳理介绍杜威的学说。

胡适曾说研究杜威的思想，要从三个背景着手：“第一，他是生长在美国北部福蒙特州的柏林顿城。那个地方是一个没有阶级，真正民主的社会，所以他的一切著作，差不多是很自然充满着民主的气息的；第二，三百年来的科学方法，尤其是科学实验室的方法，也是他当然的背景；第三，十九世纪中叶以后，生物演化的思想，注重在一点一滴的演变，一点一滴的进步；而生物之所以演变，是由于应付环境；因为随着环境的需要，不能不改变。改变不是一下子天翻地覆的改变；往往起于很细小的改变，而后一点一滴的聚集多了，就有了适应环境的能力。能够适应环境的就能生存；不能适应环境的就毁灭了、淘汰了。这个

---

① [美]杜威：《学校与社会》(1900)，赵祥麟、王承绪编译《杜威教育论著选》，上海：华东师范大学出版社，1981年，第31—32页。

观念在杜威先生思想里面也是很重要的。"[①]在另一处又说,"杜威受了近世生物进化论的影响最大,所以他的哲学完全带着生物进化学说的意义"。[②] 生物进化论对杜威哲学的影响主要在"经验论""方法论"上,而"经验论""方法论"又构成了杜威哲学的根本观念。

杜威哲学的根本观念,总括起来,也就是:"(1)经验就是生活,生活就是对付人类周围的环境;(2)在这种应付环境的行为之中,思想的作用最为重要;一切有意识的行为都含有思想的作用;思想乃是应付环境的工具;(3)真正的哲学必须抛弃从前种种玩意儿的'哲学家的问题',必须变成解决'人的问题'的方法。这个'解决人的问题的哲学方法'……自然是怎样使人能有那种'创造的智慧',自然是怎样使人能根据现有的需要,悬想一个新鲜的将来,还要能创造方法工具,好使那个悬想的将来真能实现。"[③]

思想是应付环境的行为之中最为重要的,是应付环境的工具,杜威将有条理的思想的发生,分为五个步骤:"(一)疑难的境地;(二)指定疑难之点究竟在什么地方;(三)假定种种解决疑难的方法;(四)把每种假定所涵的结果,一一想出来,看那一个假定能够解决这个困难;(五)证实这种解决使人信用;或证明这种解决的谬误,使人不信用。"[④]这种思想的方法,也就是"真正科学实验室的方法"。

将这种思想的方法运用在知识论上,便形成了杜威一派知识论的特色,即,真正的知识论,必须是根据新的科学实验室的方法,教人怎样求得知识,并且必须要教人怎样证实所得知识的真假及其价值。[⑤]

把知识论应用到教育上,就是杜威的教育学说,其要旨总括起来便是两句话:(1)"教育即是生活。"(2)"教育即是继续不断的重新组织经验,要使经验的意义格外增加,要使个人主持指挥后来经验的能力格外增加。"[⑥]

这两句话其实又是一句话,(1)即是(2)。因为"教育即是继续不断的重新组织经验","经验即是生活。生活即是应付人生四围的境地",所以"教育即是生活",即是继续不断的重新组织经验,对付人类周围的环境。

---

① 胡适:《杜威哲学》(1952),《胡适文集(12)》,第 372 页。
② 胡适:《实验主义》(1919),《胡适文集(2)》,第 229 页。
③ 胡适:《实验主义》(1919),《胡适文集(2)》,第 231 页。
④ 胡适:《实验主义》(1919),《胡适文集(2)》,第 233 页。
⑤ 胡适:《杜威哲学》(1952),《胡适文集(12)》,第 381 页。
⑥ 胡适:《实验主义》(1919),《胡适文集(2)》,第 241 页。

这也就是说，在杜威的教育学说中，教育的目的和教育的历程应当是一回事。所以，对于学校，杜威认为："(1)学校自身须是一种社会的生活，须有社会生活所应有的种种条件。(2)学校里的学业须要和学校外的生活连贯一气。"[①]而学校对儿童的教育，则必须做到："第一，用活的生活经验作教材，养成一个创造的智慧，以应付困难，解决困难，满意的解决困难，更满意的解决困难。教育应该使每个人都有一点创造的智慧……第二，就是要养成共同生活的合作习惯……要做到这点，书本上的文字教育，记诵，教条，是不够的；只有把'生活就是教育，生活就是经验'这个原则拿到学校里去，才可以做得到。即使不能完全做到，至少也可以朝这个方向走。"[②]

总而言之，杜威教育学说的巨大贡献，即是要把阶级社会遗传下来的教育理论和教育制度一起改革，要使教育出的人才真能应民主主义的社会之用。

在了解这些背景之后，我们就能准确把握杜威的那段"儿童中心主义"的言论了。杜威所说，即是要变革学校教育制度，将学校变为一个儿童真正生活的地方，因而，教育的一切措施，包括硬件设施如学校场所的建设、教室桌椅的放置等，软件设施如教材的选用、课程的设置、教学方法的抉择等，都需围绕儿童的生活而组织起来，成为一个有机的整体，便于儿童即时的本能和活动，或说被种种社会环境的需要挑起的才能的活动的展开，让儿童在生活中受教育，在教育中生活，获得他们感到高兴和有意义的生活经验，养成一个创造的智慧和共同生活的合作习惯，以更好地应付、改造人类周围的环境。

尽管都是由进化论发展而来，但我们明显可以看到，杜威的"儿童中心主义"的含义与鲁迅的"幼者本位"、周作人的儿童本位论显然是不同的。说他们三人之间有影响关联，其实是非常勉强的。论者只是想当然地把杜威的"儿童是中心，教育的措施便围绕他们而组织起来"理解成了以儿童为本位。

如果硬要说杜威的论点和周作人的论点相像，那么，我们说《学校与社会》中的这段话与周作人的论点可能较接近：

> 第三个对比，在于近代心理观念，主要把心理理解为一个过程——一个生长的过程，不是固定不变的东西。按照旧的观念，心理就是心理，如此而已。这在谁都是一样，因为儿童也好，成年人也好，都是生来就配备着这

① 胡适：《实验主义》(1919)，《胡适文集(2)》，第247—248页。

② 胡适：《杜威哲学》(1952)，《胡适文集(12)》，第382页。

么一套智能。……在当时，唯一承认下来的重要差异是，质的高低，量的大小。孩子么，既然是个小人，那他的心理应当是个小的——除大小以外，在其他各方面，则和成年人的一样，生来就具备着注意力、记忆力，等等。现在我们相信心理是不断成长的东西，因此，它在本质上是不断地变化着，在不同的时期里，表现出各种与众不同的能力和兴趣的形态。所有这些，从生命延续这一角度来看，是完完全全一样的，只是各自的要求和职责彼此有所差别……

教育和心理学在这一点上的一致性，不管怎么讲，也不会讲过头……

如果我们再次认真地对待心理即生长，它在不同时期里，带有代表性的典型特征这一观念，那么很清楚，这里又需要进行教育的改造。很明显，教材的选择和划分年级，应该根据一定时期活动的主要方面的适当需要，不要根据现成知识领域所剥碎的断片。①

尽管这段话与我们前面所述周作人的论点较相像，但它也并不是周作人的理论来源，我们说，这还是他们共同接受了近代以来西方生物学、生理学、心理学、儿童学、教育学等学科的洗礼的缘故。当这些学科"常识"应用到儿童教育或儿童文学上时，也就形成了研究者们的公论、共识。

总之，进化论通过影响儿童学、教育学、心理学等学科，而为中国知识分子所普遍接受，对中国现代儿童观的出现起到了至关重要的作用，是人们得以发现儿童，科学认识儿童的重要理论资源。尽管我们说杜威的"儿童中心主义"并不是周氏兄弟"幼者本位"、儿童本位论的直接影响源，但杜威通过他在中国长达两年的热情讲学，以及真传弟子亦是文化领袖的胡适的宣传、实践、号召，他对中国五四时期的思想界、教育界所产生的巨大影响，是毋庸置疑的。②

四、"伦理之自然化"：周作人儿童观的另一面

1917 年以后，随着新文化运动的深入进行，周作人也成为其中重要的一员，他秉承新文化运动"重新估定一切价值"的精神和态度，对儿童的关注也由纯粹的研究渐渐转向对传统伦理观念尤其是传统儿童观的重新审视和批判，同时宣

---

① 杜威：《学校与社会》（1900），赵祥麟、王承绪编译《杜威教育论著选》，上海：华东师范大学出版社，1981 年，第 68—70 页。

② 这方面的论著有元青：《杜威与中国》，北京：人民出版社，2001 年；王颖：《杜威教育学派与中国教育》，北京：北京理工大学出版社，2007 年。

扬一种新的伦理观念以及新儿童观。而生物学、进化论仍是他进行审视、批判、重建的有力工具。

首先，根据生物的自然现象、自然法则，周作人强调了儿童的地位、权利和作为父母的义务。

在《人的文学》中，周作人就说："照生物现象看来，父母生子，正是自然的意志。有了性的生活，自然有生命的延续，与哺乳的努力，这是动物无不如此。到了人类，对于恋爱的融合，自我的延长，更有意识，所以亲子的关系，尤为深厚。近时识者所说儿童的权利，与父母的义务，便即据这天然的道理推演而出，并非时新的东西。至于世间无知的父母，将子女当作所有品，牛马一般养育，以为养大以后，可以随便吃他骑他，那便是退化的谬误思想。"①

对于传统伦理中的孝道，周作人深为赞同日本学者津田左右吉所说，"不以亲子的爱情为本的孝行观念，又与祖先为子孙而生存的生物学的普遍事实，人为将来而努力的人间社会的实际状态，俱相违反，却认作子孙为祖先而生存，如此道德中，显然含有不自然的分子"，在周作人看来，"自然的事实"、人的"天性"应当是"祖先为子孙而生存"，"父母理应爱重子女"，而子女也自然地爱敬父母。②

有关祖先（父母）与子孙（子女）之间的伦理关系，周作人在《祖先崇拜》③一文中，谈论得更加详细，周作人也更为明确地提出："我不信世上有一部经典，可以千百年来当人类的教训的，只有纪载生物的生活现象的 Biologie（生物学）才可供我们参考，定人类行为的标准。在自然律上面，的确是祖先为子孙而生存，并非子孙为祖先而生存的。所以父母生了子女，便是他们（父母）的义务开始的日子，直到子女成人才止。"

而依据生物进化的自然准则，周作人认为就算子女"要报生我者的恩"，那也应当是"更加努力做人，使自己比父母更好"，同时也"切实履行自己的义务"，使自己的子女比自己更好。总之，不管是文化，还是生命，只有朝前看，不断前进，才有望"留下比现时更好的文化和比我们更好的人"，周作人因而发出"我们切不可崇拜祖先，也切不可望子孙崇拜我们""我们不可不废去祖先崇拜，改为自己崇拜——子孙崇拜"的时代强音。

---

① 周作人:《人的文学》(1918),《周作人散文全集・第二卷》,第 91 页。

② 周作人:《人的文学》(1918),《周作人散文全集・第二卷》,第 91—92 页。

③ 周作人:《祖先崇拜》(1919),《周作人散文全集・第二卷》,第 129—131 页。

对于一些道学家鼓吹的中国传统家庭伦理关系中的"还账主义"，即子女需报偿父母养育之恩，周作人在《"还账主义"》①与《复旧倾向之加甚》②等文中，持续予以批判和嘲讽，始终强调父母对于子女的应有义务。

其次，从生物天性出发，周作人对造成"杀子"现象的不自然的社会因袭的道德风俗和经济制度做出了严厉的批判。

在《杀儿的母》③中，周作人指出"依生物天性，母子总是相爱的多，如今竟弄到相弃相杀，这是谁的责任呢？社会用了因袭的道德风俗，造成杀父的儿，也就用同一方法，造成世间无数杀儿的母"。世间的道德风俗、种种规则是否人道，是否自然合理，是否有存在的必要，其实并不那么繁难，在周作人看来，只要依了生物学的标准，便能了然，"断绝人类的生命，本是不忍见闻的事，至于杀掉弱小无知的婴孩，尤为背逆人道……母子的爱，要算世间最自然深厚的爱情，现在却因为不相干的规则限制，要他亲手来断绝自己的婴孩的生命，这岂不是天下第一凶残不自然的事么"？

对于这种不人道、不自然的社会现象，周作人自是希望能"从道德和经济的改革上，寻出一个解决法"，给予儿童和妇女以生命的保障，同时免受"精神的拷打"。

在这种极端的现象之外，在日常生活中更多可见的是"小孩的委屈与女人的委屈"。尽管一些人从理论上开始明白男人、女人、小孩身心各有差别，但也仅仅只是理论上明白，现实的情况是，常常可见殴打、"无理的诃斥"、"无理的命令"、"以至无理的爱抚"。对于孩子来说，这也就无形中损伤了他们"柔嫩的感情"，破坏了"他们甜美的梦"，影响他们将来性格的养成。在周作人看来，"小孩的委屈与女人的委屈"实在是"人类文明上的大缺陷，大污点"。④

而周作人也注意到，鲁迅在《狂人日记》中"救救孩子"的呼声，虽"一时也流行过"，但怎样救法，世人仍多不知。在周作人看来，只有依从生物生存的法则，让孩子享受生物的权利，不戕害他们的生命，不禁锢他们的精神，让孩子充分地生长，满足他们自然的欲望，供给他们世间的知识，才真正算是"救救孩子"。⑤

---

① 周作人：《"还账主义"》(1924)，《周作人散文全集·第三卷》，第 331—332 页。

② 周作人：《复旧倾向之加甚》(1924)，《周作人散文全集·第三卷》，第 349—350 页。

③ 周作人：《杀儿的母》(1919)，《周作人散文全集·第二卷》，第 111—114 页。

④ 周作人：《小孩的委屈》(1921)，《周作人散文全集·第二卷》，第 388—389 页。

⑤ 周作人：《论救救孩子——题〈长之文学论文集〉后》(1934)，《周作人散文全集·第六卷》，第 413—414 页。

总而言之，周作人的新伦理观、新儿童观，用他自己后来的话概括说，即是“伦理之自然化”。二十世纪四十年代，周作人在《中国的思想问题》(1943)、[①]《梦想之一》(1944)、[②]《我的杂学·生物学》(1944)、[③]《博物》(1945)、[④]《过去的工作》(1945)、[⑤]《道义之事功化》(1945)[⑥]等文章中，对此均有申发表述。所谓“伦理之自然化”简单来说，就是以生物学的知识为人的问题的参照，以生物的自然法则定人类行为的标准，使一切道德伦理合于物理人情，合于自然的正理。从二十世纪二十年代至四十年代，在这一点上，周作人的观念并无什么大变化，他始终认为中国思想建设最要紧的两件事即是“伦理之自然化”和“道义之事功化”，这也是他持续探讨的问题。[⑦] 如其所言，“我们没有力量来改正道德，可是不可没有正当的认识与判断。我们应当根据了生物学人类学与文化史的知识，对于这类事情随时加以检讨，务要使得我们道德的理论与实际都保持水线上的位置，既不可不及，也不可过而反于自然，以致再落到淤泥下去”。[⑧] 这里，我们不再详细展开。

在本章中，我们以进化论为线索，分别系统考察了严复、梁启超、鲁迅、周作人四个人的儿童观。可以看到，他们共同地以进化论为基点，构建起了各自不同的儿童观。严复引入进化论，开启了现代儿童观的诸多新方向，涉及儿童的基础教育、家庭教养、生产养育、权利地位、意义价值等方面；梁启超作为一个社会进化论者，主要从民族国家层面发现儿童，将儿童从家族背景中拉到民族国家层面，赋予他们崭新的历史地位和任务，让少年做国家的主人，建设少年中国；鲁迅着意于进化论“后胜于今”的进步观念，从现实和历史文化层面发现儿童，确立以幼者为本位，保全幼者生命，重塑他们健全的精神，以期幼者超越父辈，过上全新的幸福生活；周作人则以接受作为生物科学的进化论为契机，吸收文化人类学、儿童学、教育学、心理学等学科“常识”，试图科学地认识、研究儿童

① 周作人：《中国的思想问题》(1943)，《周作人散文全集·第八卷》，第708—715页。
② 周作人：《梦想之一》(1944)，《周作人散文全集·第九卷》，第105—110页。
③ 周作人：《我的杂学·生物学》(1944)，《周作人散文全集·第九卷》，第208—210页。
④ 周作人：《博物》(1945)，《周作人散文全集·第九卷》，第399—401页。
⑤ 周作人：《过去的工作》(1945)，《周作人散文全集·第九卷》，第622—626页。
⑥ 周作人：《道义之事功化》(1945)，《周作人散文全集·第九卷》，第627—637页。
⑦ 周作人：《过去的工作》(1945)，《周作人散文全集·第九卷》，第625页。
⑧ 周作人：《梦想之一》(1944)，《周作人散文全集·第九卷》，第109—110页。

之作为“完全的个人”的生理和心理，力求将他们培养成身心发展完全的文明人。

通过对他们四个人儿童观的细致分析，我们对于进化论如何影响现代儿童观的形成有了一定的认识。总的来说，进化论促成现代儿童观的出现主要通过两种途径：一是作为社会、哲学观念，由此申发的“物竞天择，适者生存”、社会有机体论、进步进化等观念改变了人们对于儿童的惯有看法，赋予儿童新的地位、权利、价值和任务；一是作为生物科学，在其影响下发展起来的遗传学、优生学、人类学、儿童学、心理学、教育学等学科，使人们得以科学认识作为“完全的个人”的儿童。在中国现代儿童观的出现历程中，我们可以看到人们对儿童的观念主要经历了两种变化：一是将儿童从家族的私有关系中解放出来，为民族国家所有，进而又关注到作为独立个体的儿童本身；一是从对儿童的无知无觉、漠不关心中醒悟过来，珍重儿童的生命，进而又研究其独特的心理，养成其健全的身心。

尽管我们说，严复、梁启超、鲁迅、周作人等人所阐述的儿童观，昭示了近代以来人们对于儿童的渐次发现，昭示着现代儿童观的出现，且也引起了较大的社会反响，但这并不意味着中国发现儿童的旅程就此结束，中国的儿童观就此彻底转变，新型的科学的儿童观念成为全社会的共识。实际上，全社会范围内的发现儿童、接受和形成现代儿童观是异常漫长而艰难的，需要全社会成员对儿童表现出爱护、珍重、审美、研究之心，对传统儿童观进行持续不断的反思和批判，依靠更新更合理的科学对儿童进行观察、研究。直至一百多年后的今天，我们仍不敢断言，中国已经“发现”了儿童，中国社会所展现的儿童观是合情合理的。

第三章　进化论与中国现代儿童文学理念的生成

在绪论中我们曾提到，中国现代儿童文学的发生，有着自己的特异性，即它不似西方儿童文学是一个内发的过程，而是在面对外部生存挑战，以及接受外来文化资源示范下发生的，而且它也不似一般文学的发生、发展，先有创作后有理论，而是先有西方儿童文学的翻译和受西方文化资源影响构建起来的儿童文学理念，然后才有自己的儿童文学创作。

因此，在本章中，我们即着眼于中国现代儿童文学理念的生成，且仍将以严复、梁启超、鲁迅、周作人等人为重点论述对象。我们可以看到，在中国现代儿童文学理念的生成过程中，进化论仍然提供了重要的理论支持。只不过，不同人从进化论那里汲取的思想成分不同，他们对儿童的认识不同，因而，构建起来的儿童文学理念也不尽相同。

对梁启超来说，国家要进化要发展，要在世界各国激烈的生存竞争中胜出，就必须要新民，新民必自新幼童始，而新幼童又需从新幼学始，儿童读物作为幼教启蒙的重要工具因而受到重视、推介。

从促进人的发展进化出发，鲁迅发展起他的“立人”、改造国民性、文学启蒙、幼者本位思想。所谓“人立而后凡事举”，立人则需改造国民性，而文艺最能“转移性情，改造社会”，另一方面，要使人走那进化的长途，又必须置重于幼者，如此，也就有必要置重于儿童文艺。鲁迅的儿童文艺观和对儿童文艺的倡导和要求，是他以上思想的具体展开和实践。

周作人则以进化论的分支学说“复演说”为桥梁，架通人类学和儿童学，并以此作为他发现、挖掘、研究儿歌、童话等“儿童之文学”（“原人之文学”）的理论支撑，进而又构建起他“儿童本位”的儿童文学理论系统，成为中国现代儿童文学理论的一座高峰。

对于中国现代儿童文学来说，语言形式是它成立的基础，很大程度上也直接决定了它的品质。在中国现代儿童文学语言形式的变迁上，进化论亦起到重要的作用，这表现在：它是清末民初梁启超、胡适等人倡导、推行白话文的共同理论基础和武器。梁启超侧重于从启蒙教育的角度出发，崇尚通俗易懂的书面语言；而胡适则是从中国文学的进化史出发，认定白话为有价值、有生命、唯一适用于新文学且可作国语的语言。白话文运动的成功，为中国现代儿童文学打下了坚实的语言基础和读者基础，在此基础上，儿童文学工作者们进一步追求、探索、思考儿童文学独特的儿童化的语言。

第一节　从"三民说"、"新民说"到"立人说"——启蒙视野下的儿童读物

以进化论为线索，我们可以看到严复"三民说"、梁启超"新民说"、鲁迅"立人说"在思想上的一脉相承，然而，他们对文艺、儿童的不同认识和态度，最终又使得他们的儿童文艺观走向了不同的方向。

一、严复"三民说"与文学的功用观

前面我们谈到，严复将"鼓民力""开民智""新民德"三者视为国家自强之本，他又特别倚重教育，希冀培养出德智体三者皆备的真国民，进而使国家在残酷的生存竞争中成为最适者而存活下来。

严复尽管认识到对于儿童的教育，其要在"开瀹心灵，增广知识"，也指出儿童少时所读之书，容易养成他们牢锢的心习，但严复并没有择取与他所说的这些初衷密切相关的"儿童文学"，就此走上倡导"儿童文学"的道路。在他看来，唯有"物理科学"（严复有时也以"格致"称之），能够开瀹心灵，增广知识，改变国民顽固的气质，养成尚实的心习，"物理科学"既能卫生保种，也能大进实业，实乃富强之基。①

这也是严复吸取前车之鉴所做出的对以往中国教育的纠偏。中国传统教育，常常只是教人识字读书，识字读书又常常只为修饰文词之用，"而其修饰文

---

① 严复：《论今日教育应以物理科学为当务之急》，王栻主编《严复集・第二册》，北京：中华书局，1986年，第280—282页。

词，又不过一朝为禽犊之兽，以猎取富贵功名”。严复深感赫胥黎所言“天下之最为哀而令人悲愤者，无过于见一国之民舍故纸所传而外，一无所知。既无所信向，亦无所持守。徒尚修辞，以此为天下之至美；以虫鸟之鸣，为九天之乐”。①

而这种思虑也直接影响了严复的文学观。不管求才还是为学，严复都以有用为宗，而判定是否有用，就看能否致国家富强。因此，在救亡、富强之切用面前，严复不单单否定了中国的传统教育与八股取士的科举制度，“与凡宋学汉学，词章小道”都一并受到了否定，严复以“无用”“无实”来指责它们。他认为文学的夸张虚饰不仅会造成性情的慆慢险躁，坏人心术，更会妨碍事功，所以宜束之高阁。② 在《诗庐说》中，对于诗，严复大为感慨“诗者，两间至无用之物也”，饥者不能以之为饱，寒者不能以之为暖，国弱不能以之为强，世乱不能以之为治，不仅如此，诗的特质——“意造”，注定了诗“恒超夫事境之上”，严复认为这就造成诗常常不切实际，甚至会给人带去“诬”和“愚”。③

他也将矛头指向史传、演义，虽然他意识到这些文学样式具有的通俗性，使得武夫也能识读，但他所指责的恰恰在于此，认为这些史传、演义本不可信，而它们的广泛流布也就“尤为惑世诬民”，致使人们智慧蒙蔽弇陋。④

严复并非没有意识到“词章小道”的特殊之处，也并非没有意识到它的“有用”之处，认为其“不妨放达”，“虽极蜃楼海市，惝恍迷离，皆足移情遣意”；⑤对于诗歌，他也认识到“诗之于人，若草木之花英，若鸟兽之鸣啸，发于自然，达其至深而莫能自已”，诗虽说无用，但又是人自然抒发情感而不能缺少的，严复甚至进一步说，诗的可贵之处，也许正在于它的“无用”，“用则其真丧焉”。⑥ 但不管怎么说，严复洞察文学具有“无用之用”也好，发现其“于人心有至灵之效”⑦也好，在“存亡危急之秋”，他不得不理性地一再告诫自己，文学仍应是国家富强、

① 严复：《论今日教育应以物理科学为当务之急》，王栻主编《严复集·第二册》，北京：中华书局，1986年，第282页。

② 严复：《救亡决论》(1895)，周振甫选注《严复选集》，北京：人民文学出版社，2004年，第60—62页。

③ 严复：《诗庐说》，孙应祥、皮后锋编《〈严复集〉补编》，福州：福建人民出版社，2004年，第132页。

④ 严复：《救亡决论》(1895)，周振甫选注《严复选集》，北京：人民文学出版社，2004年，第65页。

⑤ 严复：《救亡决论》(1895)，周振甫选注《严复选集》，北京：人民文学出版社，2004年，第62页。

⑥ 严复：《诗庐说》，孙应祥、皮后锋编《〈严复集〉补编》，福州：福建人民出版社，2004年，第132、133页。

⑦ 严复：《〈法意〉按语·八一》，王栻主编《严复集·第四册》，北京：中华书局，1986年，第981页。

物阜民康之后才应该提倡，才被需要的。①

而从另一个角度看，诚如研究者所言，严复在论述文学无用的时候不自觉地把文学和民族危亡联系在一起，实际上透露出的是比以往“文以载道”更为急切的功利性诉求，对文学“无用”的批判恰恰寄托了对文学“有用”的过重期待，也暗含了后来“文学救国”、以文学担当思想革命重任的潜在意蕴。②

二、梁启超“新民说”与幼学思想

对于梁启超来说，培养具有国民资格的新国民是他国家思想中最为核心的部分，也是建立一个强大的现代民族国家的关键。新民，自要从多方面入手，促使民众养成各种品性，而“开民智”则是其中极为重要的一项。

对民智的倚重，一方面，是生物进化的固有之义，“智而强者常趋而进于优，愚而弱者常退而即于劣，故自存者必以求智求强为第一义”；③另一方面，也是世界进化——从野蛮世界到半开（半文半野）世界再到文明世界——的必然趋势，“世界之进化愈盛，则恃力者愈弱，而恃智者愈强”；④另外，对一个国家来说，“凡一国之强弱兴废，全系乎国民之智识与能力”。⑤

然而不幸的是，中国不只“少特达智慧之人”，而“少通常智慧之人”。⑥ 在《自由书・文野三界之别》中，梁启超述及泰西学者将人分为三级，“一曰蛮野之人，二曰半开之人，三曰文明之人”，如此看来，中国国民不过是“半开之人”，鉴于国之治乱与国民的“文野之度”成比例，因此，为了国家的强盛，“必先进化其民”。⑦

不管是“开民智”，还是“进化其民”，实际上都是启蒙民众，进于文明之义。但不同于严复的以士大夫为自己的主要启蒙对象，梁启超将启蒙重心放在儿童身上。除了上章中所述梁启超置重于少年的诸般缘由外，仅就启蒙本身来说，将重心置于儿童身上，有其必要性和合理性。

---

① 严复：《救亡决论》（1895），周振甫选注《严复选集》，北京：人民文学出版社，2004 年，第 60、61 页。

② 惠萍：《严复与近代中国文学变革》，北京：社会科学文献出版社，2014 年，第 70 页。

③ 梁启超：《论商业会议所之益》（1899），《梁启超全集・第二卷》，第 282 页。

④ 梁启超：《变法通议・论变法必自平满汉之界始》（1896），《梁启超全集・第一卷》，第 51 页。

⑤ 梁启超：《论支那宗教改革》（1899），《梁启超全集・第一卷》，第 263 页。

⑥ 梁启超：《中国积弱溯源论》（1900），《梁启超全集・第二卷》，第 416 页。

⑦ 梁启超：《自由书・文野三界之别》（1899），《梁启超全集・第二卷》，第 340 页。

首先,“人莫不由少而壮,由愚而智”,①在另一处,梁启超说“我辈既生于今日,经二千年之涵濡进步,俨然弃童心而为成人,脱蛮俗以进文界”,②将从幼童到成人与从野蛮到文明对举,其含义是明显的,梁启超将幼童视为野蛮,将成人视为文明,从幼童到成人这是个体成长的过程,实际上也是幼童接受启蒙教化,脱野蛮而进于文明的过程。也就是说,幼童本身有必要接受启蒙教化。

其次,《颜氏家训》言“教儿婴孩,就传以前,性质志量,皆已略定,少成若性,长则因之”为“教育学一切之始基”,由此,梁启超将幼教的失败视为酿成今日中国人“营私趋利,苟且无耻,固陋蛮野”的缘由之一,如此下去,谬种流传,永难自立。梁启超习得“西国公理家”的“物种人种递嬗递进之理”,同时又看到“种日进于善”“由野番贱族而进为文明贵种”的希望,这有赖于幼教甚至是胎教,以从源头上改良种性——“进诈而为忠,进私而为公,进涣而为群。进愚而为智,进野而为文”,而“种进”就能“保种”。总之,“治天下”不管是要“正人心”还是要“广人才”,都“必自蒙养始”。③

最后,相较其他人,士大夫“本根已坏,结习已久,从而教之,盖稍难矣”,而“年既二三十”,则“于古今之故,中外之变,尚寡所识,妻子仕宦衣食,日日扰其胸,其安能教?其安能学?”因此,梁启超恒言“他日救天下者,其在今日十五岁以下之童子乎”。④

儿童是最需受教,也是最易受教的一个群体,儿童又是未来国家的主人、拯救者,他们的品性智识直接决定了未来国家的强弱、治乱、兴亡,因此新民必自新幼童始。

而新幼童,又不得不先新“幼学”。在《变法通议·论幼学》⑤中,梁启超通过考察比较中西儿童教育状况,很自然地便看到中国“幼学”的问题所在,以及变革努力的方向。梁启超注意到,西方国家的儿童教育:

> 其为道也,先识字,次辨训,次造句,次成文,不躐等也。识字之始,必从眼前名物指点,不好难也,必教以天文地学、地学浅理,如演戏法,童子所乐知也,必教以古今杂事,如说鼓词,童子所乐闻也;必教以数国语言,童子

---

① 梁启超:《〈蒙学报〉、〈演义报〉合叙》(1897),《梁启超全集·第一卷》,第131页。
② 梁启超:《论政府与人民之权限》(1902),《梁启超全集·第四卷》,第883页。
③ 梁启超:《变法通议·论女学》(1896),《梁启超全集·第一卷》,第31—32页。
④ 梁启超:《〈蒙学报〉、〈演义报〉合叙》(1897),《梁启超全集·第一卷》,第131页。
⑤ 梁启超:《变法通议·论幼学》(1896),《梁启超全集·第一卷》,第34—42页。

舌本未强，易于学也。必教以算，百业所必用也，多为歌谣，易于上口也，多为俗语，易于索解也。必习音乐，使无厌苦，且和其血气也，必习体操，强其筋骨，且使人人可为兵也。日授学不过三时，使无太劳，致畏难也。不妄施扑教，使无伤脑气，且养其廉耻也。父母不得溺爱荒学，使无弃材也。学究必由师范学堂，使习于教术，深知其意也。

而反观中国，要么是无教，儿童或“骄侈淫佚”，或“顽劣”“蛮俗”；教，则“未尝识字，而即授之以经，未尝辨训，未尝造句，而即强之为文”，且教授之人“不因势以导，不引譬以喻”，唯让学童“苦口呆读”，“必求背诵而后已”；中国的“学究”不仅不懂教授之法，更常是“蠢陋、野悍、迂谬、猥贱”之人。如此教育状况，“数千年文明之中国，人民之众甲大地，而不免近于禽兽”，也就可以理解了。

为了一改“吾之哦讲章，摹楷格，以侥幸于富贵，武断于乡曲”的儿童教育旧法，梁启超声明，必得“尽取天下之学究而再教之”，“尽取天下蒙学之书而再编之”。

值得我们注意的是，梁启超特别将具有文学色彩的歌诀书和说部书，也列入他所设想的新编“蒙学之书”中。在梁启超看来，“歌诀书”“于学童上口甚便”，便于记忆，所以他建议“宜取各种学问，就其切要者，编为韵语……相间成文”。不管是经学、史学、子学，还是天文、地理、物理，都可以编入“歌诀书”，“又别为劝学歌，赞扬孔教歌，爱国歌，变法自全歌，戒鸦片歌，戒缠足歌等”。梁启超赋予“歌诀书”以特殊功用，相信“令学子自幼讽诵，明其所以然，则人心自新，人才自起，国未有不强者也”。

对于“说部书”，梁启超则是看到像“《水浒》、《三国》、《红楼》之类”的小说，读者“反多于六经”，其原因就在于它们“专用今之俗语”，所以“妇孺农氓”就更易理解，也就更爱看。在这里，梁启超也初步萌发了新小说的想法，他发现“小说一家”虽被《汉・志》列于九流，但古代士大夫并未轻视它，常借之宣扬圣贤语录，而日本也曾借小说普及文字和阅读。然而，“后世学子”或不屑做小说，纵有“小有才之人”出于游戏心理，恣肆为之，则“诲盗诲淫，不出二者”。因小说通俗易懂，又具有广泛的读者群，梁启超甚至觉得“天下之风气，鱼烂于此间而莫或知”。由此，梁启超更加看重了小说及其功用，“今宜专用俚语，广著群书，上之可以借阐圣教，下之可以杂述史事，近之可以激发国耻，远之可以旁及夷情，乃至宦途丑态，试场恶趣，鸦片顽癖，缠足虐刑，皆可穷极异形，振厉末俗，其为补益，岂有量耶”。

以往研究者谈及梁启超的小说理论多以《译印政治小说序》(1898)中的说法为起始,但实际上,在《变法通议·论幼学》(1896)中我们可以看到他对小说的主要观点都已明确表达,而且值得注意的是,他首倡小说的出发点是为"幼学",将小说视为"蒙学之书"。这同他对欧美、日本等国的考察也是一致的,"西国教科之书最盛,而出以游戏小说者尤夥。故日本之变法,赖俚歌与小说之力。盖以悦童子,以导愚氓,未有善于是者也。他国且然……"①

在梁启超后续的申发中,如《译印政治小说序》(1898)、②《论小说与群治之关系》(1902)、③《告小说家》(1915)④等文,对小说的性质和启蒙功用有较为翔实的论述,这也构成了他文学启蒙思想的主体部分。综合起来说:

第一,小说的性质和读者群。梁启超分析人们喜读小说之原因,除了通常所说的小说具有"浅而易解""乐而多趣"等特质外,小说还具有四种支配人道的不可思议之力,谓之"熏、浸、刺、提"。简单来说:"熏"是指小说能使读者在阅读过程中不知不觉受其思想、情感的熏陶,并将其转化为读者自身的一部分;"浸"是指小说给读者的情感体验具有长时间性;"刺"是指小说也能骤然刺激读者的情感;"提"则是小说能使读者化身为书中主人翁,产生身份认同。

而从阅读者本身角度出发,"人情厌庄喜谐",是人们嗜读小说,以使小说"终不可禁"的原因之一。另外,人们爱读小说还在于它能满足"现境界"的人们对于"他境界"的想象,能摹写人们自己"心不能自喻,口不能自宣,笔不能自传"的情状,从而产生共鸣。就小说的读者群来说,但凡学子、兵丁、市侩、农氓、工匠、车夫马卒、妇女、童孺等,不管是深通文学还是粗识文字之人均在其列。

第二,小说的功用和地位。"善为教者,则因人之情而利导之。故或出之以滑稽,或托之于寓言",鉴于小说熏染感化之伟力和广泛的读者群,正可以借之用以教化。更大而论之,小说能够形成未来群众心理,影响人心风俗,具有移风易俗之社会功用。由此,梁启超也将小说视为"文学之最上乘",在社会教育中所占的位置非"圣经贤传诗古文辞"能比拟。

第三,对于中外小说现状的考察。"中土小说,虽列之于九流,然自虞初以来,佳制盖鲜,……综其大较,不出诲盗诲淫两端。陈陈相因,涂涂递附,故大方

---

① 梁启超:《〈蒙学报〉、〈演义报〉合叙》(1897),《梁启超全集·第一卷》,第131页。

② 梁启超:《译印政治小说序》(1898),《梁启超全集·第一卷》,第172页。

③ 梁启超:《论小说与群治之关系》(1902),《梁启超全集·第四卷》,第884—886页。

④ 梁启超:《告小说家》(1915),《梁启超全集·第九卷》,第2747—2748页。

之家，每不屑道焉”。在梁启超看来，国人“状元宰相”“佳人才子”“江湖盗贼”“妖巫狐鬼”等思想，恶劣的社会风气，轻弃信义、轻薄无行等不良秉性，都为旧小说之流毒。由此，梁启超也将旧小说视为“中国群治腐败之总根原”。

而梁启超注意到欧洲各国的“魁儒硕学，仁人志士”常常将“其身之所经历，及胸中所怀政治之议论”寄于小说之中，而且往往是每一书出，全国议论就为之一变，梁启超由此认为西方各国政界日益进步，政治小说功不可没。

第四，新小说的志愿。小说“用之于善，则可以福亿兆人”，“用之于恶，则可以毒万千载”，小说的“可爱”与“可畏”让梁启超意识到“欲改良群治，必自小说界革命始；欲新民，必自新小说始”。他也由此对小说家提出忠告，未来社会之命脉就掌握在他们手中，希望他们能够承担起此责任。

梁启超对于小说作如是观，对于整体的文学亦作如是观。在《论学术之势力左右世界》(1902)中，梁启超介绍完达尔文等人以新学说改变世界后，在篇末又对福禄特尔、托尔斯泰等人加以介绍，表明改变世界，造福国民，非独学术，如福禄特尔“以其极流利之笔，写极伟大之思，寓诸诗歌院本小说等”，托尔斯泰以小说“大倡人类同胞兼爱平等主义”，同样可以产生革新的极大效果，进而“左右一国”，甚而“左右世界”。① 总之，在梁启超看来，文学是“无形之文明”，是“导进人格独一无二之法门”。②

尽管儿童并不是梁启超文学启蒙的唯一对象，但如前所述，他们是重要且必要的启蒙对象。因此，梁启超的文学启蒙思想，也基本适用于儿童。而且梁启超也认识到儿童的一些独特心理特征，“童孺最多幻想，而于幻象与真象，殆不甚能辨别，梦中之事，认以为真，童子所恒有也。胸中虚构一境，即其所构指为事实，心潮一经，为事遂毕，故从事于儿童教育者，常以虚渺荒诞之神话为导，利用此种心理也”。③ 也就是说，在歌诀书、小说之外，从儿童心理出发，梁启超发现了神话之作为儿童启蒙读物的重要价值。此外，梁启超也看到“诗歌音乐”之于精神教育、改造国民品质的重要性，④晚清学堂乐歌的蓬勃发展，同梁启超的鼓吹、示范与大力扶植也是分不开的。

---

① 梁启超：《论学术之势力左右世界》(1902)，《梁启超全集·第三卷》，第559—560页。

② 梁启超：《政治学大家伯伦知理之学说·论国民与民族之差别及其关系》(1903)，《梁启超全集·第四卷》，第1072页。

③ 梁启超：《说幼稚》(1913)，《梁启超全集·第九卷》，第2606页。

④ 梁启超：《饮冰室诗话·七十七》，《梁启超全集·第十八卷》，第5333页。

梁启超在把文学作为儿童的启蒙读物，强调文学教化功能的同时，也认识到文学所能提供的兴味、趣味之于儿童教育的重要意义。为宣扬尚武精神，梁启超曾作《中国之武士道》，在其书的“凡例”中，特别提到“兴味为教育儿童之要件，本编所采事实，皆最有兴味，能刺激人脑识者。故以充高等小学及中学之教科最宜”。①

梁启超后来更是信仰“趣味主义”，他批判既没有趣味，又不能使人产生趣味，甚至摧残趣味的传统教育，反过来竭力提倡趣味教育，认为趣味不只是教育的手段，更是教育的目的，主张教育要给予儿童一种可以终身受用、高等的趣味。② 梁启超心中的趣味主义最重要的条件是“无所为而为”，所以，在梁启超看来，真正具有趣味性质的，是“劳作”、“游戏”、“艺术”和“学问”。③ 而“艺术”中又尤以文学、音乐、美术为重，它们能够满足人们的审美需求，给人们带去审美愉悦，能够和人们的心灵相感应进而荡涤人们的心灵，同时也能够激发人们对他世界的想象和向往。④

梁启超以文学作为儿童的启蒙读物，还有一目的，即保存“祖国高等文学之精神”，启发儿童“文学之天才”。正如其所说：“近来新智识输入，教育必要之条件既繁多，故国文一科反致欠缺，仅教以识字缀句而已。其余新出诸籍，又皆间杂译语，诘鞠为病，祖国高等文学之精神遂将失坠。本编所采皆先秦名文，教者宜择其中长篇授学徒口诵，以启发其文学之天才，胜于读词胜理疏之八家文也。”⑤

另外值得一说的是，在传播文学启蒙思想的同时，梁启超也极大推动了清末的文学革命。当然，他用以支撑文学革命的理论依据依然是进化论，不过与以“开明智”促进人群进化的启蒙之义不同，在这里所取的主要是以人为破坏促进文学进化的革命之义。

梁启超认为破坏分两种，一种是自然之破坏，一种是人为之破坏。自然之破坏，是无意识之破坏，即“委心任运听其自腐自败”，有破坏无建设，“终无成立之望”⑥；人为之破坏，则为有意识之破坏，随破坏随建设，除旧布新，有以成立。

① 梁启超：《中国之武士道·凡例》(1904)，《梁启超全集·第五卷》，第1387页。

② 梁启超：《趣味教育与教育趣味》(1922)，《梁启超全集·第十三卷》，第3963—3965页。

③ 梁启超：《学问之趣味》(1922)，《梁启超全集·第十四卷》，第4013页。

④ 梁启超：《美术与生活》(1922)，《梁启超全集·第十四卷》，第4017—4018页。

⑤ 梁启超：《中国之武士道·凡例》(1904)，《梁启超全集·第五卷》，第1387页。

⑥ 梁启超：《十种德性相反相成议》(1900)，《梁启超全集·第二卷》，第432页。

梁启超力倡人为之破坏，实际上是强调发挥人的主观能动性，有所作为，达成建设和成立的目的。在梁启超看来，人类社会中的一切事物，大到宗教、学术、思想、人心、风俗，小到文艺、技术、名物，都是要经过“破坏”后才能获得进一步的发展。①

梁启超的这种“破坏主义”显然脱胎于进化论。自然之破坏相当于进化论中的“天然淘汰”，人为之破坏则相当于是“人事淘汰”。在《释革》②中，梁启超进一步表明人事淘汰（人为破坏）即“革命”的本义，是一种力度较大的革新活动。这与时人所理解的暴力革命并非一码事，梁启超也是试图通过“释革”，来消除人们心中对于“革命”的忌讳、恐惧、担忧。而他也将“革命”的含义普遍化，认为人类社会中一切事物都有革命，有政治、宗教、道德、学术、文学、风俗、产业等方面所谓“革命”，更有文界、诗界、曲界、小说界革命等等。

在梁启超文学启蒙和文学革命观念助力下，晚清儿童读物的确也有了一些起色。如论者所言，梁启超“不仅将社会变革（群治）与小说联系起来，而且将儿童教育与小说等文学形式联系起来，不仅将许多儿童能够接受的文学作品引入学校、儿童生活，而且反过来对儿童文学的出现和创作形成一种召唤，这种召唤很快就被敏锐的市场觉悟到了。孙毓修创办《童话》，这是一个基本的出发点”。③

而晚清科学小说译介热的兴起，也自是与梁启超密不可分，在他主编的《新小说》杂志中，常有科学小说的译介，而这些刊载的科学小说深受当时的青少年儿童喜欢，也对他们产生了深远的影响。鲁迅日后回忆道：“我们曾在梁启超所办的……《新小说》上，看见了焦士威奴(Jules Verne)所做的号称科学小说的《海底旅行》之类的新奇。”④周作人同样表示：“他（鲁迅）本来也曾经在……《浙江潮》上写过些文章，又翻译焦尔士威奴的《月界旅行》，但还没有强调文学的重要作用，大约只是读了梁任公的《新小说》和他的所作的《论小说与群治的关系》，所受的一点影响罢了。……我在南京的时候所受到的文学的影响，也就只是梁任公的《新小说》里所载的那些，主要是焦尔士威奴的科学小说……”⑤

① 梁启超：《新民说·论进步》(1902)，《梁启超全集·第三卷》，第686页。
② 梁启超：《释革》(1902)，《梁启超全集·第三卷》，第759—760页。
③ 吴其南：《20世纪中国儿童文学的文化阐释》，北京：中国社会科学出版社，2012年，第29页。
④ 鲁迅：《祝中俄文字之交》(1932)，《鲁迅全集·第四卷》，第472页。
⑤ 周作人：《知堂回想录·筹备杂志》(1961)，《周作人散文全集·第十三卷》，第357—358页。

综上，对于梁启超与清末儿童读物的提倡，我们可做如下总述：立国、强国自新民始（新民的一项重要内容即为开民智），新民自新幼童始（幼童最需受教，最易受教，是未来新国民），而新幼童自新幼学始（人生百年，立于幼学）；小说、童话、诗歌等儿童读物作为启蒙的重要工具因而得以重视、推介；此外，清末的文学革命也促成了儿童读物的改良。

三、鲁迅"立人说"与儿童文艺

（一）"转移性情，改造社会"：鲁迅的文艺观

鲁迅早年在对中国复兴的体察中，同样看到中国若想在世界各国竞争中胜出，"非以力取"，而必须倚赖于文明的发展，文明的发展则离不开"启人智而开发其性灵"。① 或如其后来所说，中国人"想在现今的世界上，协同生长，挣一地位，即须有相当的进步的智识，道德，品格，思想，才能够站得住脚"。②

但鲁迅的"启人智而开发其性灵"，与严复、梁启超等人所言"开民智"并不完全相同。严复、梁启超所言"开民智"指向的是国民群体，是富国强国的一个重要手段，在群体之中的个人都有可能因为"民智不开"而被"供献"。鲁迅虽然也着意于国之争存、邦国之兴，但如第二章提到的，他极其看重的始终是个人，他致力于建成的也并非只是一个富国、强国，而是"人国"，所以他的首要目标和最终目标是"立人"，而要"立人"则"必尊个性而张精神"。

从进化论生存竞争的角度出发，鲁迅看到"立人"的至关重要性，而进化的法则同时督促着他一方面"消极地破坏"——批判改造国民劣根性，另一方面则"积极地建设"——倡导造成理想的精神、健全的人性。这可谓贯穿鲁迅的一生。

鲁迅认同于西人称中国为野蛮民族，因为在他看来，"中国的社会里，吃人，劫掠，残杀，人身卖买，生殖器崇拜，灵学，一夫多妻，凡有所谓国粹，没一件不与蛮人的文化恰合"，"拖大辫，吸鸦片……至于缠足"也都是野蛮人的行径，遑论"自大与好古"的特性。③ 中国人又"不敢正视各方面，用瞒和骗，造出奇妙的逃路来，而自以为正路。在这路上，就证明着国民性的怯弱，懒惰，而又巧滑。一

---

① 鲁迅：《文化偏至论》(1908)，《鲁迅全集·第一卷》，第45—58页。
② 鲁迅：《随感录三十六》(1918)，《鲁迅全集·第一卷》，第323页。
③ 鲁迅：《随感录四十二》(1919)，《鲁迅全集·第一卷》，第343页。

天一天的满足着，即一天一天的堕落着，但却又觉得日见其光荣”。①

鲁迅曾深以法国勒朋(G. Le Bon)著《民族进化的心理》中所言为然，“死人之力比生人大”，也就是说“民族根性造成之后，无论好坏，改变都不容易的”，因为根据“遗传的定理”，“昏乱的祖先”常“养出昏乱的子孙”。但鲁迅“总希望这昏乱思想遗传的祸害”可以有所医治，他相信“人类究竟进化着”，“过去”“祖先”的势力虽大，但并不能完全决定现在的运命，若“从现代起，立意改变”，刻不容缓地实施改革，尤其是改造国民性，“扫除了昏乱的心思，和助成昏乱的物事(儒道两派的文书)，再用了对症的药，即使不能立刻奏效”，历经几代之后，也会有所转机，而也只有这样，人种、民族才有望不断“进化”变好。②

上章中我们详细讨论过，鲁迅以进化论为依据，觉悟到为了使人上那进化的长途，必须置重于幼者，以幼者为本位。而为了使儿童能够逃脱传统历史文化的束缚和扼杀，为了启蒙儿童，培养他们理想的精神和健全的人性，鲁迅又极为看重文艺的力量。当然，这对鲁迅来说也有一个过程。

鲁迅早年去日本学医，希冀医治国人躯壳之疾苦，但在《〈呐喊〉自序》中，鲁迅坦言自己在经历“幻灯片”事件后，开始意识到医学并不能拯救愚弱的国民，即使他们体格如何健全、茁壮，也只能做毫无意义的示众的材料和看客，所以最要紧的还在改变他们的精神，而鲁迅同时认识到文艺最善于改变国民精神，因此就转而提倡文艺运动了。③

鲁迅最早是以翻译走上文艺之路的，在他较早翻译的《月界旅行》“辨言”中，我们可以清晰听到梁启超以小说启蒙大众的回声。在鲁迅看来，科学小说常是“掇取学理，去庄而谐”，读者读之，“触目会心，不劳思索”，因而大可假科学小说之能力，使读者“于不知不觉间，获一斑之智识，破遗传之迷信”，进而“改良思想，补助文明”。而同梁启超一样，鲁迅也把科学小说的缺失视为造成中国人“智识荒隘”的缘由之一。也正因为科学小说具有如此之伟力，所以鲁迅大力提倡科学小说，认为“导中国人群以进行，必自科学小说始。”④

在《摩罗诗力说》⑤中，鲁迅又热烈推介拜伦、雪莱、普希金、莱蒙托夫、裴多

---

① 鲁迅:《论睁了眼看》(1925),《鲁迅全集·第一卷》,第 254 页。

② 鲁迅:《随感录三十八》(1918),《鲁迅全集·第一卷》,第 329 页;鲁迅:《这个与那个·一 读经与读史》(1925),《鲁迅全集·第三卷》,第 149 页。

③ 鲁迅:《〈呐喊〉自序》(1923),《鲁迅全集·第一卷》,第 438—439 页。

④ 鲁迅:《〈月界旅行〉辨言》(1903),《鲁迅全集·第十卷》,第 164 页。

⑤ 鲁迅:《摩罗诗力说》(1908),《鲁迅全集·第一卷》,第 65—103 页。

菲等诸位“摩罗”诗人，激赏他们的“立意在反抗，指归在动作”，“无不刚健不挠，抱诚守真；不取媚于群，以随顺旧俗；发为雄声，以起其国人之新生，而大其国于天下”。鲁迅期望借摩罗之力，诗歌之力，激起国人内心的共鸣，从而“美善吾人之性情，崇大吾人之思理”，一改国人“心不受撄”、重“实利”“陋劣”“卑懦俭啬”“退让畏葸”的性情。在鲁迅看来，“以诗移人性情，使即于诚善美伟强力敢为之域”，虽看似“迂远”，但“事复无形，效不显于顷刻”。

不独“诗”，所有文学的本质都在使阅读的人“为之兴感怡悦”，“文学的不用之用”即在“涵养人之神思”，“启人生之閟机”。当“人生诚理”融会于文章的词句中，而读者通过阅读，又与自己的人生发生交会共鸣时，读者自能“历历见其优胜缺陷之所存，更力自就于圆满”。国民“就于圆满”，未有国家不兴之理。所以文学虽无直接的实用，却有长远的实效。

这也便是鲁迅整体的文艺观，在《拟播布美术意见书》中鲁迅指出“美术”（即一切艺术）的目的虽在“美术”本身，在“发扬真美，以娱人情”，但同时也具有其他“不期之成果”，“其力足以渊邃人之性情，崇高人之好尚，亦可辅道德以为治”。①

总之，鲁迅青年时译介外国新文学，置重于文艺，是“有一种茫漠的希望：以为文艺是可以转移性情，改造社会的”。② 而他后来走上文艺创作的道路同样也是为此，在《我怎么做起小说来》中，鲁迅就袒露当初留心文学，开始做小说，即是怀抱“启蒙主义”的想法，想利用小说、文学的力量，来改良社会，改良人生，因而他的取材也就“多采自病态社会的不幸的人们中”，希望能够“揭出病苦”，引起人们“疗救的注意”。③

而对于美术家，鲁迅则表示他们应当是“能引路的先觉”，“尤须有进步的思想与高尚的人格”，令人在看了他的作品之后，“不但欢喜赏玩，尤能发生感动，造成精神上的影响”。④ 鲁迅所期望出现和自己努力想要成为的正是精神界的战士和先觉者，或“作至诚之声，致吾人于善美刚健”，或“作温煦之声，援吾人出于荒寒”，即使不“作”，也当大力引进介绍这样的新声，振奋国人之精神。在《摩罗诗力说》篇末，鲁迅曾富有深意地举过俄国作家柯罗连科的一篇作品《末光》：

① 鲁迅：《拟播布美术意见书》（1913），《鲁迅全集·第八卷》，第 51—52 页。
② 鲁迅：《域外小说集序》（1921），《鲁迅全集·第十卷》，第 176 页。
③ 鲁迅：《我怎么做起小说来》（1933），《鲁迅全集·第四卷》，第 525—526 页。
④ 鲁迅：《随感录四十三》（1919），《鲁迅全集·第一卷》，第 346 页。

“有记老人教童子读书于鲜卑者，曰，书中述樱花黄鸟，而鲜卑冱寒，不有此也。翁则解之曰，此鸟即止于樱木，引吭为好音者耳。少年乃沉思。”鲁迅由此感想，“少年处萧条之中，即不诚闻其好音，亦当得先觉之诠解”，而有先觉之声，亦有望破“中国之萧条”。①

这其实也包含了鲁迅日后对于儿童文学的总体看法，即儿童文学应当是向儿童传递新声的文学，能致儿童于“善美刚健”，而儿童文学作家理应是为儿童创造、诠解新声的先觉者。若少年因此焕发精神、健全人性，就可以逐代更改民族根性，日渐进化变好。

（二）讲“人话”、有益、有味、簇新、易懂：启蒙视野下儿童文艺的重要准则

鲁迅认定“文艺是国民精神所发的火光，同时也是引导国民精神的前途的灯火”，然而，他又发现“中国人向来因为不敢正视人生，只好瞒和骗，由此也生出瞒和骗的文艺来，由这文艺，更令中国人更深地陷入瞒和骗的大泽中”。正是面对这种情形，鲁迅终其一生，身体力行，为真的新文艺鼓而呼，又身先士卒，做崭新文场的凶猛闯将，招呼着更多的同道之人，“取下假面，真诚地，深入地，大胆地看取人生并且写出他的血和肉来”。②

而对于儿童文艺，鲁迅也向来注意。早在1913年，在教育部工作时，在《拟播布美术意见书》这份具有官方性质的文件中，鲁迅就积极倡导“当立国民文术研究会，以理各地歌谣，俚谚，传说，童话等；详其意谊，辨其特性，又发挥而光大之，并以辅翼教育”。③

事实上，鲁迅并不仅仅只是看到儿童文艺之于儿童教育的重要价值，更是深谙儿童阅读谱系与儿童成长之间的内在关系，儿童幼时所读之书很大程度上生成了儿童日后的文化性格。在中国现代儿童文学发生史上，鲁迅对儿童文艺的批判、倡导、实践，对现代儿童文学的发生、发展起到了至关重要的作用，奠定了启蒙视野下儿童文艺的主要准则。

如果照鲁迅所说，中国的文艺——主要是成人文艺，是“瞒和骗的文艺”，那么，根据鲁迅对中国儿童文艺的批判，我们可以说中国的儿童文艺是“无或毒的文艺”。

---

① 鲁迅：《摩罗诗力说》（1908），《鲁迅全集·第一卷》，第102—103页。

② 鲁迅：《论睁了眼看》（1925），《鲁迅全集·第一卷》，第254—255页。

③ 鲁迅：《拟播布美术意见书》（1913），《鲁迅全集·第八卷》，第54页。

“中国似向未尝想到小儿”,[①]“少年可读之书,中国绝少”,“中国古书,叶叶害人,而新出诸书亦多妄人所为,毫无是处”。[②] 这既是鲁迅对于中国传统儿童观、儿童读物的一个基本判断,也可说是他的亲身经历。

在《阿长与〈山海经〉》中,[③]鲁迅回忆了诸多童年趣事,他在精准捕捉、生动描绘童年稚拙情态的同时,也以亲身经历表明儿童对于自己喜爱的儿童读物(如充满神奇幻想色彩又带绘图的《山海经》)的热切渴望。但在过去,就连鲁迅这样身世的“小少爷”,尚且难以满足这精神的需求,一般人家的孩子就更别提了。而除了《山海经》外,也极少可供儿童看的读物,足以可见儿童读物的极度匮乏乃至荒芜,以及中国过去对儿童精神需求的极端漠视。这种童年无书可看的经历,给鲁迅留下无可挽回的悲哀,他也为着中国的儿童感到深深的可怜。

在那些孩子自己找寻来看的为数不多的书中,如鲁迅所举自己看的《文昌帝君阴骘文图说》和《玉历钞传》,里面尽是些孩子所不能理解,或者说本不应该向孩子灌输的世界观、人生观、价值观,如因果报应、安分守己、赏善罚恶等等。如果说这些书,孩子自己寻来看,尚可以自己舍弃不看的话,那么,那些大人、“儒者”执意要供给甚至逼迫他们看的书——“教科书”,也就使他们难逃其“教导”和“毒害”了,如鲁迅所说的《二十四孝图》。

《二十四孝图》是一本教人如何当孝子的“教科书”,但鲁迅尖锐地揭示出它所宣扬的“孝道”除压抑孩子的天性,无视孩子的人格和地位,只教导孩子要“听话”“从命”,不准忤逆父母之外,更有其虚伪和残酷的一面。如“郭巨埋儿”,即将所谓“孝道”的杀人、吃人本质显露无遗,孩子的性命在“孝”面前无足轻重,随时可作牺牲。鲁迅以自己童年的阅读经历,更进一步指出这些读物所带给幼小孩童心灵的侮辱、伤害乃至恐惧。[④]

除读《二十四孝图》外,“清朝末年,有些人读的是‘天子重英豪,文章教尔曹,万般皆下品,惟有读书高’的《神童诗》,夸着‘读书人’的光荣;有些人读的是‘混沌初开,乾坤始奠,轻清者上浮而为天,重浊者下凝而为地’的《幼学琼林》,教着做古文的滥调……”[⑤]这些“教科书”(也是儿童的主要读物)无不充斥、传递

① 鲁迅:《290323 致许寿裳》(1929),《鲁迅全集·第十二卷》,第 159 页。

② 鲁迅:《190116 致许寿裳》(1919),《鲁迅全集·第十一卷》,第 369 页。

③ 鲁迅:《阿长与〈山海经〉》(1926),《鲁迅全集·第二卷》,第 250—255 页。

④ 鲁迅:《〈二十四孝图〉》(1926),《鲁迅全集·第二卷》,第 258—264 页。

⑤ 鲁迅:《我们怎样教育儿童的》(1933),《鲁迅全集·第五卷》,第 271 页。

着腐朽的观念，腐蚀毒害着儿童的心灵，鲁迅对此自是极力批判。

但鲁迅同样注意到，在所谓"教科书"变化不小的"近三十年"里，村塾里也还是《三字经》《百家姓》不说，"教科书"虽有了各式各样的，但仍是良莠不齐，主张不定，由此在学校里"造成了许多矛盾冲突的人"，"一面也还是""老古董"。①

不独"教科书"，在20世纪30年代，国内也有了为数不少的供给儿童看的书籍和刊物，但在鲁迅看来，这并不表示中国已经拥有了"儿童文学"和许多"儿童文学作家"，认为这仍然只是一些蠢才在变本加厉地愚弄孩子。②

在鲁迅心目中，给儿童看的图书是必须十分慎重的，因为这事关个人和民族的前途，当然给儿童看的图书做起来也十分烦难，因为儿童的心理特点、审美需求同大人很不一样。如果只是把孩子看作一个蠢才，什么都不放在眼里，又交给蠢才去施一点所谓"教育"，那么孩子长大也势必只能成为一个蠢才。③

鲁迅在答复一个编辑的信中，曾说："关于少年读物，诚然是一个大问题；偶然看到一点印出来的东西，内容和文章，都没有生气，受了这样的教育，少年的前途可想。不过改进需要专家，一切几乎都得从新来一下。我向来没有研究儿童文学，曾有一两本童话，那是为了插画，买来玩玩的，《表》即其一……相识的人里面，也没有留心此道的人。"④鲁迅的这段说辞，我们可以理解为他的谦逊，但更多的还是他看待儿童读物的慎重态度。实际上，鲁迅批判中国过去和当时的儿童文艺，倡导理想的儿童文艺，显然是有自己的一套准则的，而他的这套准则自然离不开他对儿童及儿童文艺的长期思考和研究。

在鲁迅评判儿童文艺的准则中，"讲'人话'"，可以说是首要准则。鲁迅毕生的宏愿是"立人"，所谓"人立而后凡事举"，"立人"也就是要让人成为一个真正的"人"——有康健的精神和健全的人性。儿童文艺自然也就是要通过文艺的力量，把儿童往真正的"人"的方向引导，而凡是有违这一目标方向的，也就称不上是真正的儿童文艺，是需要批判、扫除、清理的。

在《"人话"》⑤中，鲁迅就注意到一些特别做给青少年看的书，假借"人话"向青少年"教诲"，实则是利用青少年的年少纯厚而对其施行诓骗，灌输有毒思想。

① 鲁迅：《我们怎样教育儿童的》(1933)，《鲁迅全集·第五卷》，第271页。
② 鲁迅：《〈看图识字〉》(1934)，《鲁迅全集·第六卷》，第38页。
③ 鲁迅：《〈看图识字〉》(1934)，《鲁迅全集·第六卷》，第37页。
④ 鲁迅：《360311致杨晋豪》(1936)，《鲁迅全集·第十四卷》，第43—44页。
⑤ 鲁迅：《"人话"》(1933)，《鲁迅全集·第五卷》，第79—80页。

在《登错的文章》①一文中，鲁迅具体举例，许多少年刊物，描写岳飞、文天祥的故事，表面上看这是作者弘扬爱国精神，要将岳飞他们作为少年的榜样，但鲁迅尖锐揭示，这是权势者自己不上战场，却先怂恿了少年儿童。鲁迅从“幼者本位”出发，向来愤慨对幼者的“虐杀”，痛惜幼者的无谓牺牲，也反对愚忠，所以，这些“登错的文章”实际上就是权势者在假借“人话”对少年儿童实行诓骗。在《新秋杂识》②中，鲁迅则指出人们又常利用儿童书籍，对儿童从小施行奴化、蠢化教育，制造奴才和蠢才。在《“立此存照”(七)》③中，鲁迅对日报上所附“儿童专刊”上刊载的“儿童作品”持以警醒和批判，在他所举的一篇中，他分明看到文章作者“大国民的风度”下的奴才嘴脸，但正是这样的奴才却在教育儿童，试图让儿童也来学他的“大国民的风度”，这就不免让人心悸和为未来担忧了。

总之，鲁迅肯定儿童文艺的教育启蒙功能，但他反对任何成人为达自身目的，而有意利用儿童，对其实施“教训”“指导”“鼓励”“劝谕”的文艺，这些在鲁迅看来，都是伪儿童文艺，它们除了暴露伪道德家们、权势者们、奴才们、蠢才们的虚伪、残忍、奴性、愚蠢之外，其本质都在蠢化、奴化儿童，对儿童行精神和身体的“虐杀”恶行。④ 为将来计，为儿童能成为真正的“人”，鲁迅呼吁给儿童的文艺必须是“制造”“人”的文艺，必须要讲真正的“人话”，而“人”的战士既要打掉陷害将来的伪儿童文艺，也要创造真正的儿童文艺。在鲁迅生命的末了，他发出最后的也是最初的呐喊：“真的要‘救救孩子’。这‘于我们民族前途的关系是极大的’！而这也是关于我们的子孙。大朋友，我们既然生着人头，努力来讲人话罢！”⑤

除了要讲“人话”外，鲁迅对儿童文艺还有另外的要求，那便是有益和有味。有益即是无毒无害，对儿童有所增益；有味即是有趣味，能为儿童所喜欢。

在《〈看图识字〉》中，鲁迅提出供给儿童看的图书既要生动活泼，符合儿童的心性，不能以成人之“蠢”度儿童之“天真烂漫”，又要切实可靠，能够增长儿童的见识。⑥ 在翻译苏联作家班台莱耶夫的《表》时，鲁迅借日本译者的话赞其内容簇新，富有滋养，给人益处，且有新的美和乐趣，而反观当时国内的儿童文艺，

① 鲁迅：《登错的文章》(1936)，《鲁迅全集·第六卷》，第591页。
② 鲁迅：《新秋杂识》(1933)，《鲁迅全集·第五卷》，第286—287页。
③ 鲁迅：《“立此存照”(七)》(1936)，《鲁迅全集·第六卷》，第657—659页。
④ 鲁迅：《难答的问题》(1936)，《鲁迅全集·第六卷》，第589页。
⑤ 鲁迅：《“立此存照”(七)》(1936)，《鲁迅全集·第六卷》，第658—659页。
⑥ 鲁迅：《〈看图识字〉》(1934)，《鲁迅全集·第六卷》，第36—38页。

则不免令人失望了，依然是“司马温公敲水缸”“岳武穆王脊梁上刺字”，甚而至于“仙人下棋”，还有《龙文鞭影》里的故事的白话译，以这些故事的老旧程度，其“有益”和“有味”之处，也就可想而知了。①

《〈表〉译者的话》里，鲁迅除了提出“有益”和“有味”这两项儿童文艺的重要准则外，也提出了儿童文艺“新”的要求，即内容要“簇新”，要有“新”的“感觉、感情、情绪和生活”，适应于“现代的新的孩子”。鲁迅十分赞同于《表》日本译者的话，即“旧的作品中，虽有古时候的感觉、感情、情绪和生活，而像现代的新的孩子那样，以新的眼睛和新的耳朵，来观察动物，植物和人类的世界者，却是没有的”，所以，“为了新的孩子们，是一定要给他新作品，使他向着变化不停的新世界，不断的发荣滋长的”。②

对“旧”作品的摒弃和对“新”作品的向往，在鲁迅那里，还有另外一层考虑。根据生物进化的法则，鲁迅领悟到“凡是老的，旧的，实在倒不如高高兴兴的死去的好”，如此才能进化，而文学也如同生物体，若要保持活力，具备改造环境的能力，持续进化，则必然也须是旧声音消亡，新声音出现。但鲁迅发现“中国的文章是最没有变化的，调子是最老的，里面的思想是最旧的”，那些“老调子”，无异于一把“软刀子”，已经将中国唱完了好几次。对于中国人始终恪守旧文化，有被别人利用乃至亡国灭种的威胁，鲁迅声明“唯一的方法，首先是抛弃了老调子”和“旧文章，旧思想”，认定“古书”不仅“已经和现社会毫无关系了”，也是“完全没有用处的了”。③

所以当施蛰存推荐《庄子》和《文选》为“青年文学修养之助”时，鲁迅则果断地回击以进化法则——“新”必然要胜于“古”(“旧”)的，他告知那些想要回到尚古、复古的路途上，要以“‘古雅’立足于天地之间”的“新青年”，他们是难以在“生存竞争”中立足的。④ 他所希冀的自然是青年们能继续“从新的道路上去企图发展，打出新的局面来”，接受新文学、新思想，创造新文学、新思想。⑤

这也就能够理解，当初许寿裳写信向鲁迅求教该给孩子读哪些书时，鲁迅并未作出翔实回答，只是就少儿读书给出了一条至为宝贵的意见，即“但以养成

---

① 鲁迅：《〈表〉译者的话》(1935)，《鲁迅全集·第十卷》，第 437 页。

② 鲁迅：《〈表〉译者的话》(1935)，《鲁迅全集·第十卷》，第 436 页。

③ 鲁迅：《老调子已经唱完——二月十九日在香港青年会讲演》(1927)，《鲁迅全集·第七卷》，第 321、322、325 页。

④ 鲁迅：《重三感旧》(1933)，《鲁迅全集·第五卷》，第 343 页。

⑤ 鲁迅：《“感旧”以后(下)》(1933)，《鲁迅全集·第五卷》，第 352 页。

适应时代之思想为第一谊，文体似不必十分决择，且此刻颂习，未必于将来大有效力，只须思想能自由，则将来无论大潮如何，必能与为沆瀣矣”。①

可见在这一方面，鲁迅的观念是一以贯之的。从这里，我们也就更能体会鲁迅决绝批判抛弃那些“旧”故事、“旧”作品、“旧”思想，而力捧“有益”又“有味”且内容簇新的“新作品”的原因所在了。在鲁迅看来，儿童阅读最为重要的是要养成适应时代的思想，是要能够获得思想的自由，能够在时代浪潮中保持独立思考、批判的精神。

文艺既然要担启蒙之重任，那么它“必须能懂”，“懂的标准”即是要“着眼于一般的大众”，同时也要“增加阅读者的兴趣和理解”。这成为鲁迅倡导连环图画，为连环图画辩护的主要原因。在鲁迅看来，连环图画也是艺术的一种，是颇具艺术性的，它一方面能“增加读者的兴趣”，另一方面又能使读者“只靠图像，悟到文字的内容”，可谓启蒙大众的利器。②

鲁迅对大众文艺的这一考量，完全适用于儿童文艺。易懂也是优秀儿童文艺的必要前提，只有易于孩子理解的内容和语言，才有进一步谈论“有益”和“有味”的可能。而连环图画可以说也是儿童文艺的一种重要形式，一直以来深受儿童喜欢。鲁迅在提倡供给大众看的连环图画的同时，也大力倡导印给儿童看的画本，因为他知道有些孩子正是因为图画，才去看文章的。③ 所以，在他自己翻译印制的童话集中，他就特别注重插图的选用。④

总而言之，鲁迅讲“人话”、有益、有味、簇新、易懂的儿童文艺观，是他“幼者本位”儿童观在儿童文艺上的具体表现，也是他在启蒙视野下对儿童文艺的必然要求。

当然，这也离不开鲁迅对儿童文艺艺术特性的深入研究和深刻理解，尽管他总是谦逊地否认这一点。纵观鲁迅的一生，除了写了为数不少且产生较大社会反响的有关儿童及儿童文艺方面的杂文、小说、散文外，就儿童文艺实绩来说，他还有如下建树：1903 年出版科学小说译著《月界旅行》（原作者法国儒勒·凡尔纳）；1906 年出版科学小说译著《地底旅行》（原作者法国儒勒·凡尔纳）；

---

① 鲁迅：《190116 致许寿裳》（1919），《鲁迅全集·第十一卷》，第 369 页。

② 鲁迅：《“连环图画”辩护》（1932），《鲁迅全集·第四卷》，第 457—461 页；鲁迅：《连环图画琐谈》（1934），《鲁迅全集·第六卷》，第 28—29 页。

③ 鲁迅：《350522 致孟十还》（1935，《鲁迅全集·第十三卷》，第 464 页。

④ 鲁迅：《〈表〉译者的话》（1935），《鲁迅全集·第十卷》，第 438 页。

1922年出版童话译著《爱罗先珂童话集》(原作者俄罗斯爱罗先珂);1923年出版童话剧译著《桃色的云》(原作者俄罗斯爱罗先珂);1928年出版童话译著《小约翰》(原作者荷兰望·蔼覃);1929年出版童话译著《小彼得》(原作者德国海尔密尼亚·至尔·妙伦);1935年出版儿童小说译著《表》(原作者苏联班台莱耶夫)。

第二节　从"童话"到"儿童的文学"
——周作人对儿童文学的倡导和理论系统构建(上)

在广泛借鉴、吸收、融合西方文化资源,进行创造性运用,进而倡导、构建中国的儿童文学理论系统方面,周作人既是发轫者,又是成就最高者。他标志着中国现代儿童文学及其理论进入一个自觉发展的阶段。

但需要说明的是,"理论体系的学术形态和呈现方式通常可分为两种,即'显体系'和'隐体系'。显体系通常以专著的形态呈现,易于辨识和把握;隐体系在外在形态上不具备明显的体系形式,而是一种隐含、散布于有关篇章和思想表达过程中的理论断片、枝叶等等的总和,是一种潜在的体系构成。对隐体系的辨识和把握,有赖于研究者的细心发掘、整合和谨慎描述与重构"。①

周作人虽无系统阐述儿童文学理论的著作,但从研究"童话"开始,到后来发表以《儿童的文学》为题的演讲,其一生又都对儿童问题及儿童文学保持热切的关注和讨论,他那上百篇谈及儿童与儿童文学的文章,闪现于其他文章中的有关儿童文学的"只言片语",早已构成了一个完整的儿童文学理论系统。因此,在这两节中,我们所要做的工作即是尽可能勾勒出周作人儿童文学理论系统的全貌(尽管很多研究者都认识到了周作人儿童文学理论的价值,但勾勒系统全貌的工作笔者尚未见到),并且探讨进化论作为重要理论资源在其中起到的巨大作用及如何发生作用。

中国现代儿童文学最为主要的文体是童话,周作人的童话研究对促成这种文体的自觉起到了至关重要的作用;在对儿童文学理论的探索中,周作人的童话理论最具系统性,也最能代表他的儿童文学观;另外,周作人是从童话研究起

① 方卫平:《中国儿童文学理论发展史》,上海:少年儿童出版社,2007年,第421页。

手,进而构建其儿童文学理论大厦的。因此,我们也顺应周作人的这种思路,从梳理他的童话研究开始,再一点点展现其较为完整的儿童文学理论系统。

一、童话研究的方法

周作人在民国初年曾撰写了一系列童话研究的文章,包括《童话研究》(1913)、《童话略论》(1913)、《古童话释义》(1914)、《童话释义》(1914)等。这些文章,"是现代中国最早的童话专论",[①]也是现代中国最早的"儿童文学理论文本",[②]它们标志着中国儿童文学理论批评作为一门学科进入了一个自觉、独立的发展时期,也标志着周作人童话理论乃至儿童文学理论的基本成形,并且具有给予后来以很大影响的性质。尽管如此,这些文章最初的发表却并不顺畅,在当时也并未引起广泛的影响,这多少打击了周作人的积极性。周作人此后沉默了六七年,但他研究童话的念头并没有全断,"五四"以后在继续童话研究的同时,更转向宽广的儿童文学研究。

周作人最初关注到童话是在日本留学期间,因为"弄神话",也就"牵连"到童话方面。[③] 周作人"弄神话",更大的受益当是获得了文化人类学的视野,在这一方面他深受英国学者、作家安德鲁·朗(周作人译为安度阑,有时也译为安特路阑或安特路朗)的影响。安德鲁·朗(Andrew Lang, 1844—1912)是"人类学派的神话学家的祖师",1906 年周作人到东京不久后,便购得安德鲁·朗的多本著作,包括一册《习俗与神话》和两册《神话仪式与宗教》。[④] 在阅读其著作后,周作人既懂得了人类学派的神话解释法,对神话产生了持久的兴趣,也对童话、儿歌等民间文学产生了浓厚的兴趣,"童话的研究也于是有了门路了"。[⑤]

民国初年,周作人又读了《小学校里的文学》(斯喀特尔、麦克林托克等人所著),这本书重点阐明了文学在小学教育上的价值,认为儿童不能只是单读商人们杜撰的读物,而应该多读些文学作品。周作人很赞成他们的意见,于是便在绍兴教书的余暇,写作了一系列童话研究的文章。[⑥]

---

① 王泉根:《现代中国儿童文学主潮》,重庆:重庆出版社,2000 年,第 297 页。

② 李利芳:《中国发生期儿童文学理论本土化进程研究》,北京:中国社会科学出版社,2007 年,第 39 页。

③ 周作人:《〈儿童故事〉序》(1934),《周作人散文全集·第六卷》,第 430 页。

④ 周作人:《〈习俗与神话〉》(1934),《周作人散文全集·第六卷》,第 212 页。

⑤ 周作人:《我的杂学·神话学与安特路朗》(1944),《周作人散文全集·第九卷》,第 202—203 页。

⑥ 周作人:《知堂回想录·儿童文学与歌谣》(1961),《周作人散文全集·第十三卷》,第 577 页。

在周作人看来，“童话的分析考据的研究，与供给儿童文学的事情，好像是没有什么关系，但这却能帮助研究教育童话的人了解童话的本义”，这是非常有裨益的。① 而在《儿童研究导言》(1913)中，周作人就特别强调过，“儿歌、童话、玩具、游戏，在儿童研究中至为重要”。② 也就是说，周作人的童话研究实际上是在文化人类学和儿童学的双重视野下进行的，如其所言，“童话研究当以民俗学为据，探讨其本原，更益以儿童学，以定其应用之范围，乃为得之”。③

以安德鲁·朗为代表的人类学派的神话学理论，简单来说，即是“以人类学为根据，证明一切神话等的起源在于习俗”。他们征引古代或蛮族或乡民的信仰、习惯，借以观察他们的心理状态，又以类似的心理状态发生类似的行为作为依据，以此来考证各式神话的起源，解释它们的含义。这样，那些在现代文明人看来十分怪诞的神话故事也就得到了合理的解释，那些“怪诞”的情节，“背谬的思想”，“在他发生的时地，正与社会上的思想制度相调和”。④

而古代蛮族或乡民的信仰、习惯及从中显露的心理状态，大致可分为五项，简单来说，也就是“一万物同等，均有生命与知识，二信法术，三信鬼魂，四好奇，五轻信”。⑤ 以上五项，人类学家认为，在人类群体中既广泛存在，又为一切文明种族所曾经历过。

这种将“神话创作的心理状态作为许多难懂的荒唐故事解释的枢机”的方法，为多数学者继承，“所见英人讲童话的书亦均如此”，⑥而周作人也主要据此来解释童话，“故今言童话，不能不兼及世说，而其本原解释则当于比较神话学求之”。⑦ 而有此对于童话的初步正确理解之后，周作人又认为当从儿童学出发，继续考察童话是否合于儿童教育。

总之，周作人从文化人类学出发，探源、解释童话，为人们正确理解童话提供了一种崭新的思路，而从儿童学出发，“定其应用之范围”，又使人们充分认识到童话之于儿童教育的重要价值。文化人类学与儿童学相结合的童话研究路径，极大促成了中国童话文体的自觉，也为中国现代儿童文学的自觉和理论建

---

① 周作人：《童话的讨论二》(1922)，《周作人散文全集·第二卷》，第 589 页。
② 周作人：《儿童研究导言》(1913)，《周作人散文全集·第一卷》，第 289 页。
③ 周作人：《童话略论》(1913)，《周作人散文全集·第一卷》，第 276 页。
④ 周作人：《神话与传说》(1922)，《周作人散文全集·第二卷》，第 563—564 页。
⑤ 周作人：《〈习俗与神话〉》(1934)，《周作人散文全集·第六卷》，第 214 页。
⑥ 周作人：《〈习俗与神话〉》(1934)，《周作人散文全集·第六卷》，第 214 页。
⑦ 周作人：《童话研究》(1913)，《周作人散文全集·第一卷》，第 256 页。

设奠定了最初的科学的理论基础，在五四时期被众多儿童文学研究者所采纳、运用。

二、童话的起源、定位、分类

1908年，孙毓修开始主编刊发《童话》丛书，据考证，孙毓修是中国第一个使用"童话"这一名称的人，《童话》也是第一本被明确称为"童话"的书刊，是中国最早的儿童文学读物。但值得注意的是，那时的"童话"意义含混，并非指称一种文学体裁，而是泛指"儿童的故事""儿童的读物"。《童话》丛书的连续出版引起了广泛的社会影响，"童话"一词很长一段时间里也因之被视为"儿童文学"的代名词。①

"不过从1912年周作人研究童话的系列文章开始，这个词实际上已经在代表一种独立的文体在说话"。② 而周作人也是最早从词源上为"童话"一词溯源的。周作人认为童话这个名称"是从日本来的"，在日语中意为"儿童的故事"。但周作人指出这只是词源上的原义，在学术上，德文的"Marchen"一词更接近于"童话"的本义(周作人本人一直用"Marchen"来表示"童话")，"童话"最简明的界说是"原始社会的文学"。③

从民俗学(文化人类学)的研究视角出发，可以看到，原始社会的故事，都是原始民众风俗礼仪、思想制度的表现，根据性质不同，一般可分作神话(Mythos)、传说(Saga) 及童话(Marchen) 三种(这三个希腊、伊斯兰和德国来源的字义，都有故事之义，但具体含义又有所不同)。神话常是宗教性质的，多为创世以及神的故事；传说常是历史性质的，多为英雄的战争与冒险的故事；而童话的性质虽然与神话、传说多有共通之处，但不同之处在于，童话没有时与地的明确的指定，它的重心不在人物而在事件，所以它的性质可以说是文学的。尽管神话、传说、童话有如此区别，但三者并不具有绝对的界线，时常会出现这样的情况：往往有同一故事，在甲地或甲时是神话或传说，在乙地或乙时却成了童话，这缘于"教化迭嬗，信守亦移"，④在这个转变(俗化)过程中，因为没有了当

---

① 朱自强：《中国儿童文学与现代化进程》，杭州：浙江少年儿童出版社，2000年，第136页。

② 李利芳：《中国发生期儿童文学理论本土化进程研究》，北京：中国社会科学出版社，2007年，第229页。

③ 周作人：《童话讨论一》(1922)，《周作人散文全集·第二卷》，第585—586页。

④ 周作人：《童话研究》(1913)，《周作人散文全集·第一卷》，第256页。

初的敬畏与尊崇的拘束，故事往往在形式上发生若干变化，事件的叙述也被重新自由处置，以得到更美妙动听的结果，满足人们娱乐的需求。

也就是说，童话的起源并非“由于儿童好奇多问，大人造作故事以应其求”，也并不“纯属于儿童”。[①] 但就事实而言，童话历来为儿童所喜欢。这一点，依据“复演说”便可解释清楚，在进化谱系上，儿童相当于是原始人，而原始人喜好童话，儿童自然也就喜好童话，因为他们的思想感情是共通的，所以，童话既是“幼稚时代之文学”，也可称为“儿童之文学”。[②]

周作人在中国第一次把童话与神话、传说区分开来，充分肯定童话的“文学”性质，把它作为一种独立的文学形式，为童话走向儿童文学迈出了第一步。而通过复演说，周作人又将“童话”的两重属性，“原人之文学”与“儿童之文学”融为了一体，第一次揭示了童话与儿童的天然联系，为古老的童话找到了全新的价值和意义。

人类学研究者常常会采取自然科学的分类法，对搜集来的大量材料进行整理和筛选，以进行下一步的深入研究。在人类学的这一研究方法指导下，周作人也对童话进行了分类研究。从童话的性质出发，周作人认为童话可分为两类：

一是纯正童话，从传说演化而来，从中又可分作两类——“代表思想者”，如变形、复活、物源等童话，又“代表习俗者”，诸如吃人、掠女的童话；

二是“游戏童话”，不出于传说，主要“以娱悦为用”，从中又可分作三类——动物谈、笑话、复叠故事。[③]

从童话的生产角度出发，周作人又对民间童话（周作人有时也称其为“民族童话”“自然童话”“天然童话”“普通童话”）和文人创作童话（周作人有时也称其为“人为童话”“艺术童话”“文学童话”）进行了区分、阐述。他指出民间童话是“民众的，传述的，天然的”，通常具有民族的特色，而文人创作童话则是“个人的，创作的，人为的”，通常具有个人的特色，且适合于年龄较大的儿童。他更富有创见性地提出，民间童话“妙在不必有什么意思”，而文人创作童话则“大抵意

① 周作人：《童话略论》(1913)，《周作人散文全集·第一卷》，第277页。
② 周作人：《童话研究》(1913)，《周作人散文全集·第一卷》，第264—265页。
③ 周作人：《童话略论》(1913)，《周作人散文全集·第一卷》，第277页。

思多于趣味”。[①]

另外，在周作人看来，创作文学的童话是非常不容易的，“非熟通儿童心理者不能试，非自具儿童心理者不能善”。[②] 这里，我们又可以看到周作人看待文人创作童话的一个重要观点。

如前所述，周作人认为民间童话就其本源来说，是原始民众的文学，因为儿童与原始民众在思想心理上十分相似，所以儿童也颇为喜爱民间童话，但不是所有的民间童话都适于儿童，在用于儿童教育时仍须加以斟酌。同样地，对于文人创作童话来说，其本质“只是文学的一种形式，内容尽多变化”，[③]且既为文人所创作，势必具有强烈的个人特色，因此，也并不是所有的文人创作童话都可以被称为“儿童的文学”，主要还是看其是否具有“小儿一样的文章，同野蛮一般的思想”。[④]

由此，周作人认为，王尔德、孟代等人的童话是“诗人的，而非是儿童的文学”，[⑤]而安徒生的童话则是文人创作童话的最高典范，因为安徒生“是个永远的孩子，他用诗人的笔来写儿童的思想，所以他的作品是文艺的创作，却又是真的童话”。[⑥]

三、童话的特点、效用

童话既然既是“原人之文学”，又可说是“儿童之文学”，那么它的特色、效用，也就可以从民俗学、文学、儿童教育三个方面来考察。

首先，就民俗学方面来说，今人所认为的童话的荒诞无稽，实际上是原始人思想的表露和风俗制度的体现。因此，“依人类学法研究童话，其用在探讨民俗，阐章史事”。[⑦]

其次，就文学方面来说，则“盖童话者（兼世说）原人之文学，茫昧初觉，与自

---

① 可参见周作人：《童话略论》(1913)，《周作人散文全集·第一卷》，第280—281页；周作人：《〈王尔德童话〉》(1922)，《周作人散文全集·第二卷》，第541—542页；周作人：《〈两条腿〉序》(1925)，《周作人散文全集·第四卷》，第84页。

② 周作人：《童话略论》(1913)，《周作人散文全集·第一卷》，第281页。

③ 周作人：《〈王尔德童话〉》(1922)，《周作人散文全集·第二卷》，第543页。

④ 周作人：《安得森的〈十之九〉》(1918)，《周作人散文全集·第二卷》，第57页。

⑤ 周作人：《〈王尔德童话〉》(1922)，《周作人散文全集·第二卷》，第543页。

⑥ 周作人：《〈两条腿〉序》(1925)，《周作人散文全集·第四卷》，第84页。

⑦ 周作人：《童话研究》(1913)，《周作人散文全集·第一卷》，第256、257、262页。

然接，忽有感婴，是非畏懔即为赞叹，本是印象，发为言词，无间雅乱，或当祭典，用以宣诵先德，或会闲暇，因以道说异闻，以及妇孺相娱，乐师所唱，虽庄愉不同，而为心声所寄，乃无有异。外景所临，中怀自应，力求表见，有不能自已者，此固人类之同然，而艺文真谛亦即在是，故探文章之源者，当于童话民歌求解说也”。①

周作人强调文学的本质就在自己表现，而童话就是原人自己表现的东西，②原人创作出“荒诞”的童话并“不是存心作伪以欺骗民众”，而“实在只是真诚的表现出他们质朴的感想”，因此，无论童话的内容和形式怎么怪异，在表现自己这一点上与现代人的著作并无太大差异，③“所不同的只是原人的个性还未独立，都没入于群性之中而已”。④ 因此，即使离开科学的解释，单从文学的角度去看，童话也自有其独立的价值，并不可以轻蔑，⑤何况这些“文学的前史时期的残存物，多少可以供我们作想象的依据”⑥。

另外，“童话取材大旨同一，而以山川风土国俗民情之异，乃令华朴自殊，各含其英，发为文学，亦复如此，可一一读而识之”，⑦也就是说，将童话作为文学阅读，亦可了解各国迥异的风土人情，感受各国多姿的文学风采。

最后，在“儿童教育”方面，在《论文章之意义暨其使命因及中国近时论文之失》这篇早期文论中，周作人就已特别注意到“奇觚之谈(Marchen)”即童话之于“童稚教育”的至多作用，⑧但并未展开论述。至民国初年，周作人写作《童话研究》《童话略论》之时，他始对这个问题展开了详细论述，且在之后的文章中又不断补充、完善。

周作人指出“今世学者”在谈论童话与儿童教育两者的关系时，存在正反两种错误意见：持正面褒扬意见的，认为童话“表发因缘，可以辅德政，论列动植，可以知生象”；持反面贬抑意见的，则认为童话尽是“荒唐之言”，用于儿童教育，

① 周作人：《童话研究》(1913)，《周作人散文全集·第一卷》，第262—263页。
② 周作人：《童话讨论一》(1922)，《周作人散文全集·第二卷》，第586页。
③ 周作人：《神话与传说》(1922)，《周作人散文全集·第二卷》，第564页。
④ 周作人：《童话讨论一》(1922)，《周作人散文全集·第二卷》，第586页。
⑤ 周作人：《神话与传说》(1922)，《周作人散文全集·第二卷》，第564页。
⑥ 周作人《〈朝鲜童话集〉序》(1931)，《周作人散文全集·第五卷》，第782页。
⑦ 周作人：《童话研究》(1913)，《周作人散文全集·第一卷》，第263页。
⑧ 周作人：《论文章之意义暨其使命因及中国近时论文之失》(1908)，《周作人散文全集·第一卷》，第115页。

“恐将增长迷误”，①甚或认为，童话不讲中国的五伦，“不是猫说话，就是狗说话，或者老鼠变成神仙”，将童话用之于儿童教育，只能培养出“猫化狗化畜牲化的国民”。②

在周作人看来，这都是没有真正理解童话。周作人始终强调童话首先是一种文学艺术，这是童话有别于教科书的地方，因而衡量估判童话对于儿童教育的作用和意义，应当从艺术的角度出发。也就是说，童话的教育功能，首先是一种文学教育，童话所给儿童带来的是艺术的享受，同时以艺术的力量刺激儿童的心灵，激发他们不断追求向上。至于其他“效益”，诸如“喻道益智”，都属于副作用，并不能“尽文章之能事”，所以，切不可本末倒置了，混淆了童话的原本之义和本来之价值。③ 这也就是他后来所说的，“近代将童话应用于儿童教育……教育这两个字不过表示应用的范围，并不含有教训的意义，因为我相信童话在儿童教育上的作用是文学的而不是道德的”。④

既然童话不过是文学艺术中的一种，而儿童首先需要的是一种文学教育，那么，为何童话对于儿童教育来说至关重要呢？换句话说，儿童教育、儿童文学教育为什么特别需要童话这一种文学样式呢？周作人同样给出了解答，这可以从周作人自身的儿童观和童话本身特色两方面来考察。

周作人的儿童观，我们在上章中已详细讨论过，“蒙养之道，亦唯在辅导儿童，俾得尽其性，以成完人耳”，⑤可说是他儿童观的核心要点，即儿童教育要顺应儿童身心发达程度及其自然天性，循序渐进，最终将儿童培养成一个身心发展完全的文明人。

中国的传统教育，“入学之初，即以陈言奥义课六七岁之孺子”，儿童不但不能理解，且“聪明知力”更因“不得其用”而“就于废塞”，日后想有所发展，也愈加艰难，在周作人看来，这无疑是“逆性之教育”，实在是不适宜的。“今之教者，当本儿童心理发达之序，即以所固有之文学（儿歌童话等）为之解喻，所以启发其性灵，使顺应自然，发达具足，然后进以道德宗信深密之教，使自体会，以择所趋，固未为晚”。⑥

---

① 周作人：《童话研究》（1913），《周作人散文全集·第一卷》，第 264 页。
② 周作人：《童话与伦常》（1924），《周作人散文全集·第三卷》，第 359 页。
③ 周作人：《童话研究》（1913），《周作人散文全集·第一卷》，第 264 页。
④ 周作人：《童话讨论一》（1922），《周作人散文全集·第二卷》，第 586—587 页。
⑤ 周作人：《儿童研究导言》（1913），《周作人散文全集·第一卷》，第 288 页。
⑥ 周作人：《童话研究》（1913），《周作人散文全集·第一卷》，第 265 页。

而童话之所以能够担起如此重任，就在于：首先，根据“复演说”，儿童与原始人在感情趣味上有共通之处，童话作为“原人之文学”也天然地受儿童喜欢，童话既能够满足儿童对于故事的需求，也能够顺应各个时期孩子的自然天性，助长他们的渐次发达，而这也正是儿童教育的最要义。

其次，童话可适用于三岁至十岁左右的儿童，这个时期的儿童最富想象力，童话的荒诞内容常常能够与之相契合，而且能够持续激发、培养他们更为丰富的想象力，他们的感受力也因此变得更加敏锐，这正是日后学习的根基。

再次，童话中含有丰富的社会生活，但它的叙述通常又是较为单纯的，儿童能够较为容易地接受，以此了解人事的概况，作为将来踏入社会的准备。童话中也多涉及鸟兽草木及各种名物，这也有助于儿童熟识知悉。

复次，童话中的人物、地方、时代常常是不受现实限制的，而且民间童话又常是不具个性的，所述看似都很客观，这也符合儿童一开始的阅读心理。等到儿童阅历加深，知识渐长，能够领略不同作者文字的特性，则又有文人创作童话能使他们满足。①

最后，“童话之为良好的儿童文学读物”，也在于童话的不讲教训，尤其是不讲传统的教训，②童话的取材，多是自然的虫言鸟语，对儿童来说尤为亲近，可以涵养他们的童心，进于优美的境地。③

童话是适于儿童的，是能够起到多方面作用的，它对儿童来说又是必不可少的。“儿歌童话以及游戏之事，视若细微，然儿童生活半在游戏之中，若除此数者，将使减其生趣，无上遂之望。”④或者也如周作人所引蔼理斯所言，童话是儿童最自然的精神食粮，如果不能供给他们，除非小孩有异常强盛的创造想象力，否则这方面精神的缺损就可能永远无物可以弥补，想象力的发展也可能永远地停顿了。⑤

总而言之，周作人之所以如此看重童话，是因为科学的儿童教育应顺应儿童身心发达程度及其自然天性，同时要朝着将儿童培养成一个身心发展完全的文明人的目标行进，而文学，尤其是儿童天然喜闻，又深深契合于儿童心理、精

---

① 以上几点出自周作人：《童话略论》(1913)，《周作人散文全集·第一卷》，第279页；周作人：《童话研究》(1913)，《周作人散文全集·第一卷》，第265页。

② 周作人：《童话与伦常》(1924)，《周作人散文全集·第三卷》，第359—360页。

③ 周作人：《外国之童话》(1917)，《周作人散文全集·第一卷》，第490页。

④ 周作人：《儿童研究导言》(1913)，《周作人散文全集·第一卷》，第290页。

⑤ 周作人：《科学小说》(1924)，《周作人散文全集·第三卷》，第475—476页。

神、审美、认知的童话能够协助达成这一目标。周作人也较早看到,"童话应用于教育,其说始于德国,今已盛行欧美。日本虽未用入小学,然幼稚园悉以是为正课,编为绘本以供小学课外读物者,尤极夥多"。①

四、童话的译介

周作人在研究童话的同时,也积极地译介外国童话。其中,又数对安徒生童话的推介、评述最为用力,造成的影响也最大。郑振铎就说:"使安徒生被中国人清楚的认识的是周作人先生。周先生在他的《域外小说集》上,曾译过《皇帝的新衣》一篇。然那时是太早,大家还不注意。到了'五四'之后,我们的思想,经了大变化,《新青年》成了青年的指导者,于是周先生译登在《新青年》上的安徒生的《卖火柴的女儿》才为大家所十分注意。周先生又在《新青年》批评陈君译的安徒生童话集,题为《读十之九》的。此后,安徒生便为我们所认识,所注意,安徒生的作品也陆续的有人译了。"②

1909 年,周氏兄弟出版世界文学翻译集《域外小说集》第一册、第二册,出于种种原因,一册册出下去的愿望未能达成,但值得注意的是,"《域外小说集》卷末曾设有《第一册以后译文》、《第二册以后译文》的介绍栏和《新译预告》等。在其中,与王尔德、屠格涅夫、安德烈夫等并列的,有安徒生。他的《寥天声绘》和《和美洛斯垅上之华》在第一、第二册里被提出。前者可能就是《没有图画的画册》,后者指的是《荷马墓上的蔷薇》",这可能是在中国最早的安徒生介绍。③ 而郑振铎所言周作人在《域外小说集》上曾译过《皇帝的新衣》一篇有所偏差,这是周作人在 1921 年《域外小说集》再版时补录的,但不管怎么样,周作人仍可说是"中国介绍安徒生的第一人"。④ 在 1909 年出版的《域外小说集》中,尽管没有收录安徒生的这篇《皇帝之新衣》,但可以确信的是,那时周作人已经译出安徒生的这篇经典童话,且也已写就安徒生的简要介绍,正如他对《域外小说集》中的

---

① 周作人:《〈童话释义〉引言》(1914),《周作人散文全集·第一卷》,第 354 页。

② 郑振铎:《安徒生的作品及关于安徒生的参考书籍》(1925),《郑振铎全集·第十三卷》,石家庄:花山文艺出版社,1998 年,第 28 页。

③ [日]藤井省三著,陈福康编译:《鲁迅比较研究》,上海:上海外语教育出版社,1997 年,第 213—214 页。

④ [日]藤井省三著,陈福康编译:《鲁迅比较研究》,上海:上海外语教育出版社,1997 年,第 214 页。

其他著者所做的那样。[1] 在《〈域外小说集〉著者事略》中，周作人对安徒生的性格特点、童话的艺术特色做出了精准的把握，这些看法也构成了他对安徒生基本而独到的理解。[2]

此后1913年，周作人在《童话研究》《童话略论》这两篇研究童话的重要论文中谈及“人为童话”（文人创作童话）时，均以安徒生童话作为典范，[3]同年，又于《叒社丛刊》上发表《丹麦诗人安兑尔然传》，[4]对安徒生及其代表童话展开了更为翔实的评述、推介。1918年，针对国内的安徒生童话译本《十之九》“全是用古文来讲大道理”的毛病，作为一名“安党”，周作人不免替安徒生叫屈，于是作《安得森的〈十之九〉》[5]这一批评文章，发表于《新青年》上。文中，周作人对安徒生童话的特色、价值再次加以生动的说明。此外，再有论及或提及安徒生的文章有：《安兑尔然》（1917）、《〈卖火柴的女儿〉译记》（1919）、《〈王尔德童话〉》（1922）、《童话的讨论二》（1922）、《童话的讨论四》（1922）、《儿童的书》（1923）、《〈两条腿〉序》（1925）、《安徒生的四篇童话》（1936）等。

综观周作人对安徒生及其童话的评述，我们可以得到以下三个要点：

第一，准确把握安徒生的性格特质：安徒生是一个诗人，也是一个永久的孩子。周作人在述及安徒生的生平时，敏锐地抓住了安徒生独特的性格气质，是谓“七十生涯，未脱童时，短于常识而富于神思”、[6]“他是诗人，又是一个‘永久的孩子’”，[7]这种禀赋既使世人对他“生了几多误解，却也成全了他，成就一个古今无双的童话作家”。[8]

第二，极力突出安徒生童话的两大鲜明特色：“小儿一样的文章”与“野蛮一般的思想”。在《安得森的〈十之九〉》中，周作人富有创见地提出，安徒生童话“独一无二的特色”即为“小儿一样的文章，同野蛮一般的思想”。所谓“小儿一样的文章”，即是指安徒生用“对小儿说话一样的”言语著书，这是一种“口语上

① 《皇帝之新衣》未收录于1909年初版的《域外小说集》中，而1921年《域外小说集》再版时，又将其收录，个中原因还有待进一步考察。

② 周作人：《〈域外小说集〉著者事略》（1909），《周作人散文全集·第一卷》，第151—152页。

③ 周作人：《童话研究》（1913），《周作人散文全集·第一卷》，第265页；周作人：《童话略论》（1913），《周作人散文全集·第一卷》，第281页。

④ 周作人：《丹麦诗人安兑尔然传》（1913），《周作人散文全集·第一卷》，第199—203页。

⑤ 周作人：《安得森的〈十之九〉》（1918），《周作人散文全集·第二卷》，第57—62页。

⑥ 周作人：《安兑尔然》（1917），《周作人散文全集·第一卷》，第491页。

⑦ 周作人：《〈王尔德童话〉》（1922），《周作人散文全集·第二卷》，第543页。

⑧ 周作人：《安得森的〈十之九〉》（1918），《周作人散文全集·第二卷》，第58页。

的自然的谈话的"文体形式,不限于儿童的言语,但是能为儿童所理解和享受;① 所谓"野蛮一般的思想",即是指安徒生既富于诗人气质,又童心未泯,常"以小儿之目观察万物,而以诗人之笔写之",能"通蛮荒之情而得儿童之意"。②

第三,充分肯定安徒生童话的价值和地位:安徒生童话是文人创作童话的最高典范,也是适于儿童、受儿童喜欢的真正童话。周作人曾说过,创作文学的童话,"其事甚难,非熟通儿童心理者不能试,非自具儿童心理者不能善也"。而安徒生即是个永远的孩子,又能够以诗人的笔来写儿童的思想。正因如此,周作人充分肯定安徒生童话的价值,给予它极高的评价和地位,认为安徒生的童话既是文艺的创作,又是真的童话,文学创作童话到安徒生已达绝顶,再没有人能够及他。③

值得一说的是,周作人对安徒生及其童话的以上卓识,既得益于外国安徒生知名评论者对其的感染熏陶,同时也得益于他自身深厚的文化人类学和儿童学的学术积累。

除了展开对安徒生的评述、推介外,周作人也身体力行,翻译安徒生童话。1909 年周作人用文言初次翻译安徒生童话《皇帝之新衣》(后补录于 1921 年版《域外小说集》)后,原本还打算翻译安徒生的另外两篇童话《寥天声绘》和《和美洛斯垅上之华》,但因书刊的停办而未践行。1919 年,周作人再次译出安徒生的童话名篇《卖火柴的女儿》(1919 年 1 月 15 日刊于《新青年》第 6 卷第 1 号),这是周作人第一次用白话完整翻译的安徒生童话,"也是中国用白话文原原本本地翻译安徒生童话的处女作"。这篇译文"从翻译态度到翻译语体再到译文语调",都"最初显示出"安徒生童话的"儿童文学本色","他为安徒生童话准确生动的中文翻译开启了源头"。④

周作人对安徒生童话中译本《十之九》的批评和亲译的安徒生童话《卖火柴的女儿》,借助在当时具有广泛影响力的《新青年》,很快引起了人们的注意,并且随后在国内掀起了一场安徒生童话译介热潮,安徒生童话自此也开始了在中国长达一个世纪的传播。

周作人对安徒生童话的评述、推介、翻译,不仅仅推动了安徒生童话在中国

---

① 周作人:《安徒生的四篇童话》(1936),《周作人散文全集·第七卷》,第 106—107 页。

② 周作人:《丹麦诗人安兑尔然传》(1913),《周作人散文全集·第一卷》,第 200—201 页。

③ 周作人:《〈两条腿〉序》(1925),《周作人散文全集·第四卷》,第 84 页。

④ 秦弓:《"五四"时期的安徒生童话翻译》,《涪陵师范学院学报》,2004 年第 4 期。

的传播，同时也推进了中国现代儿童文学的发生和发展。李红叶就说："周作人是最早发现儿童的中国现代学者之一，深厚的西方文化学养尤其是他的知识构成中的重要部分——文化人类学、儿童学等，直接促成他成为最早以理性的、科学的态度为孩童自由的精神世界说话的中国学者。亦因此能够较早识得安徒生童话里烂漫天真的童话精神的价值。在'五四'儿童文学运动这一背景之下，周作人对安徒生童话的充分肯定与大力推介深刻影响了中国儿童文学对于安徒生童话的接受态度。""安徒生童话在语言和思想内容两方面刺激并启发了中国儿童文学的发生。中国儿童文学正是从安徒生童话那里获得了鲜明的现代文化品格——小儿的语言，小儿的思想。"①

在安徒生童话之外，周作人前后还翻译过诸多以童话为主的儿童文学作品，就童话翻译的方法、策略来说，周作人也有自己的主张。在《安得森的〈十之九〉》中，周作人就批评时人用古文来翻译安徒生的童话，"全是用古文来讲道理"不说，"把小儿的言语，变了八大家的古文"，安徒生"对小儿说话一样"的言语著书的特色，也因此"完全抹杀"。② 尽管周作人自己早期也曾用文言文翻译过童话(《侠女奴》《安乐王子》《皇帝之新衣》)，但在新文化运动之后，周作人迅速调整了策略，在写《安得森的〈十之九〉》这篇批评文章之后不久，周作人即以白话文翻译安徒生童话《卖火柴的女儿》，从翻译态度到翻译语体再到译文语调，都尽显儿童文学本色。

所以，在周作人看来，童话翻译的第一要义，便是要用纯白话，正如他在评价赵景深所译《阿丽思漫游奇境记》时所说的："对于赵先生的译法，正如对于他的选译这部书的眼力一般，我表示非常的佩服：他的纯白话的翻译，注音字母的实用，原本图画的选入，都足以表见忠实于他的工作的态度。"③

周作人在翻译上向来主张"信而兼达的直译"，即尽可能既保存原文的风格，又要表现原语的意义，但对于童话的翻译，因为考虑到儿童这一受众，他认为也可以比直译更"自由一点"。④

而对于外国民间童话或民间故事，因为既是民俗学的材料又是民间文艺，兼具学术与文艺两重性质，所以翻译时也要顾到这两方面，简单地说即是要"正

① 李红叶：《安徒生童话的中国阐释》，北京：中国和平出版社，2005年，第91、99页。
② 周作人：《安得森的〈十之九〉》(1918)，《周作人散文全集・第二卷》，第57—60页。
③ 周作人：《〈阿丽思漫游奇境记〉》(1922)，《周作人散文全集・第二卷》，第531页。
④ 周作人：《童话的讨论三》(1922)，《周作人散文全集・第二卷》，第591—592页。

确与真实”,“在译文上正经与玩笑、国语与欧化之协调”。所谓“正确与真实”,即是要“一方面顾到中文的流利,一方面保持原文的意义与风格”,同时也要注意保持“故事的素朴性”,不能把民间童话单视为儿童的读物,在翻译时任意删改,尽可能保存民间童话的民俗学价值;而也正因为民间童话不只是儿童的读物,还是民间的文艺,因此“不但保存原文的意义与风格,还要进一步地保存地方色,这便是说形式要国语化,内容要保留欧化”,即“用了中国的语文,写出别国的风土人情来”。①

总而言之,周作人童话翻译的方法、策略也是在文化人类学和儿童学的视野下加以选择的。

五、童话的采集

周作人不仅积极引介外国童话,在文化人类学和儿童学的视野下,他也对本土童话展开了有效的阐释,同时努力挖掘、采集本土童话资源。

在《童话研究》中,周作人不仅从文化人类学的角度对“越地”(绍兴地区)童话《蛇郎》《老虎外婆》《老虎怕漏》三篇进行了详细的解释说明,更是呼吁国人,应重视并及早采取措施,采录这些散佚的,面临遗忘乃至湮灭的中国民间童话。如其所言,“中国童话自昔有之,越中人家皆以是娱小儿,乡村之间尤多存者,第未尝有人采录,任之散逸。近世俗化流行,古风衰歇,长者希复言之,稚子亦遂鲜有知之者。循是以往,不及一世,澌没将尽,收拾之功,能无急急也。格林之功绩,苐勒贝尔(Fröbel)之学说,出世既六十年,影响遍于全宇,而独遗于华土,抑何相见之晚欤”。②

这里,我们也可以看到,周作人对于中国童话的一个重要观点,即“中国童话自昔有之”,只不过散佚在民间未经采录而已。这一看法,在《古童话释义》中得到进一步的发挥,周作人反驳时人谓孙毓修编译的《无猫国》“要算中国第一本童话”,而“世界上第一本童话”则是《玻璃鞋》(《灰姑娘》),“在四千年前已出现于埃及国内”这样的说法,认为中国古代虽然没有“童话”的名称,但实际上早有成文的“童话”,只不过散见于一些晋唐小说、志怪小说中,难以辨别罢了。③周作人为作范例,从《酉阳杂俎》《支诺皋》《玄中记》等古籍中辑录了《吴洞》(周

① 周作人:《童话的翻译》(1952),《周作人散文全集·第十二卷》,第39—40页。

② 周作人:《童话研究》(1913),《周作人散文全集·第一卷》,第265页。

③ 周作人:《〈古童话释义〉引言》(1914),《周作人散文全集·第一卷》,第340页。

作人认为"中国童话当以此为最早",世界"灰娘式"童话亦应推此篇为"首唱")、《旁㐌》、《女雀》等几篇中国童话,对它们详加解释,并与西方、日本、绍兴地区类似童话进行比较说明。

童话之于民俗学、文学、儿童教育具有重大效用,而中国虽也有大量童话,却散佚于民间或淹没在浩瀚的古籍中,无人加以采集、整理、编纂、研究,从而加以应用,这无异于浪费宝贵的资源。为此,周作人深觉可惜又迫切的心情可想而知,他在多篇文章中都表露过这种心情,一直到二十世纪二十年代,他仍然热切希望有人或特别的组织能够专门从事这样的工作。

实际上,周作人本人很早就开始了这项"无人问津"的事业,也竭力邀请同道、同识之人和他一起完成这一工作。1914 年,周作人在担任绍兴教育会长时,利用会报发表了一则《征求绍兴儿歌童话启》的征稿启事,希冀能够"存越国土风之特色",同时也可以"为民俗研究儿童教育之资材"。[①] "根据考察,这份启事是我国第一次公开征集民间儿童文学作品的重要文献",[②]但这次征稿并没有起到什么效果,其间只收到一个人寄来的一首儿歌。[③] 直至二十世纪二十年代,周作人在北京大学主持歌谣搜集工作的同时,也不忘童话的采集。

至于如何采集、甄选民间童话,周作人也从文化人类学和儿童学两方面出发,制定了最初的准则。

在《征求绍兴儿歌童话启》中,周作人就订立征稿条例之一,"童话可以文言叙说,但务求与原本切近,其中语句有韵律如歌词者,仍须逐字照录,如《蛇郎》之'宁可吞爹吃,不可嫁蛇郎'等是"。[④] 文化人类学或说民俗学的知识背景,让周作人从一开始就对童话的采集、记录有着清醒的方法意识。

不同于同时代人多以改编、改写来"记录"民间故事,或多半只是把民间故事作为猎奇、娱乐或训诫的对象而进行增删,周作人首先看重的是民间故事固有的民俗学和文学价值。因此,他始终特别强调,采集、记录童话、传说等民间故事,"有两件事很要注意。一……在特殊的新奇的以外,更要搜录普通的近似以至雷同的故事,以便查传说分布的广远。二即如实的抄录,多用科学的而少用文学的方法。……不增减不改变地如实记录,于学术上固然有价值,在文艺

---

① 周作人:《征求绍兴儿歌童话启》(1914),《周作人散文全集·第一卷》,第 292 页。

② 王泉根:《现代中国儿童文学主潮》,重庆:重庆出版社,2000 年,第 289 页。

③ 周作人:《〈绍兴儿歌集〉小引》(1958),《周作人散文全集·第十三卷》,第 53—54 页。

④ 周作人:《征求绍兴儿歌童话启》(1914),《周作人散文全集·第一卷》,第 292—293 页。

上却也未必减色，因为民间文学自有它的风趣……全体叙述可用简洁的国语，但其中之韵律语，特殊名物，及有特别意义的词句，均须保存原本方言，别加注释”。① 在周作人看来，“润色或改作，最为犯忌”，只有最忠实地记录，才能保存童话本身的文艺价值和固有色彩。当然，“若有文人利用这些材料去做诗文”，则“无妨自由改变”，不过那已是另外的事，不在采集记录的讨论范围内了。②

前面已经说过，周作人探讨童话的起源时，认为童话并非“由于儿童好奇多问，大人造作故事以应其求”而诞生，也并不“纯属于儿童”，实际上是“原人之文学”，只不过儿童心理与原人多有相似之处，对童话有着天然的喜好，童话自身的诸多特点又深深契合于儿童的心理、精神、审美、认知，所以，童话也被称为“儿童之文学”而被广泛用于儿童教育。但儿童毕竟不是原人，生活在现代社会的儿童，他们的心理、精神、审美、认知和原始社会的人们必定是有很大差异的，而且不像原始人“从小到老优游于一个世界里”，现代儿童“须得在二十年里经过一番人文进化的路程”，因而，作为“原人之文学”的童话自然并不会全是“儿童之文学”而适合于儿童阅读，在将童话用于儿童教育时，就势必要经过一番斟酌。当然周作人也强调，这种斟酌只是“最小限度的消极的选择”，“只要淘汰不合于儿童身心的发达及有害于人类的道德的分子便好了”。③

而基于对童话和儿童的研究，周作人在对应用于儿童教育的童话做“最小限度的消极的选择”之外，实际上也提出过“积极的选择”的诸项要点，如要尽可能选择适合于儿童阅读心理的具有艺术美（不在藻饰而重自然）、单纯（包括结构、角色、叙述的单纯）、新奇（故事情节）、匀齐（故事结构）、愉快（故事氛围）的童话。④

周作人针对童话的不同功用，采取相应不同的采集、记录方法，也正如同他在翻译不同的童话时，采取不同的方法、策略，表明周作人对于童话具备科学而理性的认识，在实践中又能灵活地加以应用。

20 世纪 20 年代，学术界对童话的关注升温，特别表现在掀起了热烈的童话讨论。从 1922 年 1 月至 4 月，周作人与赵景深在《晨报副镌》以书信形式展开

---

① 周作人：《〈蛇郎精〉按语》（1925），《周作人散文全集 · 第四卷》，第 318—319 页。

② 周作人：《关于“菜瓜蛇”的通信》（1925），《周作人散文全集 · 第四卷》，第 292 页。

③ 周作人：《童话讨论一》（1922），《周作人散文全集 · 第二卷》，第 586—587 页。

④ 周作人：《童话略论》（1913），《周作人散文全集 · 第一卷》，第 280 页。

了一场童话讨论(来往书信计 9 封),“赵景深与周作人的九封信从对童话原始品性的考察,一直追寻到艺术童话的现代本质,跨学科关注了童话的发生、发展、价值功能,文学应用范围、原理等一系列包含深厚学术价值的问题。这次讨论对于普及童话常识,深化国人对儿童文学的认识都起到了巨大的作用”,①尽管其学术含量并未超出周作人前期童话研究所达到的程度。

总之,周作人是在中国最早开始童话研究的,自民国初年至五四时期,又不断补充、完善;而得益于他文化人类学和儿童学的双重视野,他的童话论充分展现出科学性、学理性、丰富性、灵活性、实践性、独特性及超前性,可以说代表了中国现代早期童话理论的最高水平。周作人对童话孜孜不倦的研究、译介、采集、讨论,廓清了人们对童话的认识,引领了同时代的童话研究,促进了童话文体的自觉,刺激了本土原创童话的萌发。

第三节　从“童话”到“儿童的文学”
——周作人对儿童文学的倡导和理论系统构建(下)

尽管民国初年,周作人即已通过《童话研究》《童话略论》等文章,搭建起他的童话理论乃至儿童文学理论系统的雏形,甚至已提出童话可称为“儿童之文学”这一重磅看法,但这些文章毕竟只是单就童话的谈论,且如前面所说,这些文章在当时也并未引起太多关注。周作人此后沉默了六七年,直至 1920 年在北京孔德学校讲演,随后又以《儿童的文学》为题将讲演稿发表在《新青年》上,轰动一时,“儿童的文学”这一新名词才迅速传播开来,被人们广泛熟知和讨论。《儿童的文学》的发表在中国现代儿童文学的发生史上具有划时代的意义,它不仅标志着中国的儿童文学自此有了正式的命名,也意味着更为系统和自觉的儿童文学理论构建从此拉开序幕。

诚然,如周作人自己所言,《儿童的文学》“这篇文章的特色就只在于用白话所写的,里边的意思差不多与文言所写的大旨相同,并没有什么新鲜的东西,大意只在说明儿童的特殊状况,不应当用了大人的标准去判断他……”②这也是我

① 李利芳:《中国发生期儿童文学理论本土化进程研究》,北京:中国社会科学出版社,2007 年,第 237 页。

② 周作人:《知堂回想录·儿童文学与歌谣》(1961),《周作人散文全集·第十三卷》,第 578 页。

们在前面一再强调的，周作人儿童文学理论的雏形在民国初年既已形成。民国初年，周作人在《儿歌之研究》中的这段话，很能代表他对于儿童文学的核心观点：

……若在教育方面，儿歌之与蒙养利尤切近，自德人弗勒贝尔倡自力活动说以来，举世宗之。幼稚教育务在顺应自然，助其发达，歌谣游戏为之主课，儿歌之诘屈，童话之荒唐，皆有取焉，以尔时小儿心思，亦尔诘屈，亦尔荒唐，乃与二者正相适合，若达雅之词，崇正之义，反有所不受也。由是言之，儿歌之用，亦无非应儿童身心发达之度，以满足其喜音多语之性而已。童话游戏，其旨准此。迨级次逮进，知虑渐周，儿童之心，自能厌歌之诘屈，话之荒唐，而更求其上者，斯时进以达雅之词，崇正之义，则翕然应受，如石投水，无他，亦顺其自然之机耳。今人多言幼稚教育，但徒有空言，而无实际，幼稚教育之资料，亦尚缺然，坊间所为儿歌童话，又芜谬不可用。故略论儿歌之性质，为研究教育者之一助焉。①

概括起来，其时周作人的准儿童文学观，有这样三点：首先，儿童教育要顺应儿童的身心发达程度，尽可能满足他的自然心性；其次，儿歌、童话、游戏等，都是最适合于儿童心思的，应该被当作儿童教育的材料加以重视和运用；最后，儿童是发展进化的，随着年龄的增长，必然会有不一样的喜好，也应当有更高的追求，在那时，就应该供给他别样的文学样式，以满足其时的需求，助长他的发达。

当然，在《儿童的文学》中，周作人所阐述的儿童文学，比之民国初年，更为丰富，谈论的范围、话题也更为宽广、深入，涉及儿童文学的定义、儿童为什么有文学的需要、儿童需要什么样的文学、儿童文学的教育价值等儿童文学的基本理论命题。且《儿童的文学》并不意味着周作人儿童文学理论系统构建的完成，这一时期（五四时期）周作人写有大量跟儿童文学有关的文章，可以说，周作人的儿童文学理论系统构建是在他对儿童文学持续的倡导、评论、批判中逐渐形成的，而他由此也大大推动了中国现代儿童文学发生期的理论建设，促进了中国现代儿童文学的创作实践。

这里，我们将通过剖析周作人《儿童的文学》这一文章，以及他的其他文章，

① 周作人：《儿歌之研究》(1914)，《周作人散文全集・第一卷》，第 300 页。

勾勒出周作人完整的儿童文学理论系统。

一、儿童文学的本体论

儿童文学的本体论涉及儿童文学的定义，儿童文学发生、存在的根由，儿童文学的范围、种类、性质、来源，儿童文学的审美特质，儿童文学的价值功用这样一些基本问题。

在《儿童的文学》中，周作人开篇即表明，所谓“儿童的文学”，“换一句话便是‘小学校里的文学’”。也就是说，周作人提倡“儿童的文学”，其出发点同西方学者，如美国的斯喀特尔、麦克林托克一样，也是从小学教育入手，认为文学在小学教育上有着重要的价值，儿童应该读文学的作品而不只是教科书。但周作人同时强调“文学的作品”并非指那些“高深的文学作品”，而是单指“‘儿童的’文学”。①

从周作人的简单定义以及两个强调中，可知中国现代儿童文学自其正式命名起，便具备了三个维度——一是教育维度，二是儿童维度，三是文学维度，这实际上也就包含了儿童文学的价值功用、读者对象、审美特质思考。这相比于其时人们用以指称儿童读物的“童话”一词，显然在概念上更清晰，在思考上更全面，在理论上更具阐释力。“儿童的文学”一词所包含的多维度思考也影响了日后中国儿童文学的多方向发展，之后的论者多偏重于其中一个维度或多个维度，进而发展各自的儿童文学论（按照排列组合，有 7 种可能性：单是教育维度；单是儿童维度；单是文学维度；教育和儿童维度；教育和文学维度；儿童和文学维度；教育、儿童、文学维度），很少有越出周作人在为儿童文学命名时设定的这三个维度的。

周作人提出“儿童的文学”，并非只是作为仅供学术上探讨的一个概念，而是将其作为一种“新文学”，正如同“人的文学”一样，加以大力倡导。既然如此，就有必要向人们阐明儿童为何需要“儿童的文学”，换句话说，儿童文学发生、存在的根由是什么。周作人从理论上阐明了这一问题，他借以阐释的理论资源也便是以进化论为根基的生物学、儿童学、儿童教育学、文化人类学等“常识”。②

首先，根据儿童学“常识”，儿童既不是缩小的成人，也不是不完全的小人，

---

① 周作人：《儿童的文学》(1920)，《周作人散文全集・第二卷》，第 272 页。

② 周作人：《儿童的文学》(1920)，《周作人散文全集・第二卷》，第 272—275 页。

尽管他们的生理心理和大人有所不同，但仍然是完全的个人，有着自己内外两面的生活。儿童期的生活是自然生活——生长、成熟、老死的一部分，同样属于真正的生活，有自己独立的意义与价值。因此，对于儿童及其生活，我们应当科学认识，深入理解，充分尊重。

其次，儿童在生活上有文学的需要，因此就有必要供给他们所需的文学，使他们的生活满足丰富。至于儿童为何会有“文学的需要”，周作人则借用文化人类学的“复演说”加以说明，大意为：就文学的起源来说，文学是原人感情思想的自然表达，是他们自然生活的一部分。儿童的精神生活与原人相似，因此，他们也就有这文学的自然需要。又因为儿童精神与大人相异，而与原人相似的重要一点即是儿童多是“拜物教”，相信自然界万事万物都有思想，都能说话，因此供给儿童的文学与原人的文学也多有相同之处，常含有野蛮或荒唐的思想，原人的文学，如儿歌和童话，对于儿童来说正是适宜的。

再次，根据现代儿童教育学，全然蔑视儿童的生活，或拿“圣经贤传”灌输，或只为儿童的将来生活做预备而忽视他当前阶段的生活需求的教授方法，都是错误的，这不仅是对儿童宝贵成长时间的浪费，也可能会造成他们生活永远的缺损遗憾。对于儿童，应当依据他们内外两面的生活而恰当施行教育。儿童既然有文学的需要，那么教授儿童就当充分利用这一点，恰如其分地供给他们以文学，在首先满足丰富他们现在生活的基础上，再附带养成于将来生活有益的一种思想或习性。但需要注意的是，在教授儿童时选用的文学教材，必须是先要适于儿童的，然后再考虑其能够带来的附加效果，如读书的趣味、智情与想象的修养等。

最后，根据生物进化论，“儿童的生活，是转变的生长的”。鉴于此，一方面我们可以放胆供给儿童所需的儿歌、童话等，不必担心它们会给儿童造成什么永久的负面影响；另一方面，我们也须更加细心斟酌，不要阻碍了儿童的生长。也就是说，在儿童不同的成长阶段，要提供给他们相适宜的文学作品。

而“依据儿童心理发达的程序与文学批评的标准”，周作人在对儿童期进行科学划分，并精要描述儿童各个时期心理发展情形的基础上，也更为详细地阐明了应给予各个阶段的儿童以什么类型、什么性质的文学及其原因所在，并且提供了这样一些儿童文学作品的可能来源途径。这实际上也就阐明了儿童文学的范围、种类、性质、来源。[1] 尽管如周作人自己所说,“以上约略就儿童的各期,分配应用的文学种类,还只是理论上的空谈,须经过实验,才能确实的编成一个详表”,周作人的一些描述现在看来也未必完全正确,然而,他的以上举措在中国现代儿童文学的发生史上,无疑是第一次。

值得注意的是,周作人在此时不仅已具有十分明确的儿童文学分级阅读理念,并且有着很强的科学“实验”意识,足以可见他对儿童文学本质的精准把握。儿童文学“儿童的”这一属性,注定研究者在探讨儿童文学时,必须要依据儿童的阅读心理,但同时也要遵循儿童实际的阅读喜好。周作人提醒人们的是,儿童实际的阅读喜好,不是单靠纯粹的理论探讨就能获得的,而是要进行切实的阅读实验。

对儿童进行分期,提供适于儿童各个时期阅读的文学种类,主要是从“儿童的”这一面着手,而对于“儿童的文学”“文学”这一面,周作人同样相当看重。但对于“文学”的“条例”,周作人这里并没有详细展开,而只是特别强调要有文学的趣味,内容上要单纯、明了、匀整,思想上要真实、普遍。[2]

儿童文学所需的文学审美特质,实际上是与儿童文学的价值功用紧密联系在一起的,或者说研究者对儿童文学价值功用的期待会直接影响他对儿童文学审美特质的选择偏向。周作人《儿童的文学》深受麦克林托克著作的影响,所以在文中他也引述麦克林托克的话来说明“儿童的文学”的三种意义:“(1)顺应满足儿童之本能的兴趣与趣味;(2)培养并指导那些趣味;(3)唤起以前没有的新的兴趣与趣味”。在周作人看来,第一点是供给儿童“儿童的文学”的最根本出发点,而第二、三点则是利用这机会去取得的额外效果。[3] 鉴于此,周作人也认为,“(1)表现具体的影象,(2)造成组织的全体”这两个条件,可以作“儿童文学的艺术上的标准”,因为正是这两项能够“培养指导及唤起儿童的新兴趣与趣味”。[4]

对于周作人更为详细深入的“儿童文学的价值论”与“儿童文学的审美特质论”,我们将在下面展开。

总而言之,周作人在《儿童的文学》提出的“以上主张是作为获得现代性质

---

① 周作人:《儿童的文学》(1920),《周作人散文全集·第二卷》,第275—279页。
② 周作人:《儿童的文学》(1920),《周作人散文全集·第二卷》,第279页。
③ 周作人:《儿童的文学》(1920),《周作人散文全集·第二卷》,第275页。
④ 周作人:《儿童的文学》(1920),《周作人散文全集·第二卷》,第279页。

的中国儿童文学的前提，也是作为基础的必不可少的条件。像周作人这样能够总合地强调上述几点的，还是仅见的”，[①]《儿童的文学》“也成了中国儿童文学理论在一个时期里的纲领性文件”，[②]甚至可以说，“五·四运动以后整个中国儿童文学的构成体系已在周作人的这篇《儿童的文学》中勾勒出来了”。[③]

二、儿童文学的价值论

儿童文学的价值功用，从周作人后续的言论中来看，主要有这么三方面：一是满足儿童心理需求的价值；二是文学审美、移情的价值；三是儿童教育的价值。我们试作进一步说明。

（一）满足儿童心理需求的价值

儿童文学之满足儿童心理需求的价值，可以说是儿童文学之所以存在、有必要存在的根本出发点。周作人曾说：“我们的天性欲有所取，但同时也欲有所与；能使我们最完全的满足这个欲求的，第一便是文学。”[④]而对于儿童来说，就更是如此，“儿歌童话以及游戏之事，视若细微，然儿童生活半在游戏之中，若除此数者，将使减其生趣，无上遂之望”。[⑤] 对于这一点，似乎已不需要更多理论的说明（周作人曾以“复演说”来解释儿童对文学的自然需求，见上文），只需回顾自己童年的阅读体验即可明白。

周作人注意到“中国向来以为儿童只应该念那经书的，以外并不给预备一点东西，让他们自己去挣扎，止那精神上的饥饿”，但儿童真正需要的是什么呢，周作人以自己的经验代答，认为那便是故事与画本。[⑥]

周作人曾回忆自己的童年阅读史：“我读小说的历史开始得很迟，大约在十一二岁时，最初所读的记得是《镜花缘》，以后大概是《西游记》，《封神传》，《水浒》，《儒林外史》，《三国演义》，《红楼梦》，《七侠五义》，《品花宝鉴》，《儿女英雄传》，所举都是代表的，其类似模拟者不再列记。这些小说当时读了很有兴趣，

① [日]新村彻：《周作人的儿童文学论——中国儿童文学小议之一》，[日]伊藤虎丸、刘柏青、金训敏合编《日本学者研究中国现代文学论文选粹》，长春：吉林大学出版社，1987年，第393页。

② 朱自强：《中国儿童文学与现代化进程》，杭州：浙江少年儿童出版社，2000年，第256—257页。

③ 吴其南：《中国童话发展史》，上海：少年儿童出版社，2007年，第131页。

④ 周作人：《妇女运动与常识》（1923），《周作人散文全集·第三卷》，第5页。

⑤ 周作人：《儿童研究导言》（1913），《周作人散文全集·第一卷》，第290页。

⑥ 周作人：《儿童的书》（1923），《周作人散文全集·第三卷》，第75—76页。

后来想起来觉得也得到好些益处……”①

尽管周作人这里所列举的作品并非尽是“儿童的文学”，但是如《镜花缘》《封神传》《西游记》这样的神异故事，很可以称之为准儿童文学，“在古来缺少童话的中国当作这一类的作品看，亦是慰情胜无的事情”。② 对于幼年的周作人来说，他独爱《镜花缘》中的多九公，“因为他能识得一切的奇事和异物”；③《封神传》“差不多已成为荒唐无稽的代名词”，而《西游记》“写孙行者和妖精的变化百出，很是好玩”，也多有“儿童的想头”。④

相比于“圣经贤传”，这样一些“猫狗说话的书”“童话”“神异故事”“荒唐无稽的话”对于童年的周作人来说，显然更有吸引力，也“更有趣味”，⑤直至其成年之后，也仍是想念。⑥ 而论其效用，这些书则也因为是“当初自己要看而看的”，当初读得“滋滋有味”，而比之经书更有益处，更有帮助，幼时所阅经书，之后不是全然忘光，就是当初读得太痛苦（常常是被硬灌下去）而再不愿触碰。⑦

作为中国儿童文学的首要倡导者，周作人为人们提供了一个鲜活生动的童年阅读案例。当然，他同时也就富有说服力地阐明了儿童文学之有必要存在的根由、儿童文学最为根本的价值，那便是：儿童对于“儿童的文学”有着天然的强烈的渴求，对于儿童来说，“儿童的文学”所带给他们的精神愉悦和益处，是“圣经贤传”所无法替代和相较的。

总而言之，在儿童“想象力发展的时代确有这种空想作品的需要，我们大人无论凭了什么神呀皇帝呀国家呀的神圣之名，都没有剥夺他们的这需要的权利，正如我们没有剥夺他们衣食的权利一样”，⑧相反，我们有“迎合儿童心理供

---

① 周作人：《小说》(1941)，《周作人散文全集・第八卷》，第 541 页。

② 周作人：《小说的回忆》(1945)，《周作人散文全集・第九卷》，第 492 页。

③ 周作人：《〈镜花缘〉》(1923)，《周作人散文全集・第三卷》，第 51 页。

④ 周作人：《小说的回忆》(1945)，《周作人散文全集・第九卷》，第 492—493 页。

⑤ “我只想自己检察一下，小时候读了好些的圣经贤传，也看了好些猫狗说话的书，可是现在想起来……留下的印象只是猫狗要比圣贤更有趣味……”（周作人：《〈儿童故事〉序》(1934)，《周作人散文全集・第六卷》，第 431 页。）

⑥ “我对于神话向来有点喜欢。这个缘故说起来恐怕有点长远。小时候看说部演义，神怪故事着实看了不少，这很有许多潜势力，其中要以《西游记》和《封神传》为最有关系”，“这些书看了颇有意思，我至今还想念它”（周作人：《希腊神话二》(1934)，《周作人散文全集・第六卷》，第 290—291 页。）“我相信假如现在再拿《西游》或《封神》来读，一定也会得将翻看着的唐诗搁下，专心去看那些妖怪神道的”。（周作人：《小说的回忆》(1945)，《周作人散文全集・第九卷》，第 494 页。）

⑦ 周作人：《小说的回忆》(1945)，《周作人散文全集・第九卷》，第 488 页。

⑧ 周作人：《〈阿丽思漫游奇境记〉》(1922)，《周作人散文全集・第二卷》，第 530 页。

给他们文艺作品的义务”，使他们能够“正当地享受他们应得的悦乐”。①

（二）文学审美、移情的价值

儿童文学既然是“文学”，那么它自然也就具有文学的价值，而在文学的诸多价值中，周作人所强调的是文学的审美、移情价值。这同周作人对文学整体上的认识、期待紧密相关。

在早年间的《〈红星佚史〉序》中，周作人即指出小说之作为文学艺术，“移人情”是其首要职责所在，也是其最大的价值所在，而其他所谓道德、教训的“益处”都是其次的。② 因而，他并不赞同梁启超试图将小说作为“改革人心”以“辅益群治”的工具，认为“指教以道德，不若陶镕其性情”，且小说之作为文学艺术，应当尽可能保持其艺术的独立性，不必执着于要改良社会，因为恰恰是当小说保持其艺术独立性之时，对于人和社会反而有大用。③

总而言之，周作人相信，真正的文学能够与读者心灵相契，传染人的感情，文学固然能将高尚的思想传递给人们，同时也能将人们的主观思想从理性转移到感情方面，在人们的心里留下深刻的印象，而受此感染，高尚的思想便有可能转化为事实。这也便是周作人“对于文学的最大期望和信托”。④

周作人这种注重文学审美、移情价值的文学观，根源于他对文学本质的认识。在《新文学的要求》中，周作人简洁明了地表示，“关于文学的意义，虽然诸家的议论各各有点出入；但就文艺起源上论他的本质，我想可以说是作者的感情的表现”。⑤

又因为“表现自己和理解他人”是现代生活中十分重要的一部分，而文学的“好处完全是感情上的”，⑥所以，儿童文学对于儿童来说，也就有了别样的意义和价值。

周作人曾说：“文学的童话的本意多是寄托、教训或讽刺，但在儿童方面看来，他的价值却不在此。”⑦在推介赵元任所译英国作家路易斯·卡洛儿的代表

---

① 周作人：《儿童剧》(1923)，《周作人散文全集·第三卷》，第47页。

② 周作人：《〈红星佚史〉序》(1907)，《周作人散文全集·第一卷》，第48—49页。

③ 周作人：《小说与社会》(1914)，《周作人散文全集·第一卷》，第317—318页。

④ 周作人：《文章之力——读书杂拾(六)》(1907)，《周作人散文全集·第一卷》，第72页；周作人：《〈点滴〉序》(1920)，《周作人散文全集·第二卷》，第236页。

⑤ 周作人：《新文学的要求》(1920)，《周作人散文全集·第二卷》，第208页。

⑥ 周作人：《妇女运动与常识》(1923)，《周作人散文全集·第三卷》，第5页。

⑦ 周作人：《童话的讨论三》(1922)，《周作人散文全集·第二卷》，第590—591页。

作，也是世界儿童文学经典之作《阿丽思漫游奇境记》之时，周作人就特别赞赏于这本书"有意味的'没有意思'"以及富于幻想的特色。在周作人看来，"天真而奇妙的'没有意思'"（不含道德教训之意）很能娱乐儿童，儿童也"独能赏鉴这些东西"，在儿童"想象力发展的时代确有这种空想作品的需要"，而且周作人相信"人间所同具的智与情应该平匀发达才是，否则便是精神的畸形"，"对于精神的中毒，空想——体会与同情之母——的文学正是一服对症的解药"。[1]

对于儿童文学的主体构成——童话，周作人始终强调它们作为"表现自己"的文学艺术，其重要价值即在于提供给儿童可享受的"空想和趣味"（而非教训和知识），以及"撄激心灵""启发性灵""涵养童心"的效用，使儿童能够身心发达具足，起追求"上遂之望"，最终进于优美，成为"完人"。这在上节中，我们已做了详细论述，这里不再赘述。

阿那多尔·法兰西在《我的朋友的书》中说："最琐屑的小书，倘若它引起一个诗的思想，暗示一个美的感情，总之倘若它触动人的心，那在小孩少年就要比你们的讲机械的所有的书更有无限的价值。我们必须有给小孩看的故事，给大孩看的故事，使我们笑，使我们哭，使我们置身于幻惑之世界里的故事"。[2] 这也正是周作人的心声，也是儿童文学之于儿童的重要价值。

（三）儿童教育的价值

在周作人那里，"教育""不过表示应用的范围，并不含有教训的意义"，[3]所以相应地，"儿童教育"的内涵"应当是广义的，决不可限于道德或教训的意义"，[4]实际上包含对儿童的心理教育、文学教育、情感教育、人生教育、国语教育等多项教育内容在内。儿童文学之于儿童心理教育、文学教育、情感教育的价值（满足儿童心理需求，审美、移情的价值），上面我们已有所论述，这里我们再谈谈儿童文学之于儿童国语教育方面的价值。

儿童文学应用于教育上，还有一个重要的价值，即是可做国语教育的"资料"，助力儿童对国语的学习。周作人曾指出以往的国语教育，常是"道德教育的一种变相"，"所教给学生的东西是纲常名分，不是语言文字"。对此，周作人认为应当加以改革，"认定国语教育只是国语教育"，国语教育唯一的目的，只在

① 周作人：《〈阿丽思漫游奇境记〉》(1922)，《周作人散文全集·第二卷》，第528—531页。
② 周作人：《科学小说》(1924)，《周作人散文全集·第三卷》，第477页。
③ 周作人：《童话讨论一》(1922)，《周作人散文全集·第二卷》，第587页。
④ 周作人：《儿童剧》(1923)，《周作人散文全集·第三卷》，第47页。

使学生能以国语自由地表现自己的意思和理解别人的意思，至于养成道德观念等好处都是附属的。①

周作人总结自己学习国文的经验，自认十三岁前他读各种“经”，虽然读得不少，却“总不会写，也看不懂书，至于礼教的精义尤其茫然”，而他后来的能够看书、略写文字及养成一种道德观念，全是从“看闲书”“看小说”来的。而这也归功于他祖父的远见：

> 他是个翰林，脾气又颇乖戾，但是对于教育却有特别的意见：他很奖励小孩看小说，以为这能使人思路通顺……我那时便读了不少的小说，好的坏的都有，看纸上的文字而懂得文字所表现的意思，这是从此刻才起首的。由《儒林外史》《西游记》等渐至《三国演义》，转到《聊斋志异》，这是从白话转到文言的径路。教我懂文言，并略知文言的趣味者，实在是这《聊斋》，并非什么经书或是《古文析义》之流。《聊斋志异》之后，自然是那些《夜谈随录》等的假聊斋，一变而转入《阅微草堂笔记》，这样，旧派文言小说的两派都已入门，便自然而然地跑到《唐代丛书》里边去了。……②

尽管周作人幼时没有读过真正的儿童文学作品，但从读《西游记》《聊斋志异》这样一些他感兴趣的神怪荒唐故事起首，而懂得文学的趣味、文字所表现的意思，学会写作乃至养成一种道德观念，进而转入阅读《阅微草堂笔记》《唐代丛书》这样的文丛典籍，正显示了儿童阅读的自然规律，以及学习国语的正当道路。周作人就说，“这种经验大约也颇普通，嘉庆时人郑守庭的《燕窗闲话》中也有相似的记录……”③

直至晚年，周作人仍念念不忘于他祖父的教育方法和《西游记》，④可见，“小时候看见过的书，虽本是偶然的事，往往留下很深的印象，发生很大的影响”，但前提当然得是曾经中意，感到兴味的书。⑤

---

① 周作人：《国语改造的意见》(1922)，《周作人散文全集·第二卷》，第 759 页。

② 周作人：《我学国文的经验》(1926)，《周作人散文全集·第四卷》，第 768—769 页。

③ “予少时读书易于解悟，乃自旁门入。忆十岁随祖母祝寿于西乡顾宅，阴雨兼旬，几上有《列国志》一部，翻阅之，解仅数语，阅三四本解者渐多，复从头翻阅，解者大半。归家后即借说部之易解者阅之，解有八九。除夕侍祖母守岁，竟夕阅《封神传》半部，《三国志》半部，所有细评无暇详览也。后读《左传》，其事迹已知，但于字句有不明者，讲说时尽心谛听，由是阅他书益易解矣。”(周作人：《我的杂学·小说与读书》(1944)，《周作人散文全集·第九卷》，第 192 页。)

④ 周作人：《〈西游记〉》(1950)，《周作人散文全集·第十卷》，第 826—827 页。

⑤ 周作人：《我的杂学·小说与读书》(1944)，《周作人散文全集·第九卷》，第 192 页。

准儿童文学如《西游记》等有如此教育效果，那么真正的儿童文学，其效果更当远胜于此。而这也便是周作人大力倡导儿童文学的缘由之一，儿童文学如童话、儿歌，既契合儿童心理，深受儿童喜欢，又可作绝佳的国语教育的“资料”。儿童从阅读趣味的儿童文学起首，养成读书的兴味，而逐步深化阅读，渐次学习国语，最后定能用国语自由地表现自己的意思和理解别人的意思，甚或也附带养成良好的道德观念，受用终身。

周作人曾说，中国人“向来把艺术看的与人生远隔了”，其实艺术的意义并非只有“高深的鉴赏与批评”，它的意义很可以“应用在实际生活上”，“使大家有一点文学的风味，不必人人是文学家而各能表现自己与理解他人；在文字上是能通畅的运用国语，在精神上能处处以真情和别人交涉”。[①] 这也正是周作人对于儿童文学的价值期待。

三、儿童文学的审美特质论

儿童文学的首要价值即在满足儿童对于文学的需求，使他们能够正当地享受阅读儿童文学的乐趣，在周作人的文章中，凡涉及儿童文学，不管是推介、批评，还是编选、翻译，“趣味”都是他常提的一个关键词。因此，在周作人这里，“趣味”也就成了真正的儿童文学的首要审美特质，也是评判儿童文学作品优秀与否的首要标准。

那么，儿童文学的“趣味”与普通文艺的“趣味”有差别吗，究竟是哪些特殊方面成就了一部“儿童文学”作品特殊的“趣味”？周作人富有创见地提出了自己的一些看法。

首先就是“有意味的‘没有意思’”或说“无意思之意思”。这是周作人在《〈阿丽思漫游奇境记〉》(1922)中首先提出来的，之后在《儿童的书》(1923)、《〈两条腿〉序》(1925)等文章中对此均有申发表述。

“所谓意思可以分为两种，一是智慧，一是知识。第一种重在教训，是主观的，自劝戒寄托以至表述人生观都算在内……第二种便是科学故事，是客观的……”[②]因此，所谓“有意味的‘没有意思’”或“无意思之意思”也就是说，既不含主观的“教训”(劝诫、寄托、人生观)，也不含客观的科学事实、知识，而独有文学

① 周作人：《妇女运动与常识》(1923)，《周作人散文全集・第三卷》，第5—6页。
② 周作人：《〈两条腿〉序》(1925)，《周作人散文全集・第四卷》，第84—85页。

的趣味、价值和意义。

周作人认为儿童文学有三个艺术层次：一是只重教训而缺乏艺术表现力的，这种作品只想着寄托意义或寓意，而把“儿童故事”做成了“法句譬喻”，如同做“果汁冰酪”，只是把一块果子皮放在奶酪上面就算了事，这当然是最为差劲的；二是含教训但又富于艺术表现的，如同做“果汁冰酪”，能够“把果子味混透在酪里”，这种作品可以成为“佳作”，但“还不能算是最上乘”；三“最上乘”“最有趣”自然就是“有那无意思之意思的作品”，因为“那非教训的无意思，空灵的幻想与快活的嬉笑，比那些老成的文字更与儿童的世界接近”。①

周作人指出，“文学的童话的本意多是寄托、教训或讽刺”，②“大抵意思多于趣味”，“古来文学的童话几乎十九都属此类”，“安徒生有许多都是如此，不必说王尔德(Oscar Wilde)等人了”。③ 那么，哪些作品可以被称为“有那无意思之意思的作品”呢？周作人认为，多数“自然的童话”(民间童话)就“妙在不必有什么意思”，④安徒生的《小伊达的花》比之《丑小鸭》就更近于“无意思之意思”。⑤ 在《〈阿丽思漫游奇境记〉》中，周作人更曾较为简略地勾勒出这一派文学的发展脉络。⑥

在周作人看来，“只是有异常的才能的人，才能写没有意思的作品”，且“儿童大抵是天才的诗人，所以他们独能赏鉴这些东西”。但“没有意思决不是无意义”，儿童“独能赏鉴”也绝不表示它们就“不是文学”。周作人相信，这一派“有意味的没有意思”的文学，是不同于像莎士比亚这样的成人文学、经典(“正宗”)文学的特别的一派，它不仅是属于“儿童的”文学，而且其价值也并不因为它的

① 周作人：《儿童的书》(1923)，《周作人散文全集·第三卷》，第77页。

② 周作人：《童话的讨论三》(1922)，《周作人散文全集·第二卷》，第590—591页。

③ 周作人：《〈两条腿〉序》(1925)，《周作人散文全集·第四卷》，第84页。

④ 周作人：《〈两条腿〉序》(1925)，《周作人散文全集·第四卷》，第84页。

⑤ 周作人：《儿童的书》(1923)，《周作人散文全集·第三卷》，第77页。

⑥ “最初是那些近于‘无意味不通的好例’的决择歌，如《古今风谣》里的‘脚驴斑斑’，以及‘夹雨夹雪冻死老鳖’一类的趁韵歌，再进一步便是那些滑稽的叙事歌了。英国儿歌中《赫巴特老母和她的奇怪的狗》与《黎的威更斯太太和她的七只奇怪的猫》，都是这派的代表著作，专以天真而奇妙的‘没有意思’娱乐儿童的。这《威更斯太太》是夏普夫人原作，经了拉斯庚的增订，所以可以说是文学的滑稽儿歌的代表，后来利亚(Lear)做有‘没有意思的诗’的专集，于是更其完成了。散文的一面，始于高尔斯密的《二鞋老婆子的历史》。到了加乐尔而完成，于是文学的滑稽童话也侵入英国文学史里了。欧洲大陆的作家，如丹麦的安徒生在《伊达的花》与《阿来锁眼》里，荷兰的蔼覃在他的《小约翰》里，也有这类的写法，不过他们较为有点意思。所以在‘没有意思’这一点上，似乎很少有人能够赶得上加乐尔的了。”(周作人：《〈阿丽思漫游奇境记〉》(1922)，《周作人散文全集·第二卷》，第529页。)

“没有意思”和“儿童的”属性而大打折扣，恰好相反，它在儿童文学、成人文学上，都具有极高的文学价值。① 对于儿童来说，“无意思”的作品能够在他们空想最旺盛的时候使他们得到满足，获得愉悦，另外也有助于他们的观察记忆，语言练习；②对于成人来说，“没有意思”的作品或“实在有哲学的意义”，或能够使他们在这些作品之中感到比儿童更为强烈的“永久的儿童的喜悦”。③

与“有意味的没有意思”或说“无意思之意思”这一点紧密相关的就是，“奇妙的空想”。周作人多次提到儿童在想象力发展的时代，特别需要“空想作品”，因此“奇妙的空想”也常是或说应当是优秀儿童文学作品所具有的审美特质。

中国的文学传统总相信“给小孩子的书必须本于实在或是可能的经验，才能算是文学”，因此向来排斥“空想作品”，“以为不切实用”；④或以为“空想作品”如神话、童话等，是“不合科学的诳话”，是“作伪欺骗”人，甚或又会养成人迷信的心理，因此也“非排斥不可”；⑤或以为“空想”也就是些“荒唐无稽的话”，而“荒唐无稽的话”“即是诳话”——“以欺诈的目的而为不实之陈述”，“小孩喜说诳话，是作贼的始基”，而对此加以谴责；⑥或又以为“空想作品”所讲述的是“事实与知识”，“儿童听了就要终身迷信，便是科学知识也无可挽救”，而加以攻击。⑦

这些想法在周作人看来，自然都是错的。先不说儿童有对“空想作品”的现实需求，从理论上讲，所谓“奇妙的空想”，“原只是集合实在的事物的经验的分子综错而成”，并不是凭空而来的，⑧更何况“叙述自己想象的产物，与叙述现世的实生活是同一的真实，因为经验并不限于官能的一方面”。“艺术的创造”很大程度上来讲，其实就是“空想的表现”——“用了平常的材料，组成特异的事物，以自娱乐”，而这也就是“单纯的——为说诳而说的诳话”。单纯的“为说诳而说的诳话”实在是“没有是非之可言”的，如果“我们要小孩诚实”，那就当使他“诚实于自己的空想”；艺术的空想，艺术的诳话，除了“欺蒙自己”外，也可使他

---

① 周作人：《〈阿丽思漫游奇境记〉》(1922)，《周作人散文全集・第二卷》，第 529—530 页。
② 周作人：《儿童的书》(1923)，《周作人散文全集・第三卷》，第 77 页。
③ 周作人：《〈阿丽思漫游奇境记〉》(1922)，《周作人散文全集・第二卷》，第 529—530 页。
④ 周作人：《〈阿丽思漫游奇境记〉》(1922)，《周作人散文全集・第二卷》，第 530 页。
⑤ 周作人：《神话与传说》(1922)，《周作人散文全集・第二卷》，第 564—565 页。
⑥ 周作人：《〈镜花缘〉》(1923)，《周作人散文全集・第三卷》，第 52 页。
⑦ 周作人：《神话的辩护》(1923)，《周作人散文全集・第三卷》，第 329 页。
⑧ 周作人：《〈阿丽思漫游奇境记〉》(1922)，《周作人散文全集・第二卷》，第 530 页。

人被“欺蒙”到“梦幻的美里”，使他们养成“神圣的”“惊异的精神”。①

至于说“空想作品”会养成迷信的问题，周作人则认为“迷信之所以有害者，以其被信为真实；倘若知是虚假，则在迷信之中也可以发见许多的美，因为我们以为美的不必一定要是真实”，因此，哪怕我们承认“空想作品”是教儿童读“诳话”也“决无害处”，只要大家勿误认读“空想作品”的目的是为求“知识与教训”，而实在只是为“空想与趣味”。②

总而言之，周作人认为创作儿童文学“第一要紧是一个童话的世界（也就是一个空想的世界——笔者注），虽以现实的事物为材而全体的情调应为非现实的，有如雾里看花，形色变易，才是合作”。③

如论者所言，“中国的传统文学注重事实，卑视虚构，把儿童读物中的幻想当作荒唐无稽的和有害的东西而加以回避”，“因为这一情况比较严重”，因此，周作人“承认和尊重儿童文学中的空想——幻想”，“对其批判和反击”“对于中国现代的儿童文学的建立”“是一项必不可少的任务”。④

此外，周作人所谈及的儿童文学的审美特质，还有如故事性、真情、不宜过于恐怖等。如周作人在推介儿童科普读物《两条腿》时，称向“幼小的”孩子讲述“人类生活变迁”之类的科学事实，是要“以故事为适宜”；⑤在搜寻中国的“儿童诗”（描写儿童的诗）时，则认为“……陶渊明的《责子诗》要算是最好，因为最是真情流露”；⑥在谈论文艺上的“异物”如“怪异精灵”“僵尸”时，又特别强调，“儿童文学里的恐怖分子，确是不甚适宜，若在平常文艺作品本来也是应有的东西”。⑦

四、儿童文学的文体论

上节中，我们详细讨论了周作人的童话论，指出周作人的童话论在文化人类学和儿童学的双重视野下，充分展现出科学性、学理性、丰富性、灵活性、实践

---

① 周作人：《〈镜花缘〉》（1923），《周作人散文全集·第三卷》，第52—53页。

② 周作人：《神话的辩护》（1923），《周作人散文全集·第三卷》，第329页。

③ 周作人：《儿童剧》（1923），《周作人散文全集·第三卷》，第47页。

④ ［日］新村彻：《周作人的儿童文学论——中国儿童文学小议之一》，［日］伊藤虎丸、刘柏青、金训敏合编《日本学者研究中国现代文学论文选粹》，长春：吉林大学出版社，1987年，第395页。

⑤ 周作人：《〈两条腿〉序》（1925），《周作人散文全集·第四卷》，第84—85页。

⑥ 周作人：《〈歌咏儿童的文学〉》（1923），《周作人散文全集·第三卷》，第37—38页。

⑦ 周作人：《文艺上的异物》（1922），《周作人散文全集·第二卷》，第549—552页。

性、独特性及超前性，周作人对童话孜孜不倦的研究、译介、采集、讨论，廓清了人们对童话的认识，引领了同时代的童话研究，促进了童话文体的自觉，刺激了本土原创童话的萌发。

其实，周作人对于儿歌同样怀着热诚的喜爱，他的儿歌研究是与童话研究同时起步的，他也较同时代人更具研究意识地阐明了儿歌的起源、类别、特质、效用等，且也较早有目的地开始了儿歌的采集工作。他独到的儿歌论，持续的儿歌采集工作，对于人们认识和重视儿歌，将儿歌视为儿童文学的一种重要文体加以倡导，同样起到了至关重要的作用。

周作人论及儿歌的主要文章有：《儿童研究导言》(1913)，《书籍绍介：〈幼稚唱歌〉〈幼稚游戏〉》(1913)，《征求绍兴儿歌童话启》(1914)，《儿歌之研究》(1914)，《英国童歌》(1914)，《童谣佳作》(1914)，《儿童的世界——论童谣》(1922，译文)，《歌谣》(1922)，《读〈童谣大观〉》(1923)，《吕坤的〈演小儿语〉》(1923)，《读〈各省童谣集〉》(1923)，《〈绍兴儿歌述略〉》(1936)，《儿歌里的萤火》(1936，译文)等。

周作人研究儿歌的方法也主要是文化人类学(民俗学)与儿童学的结合，因此他的儿歌论与童话论也多有相似之处，这里我们略述。

儿歌，也就是“儿童歌讴之词，古言童谣”，其起源约有二端，“或其歌词为儿童所自造，或本大人所作，而儿童歌之者”。“凡儿生半载，听觉发达，能辨别声音，闻有韵或有律之音，甚感愉快。儿初学语，不成字句，而自有节调，及能言时，恒复述歌词，自能成诵，易于常言。盖儿歌学语，先音节而后词意，此儿歌之所由发生，其在幼稚教育上所以重要，亦正在此。”周作人由此也驳斥了中国传统将“童谣比于谶纬”，“视童谣，不以为孺子之歌，而以为鬼神凭托，如乩卜之言”的迷信观念。

儿歌按吟唱者的主动性可分为母歌和儿戏。“母歌者，儿未能言，母与儿戏，歌以侑之”，母歌又可分为“抚儿使睡之歌”“弄儿之歌”“体物之歌”“人事之歌”；“儿戏者，儿童自戏自歌之词”，可分为游戏歌、谜语歌、叙事歌，其中叙事歌又可分为“历史之歌”“传说之歌”“人事之歌”。

不同类别的儿歌有不同的特点，而总的来说，古今中外优秀儿歌通常是“重在音节”，“单纯”，“浅近”，“词致朴直，妙在自然”，“味覃隽永，有若醇诗”，“比物函意，皆合儿童心理”，而也“足以开发其心思”。[①]

儿歌研究，从民俗、文艺、教育三个不同的方面着眼，大致可以分为三派，实际上也代表了儿歌的三种价值效用。从民俗方面着眼，“认定歌谣是民族心理的表现，含蓄着许多古代制度仪式的遗迹”，“可以从这里边得到考证的资料”；从文艺方面着眼，歌谣可以说是“原始的而又不老的诗”，因此可以“供诗的变迁的研究，或做新诗创作的参考”，歌谣强烈的“真挚与诚信”的情感特色，丰富多彩的风格与表现手法，对于人们“文艺趣味的养成极是有益”；从教育方面着眼，因为儿童对于歌吟有一种天然的需要，所以可以顺应儿童的这个需求，供给他们“整理的适用的”儿歌，同时，儿歌也可以作为儿童教育的材料，往往能够收到很好的教育效果，但值得注意的是，儿歌在儿童教育上的“益处也是艺术的而非教训的”，切忌“望文生义，找出意思”“附会穿凿，加上教训”。[②]

鉴于儿歌的多重价值效用，以及对于儿童的重要意义，早在 1914 年，周作人就曾着手采集、编辑儿歌集。[③] 此后 20 年代，又同钱玄同、沈尹默等人发起成立“北京大学歌谣研究会”，主持歌谣采集的工作，使得儿歌采集也有了一定的成果。而周作人采集儿歌最为主要的标准即是，“须照本来口气记述”，[④]“不必自己先加甄别，尽量的录寄……无所谓卑猥或粗鄙的”，[⑤]忌“随意动笔，胡乱‘校订’”[⑥]，更忌“率意造作，明著教训”，[⑦]只要在应用时，“由文艺批评的眼光加以选择”，[⑧]且“用在教育上只要无害便好”。[⑨]

在童话论和儿歌论之外，周作人还论及科普读物（《法布耳〈昆虫记〉》、《〈两条腿〉序》），儿童剧（《儿童剧》《〈儿童剧〉序二》），画本、连环图画、小人书（《儿童的书》《读〈童谣大观〉》《小人书》《〈动物园〉》《画小人书》），儿童诗（《〈歌咏儿童的文学〉》《儿童诗》《〈儿童杂事诗〉序记》《古诗里的儿童》），寓言（《关于〈伊索寓

① 以上内容主要参见周作人：《儿歌之研究》(1914)，《周作人散文全集 · 第一卷》，第 294—300 页。

② 以上内容主要参见周作人：《歌谣》(1922)，《周作人散文全集 · 第二卷》，第 545—548 页；周作人：《读〈童谣大观〉》(1923)，《周作人散文全集 · 第三卷》，第 95—100 页；周作人：《读〈各省童谣集〉》(1923)，《周作人散文全集 · 第三卷》，第 144—149 页。

③ 周作人：《征求绍兴儿歌童话启》(1914)，《周作人散文全集 · 第一卷》，第 292—293 页。

④ 周作人：《征求绍兴儿歌童话启》(1914)，《周作人散文全集 · 第一卷》，第 292—293 页。

⑤ 周作人：《〈歌谣〉发刊词》(1922)，《周作人散文全集 · 第二卷》，第 842 页。

⑥ 周作人：《读〈各省童谣集〉》(1923)，《周作人散文全集 · 第三卷》，第 145 页。

⑦ 周作人：《书籍绍介：〈幼稚唱歌〉〈幼稚游戏〉》(1913)，《周作人散文全集 · 第一卷》，第 291 页。

⑧ 周作人：《〈歌谣〉发刊词》(1922)，《周作人散文全集 · 第二卷》，第 842 页。

⑨ 周作人：《吕坤的〈演小儿语〉》(1923)，《周作人散文全集 · 第三卷》，第 112 页。

言〉》)等。

对于科普读物所,周作人强调的一点是科学的事实、知识要与文艺的趣味相调和。对于儿童剧,周作人提出要知其为儿童所必要,能带给儿童悦乐,要求有美而健全、朴素优良、易于儿童理解的儿童剧本,最好是童话剧,供儿童或唱或读或念或演。对于画本,周作人看到"图画的力量之大,远过于文字",儿童对于画本有很大的需求,周作人认为比之"日常生活的景物"画、风俗画、"历史绘","纯凭想象的童话绘"应是儿童画本的中心,且"儿童所喜欢的大抵是线画,中国那种的写意画法不很适宜",绘画应该合情理,讲究技巧,而就出版来说,则要做到内容充实,价廉物美。对于儿童诗,周作人认为好的儿童诗应当是或真情流露,或诙谐有趣。对于寓言,周作人认为其价值在简单有趣的"动物故事",而远非道德教训。

其他的这里不再赘述。

五、儿童文学的创作论、读者接受论

在儿童文学的本体论之外,周作人还有十分出色、全面的儿童文学创作论和读者接受论,这是以往论者从不曾虑及的。

(一)儿童文学的创作论

在向来不重视儿童,向来也没有儿童文学的国度,儿童文学作家也就几近于无,哪怕时代的夹缝中,有那么一两个儿童文学作家,他们的境遇也可想而知。周作人作为时代的先觉者,他对儿童文学作家、儿童文学事业的看法自然有异于常人,他不仅敬重儿童文学作家,更将儿童文学事业,推至"神圣"的地位。

在周作人看来,"我们如为儿童的福利计",那么,儿童文学就该"积极的提倡","研究,编写,应用,都应该有许多的人,长久的时间,切实的工作","给儿童编述故事"乃是"胜业"。周作人当然知道"这个年头儿,大约有点儿不容易",但是周作人相信"耐寂寞肯辛苦的人到处随时总也是有的",由此他也"对于近时在做童话工作的人表示敬意",认定"他们才真是有心想救救孩子的人"。① 周作人同时也希冀"这样的时候将要到来","那刻大人将庄严地为儿童筑'沙堆',如

---

① 周作人:《〈儿童故事〉序》(1934),《周作人散文全集·第六卷》,第431—432页。

筑圣堂一样”；[1]那时国人也将同外国评论者认识到安徒生的价值一样，认识到儿童文学作家的重要价值和崇高地位，“安徒生，丹麦的儿童的发见者，也是各国家的和各国语的儿童的恩人。真是幸福了……幸福的是他们，自己以为是给儿童写作，却是一般地贡献于人类，盖他们乃是地上的君王也”。[2]

但成为一个如同安徒生这样的伟大的儿童文学作家却并非易事，除了天赋、才华这样一些可遇而不可求的因素之外，一个优秀的儿童文学作家还有许多素质需要具备。

首先就是要有“为儿童”的觉悟，这又包含两方面：一是要树立起为儿童创作、提供儿童文学作品的义务观念；二是在创作儿童文学作品时，始终要有读者意识，明确这是为“儿童”所创作的，也就是说，要有明确的“儿童本位”意识。

周作人一直强调，“艺术是人人的需要，没有什么阶级性别等等差异。我们不能指定这是工人的，那是女子所专有的文艺，更不应说这是为某种人而作的；但我相信有一个例外，便是‘为儿童的’。儿童同成人一样的需要文艺，而自己不能造作，不得不要求成人的供给”；[3]“我们没有迎合社会心理，去给群众做应制的诗文的义务，但是迎合儿童心理供给他们文艺作品的义务，我们却是有的”；[4]“即使我们已尽了对于一切的义务，然而其中最大的——对于儿童的义务还未曾尽，我们不能不担受了人世一切的苦辛，来给小孩们讲笑话”。[5]

然而，如果一个作家说自己的作品就是为儿童所创作的，是供给孩子看的，或说他的作品大篇幅描摹儿童的情态和生活，这都并不能表示他的作品就是儿童文学作品。评判一部作品是否为儿童文学作品，是否具有真正“为儿童”的属性，还是要看作家是否有明确的“儿童本位”意识，看其是否真正有意识地为儿童而写作，其作品是否真正契合于儿童的心理、审美、认知。在中国现代儿童文学创建之初，周作人对此就有着卓越的认识，并且一再强调“儿童的文学只是儿童本位的，此外更没有什么标准”。[6]

依此标准，在周作人看来，泰戈尔的《新月集》就并非“给小孩子们看的诗”。尽管泰戈尔的《新月集》在其“英译本的广告上的确写着 Child—poems（儿童

① 周作人：《〈土之盘筵〉小引》（1923），《周作人散文全集·第三卷》，第 273 页。
② 周作人：《安徒生的四篇童话》（1936），《周作人散文全集·第七卷》，第 107 页。
③ 周作人：《儿童的书》（1923），《周作人散文全集·第三卷》，第 77—78 页。
④ 周作人：《儿童剧》（1923），《周作人散文全集·第三卷》，第 47 页。
⑤ 周作人：《乡间的老鼠和京都的老鼠》（1923），《周作人散文全集·第三卷》，第 281 页。
⑥ 周作人：《儿童的书》（1923），《周作人散文全集·第三卷》，第 77 页。

诗)”,周作人认为在泰戈尔的诗中,儿童只是作为诗人“赋比兴”的对象,是借儿童而有所寄托;①周作人非常喜爱的废名的小说《桥》,里边有许多关于儿童的描写,这在向来缺乏“写幼年的文章”的中国是“很可喜的事”,然而,“儿童本位”意识使周作人理性判定,“《桥》不是少年文学,实在恐怕还是给中年人看的”。②

在推介法布耳的《昆虫记》时,周作人特别引述法布耳自己的话表明:“为了而且特别为了少年”的“著述”切忌枯燥乏味、晦涩难懂,而应当使儿童感到趣味,使他们喜爱上阅读。③ 周作人自己在编译儿童文学作品时,也非常注意这一点,他选择翻译材料、追求语言表达效果的标准即是“比较容易为儿童所理解所喜欢”,④他甚至认为检验作品是不是真的适合儿童,是不是真的受儿童喜欢,应该请许多小朋友们“做考官”,给每篇打个分数。⑤

但要真正做到“儿童本位”是很不容易的,及至晚年,周作人仍是感慨,“儿童书在中国的历史也不算短了,大概总有了四十年以上了吧,至今却不能争取儿童的光顾,眼睁睁地看着他们在爱读摊上的小人书。这里有什么缘故,我们儿童书的作者与画家似乎应该反省一下子,外行人没有别的好意见,但是向儿童去学习,那总是一个要点吧”。⑥

儿童文学创作要以儿童为本位,要“向儿童去学习”,不是作家单单“爱小孩”,“特别细声细气的说些幼稚话哄他”或者“故意做出小孩似的痴骏的态度对他说话”,就能成功的,这不但不会使儿童感激接受,而且只会引起他们的反感,因为儿童不同于大人,他们能直觉到大人“话”里的“诚意”。⑦

以儿童为本位,“向儿童去学习”,是要求作家要细心观察儿童生活,用心体察儿童心理,同时也需要有相当的专业知识储备,能“科学”地认识儿童。

周作人在编辑出版自己的儿童文学论文集《儿童文学小论》时曾说,“研究讨论儿童文学的问题,必须关于人类学民俗学儿童学等有相当的修养”。他自己的儿童文学研究尤其是童话研究,就是“根据人类学派的学说来看神话的意义,根据儿童心理学来讲童话的应用”,在他看来,这样的研究路径总是没有错

---

① 周作人:《艺术家的狡狯》(1922),《周作人散文全集·第二卷》,第750—751页。
② 周作人:《〈桥〉》(1939),《周作人散文全集·第八卷》,第94—95页。
③ 周作人:《法布耳〈昆虫记〉》(1923),《周作人散文全集·第三卷》,第28—29页。
④ 周作人:《〈儿童剧〉序二》(1932),《周作人散文全集·第六卷》,第105页。
⑤ 周作人:《〈儿童故事〉序》(1934),《周作人散文全集·第六卷》,第432页。
⑥ 周作人:《小人书》(1949),《周作人散文全集·第九卷》,第816页。
⑦ 周作人:《小孩的反感》(1950),《周作人散文全集·第十卷》,第596—597页。

的，而且应当具有普适性。[1] 实际上，不独研究儿童文学需要有人类学、民俗学、儿童学等方面的专业知识储备，为儿童创作、编译儿童文学作品亦是如此，周作人就曾“希望有十个弄科学，哲学，文学，美术，人类学，儿童心理，精神分析诸学，理解而又爱儿童的人，合办一种为儿童的定期刊，那么儿童即使难得正当的学校，也还有适宜的花园可以逍遥”。[2]

而他也对自己编译的儿童文学作品集《土之盘筵》感到不满：“可惜我自己已经忘记了儿时的心情，于专门的儿童心理学又是门外汉，所以选择和表现上不免有许多缺点，或者令儿童感到生疏，这是我所最为抱歉的。”[3]这种“不满”与“自责”如果不是周作人的“自谦”，那么，我们说，这其实也正表达了周作人对于儿童文学作家和儿童文学作品的高标准和高要求，表现出一个从事儿童文学研究工作的人的高度自觉和极高素养。

当然，创作文艺作品尤其是儿童文学作品，光有对儿童理性的认识是不够的，还需要一种儿童“游戏”“玩耍”的心态。小孩子是最喜游戏，最会游戏，也最懂得“游戏的三昧”的，而在周作人看来，凡“文字涂写”“全是游戏”，全是“玩耍”，文字、画册、图像亦不过是玩具之一种，艺术家当努力向小孩学习游戏玩耍，接近儿童的“心境”——小孩游戏玩耍“既不求法，亦不求知”，虽则“是一无所得，只有差不多的劳碌”，“但是一切的愉快就在这里”。这是一种无功利心的“忘我地造作”和“享受之悦乐”，也就是“艺术的化境”，艺术家的工作当是如此。[4] 儿童文学作家只有以这样一种“游戏”“玩耍”的心态去创作儿童文学作品，他创作出来的作品才会更接近于儿童的心境，而为儿童所接受喜欢。

周作人曾翻译日本柳泽健原《儿童的世界——论童谣》一文，在译者附记中，周作人指出“大抵在儿童文学上有两种方向不同的错误：一是太教育的，即偏于教训；一是太艺术的，即偏于玄美。教育家的主张多属前者，诗人多属后者；其实两者都是不对，因为他们都不承认儿童的世界”。[5]

作家努力学习儿童游戏玩耍，以接近儿童游戏玩耍的心境去创作儿童文学作品，兴许正可以改作品“太教育”“偏于教训”的“错误”，但一部作品要成为优

---

① 周作人：《〈儿童文学小论〉序》(1932)，《周作人散文全集·第六卷》，第 18 页。
② 周作人：《关于儿童的书》(1923)，《周作人散文全集·第三卷》，第 195 页。
③ 周作人：《〈土之盘筵〉小引》(1923)，《周作人散文全集·第三卷》，第 274 页。
④ 周作人：《〈陀螺〉序》(1925)，《周作人散文全集·第四卷》，第 211 页。
⑤ 周作人：《儿童的世界——论童谣》(1922)，《周作人散文全集·第二卷》，第 506 页。

秀的艺术品，仍然需要有艺术的自觉，进行艺术的构造，只是不能“太艺术”而“偏于玄美”了。在周作人看来，一位优秀的儿童文学作家，应当既具有不老的童心，又具有卓越的文学才华；一部优秀的儿童文学作品，也当童心与艺术相融合。

周作人曾多次以安徒生及其童话为例，来说明这一点，我们在上章中已有所论及。简单地说，周作人认为安徒生既是个“永久的孩子”，又是个“诗人”，他用“对小儿说话一样”的语言写作，“用诗人的笔来写儿童的思想”，创作出来的作品深具“小儿一样的文章”同“野蛮一般的思想”的特色，所以“他的作品是文艺的创作，却又是真的童话”，文人的童话到他已达绝顶，几乎无人能超越。相比之下，王尔德的童话集《石榴之家》与《幸福王子》，它们的特色在于“丰丽的辞藻和精炼的机智”，“中间贯穿着敏感而美的社会的哀怜”，这就是“非小儿说话一样的文体”了，也是周作人所谓的“太艺术”而“偏于玄美”了，因此，在周作人看来，王尔德的童话“纯粹是诗人的诗”，是“诗人的，而非是儿童的文学”。①

周作人曾提出一个“第三的世界”的概念，认为儿童文学作家要为儿童创造出“在儿童的世界与大人的世界的那边的‘第三之世界’”。所谓“第三的世界”，实际上也就是儿童文学作家把童心与艺术相融合后，创作出的“儿童的文学”的世界。

在另一处周作人谈及安徒生与王尔德童话的差别时，就说：

> 王尔德的作品无论是哪一篇，总觉得很是漂亮，轻松，而且机警，读去极为愉快，但是有苦的回味，因为在他童话里创造出来的不是“第三的世界”，却只在现实上覆了一层极薄的幕，几乎是透明的，所以还是成人的世界了。安徒生因了他异常的天性，能够复造出儿童的世界，但也只是很少数，他的多数作品大抵是属于第三的世界的，这可以说是超过成人与儿童的世界，也可以说是融和成人与儿童的世界。②

“第三的世界”这个概念，最初应是来自周作人翻译的日本柳泽健原的《儿童的世界——论童谣》一文。柳泽健原认为，“儿童决不是未成熟未长成的大人”，从根本上说，儿童与大人是不同的，他们各自占有着自己的世界，在儿童与大人之间，“存着不绝的谜”，这种差异或“谜”使得儿童与大人在一定程度上有

---

① 周作人：《〈王尔德童话〉》(1922)，《周作人散文全集·第二卷》，第543页。

② 周作人：《童话的讨论四》(1922)，《周作人散文全集·第二卷》，第593页。

相互理解的可能，但也可能根本无法互相理解。“大人在本质上不能再还原为儿童”，“大人所见的儿童的世界必不会是儿童所见的儿童的世界”，因此，“纯粹的儿童的世界的事情，只一切交与儿童的睿智与灵性便好了；大人没有阑入其间的必要，也没有这个资格”，“大人对于儿童应做的事，并不是去完全变成儿童，却在于生出在儿童的世界与大人的世界的那边的‘第三之世界’”。在柳泽健原看来，创作童谣，“与一切的别的诗一样，有生出那边的世界的责务”。周作人认为柳泽健原的这些话都是十分“精当”的，“可以供欲做儿歌者参考”。[①] 实际上，这条创作准则也可供所有欲创作儿童文学的作家参考。

总而言之，“作者只要复活他的童心，（虽然是一件难的工作，）照着心奥的镜里的影子，参酌学艺的规律，描写下来”，那么，儿童所需要的文学“便可成功”，“即使不能说是尽美，也就十得六七了”。[②]

最后，周作人的儿童文学创作论，还有两点是值得注意的：一是周作人强调创作儿童文学作品，当注意接受、利用民间的宝贵材料，如古代流传下来的神话传说、歌谣故事等，而且指出编述与创作一样可贵、切要、值得努力；[③]二是周作人认为女子有其独特气质——对儿童富于爱与理解，又少有个人野心，因而，如果她们能够本于这种温柔母性，又能加上学理的知识与艺术的修养，那么，比之男子兴许更能胜任儿童文学创作、编述的工作，也更为适宜。[④]

（二）儿童文学的读者接受论

谈完了周作人的儿童文学创作论，我们再来谈一下他的儿童文学读者接受论。就儿童文学发生的根本来说，它是为儿童而诞生的，是专属于儿童的文学。因此，它的读者自然首先就是儿童。儿童成长分好几个时期，不同时期，他们的身心发展特点都不同，因此针对于不同时期的儿童，又要提供契合于他们心理、审美、认知的不同类别和特质的儿童文学，实行分级阅读。同时，也要进行实际的阅读实验、调查，知道孩子真正的阅读喜好、特点，以此为依据做出调整，以更好地引导和提供。这在上面的论述中，我们已经颇多论及，这里不再赘述。

我们所要说的是，在周作人的儿童文学的读者接受论中，儿童的“对立”面——大人，也一直是他考虑的儿童文学的读者对象。这种双重的读者考虑，

---

① 周作人：《儿童的世界——论童谣》（1922），《周作人散文全集·第二卷》，第502—506页。

② 周作人：《儿童剧》（1923），《周作人散文全集·第三卷》，第47页。

③ 周作人：《儿童的书》（1923），《周作人散文全集·第三卷》，第78页。

④ 周作人：《儿童的书》（1923），《周作人散文全集·第三卷》，第78页。

可说是周作人儿童文学读者接受论的特殊之处，也可说是儿童文学自身的特殊之处。

首先，周作人认为儿童文学因其创作的特殊性，完全可以供大人来读。

就神话、童话、寓言、传说等这样一些孩子喜读的民间故事来说，他们的起源既不是“由于儿童好奇多问，大人造作故事以应其求”，也并不“纯属于儿童”，而是民众所创作，是他们思想与感情的表现。这在上节中我们已经详细论述过。所以，周作人认为像外国的《一千零一夜》这样的民间故事，尤其是经由说书人的加工之后，“从八岁至八十岁的老小孩子”都会同样爱读；而本国的一些民间传说故事，如《白蛇》《蛇郎》《老虎外婆》等，一些神异作品，如《西游记》《封神传》《聊斋志异》等，同样具有如此效果。①

而专门为儿童创作的儿童文学作品，如上所述，也是成人作家童心与艺术相调和的结果。周作人在介绍劳斯的《希腊的神与英雄与人》时，就说：“我喜欢这册书，因为如说明所云，著者始终不忘记他是一个学人，也不让我们忘记他是一个机智家与滑稽家。所以这书可以娱乐各时代的儿童，从十岁至八十岁。”②

其次，周作人认为大人都应当来尝试阅读儿童文学，因为儿童文学能唤起他们对于童年的美好记忆，提供给他们“永久的儿童的喜悦”，以及成人文学所没有的“美与力”。

在征求绍兴儿歌童话时，周作人就说：“作人今欲采集儿歌童话。录为一编，以存越国土风之特色，为民俗研究儿童教育之资材。即大人读之，如闻天籁，起怀旧之思，儿时钓游故地，风雨异时，朋侪之嬉戏，母姊之话言，犹景象宛在，颜色可亲，亦一乐也。”③

儿童文学能够唤起大人对于童年的美好记忆，而儿童文学的“荒唐无稽”，在满足儿童心理需求、带给儿童阅读乐趣的同时，也能提供给大人“永久的儿童的喜悦”。

在推荐《阿丽思漫游奇境记》这部“给小孩子看的书”时，周作人认为这同时“又是一部‘绝世妙文’，就是大人——曾经做过小孩子的大人，也不可不看，看了必定使他得到一种快乐的”，这种快乐也就是“永久的儿童的喜悦”。④ 只要大

① 周作人：《〈天方夜谈〉》(1951)，《周作人散文全集・第十一卷》，第808—809页。

② 周作人：《〈希腊的神与英雄与人〉》(1935)，《周作人散文全集・第六卷》，第529页。

③ 周作人：《征求绍兴儿歌童话启》(1914)，《周作人散文全集・第一卷》，第292页。

④ 周作人：《〈阿丽思漫游奇境记〉》(1922)，《周作人散文全集・第二卷》，第528、530页。

人的心中还住着那个曾经的孩子，那么，他追求快乐的脚步就不会随着年龄的增大而停止，他感受快乐的能力也不会随着年龄的增大而丧失。晚年的周作人在谈及儿童文学的书时，也仍是津津乐道，"在友人处看到些英日文的图书，有《文学上的儿童生活》《歌咏儿童的文学》这一类书名，借一二册来看都很有意思。……近代的如斯蒂文生的《儿童的诗花园》，各种版本都有许多插画，真是各有胜场，虽是年老的人看了也不禁歆羡而且有点妒意，好像小时候在新年看见邻家孩子穿了新衣服似的"。①

而若一个人不幸早已丧失了这一宝贵的"心情"，失却了"赤子之心"，甚或已经"化学化"，那么儿童文学兴许还可以救治他们，周作人相信，"人间所同具的智与情应该平匀发达才是，否则便是精神的畸形"，"对于精神的中毒，空想——体会与同情之母——的文学正是一服对症的解药"。②

儿童文学独特的文学审美特质，如素朴纯真、真情流露、天真烂漫等，以及儿童世界本身所独具的"色彩、音响与光线"等，又能使大人感受到在大人的世界里所感受不到的"美与力"，给予他们心灵以深深的感动。③

再次，周作人认为已为或将为孩子的父母师长的大人们，都非常有必要来阅读儿童文学，因为这是做父母师长的必修功课，是理解儿童、教育儿童的必经而有效的途径。

儿童文学虽然是为儿童而创作的文学，但儿童要想接触到儿童文学，却还不得不依赖于他们的父母师长，这也是儿童文学的特殊之处。因为第一，就现代儿童文学来说，它们常常是以书籍——也是商品的形式出现，而儿童并不具有购买力，他们想要阅读儿童文学，就必须获得父母师长的经济支持；第二，儿童的阅读经验和阅读视野毕竟有限，他们并不能完全甄别作品的优劣，在获取作品资讯方面也存在着局限，因此，他们的文学阅读还是得经由父母师长的推荐介绍和指导；第三，对于儿童尤其是幼童来说，他们的识字能力、阅读理解能力都还在学习积累的过程中，有时并不能完全读懂作品的意思，这时也就需要父母师长的讲读，这也是民间故事如童话等传播甚广、深受儿童喜欢的原因之一，因为儿童主要是通过"听"来"阅读"的。

以上种种，足以可见父母师长在儿童的儿童文学阅读中扮演的重要角色，

① 周作人：《古诗里的儿童》(1950)，《周作人散文全集·第十卷》，第186页。
② 周作人：《〈阿丽思漫游奇境记〉》(1922)，《周作人散文全集·第二卷》，第530页。
③ 周作人：《儿童的世界——论童谣》(1922)，《周作人散文全集·第二卷》，第505页。

他们对于儿童文学的理解认可、阅读积累、购买收藏，直接影响到他们的孩子所能接触和阅读到的儿童文学作品，也直接影响到儿童所能接受到的乐趣和教育。

而周作人曾尖锐地指出，世上太多的大人虽然曾经都亲自做过小孩子，却都早已丧失了"赤子之心"'，他们忘却了自己儿童时代的心情，于是对于正在儿童时代的儿童的心情不独不能理解并予以相当的保育调护，反而要加以妨害。所以，周作人在推介优秀的儿童文学作品时，总是特别把"已为或将为"孩子的父母师长的大人们都考虑在内，希望他们通过亲身的阅读体验，能够更好地理解儿童的心情，也希望他们能够将这些优秀的儿童文学作品，读给他们的小孩子听。在周作人看来，这是真正爱儿童、尊重儿童的一种特别方式，也是教育儿童的一种良好方式，父母师长也只有这样做，才算具备了做孩子的父母师长的资格。①

最后，主张将儿童文学给大人看，在周作人的时代，也有一种无奈的意味在。

在推介格雷厄姆的《杨柳风》(现译为《柳林风声》)及据此改编的剧本《癞施堂的癞施》时，尽管周作人肯定它们"的确是二十世纪的儿童(一岁到二十五岁!)文学的佳作"，也认可它们在专给儿童看之外，也可给"心里还有少年精神活着的人们看"，但周作人最后颇无奈地谈道："儿童文学'这个年头儿'已经似乎就要毕命了……中国的儿童教育法恐怕始终不能跳出'读经'，民国以来实在不读经的日子没有多少。我介绍这两种小书，也只好给有闲的朋友随便读了消遣长夏吧?"②

六、儿童文学的现状考察及展望

发生期的儿童文学究竟处于一种怎样的状态，造成这种现状的原因为何，又该如何发展？作为当事人的周作人，对中国现代儿童文学的发生进行了跟踪观察，就现状做出了精当的分析，同时也给出了诚恳的发展意见。

尽管在《儿童的文学》(1920)中，周作人就已较为系统、成熟地提出了儿童文学的理念，但是他也同样看到，"中国向来对于儿童，没有正当的理解，又因为

---

① 周作人：《〈阿丽思漫游奇境记〉》(1922)，《周作人散文全集·第二卷》，第528—531页。

② 周作人：《〈杨柳风〉》(1930)，《周作人散文全集·第五卷》，第688—689页。

偏重文学，所以在文学中可以供儿童之用的，实在绝无仅有；但是民间口头流传的也不少，古书中也有可用的材料，不过没有人采集或修订了，拿来应用。坊间有几种唱歌和童话，却多是不合条件，不适于用”。①

这也是我们为什么说，中国现代儿童文学的发生，理论倡导先于实际创作。而当国内的儿童文学稍稍起步之后，情况又是如何呢？“……只就儿童用的画本的范围而言，我可以说不曾见到一本略好的书。……儿童的歌谣故事书，在量上是很多了，但在质上未免还是疑问”，“……中国还未曾发见了儿童……所以真的为儿童的文学也自然没有，虽市场上摊着不少的卖给儿童的书本”。②

而其原因，我们在上面的论述中，多少都已经涉及，这里我们仅作简单的概括。

首先，儿童观是促使儿童文学发生、发展的根由，而就中国的儿童观来说，人们对于儿童没有正当的理解，不承认或无视儿童，那么，这也就如周作人所言，“在儿童不被承认，更不被理解的中国，期望有什么为儿童的文学，原是很无把握的事情，失望倒是当然的。儿童的身体还没有安全的保障，那里说得到精神”。③

其次，实用功利的价值观、文学观、教育观对儿童文学的发展造成了压抑。“中国比来，人多言学。顾竞趋实质，凡有事物非是以利用厚生效可立待者，咸弃斥而不为。而尤薄文艺，以为文章者乞食之学，而美术利细，弗轨矿若也。虽然明达之士于物质之足蚀精神亦既有知者，而或乃仍斥文章为小道。”④

实用功利的价值观，使得人们向来不看重文艺，以文章为“乞食之学”，为“小道”，而文艺想要在这样的氛围中生存发展（文艺也不得不在这样的氛围中生存发展），那么，也就只有一条途径，一种结果，那便是“趋时崇实，下此者或溺于利功”，⑤也只有“文以载道”才能改变文章为“小道”的命运。这也就是中国自古“以典章视诗，演至说部，亦立劝惩为臬极，文章与教训漫无畛畦，画最隘之界，使勿驰其神智，否者或群逼拶之”⑥的原因所在。

① 周作人：《儿童的文学》(1920)，《周作人散文全集·第二卷》，第279页。

② 周作人：《儿童的书》(1923)，《周作人散文全集·第三卷》，第76、77页。

③ 周作人：《关于儿童的书》(1923)，《周作人散文全集·第三卷》，第194页。

④ 周作人：《文章之力——读书杂拾(六)》(1907)，《周作人散文全集·第一卷》，第72页。

⑤ 周作人：《论文章之意义暨其使命因及中国近时论文之失》(1908)，《周作人散文全集·第一卷》，第87—115页。

⑥ 周作人：《〈红星佚史〉序》(1907)，《周作人散文全集·第一卷》，第48页。

当这种实用功利的价值观、文艺观被运用至儿童教育时，其结果也就可想而知。中国的儿童教育，如周作人所言，向来“重在所谓经济，后来又中了实用主义的毒，对儿童讲一句话，睐一睐眼，都非含有意义不可，到了现在这种势力依然存在，有许多人还把儿童故事当作法句譬喻看待”。①

实用功利的价值观、文艺观、教育观使得人们不仅以“智识与教训”来理解、评判儿童文学，更以“智识与教训”来要求、指导儿童文学。这也就很能说明为什么中国向来缺少为儿童的文学，即便有了一点编纂的著述，也以教训为主，很少艺术的价值。② 而到现代，儿童文学依然免不了这样的命运。拿儿歌来说，人们或处处用心穿凿，在儿歌的片词只字里发现深意来，或又非得加上爱国保种等时新教训来。③ 再拿童话来说，持积极态度的，就想着让童话去传道，去鼓吹纲常名教，去宣传阶级专政；持消极态度的，就齐声骂现今童话的落伍，只讲猫狗说话，不能羽翼经传。④

当然，对那些讲求实用功利的新旧“教育家”们来说，他们认为对儿童最有益有用，最直接有效的做法，还是“读经”。周作人尖锐指出，“中国向来以为儿童只应该念那经书的，以外并不给预备一点东西”，⑤而且直到现今“还是大家主张读经读古文，要给儿童有用的教训或难懂的主义”。⑥

总而言之，“中国是无论如何喜欢读经的国度”，“总是喜欢文以载道的”，因此，“别国的小孩子有好书读，我们独无。这大约是不可免的”。⑦ 而国人如果不能改变看待儿童及其文学的陈旧观念，那么，可以想见，以后也“不会有这种文学发生”。⑧周作人最后也“希望有热心的人，结合一个小团体，起手研究，逐渐收集各地歌谣故事，修订古书里的材料，翻译外国的著作，编成几部书，供家庭学校的用，一面又编成儿童用的小册，用了优美的装帧，刊印出去，于儿童教育当有许多的功效”。⑨

① 周作人：《儿童的书》(1923)，《周作人散文全集·第三卷》，第77页。
② 周作人：《吕坤的〈演小儿语〉》(1923)，《周作人散文全集·第三卷》，第111页。
③ 周作人：《读〈各省童谣集〉》(1923)，《周作人散文全集·第三卷》，第148—149页。
④ 周作人：《〈儿童故事〉序》(1934)，《周作人散文全集·第六卷》，第431页。
⑤ 周作人：《儿童的书》(1923)，《周作人散文全集·第三卷》，第75—76页。
⑥ 周作人：《安徒生的四篇童话》(1936)，《周作人散文全集·第七卷》，第111页。
⑦ 周作人：《〈希腊的神与英雄与人〉》(1935)，《周作人散文全集·第六卷》，第531页。
⑧ 周作人：《〈歌咏儿童的文学〉》(1923)，《周作人散文全集·第三卷》，第38页。
⑨ 周作人：《儿童的文学》(1920)，《周作人散文全集·第二卷》，第279—280页。

周作人曾自谦自己既非“文人”，亦非“学者”，他的工作只是“打杂”，他对于“歌谣、童话、神话、民俗的搜寻”，对于儿童文学的研究，都不过是在“真是缺少人工的时候”“高兴来帮一手”，“如各门已有了专攻的人他就只得溜了出来，另去做扫地砍柴的勾当去了”。[①]但因为为儿童文学的倡导、研究“挑过两筐子泥土”，所以当“注意儿童福利的人多起来”，“儿童文学的书与儿童书的店铺日见兴旺”，周作人也发自内心地感到高兴。

事实上，周作人的“打杂”工作，他挑过的“两筐子泥土”，对于中国现代儿童文学的倡导和理论系统构建来说，既是奠基性的，又是决定性的，更是超前性的，它们的分量是极重的。

任何一门学科都有一系列属于自己的基本问题，即贯穿于一个学科的全部历史并且推动着学科发展的那些问题。就儿童文学来说，这些基本问题包括，什么是儿童文学，儿童文学的价值何在，儿童文学有何独特的审美特征，儿童文学有哪些文体类别，儿童文学的来源是什么，儿童文学的创作和读者接受又有什么特殊之处，该如何发展儿童文学等等。

从上面的论述中我们可以看到，在中国现代儿童文学的开创时期，周作人富有创见地回答了以上这些基本问题。他对儿童文学持续的研究、批评、译介、编述、倡导，不仅从理论上阐明了儿童文学存在的合理性、必要性、特殊性，也在一定程度上改变了中国社会对于儿童、儿童教育及儿童文学的陈旧观念，对人们重新认识儿童、推动儿童文学创作、指导教学实践等，都起到了积极的促进作用。

实际上，周作人在回答、解决这样一些基本问题的同时，也构建起了一个丰富而独特的儿童文学理论体系。“在总合性这方面”，周作人的儿童观和儿童文学观显然比同时代其他论者更为出色。[②]

而周作人儿童文学理论在五四时代的超前性，则可以由他的许多个“第一”来证明：“周作人第一个将人类学理论运用于童话研究，寻找到了中国儿童文学迈向现代化的一个台阶；第一个提出‘以儿童为本位’的艺术思想和‘以儿童为本位’的现代儿童观，为中国儿童文学的现代化奠定了坚实的根基；第一个介绍、研究安徒生及其童话，为人们开启了认识儿童文学的现代之眼；第一个批判

---

① 周作人：《周作人自述》(1934)，《周作人散文全集·第六卷》，第433—444页。

② [日]新村彻：《周作人的儿童文学论——中国儿童文学小议之一》，[日]伊藤虎丸、刘柏青、金训敏合编《日本学者研究中国现代文学论文选粹》，长春：吉林大学出版社，1987年，第394页。

儿童教育、儿童文学中的教训主义倾向，找到了中国儿童文学现代化的最大敌人；第一个按照儿童不同的年龄阶段来划分儿童文学的不同读者层，并初步研究面向不同读者层的儿童文学的特点和文体；第一个强调‘儿童所需要的是文学’，‘关于‘文学的’这一层，也不可将它看轻’……”①

总而言之，周作人所做的诸多工作都是开创性的，几乎都是中国儿童文学现代化进程的“第一”步，它们都是不可或缺的，又都是难以逾越的。“周作人的儿童文学思想不仅在五四时代具有超前的现代性，而且，他所提出的许多理论话题，仍然具有现实意义，它在新时期不断被理论界重新体认，至今仍构成儿童文学理论走不出的语境。”②

第四节　从古文到白话再到“小儿一样的文章”——儿童文学语言形式的变迁

中国向来缺少儿童文学，个中原因除了上节中周作人所重点指出的人们对于儿童没有正当的理解，不承认甚至无视儿童，采信实用功利的价值观、文艺观、教育观之外，中国正统的书面文学多采用古文书写也是十分重要的一方面。③

中国古典文言对于儿童文学的限制主要体现在：

首先，中国古典文言虽然也具有很强的表现力，但一般来说，比较简略艰深，跳跃性强，而且在长期的使用过程中，特别是在八股制艺以后，渐趋凝固和僵化，用它难以表现生动活泼、质朴可爱、亲切自然的儿童生活、情态、语言。

其次，中国古代的教育普及率低，很多孩子没有机会接受教育，导致他们阅读能力低下甚至没有基本的阅读能力，晦涩艰深的文言文对他们来说，无异于“天书”。而即使有机会接受完整教育的孩子，文言的习得和熟练掌握对他们来

---

① 朱自强：《中国儿童文学与现代化进程》，杭州：浙江少年儿童出版社，2000 年，第 285 页。

② 朱自强：《中国儿童文学与现代化进程》，杭州：浙江少年儿童出版社，2000 年，第 283—284 页。

③ 中国古代拥有十分丰富的民间口述文学，如民间童话、故事、传说、歌谣等，以及志怪小说、神怪小说、神话、寓言等，尽管它们并非为儿童所创作，但向来受儿童喜欢，是现代儿童文学自觉前儿童接受文学的主要形式，很可以被看作是古代的“儿童文学”，或者说是那些时代最接近“儿童文学”的部分。但是它们在过去很少被有意识地加以收集、记载，即使有被编辑成册的，或用白话专门进行加工成书的，也难以进入中国文学史的正统。

说，也是一个异常漫长而艰辛的过程，客观上也阻碍了他们进入文学的世界。

最后，现代语言学表明，语言并不只是一种纯粹的形式，一种表情达意的工具，而是思想文化的深层构成基础。语言即思想、思维、文化和精神本身，思维的过程、思想的过程也即语言的过程，一种语言体系即是一种思想文化体系。因而，在一种极宏观的范围内，人的思想、思维受个体所使用的语言体系影响、控制。具体的思想是与具体的语言相联系的，二者是一体的，古文作为一个语言体系，它就是和中国整个传统文化思想紧密联系在一起的。因此，当人们用凝固、僵化的古文来写作、思考时，千百年来凝结在这种语言身上的陈旧、腐朽观念，包括儿童观念、价值观念、教育观念、文艺观念等等，也常常随之涌现于笔端，成为无法逾越的藩篱，这也就限制了人们创作出真正为儿童的、优秀的儿童文学。

周作人在《思想革命》中也说，“文学这事物本合文字与思想两者而成”，古文的弊害就不只在它“晦涩难解，养成国民笼统的心思，使得表现力与理解力都不发达”，更在于古文“内中的思想荒谬，于人有害”，而几千年来，“荒谬的思想与晦涩的古文，几乎已融合为一，不能分离”。① 总而言之，“文的形式”和“文的内容”是紧密联系在一起的，也正如胡适所言，“形式上的束缚，使精神不能自由发展，使良好的内容不能充分表现。若想有一种新内容和新精神，不能不先打破那些束缚精神的枷锁镣铐”。②

高玉认为“中国现代文学的转型最根本的原因是语言的转型”，“中国现代文学的发生归根结底是现代汉语的发生”。③ 而对于中国现代儿童文学的发生来说，除了儿童观的变革、儿童文学理念的生成之外，语言形式的变革也是至关重要的，甚至可以说，语言形式对儿童文学同样具有本体论上的意义，语言作为文学的第一要素，也直接决定了儿童文学的品质。中国现代儿童文学的发生是紧随着中国文学语言由古文转向白话的变革进程的，而在中国近代以来的文学语言变革过程中，不可否认的是，进化论同样提供了强大的助力，“进化论几乎成为所有语言运动者的共享资源和理论依据”。④

这里，我们可以以严复、梁启超、胡适、鲁迅、周作人等人为例，简略考察近

---

① 周作人：《思想革命》(1919)，《周作人散文全集·第二卷》，第 132 页。
② 胡适：《谈新诗——八年来一件大事》(1919)，《胡适文集(2)》，第 134 页。
③ 高玉：《现代汉语与中国现代文学》，北京：中国社会科学出版社，2003 年，第 103 页。
④ 刘进才：《语言运动与中国现代文学》，北京：中华书局，2007 年，第 49 页。

代以来，文学语言如何从古文转向白话，以及至白话被用于创作儿童文学时，又如何被要求更适合于儿童，在这些时代人物提出各自对于文学语言的看法时，进化论又是如何影响他们的思考的。

一、严复与梁启超的论争："崇雅避俗"抑或"专用俗语"？

就（文学）语言而言，"崇雅避俗"可以说是严复雅俗观念上的总体倾向。在《天演论》的"译例言"中，严复开篇即写道："译事三难：信、达、雅。"[①]严复之所以定"信达雅"为翻译的标准，从根本上说是对传统雅文学的追求和坚守，他将《易》所说"修辞立诚"，孔子所说"辞达而已""言之无文，行之不远"三者视为"文章正轨"，也就同取来做"译事楷模"。[②]

严复为文，不管是翻译，还是自己的诗文创作，都力求其"尔雅"。在这方面，吴汝纶可谓他的知音。在私信中，当严复向他诉苦自己"行文欲求尔雅"，但一些"不可阑入之字，改窜则失真，因仍则伤洁"，不知道该如何处理时，吴汝纶给出的建议是"与其伤洁，毋宁失真"，继而向他说明"若名之为文，而俚俗鄙浅，荐绅所不道，此则昔之知言者无不悬为戒律"，"辞气远鄙"，哪怕迫不得已以俚语入文，也要"化俗为雅"。[③] 这些原则、戒律想必严复深以为然。而对于《天演论》，吴汝纶更是不吝其辞，称其"词义深懿，有合于《小雅》怨诽之恉"，在正式出版的序言中，盛赞"文如几道，可与言译书矣"，"其书乃骎骎与晚周诸子相上下"。[④]

尽管梁启超也曾以严复为"师"，对他十分尊敬，但在雅俗问题上，梁启超与严复却颇多龃龉处，对他的"崇雅避俗"也颇多微词。

梁启超很早就注意到古人的口头语和书面语是一致的，而到后世，口头语发生了多次剧变，人们在说话时，就用"今语"，但在写作时却仍然用着"古言"。[⑤]这是因为今人常以为"古言""极文字之美"，用以写作能使"文章尔雅，训词深厚"。然而在梁启超看来，这实在是对于"古言"的重大误解，"古言"无非也就是当时人们的口头语，而后世口头语和书面语的日益分离实际上造成了种种弊

---

① 严复译著，冯君豪注译：《天演论》，郑州：中州古籍出版社，1998 年，第 26 页。

② 严复译著，冯君豪注译：《天演论》，郑州：中州古籍出版社，1998 年，第 27 页。

③ 吴汝纶：《吴汝纶致严复书》(1896—1901)，王栻主编《严复集 · 第五册》，北京：中华书局，1986 年，第 1559—1566 页。

④ 严复译著，冯君豪注译：《天演论》，郑州：中州古籍出版社，1998 年，第 2 页。

⑤ 梁启超：《变法通议 · 论幼学》(1896)，《梁启超全集 · 第一卷》，第 35、39 页。

端，这首先就表现在“古言”的学习对于今人来说十分繁难，这也就使得“通文者少”，“能达于上不能逮于下”，[①]尤其是对于“妇孺农氓”来说，“靡不以读书为难事”。[②]

更进一步说，口头语和书面语的分离也就阻碍了中国的进步：“言文合，则言增而文与之俱增，一新名物新意境出，而即有一新文字以应之，新新相引，而日进焉；言文分，则言日增而文不增，或受其新者而不能解，或解矣而不能达，故虽有方新之机，亦不得不窒”；言文合，则“能操语者即能读书，而人生必需之常识，可以普及”；言文分，“则非多读古书、通古义，不足以语于学问”，有误实学。而“群治之进，非一人所能为”，正有待“百千万亿之常识者”。[③]

因此，梁启超为启蒙大众，开通民智，强大国家，力主言文合一，主张不管是报纸、教科书，还是文学创作，都“专用俗语”，也就是用现今的口头语，使大众，尤其是他所看重的未来国家主人的“少年”，能够易于理解、受教。

梁启超自己为文，尽管并没有做到“专用俗语”，但也是“务为平易畅达，时杂以俚语，韵语，及外国语法；纵笔所至不检束”，被时人称为“新文体”，在遭受老一辈贬抑的同时，也终因其“条理明晰”，“笔锋常带感情”而吸引、影响了一大批读书人、少年人。[④]

1902 年，梁启超在《新民丛报》第一期上发表了一篇介绍严复最新译著《原富》的文章。[⑤] 他在赞赏严复译文“审定各种名词，按诸古义，达诸今理，往往精当不易”，称严复“于西学中学皆为我国第一流人物”后，笔锋一转，对严复的文笔颇有微词，他认为不应为贤者讳，觉得严复的文笔“太务渊雅，刻意摹仿先秦文体”，“非多读古书之人，一翻殆难索解”。在梁启超看来，“著译之业，将以播文明思想于国民”，“非为藏山不朽之名誉”，所以他认为严复刻意求古求雅是“文人积习”，进而提出“文界之宜革命久矣”。在文末，他诚挚邀请严复能予以回应。

---

① 梁启超：《〈沈氏音书〉序》(1896)，《梁启超全集·第一卷》，第 90 页。

② 梁启超：《变法通议·论幼学》(1896)，《梁启超全集·第一卷》，第 39 页。

③ 梁启超：《新民说·论进步》(1902)，《梁启超全集·第三卷》，第 684 页。

④ 胡适：《五十年来中国之文学》(1923)，《胡适文集(3)》，第 217—218 页。

⑤ 梁启超：《绍介新著〈原富〉》(1902)，牛仰山、孙鸿霓编《严复研究资料》，福州：海峡文艺出版社，1990 年，第 266—268 页。

严复确实给予了回信并且将其公开发表。[①] 这次论争在梁启超的引导下，逐渐发酵成近代文学史上一次重大公共事件。

严复对梁启超的"结习之议评"(即指责严复的刻意求古求雅为文人积习)，非但不生气，似乎还显得颇为高兴，因为求古求雅正是他孜孜以求的，他原本还担心自己才学尚浅，为文深怕不够古不够雅。[②]

对于求古和求雅，严复自有一套想法，并且贯穿于他的文字生涯。首先，尽管严复强调自己为文求古求雅并非"慕藏山不朽之名誉"，但孔夫子的教诲"言之无文，行之不远"，他显然是认同的。不管怎么说，严复仍然葆有一个传统知识分子的理想，渴望自己的文章、译文能够传之久远。这从他对报馆文章的偏见中可见一斑，在他看来，报馆文章"言庞意纤"，为"大雅之所讳"，"使其文之行于时，若蜉蝣日暮之已化"(似有针对梁启超之意)。

其次，严复自认为文"非务渊雅也，务其是耳"，是不得已求古求雅的。在严复看来，"文辞者，载理想之羽翼，而以达情感之音声也。是故理之精者不能载以粗犷之词，而情之正者不可达以鄙倍之气"。实际上，在《天演论》的"译例言"中，严复就已表达过类似的想法，为文"求尔雅"除了"期以行远"外，更是因为"精理微言"，"用汉以前字法、句法，则为达易；用近世利俗文字，则求达难"，如果一意孤行，用近世利俗文字，"往往抑义就词，毫厘千里"，无法精确表达含义，所以求古求雅，看似"艰深"，实则是"刻意求显"，求达。[③]

再次，严复的文学语言进化观，则是他坚定"崇雅避俗"倾向的深层原因。严复认可梁启超所言"文体变化与时代之文明程度为比例"，但是他认定中国文化的鼎盛期在先秦，既然先秦的文化最高，那么先秦的文体也就最高，作文自当用先秦的文体，如果徒然改用"近俗之辞"，这不是文体的进化，而只是文体的退化。

但同样是从进化论出发，梁启超的结论却与严复截然不同。1903 年，梁启

---

① 1902 年《新民丛报》第 7 期刊载了严复的答书，原标题为《与〈新民丛报〉论所译〈原富〉书》。参见王栻主编《严复集·第三册》，北京：中华书局，1986 年，第 515—518 页。

② 严复刻意"崇雅避俗"也许也是他对自身"身份焦虑"的心理补偿，他以"西洋留学生"(洋务人才、水手)的身份"出道"，却一心想要在士大夫阶层中有一立足之地，把成为传统的"士大夫"看成是实现自我的最高诉求，而"崇雅避俗"正是其努力想要获得这个阶层认可的一种方式。因此，指责他文笔"太务渊雅"，在严复听来实在是一种褒奖，一种肯定。部分参考了惠萍：《严复与近代中国文学变革》，北京：社会科学文献出版社，2014 年，第 104—105 页。

③ 严复译著，冯君豪注译：《天演论》，郑州：中州古籍出版社，1998 年，第 27 页。

超在《新小说》第七号的《小说丛话》中也明确表明了自己的文学进化观。“文学之进化，有一大关键，即由古语之文学，变为俗语之文学。各国文学史之开展，靡不循此轨道。”由此文学进化规律出发，他认为中国先秦的文章即已都用俗语，这才造成先秦文界的灿烂光明，数千年为人所称道；而平常人们（也包括严复）所认为的“宋、元以降，为中国文学之退化时代”，在梁启超以为却是谬识，“自宋以后，实为祖国文学之大进化”，因为“俗语文学之大发达”，尤其是语录、小说的发展；而如六朝的骈文、唐代的古文、清代的桐城派古文等，才是真正的文学的退化，那些作品在文学史上亦无甚价值。梁启超同时也明确告知，用“古语”文体是无论如何也写不好小说的，而且倘若想要普及思想，那么就不该只是小说家采用“俗语”文体，所有文章，都该如此。①

梁启超显然没有改变严复的看法，严复自己所悟所得的那种文学语言进化观，到晚年也不曾变更。当新文化运动深入展开，文学革命的呼声日益高涨之时，严复对胡适等人主张的文言合一仍持鄙夷态度，他保留原有的看法，认为“文字语言之所以优美者，以其名辞富有，著之手口，有以导达奥妙精深之理想，状写奇异美丽之物态”，而这些都是白话文所无法达到的。假设一定要用白话创作文学，成就高的也不过《水浒》《红楼》，而更多时候将如同“戏曲中簧皮之脚本”。哪怕用白话文进行教育，易于普及，在他看来，也是“斡弃周鼎，宝此康匏”，是“退化”的表现。他进一步从优胜劣汰的天演公理出发，认为胡适等人的主张自会被淘汰。② 言下之意，依据天演公理，白话文自然也会被淘汰。

最后值得一说的是，严复为文求古求雅，也与他的预期读者有关。当梁启超问道“此等学理邃赜之书”，如果不以“流畅锐达之笔行之”，“安能使学僮受其益乎”时，严复毫不避讳地回道“吾译正以待多读中国古书之人”，“非以饷学僮而望其受益也”。

作为中国近代知识界中所谓“过渡的一代”，严复既放眼世界寻求新智慧、新思想、新公理，同时，传统文化的特性和风格又在他身上留有不可磨灭的印记，甚至可以说已渗入骨髓，③他明确的读者对象很能说明这一点。严复似乎从

---

① 梁启超等：《小说丛话（节录）》(1903)，陈平原、夏晓虹编《二十世纪中国小说理论资料·第一卷(1897—1916)》，北京：北京大学出版社，1997 年，第 65—66 页。

② 严复：《与熊纯如书》(1919)，王栻主编《严复集·第三册》，北京：中华书局，1986 年，第 699 页。

③ [美]本杰明·史华兹著，叶凤美译：《寻求富强：严复与西方》，南京：江苏人民出版社，2005 年，第 147 页。

一开始就没有打算把“市井乡僻之不学”“学僮”“目未睹中国之古书”者列入他译书、文章的读者名单中，他欲以启蒙的对象首先锁定在了同他一样的“多读中国古书之人”——士大夫阶层。诚如史华兹所言，“中国的士大夫们在能够担起开民智的重任之前，还不得不首先开启自己，而严复正是承担了教育士大夫的任务”。[①] 因此，严复认为苛责他为文古雅艰深让人看不懂是没有道理的，“其过在读者，而译者不任受责也”。更何况，“声之眇者不可同于众人之耳，形之美者不可混于世俗之目，辞之衍者不可回于庸夫之听”，严复颇有些高傲地替自己申辩，“非不欲其喻诸人人也，势不可耳”。

严复的这番有关他预期读者（启蒙对象）的谈论并不只是适用于梁启超指出的《原富》一书，很大程度上可以表明他所有著译的倾向，包括让他声名鹊起的《天演论》。在《天演论》自序中，严复正是意识到“二千年来，士徇利禄，守阙残，无独辟之虑”，而希望他们能“知弇陋为耻”，能“转于西学得识古之用”，能恰当如实地“讨论国闻，审敌自镜之道”。[②]

但仅仅将士大夫视为严复的预期读者、启蒙对象，也不完全准确。吴汝纶在《天演论》序言中，曾担心严复的古雅文辞，对于那些以时文、公牍、说部为学的士大夫来说，可能也是无法接受的，因而，在序言结尾处，吴汝纶替严复说出了心声和期望：“严子之意，盖将有待也，待而得其人，则吾民之智瀹矣。”[③]

有意思的是，严复自认“非以饷学僮而望其受益也”，但“《天演论》出版之后，不上几年，便风行全国，竟做了中学生的读物了”，[④]严复最终等来的也恰恰是几位“学僮”——鲁迅、胡适、周作人等，他们又恰恰深受严复译书，尤其是《天演论》之益——进化论在他们的思想发展过程中产生了重要的影响。

严复对雅言、先秦古文辞的崇尚，似乎与后来儿童文学所力求的浅近易懂、童言稚语格格不入，他以进化论为根基开启了现代儿童观的诸多新方向，然而，来到中国现代儿童文学的大门之前，却徘徊着没有再向前踏一步。但这里，我们并不需要为严复感到遗憾，也不用苛责他“崇雅避俗”语言观的局限，因为他既已启动了进化的理路，那么，后来者沿着他所开创的道路，势必会更进一步。

---

① ［美］本杰明·史华兹著，叶凤美译：《寻求富强：严复与西方》，南京：江苏人民出版社，2005 年，第 55 页。

② 严复译著，冯君豪注译：《天演论》，郑州：中州古籍出版社，1998 年，第 16 页。

③ 严复译著，冯君豪注译：《天演论》，郑州：中州古籍出版社，1998 年，第 2—3 页。

④ 胡适：《四十自述》(1933)，《胡适文集(1)》，第 70 页。

毕竟,“世道必进,后胜于今”,这也是严复的信念和期望。胡适就从严复手中接过进化论的衣钵,发展起了迥然相异于严复,同时也更加完备的文学语言进化观,从另一个角度论证了白话、俗语(文学)的价值,赋予了它在中国文学语言上的正宗地位,并预言了它的最终胜利。而儿童文学也在梁启超、胡适等人倡议、发动的文界革命、新文学运动的持续开展中,获得了坚实的语言基础。

二、胡适的“实验”:白话文学的历史新地位

1917 年,胡适在《新青年》发表《文学改良刍议》,紧接着陈独秀发表《文学革命论》予以声援,“不久就成为一个有力的大运动了”。①

如胡适所言,这场运动的中心思想只有两个,其他思想都可以包括在这两个中心思想里面:要建立“活的文学”和“人的文学”。“活的文学”表示文学工具的革新,“人的文学”则表示文学内容的革新,而这场运动的主要意义还是在文学工具的革新。②

然而,这场文学革命运动虽也重点着眼于“文的形式”——语言文字,但与清末以来人们对语言文字的争论有着完全不同的考量。

胡适曾指出,清末的士大夫或“迷恋着古文字的残骸,‘以为宇宙古今之至美,无可以易吾文者’”,或“又哀怜老百姓无知无识”,所以“想用一种‘便民文字’来教育小孩子,来‘开通’老百姓”。③ 对于后一种举措,在胡适以为也是“根本的错误了”,“他们的失败在于他们自己就根本瞧不起他们提倡的白话。他们自己做八股策论,却想提倡一种简易文字给老百姓和小孩子用。殊不知道他们自己不屑用的文字,老百姓和小孩子如何肯学呢?”④

而且,清末以来,“有提倡白话报的,有提倡白话书的,有提倡官话字母的,有提倡简字字母的……”但这些都只可说是“有意的主张白话”,却并“没有人出来明明白白的主张白话文学”。⑤

这种——“一边是应该用白话的‘他们’,一边是应该做古文古诗的‘我

① 胡适:《逼上梁山(文学革命的开始)》(1934),《胡适文集(1)》,第 162—163 页。

② 胡适:《中国新文学运动小史》(《〈中国新文学大系·建设理论集〉导言》)(1935),《胡适文集(1)》,第 124、138 页。

③ 胡适:《中国新文学运动小史》(《〈中国新文学大系·建设理论集〉导言》)(1935),《胡适文集(1)》,第 119 页。

④ 胡适:《所谓‘中小学文言运动’》(1934),《胡适文集(5)》,第 436 页。

⑤ 胡适:《五十年来中国之文学》(1923),《胡适文集(3)》,第 252 页。

们'"——的矛盾情形,在胡适看来,是在当时缺乏一个自觉的文学革命运动,缺乏三种自觉的革命见解:"第一、那种所谓'宇宙古今之至美'的古文学是一种僵死了的残骸,不值得我们的迷恋。第二、那种所谓'引车卖浆之徒'的俗话是有文学价值的活语言,是能够产生有价值有生命的文学的,并且早已产生出无数人人爱读的文学杰作来了。第三、因为上面的两层理由,我们必须推倒那僵死的古文学,建立那有生命有价值的白话文学。"①

这也就是新文化运动时期,胡适等人发起的"自觉的文学革命运动"的"根本见解"。他们认定白话并不单是"开通民智"的工具,乃是创造中国文学的唯一工具,必须推倒僵死的古文学,建立有生命有价值的白话文学。同时,他们又将文学革命运动与国语运动紧密联系在一起,主张把白话作为国语,做教育和统一全国语言的工具,运用于全社会、全领域,提倡国语的教育当从提倡国语的文学(白话文学)入手,实现"国语的文学,文学的国语"。②

而不管是胡适文学革命思想的形成,还是胡适对文学革命的实际策动,成为中国文学革命运动中"一个开路的工人",③其中我们都不难看到进化论思想对他的导引。

这里,我们有必要对胡适接受进化论思想的历程先做一简单概述。

胡适曾自述:"我在上海过了六年(1904—1910),在美国过了七年(1910—1917)。在我停留在上海的时期内,……我读了当时所谓的'新教育'的基本东西……从当代力量最大的学者梁启超氏的通俗文字中,我渐得略知霍布士(Hobbes)、笛卡儿(Descartes)、卢梭(Rousseau)、边沁(Bentham)、康德(Kant)、达尔文(Darwin)等诸泰西思想家。……它们开了给我,也就好像开了给几千几百别的人一样,对于世界整个的新眼界。"④

尽管如胡适所言,严复的"文字太古雅",而梁启超的文章"明白晓畅之中,带着浓挚的热情",所以"少年人"受严复的影响"没有梁启超的影响大",而且读书人中很少不受梁启超的影响的。就胡适自身来说,他也更爱读梁启超的文章,自认受了他"无穷的恩惠",然而,胡适除从梁启超那里接受到了进化论思想

---

① 胡适:《中国新文学运动小史》(1935),《胡适文集(1)》,第120—121页。
② 胡适:《国语运动的历史》(1921),《胡适文集(8)》,第127—128页。
③ 胡适:《四十自述》(1933),《胡适文集(1)》,第85页。
④ 胡适:《我的信仰》(1931),《胡适文集(1)》,第11页。

之外，他也直接从严复那里获得教益。①

在上海求学期间，胡适“读过严复所译穆勒（John Stuart Mill）的《自由论》（*On Liberty*）和赫胥黎（Huxley）的《天演论》（*Evolution and Ethic*）”。尤其是《天演论》，在当时“风行全国”，有着广泛的社会、政治影响，为广大“智识阶级”所接受，还做了“中学生的读物”，“许多的进化名词”成了“报纸文章的熟语”“爱国志士的口头禅”。胡适也深受这个“时尚”潮流的影响，他自己的名字就是“一个证据”——“胡适”的“适”就取自“适者生存”的“适”。②

在美国留学期间，胡适拜师杜威门下，系统学习、接受了杜威实验主义（实用主义）哲学，这也成为他之后思想的基底。前面第二章第四节中，我们依照胡适的介绍，对杜威的实验主义（实用主义）哲学已经做了基本的梳理，包括他的经验论、方法论、知识论、教育论，而且也已表明杜威“受了近世生物进化论的影响最大”，他的哲学也“完全带着生物进化学说的意义”。③ 这里，我们对杜威实验主义的方法论再略作补充说明。

胡适指出，达尔文的生物进化论给予思想史的重大贡献之一，就是大力宣扬了“一种新的实证主义的精神”。达尔文打破“那求‘最后之因’的方法”，而用“证据与事例”“观察与实验”去解决“生物界的根本问题”——物种的由来，使人难以辩驳。这同时也就引起世界哲学思想、哲学方法的大革命，十九世纪后半兴起的实验主义（Pragmatism）哲学即在此影响之下。④

前面我们论述过，杜威实验主义的思想方法，就是一种“科学实验室的方法”、科学实证的方法，简单说就是：“细心搜求事实，大胆提出假设，再细心求实证。”⑤实际上，实验主义哲学的开创者们，莱特、皮耳士、詹姆士等人从一开始，就致力于把达尔文的学说和一般的哲学研究连贯起来，遵从“科学实验室的态度”，旨在用科学实证的方法把所有思想观念的完全的意义弄明白。在他们看来，一切思想观念的意义仅仰赖于实验所能发生的实际效果。⑥

而达尔文的物种进化观念——物种不是一成不变的，都有一个由来，都是经过了自然的选择，历经漫长的变异、积累、淘汰，存活下来，才逐渐形成适应于

① 胡适：《四十自述》（1933），《胡适文集（1）》，第 71 页。

② 胡适：《我的信仰》（1931），《胡适文集（1）》，第 11—12 页。

③ 胡适：《实验主义》（1919），《胡适文集（2）》，第 229 页。

④ 胡适：《演化论与存疑主义》（1930），《胡适文集（10）》，第 348—349、353 页。

⑤ 胡适：《我的歧路》（1922），《胡适文集（3）》，第 365 页。

⑥ 胡适：《五十年来之世界哲学》（1923），《胡适文集（3）》，第 280—281 页。

今日环境的种类，而随着环境的变化，物种又会继续产生变迁——同样影响了各种学问，实验主义一派的哲学家把进化观念应用在哲学上，又发生了一种“历史的态度”——“研究事务如何发生，怎样来的，怎样变到现在的样子”。[①] 这种“历史的态度”(“历史的方法”)一方面能够使人了解某一事务(或制度或学说等)在历史上占据的地位与价值，同时又能够处处以其所发生的结果来重新评判它的价值。[②]

总而言之，支撑实验主义哲学的两种根本方法理念——“科学实验室的态度”(“科学实验室的方法”)以及“历史的态度”(“历史的方法”)，都受“十九世纪科学的影响”，尤其是受达尔文生物进化论的影响。实验主义不过是科学方法在哲学上的应用，以科学方法来研究哲学问题、知识问题、教育问题、真理问题、道德问题、社会问题、政治问题等等，[③]旨在引导人们“从事实上求真确的知识，训练自己去利用环境的事务，养成创造的能力，去做真理的主人”。[④]

对于胡适来说，实验主义哲学最为重要的也就是作为一个“研究问题的方法”，胡适坦言自己所有的思想主张、学术研究、对政治的谈论等等，都“只是这一种实验主义的态度在各方面的应用”，是对“注重事实，尊崇证验”这一种思想方法的提倡。[⑤]

胡适自认对中国文学革命运动的贡献只在：“指出了‘用白话作新文学’的一条路子”；“供给了一种根据于历史事实的中国文学演变论，使人明了国语是古文的进化，使人明了白话文学在中国文学史上占什么地位”；“发起了白话新诗的尝试”。胡适表示，这些“都可以表出我的文学革命论也只是进化论和实验主义的一种实际应用”。[⑥] 具体来说：

首先，胡适认为他的文学革命论的基本理论就是“历史的文学进化观念”，[⑦]他对于文学的态度，“始终只是一个历史进化的态度”。[⑧] 也就是，他始终以历史进化的眼光来审视中国古今文学的变迁趋势，察明中国文学一直处于变迁进化

① 胡适：《实验主义》(1919)，《胡适文集(2)》，第211—213页。
② 胡适：《杜威先生与中国》(1919)，《胡适文集(2)》，第280页。
③ 胡适：《实验主义》(1919)，《胡适文集(2)》，第211—213页。
④ 胡适：《谈谈实验主义》(1919)，《胡适文集(12)》，第275页。
⑤ 胡适：《我的歧路》(1922)，《胡适文集(3)》，第365—366页。
⑥ 胡适：《介绍我自己的思想——〈胡适文选〉自序》(1930)，《胡适文集(5)》，第515—516页。
⑦ 胡适：《尝试集·自序》(1919)，《胡适文集(9)》，第74页。
⑧ 胡适：《五十年来中国之文学》(1923)，《胡适文集(3)》，第253页。

之中,“一时代有一时代之文学”,深信作文不能逆天背时;又在中国文学史中挖掘出僵死的古文文学和活的白话文学两条平行发展路线,且判定白话文学是中国文学发展进化的自然趋势,从而重新建立起中国文学史的正统,确立白话文学的正宗地位,断言活的白话文学终将取代僵死的古文文学。这种新的文学史见解,不可否认的历史事实,对文学革命来说不但是需要的,并且是最有效的武器。①

其次,胡适表示特别指出白话文学是中国文学发展的“自然趋势”,还不足以打倒古文文学的权威,必须还要有一种自觉的、有意的主张,而这种自觉的、有意的主张,也就是要实际发起文学革命。②

在以革命促进化这一点上,不管是严复、梁启超,还是胡适,他们的看法都是一致的。胡适就说:“历史进化有两种:一种是完全自然的演化;一种是顺着自然的趋势,加上人力的督促。前者可叫做演进,后者可叫做革命。演进是无意识的,很迟缓的,很不经济的,难保不退化的。有时候,自然的演进到了一个时期,有少数人出来,认清了这个自然的趋势,再加上一种有意的鼓吹,加上人工的促进,使这个自然进化的趋势赶快实现;时间可以缩短十年百年,成效可以增加十倍百倍。”③而且,由于人类的习惯性、守旧性,“自然趋势”很多时候会出现在该实现的时候却不能实现的情况,这时就必须要用人工,“用有意的鼓吹去促进他的实现”了,也就是必须得“革命”了。④

胡适剖析一千年来白话文学的发展,指出它的缺点或说不能完全发达的原因就在人们对白话的采用,都是无意的、随便的,对白话文学缺少自觉的、有意识的、明确的肯定、认可、鼓吹。这样一种“无意的演进”(“自然进化”),自然是“很慢的”,“很不经济的”,“盲目的”,有时难保“不退化的”。而新文学运动时期,以胡适为代表的知识分子在认清白话文学是中国文学发展进化的自然趋势后,又加上“自觉的,有意的主张”、人工的促进(“革命”),则大大缩短了白话文学发展进化的时间,使白话文学在短短几年时间中收获了一千多年收不到的成绩,而且发展进化得更加彻底、完备。这便是这次“文学革命”的显著特点,也是

① 胡适:《中国新文学运动小史》(1935),《胡适文集(1)》,第124—128页。

② 胡适:《中国新文学运动小史》(《中国新文学大系》第一集的《导言》)(1935),《胡适文集(1)》,第127页。

③ 胡适:《白话文学史·引子》(1928),《胡适文集(8)》,第151页。

④ 胡适:《谈新诗——八年来一件大事》(1919),《胡适文集(2)》,第138页。

“这个运动所以能成功的最大原因”。①

而所谓“自觉的，有意的主张”，就是在“认清问题，认清问题里面的疑难所在”，“充分尊重事实和证据”的基础上，提出自己的主张见解，对它进行试验，并且对它的结果负责。② 这也便是实验主义哲学的根本态度和方法。

这就引出第三点，在实际策动文学革命的过程中，胡适身体力行，“试验白话诗”，这“一半”也是受“实验主义的哲学的影响”。胡适坦言：“实验主义教训我们：一切学理都只是一种假设；必须要证实了，然后可算是真理。证实的步骤，只是先把一个假设的理论的种种可能的结果都推想出来，然后想法子来试验这些结果是否适用，或是否能解决原来的问题。我的白话文学论不过是一个假设，这个假设的一部分（小说词曲等）已有历史的证实了；其余一部分（诗）还须等待实地试验的结果。我的白话诗的实地试验，不过是我的实验主义的一种应用。”③

实际上，在胡适看来，整个文学革命运动，也就是实验主义哲学的一种应用——“从一种疑难和困惑开始，从而引起有意识有步骤的持续思考，再通过一假设阶段，最后由实验中选择个假设来加以证明”，文学革命运动“用实验主义的话来说”，便是“一个有系统有结果的思想程序；也就是个怎样运用思想去解决问题的问题”。④

此外值得一说的是，胡适日后走上文学革命运动的道路，同他童年的教育、阅读经历不无关系。胡适在《我的信仰》中回忆道：

> 我在村塾（村中共有七所）里读书，读了九年（1895—1904）。在这个期间，我读习并记诵了下列几部书：
>
> 1.《孝经》……
>
> 2.《小学》……
>
> 3.《四书》……
>
> 4.《五经》中的四经……
>
> 我母亲对于家用向来是节省的，而付我先生的学金，却坚要比平常要多三倍。……由增加学金这一点小事情，我得到千百倍于上述数目比率所

---

① 胡适：《五十年来中国之文学》(1923)，《胡适文集(3)》，第 202—203 页。

② 胡适：《我们走那条路》(1929)，《胡适文集(5)》，第 363 页。

③ 胡适：《逼上梁山(文学革命的开始)》(1934)，《胡适文集(1)》，第 159—160 页。

④ 胡适口述，唐德刚译注：《胡适口述自传》，《胡适文集(1)》，第 338—339 页。

> 未能给的利益。因为那两元的学生，单单是高声朗读，用心记诵，先生从不劳神去对他讲解所记的字。独我为了有额外学金的缘故，得享受把功课中每字每句解给我听，就是将死板文字译作白话这项难得的权利……
>
> 随后有一天，我在叔父家里的废纸箱中，偶然看见一本《水浒传》的残本，便站在箱边把它看完了。……从此以后，我像老饕一般读尽了本村邻村所知的小说。这些小说都是用白话或口语写的，既易了解，又有引人入胜的趣味。它们教我人生，……又给了我一件文艺的工具，若干年后，使我能在中国开始众所称为"文艺复兴"的运动。①

对此，我们还可以补充说明的是，在这场文学革命运动发生、发展过程中，儿童的需求或说对儿童的考虑，仍然构成了"革命者"们的重要考量。在这一点上，其实是和清末民初的"革命者"思想共通的，尽管胡适等人正是从批判他们的这一点出发(实际上，胡适等人批判的只是清末民初"革命者"在儿童考量上的局限，而非全然否定)。这种思想的共通，同清末以来，人们在共同的进化论的引导下变革生成的儿童观密切相关。

清末民初，梁启超等人主张语言变革、文学改良，其目的是启蒙大众、开通民智、富强国家，而儿童就是他们主要的启蒙、开通对象——在进化论思想的观照下，儿童是最需受教，也是最易受教的一个群体，儿童又是未来国家的主人、拯救者。

而就鲁迅来说，他对文学革命运动的支持中，"幼者本位"思想也占据了重要的位置。在《随感录五十七·现在的屠杀者》中，鲁迅对于那些哂笑"白话鄙俚浅陋"的"高雅的人"，给予了辛辣的讽刺，在鲁迅看来，"明明是现代人，吸着现在的空气，却偏要勒派朽腐的名教，僵死的语言，侮蔑尽现在，这都是'现在的屠杀者'。杀了'现在'，也便杀了'将来'。——将来是子孙的时代"。② 现代人应该要有现代人的语言，而不是一直使用过去的僵死的语言，语言要适应时代，这是一种语言的进化观，但更为重要的是，鲁迅从人的"进化"中看到，提倡白话是为将来的子孙。

在《〈二十四孝图〉》③中，鲁迅注意到，文学革命运动以来，中国供给孩子的

---

① 胡适:《我的信仰》(1931),《胡适文集(1)》,第7—8页。

② 鲁迅:《随感录五十七·现在的屠杀者》(1919),《鲁迅全集·第一卷》,第366页。

③ 鲁迅:《〈二十四孝图〉》(1926),《鲁迅全集·第二卷》,第258—264页。

书籍虽然在质上、量上都还比不上欧美、日本等国，但总算也是“有图有说”，孩子不仅能够读懂，而且也多少有一些乐趣了，然而，“一班别有心肠的人们”却仍然竭力想要阻遏它，对此，鲁迅决意用“一种最黑，最黑，最黑的咒文”来诅咒“一切反对白话，妨害白话者”。而且，鲁迅同样注意到，语言并非只是一种形式，语言形式的背后是与此形式密切相关的文化思想。在鲁迅看来，中国的古文古书，如《二十四孝图》，所宣扬的就是一种“吃人”文化，裹藏着“吃人”思想，所以妨害白话文，提倡古文古书，其流毒之广大、久远足以使全中国化成一个“麻胡”，所有孩子都要死在他肚子里了。那么，的确是该诅咒：“只要对于白话来加以谋害者，都应该灭亡！”

我们可以看到，鲁迅的支持文学革命运动、提倡白话文，始终渗透着“幼者本位”的思想：一方面要提供给儿童用白话写就的讲“人话”、有益、有味、簇新、易懂的读物；一方面要弃绝用古文写就的戕害、谋杀儿童的古书。如此，才有“人”的“将来”。

周作人在支持汉字改革——“国语运动里的一个附带问题”时，同样强调，“汉字改革即使在我们老辈是不必要了，但为后来的小孩计也是必要，我们总算能够写无论几画的古雅的字了，但是这一点无聊的本领却是牺牲了不少的精力与时间——生命——所换来的；我们回顾自己现在学识的薄弱，便不能不怨恨这过去的无益的耗费。……我们回忆自己的覆辙，不得不为子女计，去寻求新的道路。这就是《狂人日记》里的‘救救孩子……’的心情，——然而在为传统而生存的人们，这个能够理解么？”①周作人更从“儿童本位论”出发，去探寻儿童文学独特的语言特质（后面详述）。

值得庆幸的是，胡适等人策动的这场文学革命运动最终取得了显著的成绩：

第一，仅就文学革命的第一个十年来说，就涌现出了一批白话文学大家，如鲁迅、周作人、郭沫若、茅盾、叶圣陶、冰心等等，他们创作出了不少“第一流”的现代白话文学作品。他们中的多数，也都为儿童贡献了用白话写就的，浅近易懂而又品质优良的儿童文学作品，叶圣陶、冰心等人更是以“儿童文学作家”著称于世。而且自此之后，白话文学如胡适所言，尽管遭遇种种阻碍，最终取代了古文文学，真正成为中国文学的正统，再无人能撼动它的正宗地位。

---

① 周作人：《汉字改革的我见》(1922)，《周作人散文全集·第二卷》，第846页。

第二，白话被正式确立为国语，不仅被用作创造一切文学的唯一工具，也被用作教育和统一全国语言的唯一工具，成为“现代和将来的文学用语”“全国学校教科书的用语”“全国报纸杂志的文学”。[①]

对于儿童来说，“其中重要的部分就是以白话文为教育的工具”，在1922年以后，所有的小学教材都以白话（国语）为准了，[②]而自小学更制以后，很快，白话就成为全国学校教科书的用语。[③]

白话教科书的实现不仅“把中国教育的革新至少提早了二十年”，[④]大大提高了教育的普及率、效率，也催促着儿童文学在小学教科书、教学中的出现和应用。前面我们谈过，清末民初，人们首先是在儿童教育（小学教育）的层面认识到儿童文学的价值，而现在儿童文学也在儿童教育（小学教育）中首先崭露头角，发挥功效。这同时也就培养出了一大批儿童文学的读者、创作者。具体表现在，不仅“有第一流的白话诗，文，戏本，传记，等等出来做‘真正有功效有力量的国语教科书’”，[⑤]而且，这些优秀的白话文学作品，包括儿童文学作品，其中部分也切实进入到学校教科书中去，供儿童做学习国语之用，同时养成他们的“文学的兴趣”。[⑥]

吴研因在《清末以来我国小学教科书概观》一文中就清晰地记录了这一历史转变：

> 清朝末年跟民国六年以前的小学教科书，都是文言。……文言无论如何浅显，儿童总不能直接了解……到了“五四运动”以后，文学革命和国语运动高潮掀起，北京教育部也竭力提倡国语。于是民国九年以后出版的小学教科书……就都用白话编辑。……小学教科书改用白话的结果，小学儿童读书的能力，确实增进了许多。……
>
> 民国十年以前的教科书，……初小国文，包括一切常识，大半是说明

---

① 胡适：《中国新文学运动小史》(1935)，《胡适文集(1)》，第133页。

② 民国九年(1920年)，教育部命令：本年秋季始业，国民学校的一、二年级都改用国语。又令：凡照旧制编辑之国民学校国文教科书，其供第一、第二两学年用者，一律作废；第三学年用书，准用至民国十年；第四学年用书，准用至民国十一年。（参见胡适口述，唐德刚译注：《胡适口述自传》，《胡适文集(1)》，第333页。）

③ 胡适：《五十年来中国之文学》(1923)，《胡适文集(3)》，第260—261页。

④ 胡适：《〈国语讲习所同学录〉序》，《胡适文集(2)》，第164页。

⑤ 胡适：《所谓‘中小学文言运动’》(1934)，《胡适文集(5)》，第438页。

⑥ 胡适：《国语运动与文学》(1922)，《胡适文集(8)》，第131—132页。

文，高小各种教科书更多数是说明文。说明文是很干燥乏味的，读的人对他生不出兴味来，所以小学用这类教科书，儿童大概兴趣索然……民十左右又有人提倡儿童文学，他们以为儿童一样爱好文学，需要文学，我们应当把儿童的文学给儿童。因此儿童文学的高潮就大涨起来，所谓新学制的小学国语课程就把"儿童文学"做了中心，各书坊的国语教科书，……就也拿儿童文学做标榜，采入了物话、寓言、笑话、自然故事、生活故事、传说历史故事、儿歌、民歌等等。别的教科书如历史地理等，也有人主张渗入些文学的趣味……儿童文学在教科书中抬头，一直到现在，并没有改变。……①

第三，文学革命运动既是语言作为工具的革命，也是语言作为思想的革命，表面语言形式革命的背后隐藏着深层的思想革命，两者是一体的。② 文学革命运动不仅仅实现了语言形式的变革，而且经由形式，也实现了从思想、文化到精神、情感的根本转换。这也是文学革命运动与清末的白话文运动根本不同之处，也是它得以成功之处。清末的白话文运动本质上只是语言工具革命，而且只是把白话当作文言的一种有效补充、辅助工具，其目的是要把难以理解的语言转换成通俗易懂的语言，从而扫除思想上的接受障碍，实现文化普及，却并不主要为表达一种新的思想，宣扬新的文化。而以鲁迅等人为代表的文学革命创作实绩鲜活地表明，新文学不是通过把文言转化为白话而将旧有之思想、文化、精神移植到新文学中来，而是通过再造新的语言系统，来表现崭新的思想、文化、精神。

对于儿童文学来说，更是如此，它抛弃了文言语言系统，就是抛弃了一个不属于儿童精神甚至扼杀儿童精神的传统思想文化系统；它迎来了白话文学，就是迎来了一个全新的属于儿童的文学话语系统，在这个全新的话语系统舞台上，儿童将获得话语权利（由成人作家做他们的代言人），儿童的思维、感觉、情感、想象力将闪亮登场。

总之，文学革命运动在确立起白话文学为中国文学正宗的同时，也为儿童文学找到了一种通俗浅显，易被儿童接受的语言工具，使儿童文学在语言形式上向儿童读者接近了一大步；而且随着白话被确立为国语，白话文学、儿童文学

① 吴研因：《清末以来我国小学教科书概观》（1935），张心科编著《民国儿童文学教育文论辑笺》，北京：海豚出版社，2012 年，第 174—176 页。

② 高玉：《现代汉语与中国现代文学》，北京：中国社会科学出版社，2003 年，第 96 页。

进入全国学校的教科书中，甚至成为“中心”，不仅切实提高了儿童的读书阅读能力，也造就了大量的儿童文学的真正读者和一批未来的儿童文学的创作者；更为重要的是，文学革命运动，不仅仅只是语言形式的变革，而是涉及从思想、文化到精神、情感的根本转换，这就为儿童提供了一个全新的属于儿童的文学话语系统。所以如朱自强所言，文学革命运动的胜利“对中国儿童文学的确立和发展具有本体意义，白话文与‘儿童本位’的儿童观成为中国儿童文学走向现代化进程的双轨”。①

最后我们要说的是，如胡适所言，文学革命运动的成功是由多种因素合力完成的，里面自是有着十分复杂的因子，不能用一个“最后之因”去解释说明。但胡适也的确有理由可以自信地说：“白话文的局面，若没有‘胡适之陈独秀一班人’，至少也得迟出现二三十年。”而就胡适自身来说，他策动文学革命同样有着十分个人的、多样的、偶然的因素，“从清华留美学生监督处一位书记先生的一张传单，到凯约嘉湖上一只小船的打翻；从进化论和实验主义的哲学，到一个朋友的一首打油诗；从但丁(Dante)、却叟(Chaucer)、马丁路德(Martin Luther)诸人的建立意大利英吉利德意志的国语文学，到我儿童时代偷读的《水浒传》、《西游记》、《红楼梦》——这种种因子都是独一的，个别的；他们合拢来，逼出我的‘文学革命’的主张来”。②

但不管怎么说，“进化论确实给了梁启超、胡适倡导俗语文学以强大的理论支撑，使他们相信他们倡导的文学改良和文学革命，既是顺从了自然进化的趋势，且加速了这一趋势的发展，使尽快到达这一进化的最终目标——‘言文合

---

① 朱自强：《中国儿童文学与现代化进程》，杭州：浙江少年儿童出版社，2000年，第171页。

② 胡适：《中国新文学运动小史》(1935)，《胡适文集(1)》，第121—124页。胡适认为文学革命运动之所以能够兴起和获得成功，可归结于这样一些重要因子：一是中国文学史上已经有了一千多年的白话文学作品，这些白话文学作品也已给它们的读者锻炼出一种文学工具，这就为文学革命打下了坚固的基础；二是在过去两千年中，一种大同小异的“官话”已经推行到了全国的绝大部分地区，这就使得国语的推行能够较为顺利地进行；三是晚清以来中国开始接触世界文化，近代欧洲国家国语文学产生的历史，为人们提供了可供参考的资料，使人们更加明白了自己国家的国语文学的历史，也更清楚了文学革命的运作程序；四是人们用历史法则提出文学革命这一命题，以一种新观念来解释中国文学史，对读者和一般知识分子来说，这种重于历史考证的解释比之激烈的革命主张更能令人接受，也更有说服力；五是白话文本身的简捷和易于教授，也足以促使运动成功；六是反对派的低水准和脆弱。此外，还有以下原因：科举制度的废除，使古文失去了最后的保障；清王朝覆灭，专制政治被根本推翻，中华民国的成立，使得一切新人物与新思想都更容易涌现；五四运动的爆发，使得白话得到广泛的传播和实际应用，也渐渐改变了人们对白话文的态度。(这里还综合参考了胡适口述，唐德刚译注：《胡适口述自传》，《胡适文集(1)》，第332—336页。)

一’的白话文学”。① 通过上面的论述，我们也完全能够相信这一点，进化论和实验主义的哲学在胡适的文学革命思想主张中，在整个文学革命运动中，都扮演了相当重要的理论武器角色，极大地、有力地促进了文学革命运动的成功。

三、儿童文学工作者们的论断：儿童文学需有儿童化的语言

前面谈到清末民初，以梁启超为代表的部分知识分子就已经意识到，“古文”教科书对儿童智力发展、心理健康、人生成长都造成了极大的束缚和破坏，也已经注意到儿童对于俗语文学，如小说、童话、儿歌的喜爱。因此，为了使儿童能够更好、更有效地受教、成长，成为未来国家的主人，肩负起强大中国的历史重任，梁启超等人极力主张供给儿童的教科书，当专用易于儿童理解接受的俗语，也提出可以把受儿童喜欢、使他们感到乐趣的小说、童话、儿歌（新编小说、童话、儿歌）等俗语文学当作他们的蒙学之书。

曾志忞在《〈教育唱歌集〉序》中指出，当时国内新兴的试图用以改良教育的“学校唱歌”（“学堂乐歌”），却仍然存在“其文之高深，十倍于读本”“词意深曲，不宜小学”的毛病，他看到欧美、日本的“小学唱歌”“大都通用俗语”，“浅而有味”，因而提出，国内若要改良“学校唱歌”，还需模仿学习欧美、日本，“以最浅之文字，存以深意，发为文章”，强调“与其文也宁俗，与其曲也宁直，与其填砌也宁自然，与其高古也宁流利”。②

徐念慈在《余之小说观》中论及小说改良时，特别提到：“余谓今后著译家，所当留意，宜专出一种小说，足备学生之观摩。……其文字，则用浅近之官话，倘有难字，则加音释，偶有艰语，则加意释；全体不逾万字，辅之以木刻之图画。其旨趣，则取积极的，毋取消极的，以足鼓舞儿童之兴趣，启发儿童之智识，培养儿童之德性为主。……想明于教育原理，而执学校之教鞭者，必乐有此小说，而赞成其此举。”③

孙毓修在《〈童话〉序》中同样指出，“教科书之体”的“典与雅”非“儿童之所喜”，“亦恐非儿童之脑力所能任”，而“小说之所言者，皆本于人情，中于世故，又

---

① 张向东：《语言变革与现代文学的发生》，北京：人民文学出版社，2010年，第153页。

② 曾志忞：《〈教育唱歌集〉序》（1904），王泉根评选《中国现代儿童文学文论选（1902—1949）》，南宁：广西人民出版社，1989年，第10页。

③ 徐念慈（觉我）：《余之小说观》（1908），陈平原、夏晓虹编《二十世纪中国小说理论资料·第一卷（1897—1916）》，北京：北京大学出版社，1989年，第315页。

往往故作奇诡以耸人听闻。其辞也，浅而不文，率而不迂，固不特儿童喜之，而儿童为尤甚”。正因为小说“感人之速、行世之远”，“倍于教科书”，所以，孙毓修认为应当“推本”儿童“心理之所宜”，而“盛作儿童小说以迎之”，为此，他择选“吾国之旧小说”，“与欧美诸国之所流行者”，“以寓言、述事、科学三类为多”，“成童话若干集”，“意欲假此以为群学之先导，后生之良友”。其中又特别提到《童话》丛书“每成一编”，就“召诸儿而语之”，“其事之不为儿童所喜，或句调之晦涩者，则更改之”。[①] 在《童话》丛书的宣传广告中，编者亦是以“纯用白话最便阅者”作为招徕小读者的标语。

但是，我们应该看到，清末民初以梁启超为代表的部分知识分子，他们对于供给儿童的教科书、读物的语言形式的构想，大都还只是停留于宜用俗语、要浅近易懂这一层面，对于儿童文学所应具有的独特的语言特质，尚缺乏清晰的认识和研究。这也无可厚非，因为在当时，他们并没有完全认识到儿童的特殊性，也还没有十分明确的“儿童文学”意识，这都还有待人们儿童观的进一步变革，以及现代儿童文学理念的生成。

1917 年，正值文学革命运动蓬勃兴起之际，周作人从绍兴来到北京——运动的中心，近距离感受到了这次运动的热量。当年 9 月，周作人以古希腊谛阿克列多斯的牧歌第十的翻译及题记（1918 年 2 月 15 日刊于《新青年》第 4 卷第 2 号，题为《古诗今译》），开始了用白话文翻译与写作的历程。

1918 年 1 月，中华书局出版了陈家麟、陈大镫用古文翻译的安徒生童话选集《十之九》。作为一名“安党”，周作人在见到这本“全是用古文来讲大道理”的安徒生童话译本后，不免替安徒生的“不幸”叫屈，于是作《安得森的〈十之九〉》[②]（1918 年 9 月 15 日刊于《新青年》第 5 卷第 3 号，题为《随感录二十四》；后收入《谈龙集》，改题为《安得森的〈十之九〉》），批评国人的翻译态度以及对安徒生童话的误解，同时对安徒生童话的特色和价值加以了详细而生动的说明。

周作人指出作为文人的创作，安徒生童话“独一无二的特色”，就“止在小儿一样的文章，同野蛮一般的思想上”，而这也便是安徒生童话的最大价值所在。周作人在分析安徒生童话“小儿一样的文章”这一“独一无二的特色”时，实际上也道出了儿童文学所应具有的独特的语言特质。

---

① 孙毓修：《〈童话〉序》（1909），朱自强《现代儿童文学文论解说》，北京：海豚出版社，2014 年，第 1—2 页。

② 周作人：《安得森的〈十之九〉》（1918），《周作人散文全集 · 第二卷》，第 57—62 页。

所谓“小儿一样的文章”，即是指安徒生始终用“对小儿说话一样的”语言来创作童话。安徒生认为用于创作文学的语言，“应该使人能够听出讲话的人的口气”，所以应当抛弃那种所谓“文章体”，而“努力去与口语相合”，改用“口语上的自然的谈话的形式”。于是，“他在叙述上边加以种种谈话的笔法，如干脆活泼的开场，一下子抓住了听者的注意，又如常用背躬独白或插句，零碎的丹麦京城俗语，好些文法上的自由，还有那些语助辞——言语里的点头和撑肘”，这是一种语言的简单化的技术，却又使得语言充满了生命力，具有诙谐趣味和丰富情感。[①] 安徒生的好友艾·左林就说：“安徒生给干巴巴的话语注入了生命。他不说‘孩子们坐进马车，然后离父母而去。’而是说‘孩子们坐进了马车。再见，爸爸！再见，妈妈！鞭子扬起，驾，驾！他们出发了’。”[②]

安徒生用“说”代替了“写”，他那种无拘束的类似随意交谈的跳跃而欢快的叙述方式，是完全适应于孩子的想象力和感受力的，通过这种方式，安徒生为孩子呈现了一个生气盎然的幻想世界。

安徒生的童话虽然是对儿童讲的，但大人们也可以听，可见他用的语言也并不以儿童的语言为限，只不过他能够精准地把握儿童的心理状态，然后像对儿童说话一样将其表现出来。这种独特的讲述语体不仅具有独特的审美魅力，深受人们的喜爱，也特能为儿童所理解、所喜欢、所享受。安徒生童话的独特语体不仅开创了童话创作的新境界，也对丹麦文学语言的变革产生了一种强有力的影响。

我们且来看《安得森的〈十之九〉》中周作人所举的两段译文。

《十之九》中陈家麟、陈大镫所译《火绒篋》一节：

> 一退伍之兵。在大道上经过。步法整齐。背负行李。腰挂短刀。战事已息。资遣归家。于道侧邂逅一老巫。面目可怖。未易形容。下唇既厚且长。直拖至颏下。见兵至。乃谀之曰。汝真英武。汝之刀何其利。汝之行李何其重。吾授汝一诀。可以立地化为富豪。取携甚便。……

周作人所译《火绒箱》一节：

> 一个兵沿着大路走来——一，二！一，二！他背上有个背包，腰边有把

① 周作人：《安徒生的四篇童话》(1936)，《周作人散文全集·第七卷》，第106—107页。

② 转引自秦弓：《“五四”时期的安徒生童话翻译》，《涪陵师范学院学报》，2004年第4期。

腰刀；他从前出征，现在要回家去了。他在路上遇见一个老巫：她狠是丑恶，她的下唇一直挂到胸前。她说，“兵阿，晚上好！你有真好刀，真大背包！你真是个好兵！你现在可来拿钱，随你要多少。”

周作人认为，“言语的职分本来在乎自然而且充分的表现思想”，而文言因为“不是活用着的言语，单靠古人的几篇作品做模范，所以成为一套印板似的格式”，作文的人就常“将思想去就文章，不能用文章去就思想”，这就造成文言的一个致命伤，就是“不能把想要说的话直捷的恰好的达出”。① 或者也如胡适所言，“一切语言文字的作用在于达意表情；达意达得妙，表情表得好，便是文学”，“那些用死文言的人，有了意思，却须把这意思翻成几千年前的典故；有了感情，却须把这感情译为几千年前的文言”，尤其可笑的是，他们用文言表现人物说话时，“明明是乡下老太婆说话，他们却要叫他打起唐宋八家的古文腔儿；明明是极下流的妓女说话，他们却要他打起胡天游、洪亮吉的骈文调子”，“这样做文章如何能达意表情呢？既不能达意，既不能表情，那里还有文学呢”。②

对比这两段译文，我们就能深切感受到这一点，用文言来翻译（创作）儿童文学，文章的整个基调就会完全变味，文言的整齐工整、含蓄简明根本难以表现儿童文学的生动活泼、亲切自然；文中的人物则常有“装腔作势”之感，他们说的话与他们的身份常常不相符合。对于儿童来说，这样的语言，以及用这样的语言写成的故事，显然是晦涩难懂、难以讲述的，也是枯燥乏味、了无生趣的，他们自然会本能地疏远它。而周作人用白话写的译文，首先在浅近易懂这一点上就完全做到了，不特如此，他也尽量把安徒生那“小儿一样的文章”的特色表现了出来，用了一种宜于向儿童讲述的、便于儿童理解的、贴合儿童心理的、自然亲切的、生动有趣的语言形式。周作人自己在对比这两段译文时，就说：“误译与否，是别一问题，姑且不论；但勃阑特思所最佩服，最合儿童心理的‘一二一二’，却不见了。把小儿的言语，变了八大家的古文，安得森的特色，就‘不幸’因此完全抹杀。”

也许正是出于对《十之九》译文的不满，周作人很快译出了安徒生的童话名篇《卖火柴的小女孩》（1919 年 1 月 15 日刊于《新青年》第 6 卷第 1 号，题为《卖火柴的女儿》）。这是周作人第一次用白话完整翻译的安徒生童话，“也是中国

① 周作人：《国语改造的意见》（1922），《周作人散文全集·第二卷》，第 753—754 页。

② 胡适：《建设的文学革命论（国语的文学，文学的国语）》（1918），《胡适文集（2）》，第 46—47 页。

用白话文原原本本地翻译安徒生童话的处女作”。这篇译文“从翻译态度到翻译语体再到译文语调”，都“最初显示出”安徒生童话，实际上也包括所有儿童文学翻译作品的“儿童文学本色”。（之前的“儿童文学”翻译或没有明确的儿童读者考虑；或用文言翻译，面目全非；少有用白话、为儿童翻译的，亦不能完全做到以儿童和原著为本位。）在这篇译文中，原著里安徒生所描绘的小女孩在困境中的凄美的想象，所渲染的温馨的人道主义氛围，所采用的儿童视角与诗性文笔，都被周作人以清新流畅的白话文准确生动地传达出来，由此，周作人也“为安徒生童话准确生动的中文翻译开启了源头”。①

周作人在《安得森的〈十之九〉》中对安徒生童话“小儿一样的文章”的语言特色的评述，以及亲自示范翻译的安徒生童话《卖火柴的小女孩》，可谓都集中体现出了周作人的儿童文学语言观，简单来说就是：儿童文学的语言应当是一种对儿童说话一样的语言，它不以儿童的语言为限，但应当贴合儿童心理、宜于向儿童讲述、便于儿童理解、自然亲切、生动有趣、富有生命力。毫无疑问，“小儿一样的文章”正是周作人“儿童本位论”在儿童文学语言形式上的具体阐明和要求。

周作人后来曾多次对自己翻译的其他儿童文学作品表示过不满，其中最为重要的因素就是对自己的语言不满。翻译格林童话《稻草与煤与蚕豆》时，他在附记中说：“我的译文恐多生硬的地方，如有父师想利用这些材料者，望自加融化，以期适用。”②翻译儿童剧集时，他在序言中说：“我所最不满意的是，原本句句是意思明白文句自然，一经我写出来便往往变成生硬别扭的句子，无论怎样总弄不好，这是十分对不起小朋友的事。我的希望是满天下的有经验的父师肯出来帮一下子，……便是在这些地方肯毅然决然的加以斧削，使得儿童更易了解。”③翻译《希腊的神与英雄》时，他在序言中亦说：“……据他本书的小序说，这些故事都曾讲给十一二岁的小孩们听过，经过他们的批评加以修改，所以格式文体也是没有问题的了，现在的问题只是中文译的不能怎么恰好而已。别的不说，文句生硬，字义艰深，小学生不容易自己读懂，这是最大的缺点。有人介绍原书，说自八岁至八十岁的儿童读了当无不喜欢，我这译本只好请八十以内的小孩读了，再去讲给八岁以上的小孩听去吧。”④请父师帮忙，将文句生硬、字义

① 秦弓：《“五四”时期的安徒生童话翻译》，《涪陵师范学院学报》，2004年第4期。
② 周作人：《〈稻草与煤与蚕豆〉附记》(1923)，《周作人散文全集·第三卷》，第277页。
③ 周作人：《〈儿童剧〉序二》(1932)，《周作人散文全集·第六卷》，第106页。
④ 周作人：《〈希腊的神与英雄〉译序》(1949)，《周作人散文全集·第九卷》，第793页。

艰深的译文，通过对儿童讲述的加工方式，使其变得更加自然、易懂、有趣，从而适合于儿童“阅读”——这也便是“小儿一样的文章”的精义。可见，周作人自始至终都认同“小儿一样的文章”这一儿童文学语言创造的黄金准则。

回过头来说，随着周作人的安徒生童话批评文章和译文在具有广泛影响力的《新青年》上的刊载，一场“安徒生热”也悄然兴起，周作人对安徒生童话的认识，以及从中表露的儿童文学语言观，也得到了人们广泛的认可。而随着不断扩大影响的安徒生童话被当作中国儿童文学建设初期的理想范式，被推至注目的中心位置，安徒生童话“小儿一样的文章”的语言特质亦被视为儿童文学语言的理想形式。

徐调孚和顾均正对安徒生那种“浅显的讲述的句法”①和“只要那种句子能够捉住那灵活的儿童的幻想，他就毫不迟疑而大胆地写下去”②的语言特质赞叹不已，“我们好像听得这吹军号者底‘嗒拉登嗒拉（taratantara）’和‘骤雨打在树叶上，伦腾腾(rum dum dum)，伦腾腾’底声音。又如那个兵士‘沿着大路走来：一，二，一二！’。小鹳鸟学体操‘一，二，一，二！向左转！向右转！’实在没有一个人能够像安徒生这么完全自处于儿童底地位”。③ 郑振铎亦对安徒生的语言造诣甚为赞赏，指出“他所用的文字是新的简易如谈话似的文字。当他动手写童话之前，先把这童话告诉给小孩子听，然后才写在纸上，所以能创出一种特异的真朴而可爱的文体”，④“他的童话，用前人从未用过的可爱的谈话口气写出之，美丽而且动人，真可算是他的创作！”⑤

可见，安徒生童话“小儿一样的文章”的语言特色在五四时期是深受人们推崇的。而也如论者所言，“这‘小儿一样的文章’对中国现代儿童文学的建设来说，竟至具有本体论的意义。中国的古文优雅蕴藉，却天然地排斥了儿童，人们无法凭借古文将一个天然地契合于孩童无拘束力的、自然状态的世界描述出来。一旦中国的学者意识到本然的孩童精神世界的诗意性，尤其是意识到这本然的精神世界对于孩童成长的重要意义，那么，一种表现了儿童精神气质或契

---

① 徐调孚：《近代名著百种：七、童话全集》，《小说月报》1928 年第 20 卷第 6 号。

② 顾均正：《安徒生传》，《小说月报》1925 年第 16 卷第 8 号。

③ 顾均正：《安徒生传》，《小说月报》1925 年第 16 卷第 8 号。

④ 郑振铎：《〈小说月报·安徒生专号(上)〉卷头语》(1925)，《郑振铎全集·第十三卷》，石家庄：花山文艺出版社，1998 年，第 20 页。

⑤ 郑振铎：《安徒生的作品及关于安徒生的参考书籍》(1925)，《郑振铎全集·第十三卷》，石家庄：花山文艺出版社，1998 年，第 22 页。

合儿童认知模式的文学形式便受到格外的关注”，“安徒生童话的这一特色与‘五四’白话文运动相应和，体现在儿童文学创作里又恰合于‘儿童化’的特点，因而不但为接受者所称赏，而且直接为接受者所学习、所借鉴，并在中国儿童文学史上产生了极为深远的影响，由此形成了中国儿童文学长期以来用‘小儿语’创作这样一个不言自明的创作规则”。①

郭沫若在《儿童文学之管见》说，“儿童文学不是些干燥辛刻的教训文字”，也“不是些平板浅薄的通俗文字”，“儿童文学，无论采用何种形式（童话、童谣、剧曲），是用儿童本位的文字，由儿童的感官以直诉于其精神堂奥，准依儿童心理的创造性的想象与感情之艺术”。②

魏寿镛、周侯于在《儿童文学概论》中则对儿童文学各种体裁的语言形式提出了更为具体的要求：

> 儿歌，新诗，旧诗，童谣，谚语等，可以吟诵的，都属韵文类。童话，寓言，传记，小说，故事，剧本等，可以阅读的，都属散文类。……关于韵文方面的：（一）要音调自然的。音调自然，不但听的人容易发生美感，并且儿童喜欢吟诵，容易记忆。……（二）要字句清浅的。字句清浅，儿童容易领会，倘使一篇文章，儿童要查几次字典词典，或必待教师讲授后，才能明白，内容无论怎么好，不能算是最好的儿童文学。……关于散文方面的：（一）言语要合自然次序的。语句要明白畅达，只要看白话可以口语讲说的，文言可以译述的，不倒装，不用典，不雕琢，不是模仿桐城阳湖派古文的，合于儿童口吻的。……（二）层次要明晰的。段落画分清楚，层次浅显明白，儿童读过后，可以提纲挈领，晓得他的大意，并且便于记忆，将来他自己能口述出来。……（三）叙述要活泼的。行文要有秩序，有变化。有秩序，便于记忆；有变化，增高兴味。倘使平直呆板，冷静单调，便和从前的国文国语教科书，犯一样的弊病。没有艺术的手腕描写，决不能增高文学的价值，引起儿童的注意。所以叙述第一要活泼泼地引人入胜，使儿童读后，如身历其境。……（四）用字要由浅入深的……（五）用字要日常应用的……（六）生字发见的次数要多……③

---

① 李红叶：《安徒生童话的中国阐释》，北京：中国和平出版社，2005 年，第 96—98 页。

② 郭沫若：《儿童文学之管见》（1921），邓牛顿、匡寿祥编《郭老与儿童文学》，郑州：河南人民出版社，1980 年，第 36、37、39 页。

③ 魏寿镛、周侯于编：《儿童文学概论》，上海：商务印书馆，1934 年，第 25—28 页。

即使在儿童文学翻译方面，语言的浅显易懂、儿童化也是翻译者们所竭力追求的。茅盾在语言上对于儿童文学译本就有着苛刻的要求："我们知道翻译'儿童文学'真不容易。译文既须简洁平易，又得生动活泼，还得'美'，而这所谓'美'决不是夹用了'美丽的词句'（那是文言的成份极浓厚的）就可获得；这所谓'美'，是要从'简洁平易'中映射出来。我们的苛刻的要求是：'儿童文学'的译本不但要能给儿童认识人生……不但要能启发儿童的想象力，并且要能给儿童学到运用文字的技术。"而他也提出自己对于"儿童文学"在语言方面的一个"最低限度的要求"，那便是"请避免半文半白的字句，不必要的欧化，以及死板枯燥的叙述（narrative）；请用些活的听得懂说得出的现成的白话"。①

鲁迅对自己翻译的《表》不满，也正是因为他原本"想不用什么难字，给十岁上下的孩子们也可以看"，然而，"孩子的话""知道得太少，不够达出原文的意思来，因此仍然译得不三不四"。②

最后我们说，文学革命运动的胜利使得儿童文学具备了坚实的语言基础——白话文，催生了现代意义上的儿童文学，也切实培养出了一批儿童文学的读者、创作者。而反过来，儿童文学工作者在对儿童文学语言特质——"小儿一样的文章"的探寻和实践中，也为中国文学语言、文学革命运动提供了一种可供借鉴、参考的理想范式。

作为"第一篇真正可以称为白话创作的现代文学童话"，③陈衡哲的科学童话《小雨点》（原载于1920年9月1日《新青年》第8卷第1号），不仅以一种生动有趣的童话的方式向儿童传达了一个科学的常识，更以一种流利而优美的白话刻画出一个有生命、活泼可爱又处处不脱其自然物性的小雨点形象。胡适在《小雨点》的序言中就说："当我们还在讨论新文学问题的时候，莎菲（陈衡哲）却已经用白话作文学了。"

郑振铎在为叶圣陶的《稻草人》作序时，就惊叹于叶圣陶的文字，甚而"带着敬意赞颂他的完美而细腻的描写"。郑振铎认为叶圣陶为儿童所创作的这一童话集，它的文字"很浅明"，"没有什么不易明了的地方"，"给读过四五年书的儿童看"是一定会很受欢迎的，然而，更重要的是，"在描写一方面，全集中几乎没

---

① 茅盾：《关于"儿童文学"》(1935)，孙海珠编《茅盾和儿童文学》，上海：少年儿童出版社，1990年，第411—413页。

② 鲁迅：《〈表〉译者的话》(1935)，《鲁迅全集·第十卷》，第437页。

③ 金燕玉：《中国童话史》，南京：江苏少年儿童出版社，1992年，第222页。

一篇不是成功之作”，不管是美妙怡人的风景描绘，还是儿童口吻和人物个性的精准捕捉和描摹，“不仅非一般粗浅而夸大的作家所能想望”，即在叶圣陶自己先于此集出版的小说集《隔膜》里“也难寻到同样的文字”。因此，郑振铎也认定，在艺术上，“圣陶是现在中国二三个最成功者当中的一个”。[①]“《稻草人》的语言不仅为中国现代童话也为整个现代文学树立起一个优秀的典范”。[②]

老舍在写出儿童小说《小坡的生日》(1931)后，说：“最使我得意的地方是文字的浅明简确。有了《小坡的生日》，我才真明白了白话的力量；我敢用最简单的话，几乎是儿童的话，描写一切了。……我相信这个，因而越来越恨‘迷惘而苍凉的沙漠般的故城哟’这种句子。”[③]

当代学者刘进才在系统考察中国现代语言运动时就注意到：“值得关注的是，儿童文学作品的创作虽然大都出自成人之手，当许多新文学作家纷纷操起另一幅笔墨创作儿童文学的时候，由于儿童文学在语言上的特殊要求使得创作者必须顾及儿童自身的语言习惯，欧化的句法及文言词汇的引入会相对得到控制，言文一致的目标在儿童文学领域似乎更容易达到。现代作家通过创作儿童文学自觉向儿童口语靠拢，也在不经意间改写了自身的语言习惯，现代语言运动的目标首先是在儿童文学领域实现的。以教育为旨归的现代语言运动呼唤并催生出现代新型的儿童文学文体，而儿童文学的发展与成熟又进一步巩固并扩大了现代语言运动的成果，并引领现代语言运动向着积极健康的方向迈进。”[④]

刘绪源甚至认为，是儿童文学引领了五四时期的这场文学革命运动，“胡适的白话文体中明显有西方近世儿童文学的影子”，[⑤]“胡适在外留学时，一定受过西方儿童文学的影响，这才创造了他那独特的平白的文体。更值得注意的是，‘五四’以后，中国的白话散文，正是以这样的文体作为基本的底色的”。而胡适尝试写作的白话新诗，在刘绪源看来更是具有一种童趣，一种浅近中饱含“真切、朴拙而雅淡的趣味”。从作品看，“似可分成两类：一是作者借助于儿童诗的

---

① 郑振铎：《〈稻草人〉序》(1923)，叶至善、叶至美、叶至诚编《叶圣陶集・第四卷》，南京：江苏教育出版社，1987年，第160—163页。

② 吴其南：《中国童话发展史》，上海：少年儿童出版社，2007年，第165页。

③ 老舍：《我怎样写〈小坡的生日〉》(1940)，朱守芬、盛巽昌编《老舍和儿童文学》，上海：少年儿童出版社，1996年，第458页。

④ 刘进才：《语言运动与中国现代文学》，北京：中华书局，2007年，第131页。

⑤ 周作人著，刘绪源辑笺：《周作人论儿童文学》，北京：海豚出版社，2012年，第315页。

形式，表达成人的感情；二是从形式到感情，本身就是儿童的（当然同时也是成人的）。胡适面对的读者都是成人，都是他的朋友，他没有自觉地为儿童创作，但这并不妨碍他在客观上写出了真正的儿童诗”。①

① 刘绪源：《中国儿童文学史略（一九一六—一九七七）》，上海：少年儿童出版社，2013 年，第 3—9 页。

第四章　进化论与中国现代儿童文学的早期创作实践

在前面我们曾强调过，中国儿童文学的发生，其特殊之处在于儿童文学理论的构建先于儿童文学的创作，外国儿童文学的翻译引进先于本土的儿童文学创作。我们又指出，对于儿童文学来说，语言形式起着决定性的作用，具有本体论上的意义。

《童话》作为“五四”以前，中国出版最早、规模最大、影响最深远的儿童读物丛书，已表现出一定的现代儿童文学自觉意识，如：编辑者孙毓修等人认识到儿童在文学上具有与成人不尽相同的审美心理和需求，不同年龄段的儿童亦具有不同的心智特点；能够实际听取儿童读者的意见，在编辑《童话》丛书时，特别注意选择与儿童读者相适应的内容、字数及表述方式；在编写上也试图努力做到“纯用白话”以便儿童阅读，总体上也的确已是讲故事的口语体；甚至还充分考虑到书籍的插图、排版和装帧设计等以吸引儿童，提高他们阅读兴趣。然而，《童话》丛书的性质仍是编译和编撰。至于其他用纯白话有意识地为儿童创作的儿童文学作品，就几近于无了。

因而，在这章中，我们谈论中国现代儿童文学的早期创作实践，主要对象即是五四时期新文学作家们（此时还没有专门的儿童文学作家）用纯白话创作的儿童文学作品，当然也包含了少部分晚清的学堂乐歌——它们的语言通常较为浅显，且都是有意识为儿童创作的。

在绪论中，我们曾明确，所谓现代意义上的儿童文学，简单来说即是为儿童的文学，指成人认识到儿童是一个成长中的具有独立人格和内外两面生活的完全的个人，为了满足儿童特殊的精神、审美需求，使他们得到娱乐和教益、身心健康发展，有意识地为他们创作的、适于他们阅读的文学。然而，受当时社会环境、时代精神的影响，中国现代儿童文学的早期作品中，尽管也有不少体现现代儿童观、充分考虑儿童特殊性、成功践行“儿童本位”理念的作品，但更多的却是不成熟之作,或过多地渲染属于成人世界的思想和心境,或过多地承载救亡图存、启蒙教化、社会改造的内容,使得作品整体上较为沉重,并不完全适于儿童阅读。

本章在论述时并不回避这些不成熟之作,只为较为忠实地反映出中国现代儿童文学发生期的创作面貌和特征。正如我们不能因为儿童的幼稚就彻底否定他们作为人的权利,我们同样不能因为这些作品的不纯粹、不成熟,就完全否定它们作为儿童文学的资格,后来者正是踏着它们铺下的粗糙道路,缓步向前的。值得说明的是,本章中所讨论的儿童文学作品,均选自较为权威的儿童文学作品选集,主要的如《中国儿童文学大系》。如果我们通读《中国儿童文学大系》,就会发现,中国儿童文学日后的发展、成熟,正有赖于早期这样一批不成熟、不纯粹,但在为儿童写作上不断尝试或说不断试错的作品。

而且我们说,这些看似并不专为儿童创作、也不适于儿童阅读的儿童文学作品,它们最终的确是为了儿童的。不管是号召少年儿童起来保家卫国、改造社会,还是不遗余力地批判无视儿童的传统儿童观、控诉黑暗残酷的社会现实,不管是描摹可爱孩童的悲惨夭折,还是崇拜儿童的纯真美善,都旨在唤起人们对于儿童的珍视与关爱,力求为儿童创造一个合理、健康的社会生活环境。

另外,为了紧扣本书,在数量颇丰的中国现代儿童文学早期创作作品中,我们所关心、所注目、所探讨的是那些与进化论关系更为紧密或者说更为直接的儿童文学作品。这虽然使得我们无法完整呈现中国现代儿童文学的早期创作实践面貌,但是却能让我们更清晰地看到进化论如何影响了中国现代儿童文学的早期创作实践面貌。

第一节 被发现的儿童——进化论视野下的多维儿童形象

一、童年之死:现实生活中儿童的生存境况

茅盾在《关于“儿童文学”》中曾特别强调,“‘五四’时代的开始注意‘儿童文

学'是把'儿童文学'和'儿童问题'联系起来看的"。[1] 的确如此，人们在进化论的视野下发现了儿童，但人们同时也就发现这些"被发现的儿童"正面临着或这样或那样的问题，甚至还挣扎在生存的基本线上，于是鲁迅"救救孩子"的呼声成了时代的一个强音。"救救孩子"，既是要拯救孩子的身体和精神，也是要拯救他们被剥夺的完整童年。

在这一时期，我们可以看到大量儿童文学作品都以少年、儿童为主要描摹对象，这正是儿童被发现的表征之一，而纵观这些作品，我们也不难看到，这些作品又大都是对"儿童问题"，尤其是"童年之死"这一普遍现象的反映、反思。实际上，这也构成了这一时期儿童文学创作的鲜明的时代特色之一。

对"儿童问题"的叙写，主要是在家庭、社会、学校三个场景中展开，而无论在哪个场景里，儿童多以苦难者、受害者的形象出现，他们往往有着十分悲惨的童年(如果说他们仍有"童年")，他们的身体和精神饱受摧残，甚而以各种方式死去。

刚刚登上文坛不久的冰心便以其独特的秉性、敏锐的眼光、巧妙的构思，创作了一组以少年儿童不幸遭遇为题材的"问题小说"。

《庄鸿的姊姊》[2]中，秋鸿的姊姊是一个聪慧、好学、有志向的少女，然而家庭的困顿，祖母"女子读书无用"的论调，使她无奈辍了学。辍学在家的姊姊不断勉励着弟弟好好学习，而她自己却因为生活的劳碌和精神的抑郁而死去。

《是谁断送了你》[3]中，少女怡萱收到一位陌生男同学的邀约信，父母不问缘由，便对怡萱表现出极大的愤怒和失望，使得怡萱在巨大的精神抑郁中死去。冰心不得不痛心叩问，到底是谁断送了一个花季的少女?

清末民初，严复、梁启超等人就曾表现出对早婚、童养媳问题的高度重视，他们极言早婚之害，认为中国人种孱弱、智识低下，国民资格卑下，国家贫困，社会动乱，道德败坏，早婚都难逃其咎。梁启超指出"西人以一人为本位，中国以一家族为本位"，这是造成中国早婚现象严重的重要原因之一。但在对早婚弊害的剖析中，我们可以看到，不管是严复还是梁启超，他们都并非以"一人"为落

---

① 茅盾:《关于"儿童文学"》(1935)，孙海珠编《茅盾和儿童文学》，上海:少年儿童出版社，1990 年，第 410 页。

② 冰心:《庄鸿的姊姊》(1920)，卓如编《冰心和儿童文学》，上海:少年儿童出版社，1990 年，第 587—592 页。

③ 冰心:《是谁断送了你》(1920)，卓如编《冰心和儿童文学》，上海:少年儿童出版社，1990 年，第 614—617 页。

脚点，而是处处以“国家”为落脚点。[①]

从“种”及“国家”的角度切入思考早婚、童养媳问题，这是生物进化论的应有之义，也是晚清民族国家观念下的必然结果。而五四时期，随着对“儿童”这一独特生命个体的进一步发现和对传统伦理道德、社会家庭制度的彻底批判，“童养媳”这一特殊的儿童群体再次进入作家们的视野，成为特别受到关注的对象。她们的生活、遭遇、思想、感受，都得到了作家们细腻、生动、深刻的表现，“童养媳”制度由此也展露出其极不人道，极不合理的地方。这无疑使人们对“童养媳”这一特殊群体有了更为深入的了解，也引起了人们对其更为深切的同情，“童养媳”制度因此也遭到了史无前例的谴责和批判。

《最后的安息》[②]中，冰心即把矛头指向了“童养媳”制度，将同情的笔触置于童养媳身上。十四岁的少女翠儿是一个童养媳，她朴厚可爱，却遭到婆婆“百般的凌虐”，“她脑中所充满的只有悲苦恐怖，躯壳上所感受的，也只有鞭笞冻饿。她也不明白世界上还有什么叫做爱，什么叫做快乐，只昏昏沉沉的度那凄苦黑暗的日子”。城里来的女伴惠姑的出现，仿佛在她“悲苦恐怖”的黑暗生活中射进了一束光线，然而，这光转瞬即逝，在惠姑就要回城的前夕，翠儿想要抓住这最后的光明，恳求惠姑带她一起走，却被婆婆得知，遭惨打至死。这篇小说在艺术上也很有特色，童养媳翠儿十几年内心世界的变化浓缩在与惠姑的四次交谈之中，小说自始至终蕴含着一种深沉的、激情的、震撼人心的艺术感染力。

同样写童养媳的，再如王统照的《纪梦》。[③] 受生活所迫，少女霍君素被父母当质押品般地典当到一位陌生的老太太家中做童养媳。寄人篱下的屈辱，让她变得沉默寡言，成为同学们眼中的“活哑巴”。一次作文课，老师布置了作文题“纪梦”，当别的女同学都沉浸在自己少女时代丰富多彩、自由活泼的梦境，捕捉那“最微细、最柔腻、最深幽的”少女的情绪时，这作文题却勾起了她难堪的回忆，引起她对生活的无望，为了结束自己的“苦梦”，她投入了河流。

在家庭的场景中，还有“小仆人”“小丫头”这样一群被迫寄人篱下，出卖劳

---

① 严复对早婚、童养媳问题的关注我们在前面第二章第一节“保优胜人种：触及儿童的生养”中已有过论述；梁启超对于早婚问题的探讨主要集中在《新民议·禁早婚议》(1902)一文中(梁启超：《新民议·禁早婚议》(1902)，《梁启超全集·第三卷》，第621—625页)。

② 冰心：《最后的安息》(1920)，卓如编《冰心和儿童文学》，上海：少年儿童出版社，1990年，第597—606页。

③ 王统照：《纪梦》(1924)，浦漫汀主编《中国儿童文学大系·小说(一)》，太原：希望出版社，2009年，第163—170页。

力，受人凌辱，没有自己童年的儿童群体。

十二岁的小姑娘阿美在“大人家”里当丫头，时常遭受侮辱和毒打，因被怀疑偷了家里的东西，而被打至半死，而她的将死对少爷来说不过是缺少了一件玩具(《阿美》①)；十三岁的小全在“我”家当小仆人，却遭受了“我”这个任性小少爷的百般严厉教训和威权逼迫，他那一双“肿得像坟墓，黑得像炭堆，红色间着紫痕，血肉模糊，疮斑相间”的手无声地诉说着他所遭受的痛苦和“我”的罪愆(《红肿的手》②)；九岁的美丽小女孩梅丽，有着不幸的童年，四岁时就被拐卖给一位少奶奶做婢女，每天过着“阴暗、悲惨、憔悴”的生活，要做许多苦工，而且经常挨打，“她的生命像一条刚出地面的嫩芽，天天要受磨损，受摧残。于是在它并未开花、发叶之前，便渐渐地枯萎下去了”(《女孩》③)。

而家庭贫困造成的儿童童年悲苦、教养缺失是更普遍的现实。《阿菊》④中，贫困的家境使得阿菊的父母一直忙于活计，对阿菊不闻不问，八岁的阿菊一直生活在幽闭黑暗的破屋里，凝滞的生活让她变得感觉迟钝、麻木，如同一个“低能儿”。

刘半农的《饿》(1920)⑤则有力地刻画出了一个处于饥饿煎熬中的可怜儿童，饥饿使他无法像其他的孩子一样唱歌、游戏，而母亲的辛酸无奈和父亲的严厉眼神，让他只得在饥饿中眼巴巴地望着别家孩子的吃食，沉浸在对食物的无限幻想和渴望中。作者深刻、细腻的笔墨足以拨动每一个读者的心弦。

王统照的《湖畔儿语》中，⑥小顺每晚游荡在苇塘边，只为避开在家出卖肉体的母亲，“我”悲哀地意识到，“现代社会组织下贫民的无可如何的死路”，过着“非人的生活”，而当“我静静地想到每一个环境中造就的儿童……使我对着眼

---

① 赵景沄：《阿美》(1923)，浦漫汀主编《中国儿童文学大系·小说(一)》，太原：希望出版社，2009年，第98—101页。

② 赵景深：《红肿的手》(1923)，浦漫汀主编《中国儿童文学大系·小说(一)》，太原：希望出版社，2009年，第102—107页。

③ 洪灵菲：《女孩》(1928)，浦漫汀主编《中国儿童文学大系·小说(一)》，太原：希望出版社，2009年，第264—268页。

④ 叶圣陶：《阿菊》(1920)，张美妮、金燕玉主编《百年中国儿童文学精品文丛·小说卷(1)》，广州：新世纪出版社，2001年，第1—7页。

⑤ 刘半农：《饿》(1920)，浦漫汀主编《中国儿童文学大系·散文(一)》，太原：希望出版社，2009年，第1—3页。

⑥ 王统照：《湖畔儿语》(1922)，浦漫汀主编《中国儿童文学大系·小说(一)》，太原：希望出版社，2009年，第78—83页。

前的小顺以及其他在小顺的地位上的儿童为之战栗”！

还有更多“饥饿、寒冷、愁苦、困倦、病的小孩”，①几乎可以说是那个“乱难时代”孩子的集体写照。他们是时代的牺牲者，他们痛苦悲惨地生，无声无息地死，没有人来怜悯和理会他们，只是徒然增多了至亲的心痛和眼泪。

而当我们把眼光从家庭的场景转移至更大的社会场景中时，我们便能看到更多的加之于儿童身上的人间疾苦，以及社会动荡所给儿童造成的悲惨境遇。

柔石的《人间杂记》②就以“偷果子的小孩”“死所的选择”“六月的赐惠者”三组街头素描，描摹出生活在人间世的“孩子”的悲惨之境。两个小孩只因为偷换了店家的一只梨，就被店家捉住痛打，又被污蔑为惯偷。“我”“冰冷”地离去，不愿再看，这是对这冷酷无情的人间世的无奈，更是鄙夷。

得了急性痧症的穷孩子躺倒在路边，奄奄一息，而围观的那些“善男信女”们讨论他的病痛，取笑他的惨状，甚而厌恶他躺倒在路边可能引起传染，没有人对他施以援助之手。“我”不免怨怒这孩子的不死在荒山里。这怨怒原不是给小孩的，却是对于这黑暗而冷漠的人间世。

“六月的赐惠者”中的小男孩则像是安徒生笔下的那个“卖火柴的小女孩”，在炎炎夏日里四处奔波兜售冰块，给人们带去清凉，却又被粗暴地对待，而最终他中暑倒在地上，他的生命“也将与他的冰一同化为蒸汽升天了”。

而世事的动乱——军阀混战、土匪肆虐、官兵无道，也破坏了孩子们本应快乐安定的童年。

王统照的《雪后》③中，孩子们辛苦用雪堆成的小楼，在一夜的兵乱中，被毁坏得无影无踪。实际上，兵乱毁坏的也是孩子们珍贵的童年。兵乱如同一个怪物，逼迫着父亲离家当兵，生死未卜；母亲在夜里担惊受怕，暗自流泪；伙伴们无法继续在雪后游戏，惊惶害怕，它给本应该明亮的雪后世界和孩子们幸福快活的童年蒙上了一层浓厚的悲哀的阴影。

---

① 孙俍工：《隔绝的世界》(1923)，浦漫汀主编《中国儿童文学大系·小说(一)》，太原：希望出版社，2009年，第108页。

② 柔石：《人间杂记》(1929)，浦漫汀主编《中国儿童文学大系·散文(一)》，太原：希望出版社，2009年，第64—68页。

③ 王统照：《雪后》(1920)，浦漫汀主编《中国儿童文学大系·小说(一)》，太原：希望出版社，2009年，第27—30页。

还有那些迫于生计，捡拾子弹壳，却被兵丁击中身亡的拾荒孩童（《三儿》[①]）；在兵匪战乱中失去所有亲人，无家可归的孩子（《完卵》[②]）；直接参与抗击土匪，直面战乱的血腥、残酷、恐怖以及亲人生离死别的少年（《一只破鞋》[③]）；被土匪占领村寨，又遭受官兵攻打，命悬一线，不得不离弃亲人，远走他乡，讨生活，求生存，又茫然不知所去的少年（《到何处去》[④]）。

总之，这个时期，人们对儿童生存境况的深切关注，达到了历史上前所未有的程度，而以文学的形式如此集中地叙写儿童以及"童年之死"，也是中国文学史上从未有过的。尽管这些叙写儿童的作品可能如冰心所说，大部分是"写儿童的事情给大人看的，不是为儿童而写的"，[⑤]但我们也不可否认，这些作品最终却是为了儿童的。作者们不遗余力地批判无视儿童的传统儿童观，控诉黑暗残酷的社会现实，描摹可爱孩子的悲惨夭折，即旨在唤起人们对于儿童的怜悯、同情和关爱，力求为儿童创造一个合理、健康的社会生活环境。

如洪灵菲在《女孩》中所表达的，"的确地她生得很美丽，两只小眼睛燃烧着稚气而有活力的光。它们好像站在全人类之前诉说它们的生机活泼，好像在诉说它们的小主人是有生存下去的权利的。这就是说，那生命的嫩叶，想要开花，想要发叶。但是，现实的生活就和大石一般地压在这小生命身上，因此，她一天一天地憔悴下去了"。[⑥] 想要让这些小生命重新焕发生机活力，只有先挪开了压在他们身上的生活重石，而作家们也替他们站在全人类之前说出了他们的喜怒哀乐，说出了他们的生存下去的权利。而且，其中一些篇章在叙写儿童时，也尽可能做到了贴近他们的情感和心理，描摹出了他们的童言稚语和可爱生动的姿态。

---

① 冰心：《三儿》(1920)，卓如编《冰心和儿童文学》，上海：少年儿童出版社，1990 年，第 618—619 页。

② 普生：《完卵》(1921)，浦漫汀主编《中国儿童文学大系・小说(一)》，太原：希望出版社，2009 年，第 24—26 页。

③ 徐玉诺：《一只破鞋》(1923)，浦漫汀主编《中国儿童文学大系・小说(一)》，太原：希望出版社，2009 年，第 116—123 页。

④ 徐玉诺：《到何处去——在摇篮里之三》(1923)，浦漫汀主编《中国儿童文学大系・小说(一)》，太原：希望出版社，2009 年，第 130—135 页。

⑤ 冰心：《我是怎样被推进儿童文学作家队伍里去的》(1980)，卓如编《冰心和儿童文学》，上海：少年儿童出版社，1990 年，第 134 页。

⑥ 洪灵菲：《女孩》(1928)，浦漫汀主编《中国儿童文学大系・小说(一)》，太原：希望出版社，2009 年，第 265 页。

这同时也表明，人们对儿童具备了一种现代的情感。在这之前，小生命始终摆脱不了默默无闻的命运，他们的夭折可能会引起悲伤，但也会很快被遗忘，他们的特殊性被视而不见，童年更是短暂得不足以回忆。但这一切，在二十世纪初，正被人们质疑和反思，人们对于孩子的新的认识和情感正在兴起，且颇具规模和普遍性。

学校作为一种现代教育机构，在二十世纪初逐渐替代传统的私塾，成为新的教育形式，由此也“隔离”出了“学生”这一特殊儿童群体。表现学生的学校生活，反思学校教育，也成为中国现代儿童文学早期创作的重要实践方向。在这方面，庐隐和叶圣陶是较为突出的代表。

尽管现代学校将“学生”从社会中“隔离”了出来，但学校不是以真空的形式存在的，从某种程度上说，学校也就是周围世界的缩影，尤其是在兴起初期，受着社会环境的巨大影响，这里也展现着人性的美丽与荣耀、丑陋与卑劣。

庐隐的《两个小学生》①中，国枢和坚生两个小学生，“为了教育的前途”，年幼的他们怀着一腔热诚和天真，鼓舞起勇气，去向政府请愿，但他们却遭到了政府卫兵的暴力镇压。他们承担了本不该是他们这个年纪所该承担的责任，也遭受了本不该是他们这个年纪所该遭受的残暴。而作者也试图借这些“时时振作活泼的精神”、“纯洁无瑕”、毫不畏惧，却又无辜受罪、凄惨悲痛的小学生，控诉这不仁的世道，引起人们大的同情心，共同抵抗这黑暗的世界。

《危机》②则是反思家长、学校对孩子精神的束缚。两个学生张文和尤成，因再无法忍受“专制的家庭”强加给他们的囚牢一般的读书生活，终于寻着机会，上演了一出离家出走的闹剧。而他们学校的校长则对此引以为戒，反对诸如富兰克林这样一些教材的选择，认为它们会怂恿孩子的冒险精神，甚而认为学校的责任应当是矫正学生固有的“谬误”思想，给予他们“正当”的思想，让他们懂得平淡生活的趣味。

在表现儿童心理上，庐隐也相当成功。两个学生出逃后的打算，竟是效仿梁山好汉，准备投奔河南的土匪入伙：

> “我们向河南一带去，那里不是有土匪吗？咱们投伙去，你看水浒里的

---

① 庐隐：《两个小学生》(1921)，浦漫汀主编《中国儿童文学大系·小说(一)》，太原：希望出版社，2009年，第44—49页。

② 庐隐：《危机》(1925)，浦漫汀主编《中国儿童文学大系·小说(一)》，太原：希望出版社，2009年，第192—196页。

英雄，他们多快活！咱们入伙之后，练习些打仗的本事，然后咱们邀着他们一起出去统一亚洲，把那些欺负我们的矮人，一刀一个都杀干净；我们就作一个亚洲的拿破仑，我们也娶一个顶美的……"尤成说到这里顿住了，但他仿佛这些幻想立刻便可成事实，在树杈上，不住地手舞足蹈，险些儿掉了下来。

小学教员出身的叶圣陶，尽管后来以童话创作奠定了他在现代儿童文学史上的崇高地位，但在他走上文学创作道路初期，却是以"教育小说"闻名的，他十分关注学校教育问题，在其创作中常常表现有关教育思想及改进教授方法的内容。

《一课》[①]中，叶圣陶描写一个孩子不间断的幻想，用一种意识流的手法，写出了生性热爱自然、幻想、欢乐、自由、冒险、游戏，彰显着"动的生命"的孩子们，与总是显着"冷峻的面容"，迈着"沉重的脚步"，上着枯燥乏味的课，不懂得孩子也不尊重孩子的先生们的冲突，"动的生命"被关闭在隔绝一切生活和自然的教室里近乎"活不成了""死了"。

《义儿》[②]中，十二岁的义儿，喜欢天马行空地画画，"喜欢奔跑，喜欢无意识地叫喊，喜欢看不经见的东西，喜欢附和着人家胡闹"，然而，他显露的绘画天赋没有人加以注意，更没有人加以鼓励，反而落得了"愚笨懒惰等等罪名"，受到老师们的严厉斥责，挨了失望的母亲的揍打。而《小铜匠》[③]中的陆根元，这个在教员们眼中显得低能、迟钝、蠢笨的少年，在辍学后却学得一手好手艺。这也不得不使人反思学校的教育方法，"像根元这一类的孩子，我们不能使他们受一点影响，不如说因为我们不曾知道关于他们的一切。我们与他们，差不多站在两个国度里，中间隔着一座又高又厚的墙，彼此绝不相通。我们怎么能把他们教好呢"！

总而言之，从家庭、社会、学校三个场景出发，叙写儿童的生活、生存境况，也成为之后儿童文学创作的重要方向，中国现代儿童文学的早期创作实践无疑

---

① 叶圣陶：《一课》(1921)，浦漫汀主编《中国儿童文学大系·小说(一)》，太原：希望出版社，2009年，第39—43页。

② 叶圣陶：《义儿》(1921)，浦漫汀主编《中国儿童文学大系·小说(一)》，太原：希望出版社，2009年，第50—56页。

③ 叶圣陶：《小铜匠》(1922)，浦漫汀主编《中国儿童文学大系·小说(一)》，太原：希望出版社，2009年，第93—97页。

为后来者提供了较为成功的示范。而且，中国现代儿童文学早期创作实践中，儿童文学与“儿童问题”紧密相连，儿童文学紧扣时代脉搏，反映社会现实等特色，也都为后来者所继承。

二十世纪三四十年代，尽管仍多有叙写受压迫、摧残的社会底层儿童苦难生活的儿童文学作品，但由于无产阶级革命思想的深入传播，此一时期的作家们常对儿童苦难与不幸的问题作出不同于五四时期的归因，并且初步指示出解决问题的方法，突出了阶级斗争的理念，重在描写儿童的觉醒与反抗。革命的小同志，小战士，小布尔什维克，少年先锋队队员等等，是他们更为荣耀的身份，他们显然更有力量，也更知道生活的努力方向。而且“一改五四小说中儿童形象的普遍善良、纯洁，这一时期儿童小说中的儿童形象却发生了分化，贫富对立、阶级对立的二分式‘想象’，使得小说中穷苦儿童大多具备善良、纯洁、倔强、富有同情心和反抗精神的美德，而富贵的、资产阶级的儿童却普遍骄横、邪恶、缺乏同情心。这种‘二分式’想象的逻辑可以概括为：城乡对立、贫富对立、阶级对立、善恶对立。这也是三四十年代儿童文学区别于五四儿童文学的新型伦理”。①

然而，我们同时需要看到的是，自中国现代儿童文学早期创作实践以来，儿童文学中就显露出的过于焦灼的问题意识和与现实过于紧密的特点，无疑也为中国儿童文学的发展带来了一些负面影响。作家们常常迫切地想要在儿童文学中为儿童生活、成长、教育等现实问题寻找解决途径，在极端情况下，儿童文学就沦落为了时代的传声筒，教育孩子的工具，作品常常出现为了满足主题和叙事功能的需要对人物形象进行简单化处理，倾向于作家观念的直接传达，采用雷同的叙事模式等情况，而忽视了儿童、儿童文学、儿童审美接受的特殊性。而且，作家创作的视角和姿态，对儿童认识的充分性，对问题、事件本身思考的深度等都制约着其艺术性的发挥。

因此，儿童文学作家如何将创作目光投向儿童更为广阔的生活，塑造更为多元的人物形象，以拓展题材范围，更新主题内容；如何站在更高的阶梯上，以发现的、艺术的眼光书写儿童的特殊性，再现儿童复杂的、真实的精神面貌和生存状态，同时完成对时代宏大命题的传达，对现实问题的思考和解决等，使现实生活中的小读者乐于和易于接受，并且受到影响，的确是中国儿童文学需要继

① 杜传坤：《中国现代儿童文学史论》，北京：中国社会科学出版社，2009年，第226页。

续上下求索的。

二、不能承受之重：儿童对民族、国家的爱与承担

（一）“开卷爱国心，掩卷忧国泪”：晚清学堂乐歌的爱国主旋律

前面第二章第二节中我们谈到梁启超以进化论为基点，构建起了他的现代民族国家思想，强调现代国民是现代民族国家的根基，又将新民的重心放在青少年身上，期望他们担负起建设现代民族国家的历史重任。于是，在他新民的诸多要义中，养成爱国之心成为十分重要的一项。第三章第一节中，我们又谈到梁启超将文学，诸如诗歌、小说等，作为启蒙国民和儿童的重要工具加以倡导，进而推动清末的文学改革。

就诗歌来说，梁启超指出诗歌作为韵语文学，深受儿童喜欢，也十分便于他们学习记忆，所以他建议不管何种学问，也不管何种思想理念，都可以编入诗歌中以启蒙儿童。梁启超同时又十分看重新式学堂“唱歌一科”，认为将诗歌与音乐结合在一起，既能使儿童获得更多的愉悦感，也便于儿童传唱，从而流传更广，使广大儿童尤其是学堂儿童在潜移默化中受到精神影响。这也便是清末“学堂乐歌”兴起的重要背景。

“学堂乐歌”在当时也被称为“唱歌”“乐歌”“歌词”“童谣”“学生歌”等，可以说是“儿童诗歌”在清末民初特定社会教育背景下的一种尚不自觉的变体。与“儿童小说”“童话”等儿童文学体裁在清末民初几乎以编译完全取代创作的状况相比，“儿童诗歌”的变体——“学堂乐歌”则几乎全是创作，而且也较它们更早地正式进入儿童教育体系，成为学校的教科书，或是教育的辅助读物，在儿童群体中具有巨大的影响。

1904 年，最早的学堂乐歌专集《教育必用学生歌》由戢元丞编辑出版，在《学生歌编辑之起意》中，戢元丞集中表达了他对于学堂乐歌的理解。[①] 编者看重“唱歌”“最足感人性情”的艺术功用，主张将“唱歌”引入儿童教育，作为学校“最要学科”，用作“陶铸国民、激励学者”的工具，并且强调“唱歌”创作必须“本爱国为宗旨”，“以发生爱国心为第一主义”。这些见解既为编者所主张，实际上也是那个时代的共识。

梁启超不仅是“学堂乐歌”的较早倡导者，也是早期重要的实践者。在为中

① 蒋风、韩进：《中国儿童文学史》，合肥：安徽教育出版社，1998 年，第 69 页。

国积弱溯源时，梁启超曾指出中国人“爱国之心薄弱，实为积弱之最大根源”，[①]而这与缺少宣传教育及浓厚的社会舆论氛围密切相关。梁启超看到，“海外之国，其民自束发入学校，则诵爱国之诗歌……”而国内民众多不知国家为何物，不知国家之危亡，不以国家为念，不以国事为事，不知国耻，[②]因此，以乐歌的形式对国民尤其是青少年进行爱国主义教育势在必行。仅1902年，梁启超就创作有《爱国歌》《黄帝》《终业式》等数篇爱国诗歌，有的依歌谱曲，很受少年学生的欢迎，广为流行。

如其《爱国歌》(四章)中一章：[③]

> 彬彬哉我文明，五千余年历史古，光焰相属何绳绳。圣作贤述代继起，浸濯沉黑扬光晶。——君不见，朅来欧北天骄骤进化，宁容久扃吾文明。结我团体，振我精神；二十世纪新世界，雄飞宇内畴与伦？可爱哉我国民！可爱哉我国民！

《爱国歌》以饱含爱国之情书写中国地域之广博、人种之繁盛、文明之灿烂、英雄之轰烈，以此鼓舞起青少年的民族自豪感，号召这群二十世纪的新国民振奋精神，团结一致，再创辉煌。撇去曲调不说，《爱国歌》光是读来便感一唱三叹，气势磅礴，具有强烈的艺术感染力。《终业式》[④]同样满蕴着梁启超对中国将来的主人翁——少年一代的殷切希望，勉励他们奋发努力，踏踏实实做学问，且行且珍惜，承担起复兴中国的历史重任。

尽管梁启超的“学堂乐歌”创作已经初步考虑到儿童读者的审美接受特点，力求做到浅明畅晓，在“古风格”中掺杂俗语、白话，不避“新名词”“新语句”，营造“新意境”，传播“新理想”，然而，相对而言，梁启超的诗歌语句毕竟还略显古涩，句式上也较为拘谨，更适合年龄较大的青少年学生。这也是这一时期大部分“学堂乐歌”的总体特色。

晚清学堂乐歌的蓬勃发展，同梁启超的鼓吹、示范与大力扶植是分不开的，在《饮冰室诗话》中，梁启超给予学堂乐歌的创作实践者以很高的评价和切实的

① 梁启超：《中国积弱溯源论》(1900)，《梁启超全集·第二卷》，第413页。

② 梁启超：《爱国论》(1899)，《梁启超全集·第二卷》，第273页。

③ 梁启超：《爱国歌》(1902)，盛仰红编《20世纪中国儿童文学系列·百年诗歌精品》，上海：上海社会科学院出版社，1996年，第1页。

④ 梁启超：《终业式》(1902)，阿英编《晚清文学丛钞·说唱文学卷(上册)》，北京：中华书局，1960年，第18—19页。

精神支持。这一时期，创作“学堂乐歌”影响较大的还有黄遵宪、曾志忞、沈心工、李叔同、杨度等人。

黄遵宪曾提出“我手写我口”的诗歌改革主张，践行以口语入诗，是晚清“诗界革命”的中坚。而他也以活泼清新、明白晓畅的笔调，创作了数篇“儿童诗歌”，如《幼稚园上学歌》《小学校学生相和歌》等。梁启超在《饮冰室诗话》中全文引录了后者，并赞其为“一代妙文”。我们且看《小学校学生相和歌》（十九首）中部分歌词：①

勉勉汝小生，汝当发愿造世界。太平升平虽有待，此责此任在汝辈。华胥极乐华严庄，更赋六合更赋海。於戏我小生，世运方日新，日进日日改。（第十九首）

在《小学校学生相和歌》中，黄遵宪向“小生”们传达独立、自强、合群、义务、公理等诸多新思想，而归根结底是激励“小生”们担负起一雪国耻、强国保种、建设新国的重任。

曾志忞被梁启超称为我国近代音乐“此学先登第一人”，他在宣传音乐对学校教育的重要意义和从事儿童歌曲的作曲的同时，也极为重视歌词的创作。在《〈教育唱歌集〉序》中他曾提出“学校唱歌”应“以他国小学唱歌为标本”，大胆吸收欧美、日本的成功经验，即“以最浅之文字，存以深意，发为文章”，要以“俗”“直”“自然”“流利”来代替“文”“曲”“填砌”“高古”，使“童稚习之，浅而有味”。②他自己在创作歌词时便努力践行着自己的主张，大量运用铿锵有力的口语、俗语，尽可能使其浅显明白，易于儿童接受，但同时，在内容上又追求饱含“深意”，向少年儿童传播新思想，鼓舞他们变革现实、力图进取、振兴民族。如其代表作《新》：③

新新新，新新新，四万万国民，日日如临阵！廿世纪，放光明，晓日升天眼界清。

新新新，新新新，四万万方里，变做黄金地，人既众，心要齐，家家高悬

---

① 黄遵宪：《小学校学生相和歌》（十九首），陈铮编《黄遵宪全集（上）》，北京：中华书局，2005年，第225—227页。

② 曾志忞：《〈教育唱歌集〉序》（1904），王泉根评选《中国现代儿童文学文论选》，南宁：广西人民出版社，1989年，第10页。

③ 曾志忞：《新》（1903），盛仰红编《20世纪中国儿童文学系列·百年诗歌精品》，上海：上海社会科学院出版社，1996年，第6页。

黄龙旗。

新新新，新新新，新党出奇谋，荣光照五洲，保我种，复我仇，杀尽豺狼方罢休。

新新新，新新新，新民其听听，智识要长进，富我国，练我兵，五洲万国做主人。

沈心工是学堂乐歌的另一重要编创者，也是我国较早的儿童音乐家，他创作的儿童歌曲思想启蒙倾向同样明显，多以爱国、民主、尚武、勉学等为主题，以“鼓吹新学思潮，标榜爱国主义”为主旨。但在艺术上，他不仅积极响应黄遵宪倡导的“我手写我口”的主张，而且能够深入体味儿童心理，尊重不同年龄儿童的不同心理、生理特征，因此，他创作的儿童诗歌真正达到了“浅而有味”的艺术效果，深受少年儿童欢迎，代表作品有《竹马》《兵操》《雁字》等。[①]

小小儿童志气高，要想马上立功劳，两腿夹着一竿竹，洋洋得意跳也跳。

——沈心工《竹马》

最后，我们再来看一首李叔同的《祖国歌》：[②]

上下数千年，一脉延，文明莫与肩；
纵横数万里，膏腴地，独享天然利。
国是世界最古国，民是亚洲大国民。
乌乎大国民！乌乎，唯我大国民！
幸生珍世界，琳琅十倍增声价。
我将骑狮越昆仑，驾鹤飞渡太平洋。
谁与我仗剑挥刀？
乌乎大国民，谁与我鼓吹庆升平！

作者以无比自豪的心情盛赞中华文明古国的悠久与灿烂，又以无比豪迈之情向年轻一代发出邀约，共同抵抗外来的侵略，维护祖国的声誉，保全祖国的平安。丰子恺在《回忆儿时的唱歌》一文中曾回忆道：“这歌曲在沪学会的刊物上

① 胡从经：《晚清儿童文学钩沉》，上海：少年儿童出版社，1982年，第25—26页。

② 李叔同：《祖国歌》(1905)，盛仰红编《20世纪中国儿童文学系列·百年诗歌精品》，上海：上海社会科学院出版社，1996年，第14页。

发表之后，立刻不胫而走，全中国各地的学校都采作教材……我还记得：我们一大群小学生排队在街上游行，举着龙旗，吹喇叭，敲铜鼓，大家挺起喉咙唱这《祖国歌》……"[①]其影响之大，可以想见。

总之，此一时期学堂乐歌的出版蔚为大观，数量颇丰，触及儿童及社会生活的各个方面。但最多的还是这样一些宣扬爱国主义的作品：重在叙写国事的沦丧、民族的危亡，抒发愤激、忧虑之情，传达民主变革、独立自治等新理想，旨在激发国人尤其是少年儿童的爱国之心，促其觉醒，鼓舞他们勇于承担、敢于抗争、奋发图强、不畏牺牲的精神。这也成为当时学堂乐歌吟咏的主旋律。

学堂乐歌从一开始就有着明确的读者对象，而且在创作时也十分注意读者对象的审美接受特点，它们所给予少年儿童的审美愉悦是毋庸置疑的。在当时内忧外患、民族危亡的历史语境中，许多乐歌也的确给予了少年儿童超乎想象的力量，确实起到了促进觉醒、激发爱国热情、振奋精神的作用。[②] 尽管如此，学堂乐歌的出发点却仍然不是基于儿童自身的需要的。

但不管怎么说，晚清学堂乐歌的蓬勃发展，从题材到内容，从形式到语言，都为五四时期的儿童诗歌创作积累了丰富的经验，提供了宝贵的借鉴。更重要的是，它也在中国文学画廊上史无前例地留下了一群热血爱国、富有责任感的光辉的少年形象。

（二）爱国与爱人类：少年人的徘徊

到了五四时期，内忧外患的国情并未改变，民族危亡的警报也时时响彻在人们耳边。青少年学生群体依然是人们寄予厚望的对象，人们鼓舞着、期待着他们担负起拯救民族、振兴国家的重任。这显得十分自然，自晚清梁启超等人在进化论、民族国家的视野下"发现"了他们起，他们就一直被视为"今日国家和

---

① 丰子恺：《回忆儿时的唱歌》（1958），《丰子恺儿童文学全集・儿童散文卷》，北京：海豚出版社，2014 年，第 344 页。

② 丰子恺曾回忆当时学唱《励学》一歌时的情景感受："我们学唱歌，正在清朝末年，四方多难，人心乱动的时候。先生费了半个小时来和我们解说歌词的意义。慷慨激昂地说，中国政治何等腐败，人民何等愚弱，你们倘不再努力用功，不久一定要同黑奴红种一样。先生讲时声色俱厉，眼睛里几乎掉下泪来。我听了十分感动，方知道自己何等不幸，生在这样危殆的祖国里。我唱到'亚东大陆将沉没'一句，惊心胆跳，觉得脚底下这块土地真个要沉下去似的。所以我现在每逢唱到这歌，无论在何等逸乐，何等放荡，何等昏迷，何等冥顽的时候，也会警惕起来，振作起来，体验到儿时的纯正热烈的爱国的心情。"（丰子恺：《儿童与音乐》（1932），《丰子恺儿童文学全集・儿童散文卷》，北京：海豚出版社，2014 年，第 105—106 页。）这篇回忆文字写于 1932 年，距所记事已逾三十年岁月，足见爱国歌曲熏陶浸染力量的悠长和深远。

世界的主人翁，进化潮流的中心点”。① 但这重任于他们是否能够承受，在当时的时代语境下，却鲜少有作家认真地思索过。

蒋光赤的《疯儿》②中，中学生方达因为日本人杀死了中国工人，所以响应学生联合会的号召，热血澎湃地加入了一场争人权、争自由，反帝国主义的游行示威运动。然而，运动遭到了外国士兵的血腥镇压，死伤无数。方达尽管逃脱了，却因为受刺激过度，“疯”了。他哭喊着要去和外国人拼命，又咒骂那些对于外国人的暴行无动于衷甚至粉饰、包庇的医生、法官、军阀、资本家、新闻记者……他骂他们是“贱种”“亡国奴”“卖国贼”“冷血动物”。他最终在极度的愤怒中死去。

尽管我们说作者的本意是想以中学生方达的“疯”和死来“骂”醒、刺痛麻木不仁的人们——儿童的悲惨命运、不幸遭遇总是更能激起人们的同情心，而儿童的英雄行为也更能激励人们的爱国之情，然而，我们不得不承认的是，抵抗侵略、拯救国家、复兴民族的历史重担无疑是沉重的，这是一个十五岁的少年的精神和身体都无力担负的，方达的“疯”和死便是明证。

在时代的洪流中，很少有人会意识到加于少年儿童的这种“不能承受之重”，“国家兴亡，少年有责”，这是能够由进化论推导出来的“公理”，人们对此毫不怀疑。我们当然不反对在儿童文学作品中宣扬爱国主义，鼓舞少年儿童的爱国之心和勇于承担的主人翁精神，因为很多人正是从文学中最先感受到令人激动的对于国家的强烈的爱。但是，以“喊口号”的粗糙方式，向儿童强行灌输极端的仇恨、无谓的牺牲等观念，却是我们无论在什么时候都需要警惕和反思的。

首先，在诚挚的爱国情怀之外，作家们写作这样一些作品，他们的动机，他们看待儿童的态度是值得怀疑的。鲁迅在二十世纪三十年代曾写过一篇《登错的文章》，③就不无尖锐地指出，许多少年刊物描写岳飞、文天祥的故事，试图将他们作为少年爱国的榜样。但是鲁迅一开始从进化论出发得出的“公理”就显然不同于梁启超等人，在人类进化的路途上，他看到人首先要生存，其次要发展，而儿童的生命正是一切发展的根本。所以，他极力反对幼者的无谓牺牲，也

① 冰心：《晨报……学生……劳动者》(1919)，卓如编《冰心全集·第一册》，福州：海峡文艺出版社，2012年，第56页。

② 蒋光赤：《疯儿》(1926)，浦漫汀主编《中国儿童文学大系·小说(一)》，太原：希望出版社，2009年，第209—217页。

③ 鲁迅：《登错的文章》(1936)，《鲁迅全集·第六卷》，第591页。

反对愚忠，对这些鼓吹着让儿童成为为民族赴死的民族英雄的“作家”，他嗤之以鼻，对于那些自己不上战场，却先怂恿了少年儿童的权势者，更是出离了愤怒。在当时“爱国”热情异常高涨的时代背景中，鲁迅的想法无疑要承受极高的风险，他很有可能就此成为“国民公敌”，但是，也只有真正爱儿童的人，才会甘愿冒此风险。

其次，那些“喊口号”式的、观念先行的、没有考虑儿童及其审美接受特殊性的作品，能否被称为“儿童文学”同样是值得怀疑的。以儿童文学来表现爱国和爱国少年，显然有更细腻、更打动人心的艺术的方式。

最后，如保罗·阿扎尔所言，“儿童的书籍因为从本质上排除仇恨与对立，也就无可避免地在祖国这个意义上将牵涉到人性的因素与层面”。[①] 而不无遗憾的是，在那些让人读了血脉偾张的“爱国”篇章中，我们鲜少看到“人性的因素与层面”。这也促使我们思考，儿童文学是否还应该供给孩子一种更为高远的人性的视野。

冰心在二十年代的创作实践即显示了另一种视野。《国旗》[②]中，小弟弟和日本孩子武男是好伙伴，却遭到了二哥的反对和劝阻，因为要“爱国”。然而，小弟弟对于国家的愿景，引起了“我”对于“爱国”的深思：

> ……二弟笑了，说，“我的朋友都是中国孩子，武男却是……，小弟弟！你忘了上次我们听的演说么？学生要爱国！”小弟弟想了一会儿说，“他也爱我们的国，我们也爱他们的国，不是更好么？各人爱各人的国，闹的朋友都好不成！我们索性都不要国了，大家合拢来做一国，再连上杰蒙……”
>
> 两个孩子，隔着窗户，挥着旗子，却都凝立不动。
>
> 我看着他们，一声儿不响，心中另起了一种异样伟大的感觉！
>
> 国旗呵，你这一块人造的小小的巾儿，竟能隔开了这两个孩子天真的朋友的爱！
>
> 这小小的巾儿，百千万面，帐幕般零零碎碎的隔开了世界上的，天真的，伟大的爱！人类呢，都蒙蔽在这百千万面的旗影里，昏天黑地的，过那

---

① [法]保罗·阿扎尔著，梅思繁译：《书，儿童与成人》，长沙：湖南少年儿童出版社，2014 年，第 177 页。

② 冰心：《国旗》(1921)，卓如编《冰心和儿童文学》，上海：少年儿童出版社，1990 年，第 624—626 页。

无同情,不互助的生活!

"我"最后支持小弟弟去找武男玩,"两个旗儿,并在一处,幻成了一种新的和平的标帜","我"也希冀有一天人类能跨越国界,以那"天真的,伟大的爱"联系彼此,共同生活。

而《寂寞》中小妹妹和小哥哥有关"爱国"的争论,尽管显得有些稚嫩,作者寄寓其中的愿望也显得有些理想化,但我们从中却可以一窥"爱国"教育的另一种可能:①

……妹妹道:"你为什么不跟伯伯到英国去?"小小摇头道:"母亲不去,我也不去。我只爱我的国,又有树,又有水。我不爱英国,他们那里尽是些黄头发蓝眼睛的孩子!"妹妹说:"我们的先生常常说,我们也应当爱外国,我想那是合理的。"小小道:"你要爱你就爱,横竖我只有一个心,爱了我的国,就没有心再去爱别国。"妹妹一面抚着头发,说:"一个心也可以分作多少份儿,就如我的一个心,爱了父亲,又爱了母亲,又爱了许多的……"

对于孩子的成长来说,丰富多样的教育显然比单一机械的教育更能造就他们人生的幸福。在孩子对世界懵懂无知的时候,儿童文学作家的职责当是向他们展示世界的诸多"风景",待他们有能力判断时,他们自会做出自己的选择,决定往哪儿去;而不是从一开始就将他们引向一条狭路,截断他们的视野。而儿童文学既然对儿童有着超乎想象的感染力,儿童文学作家更应该给予他们广阔的视野,唤醒他们美好的人性。

冰心也向小读者传达爱国之情,但她并不是通过"喊口号"和"洒热血"实现的,而是以一种更为切身的体会,更为细腻动人的描摹达成的。没有人会质疑冰心的《寄小读者》中所饱含的爱国之情,在这组写给小读者的通讯里,冰心也向小读者呈现了一个诚挚的爱国青年的形象。

1923年,年仅23岁的冰心离开中国,踏上出国求学的路途。也正是在异国他乡,冰心深切体会到自己对于祖国的那份诚挚而浓烈的爱。

异国他乡的每一处物景都能引起冰心久久的怅惘和浓浓的乡愁。"故乡没有这明媚的湖光,故乡没有汪洋的大海,故乡没有葱绿的树林,故乡没有连阡的芳草。北京只是尘土飞扬的街道,泥泞的小胡同,灰色的城墙,流汗的人力车夫

① 冰心:《寂寞》(1922),卓如编《冰心和儿童文学》,上海:少年儿童出版社,1990年,第654页。

的奔走，我的故乡，我的北京，是一无所有”，然而，“北京纵是一无所有，然已有了我的爱。有了我的爱，便是有了一切！灰色的城围里，住着我最宝爱的一切的人”。①

而在异国他乡，当冰心听闻“红人”种族的悲壮传说，她也不由得联想到国人的命运，心系祖国同胞：“……这时我往往神游于数百年前，想此山正是束额插羽，奔走如飞的红人的世界。我微微的起了悲哀。红人身躯壮硕，容貌黝红而伟丽，与中国人种相似，只是不讲智力，受制被驱于白人，便沦于万劫不复之地！……”②

冰心对祖国的爱，是犹如亲人般的爱，是对“母亲”的爱。当她终于踏上回国的路途，呢喃着“亲爱的母亲！我的脚已踏着了祖国的田野，我心中复杂的蕴结着欢慰与悲凉”，母亲与祖国的形象完全融合到了一块儿。她向母亲，也向祖国母亲，诉说着自己的衷肠，“祖国的海波，一声声的洗淡了我心中个个的梦中人影。母亲！梦中人只是梦中人，除了你，谁是我永久灵魂之归宿?”，“母亲，为了你，万里归来的女儿，都觉得这些国外也常常看见的残月朝晖，这时却都予我以极浓热的慕恋的情意”。③

而出国的游历，也让冰心对于爱国与爱人类，有了更为深刻的感悟，她的思想也更加成熟了。在《寄小读者·通讯十八》中，冰心写到她路过日本横滨，参观了中日战争纪念馆，她“心中军人之血”，便“如泉怒沸”。冰心坦诚自己是“没有主义的人”，更不是“国家主义者”，她也“常是喜爱日本人”，“从来不存着什么屈辱与仇视”，然而，“只是为着‘正义’”，她“对于以人类欺压人类的事”，却绝不能忍受，必“怀着满腔的热爱来抵御”。

但冰心的可贵之处就在于，哪怕是这更为“成熟”的思想，她也并不打算强加给孩子们，因为她相信孩子，相信他们的成长，相信他们自会给出自己的断定：“请你们饶恕我，对你们说这些神经兴奋的话！让这话在你们心中旋转一周罢。说与别人我担着惊怕，说与你们，我却千放心万放心，因为你们自有最天真

① 冰心《寄小读者·通讯二十》(1924)，卓如编《冰心和儿童文学》，上海：少年儿童出版社，1990年，第261页。

② 冰心《寄小读者·通讯二十二》(1924)，卓如编《冰心和儿童文学》，上海：少年儿童出版社，1990年，第267页。

③ 冰心《寄小读者·通讯二十八》(1926)，卓如编《冰心和儿童文学》，上海：少年儿童出版社，1990年，第280—281页。

最圣洁的断定。”①

二十世纪二十年代，中国现代儿童文学创作初期，冰心对于少年爱国题材所作的这种平衡的努力、诚挚的诉说、切身的体会、坚定的信任，是一笔应当被继承的宝贵遗产。

三、进击吧，少年：时代寄予儿童的崭新品格

（一）“动”与“力”

前面第一章第二节中，我们讨论过，在严复翻译引进《天演论》时，他就对进化论“物竞天择，适者生存”这一生物科学的核心理念做了微妙的改动，进化论最终成了对“力本论、有目的的行动、能力、绝对自信、竞争和人类潜力的充分发挥”等西方价值观念的集中展示。严复相信在残酷的生存竞争中，人们可以通过“力争”保存自己，也可以通过有意识的、积极的、主动的变化使自己成为最适者、最优者、最强者，进而改变自己的生存境况，不断前进，最终达到进化的完美境界。《天演论》文末严复通过所译丁尼生的诗作恰当地表达了他的这一愿望：

挂帆沧海，风波茫茫，
或沦无底，或达仙乡。
二者何择？将然未然。
时乎时乎，吾奋吾力。
不竦不戁，丈夫之必！②

对“动”与“力”的追求，也成为之后进化论信仰者们的共识。在《说动》中，梁启超开篇即指明，“动力”是宇宙万事万物存在的本原，生物进化同样遵从此“公理”：“凡生生之道，其动力大而速者，则贱种可进为良种；其动力小而迟而无者，则由文化而土番而猿狖，而生理殄绝。”所以他特别反感于中国传统文化、思想的以“柔静无为”为宗旨，悲哀于国人的被教唆成“不痛不痒顽钝无耻者”，也深切担忧于中国的将要亡于“静”，他转而力倡“动”与“力”，鼓吹“进”与“新”，崇奉“威力”“奋迅”“勇猛”“大无畏”“大雄”等品质。③

---

① 冰心《寄小读者·通讯十八》(1924)，卓如编《冰心和儿童文学》，上海：少年儿童出版社，1990年，第248页。

② 严复译著，冯君豪注译：《天演论》，郑州：中州古籍出版社，1998年，第443页。

③ 梁启超：《说动》(1898)，《梁启超全集·第一卷》，第175—176页。

与严复将士大夫群体作为重点启蒙对象不同的是，梁启超从一开始就把少年儿童作为“新民”的重心，在《新民说·论进取冒险》的文末，他特别引录一首《少年进步之歌》以激励少年：①

Never look behind, boys,
When you're on the way;
Time enough for that, boys,
On Some future day.

Though the way be long, boys,
Face it with a will;
Never stop to look behind
When climbing up a hill.

First be sure you're right, boys,
Then with courage strong
Strap your pack upon your back,
And tramp, tramp along.

When you're near the top, boys,
Of the rugged way,
Do not think your work is done,
But climb, climb away.

Success is at the top,
Boys, waiting there until
Patient, plodding, plucky boys,
Have mounted up the hill.

“动”与“力”，在梁启超那儿，有时也表现为对“尚武”精神的推崇。梁启超

① 梁启超：《新民说·论进取冒险》(1902)，《梁启超全集·第三卷》，第670—671页。

在剖析中国人缺乏尚武精神的原因时，就特别强调“习俗之濡染”这一点。他看到西方人素有尚武的风俗习惯，而与此相配套的是，他们的“一切文学、诗歌、戏剧、小说、音乐，无不激扬蹈厉，务激发国民之勇气，以养为国魂”。而反观中国的文艺，“无一不颓损人之雄心，销磨人之豪气”。①

有识于此，在晚清的学堂乐歌创作实践中，我们多可以看到诗人们对“动”与“力”的讴歌，在当时的时代语境中，他们期望少年们所濡染的是自强，是尚武，是争自存，是敢战死的精神。

杨度的《湖南少年歌》②以历史上诸多武勇、侠义、豪杰之士，以及历史的残酷现实来鼓舞少年的尚武精神，以及视死如归的英雄气概。我们且看其中部分诗句：

人生壮略当一挥，昆仑策马瞻东西；东看浩浩太平海，西望诸洲光陆离；欲倾亚陆江河水，一洗西方碧眼儿。

于今世界无公理，口说爱人心利己；天演开成大竞争，强权压倒诸洋水；公法何如一门炮，工商尽是图中匕；外交断在军人口，内政修成武装体；民族精神何自生，人身血肉拚将死，毕相拿翁尽野蛮，腐儒误解文明字。

惟恃同胞赤血鲜，染将十丈龙旗色。凭兹百战英雄气，先救湖南后全国。破釜沉舟期一战，求生死地成孤掷。诸君尽作国民兵，小子当为旗下卒。

再如《童子军》：③

二十世纪地行星，煌煌童子军。小锣小鼓号，黄龙飞舞小旗旌。哥哥华盛顿，弟弟拿破仑。心肝虽小血白热，头颅虽小胆不惊，进行进行！小人小马武装神。二十世纪天演界，不竞争，安能存，脚踢五大洲，气吞东西球。将军飞将军，谁云孺子不知兵？爱吾国兮如亲，吾爱群兮如身，万岁万万岁，伟哉吾军人！

对于进化论“物竞天择，适者生存”的“公理”所昭示的民族危亡，诗人们以

---

① 梁启超：《新民说·论尚武》(1902)，《梁启超全集·第三卷》，第712页。

② 杨度：《湖南少年歌》(1903)，盛仰红编《20世纪中国儿童文学系列·百年诗歌精品》，上海：上海社会科学院出版社，1996年，第8—11页。

③ 胡从经：《晚清儿童文学钩沉》，上海：少年儿童出版社，1982年，第30页。

乐歌的形式向少年儿童们愤慨地告知着；而对于进化论所要求的“争”与“战”，诗人们也在乐歌刚健勇猛的歌词、铿锵有力的曲调中，期待着少年儿童们的和声共唱。

到了五四时期，人们仍葆有对“动”与“力”的追求，只不过随着时代的变化，“动”与“力”的内涵也相应地发生了变化。而“儿童文学”的出现，也使得人们热衷于以“儿童文学”的方式来塑造时代新少年，寄予他们以新的厚望。郑振铎在其主编的儿童刊物《儿童世界》中即声明：“我们深觉得我们的工作，决不应该‘迎合’儿童的劣等嗜好，与一般家庭的旧习惯，而应当本着我们的理想，种下新的形象，新的儿童生活的种子，在儿童乃至儿童父母的心里。”①

胡适率先用白话创作的新诗集《尝试集》中的《上山》②，曾被作为学校的国语教材，并由赵元任配曲，广泛流传于少年儿童中间：

“努力！努力
努力往上跑！”

我头也不回，
汗也不揩，
拼命地爬上山去。

“半山了，努力！
努力往上跑！”

上面已没路，
我手攀着石上的青藤，
脚尖抵住岩石缝里的小树，
一步一步地爬上山去。

“小心点！努力！

① 郑振铎：《〈儿童世界〉第三卷的本志》(1922)，《郑振铎全集·第十三卷》，石家庄：花山文艺出版社，1998年，第87页。

② 胡适：《上山》(1919)，蒋风主编《中国儿童文学大系·诗歌(一)》，太原：希望出版社，2009年，第7—9页。

努力往上跑!”

树桩扯破了我的衫袖,
荆棘刺伤了我的双手,
我好容易打开了一线路爬上山去。

上面果然是平坦的路,
有好看的野花,
有遮阴的老树。

但是我可倦了,
衣服都被汗湿遍了,
两条腿都软了。
我在树下睡倒,
闻着那扑鼻的芳香,
便昏昏沉沉地睡了一觉。

睡醒来时,天已黑了,
路已行不得了,
“努力”的喊声也灭了……

猛省!猛省!
我且坐到天明,
明天绝早跑上最高峰,
去看那日出的奇景!

这首诗不免让人联想到前面梁启超在《新民说·论进取冒险》文末所引录的《少年进步之歌》——同样的爬山少年,同样的努力进取,同样的坚韧不拔,同样的坚持不懈。尽管我们尚不能找到确凿的证据,证明胡适的这首白话诗有可能借鉴自《少年进步之歌》,但更大的可能是,胡适借鉴自这个时代,这个时代需

要这样的“少年”，也就多有这样的“少年”。再如陶行知的《努力》：[1]

努力，努力，
努力向前进，
努力向上进。
先把脚步儿站稳，
再把方向儿认定。
一步、一步的走，
一步、一步的近。
千万不要回过头来，
别人的闲话也不要听。
战胜困难全靠要自信。
努力，努力，
创造个好命运，
自己的力量要尽。

再如胡道静的《新年好》：[2]

新！新！新！思想新，事业新。如今世界，日异又月新。我们儿童，快乐活泼，迎新春。

年！年！年！过了一年，又是一年。我们儿童，一年年长大，倏忽就要成少年。努力！努力！莫辜负新年。

好！好！好！旧年已去，新年来到。我们儿童，一年年长大，今年更比去年好。努力！努力！前途快乐，与青春一般好。

尽管同属于“动”与“力”的范畴，但不同于晚清人们对少年儿童尚武、战斗、自强精神的突出强调，此一时期人们所希望少年儿童具有的则主要是一种奋勇努力、积极进取、不畏艰难、自由活泼、敢于创造、大力建设的精神。五四时期可以说是晚清以来梁启超所谓“过渡时代”的又一“过渡时代”，是至关重要的一个时代节点。它事关未来民族、国家的命运和去向，因此，人们也就更需要未来民

① 陶行知：《努力》(1924)，李楚材编写《陶行知和儿童文学》，上海：少年儿童出版社，1986 年，第 14 页。

② 胡道静：《新年好》(1929)，盛仰红编《20 世纪中国儿童文学系列・百年诗歌精品》，上海：上海社会科学院出版社，1996 年，第 88 页。

族、国家的主人翁，充满着朝气蓬勃的青少年们的共同努力，以“大刀阔斧之力”“雷霆万钧之能”进行除旧布新。[1] 郑振铎以“少年”之名发声：[2]

一

我是少年！我是少年！
我有如炬的眼，
我有思想的泉。
我有牺牲的精神，
我有自由不可损。
我过不惯偶像似的流年，
我过不惯奴隶的苟安。
我起！我起！
我欲打破一切的威权。

二

我是少年！我是少年！
我有沸腾的热血和活泼进取的气象。
我欲进前！进前！进前！
我有同胞的情感，
我有博爱的心田。
我看见前面的光明，
我欲驶破浪的大船，
满载可怜的同胞，
进前！进前！进前！
不管它浊浪排空，狂飙肆虐，
我只向光明的所在，进前！进前！进前！

冰心同样向时代新青年发出了邀约：[3]

---

① 梁启超：《过渡时代论》(1901)，《梁启超全集·第二卷》，第 464—466 页。

② 郑振铎：《我是少年》(1919)，蒋风主编《中国儿童文学大系·诗歌(一)》，太原：希望出版社，2009 年，第 11—12 页。

③ 冰心：《秋》(1920)，卓如编《冰心全集·第一册》，福州：海峡文艺出版社，2012 年，第 150—151 页。

呀！
看他大刀阔斧，
造出了海阔天空的世界，
是何等的建设，
何等的破坏。
青年呵！
我们也有这样刚强的手腕么？
有他这样朗洁的心胸么？
青年呵！
一齐打起精神来，
跟着他走！

而鲁迅在《故乡》中对少年闰土的刻画，也堪称时代的经典画面：[①]

这时候，我的脑里忽然闪出一幅神异的图画来：深蓝的天空中挂着一轮金黄的圆月，下面是海边的沙地，都种着一望无际的碧绿的西瓜，其间有一个十一二岁的少年，项带银圈，手捏一柄钢叉，向一匹猹尽力的刺去，那猹却将身一扭，反从他的胯下逃走了。

这幅展示着少年"动"与"力"的"神异"画面，显然寄予着鲁迅对于时代新少年的期望和理想，也浓缩了一个时代少年的精神和气质。由于生活的重担和陈旧思想的规训，少年闰土最终却变成了麻木、迟钝、怯懦、笨拙、犹似木偶人的中年闰土，这是鲁迅所痛心疾首的，他也由此希望下一代孩子能够避免重蹈覆辙，走出一条新的路，过一种新的生活。

《故乡》一文自诞生起，便入选各中小学教科书，成为学校学生们的必读篇目，及至今天，《故乡》也仍是许多教科书的保留篇目，[②]少年闰土的形象格外深入人心，他也因此成为一代代少年人心中的"范本"。

作为进化论的早期接受者和信仰者，鲁迅其实在早年间就表现出对进化论所展示的"动"与"力"的强烈认同。在早期论文《摩罗诗力说》[③]中，鲁迅着意向

① 鲁迅：《故乡》(1921)，《鲁迅全集·第一卷》，第502页。

② 可参见［日］藤井省三著，董炳月译：《鲁迅〈故乡〉阅读史：现代中国的文学空间》，南京：南京大学出版社，2013年。

③ 鲁迅：《摩罗诗力说》(1908)，《鲁迅全集·第一卷》，第65—103页。

国人展示一种“新力”——“摩罗之力”。鲁迅所热情洋溢介绍、盛赞的“摩罗诗人”,他们最主要的特征即在于:“立意在反抗,指归在动作”,“争天拒俗”而“力足以振人”。鲁迅正是要借此“摩罗之力”来唤起中国“平和之民”心中久已沉寂的对“动”与“力”的崇拜——“摩罗宗之至伟”,“人得是力,乃以发生,乃以曼衍,乃以上征,乃至于人所能至之极点”。

从前面我们也可以看到,自晚清以来,人们对“动”与“力”的追求,一直夹带着对“人为之破坏”的鼓吹。不同于“委心任运听其自腐自败”“无意识”的“自然之破坏”,“人为之破坏”——“革命”(“变革”)是“有意识之破坏”,所强调的正是发挥人的主观能动性,激励人们要有所作为,达成建设和成立的目的,进而上于“进步之途”。[①] 1927年,随着国民革命的失败和无产阶级革命的兴起,一些人显然已经不再满足于仅让青少年儿童在思想、文化领域进行“无血之破坏”(“变革”),时代亟须他们加入一场真正的“有血之破坏”,一场暴力革命。[②] 少年人由此再次成为时代的先锋,承担起引领无产阶级革命、解放无产阶级的重任,而且爆发出更为强大的力量。

郭沫若的《一只手》,[③]题献即为“献给新时代的小朋友”。《一只手》与其说是一篇儿童小说,不如说是一篇引导少年明了无产阶级革命性质、步骤、目的、实施计划并寄予少年以革命厚望的政治手册。作品中,少年小普罗左手拿着断了的右手在指挥作战的画面,也可谓“神异”,人们最终将此画面铸成铁像,作为永久纪念、激励人心的象征物。

这的确预示着一个新时代的来临,也预示着人们所期待的一种新质的少年儿童形象的诞生——无产阶级革命的少年先锋。

我们从铁和血里生长起来,
我们的祖父都是做工,
我们这跳叫的一群,
是真正的劳动儿童,
我们是无产阶级的少年先锋!

---

① 梁启超:《十种德性相反相成议》(1900),《梁启超全集·第二卷》,第432页。

② 梁启超:《新民说·论进步》(1902),《梁启超全集·第三卷》,第688页。

③ 郭沫若:《一只手》(1927),邓牛顿、匡寿祥编《郭老与儿童文学》,郑州:河南人民出版社,1980年,第66—105页。

我们扬起红旗，
在前面走动，
张大了粗暴的喉咙：
“赤色的五月到了，
同盟农工啊，弟兄！”

我们的叫唤是这样的粗暴，
已深入世纪的心中，
每个字都混合着铁和血，
每个字都闪出利刃的白锋，
全世界的基础已经震动！

哦，这边，这边，
南、北、西、东，
世界劳动儿童的活动，
如潮涌汹汹，
我们正向着资产阶级进攻！

赤色的五月到了，
我们擎起红旗在前面走动，
世界的各处已经发出惊人的呼啸，
弟兄，我们要在五月的血中生活，
我们要在五月的血里冲锋！①

当然，少年儿童也是民族解放运动、战争的有生力量。《小丰》②中，“小丰虽是年轻，但是那惨无人道的惨杀，帝国主义的强横，被压迫民族的痛苦，这一切都深印在他的脑里，扰动他的天真的心儿，助长了他的反抗的精神了”：

---

① 陈正道：《少年先锋》(1930)，蒋风主编《中国儿童文学大系·诗歌(一)》，太原：希望出版社，2009年，第122—123页。

② 戴平万：《小丰》(1928)，浦漫汀主编《中国儿童文学大系·小说(一)》，太原：希望出版社，2009年，第251—263页。

一阵阵热烈的、激昂的民族自觉的呼声，谁听了都会起了同情之念，谁听了都会动了真挚的心。小丰的队里的每个孩子，都打着声音的最高点呼着“打倒帝国主义”、“取消不平等条约”等等的口号。每个声音，都从天真的、纯洁的、红热的小心儿里震喷出来。他们的身体里的每一条血管都膨胀了。他们的小生命，都有反抗的精神潜在着。他们的坚实而尖锐的呼喊声，杂在群众的广大的声中，一些儿也不减轻它的力量。

作者将少年儿童视为“打倒帝国主义的后备队”，努力发掘着他们身上潜在的力量，歌颂这力量，也期待着这力量激发起更多、更大的现实力量。二十世纪三四十年代，随着抗日战争的爆发，儿童文学作品中更是涌现出大量机智勇敢、顽强抗争的抗日小战士、小英雄。

总而言之，不管时代赋予儿童以何种“新质”，在“动”与“力”层面，我们总能观察到他们的某些共同特质。也就是说，从晚清的尚武、自强少年到五四时期的进取、创造少年，再到无产阶级革命时期的革命、冲锋少年，再到抗日战争时期的抗日、战斗少年，自有其一脉相承性。而将青少年儿童与民族未来联系在一起，注重以儿童文学的方式，塑造全新的儿童形象，以此来激励现实生活中的儿童，为他们提供学习的“范本”，从而实现对儿童——也是对民族未来的真正“塑造”，同样是有迹可寻的。这可以说是，进化论所展示的价值观念已经内化为人们的精神内里。

（二）“光明”与“希望”

通过对“动”与“力”的强调与展示，进化论信仰者使进化论由一种充满威胁性的学说转而变成了一种鼓舞人心的、大有希望的和提供拯救的学说。而进化论所昭示的，不管是自然、人类社会还是人类自身都必将进步，不断趋向完美理想境界的思想观念，也给人们提供了一个无比光明、乐观的前景。

如论者所言，“20 世纪一开局，中国就面临着极其严峻的民族存亡的抉择和社会革命的危机。……因此我们很容易理解，为何近代的志士仁人总是心怀忧患，挥之不去”，但“历史常常呈现出吊诡之面貌”，“任何稍稍检视过近代文献的人，都会发现，与忧患意识并列的常常是现代中国人高昂的乐观主义精神”，“这是因为近代中国经历着一个从前现代向现代社会转化的历史过程，现代性的观念前提——进步的信仰或进步主义——的胜利，注定了这个时代的上空高高飘扬着乐观主义的旗帜”。①

1900年，梁启超就以其汪洋恣肆的文笔，无比自信、豪迈地向人们展现了一幅未来的光明图景，而这幅图景的主角便是可歌可颂的少年：

> 红日初升，其道大光；河出伏流，一泻汪洋；潜龙腾渊，鳞爪飞扬；乳虎啸谷，百兽震惶；鹰隼试翼，风尘吸张；奇花初胎，矞矞皇皇；干将发硎，有作其芒；天戴其苍，地履其黄；纵有千古，横有八荒；前途似海，来日方长。美哉我少年中国，与天不老！美哉我中国少年，与国无疆！②

在现代儿童文学的初创时期，这种充满希望、光明、乐观的精神也常常渗透于作品之中。尽管现实生活中的儿童尚处在悲惨、艰难的生存境况中，但在进化论视野下“发现”的“儿童”，这些年轻的生命，他们天然地代表着新生、进步、创造，代表着希望和光明，他们势必要创造出一个全新的世界和乐园，而人们也完全乐观地相信，没有什么能够阻挡他们的脚步。

郭沫若的儿童剧《黎明》③诗意、生动地表现了这一时代气象。剧本开头展现的是“黑暗”“凄惨可怕”“狂暴”的海景，但作者显然更愿意相信这只是黎明来临前的黑暗，“曙光渐渐浓厚，海色渐渐转青”，直至“太阳出海，如火烧天壁，万道光霞齐射”，凄惨可怕的海景随即呈现出一片光明之色。而两只海蚌的儿女——新时代的儿女，先觉的儿女也跳将出来，他们随歌随舞，互相称颂：

> 女　你好象脱了壳的蝉虫！
> 儿　你好象出了笼的飞鸟！
> 女　你好象才出胎的羝羊！
> 儿　你好象才发芽的春草！
> 女　你好象喷出了土的火山！
> 儿　你好象见了太阳的冰岛！
> 女　你好象这黎明时候的太阳！
> 儿　你好象这黎明时候的海洋！

他们要创造一个新的乐园：

---

① 高瑞泉：《中国现代精神传统》，上海：东方出版中心，1999年，第54—56、63页。

② 梁启超：《少年中国说》(1900)，《梁启超全集·第二卷》，第411页。

③ 郭沫若：《黎明》(1920)，邓牛顿、匡寿祥编《郭老与儿童文学》，郑州：河南人民出版社，1980年，第22—29页。

女　我要涤荡去一些尘垢秕糠。
儿　我要制造出一些明耀辉光。
女　冰岛化成水，
儿　从新制造出一个大洋。
女　火山喷出了
儿　赤裸裸的一座岛邦。

他们还要唤醒其他的兄弟姐妹：

女　我们的姊妹！
儿　我们的弟兄！
女　你们快出幽宫！
儿　你们快出囚笼！
女　快来同我们舞蹈春风！
儿　快来同我们歌笑春风！
……
(海蚌一齐开放，同时跳出无数对儿女来。)
同唱　我们醒了！
我们来了！
我们来祝天地的新生。
我们来祝海日的新造。

一切的新生都是无比欢喜的，一切的光明都是值得赞颂的，一切的黑暗与束缚都是应该被鄙夷和抛弃的，他们大唱凯旋之歌：

(群儿群女起拾岸上蚌壳。)
合唱　你们这些囚笼！
你们这些幽宫！
幽囚了我们几千年，
束缚了我们几万重。
我们唱着凯歌，
来同你们送终。
(一直线儿站在海岸上，同时投蚌壳入海。)

郭沫若以一种象征的方式，完美勾勒出了新时代儿女的精神面貌，或者说人们希望他们具有的精神面貌——富于创造，向往光明，充满希望。

在这之后的时代洪流中，每当民族陷入危机，国家亟待重建，社会面临变革，儿童文学作品无一例外地都会响应时代的号召，塑造出一个个"崭新"的儿童来，他们可能是一个无产阶级的少年先锋，一个小布尔什维克，一个抗日小战士，或者一个社会主义、共产主义接班人。尽管他们的形态各异，所要承担的时代任务不同，但有一点是共通的，那就是在他们身上，我们总能感到"动"与"力"，看到"光明"与"希望"，新的时代和世界也总要交由他们去创造，他们是未来国家和世界的主人翁。而这批儿童文学作品因此也总是洋溢着高昂的乐观主义的基调。可以说，中国儿童文学的这一特点在其发生期就已奠定，进化论视野下"发现"的"儿童"有着旺盛的生命力。

当然，我们同样需要审视的是，在这些作品中，存有相当数量的只顾配合时代的"中心任务"，或为反映时代精神而反映时代精神的，没有充分考虑儿童及儿童文学作品特殊性的，公式化、概念化的作品。

我们说，能否塑造出具有典型性的深入人心的少年儿童形象，是衡量儿童文学创作成败的一个重要指标。从这个角度来考察，中国现代儿童文学的早期创作实践收获是巨大的，短短几年间，它就史无前例地为中国文学人物画廊增添了丰富多元的新型少年儿童形象。不管是生活重压下的苦难儿童，民族危亡前的热血爱国少年，还是时代变革中的进取奋斗少年，在他们身上表现出来的程度不同的与时代相适应的现代意识，都无可辩驳地表明"儿童"在中国的被"发现"，以及中国现代儿童文学的成立。而在这个过程中，我们也清楚看到进化论在其中起到的积极作用。

第二节　进化还是退化
——人类个体成长与文明发展的迷思

前面第一章第四节中我们曾详细论述过，进化论如何被后来人修改，使得本来无目的、无方向的进化过程，最终转变成向着预定目标前进、不断趋向完美的进步的过程，由此"进化"也就被等同于"进步"。而晚清以来，大多数人对进化论的信仰，很大程度上是对进步进化论的信仰。在进步观念影响下，人们相信不管是自然界，还是人性、人类社会、人类文明都处在一个不断得到改善，不断趋向完美境地的进程中。在当时的时代语境中，进步信仰不仅是中国人追求现代化的合法性根据，也是他们一切努力和奋斗的希望所系，因此，在十九世纪末二十世纪初，当进步信仰在西方频频陷入危机，不断遭受猛烈批判和责难之时，中国人对进步的信仰却异常坚定和牢固，很少有人对此提出怀疑。

但如论者所言，“社会进化论一旦成为一种先验的历史判断，并成为一种普遍信仰时，它就成了一种意识形态。作为意识形态，它在很多方面类似宗教，甚至比宗教更独断。它完全不顾历史事实和正在发生的事实，只是用一套固定的教条来解释一切。这就必然造成大量的盲点和误区。进步意识形态固然给中国人提供了改变现实的动力和决心，却模糊和妨碍了他们对自己行动及其方向的批判与反省，更使他们难以对现代化过程中出现的逆向过程和负面效应有足够的警惕与认识”。①

然而，不可否认的是，在进步进化论的时代浪潮中，我们一直能够听到一些断断续续的“异声”，且在中国现代儿童文学的早期创作实践中有着突出的表现。五四时期，随着对“人”“儿童”的进一步发现，人们开始重新思考人类的“进化”问题：人类真的进步了吗？人类能“进化”得更好吗？人类的未来在哪里？而随着中国的现代化进程有所起步，人们对人类文明发展过程中出现的问题，也开始有所警觉：工业的迅速发展能使人的生活更幸福吗？物质的繁荣能给人带去精神的满足吗？现代都市比乡村更值得追求吗？这些都为近代以来的进化论思潮提供了一种“另类”而不可或缺的思考。

一、童年：人类的黄金时代

在进化论信仰者眼里，人类个体从儿童到成人的成长过程，就是一个人类个体不断完善自己，提升自己，达到完美成熟状态的进步过程。在进化论的分支学说“复演说”中，人类个体的胚胎发育历程被认为重演了生物的进化历程。而文化人类学学者借此进一步发挥，认为人类个体从儿童到成人的成长历程则是重演了人类的进化历程，儿童由此也被认为是“野蛮人”，而成人则是“文明人”。这在梁启超、鲁迅、周作人那里都有过类似的表述。

---

① 张汝伦：《现代中国思想研究》，上海：上海人民出版社，2014年，第119页。

梁启超在一处说："人之能治禽兽也，成人之能治小儿也，文明人之能治野蛮也。皆其无自治力使然也。人而无自治力则禽兽也，非人也。藉曰人矣，而小儿也，非成人也。藉曰成人矣，野蛮之成人，非文明之成人也。"[①]在另一处，又说："我辈既生于今日，经二千年之涵濡进步，俨然弃童心而为成人，脱蛮俗以进文界。"[②]人与禽兽，成人与小儿，文明人与野蛮人，在梁启超这里三者的关系显然是对等的，从小儿到成人的成长过程，也就是脱野蛮而进于文明的进步过程。

前面第二章第四节我们探析周作人的儿童本位论时，同样谈到周作人虽然认识到作为"完全的个人"的儿童，但他眼里儿童的"完全"只是野蛮人的"完全"，儿童还要进化、进步，达至文明人——成人的"完全"，而这也便是教育的职责："蒙养之道，亦唯在辅导儿童，俾得尽其性，以成完人耳"；"教育之事，在应顺时势，养成完人，以为社会与其分子谋幸福"；"故为教师者，当常与儿童相接，观察其特有之道德，因势利导，使渐进于完全之域，乃为善也"。周作人一直将儿童类比于野蛮人，这种类比有时也会不经意地流露出一种"危险"心理，即作为文明人的成人在面对作为野蛮人的儿童时，所表现出来的高傲、蔑视、贬低。

然而，叶圣陶、冰心、丰子恺显然并不认同于把人类个体从儿童到成人的成长过程视为一个进步的过程，他们以自己的创作实践向世人宣告：儿童是世界的精魂，是爱的天使，是真正的人，而童年，是人类的黄金时代，人类个体从儿童到成人的成长过程就是一个不断堕落的过程。进化论信仰者视儿童为未来的成人，所以一直强调成人对儿童的启蒙教育，而叶圣陶、冰心、丰子恺则不断提醒人们，堕落的成人应当努力"回到"昔日的儿童，向儿童看齐，从儿童身上获得拯救人类的崭新力量。

（一）世界的精魂

叶圣陶的小说《阿凤》[③]叙写童养媳阿凤的生活，但作者的重心却并不在表现童养媳的苦难，也不在控诉社会的黑暗，而是着力于发现潜藏于孩子身上的不可抑制的精神力量，赞颂孩子那坚韧而天真的生命形态。尽管十二岁的童养媳阿凤时常受着婆婆杨家娘的挨打和咒骂，从事着繁重的劳作，然而阿凤一直表现出"忍受的、坚强的、英勇的"态度，而且只要有合适的机会，那被压抑摧残

① 梁启超：《新民说·论自治》(1902)，《梁启超全集·第三卷》，第 681 页。

② 梁启超：《论政府与人民之权限》(1902)，《梁启超全集·第四卷》，第 883 页。

③ 叶圣陶：《阿凤》(1921)，浦漫汀主编《中国儿童文学大系·小说(一)》，太原：希望出版社，2009 年，第 31—34 页。

的生命就又会向往着“永远的”自由和快乐，涌溢出深情的人类爱，迸发出“忘形的天真的笑声”。作者相信“世界的精魂若是‘爱’，‘生趣’，‘愉快’”，那么，孩子便是“全世界”。

如顾颉刚在评论叶圣陶的小说时所说：“我们生存在这种冷酷的社会里，受着一切的逼迫，不由得不把人的本性一天一天的消失了。……我们的生命固然保存了，但生命的源泉——爱，生趣，愉快——是丧失了。读了圣陶的小说，只使得我们对于非人的行为起了极端的憎恶，而对于人的本性起了亲切的回省和眷恋，希望把已经失去的宝物重新寻了回来。”①

一个人在成长的过程中，很容易被生命的各种“附生物”——金钱、名利、美色等诱惑，也容易被生活的重压逼迫，以致逐渐丧失了本性，蒙蔽了心灵，一个个丧失本性的人类个体也就造成了一个隔膜、枯燥、冷酷的人类社会。而隔膜、枯燥、冷酷的社会反过来又造成更多人的沦陷。但这并非一个无可解救的死循环，“隔膜和枯燥，只能在人事的外表糊得密不通风，却不能截断内心之流；只能逼迫成年人和服务于社会的人就它的范围，却不能损害到小孩子和乡僻的人”，②那些仍葆有人的本性、生命的源泉的孩子正是解救人类的希望，也是世界所以还能够维系着的缘故。

叶圣陶讴歌孩子，召唤世界的精魂，既是希望孩子能够一直葆有人的本性，不至于迷失在成长之途，更是希望那些已经遗失人的本性的成人们都起眷恋的感情、寻觅的愿望。从这个角度来看，叶圣陶的童话集《稻草人》既是为孩子，也是为成人而写的。

那个小傻子之所以被人们称“傻”，是因为：甘心替师兄分担重活，却受到师傅的惩罚；捡到一袋银元，却无偿还给了失主；把分来的食粮施舍给了难民；为消解国王的愤怒，阻止一场战争而甘愿自己被杀。③ 在那些早已遗失互助、无私、怜悯、大爱这样一些美好人性的人们面前，他们的行为无疑是“傻”的。然而，童话的结尾告诉人们，“傻”是柔化这个僵硬世界的唯一利器，是人们幸福生活的源泉，“傻”最终将被称颂。

---

① 顾颉刚：《〈火灾〉序》(1923)，《叶圣陶集·第一卷》，南京：江苏教育出版社，1987年，第348—349页。

② 顾颉刚：《〈火灾〉序》(1923)，《叶圣陶集·第一卷》，南京：江苏教育出版社，1987年，第351页。

③ 叶圣陶：《傻子》(1921)，韦商编《叶圣陶和儿童文学》，上海：少年儿童出版社，1990年，第9—14页。

一个同样被称为“傻子”的人执意要找寻一件人们早已丢失的东西——同情的眼泪。但他发现城市里，没有人为劳苦的车夫流泪，没有人为战争的残酷流泪，没有人为机械劳作的工人流泪。而最后在乡间，他终于找到了——一个孩子为一只鸡的被宰杀而落下了同情的眼泪。他愿意把孩子同情的眼泪奉献给所有丢失了这眼泪的人。①

“许多人丢失的东西，现在让我给找着了。把这同情的眼泪送还给他们是我的责任。”这是叶圣陶作为儿童文学作家自觉担当的责任，也理当是儿童文学作家该负起的神圣责任。儿童文学作家通过发现儿童，发现他们身上闪烁的人性之光，再通过儿童文学的方式，将它们示与世人，让世人共同来领受这光芒，被这光芒感化，这也就达成了拯救人类的愿望。

保罗·阿扎尔在评述安徒生童话和它们忠实的小读者时，就动情地说道："他们的任务正是带给世界新的信仰和希望。如果不是因为有这些新鲜自信的年轻力量在循环补给着，人类的思想意识将会变成什么样子呢？他们是我们的继承者，是开始重新装点大地，令它变得青葱，令生命重新拥有了活着的意义的孩子们。安徒生，他用他那浸润着诗意和对一个更美好未来的不懈信念，同孩子们的心灵站在一起，与属于他们的性格站在一起，参与着儿童在人类世界里的行动与任务。他和儿童们一起，在他们的力量下，维系着避免让人类走入腐朽溃烂的理想主义的力量。”②

（二）爱的天使

作为一个充满着母性光辉的女作家和一个虔诚的基督徒，在冰心眼里，孩子更是上天派来的爱的天使，专为拯救堕落的世人。

她热情地歌颂，“除了宇宙，/最可爱的只有孩子。/和他说话不必思索，/态度不必矜持”，③“小孩子！/他细小的身躯里，/含着伟大的灵魂”，④“小朋友，我

① 叶圣陶：《眼泪》(1922)，韦商编《叶圣陶和儿童文学》，上海：少年儿童出版社，1990年，第71—76页。

② [法]保罗·阿扎尔著，梅思繁译：《书，儿童与成人》，长沙：湖南少年儿童出版社，2014年，第131—132页。

③ 冰心：《可爱的》(1921)，卓如编《冰心和儿童文学》，上海：少年儿童出版社，1990年，第813页。

④ 冰心：《繁星·三五》(1921)，蒋风主编《中国儿童文学大系·诗歌(一)》，太原：希望出版社，2009年，第41页。

无有言说，我只合掌赞美你们的纯洁与伟大”；[①]她真挚地感谢，“小弟弟！/感谢你付与我，/寂静里的光明”；[②]她虔诚地相信，只有蕴含着无限的活泼欢欣的纯真的孩子，才能彻底实现人世间的爱；[③]她谦卑地恳求，“……我从前也曾是一个小孩子，现在还有时仍是一个小孩子。为着要保守这一点天真直到我转入另一世界时为止，我恳切的希望你们帮助我，提携我，我自己也要永远勉励着，做你们的一个最热情最忠实的朋友”！[④]

在《世界上有的是快乐……光明》中，[⑤]十九岁的青年凌瑜报国无门，面对“半死不活”的社会现实，“狂澜既倒”的人心，在极度烦闷悲苦中，他决定投海自杀。然而，就在海边，他遇见了两个天真快活的小孩，他们荡涤了他的心灵，也最终挽回了他的生命。

> 凌瑜微微的笑着，对他们点头，他们也笑着说，“再见。”便又往前走了几步。忽然又一同站住了，回过头来，唤道，“先生！世界上有的是光明，有的是快乐，请你自己去找罢！不要走那一条黑暗悲惨的道路。”这银钟般清朗的声音，穿入凌瑜的耳中，心里忽然的放了一线的光明，长了满腔的热气！看着他们缟白如雪的衣裳，温柔圣善的笑脸，金赤的夕阳，照在他们头上，如同天使顶上的圆光，朗耀晶明，不可逼视，这时凌瑜几乎要合掌膜拜。

也如同《最后的安息》中，[⑥]惠姑的到来，给翠儿黑暗凄苦的生活带来了一丝光亮，她也才明白世界上还有爱和快乐：

> 不想惠姑却在一旁坐着不走，只拿着怜悯的目光看着她，又对她说要帮助她的话。她抬头看了片晌，忽然觉得如同有一线灵光，冲开了她心中的黑暗。这时她脑孔里充满了新意，只觉得感激和痛苦都怒潮似的，奔涌

---

① 冰心《寄小读者·通讯十五》(1924)，卓如编《冰心和儿童文学》，上海：少年儿童出版社，1990年，第239页。

② 冰心：《繁星·一六二》(1921)，蒋风主编《中国儿童文学大系·诗歌(一)》，太原：希望出版社，2009年，第44页。

③ 冰心：《爱的实现》(1921)，卓如编《冰心和儿童文学》，上海：少年儿童出版社，1990年，第631—634页。

④ 冰心《寄小读者·通讯一》(1923)，卓如编《冰心和儿童文学》，上海：少年儿童出版社，1990年，第191页。

⑤ 冰心：《世界上有的是快乐……光明》(1920)，卓如编《冰心和儿童文学》，上海：少年儿童出版社，1990年，第593—596页。

⑥ 冰心：《最后的安息》(1920)，卓如编《冰心和儿童文学》，上海：少年儿童出版社，1990年，第597—606页。

在一处，便哽咽着拿前襟掩着脸，渐渐的大哭起来……这时惠姑的眼里，也满了泪珠，只低头看着翠儿。一片慈祥的光气，笼盖在翠儿身上。她们两个的影儿，倒映在溪水里，虽然外面是贫，富，智，愚，差得天悬地隔，却从她们的天真里发出来的同情，和感恩的心，将她们的精神，连合在一处，造成了一个和爱神妙的世界。

进化论信仰者相信成人能够对儿童进行启蒙教育，使其不断完善，进于"完人"，进于"完全之域"，而冰心则相信儿童本身就已是"完人"，本身就在"完全之域"，成人应当从他们那里得到启示，应当尊崇他们，不断向他们接近。冰心也相信一个"和爱神妙的世界"只会诞生于"儿童"的世界，因为只有未经世事侵扰的"儿童"，才拥有完全的高贵的灵魂，炽热浓烈的爱，悲天悯人的思想，无限的天真快乐，绝对的自由平等。

我们并不能简单地说，冰心对于"儿童"的认知，是纯粹浪漫主义的想象，是富于理想主义色彩的，是经不起推敲的，是幼稚的。正如人们对于进步的信仰是一种信仰，冰心对于"儿童"的信仰也是一种信仰，这是两种不同的信仰，而信仰的力量就在于，当你坚定地相信它、践行它时，它就会向着你所希望的方向发展。我们其实并不能判定，这两种信仰，哪种更能使人类抵达完美之境，更能使人类获得幸福，但至少在现实生活中，我们所经常遭遇的是，一个人长大，不断懂得世事，也不断为世事所蒙蔽、烦扰，不断变得成熟，也不断变得冷漠、虚伪、无情。

当"我"还是一个小孩时，"我"在海边遇到了一个因战致残的兵丁，他向"我"述说开战时双方的死伤惨况，而"我"则如同安徒生童话中那个说皇帝没有穿衣服的小孩，一语点破了战争的荒谬：①

我凝望着他说，"既是两边都受苦，你们为什么还要打仗?"他微微的叹息，过了一会说，"哪里是我们? ……是我们两边的舰长下的命令，我们不能不打，不能不开炮呵!"

……

"他自己受了伤了，尝了痛苦了，还要听从那不知所谓的命令，去开炮，也教给后来的人，怎样开炮；要叫敌人受伤，叫敌人受痛苦，死了，沉在海里

① 冰心：《鱼儿》(1920)，卓如编《冰心和儿童文学》，上海：少年儿童出版社，1990 年，第 620—623 页。

了！——那边呢，也是这样。他们彼此遵守着那不知所谓的命令，做这样的工作！——”

世间人们的这些“工作”，他们“高深奥妙”的思想，是不懂世事的孩子所不能理解的，也无以测度的。只是有一点是肯定的，那些大人们的是非，往往和孩子的颠倒——“往往我们所以为刺心刻骨的，他们却雍容谈笑的不理；我们所以为是渺小无关的，他们却以为是惊天动地的事功”。①

当“我”长大，一次有意无意间害了一只小鼠的性命，当母亲为这只初次出来觅食的“无机”的小鼠感到惋惜时，“我”却“只装作不介意地笑了一笑”。但这让“我”陷入了深深的悔恨和罪责中，“我”深感到了自己的“堕落”：“我小时曾为一头折足的蟋蟀流泪，为一只受伤的黄雀呜咽：我小时明白一切生命，在造物者眼中是一般大小的；我小时未曾做过不仁爱的事情，但如今堕落了……”

作者继而发现堕落的不仅仅只是自己，当“我”把内心的罪孽告诉一个成人朋友，以求受她一场责备，好减除些痛苦时，却得到友人漠然的笑和回答。“我”便对此“灰心绝望”了，“我”由此也得知了在从儿童成长为成人的过程中，人性中许多宝贵东西的普遍丧失。“我”再没有向第二个成人提起这“针尖大的事”，但“我”愿意向“纯洁的小朋友”“严正的小朋友”忏悔，请求他们的“裁判”。②

冰心从不轻视这些“孩子气”的“针尖大的事”，因为她深知日后帮助人们“建立大事业的同情心”，“便是从这零碎的怜念中练达出来的”。③ 冰心渴望自己能永远葆有孩子的心性，过富有童心、童趣的生活，但在接踵而来的世事的烦扰面前，丧失和失败又是必然的，而这也成为人类永恒的怅惘。

小朋友，与病魔奋战期中的我，是怎样的勇敢与喜乐！我作小孩子，我作 Eskimo，我“足踏枯枝，静听着树叶微语”，我“试揭自然的帘幕，蹑足走入仙宫”。如今呢，往事都成陈迹！我“终日矜持”，我“低头学绣”，我“如同缓流的水，半年来无有声响”。是的呵，“一回到健康道上，世事已接踵而来”！虽然我曾应许“我至爱的母亲”说：“我既绝对的认识了生命，我便愿

---

① 冰心《寄小读者·通讯六》(1923)，卓如编《冰心和儿童文学》，上海：少年儿童出版社，1990 年，第 200 页。

② 冰心《寄小读者·通讯二》(1923)，卓如编《冰心和儿童文学》，上海：少年儿童出版社，1990 年，第 192—194 页。

③ 冰心《寄小读者·通讯十五》(1924)，卓如编《冰心和儿童文学》，上海：少年儿童出版社，1990 年，第 239 页。

低首去领略。我便愿遍尝了人生中之各趣，人生中之各趣，我便愿遍尝！——我甘心乐意以别的泪与病的血为贽，推开了生命的宫门。"我又应许小朋友说："领略人生，要如滚针毡，用血肉之躯去遍挨遍尝，要它针针见血！……来日方长，我所能告诉小朋友的，将来或不止此。"而针针见血的生命中之各趣，是须用一片一片天真的童心去换来的。互相垒积传递之间，我还不知要预备下多少怯弱与惊惶的代价！我改了，为了小朋友与我至爱的母亲，我十分情愿屈服于生命的权威之下。然而我愿小朋友倾耳听一听这弱者，失败者的悲哀！①

冰心由此也不得不感慨："人类在生理上，五十万年来没有进步，而劳心劳力的事，一年一年的增加，这是疾病的源泉，人生的不幸！"②

从这个角度来说，冰心对儿童的尊崇和赞颂，不仅仅是一种儿童观的表达，它实际上涉及的是对人类个体"进化"的哲学思考。

（三）真正的人

在进化论信仰者眼里，进化论最大的价值就在于改变了人们对于进步的看法，确信人类及其文明处于一个不断进步的进程中，人类的黄金时代将出现在进化的未来，人类及其文明的未来是大有希望的。如梁启超所言，"前人以为黄金世界在于昔时，而末世日以堕落。自达尔文出，然后知地球人类，乃至一切事物，皆循进化之公理，日赴于文明……"③

但二十世纪二十年代，丰子恺却依然相信人类的黄金时代在于昔时，就人类个体而言，童年才是人的黄金时代，才是指引人前行的希望明灯；人越长大，也就越堕落，越远离黄金时代，这才是最可悲哀的。这并非缘于丰子恺的"愚钝""落后"，而是出于他对人世、人性、儿童的澄明的洞察。

在丰子恺眼里，孩子是"身心全部公开的真人"，是"彻底地真实而纯洁"，"大人们的所谓'沉默'，'含蓄'，'深刻'的美德"与孩子的"真率、自然与热情"比起来，"全是不自然的，病的，伪的"！④ 如丰子恺发现孩子的不懂谦让，要"生"要

---

① 冰心《寄小读者·通讯二十七》(1926)，卓如编《冰心和儿童文学》，上海：少年儿童出版社，1990年，第279—280页。

② 冰心：《山中杂记——遥寄小朋友》(1924)，卓如编《冰心和儿童文学》，上海：少年儿童出版社，1990年，第290页。

③ 梁启超：《论学术之势力左右世界》(1902)，《梁启超全集·第三卷》，第559页。

④ 丰子恺：《给我的孩子们》(1926)，《丰子恺儿童文学全集·儿童散文卷》，北京：海豚出版社，2014年，第8、9、10、12页。

"好",是对于"自己"的"重视","是普遍的生命的共通的大欲","是彻底的诚实,纯洁而不虚饰的",是"称心而言"的;相反,大人们所谓的"谦虚,聪明,贤慧等美名",却是矛盾异常,"在形式上看来是滑稽的;在意义上想来是虚伪的,阴险的",这"比较大人评孩子的所谓'蒙'、'昏',丑劣得多了",是一种"言不由衷"的恶德。①

而大人们"或枯坐,默想,或钻研,搜求,或敷衍,应酬"的生活比起孩子们的"天真、健全、活跃的生活"来,也"明明是变态的,病的,残废的"。② 丰子恺曾质问,"我们本来也是同他们那样的,谁造成我们这样呢?"③他指出,世间大人们的所谓"揖让、进退、规行、矩步"等等的"礼貌",都"犹如刑具","戕贼"着孩子们"天赋的健全的身手",最终也使得"活跃的人逐渐变成了手足麻痹、半身不遂的残废者"。④

丰子恺在读毕叶圣陶所作的童话《皇帝的新衣》时,曾感叹道:"我叹美安徒生原作中的小儿,和圣陶兄所作中的王妃,觉得人类之中,小儿最为天真,最保全人的本性,其次要算女子,大人们都已失其本性了。我在回想中观看这世间,觉得有不少的人穿着这种虚空的新衣。"⑤

不同于信仰基督教的冰心,视儿童为拯救人间的爱的天使,有着深厚佛学修为的丰子恺,更愿意视儿童为看破世间本相的智慧者。对大人来说,一场"惊慌、紧张而忧患"的"逃难"经历,在孩子眼中,却是一场"不论时,不论钱,浪漫地、豪爽地、痛快地"一次游历;大人们"所打算,计较,争夺的洋钱",在他们看来,"个个是白银的浮雕的胸章";而"仆仆奔走的行人,血汗涔涔的劳动者",在他们看来,"个个是无目的地在游戏,在演剧";及至"一切建设,一切现象",在他们看来,都不过是"大自然的点缀,装饰"。丰子恺确信这是因为孩子"能撤去世

① 丰子恺:《从孩子得到的启示》(1926),《丰子恺儿童文学全集·儿童散文卷》,北京:海豚出版社,2014年,第6—7页。

② 丰子恺:《儿女》(1928),《丰子恺儿童文学全集·儿童散文卷》,北京:海豚出版社,2014年,第46页。

③ 丰子恺:《从孩子得到的启示》(1926),《丰子恺儿童文学全集·儿童散文卷》,北京:海豚出版社,2014年,第7页。

④ 丰子恺:《儿女》(1928),《丰子恺儿童文学全集·儿童散文卷》,北京:海豚出版社,2014年,第48—49页。

⑤ 丰子恺:《〈古代英雄的石像〉读后感》(1931),叶至善、叶至美、叶至诚编《叶圣陶集·第四卷》,南京:江苏教育出版社,1987年,第230页。

间事物的因果关系的网，看见事物的本身的真相”；[①]孩子拥有“天地间最健全的的心眼”，所以能够“最明确、最完全地见到”“世间事物的真相”。[②]

而世间大人总被“人类所造作的世间的种种现象”，被“世智尘劳”“迷塞”了“心眼”，“隐蔽”“斫丧”了“本性”，及至“对于扰攘奔逐的地球上的生活，渐渐习惯，视为人生的当然而恬不为怪”。[③]

在丰子恺看来，孩子还是天生的艺术的创造者，“儿童的本质是艺术的”[④]。他们能“赋给生命于一切的事物”；[⑤]他们能“注意大人们所不能注意的事，发见大人们所不能发见的点”；[⑥]他们“每天坐火车，坐汽车，办酒，请菩萨，堆六面画，唱歌，全是自动的，创造创作的生活”；他们的世界“何等广大”，他们的创造完全“不受大自然的支配，不受人类社会的束缚”。[⑦]

大人们乃至所谓“艺术家”“创作家”们的创造力在他们面前都不免相形见绌。然而，大人却是“何等气性的奇怪的动物”，他们时常要来“摧残”孩子们的创造，“野蛮”在丰子恺这里有了全新的定义：[⑧]

> 阿宝！有一晚你拿软软的新鞋子，和自己脚上脱下来的鞋子，给凳子的脚穿了，刬袜立在地上，得意地叫“阿宝两只脚，凳子四只脚”的时候，你母亲喊着“龌龊了袜子！”立刻擒你到藤榻上，动手毁坏你的创作。当你蹲在榻上注视你母亲动手毁坏的时候，你的小心里一定感到“母亲这种人，何等杀风景而野蛮”吧！

---

① 丰子恺：《从孩子得到的启示》(1926)，《丰子恺儿童文学全集·儿童散文卷》，北京：海豚出版社，2014年，第4—5页。

② 丰子恺：《儿女》(1928)，《丰子恺儿童文学全集·儿童散文卷》，北京：海豚出版社，2014年，第47页。

③ 丰子恺：《阿难》(1927)，《丰子恺儿童文学全集·儿童散文卷》，北京：海豚出版社，2014年，第37页。

④ 丰子恺：《美与同情》(1929)，《丰子恺儿童文学全集·儿童散文卷》，北京：海豚出版社，2014年，第78页。

⑤ 丰子恺：《从孩子得到的启示》(1926)，《丰子恺儿童文学全集·儿童散文卷》，北京：海豚出版社，2014年，第5页。

⑥ 丰子恺：《美与同情》(1929)，《丰子恺儿童文学全集·儿童散文卷》，北京：海豚出版社，2014年，第78页。

⑦ 丰子恺：《给我的孩子们》(1926)，《丰子恺儿童文学全集·儿童散文卷》，北京：海豚出版社，2014年，第10页。

⑧ 丰子恺：《给我的孩子们》(1926)，《丰子恺儿童文学全集·儿童散文卷》，北京：海豚出版社，2014年，第11页。

不过澄明如丰子恺，他同样深知令人憧憬的孩子的“黄金时代”有限，“现实终于要暴露的”，孩子终究也会出这“黄金时代”。而且无论人类如何想要挽留这“黄金时代”，都不过“像‘蜘蛛网落花’略微保留一点春的痕迹而已”。一代又一代的人都无可避免地走着同样的一条“退化”的路：“眼看见儿时的伴侣中的英雄，好汉，一个个退缩，顺从，妥协，屈服起来，到像绵羊的地步”。“后之视今，亦犹今之视昔”，“这是何等可悲哀的事”。①

童年，是人类个体永远无法回去、难以追寻的美丽故乡。也正因为这种无以抵抗的人类的必然命运，对儿童、对儿童的黄金时代怀有执念的丰子恺有时难免陷入一种“虚无”的境地。他竟常常作这样的异想：“小孩子长到十岁左右无病地自己死去，岂不完成了极有意义与价值的一生呢?”而当他继续往前推想，所谓天真烂漫的儿童生活，儿童的黄金时代，儿童的天国，儿童的乐园，又“其实贫乏而低小得很，只值得颠倒困疲的浮世苦者的艳羡而已”，在“以一跳了生死，绝不撄浮生之苦”的婴儿面前，实则不足挂齿：

以前我常常赞美你的宝姐姐与瞻哥哥，说他们的儿童生活何等的天真，自然，他们的心眼何等的清白，明净，为我所万不敢望。然而他们哪里比得上你？他们的视你，亦犹我的视他们。他们的生活虽说天真，自然，他们的眼虽说清白，明净；然他们终究已经有了这世间的知识，受了这世界的种种诱惑，染了这世间的色彩，一层薄薄的雾障已经笼罩了他们的天真与明净了。你的一生完全不着这世间的尘埃。你是完全的天真，自然，清白，明净的生命。世间的人，本来都有像你那样的天真明净的生命，一入人世，便如入了乱梦，得了狂疾，颠倒迷离，直到困顿疲毙，始仓皇地逃回生命的故乡。这是何等昏昧的痴态！你的一生只有一跳，你在一秒间干净地了结你在人世间的一生，你坠地立刻解脱。正在中风狂走的我，更何敢企望你的天真与明慧呢?②

到这时，我们已很难说，这是丰子恺的过于澄明，还是过于执念了。他最后似乎更要跳出人生的局限，生死的局限，观照到“宇宙间人的生灭……世间一切

---

① 丰子恺:《给我的孩子们》(1926),《丰子恺儿童文学全集·儿童散文卷》,北京:海豚出版社,2014年,第13页。

② 丰子恺:《阿难》(1927),《丰子恺儿童文学全集·儿童散文卷》,北京:海豚出版社,2014年,第38—39页。

现象，皆是宇宙的大生命的显示。……无所谓你我了”！①

这也不免让人想到鲁迅在《摩罗诗力说》中所批判的：“然奈何星气既凝，人类既出而后，无时无物，不禀杀机，进化或可停，而生物不能返本。……若诚能渐致人间，使归于禽虫卉木原生物，复由渐即于无情，则宇宙自大，有情已去，一切虚无，宁非至净。”②

但不管怎么说，五四时期，叶圣陶、冰心、丰子恺等人在儿童文学创作中，对人类个体成长“有违”进化论的思考，它们的积极意义显然远远大于消极意义。他们所共同彰显的儿童崇拜，标示着“儿童”已深入新文学作家的心中，不仅大大提高了儿童的地位与价值，也让人们从一个哲学的高度，发现和认识了儿童。他们的儿童崇拜，与鲁迅的幼者本位、周作人的儿童本位，实则殊途同归。只不过，鲁迅、周作人等人是从人类整体的进化进程确认儿童是人类未来的希望，而叶圣陶、冰心、丰子恺等人则是从人类个体成长的历程体认到儿童的至善至美，并欲以此作为拯救人类的信仰。他们彰显着儿童崇拜的创作则极大促进和丰富了中国现代儿童文学的早期创作实践，并且成为日后中国儿童文学书写儿童的一个重要支脉。

二、乡村：人类的诗意家园

20 世纪初，梁启超在谈到“破坏”之于人类文明进步的重要意义时，不无激昂地说道，“破坏之事无穷，进步之事亦无穷”，人群中一切事事物物都必得经过破坏之阶段才能上于进步之途。梁启超不是没有意识到，人们为文明“进步”而行的“破坏”，有时也会带来严重损害，如“机器兴而手民之利益不得不破坏，轮舶兴而帆樯之利益不得不破坏，铁路电车兴而车马之利益不得不破坏”；梁启超也不是没有看到，在文明过渡阶段，常有“妇叹童号之惨”“棼乱杌陧之观”。但在“进步”的必然法则，迫切想要“进步”的心愿面前，梁启超轻易否定了这种损害，认为这是为人类“进步”、文明发展所付出的必要代价，是必须要忍受的苦痛，而且人应该要有远见，“进步”所带来的利益在国家，在未来，在全人类，且将远远超过损害。③

① 丰子恺：《阿难》(1927)，《丰子恺儿童文学全集・儿童散文卷》，北京：海豚出版社，2014 年，第 39 页。

② 鲁迅：《摩罗诗力说》(1908)，《鲁迅全集・第一卷》，第 69—70 页。

③ 梁启超：《新民说・论进步》(1902)，《梁启超全集・第三卷》，第 686—687 页。

想必这也是大部分进步进化论者的共同心声，而且对于他们而言，人类文明的进步，多半也只是指向物质文明的进步。十九世纪的西方社会，就处在这种进步信仰的支配之下。尽管十九世纪西方社会的物质文明，的确发展达到了一个异乎繁荣昌盛的地步，这似乎能够使人们更加确信进步的力量，但与此同时，社会迅速发展所带来的不断累积的问题，也在不断增长着人们的危机感。及至十九世纪末，西方社会不可避免地发生了一场新思潮，出现了对“进步”的严重质疑和深刻反思。

先觉者如鲁迅，在《文化偏至论》(1908)中就对十九世纪西方社会科学发达，物质文明日渐兴盛，及至奉物质为圭臬，而人们灵明日以亏蚀的文明发展历程有着足够的认识和警醒。① 鲁迅写作这篇论文，无疑是想以西方文明发展的历程来警醒中国，使中国避免走同样的偏至道路。然而，这样的警醒对于近代中国而言似乎为时过早，少有人在意，因为彼时的中国正拜倒在西方的“进步”面前，正在努力变革，企望“进步”，从而追上西方。他们不独不顾西方文明发展的偏颇，还积极“学习”重演着这偏颇。

梁启超开始注意到西方文明发展产生的种种问题，开始对西方的“进步”产生怀疑和动摇是在第一次世界大战以后，也是在他亲自游历了欧洲各国之后，这种心思集中体现在他的《欧游心影录》(1918)中。在《欧游心影录》(1918)中，梁启超特别谈到西方崇奉“科学万能”所带来的问题：一方面，科学发达，机器发明，产生工业革命，人的外部生活因而急剧变迁，但人的内部生活无法跟上与之适应，这就造成人外部生活和内部生活的分裂，同时，工业革命引起生产力集中变化，也造成了贫富阶级的巨大鸿沟和矛盾冲突，而如此的结果似乎是“科学愈昌，工厂愈多，社会遍枯亦愈甚”。

另一方面，科学昌明，养成了人们一种纯物质的纯机械的人生观，“把一切内部生活外部生活，都归到物质运动的‘必然法则’之下”。在这种唯物的机械的人生观的影响下，宗教信仰被粉碎，社会道德被架空，人活着似乎只为“抢面包吃”，人生的意义和价值也仅在为“宇宙间物质运动的大轮子”提供动力。而在这些“昌明”的科学中，自然少不了达尔文的生物进化论，在梁启超看来，西方社会私人方面的“崇拜势力，崇拜黄金”，国家方面的“军国主义，帝国主义”，很大程度上也缘于对达尔文生物进化论的曲解和误用，而第一次世界大战可谓是

① 鲁迅：《文化偏至论》(1908)，《鲁迅全集・第一卷》，第49、50、54页。

一个“报应”。

梁启超由此也不得不感慨：“当时讴歌科学万能的人，满望着科学成功，黄金世界便指日出现。如今功总算成了，一百年物质的进步，比从前三千年所得还加几倍，我们人类不惟没有得着幸福，倒反带来许多灾难……欧洲人做了一场科学万能的大梦，到如今却叫起科学破产来。这便是最近思潮变迁一个大关键了。”①

尽管梁启超表达得很清楚，他所质疑的是西方所崇奉的“科学万能”和由此带来的所谓“进步”，但在时人听来，仍像是他在攻击、反对、毁谤科学和进步，梁启超也因此受到非难。② 这似乎也情有可原，毕竟梁启超在推动近代以来人们科学和进步信仰的形成上曾起到关键性的作用，只不过现在那些科学、进步信仰者比他更独断，也更彻底。在他们看来，科学、进步的信念对于中国文明的发展、中国的现代化是至关重要的，梁启超对科学、进步的怀疑显然不利于在中国建立科学，树立信心，因此梁启超的反思和批评实际上就是对中国现代化理想的背离。

尽管胡适一再强调“中国此时还不曾享着科学的赐福，更谈不到科学带来的‘灾难’”，“中国人的人生观还不曾和科学行见面礼”，③但毕竟今时不同往日，实际上，中国日益发展的工业，逐渐形成的现代都市，都在不断冲击着人们的生活，也给人们带来了难以回避的现代性问题——在工业文明下，在现代都市中，人生的意义和价值究竟在哪里？人是否真的更幸福了？在现代社会种种以“必然法则”为名义所施的权力下，人如何得以维护自由和尊严？这也成为许多新文学作家所思考和在创作中所表现的重要话题。

---

① 梁启超：《欧游心影录》(1918)，《梁启超全集·第十卷》，第2971—2974页。

② 胡适有言：“我们至少可以说，自从中国讲变法维新以来，没有一个自命为新人物的人敢公然毁谤‘科学’的，直到民国八、九年间梁任公先生发表他的《欧游心影录》，科学方才在中国文字里正式受了‘破产’的宣告。”“梁先生要说的是欧洲‘科学破产’的喊声，而他举出的却是科学家的人生观的罪状；梁先生摭拾了一些玄学家诬蔑科学人生观的话头，却便加上了‘科学破产’的恶名。”“自从《欧游心影录》发表之后，科学在中国的尊严就远不如前了。一般不曾出国门的老先生很高兴地喊着，‘欧洲科学破产了！梁任公这样说的’。我们不能说梁先生的话和近年同善社、悟善社的风行有什么直接的关系；但我们不能不说梁先生的话在国内确曾替反科学的势力助长不少的威风。梁先生的声望，梁先生那枝‘笔锋常带情感’的健笔，都能使他的读者容易感受他的言论的影响。何况国中还有张君劢先生一流人，打着柏格森、倭铿、欧立克……的旗号，继续起来替梁先生推波助澜呢？”(参见胡适：《〈科学与人生观〉序》(1923)，《胡适文集(3)》，第152—154页。)

③ 胡适：《〈科学与人生观〉序》(1923)，《胡适文集(3)》，第154页。

这种现代性危机也无可避免地进入了中国现代儿童文学的早期创作实践，而且中国现代儿童文学主要是以其独特的方式——童话，对此进行生动的表现、深刻的反思。如梁启超所指出的，工业革命所造成的人外部生活和内部生活的分裂，其最显著的表现就是“现在都会的生活和从前堡聚的村落的生活截然两途”：①

聚了无数素不相识的人在一个市场或一个工厂内共同生活，除了物质的利害关系外，绝无情感之可言，此其一。大多数人无恒产，恃工为活，生活根据，飘摇无着，好象枯蓬断梗，此其二。社会情形太复杂，应接不暇，到处受刺戟，神经疲劳，此其三。劳作完了想去耍乐，耍乐未完又要劳作，昼夜忙碌，无休养之余裕，此其四。欲望日日加高，百物日日加贵，生活日日加难，竞争日日加烈，此其五。

在叶圣陶的童话创作中，我们正可以看到两种截然不同的生活——都市生活和乡村生活，以及人们在这两种生活中的生存、挣扎和抉择。

《大嗓门》②中，工厂就像是一个魔鬼，那支汽笛则是他的“大嗓门”，叫唤着为他做工的男女老少。因为“魔鬼”的叫唤、引诱，婴儿失去了为他哺乳的母亲，女郎失去了爱她的少年，老婆婆失去了陪伴她的老伴。于是他们一起结伴去找魔鬼的“大嗓门”，恳求他别再叫唤，别再从他们身边带走亲人。童话的结尾也的确很“童话”，“大嗓门”对这些人生了怜悯之心，果真不再叫唤，婴儿、女郎、老婆婆，还有那些不再做工的人，都复归了幸福的生活。

那些被“魔鬼”叫唤去的工人究竟过着怎样的一种生活呢？《大嗓门》对此没有正面的描写，但在《眼泪》中，我们分明可以看到：③

无数男工女工在这里工作。机器的声音把他们的耳朵都震聋了，机油的气味塞满了他们的鼻孔。他们强打起精神，努力使自己的动作跟上机器的转动。他们的脸又白又瘦，跟死人差不了多少；有的趴在机器旁边，吃自己带来的粗劣的食物。几个女工对着食物发呆，她们正在想孩子留在家里不知哭成什么样儿了，忽然像从梦中惊觉似的，把食物草草吃完，又去做她

---

① 梁启超：《欧游心影录》(1918)，《梁启超全集·第十卷》，第2973页。

② 叶圣陶：《大嗓门》(1921)，韦商编《叶圣陶和儿童文学》，上海：少年儿童出版社，1990年，第47—51页。

③ 叶圣陶：《眼泪》(1922)，韦商编《叶圣陶和儿童文学》，上海：少年儿童出版社，1990年，第75页。

们的工作。直到黄昏时分，工厂才放工。大街上很热闹，幸福的人正要去寻找各种娱乐。从工厂出来的工人杂在他们中间，显得很不调和。……大街上的人正同河水一样，一个人就像一滴水，加了进去就一同向前流，谁也顾不上谁，彼此并未察觉。他们的眼眶都像一向干涸的枯井，从来不曾掉过眼泪，也很难预料今后会不会掉眼泪。

工业革命在带来先进机器、高效率、繁荣物质的同时，也造成了人们的过度劳累、机械麻木、冷漠无情，更遑论那巨大的贫富差距。正如那只对人生充满了惶惑的画眉鸟，它不知道那些可怜的、不幸的、为富人出卖劳力的、成为富人劳作机器的穷人们，所做的事究竟有什么意义和趣味，因为在他们脸上看不到丝毫笑容。[①] 站在工业文明的入口处，叶圣陶内心同样充满了犹疑，这也是绝大多数“现代人”的犹疑。叶圣陶有时幻想着，造成这种人间惨况的原因并非工业文明“进步”所带来的恶果，而是工业文明还不够完全“进步”，当有一天，人们发明出能够自动生产物品、食物，能够自动劳作的机器时，人类将实现完全的解放，届时贫富阶级的鸿沟将会消失，所有人都能过上全新的幸福的生活。[②]

绝大多数“现代人”相信稳步的不断改善是可能的，正因为他们相信现代科学和机器的能力是无限的，它们的无限发展能够保证人类物质生活条件的不断改善。但在机器自动化生产，机器代替人类劳作几乎已经成真的今天，人类是否实现了完全的解放，是否更幸福了，却仍然是一个疑问。

更多时候，叶圣陶选择了退回去，从城市退回乡村，从“文明”退回“野蛮”，在叶圣陶心里，也是从“荒漠”退回“诗意”。《祥哥的胡琴》中，[③]祥儿带着从乡间大自然学会的美妙曲调来到大都市，然而，在都市华丽的音乐厅中，那些“华贵”“高雅”的老绅士、贵妇人、公子小姐却认为他拉的曲子乏味透顶了。伤心而失望的祥儿回到了乡间，在田野这座“没有围墙的大音乐厅”中，祥儿和着大自然的一切，奏起美妙的音乐，“又倦又乏的农夫恢复了精神，又困又累的磨坊工人又来了劲头，被火红的铁屑灼伤的小铁匠忘记了痛，死掉了儿子的老母亲得到

---

① 叶圣陶：《画眉》(1922)，韦商编《叶圣陶和儿童文学》，上海：少年儿童出版社，1990年，第77—82页。

② 叶圣陶：《旅行家》(1922)，韦商编《叶圣陶和儿童文学》，上海：少年儿童出版社，1990年，第52—58页。

③ 叶圣陶：《祥哥的胡琴》(1922)，韦商编《叶圣陶和儿童文学》，上海：少年儿童出版社，1990年，第95—101页。

了安慰……所有的人都感到甜美，感到舒适”。

而那粒世界上最稀奇的种子，在渴望尊贵、权力的国王，渴望高雅、声望的富翁，渴望发财的商人，渴望升官的士兵手中，无论他们怎么悉心照料、耗费精神，始终只是一粒种子，不能发芽开花。只有在平和的农夫手中，在他自然的耕作下，种子才发出了碧玉般的嫩芽，开出了散发着浓郁新奇香味的美丽花朵。[①]

如果说《祥哥的胡琴》《一粒种子》所折射的还只是身处于重重物质包围之中，受物质之累的都市人（“文明人”“现代人”）感觉的钝化、退化，性灵的蔽塞，欲望（权力、名望、财富）的膨胀，那么，《克宜的经历》[②]则让我们透过克宜那面能看见一切事物将来样子的镜子，看清了都市人的异化和他们将来的悲惨命运。

原本快乐生活在乡间的克宜，听从父母的指示，去往大都市寻找真正幸福快乐的生活。来到都市的克宜知道了钟、电灯、人力车、摩托车、电车，但是他再也看不见他的那些老朋友，“田里的庄稼，发散着香气的泥土，会飞会唱的鸟儿，送来花香的风”。时钟、电灯代替了日出而作、日落而息，制约着人们的作息；迅速而威猛的机车代替了人力，却又威胁着人的生命；喧闹的音乐、刺耳的歌唱、浓郁的香水、弥漫的香烟代替了鸟语花香，强烈刺激着人们的感官。都市在它繁华的面目之下潜藏着让人无法忍受的沉闷、压迫、寂寞、凄凉、冷清，犹如一座坟墓。而从店铺到医院到剧院，都市里的人们，不管是劳苦的工人，痛苦的病人，还是看似高贵、舒适、悠闲的看客，在那面能看清一切事物将来样子的镜子中，个个都如同行尸走肉，“只剩皮包着骨头，脸上全没血色，灰白得吓人，腿和脚又细又小，像鸡的爪子似的”。这是人的异化，也是人的退化，他们将来的命运都不过是“不能行走，不能劳动，得不到一切吃的东西，只好在那里等死”。看清这一切的克宜，不顾黑暗，连夜奔回了自己的家乡，他重新见到了他的那些大自然朋友，而那面镜子也映照出一片美丽而有趣的“将来的田野”。

科学的不断发展，工具的不断发明，物质的不断繁荣，在为人们带来便捷和享受的同时，也在造成人的普遍异化。叶圣陶在童话中所展示的并非对工业文明、都市的莫名拒斥，而是一个有识之士对人类文明发展的必要反思。在线性进化的链条上，工业文明是比农业文明高一等级的，现代都市则是比乡村高一

① 叶圣陶：《一粒种子》(1921)，韦商编《叶圣陶和儿童文学》，上海：少年儿童出版社，1990 年，第 21—24 页。

② 叶圣陶：《克宜的经历》(1922)，韦商编《叶圣陶和儿童文学》，上海：少年儿童出版社，1990 年，第 111—116 页。

等级的，然而，这种“进步”在日渐扭曲的人性和生活面前，显得如此脆弱，着实让人难以信服，也无怪乎童话中的主人公纷纷选择了后者。

这样的反思对于发展中的人类文明无疑是一个有效的提醒，对于现代化刚刚起步的中国更是鞭策和预防。如梁启超所说，“但当工业发轫之初，便应计及将来发达以后生出何种影响。欧洲工业革命时代就因为没有思患预防，如今闹到积重难返，费尽九牛二虎之力，还矫正不了几分。好在我们是个后进国，他们走的路怎么错法，都已眼见，他们所用的医方，一张一张的罗列供我参考，我们只要避了那迷人的路，用了那防病的方，令工业组织一起手便是合理健全的发展，将来社会革命这个险关何尝不可以免掉”。[①] 不过，不管是叶圣陶，还是鲁迅、梁启超，他们的远见卓识似乎都没有能够说服中国避开那条“迷人的路”。现代化对于多数中国人来说，仍然只是外在物质条件和状况的现代化，而为此付出的代价又往往不在他们的考虑之内。

对于乡村和乡村人的生活，叶圣陶也并非一味将自己包裹在“快乐的人的薄幕”中去窥探，他也更刺破了那层薄幕，看取了真实的“现代的人生”。如郑振铎指出的：“虽然圣陶曾赞颂田野的美丽与多趣，然而他的田野是‘将来的田野’。现在的田野却如《稻草人》里所写的一样，也是无时无处不现出可悲的事实。”[②]

《快乐的人》[③]中，世界上最快乐的人，他周身包围着一层极薄的幕，隔着这层幕，他看周围的一切，都觉得处处快乐，样样快乐。在都市工厂，他赞赏机器的精巧迅速，赞叹人的聪明才智，赞美女工的辛勤劳作，然而，他完全没有觉察到那充塞在厂房以内，笼罩在厂房之外的“一种浓厚的混污的气息”，“一种惨淡的颓丧的景象”，也看不到那些女工起早贪黑做工只是为解决一家人最基本的生存。在乡间，他歆羡采桑人纯朴、幸福的生活，在大自然中的自由劳作，赞美他们健硕的体格，然而，他看不到采桑人昼夜劳作带来的困倦、病容，更不知道采桑人只能靠变卖家当凑钱才能来这桑林采桑。

当快乐的人周身那层薄幕被刺破时，他便倒地而死了，也如同那个在乡间

---

① 梁启超：《欧游心影录》(1918)，《梁启超全集·第十卷》，第2985页。

② 郑振铎：《〈稻草人〉序》(1923)，《叶圣陶集·第四卷》，南京：江苏教育出版社，1987年，第159页。

③ 叶圣陶：《快乐的人》(1922)，韦商编《叶圣陶和儿童文学》，上海：少年儿童出版社，1990年，第124—129页。

看见太多人间疾苦的稻草人，最后倒在了田野中。白天的田野是诗人和画家的田野，诗人"把它写成美妙的诗"，画家"把它画成生动的画"，然而，夜间的田野只有稻草人知道：失去丈夫和儿子的老太太，悲痛却努力地活下去，她辛勤耕作，却又眼见可以丰收的稻谷被夜里的蛾子摧毁了；渔妇为了生计只好在寒冷的夜里捕鱼，顾不上生病口渴的孩子；要被丈夫卖给别人的妇人，在夜里投河自尽了。①

在困顿而贫瘠的人生面前，谁都渴望成为"富翁"，渴望黄金，渴望物质的极大丰富，渴望权力，渴望尊贵、舒坦、快活、幸福的生活，从石匠到店铺老板，从工人到农夫，无一不信奉这一点，也无一不加入疯狂追求"黄金"的行列。可是当他们都成了"富翁"，拥有了"满钱袋满箱子满仓库""黄澄澄的金子"时，结局又是什么呢？都市衰败，田野荒芜，所有人饿死在"黄金"堆积的坟墓里。②

于是，我们也就看清，在现代的人间，并不存在田野的乐园，更没有美丽的童话的人生。"看圣陶童话里的人生的历程，即可知现代的人生怎样地凄凉悲惨；梦想者即欲使它在理想的国里美化这么一瞬，仅仅一瞬，而事实上竟不能办到。"③叶圣陶所看到的并非只是工业文明、都市生活给人们带来的恶果，他所感悟到的是整个人类文明发展的停滞，甚或退步，人类文明发展的每一步，都表现为悖论。千百年来，人类文明的发展似乎只实现了物质、知识上的不断累积，而对人生的幸福毫无作为，也无能为力。悲哀的仍旧在悲哀，痛苦的仍旧在痛苦，贪欲的仍旧在贪欲，压迫的仍旧在压迫，苦闷的仍旧在苦闷，反抗的仍旧在反抗……它不分都市和乡村，不分都市人和乡村人，也不分过去和现在，那是所有人类的共同人生、共同命运。

这也使人不得不质问，人类真的"进化"(进步)了吗？人类文明真的"进化"(进步)了吗？人类和人类文明会必然抵达完美之境吗？或者人们更需要重新思考的是，究竟什么是"进步"？人类文明发展的目的究竟是什么？

如论者所言，"人类的文明发展，特别是进入了现代化的历程，注定我们不能离开'进步'的信念"，"进步"的信念是"全部现代化运动的必要观念前件"，只

---

① 叶圣陶：《稻草人》(1922)，韦商编《叶圣陶和儿童文学》，上海：少年儿童出版社，1990年，第135—142页。

② 叶圣陶：《富翁》(1922)，韦商编《叶圣陶和儿童文学》，上海：少年儿童出版社，1990年，第59—63页。

③ 郑振铎：《〈稻草人〉序》(1923)，《叶圣陶集·第四卷》，南京：江苏教育出版社，1987年，第160页。

不过在承认进步论的历史意义和它的理论缺陷的同时，我们有必要对“进步”本身作出新的解释。首先就是要放弃原先“进步”概念中的外在目的论、普遍进步观、线性发展观。“进步”并不必然达至一个“尽善醇美之区”，我们应该辩证地看待文明发展的自由性、特殊性，不能走向独断；普遍“进步”并不可能，我们不能以物质生活条件的改善与否作为衡量“进步”与否的唯一指标，我们还应看到人类的德性如何和幸福与否，而这些是无法量化的；“进步”也不是单线的持续过程，我们需要正视文明发展的多样性、曲折性、不规律性。①

“进步”从根本上说，“是人类改善自身存在状况的需求，是人类发展其本质力量的观念反映”，也就是说，“进步”的唯一目的就是“人”自身。人具有多方面的本质力量，具有几近无限的潜能，因此，“进步”意味着不断展现历史丰富的可能性，争取全面地实现人的本质力量，不仅仅是知识物化的力量，也应包含道德和智慧的境界。② 如果说“进步”永无止境，那也是表明人对自我的追寻和探求永无止境。

而具体到人类文明发展的现代化来说，现代化应该是人类全面发展的契机，而不应该是人向单面人、异化人转变的原因；且既然现代化并不必然进向一个完美之境，那么作为主体的人就要清醒面对现代化过程中出现的一切严重危机和问题，并对此负起责任，寻求走出困境的途径与方法，而不是交给一个可望而不可即、永不可能实现的完美未来自行解决，不能为了完美未来，就牺牲现在，牺牲现在人的生命和幸福。所以，在现代化过程的任何一个阶段，对现代化所产生的负面效应的批判、纠正都是一种促进人类健康全面发展的积极因素，是人为实现自身所做的不懈努力之一，我们不应将其看作是阻碍现代化的消极因素。

从这个角度来看，我们也就能够更加清楚地认识到叶圣陶童话创作在中国现代儿童文学早期创作实践中的重要价值和意义。在中国现代化刚刚起步的阶段，叶圣陶就在他的童话创作中表现出对中国现代化进程所产生的负面效应的高度警惕和深刻反思，生动并富有诗意地展现了现代人的生活和人生，正是这种现代性品格，使他的童话创作完成了对传统民间童话的超越，成为中国现代童话的奠基。

---

① 高瑞泉：《中国现代精神传统》，上海：东方出版中心，1999 年，第 76—79 页。

② 高瑞泉：《中国现代精神传统》，上海：东方出版中心，1999 年，第 79 页。

也正是在这个意义上，鲁迅称："十来年前，叶绍钧先生的《稻草人》是给中国的童话开了一条自己创作的路的。"鲁迅说这句话的背景，即是他有感于《表》日译者槙本楠郎所说的："旧的作品中，虽有古时候的感觉、感情、情绪和生活，而像现代的新的孩子那样，以新的眼睛和新的耳朵，来观察动物，植物和人类的世界者，却是没有的。所以我想，为了新的孩子们，是一定要给他新作品，使他向着变化不停的新世界，不断的发荣滋长的。"①

但这里有必要进行补充说明的是，在叶圣陶创作《稻草人》童话系列之初，这些童话所彰显的现代性品格，却遭到了人们的质疑，乃至今天一些人还会发出这样的质疑声。人们所质疑的主要是这么两点：一是这些童话写的都是实际的社会生活，而且"凄凄惨惨"的，"离开美丽的童话境界太远"，不像是童话；②二是这些带有"极深挚的成人的悲哀与极惨切的失望的呼声"的童话，是否适合给儿童看，儿童"幼稚的和平纯洁的心里应否即投入人世间的扰乱与丑恶的石子"。③

对于第一点质疑，我们说，文学是现实的反映，在童话中展现社会生活，是无可厚非的，也是必然的，幻想、隐喻的童话本质上就是对现实世界的洞见。而为什么总是"凄凄惨惨"的，那也是如叶圣陶自己所说"生活在那个时代，我感受到的就是这些嘛"。④ 而且在叶圣陶看来，文艺的目的就在"表现人生"，"凡是对于人生有所触着而且深切地触着的，都可以为创作文艺品的材料"。⑤ 且既然"文艺品的内容，无论如何必然是人生的"（这人生包含"过去与未来、现实与理想，物质与精神"），而"文艺家既将所感完全表现出来，绝不是复制和模仿，而恰是情感的本体"，那么，他所叙写的人生内容也就必然已含有艺术的性质。⑥ 明白这一点，也就能够明白作品中"无论写的是极黑暗极卑贱的事实，总有强烈的反抗的呼声和希求光明的祝祷潜藏在里头。即使写的是一件光明欢愉的事，也

① 鲁迅：《〈表〉译者的话》(1935)，《鲁迅全集·第十卷》，第435—438页。

② 叶圣陶：《我和儿童文学》(1980)，韦商编《叶圣陶和儿童文学》，上海：少年儿童出版社，1990年，第2页。

③ 郑振铎：《〈稻草人〉序》(1923)，《叶圣陶集·第四卷》，南京：江苏教育出版社，1987年，第163页。

④ 叶圣陶：《我和儿童文学》(1980)，韦商编《叶圣陶和儿童文学》，上海：少年儿童出版社，1990年，第2页。

⑤ 叶圣陶：《文艺谈·五》(1921)，《叶圣陶集·第九卷》，南京：江苏教育出版社，1990年，第9页。

⑥ 叶圣陶：《文艺谈·十一》(1921)，《叶圣陶集·第九卷》，南京：江苏教育出版社，1990年，第24—26页。

决不仅仅歌颂这光明欢愉而止，必然足以引起人高尚美妙的同情心，而作更进一步之想”；而“无论何派作家，写实总是承认的，这好像是个基本。以人类表现人生，当然写实。但所谓写实，乃就人间世所实有的一切而表现之。所以因不调和不匀称而有所更换，只须无妨于本体，也是可以容许的，而且因此可以收到更美满的效果”。①

至于能否用美丽的童话来表现凄惨的社会生活，则如郑振铎所言，在现代的人间，在哪里可以找到和实现美丽的童话的人生呢，“恐怕那种美丽的幸福的生活只在最少数的童话里才能有吧。而那种最少数的美丽的生活，在童话里所表现的，也并不存在于人世间，却存在于虫的世界，花的世界里。至于一切童话里所表现的‘人’的生活，仍多冷酷而悲惨的”。② 可见，人们认为童话不能用以叙写“凄惨”的现代社会人生，那只是人们对于童话的一种成见，是长期受传统民间童话熏染的结果，传统民间童话的基调总是快乐的，故事的结局也总是幸福美满的。

对于第二点质疑，我们说，我们也不能“过于重视儿童”，“把成人的悲哀显示给儿童，可以说是应该的。他们需要知道人间社会的现状，正如需要知道地理和博物的知识一样，我们不必也不能有意地加以防阻”。③ 或者也如冰心所确信的，“人生不止欢乐滑稽一方面，……沉静的悲哀里，含有无限的庄严。伟大的人生中，是需要这种成分的。……何况这一切本是组成人生的原素，耳闻，眼见，身经，早晚都要了解知道的，何必要隐瞒着可爱的小朋友？”④

叶圣陶并不避讳将这种略显“深奥”的反思和“成人的悲哀”融于童话创作中，供给儿童看，也是如前面所述，在叶圣陶眼里，仍葆有人的本性、生命的源泉的儿童是拯救人类的希望，是世界还能够维系着的缘故，他们将为世界带来新的信仰和力量，那么，又有什么理由能够不把这些人间的事实告诉人类未来的建设者，激励他们去寻求更好的“进步”呢？这么看来，《稻草人》系列实则是一

---

① 叶圣陶：《文艺谈·二十四》(1921)，《叶圣陶集·第九卷》，南京：江苏教育出版社，1990年，第50—51页。

② 郑振铎：《〈稻草人〉序》(1923)，《叶圣陶集·第四卷》，南京：江苏教育出版社，1987年，第159页。

③ 郑振铎：《〈稻草人〉序》(1923)，《叶圣陶集·第四卷》，南京：江苏教育出版社，1987年，第163页。

④ 冰心：《寄小读者·通讯十五》(1924)，卓如编《冰心和儿童文学》，上海：少年儿童出版社，1990年，第238页。

个有机的整体，并不存在人们所普遍认为的前后的不一致和断裂——从开始的“梦想一个美丽的童话的人生，一个儿童的天真的国土”渐渐转向“成人的悲哀”，抛弃“用‘童心’来完成人世间所永不能完成的美满的结局”的幼稚幻想，及至最后梦想破裂，对于人世间的希望倒塌，对于田野乐园的信仰摧毁；[①]也不存在人们以此为依据所判定的，《稻草人》中前面展现“童心”的篇章是接近儿童文学的，后面浸透着“成人的悲哀”的篇章则是非儿童文学的，至少也是存在巨大偏差的。

我们还要看到的是，叶圣陶之所以选择以童话的形式来展开对人类个体成长和文明发展的思考，并将其呈现给儿童，也缘于他对儿童、儿童阅读和儿童文学的深刻理解。作为一个小学教师，叶圣陶深知儿童对于文艺，对于文艺的灵魂——感情，有着极其热切的渴望，因此，教育者若“为最可宝爱的后来者着想，为将来的世界着想”，就“应当顺他们自然的要求，多多给他们以文艺品，做他们精神上的食料”，且这些文艺品“应当将眼光放远一程”，“对准儿童内发的感情而为之响应，使益丰富而纯美”。叶圣陶相信感情的熏染“其活力将雄于智慧的辩解”，“谆谆诏告不如使其自化”，所以若“儿童所酷嗜的文艺品中苟含有更进步的思想，更妙美的情绪，他们于不知不觉之间受其熏染，已植立了超过他们父母的根基”。[②]

而作为一个文艺家，叶圣陶又自觉“儿童既富感情，必有其特质。文艺家感受其特质，加以艺术的制练，所成作品必且深入儿童之心”。[③] 儿童的最大特质就是他们“有种种想象，与成人绝对不同的想象”，他们陶醉于“想象的世界，一事一物，都认为有内在的生命，与自己有紧密的关联”，在叶圣陶看来，这是一种宇宙观，这样一种宇宙观不仅对他们的将来大有益处，对人类的将来也大有益处，因为“世界之广大，人类之渺小，赖有想象得以勇往而无惧怯”。[④] 而我们知道，童话的最大特色也就是“万物有灵，物我同一”，在童话中，世间万物，花草树木，鸟兽虫鱼，一物一品，都是富有思想和情感的生命个体。童话天然契合于儿童的心理，自然也就能够更加容易地深入儿童的心灵，在满足他们想象的同时，

① 人们的这种认识很大程度上也是受郑振铎那篇评述精湛的序言的影响。参见郑振铎：《〈稻草人〉序》(1923)，《叶圣陶集·第四卷》，南京：江苏教育出版社，1987年，第159—160页。

② 叶圣陶：《文艺谈·七》(1921)，《叶圣陶集·第九卷》，南京：江苏教育出版社，1990年，第14—15页。

③ 叶圣陶：《文艺谈·七》(1921)，《叶圣陶集·第九卷》，南京：江苏教育出版社，1990年，第15页。

④ 叶圣陶：《文艺谈·八》(1921)，《叶圣陶集·第九卷》，南京：江苏教育出版社，1990年，第18页。

给予他们感情和思想的熏陶。

另外，童话这种艺术形态本身就体现着文艺家（人类）抵抗物质、机械、理性世界，开拓灵妙世界的一种努力。如叶圣陶所言，“人由幼小而长大，对于事物知识渐广”，但“所谓知识之事，止取便利于生事，适切于应用”，在这等知识面前，“一切事物都陷于冷静和破碎”，宇宙的一切都被视为仅仅是“机械的，物质的”，它们不复能透入人们的内心，人们也不复能够认识它们的真实生命。而“世间又有种种职业、风俗、习惯、礼教，将人牢牢围住”，非但使人们“看一切仅为物质和机械”，也使“自己成为物质和机械”。在这种情形下，人便丧失了曾经“万物有灵，物我同一”的宇宙观——儿童的宇宙观，堕落为“狭小的、冰冷的、物质的”宇宙观。在叶圣陶看来，儿童的宇宙观，就是文艺家的宇宙观，“本来人人有文艺家的资格，终乃不能人人为文艺家”，这“也可算人类的大缺陷”。一个人只有“永葆其赤子之心”——童心，抑或努力修养，才能成为一个真正的文艺家，也才有可能开拓一个灵妙的世界：

> 文艺家当扩大己之心灵，与万有同体；他与一切生命同其呼吸，合其脉搏；他心的耳目比肉体的耳目聪明；他永葆赤子之心，而更为发展，至于无穷；他不为物质所限制，不为机械所牵掣，常常超然遨游于自由之天。质言之，他以直觉、情感、想象为其生命的泉源。

这当然不应仅仅成为文艺家个人的修养，而应当是所有人的修养。一个人即使不能够成为文艺家，也“须具有欣赏文艺的能力”，能够“陶醉于广大纯美的艺术之海”，而不只是“以生息于物质的世界为已足”。因此，在教育方面，“宜将儿童所固有文艺家的宇宙观善为保留，一方固须使其获得实际生活所需的知识，一方更须以艺术的陶冶培养其直觉、感情和想象”，实现实际生活和艺术生活的合二为一。①

可以看到，叶圣陶最为在意的还是儿童，“现在的成人与文学疏远，实在是一种莫大的损失。倘若叫儿童依着老路，只是追踪前人，那就是全民族的永远的损失了。所以他们须得改换新路，立定在新的基础上”，而这有赖于父母、教师的共同努力，须让孩子的本能得到自由发展并且帮助他们发展，供给他们丰

---

① 叶圣陶：《文艺谈·十》(1921)，《叶圣陶集·第九卷》，南京：江苏教育出版社，1990年，第21—23页。

富有趣的生活，以及优质的新鲜的适合于他们的文学。①

如此看来，彰显“万物有灵，物我同一”宇宙观，饱含“直觉、感情和想象”，天然契合儿童心理的童话，更是叶圣陶用以向儿童传达人类个体成长和文明发展之思的不二之选了。也唯有这等作品，“能够引导人们走向发展的途径，超过眼前一切，永远前进”。②

叶圣陶视文艺为促进“全民族的人生活动”“进化，丰富，高尚，愉快……”的“重要原力之一”，沉浸在文艺的怀抱，人们就有“热烈的希求的情绪”，“强固的迈往的意志”，就可以发挥人的“伟大”，③而童话以它独特的宇宙观——“万物有灵，物我同一”，独特的艺术品质——纯洁、幻美，反映批判现实而又不失艺术气质，孕育深度哲学内涵而又形式简单质朴，陌生化、富新奇感而又具有恒久艺术魅力，深深吸引了叶圣陶。在童话中，叶圣陶书写着时代洪流中现代人的生存、挣扎、反抗、思虑，他揭露黑暗而不怀疑希望，批判现实而不拒绝未来，咀嚼苦痛而不放弃追求……他以童话为坚守，为人们，尤其是儿童，提供了看待人生和世界的态度，努力解救的方法，提醒着人们应当葆有的品性，给予他们以力量和信心，继续朝着一个光明、理想、美好的世界前进，完全地实现自我。

叶圣陶说，“伟大的艺术必能汇集一时代的精神现象而活跃地表现出来”，能够激发读者，“觉旧境之不可再居。或者认识到真实的痛苦，而奋力求所以解免之方，期达于心安愿遂之路；或者改正人生观念之鹄的，从此而得到新的生命”，“齐趋于向上进取之途”。④ 这么说来，叶圣陶富有现代意识的童话创作自有其伟大之处。

也如论者所言，“对于我国的先驱者们来说，童话不啻也成为拯救世界的一剂精神药物，他们从情感、理智上皈依了童话，以此来‘拯救’人类。对于他们，童话不是浪漫主义的逃离，它是一种人生态度，是对存在困境的可能开掘，它不舍弃、背离现实，勇于面对、承担并追求完美。在此意义上，我们须肯定我国早

① 叶圣陶：《文艺谈·三十九》(1921)，《叶圣陶集·第九卷》，南京：江苏教育出版社，1990年，第76—78页。

② 叶圣陶：《文艺谈·九》(1921)，《叶圣陶集·第九卷》，南京：江苏教育出版社，1990年，第21页。

③ 叶圣陶：《文艺谈·三十八》(1921)，《叶圣陶集·第九卷》，南京：江苏教育出版社，1990年，第74页。

④ 叶圣陶：《文艺谈·二十八》(1921)，《叶圣陶集·第九卷》，南京：江苏教育出版社，1990年，第57—58页。

期悖论童话存在的难度精神抉择及其价值”。[1]

由叶圣陶、冰心、丰子恺等人开拓的在儿童文学中展开人类个体成长和文明发展的审思，在这之后的儿童文学作品中很少再看到，直至二十世纪八十年代。八十年代以来的当代童话重新开启了对童年、个体成长、现代文明、人性的批判和反思，如论者所言：“近二十年来的童话创作，在对于工业时代和消费文化中人类生存的精神关怀方面，达到了一个新的高度。它在童话创作中表现为作家对存在于生命之间的‘爱’、‘尊重’、‘理解’、‘关怀’等价值观念的倡导。这一时期的童话在其发展过程中，不断走出狭隘的教育目的和政治内容的规约，并越来越倾向于把作品的精神旨归放到全部人类文明的大背景上。如果说在20世纪初的新文化运动时期，童话创作的这种精神走向也一度被少数作家肯定和实践过，那么近二十年来，这种精神向度的追寻已经成为当代童话创作的一个主流趋势，而且正在变得愈益纯粹和开阔。”[2]

第三节　“儿童本位”的践行
——未失赤子之心者的童心展露

周作人曾指出“中国向来缺少为儿童的文学。就是有了一点编纂的著述，也以教训为主，很少艺术的价值”，[3]而“这种势力”也如周作人所言，在中国现代儿童文学的早期创作实践中“依然存在”，“许多人还把儿童故事当作法句譬喻看待”，“对儿童讲一句话，睐一睐眼，都非含有意义不可”。[4] 实用功利的价值观、文艺观、教育观使得人们常常不仅以“智识与教训”来理解、评判儿童文学，更以“智识与教训”来要求、指导儿童文学，人们总还是喜欢“文以载道”。这自然也就阻碍了“儿童本位”的儿童文学作品的出现。中国现代儿童文学的早期创作实践中，多数作品存在说教气息过浓的毛病，通常借一个故事说明一个道

---

① 李利芳：《中国发生期儿童文学理论本土化进程研究》，北京：中国社会科学出版社，2007 年，第 265 页。

② 赵霞：《中国儿童文学大系・童话(一)・增补卷导言》，浦漫汀主编《中国儿童文学大系・童话(一)》，太原：希望出版社，2009 年，第 43—44 页。

③ 周作人：《吕坤的〈演小儿语〉》(1923)，《周作人散文全集・第三卷》，第 111 页。

④ 周作人：《儿童的书》(1923)，《周作人散文全集・第三卷》，第 77 页。

理，以使儿童受到知识和品德方面的教育。

当代学者朱自强在观察中国现代儿童文学的早期创作实践时，则提出以叶圣陶、冰心为代表的具有中国主体性的儿童文学创作与以周作人为代表的西方式的“儿童本位”的儿童文学理论，两者之间“存在着明显而重大的错位”。这种“错位”缘于“中国儿童文学在接受西方影响时，西方儿童文学精神，更容易在理念的层面上进入中国儿童文学理论的机体，而在感性的层面上进入中国儿童文学创作时，则由于中国自身的文学传统和特殊的时代生活的深刻影响，而受到了很大的阻碍”。

而“错位”的具体表现就在，以叶圣陶、冰心为代表的具有中国主体性的儿童文学创作虽然也想用儿童的目光和心理去营造、表现属于儿童的故事世界，但在没有真正的童年的非儿童时代，最终还是过多渲染了属于成人世界的思想、情感、心境以及艺术旨趣，而难以满足儿童本能的兴趣和爱好，也难以引起儿童心理和情感的共鸣，从而也不可避免地偏离了“儿童本位”的理想。朱自强由此也认为叶圣陶的《稻草人》和冰心的《寄小读者》“只具有文学史的意义，而不具有儿童文学艺术范型的价值”，而五四时期其他的儿童文学创作更可谓是“相当幼稚的，在揭示儿童独特的心灵世界和贴近儿童独特的审美心理这两个方面，显然都因缺乏艺术经验，而呈现出蹒跚学步的姿态”。

当然，朱自强也承认叶圣陶与冰心式的非“儿童本位”的成人化儿童文学创作，“在根本立场上，是与儿童的利益一致的”。在儿童文学只有翻译和改编，儿童亟须文学滋养的现实面前，叶圣陶、冰心等新文学作家挺身而出，为儿童读者创作中国自己的、新的儿童文学，表达他们对儿童的尊重、理解和关爱，“这正是中国儿童文学创作的现代性发蒙”，是与“儿童本位”理论相通的地方。不仅如此，“叶圣陶式的‘稻草人’童话，立足于中国的社会现实，着眼于中国的时代生活，以深切的‘成人的悲哀’，否定和拒绝压迫、摧残儿童生命世界的黑暗社会，其内里的愿望无疑是在渴求和呼唤真正的儿童时代的到来”，而文本层面“儿童本位”的暂时难以达成也并不动摇他们“对‘儿童本位’的儿童文学的认同”。他们还有难能可贵的一点是，舍弃了站在儿童之上、教训儿童的立场，而与儿童对等地进行文学上的交流，这与反对“文以载道”的五四新文学精神也是一脉相承的。以上这些，在朱自强看来，正是中国儿童文学现代化的独特表现形式。[①]

朱自强的观察可谓洞见，但我们也不能将此绝对化。中国现代儿童文学的早期创作实践固然偏离了“儿童本位”的儿童文学理论，我们却不能因此就全盘否定它，它的确存在“不成熟”的地方，但正如儿童一样，我们说它的“不成熟”，是否也存在一种超越的可能。如上节所述，叶圣陶的童话创作是存在这种可能的，他对人类个体成长和文明发展的审思，正在被当代儿童文学接续、实践。没有哪一位作家的创作是完全贴合文学理论进行的，也就是说，在文学领域，文学创作和文学理论的“错位”是必然的，我们并不需要为此感到遗憾。而且如我们前面第二章第四节中分析过的，中国现代儿童文学发生期的“儿童本位”理论本身就是一个相当驳杂的理论，有着十分丰富的内涵，且有着自身的矛盾性，在以后的历史发展时期，“儿童本位”理论也在不断充实、发展、修正。更何况在不同人那里，“儿童本位”的含义也是千差万别的，以叶圣陶、冰心为代表的儿童文学创作者们偏离的可能只是别人眼里的“儿童本位”。

在这种情况下，我们在承认儿童文学“儿童本位”论的现代性、合理性、普遍性的同时，应当从作品本身出发，重新审视中国现代儿童文学的早期创作实践，去发现它可能存在的另一副面孔——富有“童心”的一面，去发掘它留下的宝贵遗产——对“儿童本位”不同维度、不同程度的践行。

一、叶圣陶童话的诗化、儿童化语言

叶圣陶在童话中对“儿童本位”的最大践行应该是他纯熟的、诗化的、儿童化的白话语言，这也是郑振铎最为赞赏的（见前面第三章第四节中郑振铎对叶圣陶童话语言的评述）。我们且以《花园外》[②]为例，在开头我们就看到这样的风景：

> 春风吹来了，细细的柳条不知什么时候染上了嫩黄色，甚至已经有了点儿绿意。风轻轻吹过，把柳条的下垂的梢头一顺地托了起来，一会儿又一齐垂了下来，仿佛梳得很齐的女孩子的柔软的头发。
>
> 一道小溪在两行柳树之间流过。不知谁把小溪斟得满满的，碧清的水

---

① 参见朱自强：《中国儿童文学与现代化进程》，杭州：浙江少年儿童出版社，2000 年，第 182—199 页。“两个‘现代’：理论与创作的错位”一节。

② 叶圣陶：《花园外》(1922)，韦商编《叶圣陶和儿童文学》，上海：少年儿童出版社，1990 年，第 89—94 页。

> 几乎跟岸相平。又细又匀的美丽的波纹好像刻在水面上似的，看不出向前推移的痕迹。柳树的倒影因而显得格外清楚。水的气息，泥土的气息，使人一嗅到就想起春天已经来了。温和的阳光笼罩在小溪上，好像使每一块石子每一粒泥砂都有了欢乐的生命，更不用说那些小鱼小虾了。

叶圣陶的童话语言是高度艺术化了的白话，既有着白话的明白晓畅、浅显易懂，又超越了新文化运动初期白话的粗糙，达到了精致凝练、清俊通脱、诗意盎然的境界。他的童话语言又是浸润在童心之中的对小儿说话一样的语言：下垂的柳条像是女孩子的柔软的头发，被调皮的风一顺地托起，又一齐地垂下；小溪不知是被谁“斟”满的；小溪里的每一块石子每一粒泥砂都有欢乐的生命。这样富有生命感的描述无疑是贴合儿童心理的，对孩子来说，也定是备感自然亲切、生动有趣的。叶圣陶叙述的节奏又是跳跃的、活泼的、灵动的，仿佛在他面前正站着一个孩子，热切地希望他继续讲下去，于是叶圣陶也就指示给他一幅幅生动的连续画面：

> 坐在各种车辆里的人心里装满了快乐。快乐原来也是有重量的，你看，拉车的马出汗了，拉车的人喘气了，连机器也发出轧轧的疲倦的声音。坐在车上的人毫不察觉，他们怀着满心的快乐，用欢愉的眼光欣赏着柔软的柳条和恬静的溪水，又掀起鼻孔深深地吸气，仔细品尝春天的芳香。你看那位胖胖的先生，宽弛的双腮在抖动着。你看那位老太太，眯着周围满是皱纹的眼睛，张大了她那干瘪的嘴。那些年轻的女郎挥舞着手帕，唱起歌儿来了。那些小孩儿又是笑又是闹，张开双臂想跳下车来。这时候，拉车的马汗出得更多了，拉车的人气喘得更急了，连机器的轧轧声也显得更加疲倦了。

叶圣陶为了能够使儿童脑海中完美地呈现故事的画面，他摒弃了抽象的说教、词汇，而赋之以具体的情状、动作、物象、音响。他要向孩子表明车里的人的满心快乐，他不去形容他们是如何如何快乐，而是说“快乐原来也是有重量的，你看，拉车的马出汗了，拉车的人喘气了，连机器也发出轧轧的疲倦的声音”，将“快乐”完全具象化了。

叶圣陶的童话语言饱含着孩子的天真幻想和纯真感情，这也使他的叙述常常越出了“成人的悲哀”，而流淌着轻松、愉悦。他更为儿童营造了一个美丽的梦境，在梦境里，一切梦想都将成真：

长儿这么想着，奇怪极了，他觉得自己站在树林里的一座亭子旁边，身子倚在栏杆上，滋滋味味地听乐队演奏。乐队穿着一色的蓝号衣，胸前和肩膀上都绣着美丽的图案。乐器都发出灿烂的金光，把演奏的人的脸蛋和衣服都耀得闪闪烁烁的。他们奏了一曲小词，又奏了一曲山歌。长儿高兴地大声唱起来，乐队就跟着他唱的调儿演奏。他高声唱，“开步走，开步走……”乐队就走出亭子，排着整齐的队伍，跟着他在草地上齐步向前走。

总之，叶圣陶的童话语言将儿童性与文学性出色地结合在了一起，他以一种对小儿说话一样的态度，为儿童描绘出他们所熟悉的秀色风景、人间百态、美丽梦境。他以一种高超的文学技巧，向儿童传达着他们所能理解的诗意、快乐、温情。可以说，他的童话语言是对儿童文学“儿童本位”论在语言层面的较为完美的践行。

二、冰心儿童散文的“写自己”和“为儿童”

冰心晚年曾一度表现出对自己所作《寄小读者》的不甚满意，这是她当初准备写给儿童看的，但是她认为自己“刚开始写还想到对象，后来就只顾自己抒情，越写越‘文’，不合于儿童的了解程度，思想方面，也更不用说了”。[①] 也许冰心是在真诚地反思自己写作上的失误，但在“写大人的事情给儿童看”方面，我们说，她的儿童散文《寄小读者》还是尽可能做到了“儿童本位”的，她的实践同样难能可贵。而架通“写自己”和“为儿童”这两者的桥梁，便是冰心常常不由自主流露的童心。

冰心写自己离国的愁绪——“远远听得楼阑下人声笑语，忽然感到家乡渐远。繁星闪烁着，海波吟啸着，凝立悄然，只有惆怅”，但她也写自己“清新而活泼”的船上生活——“海上的头三日，我竟完全回到小孩子的境地中去了，套圈子，抛沙袋，乐此不疲”，“海唤起了我童年的回忆，海波声中，童心和游伴都跳跃到我脑中来”。[②]

冰心写自己病中“人生失望与悲哀的滋味”，但她也写自己意外收到圣诞礼

① 冰心：《〈小桔灯〉初版后记》(1980)，卓如编《冰心和儿童文学》，上海：少年儿童出版社，1990 年，第 46 页。另外，在《笔谈儿童文学》(1980)、《我是怎样被推进儿童文学作家队伍里去的》(1980)等文中，冰心也都提到这一点，参见第 96、134 页。

② 冰心《寄小读者・通讯七》(1923)，卓如编《冰心和儿童文学》，上海：少年儿童出版社，1990 年，第 201 页。

物时孩子般的喜悦——“一包一包的打开，五光十色的玩具和书，足足的开了半点钟。我喜极了，一刹那顷童心来复，忽然想要跑到母亲床前去，摇醒她，请她过目……”①

冰心写自己病中生活的单调无聊——“只天天随着钟声起卧休息”，寂静寂寞——“这里的女孩子，只低头刺绣。静极的时候，连针穿过布帛的声音都可以听见”，但她也写自己的童心作祟——“有一天静极忽发奇想，想买几挂大炮仗来放放，震一震这寂寂的深山，叫它发空前的回响……我总想得个发响的东西玩玩。我每每幻想有一管小手枪在手里，安上子弹，抬起枪来，一扳，砰的一声，从铁窗纱内穿将出去！要不然小汽枪也好，……”，写自己的天真幻想——“静美的月亮，自然是母亲了。我半夜醒来，开眼看见她，高高的在天上，如同俯着看我，我就欣慰，我又安稳的在她的爱光中睡去。早晨勇敢的灿烂的太阳，自然是父亲了。他从对山的树梢，雍容尔雅的上来，他又温和又严肃的对我说：‘又是一天了！’我就欢欢喜喜的坐起来，披衣从廊上走到屋里去。此外满天的星宿，那是我的一切亲爱的人……”②

冰心写自己的所思所悟——“世上一物有一物的长处，一人有一人的价值。我不能偏爱，也不肯偏憎。悟到万物相衬托的理，我只愿我心如水，处处相平”，但她也写自己的活泼调皮——“我早起游山，忽然在积雪中，看见了七八朵大开的蒲公英。我俯身摘下握在手里，……我回到楼上，用条黄丝带将这几朵缀将起来，编成王冠的形式。人家问我做什么，我说：‘我要为我的女王加冕。’说着就随便的给一个女孩子戴上了”。③

冰心写自己与同伴之间的“‘爱’与‘同情’”——“爱在右，同情在左，走在生命路的两旁，随时撒种，随时开花，将这一径长途，点缀得香花弥漫，使穿枝拂叶的行人，踏着荆棘，不觉得痛苦，有泪可落，也不是悲凉”，但她也写自己与同伴的嬉戏玩耍——“我愿小朋友听得见我们在风雪中的欢笑……雪中的拖雪橇，逆风的游行，松树都弯曲着俯在地下，我们的脸上也戴上一层雪面具；自膝以

① 冰心《寄小读者·通讯十一》(1923)，卓如编《冰心和儿童文学》，上海：少年儿童出版社，1990年，第219、222页。

② 冰心《寄小读者·通讯十三》(1924)，卓如编《冰心和儿童文学》，上海：少年儿童出版社，1990年，第228、230页。

③ 冰心《寄小读者·通讯十七》(1924)，卓如编《冰心和儿童文学》，上海：少年儿童出版社，1990年，第244—245页。

下，埋在雪里……”①

30年代茅盾在评述冰心时就说：“在所有‘五四’时期的作家中，只有冰心女士最最属于她自己。她的作品中，不反映社会，却反映了她自己。她把自己反映得再清楚也没有。在这一点上，我们觉得她的散文的价值比小说高……”②而在冰心清楚反映的“自己”中，我们应该清楚看到，那一个天真孩童的身影。在儿童散文《寄小读者》中，冰心始终努力平衡着“写自己”和“为儿童”的权重，但这种努力是自发的，是她童心的自然流露，是她对儿童的天然亲近，是她自己所说的“我爱小孩子。我写儿童通讯的时节，我似乎看得见那天真纯洁的对象，我行云流水似的，不造作，不矜持，说我心中所要说的话。纵使这一切都是虚无呵，也容我年来感着劳顿的心灵，不时的有自由的寄托！”③当冰心自感“童心再也不能唤醒”时，她便会自觉停笔，耐心等待着下一次童心的复现。

在《山中杂记——遥寄小朋友》④中，冰心补充了许多她病中在疗养院所做的“在童心中可惊可笑”而“不足为大人道”的事。她写自己如孩子般地胆小害怕鬼怪，写自己还如小时候一样爱埋存与发掘，写自己对鸟兽的喜爱，写自己与同伴之间的“戏笑口角”、淘气玩耍，写自己的孩子气的愿望和想法，写自己长大以后的怅惘……我们看到的是一个童心未泯的大人，甚至是一个比孩童还要可爱、有趣、好玩的大人。

其实，儿童文学要做到“写自己”和“为儿童”的平衡是很难的。只有“写自己”，作家才能保存创作主体的完整性，但如果只为“写自己”，又不复有童心的乍现，那么，哪怕作家写的是儿童、儿童的生活，儿童也是难以进入这样的文本世界的。而作家若只是一味地“为儿童”，放弃自身创作的主体性，那么就又很有可能生产出低劣幼稚的非文学作品，不仅最终达不到“为儿童”的目的，还可能败坏儿童的审美旨趣。

在中国现代儿童文学的早期创作实践乃至日后的发展过程中，这两种情况都不鲜见。作家只有在忠实于“写自己”的同时，自然展露童心，努力地“为儿

---

① 冰心《寄小读者·通讯十九》(1924)，卓如编《冰心和儿童文学》，上海：少年儿童出版社，1990年，第257—259页。

② 茅盾：《冰心论》(1934)，范伯群编《冰心研究资料》，北京：知识产权出版社，2009年，第222页。

③ 冰心《寄小读者·通讯二十五》(1925)，卓如编《冰心和儿童文学》，上海：少年儿童出版社，1990年，第273页。

④ 冰心《山中杂记——遥寄小朋友》(1924)，卓如编《冰心和儿童文学》，上海：少年儿童出版社，1990年，第285—298页。

童”，与儿童心灵相契，那么不管其内容是写儿童的，还是写大人的，都有可能成为一部具有恒久价值的儿童文学作品。冰心的创作实践虽不能说是完美，但《寄小读者》自1926年出版以来，一直长盛不衰，被一代又一代的小读者阅读、喜欢，及至近一百年后的今天仍是如此，她也为儿童文学贡献了难得一见的成功的大人形象。因此，我们说，冰心的儿童散文创作经验仍然是值得今天的儿童文学作家们借鉴思考的。

三、凌叔华儿童小说的生活日常

在书写儿童日常生活，精准把握儿童心理和逼真描摹儿童情态，充分展现童心童趣方面，二十世纪二十年代末凌叔华的几篇儿童小说无疑是一个高峰。《小哥儿俩》①（原载1929年4月《新月》第2卷2号）没有什么惊心动魄、一波三折的情节，也没有什么荒诞奇妙、引人入胜的想象，它所写的不过是小哥儿俩与一只八哥的生活日常，但就是在这种琐碎细微的日常生活中，我们看到了真正属于儿童的心情和生活，听到了他们的童言稚语，感到了他们本真的生命状态。

且看小哥俩当“先生”教八哥学生一节，送小哥儿俩八哥的七叔叔说只要耐心教八哥说话，八哥就能说很多话，甚至还能背诗，这可把小哥儿俩迷住了，他们脑海中立马浮现出“要哪里做讲堂，上课下课打钟或是摇铃”的想法，而且迫不及待地付诸行动。

> 想到了学校的国文先生戴眼镜，抱着一个皮书夹来上课时，大乖就跑去把妈妈的避风眼镜从抽屉里翻出来了自己带上，又把爸爸出门用的皮包也夹起来。卧房的闹钟也搬到亭子上来，因为找不着铃子，上课下课只好播一回闹钟就算摇了铃了。
>
> 哥哥上去摆出正经面孔来，教了一课国文，这八哥学生不知是认生害羞或是真笨，一句句子教了十几回都念不出来，只会向先生溜眼歪头，先生末了没法子望着它，它就提高了声像小孩子撒娇似的喊一声：“开饭，开饭！”
>
> 这两个孩子听是八哥又出声说话，高兴得叫起来，等到他俩围着笼前逗它，它怎样都不开口了。

---

① 凌叔华：《小哥儿俩》(1929)，浦漫汀主编《中国儿童文学大系·小说(一)》，太原：希望出版社，2009年，第220—229页。

凌叔华对孩子的心理和语言有着细腻、真实、生动的描摹，这也使得平淡无奇的孩子的事情洋溢出一种喜悦感和惊异感。当小哥儿俩得知八哥被黑猫吃了时，他们又伤心又愤怒地要去找黑猫报仇：

> 大乖忽然找到一根拦门的长棍子，提在手里，拉起二乖就跑。妈叫住他，他嚷道：
>
> “报仇去，不报仇不算好汉！”
>
> 二乖也学着哥哥喊道：“不报仇不算好看！”
>
> 妈听了二乖的话倒有些好笑了。大乖却没做理会，他这时正记起三侠五义里的好汉怎样报仇，三国里的张飞替关云长报仇怎样威武，他只恨没有什么真刀宝剑和什么丈八长矛给他使用，这空拳好汉未免减杀一些风势，想到这里，他吁了一口气，却仍旧拿着棍子跑。
>
> ……
>
> “那野猫好像有了身子，不要太打狠了，吓吓它就算了。”妈低声吩咐厨子。
>
> 大乖听见了妈的话，还是气呼呼地说：
>
> “谁叫它吃了我们的八哥，打死它，要它偿命。”
>
> “打死它才……”二乖想照哥哥的话亦喊一下，无奈不清楚底下说什么了。他也挽起袖子，露出肥短的胳臂，圆睁着泪还未干的小眼。

故事的结局自然也是十分孩子气，当小哥儿俩看到残害八哥的黑猫生下的一窝滚圆可爱的小猫咪时，他们立刻放下了“仇恨”，转而疼惜起这群小猫咪来。

> 哥哥赶紧过去同弟弟在木箱子前面看，同二乖一样用手摸那小猫，学它们叫唤，看大猫喂小猫奶吃，眼睛转也不转一下。
>
> “他们多么可怜，连褥子都没有，躺在破纸的上面，一定很冷吧。”大乖说，接着出主意道：“我们一会儿跟妈妈要些棉花同它们垫一个窝儿，把饭厅的盛酒箱子弄出来，同它做两间房子，让大猫住一间，小猫住一间，像妈妈同我们一样。”

凌叔华以极其简练、朴素的笔墨勾勒她笔下的儿童，但有赖于她对儿童心理的精准把握和对儿童情态的逼真描摹，她笔下的儿童变得熠熠生辉，异常生动，她的儿童小说也因此变得格外吸引人。儿童可以从中找到自己的生活，和故事中的人物一起笑一起哭一起爱，大人则可以寻回久违的纯真记忆，唤起他们爱和快乐的冲动。也如刘绪源所说:"中国儿童文学发展到《小哥儿俩》等作品问世,才真正出现了艺术成熟的标记。它是'自觉的儿童文学',是'为儿童'的,同时也是充满艺术个性的'说自己的话'的文学,它是成人与儿童都能接受的,而且今天读来仍没有时代隔阂(这是一个奇迹!)——我以为,它的魅力将是永恒的。"①

四、黎锦晖儿童歌舞剧的极简之美

在渲染单纯、天真、快乐、美好、和谐、诗意的童年氛围方面,黎锦晖的儿童歌舞剧可谓做到了极致。而这种童年氛围是由黎锦晖充分调动发挥儿童歌舞剧的故事、结构、唱词、音乐、舞蹈、舞台、演员等多项功能共同完成的。1922—1929年,黎锦晖在《小朋友》上发表了十个较具代表性的儿童歌舞剧,分别为:《麻雀与小孩》(1922)、《葡萄仙子》(1923)、《月明之夜》(1923)、《三蝴蝶》(1924)、《春天的快乐》(1924)、《七姊妹游花园》(1925)、《神仙妹妹》(1925)、《小羊救母》(1927)、《小小画家》(1928)、《小利达之死》(1929)。而《葡萄仙子》又是他传播最广、影响最深远的一部儿童歌舞剧,也是中国现代儿童剧史上的第一座里程碑,这里我们就以它为例。

《葡萄仙子》②的故事情节非常简单:冬去春来,葡萄仙子希冀着在未来的日子能够发芽、长叶、开花、结果;雪花仙子、雨点仙姑、太阳仙人、春风仙童、露珠仙母依次过来帮助她杀害虫、滋润、光照、授粉、滋养;但依次来的喜鹊、甲虫、山羊、兔子、白头翁却向她索求枝丫、嫩芽、叶子、花朵、果实,因为还不到时候,葡萄仙子只得一一婉拒;当葡萄仙子的葡萄熟透时,她便慷慨地赠予哥哥妹妹,以及五位仙人和五只动物,大家共同沉浸在爱和欢乐之中。

整出儿童歌舞剧的结构也十分简单明了:第一场"仙子的心思",第二场"宝贵的枝桠",第三场"鲜艳的嫩芽",第四场"青青的茂叶",第五场"细细的繁花",第六场"小小的果儿",第七场"甜美的赠品",第八场"世界是一家"。随着葡萄仙子成熟的时间推移,大家伙两两依次出场,最后欢聚一堂。虽然场次较多,但是不繁杂,相似的情节,在重复中推进,线索明朗清晰,层次紧凑有序。

---

① 刘绪源:《中国儿童文学史略(一九一六—一九七七)》,上海:少年儿童出版社,2013年,第41页。

② 黎锦晖:《葡萄仙子》(1923),鲁迅等著《从百草园到三味书屋:现代儿童文学选(1902—1949)》,武汉:湖北少年儿童出版社,2007年,第399—409页。

它的唱词同样简单明了，十分口语化、儿童化，如葡萄仙子刚出场时所唱：

高高的云儿罩着，淡淡的光儿耀着，短短的篱儿抱着，弯弯的道儿绕着，多好啊！这里真真好，好！静悄悄地，谁料是春天到了！

而它的意旨，除了在知识层面向孩子告知葡萄生长过程及其与阳光雨露、飞禽走兽等自然事物的依存关系外，在更深的情感层面也是想要向孩子传达"亲爱、仁慈、礼让、快乐"的精神。但这"深"也不费孩子皱起眉头思索，因为完全流露在了剧中："在世间的万物都是朋友""我不能离你，你不能离他。自然界，动物们，植物们，都有关系的，在世间住着如同一家""大家相爱，愿世间开遍爱的花"。

黎锦晖曾对儿童歌舞剧的创作提出四点要求："一、意义如何地浅显，小朋友才能领会？二、词句如何地浅显，小朋友才能了解？三、乐曲如何地简单，小朋友才能实演？四、内容如何地表现，小朋友才能激动？"他自己的创作就很好地实践了这些要求，这四点要求也足以证实黎锦晖创作儿童歌舞剧的"儿童本位"观念，从意义、词句、乐曲到表现方式，都完全以"小朋友"的领会、理解、表演、激动为标准，这也是他的儿童歌舞剧获得巨大成功的主要原因。①

但如果只是简单浅显，并不能成就黎锦晖，黎锦晖十分擅长在极致的简单中，营造出一种特别的美感。这种美来自故事的单纯之美，结构的整饬之美，唱词的诗化之美，人物的童心之美，意旨的高尚之美，以及乐曲的旋律之美，舞蹈的动作之美，舞台的布景、灯光之美，演员的化妆、服饰、表演之美等等。

我们暂且不说乐曲、舞蹈、舞台、演员这几项只有在实际演出时才能表现出美感效果的因素，单从剧本来说，孩子的单纯使他们沉醉于聆听单纯的故事，这也是孩子迷恋童话故事的缘由之一，因为在童话故事中，善恶分明，恶也恶得单纯，善最后总能战胜恶，故事也总会有一个幸福美满的结局。单纯的故事能够给孩子带去极大的心灵慰藉，能够引导他们走出内心的混乱。

几个场次之间的相似情节，仿佛是平行结构，但又显示着时间的推移、人物的变化，孩子特别喜欢这种重复中的变奏，它能够使儿童怀有极大的热情去猜想故事的后续发展，加深他们对故事的理解、感悟、记忆。

而唱词的简单明了、口语化、儿童化，并不妨碍黎锦晖营造童话意境，表现

---

① 杜传坤：《中国现代儿童文学史论》，北京：中国社会科学出版社，2009年，第200页。

生命律动，塑造人物性格。如前面我们所引葡萄仙子的唱词，“高高的云儿罩着，淡淡的光儿耀着，短短的篱儿抱着，弯弯的道儿绕着”，短短四句，就让一幅美妙单纯、诗意动人的田园景象就此出现，而四个均齐规整的句式，完全相同的“三二二”音尺，对称变化的四个叠词，自然谐和的音韵，使得唱词光是读来便充满节奏感、韵律感。

不仅如此，不同场次不同角色的唱词也相当匀整，相似的段落句式不断重复出现，不变中又呈现着变化，形成一种循环的节奏感。如第二场雪花的唱词“我是雪花，我是雪花。我到这里保护你，保护你。有许多小小的虫儿，小小的虫儿，要害你的身体，待我用那寒冷的枪刀，将那小小的虫儿杀死！”，和第三场雨点的唱词“我是雨点，我是雨点，我到这里伺候你，伺候你。这时候地土干燥，地土干燥，想你早已渴了，待我用这潮湿的水点，将这干燥的地土浇浇”，其他角色的唱词亦是如此。

唱词在担负叙事功能的同时，又具有强烈的抒情性，使得整部儿童歌舞剧，始终洋溢着一种天真喜悦之情。如第二场雪花的唱词“飘飘飘飘飘飘，飘飘，雪花飘飘，飞得低飞得高。飞呀，飞呀，飞呀，飞呀，飞呀，飞呀，飞到葡萄姐姐家中来了！”，充满着生命的律动，极富情绪感染力。而人物的性格也在饱含情感、充满律动的唱词中自然表现出来——葡萄仙子的天真善良，五位仙人的慷慨博爱，五只动物的幼稚调皮。如第三场甲虫的唱词“啊呀！这么大的雨！啊呀，这么大的汛！我走到西，我走到东，走不动啦。我的肚子空啦，我的头也有点儿痛啦！肚子空，走不动，头痛，伤风，鼻子不通！春天啊！醒来吧！别藏在家中，做你那沉沉的梦！”，生动、细腻而富有趣味地将甲虫的幼稚情态展现在儿童面前。

不管是葡萄仙子的天真善良，五位仙人的慷慨博爱，还是五只动物的幼稚调皮，它们又都彰显着童心之美，而他们相互之间的相亲相爱、互帮互助更是人间大美。在1923年中华书局出版的《葡萄仙子》单行本前面，黎锦晖就阐明了他的创作本意：从知、美、情三方面着手（“知”是科学知识；“美”是美感教育；“情”是高尚的情操），来陶冶孩子们的心灵，培养孩子们“亲爱、仁慈、礼让、快乐的情绪，无丝毫怨恨、悲伤、争斗、欺凌的色彩”。[①]

总之，不同于当时沉重严肃的社会问题剧，黎锦晖不具体反映社会现实、问

① 任德耀：《中国儿童文学大系·儿童剧（一）·导言》，任德耀主编《中国儿童文学大系·儿童剧（一）》，太原：希望出版社，2009年，第8页。

题,而只是追求一种高度艺术化、情感化的"爱与美",这也是贯穿他全部儿童歌舞剧的主旨。也不同于早期其他带有明显说教意味的儿童剧,黎锦晖始终以儿童为明确的对象,特别考虑儿童的审美趣味和接受能力,在极简中用美的故事,美的结构,美的唱词,美的人物,美的乐曲,美的舞蹈,美的舞台,为儿童营造出有别于现实生活的单纯、天真、快乐、美好、和谐、诗意的童年氛围,使儿童完全沉浸在这种氛围中,自然地受到感化、陶冶。二十世纪二十年代以来,黎锦晖的这些作品,曾在许多学校广泛演出,经过成功的舞台处理,的确产生了意想不到的艺术效果,深受学生的欢迎,也产生了轰动的社会影响。

如论者吴其南所言:"黎锦晖在中国童话和整个儿童文学发展中的贡献仍是不可磨灭的。这不仅因为他在早期儿童文学发展中卓有成效的活动,也不仅因为他众多的有很高艺术水准的作品,甚至也不在他开创童话歌舞剧、儿童歌舞剧这一受欢迎的儿童文学形式,还在于他是中国最早真正把儿童作为文学接收对象,并倾尽全力为他们创作的少数几个作家之一。从这一意义上说,他比20 年代任何一位作家都有资格被称为童话作家和儿童文学作家。"①

五、新文学作家们的童心诗情

鲁迅在《小品文的危机》中,曾下过这样的论断:"五四"以来,"散文小品的成功,几乎在小说戏曲和诗歌之上"。② 但就五四时期的中国现代儿童文学来说,儿童诗歌的成功,当在童话、儿童散文、儿童小说和儿童剧之上。尽管这一时期没有哪一位作家为儿童贡献出完整的一部诗集,但几乎每一位新文学作家,不管他的主要写作领域是小说、散文,还是诗歌、戏曲,不管他是专职写作儿童文学的,还是偶尔为之的,都为儿童贡献了一首或几首值得称赞的儿童诗歌。而集腋成裘,五四时期的儿童诗歌变得异常丰富多彩,对"儿童本位"的意外践行也显得格外醒目。其中的原因值得探讨。

首先,如前面第三章第二、三节所述,早在民国初年,周作人等人就从民俗学(文化人类学)、儿童学、文学角度出发,认识到童话和儿歌之于儿童、儿童教育的重要价值,童话、儿歌既是"原人之文学",根据复演说,儿童与"原人"思想感情同准,所以也大可视它们为"儿童之文学",而儿童教育正可以借天然为儿

---

① 吴其南:《中国童话发展史》,上海:少年儿童出版社,2007 年,第 173 页。

② 鲁迅:《小品文的危机》(1933),《鲁迅全集·第四卷》,第 592 页。

童喜好的童话、儿歌进行。周作人他们不仅对童话、儿歌有充分的研究，也较早开始了童话、儿歌的搜集、整理，五四时期，以北京大学为先导和中心，歌谣采编事业更是在全国范围内如火如荼地展开，其中不乏童话、儿歌方面的巨大收获。

在这种情况下，按理说，童话当和儿童诗歌一样在五四时期大放异彩。但事实是，五四时期，童话的创作除了叶圣陶一个人大放异彩，其他人似乎都显得有些黯淡。五四时期，童话仍是以采集、改编民间童话，编译外国童话为主。而在借鉴民间童话进行童话创作方面，新创作的童话则多半陷入民间童话的窠臼，无法脱离民间童话的叙事模式、叙述语调、人物形象、情节设置，又多含有教训的意味，也就是说，新创作的童话没有作家自己的创作个性。总之，五四时期的新文学作家们缺乏现代童话创作的艺术经验，还不能够很好地驾驭童话尤其是现代童话这一崭新体裁。

而就儿童诗歌来说，五四时期，人们同样是广泛地采集、编辑出版民间儿歌，却较少翻译外国儿童诗歌，这也许也缘于诗歌的难以翻译。在创作方面，许多新文学作家借助民间儿歌这一宝贵资源进行创作或者仿作，取得了较为突出的成绩，如顾颉刚、刘半农、刘大白、陶行知等人的部分作品。但这里的问题是，同样是借鉴民间的、传统的资源，为何儿童诗歌能取得较大成绩，而童话却成绩不突出？

探寻其中的原因，首先，童话主要是叙事性、描述性的，人们在借鉴模仿民间童话时，容易受囿于它较为固化的叙事模式、叙述语调、人物形象、情节设置，这样，新创作的故事也就很容易出现相似、雷同的情况，并且带有浓厚的旧时代的气息。而儿歌主要以抒情性、韵律性、趣味性取胜，民间儿歌的这些特质往往可以跨越时间而不受时代影响。人们在借鉴模仿民间儿歌时，更多借鉴的也是它丰富多样的形式，富有魅力的表现手法，自然谐和的韵律，学习的是它天真快乐、无甚意味的精神气质，而这些都是与儿童的审美趣味相契合的。因此，新创作的儿童诗歌更能体现出“儿童本位”，也就更容易获得成功。

其次，儿童小说、儿童散文、儿童剧因为跟现实生活关系更为密切，所以也更容易受社会现实影响，作家的确很难超越时代生活，怀着轻松愉悦的心情去书写童心童趣。而且儿童小说、儿童散文、儿童剧的篇幅都较大，作家不可避免地就会在其中融入成人的悲哀和思绪。而儿童诗歌更多的是一种情感的表达，离社会现实稍微远些，而且篇幅短小，有利于作家将童心诗趣牢牢捕捉，顺利表达。

最后，加拿大儿童文学研究者诺德曼等人相信“在诗的问题上，儿童文学和成人文学的分野是模糊不清的。儿童诗与其他类型的诗有很多共同点，与其他儿童文学文本也有很多相似之处”，而“懂得如何欣赏诗歌样式的人，就有能力欣赏关于任何主题的文字组合，或任何微妙得足以称之为诗的文字，即使他们对这些文字的主题不感兴趣或不了解文字的意义也没有关系”。也就是说，成人欣赏的诗无疑也会给一部分孩子带来乐趣，因此，在人们编辑的儿童诗集中，往往兼收儿童诗和成人诗，既有专门写给儿童的，也有原本是为成人写的。但诺德曼他们同样相信，不是“所有的成人诗都一样适合儿童阅读”。[①] 这也符合五四时期儿童诗歌的创作状况，在我们所认定的“儿童诗歌”中，有很大一部分其实原本是为成人写的，只不过我们认为它们也适合儿童阅读，能给儿童带来乐趣，实际上也是受儿童喜爱的。也就是说，我们认为这些成人诗与儿童诗有着一些共同点，其中重要的一点就是，它们共同流露着“诗情童趣”，有着对“儿童本位”的践行，即使是意外的践行。

我们试看一些作品。胡怀琛的《大人国》和《小人国》将童话故事中的“大人国”“小人国”搬到儿童诗歌中，以十分短小的篇幅，就把“大人国”和“小人国”的奇异展现在孩子面前，又带有十足的幽默感，很能勾起孩子的幻想和趣味，而且形式规整，富有韵律，读来朗朗上口，因此堪称儿童诗歌中的精品：

门铃丁丁大门开，/绿衣邮差送信来。/信从哪里来？/信从大人国里来，/信纸方方一丈四，/写了三十六个字。/约我去，去游玩。/算算路，多少远。/飞机要走一年半。

——《大人国》[②]

门铃丁丁大门开，/黄衣邮差送信来。/信从哪里来？/信从小人国里来。/接着信瞧一瞧。/大字还比蚂蚁小。/快拿显微镜子来照，/照一照，说的什么话？/请我找个鸽子笼，/他要到这里去过夏。

——《小人国》[③]

---

① ［加］佩里·诺德曼、梅维丝·雷默著，陈中美译：《儿童文学的乐趣》，上海：少年儿童出版社，2008年，第437—438页。

② 胡怀琛：《大人国》(1922)，蒋风主编《中国儿童文学大系·诗歌(一)》，太原：希望出版社，2009年，第76页。

③ 胡怀琛：《小人国》(1922)，蒋风主编《中国儿童文学大系·诗歌(一)》，太原：希望出版社，2009年，第77页。

应修人的《温静的绿情》不是童话却胜似童话，在诗人天真的眼眸观察下，在他巧妙高超的文学修辞中，日常风景变幻成童话的意境，平凡世界变幻成天真的世界：

也是染着温静的绿情的，/那绿树浓阴里流出来的鸟歌声。

鸟儿树里曼吟；/鸭儿水塘边徘徊；/狗儿在门口摸眼睛；/小猫儿窗门口打瞌睡。

人呢？/还是去锄早田了，/还是在炊早饭呢？

蒲花架上绿叶里一闪一闪的，/原来是来偷露水吃的/红红的大蜻蜓！

——应修人《温静的绿情》①

朱自清不满足于只是观察，他深入自然生命的灵魂，将它们对世界的惊奇与欣喜也一并带给孩子：

睡了的小草，/如今苏醒了！/立在太阳里，/欠伸着，揉他们的眼睛。/萎黄的小草，/如今绿色了！/俯仰惠风前，/笑眯眯地彼此问着。/不见了的小草，/如今随意长着了！/鸟儿快乐的声音，/"同伴，我们别得久了！"/好浓的春意呵！/可爱的小草，我们的朋友，/春带了你来呢？/你带了她来呢？

——朱自清《小草》②

即使没有奇异的童话故事，美妙的童话意境，也还有清新可人、诗意盎然、含蓄凝练的写景状物：

绿盆里种下几颗慈姑，/长出青青的小叶。/秋寒来了，叶都枯了，/只剩了一盆的水。/清冷的水里，荡漾着两三根/飘带似的暗绿的水草。/时常有可爱的黄雀，/在落日里飞来，/蘸水悄悄地洗澡。

——周作人《慈姑的盆》③

---

① 应修人：《温静的绿情》(1922)，蒋风主编《中国儿童文学大系·诗歌(一)》，太原：希望出版社，2009年，第61页。

② 朱自清：《小草》(1920)，蒋风主编《中国儿童文学大系·诗歌(一)》，太原：希望出版社，2009年，第29页。

③ 周作人：《慈姑的盆》(1922)，蒋风主编《中国儿童文学大系·诗歌(一)》，太原：希望出版社，2009年，第66页。

花啦花啦的雨声,/惊醒了可爱的小雀,/欢喜了青蓝的小草花儿,/那时睡梦中的人,/还没醒来。

——李长之《早晨的大雨》①

青青的田禾里,/遮着绿萍,/浮出咻咻的小鸭。

——何植三《夏日农村杂句·二》②

飞,飞,飞,/满天的飞。/哪儿来这些蝴蝶?/原来是红叶。

——陶行知《红叶》③

闻一多则不忘为孩子献上一场绚丽的色彩盛宴:

他在夕阳的红纱灯笼下站着,/他扭着颈子望着你,/他散开了藏着金色圆眼的,/海绿色的花翎——层层的花翎。/他像是金谷圈里的,/一只开屏的孔雀吧?

——闻一多《稚松》④

当夜晚来临,世界失去斑斓的色彩,胡适愿意同孩子站在一起,稚气地遥望星空,寻找星光:

我喜欢你这颗顶大的星儿,/可惜我叫不出你的名字。/平日月明时,月光遮尽了满天星,总不能遮住你。/今天风雨后,闷沉沉的天气。/我望遍天边,寻不见一点半点光明。/回转头来,/只有你在那杨柳高头依旧亮晶晶地。

——胡适《一颗星儿》⑤

① 李长之:《早晨的大雨》(1922),盛仰红编《20世纪中国儿童文学系列·百年诗歌精品》,上海:上海社会科学院出版社,1996年,第57页。

② 何植三:《夏日农村杂句·二》(1929),蒋风主编《中国儿童文学大系·诗歌(一)》,太原:希望出版社,2009年,第121页。

③ 陶行知:《红叶》(1929),张美妮、金燕玉主编《百年中国儿童文学精品文丛·儿童诗卷》,广州:新世纪出版社,2001年,第37页。

④ 闻一多:《稚松》(1923),蒋风主编《中国儿童文学大系·诗歌(一)》,太原:希望出版社,2009年,第79页。

⑤ 胡适:《尝试集·一颗星儿》(1919),蒋风主编《中国儿童文学大系·诗歌(一)》,太原:希望出版社,2009年,第7页。

当漫天星光灿烂，郭沫若便伸展开他想象的巨大翅膀，带上孩子一起遨游于夜空中的街市：

远远的街灯明了，/好象闪着无数的明星。/天上的明星现了，/好象点着无数的街灯。

我想那缥缈的空中，/定然有美丽的街市。/街市上陈列的一些物品，/定然是世上没有的珍奇。

你看，那浅浅的天河，/定然是不甚宽广。/那隔河的牛郎织女，/定能够骑着牛儿来往。

我想他们此刻，/定然在天街闲游。/不信，请看那朵流星，/那怕是他们提着灯笼在走。

——郭沫若《天上的市街》①

当孩子玩累了，朱湘便低吟起《摇篮歌》哄他们安静甜美入睡：

春天的花香真正醉人，/一阵阵温风拂上人身；/你瞧日光它移得多慢，/你听蜜蜂在窗子外哼：/睡呀，宝宝，/蜜蜂飞得真轻。

天上瞧不见一颗星星，/地上瞧不见一盏红灯；/什么声音也都听不到，/只有蚯蚓在天井里吟：/睡呀，宝宝，/蚯蚓都停一声。

一片片白云天空上行，/像是些小船飘过湖心，/一刻儿起，一刻儿又沉，/摇着船舱里安卧的人：/睡呀，宝宝，/你去跟那些云。

不怕它北风树枝上呜，/放下窗子来关起房门；/不怕它结冰十分寒冷，/炭火生在那白铜的盆。/睡呀，宝宝，/挨着炭火的温。

——朱湘《摇篮歌》②

当孩子进入梦乡，刘大白小心地提醒着孩子，别让老鼠抬了梦去。刘大白的灵感既来自年轻雀跃的童心，也来自古老厚重的民间智慧：

孩子说：/“母亲，我昨儿晚上做了一个梦；/现在却有点儿记不起来，迷迷糊糊了。”/母亲笑着说：/“两个老鼠抬了一个梦。”

---

① 郭沫若：《天上的街市》(1921)，蒋风主编《中国儿童文学大系·诗歌(一)》，太原：希望出版社，2009年，第45—46页。

② 朱湘：《摇篮歌》(1925)，盛仰红编《20世纪中国儿童文学系列·百年诗歌精品》，上海：上海社会科学院出版社，1996年，第79页。

老鼠怎么能抬梦？/梦怎么抬法？/老鼠抬了梦去做什么？/这不是梦中说梦的梦话？

不是梦话哪——/她怎地记不起梦来？/那梦上哪儿去，/要不是老鼠把梦抬？

那老鼠刚抬了梦跑，/蓦地里来了一头猫；/那老鼠吓了一跳，/这梦就跌得粉碎得没处找。/哦，我知道了！/我们做过的梦，都上哪儿去了！/原来都被猫儿吓跑了抬夫，/跌碎得没处找了！

——刘大白《两个老鼠抬了一个梦》①

而当夜晚的梦境逝去，严既澄就叫唤着孩子一同早起去看月落日出：

鸡啊鸡！请你早些啼。/唤起小弟弟，/同看月儿落到西。/月儿落到西，太阳东边起。/鸦也啼，雀也啼；/啼醒小蝴蝶，/黄黄白白一齐飞。

——严既澄《早晨》②

当白日再次来临，汪静之就带领孩子一起再做白日梦。汪静之深谙引领孩子快速进入白日的梦境，让他们感到快乐和自由之道，那就是依靠活泼跳跃、发自内心、自然和谐的诗歌节奏、韵律：

我们想/生两翼，/飞飞飞上天，/做个好游戏：/白白云/当做船儿飘；/圆圆月/当做球儿抛；/平坦的天空，/大家来赛跑。

——汪静之《我们想（拟儿歌）》③

这种活泼跳跃、发自内心、自然和谐的诗歌节奏、韵律曾是民间儿歌的专属，曾于千百年中千百次地响起，它早已成为一个民族儿童的潜意识，无论什么时候再次响起，都同样会让儿童的内心激动起来，随着诗歌的节奏、韵律进向快乐之乡、自由之境。在那里，语言可能失去“意思”，世界可能没有“意义”，但好听就已让人满足，好玩早已胜过一切。

排排坐，吃果果，/爹爹转来割耳朵。/称称看，二斤半；/烧烧看，两大

① 刘大白：《两个老鼠抬了一个梦》（1920），蒋风主编《中国儿童文学大系·诗歌（一）》，太原：希望出版社，2009 年，第 17—18 页。

② 严既澄：《早晨》（1922），蒋风主编《中国儿童文学大系·诗歌（一）》，太原：希望出版社，2009 年，第 62 页。

③ 汪静之：《我们想（拟儿歌）》（1920），蒋风主编《中国儿童文学大系·诗歌（一）》，太原：希望出版社，2009 年，第 28 页。

碗。/吃一碗，盛一碗。/门角落里斋罗汉。/罗汉不吃荤，豆腐面筋囫囵吞。

——顾颉刚《吃果果》①

游火虫，/夜夜红，/红绿带，/水罗裙，/公公挑水贩黄葱，/婆婆织布糊灯笼，/儿子打铁做郎中，/媳妇背包捉蚜虫。

一只钉，/挂油瓶，/油瓶碎，/种赤豆，/赤豆焦，/采仙桃，/鸡扒灰，/狗烧火，/猫上灶，/猢狲搬凳客人坐。

——胡绳《儿歌(外一首)——游火虫》②

看红灯，提红灯，/我一盏，你一擎，/满街满屋亮晶晶。/大家聚拢来，/好像天上许多星。

红灯笼，绿灯笼，/提到西，提到东，/来来去去满天红。/大家接起来，/好像一条小火龙。

——吴研因《看红灯(游戏歌)》③

当孩子走出快乐之乡、自由之境，遭遇黑暗、残酷的社会现实，因为儿童诗歌轻盈的节奏和韵律，这社会现实也变得轻盈起来，以一种孩子可以接受的程度，进驻到孩子内心，让他们在保留童年天真梦想的同时，也下定决心在未来扫荡这些黑暗，重建美好和谐。

美大姐，走进城，/三街六巷闹尘尘。/白米大王升宝座，/高粱麦子报军情：/“东山反了白糖鬼，/东海反了白纱精。”/绣花公主挂帅印，/丝茶二将做先行。/绫罗绸缎打接应，/金银铜铁掌中军。/龙虎人丹管大炮，/丹凤火柴架飞艇。/三星毛巾去破阵，/双妹香水去劫营。/竹布吓得脸泛白，/绉绸吓得直抽筋。/都之王吓得通身绿，/樱花妹吓得遍身青。/江西老表抛炸弹，/洋瓷炸得响叮叮，/华丝葛大旗空中展，/野鸡葛吓得战兢

① 顾颉刚：《吃果果》(1922)，蒋风主编《中国儿童文学大系·诗歌(一)》，太原：希望出版社，2009年，第53页。

② 胡绳：《儿歌(外一首)——游火虫》(1922)，蒋风主编《中国儿童文学大系·诗歌(一)》，太原：希望出版社，2009年，第55—56页。

③ 吴研因：《看红灯(游戏歌)》(1923)，蒋风主编《中国儿童文学大系·诗歌(一)》，太原：希望出版社，2009年，第82页。

兢。/无敌将抡起蝴蝶剑,/削得狮子乱纷纷。/嫦娥祭起镜面散,/美颜水疼得泪淋淋。/十滴药水钢刀下,/仁丹胡子翘不成。/大家扔来大家砸,/劣货堆起一层层。/无情烈火烧烘起,/果然斩草要除根!

——黎锦晖《国货打胜仗》①

很明显,黎锦晖的这首《国货打胜仗》仿制了民间儿歌《一园青菜成了精》。②尽管是仿制,尽管时过境迁,里面的国货品牌、洋货品牌都已烟消云散,但以国货品牌、洋货品牌两者争存构造的童话故事本身却也富有想象力,别有一番趣味,更何况它还具有紧凑自然、铿锵有力的节奏、韵律。

面对战火,田汉更加激越,他鼓点般的诗句也格外激动人心:

好月儿/刚伴我/过元宵/半夜里/雨淋漓/风怒号
树枝摇/门板裂/电丝呜/像名将/带强兵/打雄城
一醒来/天又清/日又好/家家的/短墙头/啼小鸟
分明是/颂和平/伤战争/春风里/曼陀铃/一声声

——田汉《暴风雨后的春朝》③

陶行知则在反复吟唱中,让历史事件在孩子的脑海中若隐若现:

黄花黄,/黄花黄,/黄花黄时万花藏。/万花藏,/黄花黄。
黄花黄,/黄花黄,/黄花黄时清朝亡。/清朝亡,/黄花黄。
黄花黄,/黄花黄,/黄花黄时民为王。/民为王,/黄花黄。
黄花黄,/黄花黄,/黄花黄时种麦忙。/种麦忙,/黄花黄。

——陶行知《黄花黄》④

---

① 黎锦晖:《国货打胜仗》(1923),盛仰红编《20世纪中国儿童文学系列·百年诗歌精品》,上海:上海社会科学院出版社,1996年,第64—65页。

② 民间儿歌《一园青菜成了精》:一个大嫂上正东,碰着一园青菜成了精。青头萝卜坐宝殿,红头萝卜掌正宫。河南反了白莲藕,一封战表进京城。豆芽菜跪倒奏一本,胡萝卜挂印去出征。白菜打着黄罗伞,芥菜前部作先行;小葱使的银战杆,韭菜使的两刃锋;牛腿瓠子掌大炮,青豆角子掌火绳。只听得,古碌碌,三声大炮响隆隆,打得茄子满身青,打得黄瓜一包刺,打得扁豆扯成篷,打得豆腐尿黄尿,凉粉吓得战兢兢。藕王一见心害怕,一头钻进稀泥坑。(朱自清:《中国歌谣》,南昌:江西教育出版社,2018年,第134页。)

③ 田汉:《暴风雨后的春朝》(1924),蒋风主编《中国儿童文学大系·诗歌(一)》,太原:希望出版社,2009年,第95—96页。

④ 陶行知:《黄花黄》(1927),张美妮、金燕玉主编《百年中国儿童文学精品文丛·儿童诗卷》,广州:新世纪出版社,2001年,第38—39页。

即使诗人想要借助儿童诗歌向孩子传递那么一点教训，这教训也因为奇妙的想象和生动的韵律变得可亲可爱起来，让孩子不再拒绝而乐于接受：

月光光，照书房；/独坐书房闷得慌，/骑匹马儿上荷塘，/塘上有位纺织娘，/机声轧轧到天光。/到天光，太荒唐，/作事休息没定当，/白天偷懒夜来忙。

——柯灵《纺织娘》①

当然，对于孩子们来说，他们更多接触的还是自己的日常生活。俞平伯在回忆中观望童年的自己，并化身童年的自己向孩子津津有味地诉说着自己的童年生活，永恒的童年的乐趣、生活的惊喜也为别的孩子带去了乐趣和惊喜：

骑着，就是马儿；/耍着，就是棒儿。/在草坪上拖着琅琅的，/来的是我。

——《忆·第四》②

爸爸有个顶大的斗篷。/天冷了，它张着大口欢迎我们进去。

谁都不知道我们在哪里，/他们永找不着这样一个好地方。/斗篷裹得漆黑的，/又在爸爸的腋窝下，/我们格格地笑：/"爸爸真个好，/怎么会有了这个又暖又大的斗篷呢？"

——《忆·第十一》③

而潘汉年并不回忆，他替那些想要说而没有机会说的孩子，说出了自己的愿望和梦想：

爸爸要买一头牛，/想它耕田好种豆。/妈妈要买一只鸡，/想它天亮高声啼。/姐姐要买一只猫，/想它赶着老鼠跑。/哥哥要买一只狗，/想它牢牢把门守。/我也要买一匹马，/想它驮我去玩耍。

——潘汉年《要买……》④

① 柯灵：《纺织娘》(1928)，盛仰红编《20世纪中国儿童文学系列·百年诗歌精品》，上海：上海社会科学院出版社，1996年，第85页。

② 俞平伯：《忆·第四》(1925)，蒋风主编《中国儿童文学大系·诗歌(一)》，太原：希望出版社，2009年，第105页。

③ 俞平伯：《忆·第十一》(1925)，蒋风主编《中国儿童文学大系·诗歌(一)》，太原：希望出版社，2009年，第105页。

④ 潘汉年：《要买……》(1925)，盛仰红编《20世纪中国儿童文学系列·百年诗歌精品》，上海：上海社会科学院出版社，1996年，第80页。

叶圣陶他们既不回忆也不代言，他们以饱含慈爱、欣赏、赞美的眼光鼓励着孩子坚守自己的纯真，享受自己的生活，追求自己的梦想：

儿见学生体操，/归来教他的影子。/他两臂屈，伸，上举，垂下，/更迭不已。/"一，二，三，四，/五，六，七，八，/九，十，十一，十二，/十三，十四……/十六，十七……/你可懂了？/你可懂了？

影子真懒嘴，/再也不回答，/只两臂屈，伸，上举，垂下，/跟着他更迭不已。/儿总不厌烦，/不灰心；/更一遍一遍地教，/一遍一遍地问。

——叶圣陶《儿和影子》①

爸爸打大麦，/妈妈捆麦秆，/妹妹不愿拾剩的麦头，/却躲在篱笆下，/一心一意地做麦草人。

——徐玉诺《麦场上》②

放着送饭去的篮，/徘徊竹篱间，/捉蜻蜓的儿童啊。

——何植三《夏日农村杂句·六》③

冰心他们则为孩子奉上美妙的思想。那些让诗人们困惑不已的问题，也许孩子早已知会；即使不能够，诗人们也已用他们独特的意象，以及比喻、拟人、类比等修辞，让孩子尽可能地亲近和理解，让他们在享受诗意的同时，也享受思维的乐趣。

冰心以繁星的闪烁讲述宇宙的沉默：

繁星闪烁着——/深蓝的太空，/何曾听得见它们对语？/沉默中，/微光里，/它们深深的互相颂赞了。

——冰心《繁星·一》④

---

① 叶圣陶：《儿和影子》(1920)，蒋风主编《中国儿童文学大系·诗歌(一)》，太原：希望出版社，2009年，第26—27页。

② 徐玉诺：《麦场上》(1929)，蒋风主编《中国儿童文学大系·诗歌(一)》，太原：希望出版社，2009年，第119页。

③ 何植三：《夏日农村杂句·六》(1929)，蒋风主编《中国儿童文学大系·诗歌(一)》，太原：希望出版社，2009年，第121页。

④ 冰心：《繁星·一》(1922)，张美妮、金燕玉主编《百年中国儿童文学精品文丛·儿童诗卷》，广州：新世纪出版社，2001年，第20页。

谢六逸则以数学的加减题解四季的轮回：

荒凉的原野，/漂上温暖的日光，/——适宜的细雨/——新绿的树叶，/就是春天。/再添上肥大的树叶，/——繁盛的花朵/——晴朗的天气，/天空布满/灰色的云，/暴风雨起来了，/如果这个加法/不错，/就是夏天。/减少日光与花草，/剩余的——/就是秋天。/北风吹来了，/日光躲在黑云里，/白雪遮了枯林，/除去红叶和鸟声，/就是冬天。

——谢六逸《自然界的算术》①

汪静之把时间比作剪刀，比作铁鞭，而生命则是锦绮和繁花，生命的不可挽留当如是：

时间是一把剪刀，/生命是一匹锦绮；/一节一节地剪去，/等到剪完的时候，/把一堆破布付之一炬！

时间是一根铁鞭，/生命是一树繁花；/一朵一朵地击落，/等到击完的时候，/把满地残红踏入泥沙！

——汪静之《时间是一把剪刀》②

顾均正则眼看蒲公英的风发与衰老，心感生命的流转不息：

“小小蒲公英，/你金黄色的秀发，/浴着绚烂的阳光，/是何等的美丽！/可是秋风一起，/你渺小的花儿，/将容身何地?”

“我发且白，/我年已老，/我年已老，/青春梦了！”

“且看白发飘零处，/来春又作金黄色。”

“黄复白，白复黄，/每年每年是如此这般过活。”

——顾均正《蒲公英》③

总之，我们可以看到，五四时期新文学作家们都为儿童贡献了或多或少，或长或短，艺术水准较高，品位出众，富有童心童趣，饱含诗情诗意的儿童诗歌。它们中的一些或许并非为儿童专门创作，但却意外地十分适应儿童的审美心理

---

① 谢六逸：《自然界的算术》(1924)，盛仰红编《20世纪中国儿童文学系列·百年诗歌精品》，上海：上海社会科学院出版社，1996年，第66—67页。

② 汪静之：《时间是一把剪刀》(1925)，蒋风主编《中国儿童文学大系·诗歌(一)》，太原：希望出版社，2009年，第103页。

③ 顾均正：《蒲公英》(1928)，蒋风主编《中国儿童文学大系·诗歌(一)》，太原：希望出版社，2009年，第117—118页。

和趣味，有着对“儿童本位”的完美体现。也如论者所言：“五四时期的儿童诗歌与晚清的学童乐歌相比，无论形式上还是内容上都有了诸多变化……五四儿童诗歌从形式到内容，都呈现出浓郁的童真童趣，而现实政治的、教育的功利色彩极淡。这种‘超功利’的儿童本位的诗歌，不但在晚清民初时期极少见，即便在五四之后的几十年中，由于革命、抗战、阶级斗争、政治教育等成为社会以及文学的‘关键词’，因此也很难听到此类从童心中自然流淌出的天籁之音。”①

尽管中国现代儿童文学的早期创作实践因为受特殊时代生活和缺乏成熟的儿童文学创作经验的影响，一定程度上偏离了周作人等人在儿童文学理论方面建构起来的“儿童本位”论，但不可否认的是，“儿童本位”论作为一种现代性理念在五四时期逐渐深入人心：新文学作家们纷纷书写儿童，在文学中表达对儿童的关爱、欣赏、崇拜，控诉造成儿童没有真正童年的黑暗社会现实，本身就体现着一种“为儿童”的“儿童本位”；而他们的创作实践，也在不同维度、不同程度地践行着更为纯粹的“儿童本位”，他们依着自己流露的童心，努力创作出适合于儿童心理和趣味，能为他们带来快乐和感动，有助于培养他们审美能力和高尚人格的作品。从儿童文学的语言、表现手法到儿童文学的内容、主题，从童话、儿童散文、儿童小说到儿童歌舞剧、儿童诗歌，新文学作家们都有着出色的、值得让后来人借鉴的创造。

但五四时期新文学作家们的这种创作实践，他们对“儿童本位”的努力践行，在之后的半个世纪里，却鲜少被继承，它们被遗忘、被淡化，甚至遭到了严厉的批判，连同被批判的也少不了“儿童本位”论。因为在这之后的半个世纪里，阶级革命、抗日战争、民族解放、社会主义建设成为时代的宏大主题，儿童文学在迫切的现实功利面前，它的儿童性、审美性、趣味性被迫逐步让位于政治性、革命性、战斗性、教育性。即使作品还保留有那么一些儿童的审美和趣味，那也不是为了满足儿童的需求，而是作家为了更好地实现向儿童宣传现实政治、革命、战斗、教育的诉求。相应地，在儿童文学的表现手法方面，不管是哪一种体裁，现实主义手法几乎全面替代了幻想手法。

在这种情况下，五四时期“儿童本位”论及新文学作家们对它的践行遭到抛弃就可以理解了，它们已经变得“不合时宜”；而原本偏向反映社会现实、人生，

① 杜传坤：《中国现代儿童文学史论》，北京：中国社会科学出版社，2009年，第184—185页。

鼓舞儿童爱国、革命、战斗，充满教训意味的那一部分作品得到极大张扬，我们同样也就可以理解了。这也是导致我们对五四时期的儿童文学创作实践认识不够全面的重要原因。

直至二十世纪八十年代以后，“儿童本位”论再次被人们提起、讨论，而儿童文学的创作也逐步摆脱政治性、革命性、战斗性、教育性，重新彰显其儿童性、审美性、趣味性，并且新时期以来的儿童文学作家们在儿童文学的儿童性、审美性、趣味性这三个维度都各有新的追求、探索和开拓。我们相信，“儿童本位”论因其体现着成人对儿童的深刻理解和诚恳尊重，有着世界上无数优秀儿童文学作品的成功实践，它将永远不会过时，也将永远成为中国儿童文学的根基，即使再次被封存，也终将重见光明。

结　语

本书集中探讨了进化论作为一种外来生物学理论、社会思潮，如何影响并促成了中国现代儿童文学的发生。在绪论中我们曾强调，在本书中，我们探讨中国现代儿童观的出现，人们对儿童的发现，以及中国现代儿童文学的发生，所持的都是一种“现代性”的观念，“现代性”的目光。中国古代并非没有儿童的存在，中国古代也并非完全没有适于儿童阅读的文学，但是人们认识到儿童是成长中的具有独立人格和内外两面生活的完全的个人，为了满足他们特殊的精神、审美需求，使他们得到娱乐和教益、身心健康发展，有意识地为他们创作适于他们阅读的文学，却的确是发生在十九世纪末至二十世纪二十年代末这样一个大致时间段里的。如日本学者柄谷行人所言，“我们不能仅从历史的连续性上观察儿童文学，还必须把此作为一种断裂、颠倒，或者一种物质形式（制度）的确立来观察”。[①] 而在十九世纪末至二十世纪二十年代末这样一个时间段里，我们正可以观察到中国现代儿童文学“作为一种物质形式（制度）的确立”，其诞生的证据在整个社会随处可见，如出现了现代儿童观、现代儿童文学理念以及一批现代儿童文学作品。

在本书中，我们即从“进化论与中国现代儿童观的出现”“进化论与中国现代儿童文学理念的生成”“进化论与中国现代儿童文学的早期创作实践”这样三个方面，对“进化论与中国现代儿童文学的发生”这一课题展开了系统论述。“儿童观—儿童文学理念—儿童文学创作”实际上是一个相互关联的有机整体：人们对儿童的发现，也即现代儿童观的出现是现代儿童文学发生的内在根源；而现代儿童文学的发生、出现更是人们发现儿童的一种具有显著意义乃至决定意义的表征。但在本书中，为了论述的清晰，我们不得不暂时将它们分开进行

① ［日］柄谷行人著，赵京华译：《日本现代文学的起源》，北京：生活·读书·新知三联书店，2003年，第114页。

论述。当然，为了弥补这种人为造成的割裂，本书特意选取了严复、梁启超、鲁迅、周作人等几个主要人物，论述他们一以贯之的儿童观、儿童文学理念。

在书中，我们也曾多次指出，中国现代儿童文学的发生，有其特异性，即它不似西方儿童文学是一个内发的过程，而是在面对外部生存挑战、外来文化资源示范的情况下发生的，而且它也不似一般文学的发生、发展，先有创作后有理论，而是先有西方儿童文学的翻译和受西方文化资源影响构建起来的儿童文学理念，然后才有自己的儿童文学创作。因此，在本书的章节安排上，我们遵循了中国现代儿童文学发生的这一特异情况，先论述现代儿童观的出现、现代儿童文学理念的生成，再论述现代儿童文学的创作。

纵观本书，我们可以看到，在近代以来西学东渐、东西方文化相互碰撞交织的社会文化现实中，"进化论"作为一种外来生物学理论、社会思潮，是促成中国现代儿童文学发生的一个十分重要的因素，它同中国现代儿童文学发生期内的诸多理念、人物、现象、事件都紧密关联。进化论本身是达尔文创立的一种生物学理论，但十九世纪末，在中国特定的时代语境中，以严复、梁启超等为代表的知识分子，却是首先将其视为一种哲学思想大力引进、推介的，并对其进行了改造，使得进化论思想最终深入人心，成为彼时人们看待世界和人生的总观点、总态度。

就人们对儿童的发现，或说就中国现代儿童观的出现来说：一方面，进化论作为哲学思想，其"物竞天择，适者生存"、进步进化等理念成为以严复、梁启超为代表的有识之士变革社会、建设民族国家的理论根基，在这一过程中，儿童作为"未来之国民"被发现、重视，人们开始赋予儿童以新的地位、权利、价值和任务，与此同时，现代儿童观萌芽。另一方面，进化论作为生物学理论，在它影响下发展起来的遗传学、优生学、人类学、儿童学、心理学、教育学等学科，成为以鲁迅、周作人为代表的知识分子科学认识作为"完全的个人"的儿童、关注儿童身心健康发展、启蒙教育儿童的理论根基，也成为他们批判戕害儿童身心的传统伦理道德、教养观念的理论武器，在这一过程中，人们也开始慢慢接受"幼者本位""儿童本位"的现代儿童观。

在中国现代儿童文学理念的生成过程中，进化论同样起到了重要作用：一方面，人们对国家的发展进化及人的发展进化的热切期望，激刺着人们对儿童实施启蒙教育的注重，使儿童文艺作为儿童启蒙教育着实有效的重要手段，得到人们的重视、开发、探讨。不过，在儿童启蒙教育的目的上，梁启超的"新民"

说是以国家为目的，而鲁迅的“立人说”则是以“人”为最终目的，因此，他们对于儿童文艺的要求、阐述也不尽相同。另一方面，进化论的分支学说“复演说”，成为周作人架通人类学和儿童学的桥梁，并以此作为他发现、挖掘、研究儿歌童话等“儿童之文学”（“原人之文学”）的理论支撑，进而又构建起他“儿童本位”的儿童文学理论系统，这一理论系统成为中国现代儿童文学理论的一座高峰。

此外，在中国现代儿童文学语言形式的变迁上，进化论亦起到重要的作用，这表现在：它是清末民初梁启超、胡适等人倡导、推行白话文的共同理论基础和武器。梁启超侧重于从启蒙教育的角度出发，崇尚通俗易懂的书面语言；而胡适则从中国文学的进化史出发，认定白话为有价值有生命、唯一适用于新文学且可作国语的语言。白话文运动的成功，为中国现代儿童文学打下了坚实的读者基础和语言基础，在此基础上，儿童文学工作者们进一步追求、探索、思考儿童文学独特的儿童化的语言。

进化论对中国现代儿童文学早期创作实践的影响则主要体现在：第一，新文学作家们在进化论视野下发现了各种形态的“儿童”——在悲惨的现实处境中挣扎的儿童，热血爱国、身担重责的儿童，充满“动”与“力”、“光明”与“希望”的儿童，并且试图通过在儿童文学中书写他们，而达到对现实儿童的拯救和塑造。第二，在进化论尤其是进步理念的观照下，以叶圣陶、冰心、丰子恺为代表的新文学作家们在各自的儿童文学创作实践中展开了对人类个体成长和文明发展的深刻反思，从另一个向度实现了儿童文学的现代性书写。第三，新文学作家们在各自的创作中努力践行以进化论为根基构建起来的“儿童本位”的现代儿童文学观，使得中国现代儿童文学在童话、儿童散文、儿童小说、儿童剧、儿童诗歌等各文体方面，在文本的语言、形式、内容、主题等方面，都收获了最初的果实，积累了宝贵的艺术经验。

总而言之，本书以进化论的引入、传播和被操用为主脉络，以严复、梁启超、鲁迅、周作人、叶圣陶、冰心等人为主线，其他人为辅线，编织起中国现代儿童观的出现、现代儿童文学理念的生成及现代儿童文学的早期创作实践。我们不仅清晰地表明了进化论与中国现代儿童文学的发生存在的千丝万缕的联系，而且就种种关系做出了细致而翔实的分析；既较为完整地勾勒出了中国现代儿童文学的发生史，也系统展示了严复、梁启超、鲁迅、周作人、叶圣陶、冰心等人的儿童观、儿童文学观，且对他们之间的异同做出了详细辨析；同时，也较为全面地描摹出了中国现代儿童文学创作的最初面貌。

当然，本书毕竟不是中国现代儿童文学史，也不是中国现代儿童文学的发生史，而只是集中于探讨进化论作为一种外来生物学理论、社会思潮，如何影响并促成中国现代儿童文学的发生。因此，本书并不能完整展现中国现代儿童文学的发生历史、中国现代儿童文学的全貌，更不奢望能够完全解决中国现代儿童文学的发生问题。

正如阿利埃斯等人的研究所指示的，"儿童"、"童年"都是一种文化建构，"儿童文学"也是一种文化建构，而我们回溯历史，探究它的发生，实际上也是继续参与这一文化建构的过程。而我们之所以选择从进化论的视角出发，就在于进化论同中国现代儿童文学发生期内的诸多理念、人物、现象、事件都紧密关联，更重要的是，进化论及相关问题是探讨中国现代性问题的关键所在，而中国现代儿童文学又是中国现代化进程的产物，将两者结合在一起考察，可以挖掘出两者之间内在的逻辑联系。可以说，忽视进化论，我们就不能真正理解中国现代儿童文学的发生和精神实质。

从进化论这一新视角出发，对中国现代儿童文学的发生的内在机理进行梳理，构建起中国现代儿童文学的新框架，不仅有助于我们理解发生期内中国现代儿童文学的特点和面貌，也有助于我们理解中国儿童文学日后的发展趋向、文学品质、学科特点，同时，也能够为发生在当下儿童文学领域的一些文学现象、文学论争提供历史的参照和依据，为当代儿童文学的发展提供借鉴与经验。当然，理解中国现代儿童文学的发生，理解儿童文学，从根本上说，也是为了更好地理解儿童，以史为镜，以史为鉴，促使我们去审视、去探求在当代语境下如何建立起与儿童更为和谐、美好、本真的关系。

尽管进化论对中国现代儿童文学的发生有着至关重要的作用，但是我们也应该注意到，进化论也为中国儿童文学的发展带来了一些负面效应，或者说从进化论的角度构建起来的儿童文学有不尽合理之处。在前文中，我们都已有所论及，鉴于进化论作为一种思想预设，仍在影响当代中国儿童文学的发展和构建，这里我们再略作补充。

首先，梁启超通过进化论构建他的国家思想，在进化论和国家双重视野下发现儿童，儿童作为"未来之国民"，获得了极大的重视，他们也被赋予了崭新的历史地位、权利、价值和任务。但是梁启超最终的目的是"群"、是"国家"，因此，儿童在被重视的同时，也不可避免地失去了许多个体的权利、自由，他们的个性发展也受到了很大的限制，甚至遭到成人的刻意压制。

其次，以进化论发现儿童，视儿童为小野蛮，的确让人们认识到了儿童的某些独特心理、情感特征，但是这种将儿童相类于野蛮人（原始人）的做法，也存在一定的问题。即，作为野蛮人的儿童，必须要接受作为文明人的成人的启蒙教育以持续“进化”（进步）。

对儿童进行启蒙教育，促使他们“进化”（进步），这当然无可厚非，问题在于，在中国的进化论思想预设中，“进化”（进步）总是存有一个终极目的的，也总是指向“完美之境”的。大多数人在对儿童进行启蒙教育的过程中，常常忽视了儿童身心发展的特殊性，只顾带着儿童直奔目的而去。他们总是急功近利地、独断专制地、理所当然地塑造着他们心目中的，属于这个时代的，完美的，理想的儿童，他们认为这一切都是为了儿童、国家、人类的进步和未来，而很少真诚地去问问孩子，聆听孩子，他们想要成为什么样的人，他们是否想要进步和完美，现在的他们是否幸福快乐。儿童为此做出了巨大的牺牲，也付出了沉重的代价——丧失自由梦想，身心遭受压制。

而以叶圣陶、冰心、丰子恺为代表的知识分子所表现出来的“儿童崇拜”，固然是格外尊重和欣赏儿童了，但同样表现出对儿童“完美”的追求，只不过他们构想的儿童的“完美”是人性的完美，是纯洁高尚、自由快乐、天真无邪。但他们显然也把儿童高度抽象化、理想化了，忽视了现实生活中儿童的真实的成长状态，无视了同样存在于儿童身上的人性挣扎。

在树立现代儿童观方面，看来最终还是要回到科学的路途上来。应抛却儿童与野蛮人的简单类比，也适当放弃对儿童的“完美”想象，借助现代儿童学、心理学、教育学等学科，对现实生活中的儿童多做观察和研究，做到真正科学地认识儿童。在引导儿童的同时，也给予他们充分的自由发展的空间，以及饱含爱的理解，让他们的潜能得到无限的发挥，让他们的成长充满丰富的可能性，让他们全面地实现自我。我们有理由相信，“完美”只有在实现自我的层面上才可称之为完美。

再次，因为人们总是迫切地想要对儿童进行启蒙教育，塑造他们心目中的也是时代所需的完美的理想的儿童，他们就把儿童文学当作启蒙教育、塑造儿童的重要工具加以运用，由此中国儿童文学也就总是带有浓厚的教训意味和功利色彩。在中国现代儿童文学的早期作品中，我们就可以明显感受到这一点，而在新时期以前，真正充分体现“儿童本位”“无意思之意思”的儿童文学文本也并不多见。

正如我们不反对对儿童的启蒙教育，我们也不全然反对儿童文学的“教训”和“功利”，因为从广义上来说，儿童文学必然带有“教训”和“功利”。我们想要通过儿童文学告知儿童世界的美妙神奇，想象的浩瀚无边，满足他们的阅读需求，培养他们的审美能力和趣味，刺激他们的想象力，亦是一种“教训”和“功利”。只不过我们所追求的“教训”和“功利”应当包含在艺术的形象中，融化在艺术的想象里，蕴含在浓郁的情感中，是一种自然而然的“教训”，是“无功利之功利”。也如茅盾所言，“我是主张儿童文学应该有教训意味。儿童文学不但要满足儿童的求智欲，满足儿童的好奇好活动的心情，不但要启发儿童的想象力，思考力，并且应当助长儿童本性上的美质——天真纯洁，爱护动物，憎恨强暴与同情弱小，爱美爱真……等等。所谓教训的作用就是指这样地‘助长’和‘满足’和‘启发’而言的”。①

而很大一部分中国儿童文学作品的问题就在于，它们的“教训”和“功利”常常显露在强烈的主题意旨上，包裹在层层的意识形态中，表现在直白的宣传话语里，而少有生动的形象和故事、自然的情感和思想、文学的趣味和想象，更缺乏儿童的语言、情感、想象、思维、感知、心理。

最后，以周作人为代表的儿童文学工作者以进化论的分支学说“复演说”为桥梁，架通人类学和儿童学，发现儿童的独特心理、情感，挖掘出儿歌、童话这些适应于儿童心理、情感的儿童之文学，极大促成了儿童与成人、儿童文学与成人文学的分离，使儿童、儿童文学获得了相对独立的地位，这在中国现代儿童文学的发生史上，无疑功勋卓著。但是一百多年后的今天，我们在看到“复演说”曾经起到的重要历史作用的同时，也应当看到它的理论局限。

不可否认，“复演说”带有一定的科学性，能够合理解释儿童一部分的心理、情感问题、现象，但是将儿童的心理、情感特征与原始人的心理、情感特征完全等同起来，又无疑忽视了现代儿童的独特性，有将儿童概念化、同一化的倾向。现代社会毕竟已不同于原始社会，生活在现代社会的儿童，他们所濡染的文化，所面临的困境、难题远非原始人所能体验，而为适应这种环境的变化，儿童势必也会产生有别于原始人的心理、情感，他们的身心发展、成长经历也都将迥异于原始人。如何更科学地观察、发现、研究现代儿童的心理、情感，帮助他们身心

① 茅盾：《再谈儿童文学》(1936)，孔海珠编《茅盾和儿童文学》，上海：少年儿童出版社，1990年，第428页。

更健康发展，更快乐成长，是今天儿童工作者的重大历史任务。

相应地，正如不能将儿童与原始人完全等同起来，我们也不能将儿童文学与原始人的文学完全等同起来。儿童喜欢看民间儿歌、童话，这是与原始人心理、情感相契合的地方，但这并不代表所有原始人的文学，哪怕是儿歌、童话，全都适合给儿童看，全都可以拿来用作儿童文学。原始人的文学毕竟还不是真正自觉的文学，他们的“文学”总是芜杂的，透着原始的野蛮的气息，有时难免充斥着性、巫术、迷信、暴力、血腥。因此，在将原始人的文学拿来充当儿童文学时，无疑需要经过非常慎重的甄选，要使被选用的文学尽可能符合现代儿童的心理、情感，充分满足他们的需求，同时，要尽可能具有浓厚的趣味。

另外，原始人的文学如民间儿歌、童话等对儿童有着极大的价值，也极受儿童的喜爱，这是无须辩解的事实，但我们也不能过分看重、仰赖民间儿歌、童话。五四时期，儿童小说、儿童散文、儿童剧等其他文体的不发达，就与人们过分看重儿歌、童话这两种文体有关。很大一部分时人以“复演说”为依据，确信只有儿歌、童话才是最适于儿童阅读，最受儿童欢迎的文学样式，也才是真正体现“儿童本位”的儿童文学。儿童文学在很长一段时间内单指儿歌、童话。儿童小说、儿童散文、儿童剧等文体的写实性，被认为是与儿童爱幻想的心理特质相冲突的，因此被认为并不是适宜于儿童的文学。这无疑也就限制了这些文体的创作、发展，从而影响了儿童文学的整体发展。

五四时期，人们又过分地仰赖民间儿歌、童话的搜集、整理、改编，在儿歌、童话的创作上，尤其是童话创作上就显得较为薄弱了。除叶圣陶等少数人创作出了富有现代性、民族性、作家主体性的童话作品外，大部分人的童话创作都囿于民间童话的范式，落于民间童话的窠臼，没有实现对民间童话的超越。

《不列颠百科全书》在“children's literature”（儿童文学）这一词条中曾提出“有助于初步估计某一国家儿童文学发展的程度的标准”，按照重要性大致如下：“①对儿童特性认识的程度；②超越被动地依靠口头传说和民间传说所取得的进步；③一个职业作家阶层的产生；④脱离专横控制而独立的程度；⑤‘名著’的数量；⑥新形式或体裁的创造和各种传统形式的利用；⑦依赖译作的程度；⑧初级作品的数量；⑨中级作品的数量；⑩各种机构发展的水平。”①

① 美国不列颠百科全书公司编著，中国大百科全书出版社不列颠百科全书编辑部编译：《不列颠百科全书：国际中文版·第4卷》，北京：中国大百科全书出版社，1999年，第143页。

仅就这几点来看，发展已一百多年的中国儿童文学，仍然有较大的发展空间，还需要今天从事儿童文学事业的人的继续努力，以及全社会的持续关注和扶植。

胡适曾说："文学史上的变迁，'代有升降，而决不相沿，各极其变，各穷其趣'（用袁宏道的话），其中各有多元的，个别的，个人传记的原因，都不能用一个'最后之因'去解释说明。"①

就中国现代儿童文学来说，同样如此，促成其发生、发展的，必然是各有多元的、个别的、个人的原因。时代的大背景，社会政治、经济、文化的发展，外来思潮的涌入，严复、梁启超、鲁迅、周作人等先知先觉者的呐喊，孙毓修、叶圣陶、冰心等天才作家的实践，等等，合力完成了这一伟大事业。本书始终不曾妄想以"进化论"这一个"最后之因"去解释说明中国现代儿童文学发生过程中的所有问题、现象，只是把它作为多元因素中的重要因素之一，尽力去探讨它在中国现代儿童文学的发生史中起到了怎样的作用，又是如何起到作用的。

中国现代儿童文学的发生、发展与其说与"进化论"有着密切的联系，不如说它是"始终作为整个民族和社会精神文化系统的一个组成部分，受到特定时代具体的意识形态要求、社会历史氛围、文化精神特征等等因素的调节、影响和塑造"，其背后"是一个巨大的社会历史背景和文化发展过程"。② 毕竟，"进化论"也是在这一"巨大的社会历史背景和文化发展过程"中涌起的一个浪潮。

---

① 胡适：《中国新文学运动小史》(1935)，《胡适文集(1)》，第121页。

② 方卫平：《中国儿童文学理论发展史》，上海：少年儿童出版社，2007年，第27页。

参考文献

专著

《进化论选集》编辑委员会编:《进化论选集(纪念达尔文逝世一百周年学术讨论会论文选编)》,北京:科学出版社,1983 年。

阿英编:《晚清文学丛钞·说唱文学卷(上册)》,北京:中华书局,1960 年。

保罗·阿扎尔:《书,儿童与成人》,梅思繁译,长沙:湖南少年儿童出版社,2014 年。

本杰明·史华兹:《寻求富强:严复与西方》,叶凤美译,南京:江苏人民出版社,2005 年。

彼得·狄肯斯:《社会达尔文主义——将进化思想和社会理论联系起来》,涂骏译,长春:吉林人民出版社,2005 年。

柄谷行人:《日本现代文学的起源》,赵京华译,北京:生活·读书·新知三联书店,2003 年。

陈独秀:《陈独秀文章选编(上)》,北京:生活·读书·新知三联书店,1984 年。

陈平原、夏晓虹编:《二十世纪中国小说理论资料·第一卷(1897—1916)》,北京:北京大学出版社,1997 年。

陈万雄:《五四新文化的源流》,北京:生活·读书·新知三联书店,1997 年。

陈铮编:《黄遵宪全集(上)》,北京:中华书局,2005 年。

达尔文:《人类的由来及性选择》,叶笃庄、杨习之译,北京:北京大学出版社,2009 年。

达尔文:《物种起源》,舒德干等译,北京:北京大学出版社,2005 年。

邓牛顿、匡寿翔编:《郭老与儿童文学》,郑州:河南人民出版社,1980 年。

丁守和、方行主编:《〈中国文化〉研究集刊·第五辑》,上海:复旦大学出版社,1987 年。

杜传坤:《中国现代儿童文学史论》,北京:中国社会科学出版社,2009 年。

恩斯特·迈尔:《很长的论点:达尔文与现代进化思想的产生》,田洺译,上海:上海科学技术出版社,2003 年。

恩斯特·卡西尔:《人论:人类文化哲学导引》,甘阳译,上海:上海译文出版社,2013 年。

范伯群编:《冰心研究资料》,北京:知识产权出版社,2009 年。

方卫平:《儿童文学的审美走向》,北京:中国文史出版社,2007 年。

方卫平:《中国儿童文学理论发展史》,上海:少年儿童出版社,2007 年。

方卫平:《中国儿童文学理论批评史》,南京:江苏少年儿童出版社,1993 年。

菲力浦·阿利埃斯:《儿童的世纪:旧制度下的儿童和家庭生活》,沈坚、朱晓罕译,北京:北京大学出版社,2013 年。

丰子恺:《丰子恺儿童文学全集·儿童散文卷》,北京:海豚出版社,2014 年。

高瑞泉:《中国现代精神传统》,上海:东方出版中心,1999 年。

高瑞泉主编:《中国近代社会思潮》,上海:上海人民出版社,2007 年。

高玉:《现代汉语与中国现代文学》,北京:中国社会科学出版社,2003 年。

庚镇城:《达尔文新考》,上海:上海科学技术出版社,2011 年。

郭延礼:《中西文化碰撞与近代文学》,济南:山东教育出版社,1999 年。

韩江洪:《严复话语系统与近代中国文化转型》,上海:上海译文出版社,2006 年。

韩进:《中国儿童文学源流》,长沙:湖南少年儿童出版社,1999 年。

郝翔、钟兴锦:《进化论与中国近代社会观念的变革》,武汉:武汉水利电力大学出版社,2000 年。

赫胥黎:《进化论与伦理学(全译本)(附〈天演论〉)》,宋启林等译,北京:北京大学出版社,2010 年。

洪长泰:《到民间去——1918—1937 年的中国知识分子与民间文学运动》,董晓萍译,上海:上海文艺出版社,1993 年。

胡从经:《晚清儿童文学钩沉》,上海:少年儿童出版社,1982 年。

胡风、萧军等:《如果现在他还活着:后期弟子忆鲁迅》,石家庄:河北教育出版社,2000 年。

黄瑞霖主编:《中国近代启蒙思想家——严复诞辰 150 周年纪念论文集》,北京:方志出版社,2003 年。

惠萍:《严复与近代中国文学变革》,北京:社会科学文献出版社,2014 年。

蒋风、韩进:《中国儿童文学史》,合肥:安徽教育出版社,1998 年。
蒋风:《儿童文学史论》,太原:希望出版社,2002 年。
蒋风主编:《中国儿童文学大系・诗歌(一)》,太原:希望出版社,2009 年。
蒋风主编:《中国儿童文学发展史》,上海:少年儿童出版社,2007 年。
蒋风主编:《中国现代儿童文学史》,石家庄:河北少年儿童出版社,1987 年。
金燕玉:《中国童话史》,南京:江苏少年儿童出版社,1992 年。
乐文思:《达尔文》,沈力译,北京:华夏出版社,2012 年。
黎泽荣编:《黎锦晖和儿童文学》,上海:少年儿童出版社,1996 年。
李楚材编写:《陶行知和儿童文学》,上海:少年儿童出版社,1986 年。
李红叶:《安徒生童话的中国阐释》,北京:中国和平出版社,2005 年。
李丽:《生成与接受:中国儿童文学翻译研究(1898—1949)》,武汉:湖北人民出版社,2010 年。
李利安・H. 史密斯:《欢欣岁月》,梅思繁译,长沙:湖南少年儿童出版社,2014 年。
李利芳:《中国发生期儿童文学理论本土化进程研究》,北京:中国社会科学出版社,2007 年。
李泽厚:《中国近代思想史论》,北京:生活・读书・新知三联书店,2008 年。
李泽厚:《中国现代思想史论》,天津:天津社会科学院出版社,2003 年。
连燕堂:《梁启超与晚清文学革命》,桂林:漓江出版社,1991 年。
梁启超:《梁启超全集》,北京:北京出版社,1999 年。
刘进才:《语言运动与中国现代文学》,北京:中华书局,2007 年。
刘绪源:《中国儿童文学史略(一九一六——九七七)》,上海:少年儿童出版社,2013 年。
刘增人、冯光廉编:《叶圣陶研究资料》,北京:知识产权出版社,2010 年。
卢继传编著:《进化论的过去与现在》,北京:科学出版社,1980 年。
鲁迅:《鲁迅全集》,北京:人民文学出版社,2005 年。
鲁迅博物馆藏:《周作人日记(影印本)(上册)》,郑州:大象出版社,1996 年。
鲁迅等:《从百草园到三味书屋:现代儿童文学选(1902－1949)》,武汉:湖北少年儿童出版社,2007 年。
陆克俭:《发现与解放:中国近代进步儿童观研究》,武汉:华中科技大学出版社,2015 年。

麦高温:《中国人生活的明与暗》,朱涛、倪静译,北京:中华书局,2006 年。
美国不列颠百科全书公司编著:《不列颠百科全书:国际中文版·第 4 卷》,中国大百科全书出版社不列颠百科全书编辑部编译,北京:中国大百科全书出版社,1999 年。
米尔斯:《进化论传奇:一个理论的传记》,李虎译,北京:海洋出版社,2010 年。
明恩溥:《中国人气质》,张梦阳、王丽娟译,保定:河北大学出版社,2010 年。
尼尔·波兹曼:《童年的消逝》,吴燕莛译,桂林:广西师范大学出版社,2011 年。
牛仰山、孙鸿霓编:《严复研究资料》,福州:海峡文艺出版社,1990 年。
欧阳哲生:《严复评传》,南昌:百花洲文艺出版社,2015 年。
欧阳哲生编:《胡适文集》,北京:北京大学出版社,1998 年。
佩里·诺德曼、梅维斯·雷默:《儿童文学的乐趣》,陈中美译,上海:少年儿童出版社,2008 年。
皮后锋:《严复大传》,福州:福建人民出版社,2003 年。
皮特·J.鲍勒:《进化思想史》,田洺译,南昌:江西教育出版社,1999 年。
皮亚杰:《发生认识论原理》,王宪钿等译,北京:商务印书馆,1981 年。
浦嘉珉:《中国与达尔文》,钟永强译,南京:江苏人民出版社,2014 年。
浦漫汀主编:《中国儿童文学大系·散文(一)》,太原:希望出版社,2009 年。
浦漫汀主编:《中国儿童文学大系·童话(一)》,太原:希望出版社,2009 年。
浦漫汀主编:《中国儿童文学大系·小说(一)》,太原:希望出版社,2009 年。
钱理群编:《父父子子》,上海:复旦大学出版社,2005 年。
任德耀主编:《中国儿童文学大系·儿童剧(一)》,太原:希望出版社,2009 年。
日本儿童文学学会编著:《世界儿童文学概论》,郎樱、方克译,长沙:湖南少年儿童出版社,1989 年。
上笙一郎:《儿童文学引论》,朗樱、徐效民译,成都:四川少年儿童出版社,1983 年。
沈永宝、蔡兴水编:《进化论的影响力——达尔文在中国》,南昌:江西高校出版社,2009 年。
盛巽昌、朱守芬编:《20 世纪中国儿童文学系列·百年故事精品》,上海:上海社会科学院出版社,1999 年。
盛巽昌、朱守芬编:《20 世纪中国儿童文学系列·百年童话精品》,上海:上海社会科学院出版社,1996 年。

盛巽昌、朱守芬编:《郭沫若和儿童文学》,上海:少年儿童出版社,1990年。
盛仰红编:《20世纪中国儿童文学系列·百年诗歌精品》,上海:上海社会科学院出版社,1996年。
宋莉华:《近代来华传教士与儿童文学的译介》,上海:上海古籍出版社,2015年。
苏中立、涂光久主编:《百年严复——严复研究资料精选》,福州:福建人民出版社,2011年。
孙海珠编:《茅盾和儿童文学》,上海:少年儿童出版社,1990年。
孙建江:《20世纪中国儿童文学导论》,成都:四川少年儿童出版社,2013年。
孙应祥、皮后锋编:《〈严复集〉补编》,福州:福建人民出版社,2004年。
泰勒·何德兰、坎贝尔·布朗士:《孩提时代:两个传教士眼中的中国儿童生活》,王鸿涓译,北京:金城出版社,2011年。
汤锐:《比较儿童文学初探》,济南:明天出版社,2009年。
汤锐:《现代儿童文学本体论》,济南:明天出版社,2009年。
藤井省三:《鲁迅〈故乡〉阅读史:现代中国的文学空间》,董炳月译,南京:南京大学出版社,2013年。
藤井省三:《鲁迅比较研究》,陈福康编译,上海:上海外语教育出版社,1997年。
田洺:《叛逆的历程——进化思想源流》,沈阳:辽宁大学出版社,1996年。
田洺:《未竟的综合——达尔文以来的进化论》,济南:山东教育出版社,1998年。
汪晖:《现代中国思想的兴起》,北京:生活·读书·新知三联书店,2004年。
汪毅夫:《鲁迅与新思潮——论鲁迅留日时期的思想》,西安:陕西人民教育出版社,1996年。
汪应果:《科学与缪斯——从自然科学架往中国现代文学的桥梁》,上海:上海文艺出版社,1991年。
王炳根主编:《冰心论集2012》,上海:上海交通大学出版社,2013年。
王浩:《新文化运动中"儿童的发现"》,北京:中国社会科学出版社,2012年。
王家平:《鲁迅精神世界凝视》,北京:首都师范大学出版社,1999年。
王蕾:《安徒生童话与中国现代儿童文学》,上海:华东师范大学出版社,2009年。
王黎君:《儿童的发现与中国现代文学》,北京:中国社会科学出版社,2009年。
王泉根:《现代儿童文学的先驱》,上海:上海文艺出版社,1987年。
王泉根:《现代中国儿童文学主潮》,重庆:重庆出版社,2000年。
王泉根:《中国儿童文学现象研究》,长沙:湖南少年儿童出版社,1992年。

王泉根编:《周作人与儿童文学》,杭州:浙江少年儿童出版社,1985 年。
王泉根评选:《中国现代儿童文学文论选》,南宁:广西人民出版社,1989 年。
王泉根评选:《中国现代作家儿童文学精选》,长沙:湖南少年儿童出版社,1989 年。
王栻:《严复传》,上海:上海人民出版社,1976 年。
王栻主编:《严复集》,北京:中华书局,1986 年。
王天根:《〈天演论〉传播与清末民初的社会动员》,合肥:合肥工业大学出版社,2006 年。
王颖:《杜威教育学派与中国教育》,北京:北京理工大学出版社,2007 年。
王中江:《进化主义在中国》,北京:首都师范大学出版社,2007 年。
韦商编:《叶圣陶和儿童文学》,上海:少年儿童出版社,1990 年。
韦苇:《外国儿童文学发展史》,上海:少年儿童出版社,2007 年。
魏寿镛、周侯于编:《儿童文学概论》,上海:商务印书馆,1934 年。
吴丕:《进化论与中国激进主义(1859—1924)》,北京:北京大学出版社,2005 年。
吴其南:《20 世纪中国儿童文学的文化阐释》,北京:中国社会科学出版社,2012 年。
吴其南:《中国童话发展史》,上海:少年儿童出版社,2007 年。
夏晓虹:《觉世与传世——梁启超的文学道路》,北京:中华书局,2006 年。
徐兰君、安德鲁·琼斯主编:《儿童的发现:现代中国文学及文化中的儿童问题》,北京:北京大学出版社,2011 年。
许纪霖、宋宏编:《现代中国思想的核心观念》,上海:上海人民出版社,2011 年。
严复译著:《天演论》,冯君豪注译,郑州:中州古籍出版社,1998 年。
杨春时:《现代性与中国文学思潮》,北京:生活·读书·新知三联书店,2009 年。
姚军毅:《论进步观念》,北京:中国社会科学出版社,2000 年。
姚伟:《儿童观及其时代性转换》,长春:东北师范大学出版社,2007 年。
叶圣陶等著:《我和儿童文学》,上海:少年儿童出版社,1980 年。
叶至善、叶至美、叶至诚编:《叶圣陶集·第一卷》,南京:江苏教育出版社,1987 年。
叶至善、叶至美、叶至诚编:《叶圣陶集·第四卷》,南京:江苏教育出版社,1987 年。
叶至善、叶至美、叶至诚编:《叶圣陶集·第九卷》,南京:江苏教育出版社,

1990 年。
伊藤虎丸、刘柏青、金训敏合编:《日本学者研究中国现代文学论文选粹》,长春:吉林大学出版社,1987 年。
俞兆平:《写实与浪漫:科学主义视野中的“五四”文学思潮》,上海:上海三联书店,2001 年。
俞政:《严复著译研究》,苏州:苏州大学出版社,2003 年。
元青:《杜威与中国》,北京:人民出版社,2001 年。
约翰·伯瑞:《进步的观念》,范祥涛译,上海:上海三联书店,2005 年。
约瑟夫·阿·勒文森:《梁启超与中国近代思想》,刘伟、刘丽、姜铁军译,成都:四川人民出版社,1986 年。
曾乐山:《中西哲学的融合——中国近代进化论的传播》,合肥:安徽人民出版社,1991 年。
张灏:《梁启超与中国思想的过渡(1890—1907)》,崔志海、葛夫平译,南京:江苏人民出版社,1995 年。
张菊香、张铁荣编:《周作人研究资料》,天津:天津人民出版社,1986 年。
张美妮、金燕玉主编:《百年中国儿童文学精品文丛·儿童诗卷》,广州:新世纪出版社,2001 年。
张美妮、金燕玉主编:《百年中国儿童文学精品文丛·小说卷(1)》,广州:新世纪出版社,2001 年。
张汝伦:《现代中国思想研究》,上海:上海人民出版社,2014 年。
张香还:《叶圣陶和他的世界》,上海:上海教育出版社,1995 年。
张香还:《中国儿童文学史(现代部分)》,杭州:浙江少年儿童出版社,1988 年。
张向东:《语言变革与现代文学的发生》,北京:人民文学出版社,2010 年。
张心科:《清末民国儿童文学教育发展史论》,北京:北京师范大学出版社,2011 年。
张心科编著:《民国儿童文学教育文论辑笺》,北京:海豚出版社,2012 年。
张耀辉编:《巴金和儿童文学》,上海:少年儿童出版社,1990 年。
张之伟:《中国现代儿童文学史稿》,上海:华东师范大学出版社,1993 年。
赵景深编:《童话评论》,上海:新文化书社,1934 年。
赵祥麟、王承绪编译:《杜威教育论著选》,上海:华东师范大学出版社,1981 年。
郑尔康、盛巽昌编:《郑振铎和儿童文学》,上海:少年儿童出版社,1982 年。

郑振铎:《郑振铎全集・第十三卷》,石家庄:花山文艺出版社,1998 年。
中国青少年研究中心主编:《百年中国儿童》,广州:新世纪出版社,2000 年。
钟叔河编:《周作人文类编・上下身》,长沙:湖南文艺出版社,1998 年。
钟叔河编订:《周作人散文全集》,桂林:广西师范大学出版社,2009 年。
周振甫:《周振甫文集・第十卷》,北京:中国青年出版社,1999 年。
周振甫选注:《严复选集》,北京:人民文学出版社,2004 年。
周作人:《儿童文学小论 中国新文学的源流》,止庵校订,石家庄:河北教育出版社,2002 年。
周作人:《周作人论儿童文学》,刘绪源辑笺,北京:海豚出版社,2012 年。
朱守芬、盛巽昌编:《老舍和儿童文学》,上海:少年儿童出版社,1996 年。
朱守芬编:《20 世纪中国儿童文学系列・百年寓言精品》,上海:上海社会科学院出版社,1996 年。
朱自强:《儿童文学的本质》,上海:少年儿童出版社,1997 年。
朱自强:《儿童文学概论》,北京:高等教育出版社,2009 年。
朱自强:《现代儿童文学文论解说》,北京:海豚出版社,2014 年。
朱自强:《中国儿童文学与现代化进程》,杭州:浙江少年儿童出版社,2000 年。
朱自清:《中国歌谣》,南昌:江西教育出版社,2018 年。
卓如编:《冰心和儿童文学》,上海:少年儿童出版社,1990 年。
卓如编:《冰心全集》,福州:海峡文艺出版社,2012 年。

学位论文

何云岩:《严复的进化论与人学思想研究》,黑龙江大学硕士学位论文,2006 年。
黄勇生:《进化论思想与晚清、五四的文学变革》,华中师范大学博士学位论文,2012 年。
李楠:《生物进化论在中国的传播(1873—1937)》,西北大学博士学位论文,2012 年。
戚萍:《一时代有一时代之文学——论胡适"进化论"的文学史观》,青岛大学硕士学位论文,2006 年。
谢志远:《清末民初社会思潮对文学观念的影响——以进化论思潮和唯意志论思潮为例》,湖南师范大学硕士学位论文,2008 年。
邢志华:《进化论在近代中国社会早期传播的文化背景研究——以严复为中心

进行的个案分析》,华东师范大学硕士学位论文,2001 年。
殷向飞:《〈天演论〉与进化论在近代中国的传播》,西北大学硕士学位论文,2006 年。
张建青:《晚清儿童文学翻译与中国儿童文学之诞生——译介学视野下的晚清儿童文学研究》,复旦大学博士学位论文,2008 年。
赵小波:《科学技术传播与文化之间的关系研究——以达尔文进化论在近代中国的传播为例》,河南师范大学硕士学位论文,2011 年。
朱利民:《西方理论中国化的步伐:进化论与中国文学理论的变异》,四川大学博士学位论文,2007 年。

期刊论文

陈国庆、刘惠娟:《严复对进化论的选择与创新》,《西北大学学报(哲学社会科学版)》,2003 年第 1 期。
陈卫平:《"五四"新文化运动中的进化论》,《哲学研究》,1996 年第 4 期。
逄增玉、胡玉伟:《进化论的理论预设与胡适的文学史重述》,《东北师大学报(哲学社会科学版)》,2002 年第 1 期。
逄增玉:《进化论与中国现代文学的叙事结构》,《社会科学辑刊》,2001 年第 2 期。
逄增玉:《中国现代作家和文学的忧患意识与进化论影响》,《东北师大学报(哲学社会科学版)》,2000 年第 5 期。
顾均正:《安徒生传》,《小说月报》,1925 年第 8 期。
郭刚:《论梁启超汲取日译西学的启蒙思想——以进化论和民权说为例》,《理论月刊》,2006 年第 3 期。
黄长义:《进化论与近代中国思想文化的变革》,《江汉论坛》,1991 年第 9 期。
黎红雷:《理解与创造——从解释理论看进化论对严复、章太炎的影响》,《福建论坛(人文社会科学版)》,1989 年第 4 期。
李军:《进化论在近代中国传播和发展的原因》,《天津社会科学》,1985 年第 6 期。
李盛涛:《论文学"进化论"观念对中国现当代文学发展的非生态性影响》,《理论与创作》,2010 年第 5 期。
刘成友:《进化论与文学的变迁》,《学术月刊》,1998 年第 8 期。

刘忠:《中国文学的现代转型与进化论时间观》,《学术研究》,2004 年第 9 期。
孟繁华:《进化论与西学东渐——百年文学思潮研究之一》,《中国文化研究》,1994 年第 4 期。
钱理群:《鲁迅与进化论》,《中国现代文学研究丛刊》,1980 年第 2 期。
秦弓:《"五四"时期的安徒生童话翻译》,《涪陵师范学院学报》,2004 年第 4 期。
税海模:《郭沫若与进化论哲学》,《郭沫若学刊》,2005 年第 1 期。
汪子春:《五四时期进化论在我国的传播》,《化石》,1979 年第 2 期。
王锦园:《进化论与文学》,《复旦学报(社会科学版)》,1988 年第 6 期。
王民:《严复"天演"进化论对近代西学的选择与汇释》,《东南学术》,2004 年第 3 期。
谢飘云:《进化论与梁启超文学变革设计的新思路》,《华南师范大学学报(社会科学版)》,2001 年第 2 期。
谢应光:《进化论思想与中国现代文学史观》,《社会科学研究》,2004 年第 4 期。
徐广权:《从〈人的文学〉看周作人的早期人道主义进化论思想》,《北京师院学报(社会科学版)》,1986 年第 3 期。
徐调孚:《近代名著百种:七、童话全集》,《小说月报》,1928 年第 6 期。
颜德如:《胡适与西方进化论》,《史学月刊》,2001 年第 5 期。
颜进:《"五四"新文学运动时期的进化论》,《云梦学刊》,2005 年第 4 期。
杨文昌:《"进化论"与五四新文学》,《北华大学学报(社会科学版)》,2004 年第 3 期。
袁进:《从"逆变说"到进化论——中国传统文学史观的蜕变》,《江淮论坛》,2001 年第 3 期。
袁进:《试论中国近代对西方进化论思想的接受》,《中国比较文学》,2004 年第 2 期。
张秉伦、卢继传:《进化论在中国的传播和影响》,《中国科技史杂志》,1982 年第 1 期。
张杰:《鲁迅接受进化论的复杂因素》,《鲁迅研究动态》,1989 年第 11 期。
钟军红:《胡适新诗创作及理论的定位分析——兼论进化论的文学史观与 20 世纪新诗批评》,《文艺研究》,2001 年第 2 期。
朱丕智:《文学革命的理论基石:进化论文学观》,《西南师范大学学报(人文社会科学版)》,2004 年第 1 期。

庄桂成:《进化论与梁启超的文学革命》,《江汉大学学报(人文科学版)》,2007 年第 4 期。

庄森:《胡适的文学进化论》,《华南师范大学学报(社会科学版)》,2005 年第 5 期。

邹顺康:《严复进化论伦理思想评述》,《西南师范大学学报(人文社会科学版)》,2006 年第 2 期。

外文文献

Bai, Limin. *Shaping the Ideal Child: Children and Their Primers in Late Imperial China*, Hong Kong: The Chinese University Press, 2005.

Donald, Stephanie. *Little Friends: Children's Film and Media Culture in China*, Lanham: Rowman & Littlefield Publishers, 2005.

Farquhar, Mary Ann. *Children's Literature in China: From Lu Xun to Mao Zedong*, New York: Routledge, 2015.

Hsiung, Ping－chen. *A Tender Voyage: Children and Childhood in Late Imperial China*, Stanford: Stanford University Press, 2005.

Jones, Andrew F. *Developmental Fairy Tales: Evolutionary Thinking and Modern Chinese Culture*, Cambridge: Harvard University Press, 2011.

Kinney, Anne Behnke (ed.). *Chinese Views of Childhood*, Honolulu: University of Hawaii Press, 1995.

Kinney, Anne Behnke. *Representations of Childhood and Youth in Early China*, Stanford: Stanford University Press, 2004.

Pusey, James Reeve. *Lu Xun and Evolution*, New York: State University of New York Press, 1998.

Saari, Jon L. *Legacies of Childhood: Growing up Chinese in a Time of Crisis*, 1890—1920, Cambridge: Harvard University Press, 1990.

Schneider, Laurence. *Biology and Revolution in Twentieth－century China*, Lanham: Rowman & Littlefield Publishers, 2003.

Scott, Dorothea Hayward. *Chinese Popular Literature and the Child*, Chicago: American Library Association, 1980.

后　记

当交出这部书稿时，内心喜忧参半。

这部书稿原是我的博士论文，于 2014 年 9 月开始酝酿选题，历经四年撰写，几经修改，于 2018 年 5 月顺利通过答辩；又于 2021 年 9 月获得“2022 年度浙江省哲学社会科学规划后期资助课题”立项，在博士论文基础上加以修订完善而成。博士论文最终能以著作的形式与更多的读者见面，喜悦之情不言而喻，也算为我的求学生涯画上了一个圆满的句号。

而心里忧虑的是，自从 2018 年 6 月博士毕业，参加工作至今，似乎再没有像样的文章出产，更遑论如此篇幅的专著。这里面自有各种各样的原因，工作的琐碎繁杂，生活的负担应对，但往未来看去，这样的工作、生活状态似乎又是一种必然，心底的忧虑便油然而生。我还能静下心来，不为外界所干扰，踏踏实实地看些书，扎扎实实地做点文章吗？我还能再写出一部这样的专著来吗？我的学术生涯会就此终结在这部书稿上吗？

也许时间会给出一个答案，但亦须“吾奋吾力”。

抛却个人喜忧，借着这部书稿的出版，特别感谢我的博士生导师王家平老师。感谢王老师每周半天，或慷慨激昂、或风趣幽默的授课；感谢王老师对我撰写博士论文的信任，以及付出的大量心力；也感谢王老师对我生活、工作、家庭的关心。

从王老师身上，我学到的是什么呢？不只是论文写作的方法、技巧、策略，更是他对待学术的严谨、潜心态度，是他数十年如一日的勤奋坚持。我眼见他为着圆满完成一个课题，几个月把自己关在家里，夜以继日地看书、写作。导师尚且如此，作为学生的我，还有什么理由不努力。

也特别感谢我的妻子严晓驰女士，这部书稿见证了我们的恋爱、结婚、生子、养育，见证了我们由同学而为朋友，而为夫妻，而为学术的盟友，而为生活的共同经营者。感谢她为我的写作担负了本该由我担负的生活重担；感谢她在我抓狂掉发的时候，总有轻松幽默的段子；感谢她十数年如一日的陪伴。

感谢父亲、母亲，以及在我撰写博士论文期间去世的奶奶，感谢你们一如既往地支持我，尽管你们对我所做的事一无所知。

最后，感谢赵京华、雷世文、顾钧、袁庆丰、黄应全、孟庆澍、胡谱忠教授，谢谢你们给我的博士论文提出的宝贵意见，也谢谢你们的鼓励！

当然，这部书稿的最终出版也离不开浙江大学出版社各位编辑老师，尤其是责编牟琳琳老师的细致校稿、指导修改，感谢！

吴正阳

2023 年 10 月 8 日于杭州临安